HEYNE <

W0223811

Das Buch

Amerika, tausend Jahre nach der atomaren Apokalypse. Das, was von der Menschheit übriggeblieben ist, hat sich in zwei Parteien aufgespalten: Die Amtrak-Föderation ist eine hochtechnisierte Kultur, die in unterirdischen Metropolen geschützt vor der tödlichen Strahlung lebt. Ihre straff organisierte Gesellschaft lässt weder Gefühle noch eigenständiges Denken zu, und sie kennen nur ein Ziel: die Oberwelt zurückzuerobern. Dort leben die Mutanten, die sich an die widrigen Bedingungen angepasst haben. Manche von ihnen sind entstellt, andere paranormal begabt. In den Augen des jungen Piloten Steve Brickman sind sie alle keine Menschen mehr. Als er bei seinem ersten Einsatz abgeschossen und von Mutanten entführt wird, rechnet er mit dem Schlimmsten. Doch nicht alles, was man ihm in der Amtrak-Föderation beigebracht hat, erweist sich als die Wahrheit …

Die Amtrak-Kriege:

Wolkenkrieger

Erste Familie

Eisenmeister

Der Autor

Patrick A. Tilley, 1928 in Essex geboren, studierte am King's College der University of Durham Kunst und arbeitete nach seinem Abschluss 1955 als Grafikdesigner in London. 1968 gab er diese Laufbahn auf, um sich dem Schreiben zu widmen. Er begann mit dem Verfassen von Drehbüchern für Filme und TV-Serien und zog in die USA. 1975 erschien sein erster Roman *Fade-Out*, 1981 folgte *Mission*, der schnell Kultstatus erlangte. »Die Amtrak-Kriege«, deren erster Band *Wolkenkrieger* 1983 erschien, ist seine erfolgreichste Science-Fiction-Romanserie.

Mehr über Patrick Tilley und seine Romane erfahren Sie auf:

diezukunft.de

PATRICK TILLEY

DIE AMTRAK KRIEGE

WOLKENKRIEGER

Roman

Aus dem Amerikanischen übersetzt
von Ronald M. Hahn

WILHELM HEYNE VERLAG
MÜNCHEN

Titel der amerikanischen Originalausgabe:
THE AMTRAK WARS – BOOK 1: CLOUDWARRIOR

Sollte diese Publikation Links auf Webseiten Dritter enthalten, so übernehmen wir für deren Inhalte keine Haftung, da wir uns diese nicht zu eigen machen, sondern lediglich auf deren Stand zum Zeitpunkt der Erstveröffentlichung verweisen.

Dieses Buch ist auch als E-Book erhältlich.

MIX
Papier aus verantwortungsvollen Quellen
FSC® C014496

Verlagsgruppe Random House FSC® N001967

Taschenbuchausgabe 10/2019
Copyright ©1985 by Patrick Tilley
Copyright © 2019 der deutschsprachigen Ausgabe und der Übersetzung by Wilhelm Heyne Verlag, München,
in der Verlagsgruppe Random House GmbH,
Neumarkter Straße 28, 81673 München
Printed in Germany
Umschlaggestaltung: DAS ILLUSTRAT, München, unter Verwendung eines Motivs von Shutterstock/Tithi Luadthong
Satz: KompetenzCenter, Mönchengladbach
Druck und Bindung: GGP Media GmbH, Pößneck

ISBN 978-3-453-32049-9
www.diezukunft.de

Für Nick Austin,
der das alles überhaupt erst ermöglicht hat.
Dieses Buch ist für dich.

1

Cadillac saß neben Mr. Snow auf dem Boden und hörte dem weißhaarigen, bärtigen Alten mit halb geschlossenen Augen zu, als er den nackten Kindern des Clans die Geschichte vom Krieg der Tausend Sonnen erzählte.

Cadillac kannte die Geschichte auswendig. Er hörte sie nun zum hundertundachten Mal. Sie war auch den sechzig kleinen Kindern der Ansiedlung nicht neu, die im Halbkreis um sie herum hockten. Doch es machte ihnen nichts aus. Die Kinder saßen noch ebenso gebannt da wie beim ersten Mal und lauschten jedem Wort. Die meisten von ihnen wussten nicht mehr, dass Mr. Snow die Geschichte schon einmal erzählt hatte. Und ebenso wenig wussten sie, dass sie das meiste vergaßen, was ihnen erzählt wurde; sie behielten selten etwas für längere Zeit – und das würde sich auch nie ändern.

Cadillac hingegen vergaß nichts.

Cadillac behielt alles. Er vergaß nichts, was er je gesehen oder gehört hatte. Er erinnerte sich an die geringsten Details. Aus diesem Grund hatte Mr. Snow ihn auch auserwählt, alles zu lernen, was das Prärievolk seit Anbeginn der Neuen Zeit erlebt hatte. Wenn Mr. Snow sie verließ, um zum Himmlischen Grund zu gehen, würde Cadillac seinen Platz als Clan-Erzähler einnehmen. Und dann war es seine Aufgabe, ein Kleinkind zu finden, das fähig war, sich die vielfältigen Ereignisse einzuprägen, aus denen die neun Jahrhunderte umspannende Geschichte des Prärievolkes bestand.

Vor ihrer Geschichte hatte es eine nicht in Zahlen erfasste Zeitspanne gegeben, die selbst über das Erinnerungsvermögen Mr. Snows hinausging. Sie wurde die Alte Zeit genannt, aber auch damals hatte die Welt vor den Großtaten von Helden mit Vollgasnamen gezittert.

Mr. Snow kannte einige Geschichten über die Alte Zeit. Damals, als es auf der Erde so viele Menschen wie Grashalme gegeben hatte, hatte man die Hütten aufeinandergestellt und Ansiedlungen gebaut, die so hoch in den Himmel ragten wie die fernen Berge. Und die nun zerfallenden Hartwege, die das Land wie Adern durchzogen, waren in einem nie versiegenden Strom von riesigen Käfern erstickt worden. Sie hatten die Menschen von einem Ort zum anderen getragen, und man war nie für sich allein gewesen.

Als Mr. Snow mit den Fingern über seine Arme strich, um zu verdeutlichen, wie die herabstürzenden Sonnen im Krieg das Fleisch aller Lebewesen verbrannt hatten, stand Cadillac auf und ging über einen Abhang zur Ansiedlung hinunter. Die Morgensonne, die seinen nackten Rücken wärmte, malte vor ihm einen schlanken, breitschultrigen Schatten auf den Boden.

Cadillac holte tief Luft, dehnte seinen Brustkorb, breitete die Arme nach beiden Seiten aus und führte sie über dem Kopf zusammen.

Sein Schatten tat das Gleiche.

Es faszinierte Cadillac immer wieder. Er war stolz auf seinen Schatten, denn er unterschied sich von denen der meisten seines Clans. Sein Schatten war ein schlanker, glatter Umriss und wies lange, gerade Arme und Beine auf. Die Hände seines Schattens hatten einen Daumen und vier Finger. Sein Schatten sah aus wie der eines Sandgräbers. Zwar hatte Cadillac noch nie einen Sandgräber gesehen, aber aus Mr. Snows Beschreibungen wusste er, wie sie aussahen.

Der heimliche Feind lebte im fernen Süden, an einem Großen Wasser, und er schickte seine Eisenschlangen und Wolkenkrieger zu ihnen, vor denen man stets fliehen musste.

Cadillac M'Call, nun achtzehn Jahre alt, gehörte zu einem der zahlreichen Clans der She-Kargo-Nachkommen, die durch die mittleren und nördlichen Prärien streiften. Laut Mr. Snow waren ihre Vorfahren am Anbeginn der Zeit auf dem Rücken von Riesenvögeln hier angekommen, deren Flügelschlag das Geräusch gewaltiger Wasserfälle erzeugt hatte.

Sie waren an einem Ort namens O'Haya gelandet, am Ufer eines großen Sees. Dort hatten sie, um das Ende ihrer Reise zu feiern, die Vögel geschlachtet und gebraten und sich einen ganzen Sommer lang von ihnen ernährt. Dann, als der Winter gekommen war, hatten sie das gefrorene Seewasser für den Bau einer riesigen Ansiedlung aus hoch aufragenden Eissäulen verwendet, die in allen Farben des Spektrums geleuchtet hatten und deren Spitzen sich in den Wolken verloren.

Im Krieg der Tausend Sonnen war die Stadt geschmolzen und wieder in den See zurückgeflossen. Dabei waren außer einem alten Mann namens She-Kargo, einer alten Frau namens Me-Sheegun und den Kindern, die sie hatten, alle Lebewesen umgekommen. She-Kargo hatte fünfzehn Söhne gehabt, jeder ein hochgewachsener, tapferer Krieger und stark wie ein Bär, und die alte Frau hatte fünfzehn wunderschöne Töchter gehabt. She-Kargos Söhne und Me-Sheeguns Töchter hatten die Handgelenke gekreuzt und ihre Leiber mit dem Blutkuss verbunden, und ihre Kinder und Kindeskinder waren stark geworden und hatten sich vermehrt. Sie waren nach Westen gezogen, in die Länder Minne-Sota, Io-Wa und Ne-Braska. Sie hatten jeden getötet, der sich ihnen widersetzt, und jeden zu ihrem Seelenbruder gemacht, der ihnen die Hand zur Freundschaft gereicht hatte.

Sie hatten triumphiert, weil ihre Krieger tapferer, ihre Wortschmiede klüger und ihre Rufer stärker gewesen waren. Aus diesem Grund war das Prärievolk immer größer geworden, was man der Muttergöttin Mo-Town ewig dankte.

Cadillac ging an seinen Lieblingsplatz zwischen den Felsen am Rand des Plateaus, wo der M'Call-Clan seine Hütten errichtet hatte, um die Zeit der Ernte abzuwarten. Vor dem gezackten Rand fiel der Boden steil ab. Er war gefurcht und ausgehöhlt, als hätten die Klauen eines Riesenadlers ihn geschlagen. Tiefer unten war der Boden ebener und krümmte sich leicht, bis er in die wellige, von hellrotem Gras bewachsene Prärie überging, die sich bis an den Rand der Welt erstreckte. Hinter der Prärie lag das geheime Tor, durch das die Sonne jeden Morgen in die Welt trat. Je höher sie stieg, desto dunkler wurde das blasse Blau, das die goldenen Feuerwolken der Morgendämmerung löschte. Dann bildeten sich über dem fernen Rand der Prärie allmählich kleine, weit auseinandergezogene Wolken, die wie eine träge in der Ferne grasende Herde weißer Büffel wirkten.

Cadillac lehnte sich rücklings gegen die warme Oberfläche des Felsens und ließ den Blick über den ungebrochenen blauen Himmel schweifen. Er suchte nach dem verräterisch blitzenden Silberlicht, das, wie er wusste, das Auftauchen der Wolkenkrieger ankündigte. Als Mr. Snows auserwählter Nachfolger brauchte er freilich nicht als Wächter tätig zu sein, denn auf den Bergspitzen, die sich rings um die Ansiedlung erhoben, hielten sich über hundert seiner Clan-Brüder auf. Die jungen Krieger, die man Bären nannte, hielten Tag und Nacht Wache. Manche von ihnen suchten den Himmel nach Wolkenkriegern ab, andere hielten am Boden nach herumstreifenden Banden rivalisierender Clans Ausschau, die darauf aus waren, ins Sommerlager der M'Calls vorzudringen. Manche Bären bemannten die geheimen Ausguckposten auf den Höhen, andere streiften in kleinen, beweglichen Gruppen durch das rund um die Ansiedlung liegende Gelände und jagten.

Cadillac suchte den Himmel weiter ab. Nicht weil er sich bedroht fühlte, sondern aus Neugier. Als Mutant hatte er allen Grund, sich vor den Sandgräbern zu fürchten, denn die Angehörigen dieses rätselhaften, unterirdisch lebenden Volkes töteten, wenn sie aus der Finsternis hervorbrachen, jeden, der auf der Erde zu Hause war. Doch ungeachtet – oder vielleicht auch wegen – ihres schrecklichen Rufes sehnte Cadillac sich danach, ihnen zu begegnen, um sie auf die Probe zu stellen.

Bis jetzt hatten sich die Sandgräber noch nicht ins Land der M'Calls vorgewagt. Aber Mr. Snow wusste von den Himmelsstimmen, dass die Zeit ihrer Ankunft bevorstand. Das erste Zeichen würde aus Donnerkeilen am Himmel bestehen – aus den Vogelschwingen, auf denen sich die Wolkenkrieger bei ihren Reisen bewegten. Die Wolkenkrieger waren die scharfen Augen der Eisenschlangen, die hinter ihnen herkamen und in ihren Bäuchen noch mehr Sandgräber mitbrachten. Wenn sie kamen, würde es ein großes Sterben geben. Die Welt würde weinen, und alle Tränen des Himmels würden das Blut des Prärievolkes nicht von der Erde waschen können.

Nachdem Mr. Snow den Kindern seine Geschichte erzählt hatte, kam auch er an den Ort, an dem Cadillac mit zum Himmel gewandtem Gesicht saß. Er hockte sich im Schneidersitz auf einen anderen Felsen. Sein langes weißes Haar war zu einem Schädelknoten nach oben gezogen und wurde von einem Band gehalten; die alternde Haut, die seinen hageren, harten Leib bedeckte, zeigte da und dort willkürlich verteilte Wirbel und schwarzbraune Flecken in drei Nuancen auf – sie reichten von dunkel über hell bis blassrosa.

Laut Mr. Snow war die Haut der Sandgräber überall von der gleichen Farbe. Sie waren blassrosa, vom Scheitel bis zur Sohle. Wie die Haut der Würmer.

Cadillacs Haut zeigte zwar ein ähnlich willkürliches Muster, aber sie war glatt wie eine Rabenschwinge. Ein Teil der Haut Mr. Snows war zwar ebenfalls glatt, aber an manchen Stellen – etwa an der Stirn, an den Schultern und an den Unterarmen – war sie klumpig, als seien unter ihr kleine Kiesel versteckt. An anderen Stellen war sie schrumpelig wie ein totes Blatt oder wie die knorrige Borke eines Baumes.

Die meisten Mutanten kamen so zur Welt. Viele unterschieden sich aber auch auf andere Weise von Cadillac. Als kleines Kind war er sich irgendwann bewusst geworden, dass sein Körper anders war als der seiner Clan-Brüder. Er hatte sich geschämt, weil er ein grotesker Außenseiter war. Manche Kinder hatten ihn verspottet; sie hatten gesagt, er sähe wie ein Sandgräber aus. Cadillac hatte sich im Kreis der Gleichaltrigen nicht mehr wohlgefühlt und war ausgerissen. Doch man hatte ihn zurückgeholt. Er war krank geworden und hatte nicht mehr essen wollen.

Black-Wing, seine Mutter, hatte ihn zu Mr. Snow gebracht, und der hatte ihm erklärt, dass gerade die Dinge, die er an sich hasste, wertvolle Eigenschaften waren, die ihn in späteren Jahren befähigen würden, großartige und tapfere Kunststücke auszuführen. Nur aus diesem Grund war er so gewachsen. Er würde so stark werden wie die Helden der Alten Zeit, deswegen hatte man ihm auch einen Vollgasnamen verliehen: Cadillac, damals vier Jahre alt, hatte mit offenen Augen dagesessen und zugehört, als Mr. Snow ihm unter einem dunklen Himmel voller leuchtender Sterne im flackernden Licht des Feuers von der Talisman-Prophezeiung erzählt hatte.

Seit diesem Zeitpunkt wusste Cadillac mit einer kindlichen Gewissheit, die er nie verloren hatte, dass alles, was ihm passiert war, von Bedeutung war und dass sein Schicksal mit dem zukünftigen Schicksal des Prärievolkes verknüpft war.

Cadillac hörte auf, den Himmel abzusuchen, und drehte sich zu Mr. Snow um. Es drängte ihn nicht, dem alten

Mann zu sagen, wonach er Ausschau gehalten hatte. Mr. Snow, seit seiner frühesten Kindheit sein Lehrer und Führer, sprach mit den Himmelsstimmen und kannte diese Dinge. Er wusste alles.

»Ist dies das Jahr des Großen Sterbens?«, fragte Cadillac.

»Es ist das Jahr, in dem es anfängt«, sagte Mr. Snow.

»Wann kommt die Eisenschlange?«

Mr. Snow schloss die Augen, holte tief Luft und wandte das Gesicht der Sonne zu. Der Himmel hatte eine tiefblaue Farbe angenommen. Cadillac wartete geduldig.

Endlich kam die Antwort. »Wenn der Mond das Gesicht dreimal abgewandt hat.«

»Und was ist mit dem Wolkenkrieger, den die Himmelsstimmen auserwählt haben?«

Mr. Snow atmete mit einem langen Seufzer aus und ließ sein Kinn auf den Brustkorb sinken. Seine Augen öffneten sich. »Seine Reise zu uns nimmt gerade ihren Anfang. Er träumt die Träume junger Männer. Er träumt von Heldentaten und Tapferkeit und von Triumph, Macht und Größe.« Mr. Snow hob den Blick und sah Cadillac an. »Und wie alle jungen Männer glaubt er, dass man diese Dinge geschenkt bekommt. Er weiß noch nicht, wie viel die Welt für solche Träume zahlen muss.«

2

Die einhundert Angehörigen des Adler-Geschwaders rissen die Schultern zurück und richteten sich kerzengerade an den Tischen auf, als der Flugprüfer den Einweisungsraum betrat. Er musterte sie kurz mit grauen, ausdruckslosen Augen, dann schaute er auf die Liste auf seinem Videoblock.

»Avery?«

Mel Avery sprang von ihrem Sitz auf, nahm Haltung an und drückte die Daumen an die Nähte ihres blauen Einteilers. »Sir?«

»Flugbahn drei.«

Avery griff nach ihrem Visierhelm, salutierte zackig und eilte zur Tür.

Der Flugprüfer gab hinter Averys Namen einen Vermerk ein und schaute auf. »Ayers?«

Ayers stand auf, biss die Zähne zusammen und blieb steif wie ein Besenstiel stehen. »Sir?«

»Flugbahn fünf.«

Ayers salutierte und lief los.

»Brickman?«

Steve Brickman schoss hoch, setzte die linke Ferse neben die rechte und drückte die Schultern durch.

»Sir?«

»Flugbahn sechs.«

Die Schlangengrube.

Trotz seiner gespannten Hals- und Kinnmuskeln entschlüpfte Brickman kurz ein unfreiwilliges, bestürztes Keuchen.

Die grauen Augen des Prüfers richteten sich auf ihn. »Stimmt was nicht?«

»Nein, Sir!«

»Okay. Abflug.«

Brickman nahm seinen Helm vom Tisch und salutierte zackig.

Die Aufmerksamkeit des Flugprüfers galt schon dem nächsten.

»Bridges?«

»Sir?«

Als Brickman durch den Gang rannte, der zu den Simulatoren und Freiflugvorrichtungen führte, verfluchte er sein Pech. Die Abschlussprüfung bestand aus acht Abschnitten. Wie alle anderen Kandidaten hatte auch er gehofft, sich an einer leichteren Vorrichtung aufwärmen zu können. Doch nun zeigte sich, dass man ihn an der schwierigsten Hürde prüfen wollte.

In den Ausbildungshandbüchern der Akademie wurde die von einer längst nicht mehr existierenden Flugschülergeneration getaufte Schlangengrube offiziell als Doppelhelix geführt. In den Tagesbefehlen hieß sie Flugbahn sechs.

Die Vorrichtung bestand aus zwei kreisförmigen geneigten Flächen, die um massive Mittelsäulen liefen, die nebeneinander in einem wurstförmigen Schacht untergebracht waren. Aufgerichtet sahen sie aus wie zwei Riesenkorkenzieher mit gegenüberliegenden Gewinden. Die linke Fläche neigte sich im Uhrzeigersinn in elf kompletten Drehungen; die rechte verlief genau umgekehrt.

Da sich die Flächen rund um den Schacht der jeweiligen Mittelsäule nach unten wanden, erzeugten sie einen rechteckigen Lufttunnel von vierzig Metern Breite und siebenundzwanzig Metern Höhe. In der Schachtmitte berührten sich die Ränder der beiden Flächen, was die Akademieflugschüler an Bord der Himmelsfalken in die Lage versetzte, von einer zur anderen zu wechseln und sich in einer fast endlos variablen Reihe auf- und absteigender Figurenachter sowie engen Rechts- und Linkswendungen um die Säulen herum einen Weg durch den Schacht zu bahnen.

Die Start- und Landebahnen befanden sich in den Flug- und Zugangstunnels am oberen und unteren Ende der Vorrichtung; sie waren mit Expressaufzügen verbunden, die zwei Himmelsfalken mit gefalteten Schwingen transportieren konnten.

Die Gesamthöhe der Schlangengrube betrug dreihundertsechzig Meter. Der Schacht, der die spiralförmigen Flächen enthielt, maß zweihundertzehn mal hundertfünf Meter. Die Flugtunnel waren fünfundvierzig Meter breit, dreißig Meter hoch und vierhundert Meter lang.

Und das ganze riesige Gebilde hatte man zusammen mit den restlichen Vorrichtungen und den sonstigen Abteilungen der Akademie in einigen Hundert Metern Tiefe aus dem Urgestein gesprengt, das unter dem Wüstensand New Mexicos lag – in der Nähe der Ruinen einer Stadt, die man in prähistorischen Zeiten unter dem Namen Alamogordo gekannt hatte.

Brickman, schon jetzt als überdurchschnittlich talentiert eingestuft, kannte jeden Knick und jede Wendung der Schlangengrube. Er wusste, dass er sein Ziel erreichen und den Rest der Abschlussklasse in den Schatten stellen würde. Aber das reichte ihm nicht, denn er hatte die Absicht, die höchstmögliche Punktzahl zu erreichen.

Das war der schwierige Teil – denn es bedeutete, dass seine Vorstellung fehlerlos ausfallen musste. Und zwar nicht nur in der Schlangengrube, sondern auch bei allen anderen Aufgaben und im Flugsimulator. Brickman wollte nicht *nur* die beste Note seiner Klasse erreichen. Er wollte das perfekte Ergebnis. Ein Ergebnis, das noch kein Flieger in der hundertjährigen Geschichte der Akademie erreicht hatte.

Das Schicksal hatte es gewollt, dass die Lossprechung seiner Klasse mit seinem siebzehnten Geburtstag und dem hundertjährigen Bestehen der Akademie auf einen Tag fiel. Die traditionelle Abschlussparade, während der die Kadetten nach ihrer dreijährigen Ausbildung die Flugspange erhielten, war diesmal Bestandteil der Jubiläumsfeierlichkeiten. Als Brickman bei der Einschreibung als Erstsemester von dieser günstigen Fügung erfahren hatte, hatte er sich vorgenommen, der Akademie und seinen Wächtern einen besonderen Grund zum Feiern zu liefern.

Steven Roosevelt Brickman. Der Pilot des Jahrhunderts. Mit zweihundert von zweihundert möglichen Punkten Klassenbester des Jahres 2989. Empfänger der heiß begehrten Minuteman-Trophäe – verliehen während der Lossprechung für die beste Allroundshow in der Ausbildung.

Als er die Tür zur Schlangengrube erreichte, hielt Brickman an. Er holte mehrmals tief und gelassen Luft, dann prüfte er die Bügelfalten seines blauen Fliegerdrillichs und betrat das Büro des Vorrichtungs-Überwachungsoffiziers. Er meldete seine Ankunft, indem er seine ID-Sensorkarte an der Tür in den Prüfschlitz schob.

Sobald man ihn identifiziert hatte, konnte er die Flugbahn betreten. Brickman eilte im Laufschritt zu der Rampe, auf der sechs Angehörige der Akademiebodenmannschaft gerade zwei ultraleichte Himmelsfalken bereitstellten. Bob Carrol, der Chefftuglehrer, stand am Rand der Startbahn und unterhielt sich mit einem der zehn aus dem Hauptzentrum gekommenen Prüfer, die den neuen Jahrgang testeten und die Noten verteilten.

Brickman hielt mit einem perfekten Hackenknallen an, riss seinen Ellbogen auf Schulterhöhe hoch und salutierte. Sein Arm knickte ein wie ein geöltes Klappmesser. Seine Finger, seine Hand und sein Gelenk bildeten eine starre Linie, und die Spitze seines schwarzen Handschuhs war genau zwei Zentimeter von der Spange und dem Sternenbannerabzeichen seiner Feldmütze entfernt. »Seniorkadett 8902 Brickman meldet sich zur Flugprüfung, Sir!«

Der Prüfer warf Brickman einen trockenen, abschätzenden Blick zu, dann schob er den Deckel seines Videoblocks hoch und las, was auf dem darunter befindlichen zentimeterdicken Bildschirm stand. Als er sich informiert hatte, schürzte er die Lippen. Dann nickte er Carrol zu. »Ach ja, Ihr Starschüler.« Er wandte sich zu Brickman um. »Okay. Passen Sie auf: Sie starten und landen von dieser Bahn aus. Zuerst biegen Sie nach links ab. Der Rest der Flugstrecke wird auf dem Hin- und Rückweg auf jeder Ebene von Kursleuchten angezeigt. Für Kurs- und Höhenabweichungen werden Punkte abgezogen, und ...« – der

Prüfer legte eine Pause ein – »Sie fliegen gegen die Zeit. Die Gesamtflugzeit wird an der letzten Wendemarke gemessen. Haben Sie das verstanden?«

»Klar und deutlich, Sir!«

»Okay. In fünfzehn Minuten geht's los.« Der Prüfer erwiderte Brickmans Gruß und ging zum Flugkontrollraum.

CFL Carrol, ein dreißigjähriger Ledernacken mit sandfarbenem Haar, musterte Brickman mit einem wohlwollenden Blick. Er war, ebenso wie der Rest des Akademiestabs, ein zäher Bursche und ein Lehrer, der viel von einem verlangte. Wenn er sich je die Blöße gegeben hätte, einem Kadetten offene Sympathie zu zeigen, hätte er es sicher bei Brickman getan. »Ich hatte das Gefühl, Sie würden den kürzesten Strohhalm ziehen. Wie fühlen Sie sich?«

Brickman, der jetzt nicht mehr strammstand, erlaubte sich ein kurzes, unvorschriftsmäßiges Achselzucken. Er kannte Carrol; er wusste, dass er dagegen nicht allergisch war. »Einer muss wohl der Erste sein.«

Carrol begrüßte Brickmans Antwort mit einem ironischen Lächeln. »Ja, das schätze ich auch. Okay, Sie sollten sich jetzt lieber in Bewegung setzen.«

Brickman knallte die Hacken zusammen und legte erneut einen makellosen Gruß hin.

Carrol erwiderte ihn mit einer Handbewegung, die so aussah, als verscheuche er halbherzig eine Fliege von seiner Stirn. Disziplin war eine Sache, Salutieren eine andere. Da er seit fünf Jahren täglich mit ehrgeizigen Kadetten zu tun hatte, fühlte sich sein Arm des Öfteren so an, als rutsche er aus seinen Gelenken. »Viel Glück.«

»Danke, Sir.«

»Und noch was, Brickman ...«

Brickman erstarrte mitten in einer Linkswendung. »Sir?«

»Die Welt ist hart. Die Guten müssen nicht immer auch die Ersten sein.«

»Ich werde mein Bestes geben und mich bemühen, daran zu denken.«

»Tun Sie das«, sagte Carrol. »Aber Sie sollten sich trotzdem nicht aufhalten lassen.« Seine Stimme wurde leiser. »Nehmen Sie Nummer zwei. Die Kontrollen sind leichter zu handhaben.« Er entließ Brickman mit einem Nicken und schaute hinter ihm her, als er auf die abgestellte Maschine zulief.

Der Himmelsfalke – das einzige Flugzeug, das die Föderation baute – bestand aus einem kleinen Cockpit mit drei Rädern, einem Triebwerksbehälter, einer Propellerhaube und einem Heckruder, das unter den von Draht und Streben zusammengehaltenen keilförmigen Schwingen hing. Die Schwingen hatten eine Spannweite von vierzehn Metern und waren mit einem künstlichen Gewebe bespannt, das, wenn man es wie einen Fahrradschlauch aufblies, das Aussehen von Tragflächen annahm. Der Motor lief mit Batterie. Für unterirdische Übungsflüge, die nie länger als dreißig Minuten dauerten, reichte die statische Ladung des Triebwerksbehälters aus. Wenn man Himmelsfalken an der Oberwelt einsetzte, waren ihre Schwingen mit einem Solarzellengewebe überzogen; unter optimalen Bedingungen hatten sie eine praktisch unbegrenzte Reichweite.

Während Brickman schnell eine private Vorüberprüfung des Himmelsfalken vornahm und sich dann ins

Cockpit schnallte und aufrichtete, trieb Carrol sich an der Startbahn herum. In den letzten fünf Jahren war zwar eine ganze Reihe fähiger Kadetten durch seine Hände gegangen, doch Brickman war eine Klasse für sich.

Nachdem Carrol seine Fortschritte an den Vorrichtungen gesehen hatte, war er zu dem Schluss gekommen, dass der junge Mann mehr als nur ein *Gefühl* für das Fliegen hatte. Brickman hatte – nun ja, man konnte es einfach nicht anders beschreiben – irgendeinen sechsten Sinn, der ihm sagte, was auf ihn zukam.

Carrol war sich dessen sicher. Wenn Brickman beispielsweise durch die Schlangengrube flog, schien er – noch bevor die Flugkontrolle die entsprechenden Schalter betätigt hatte – stets zu *wissen,* welchen Kurs die Markierungsleuchten anzeigen würden. Es gab keine andere Erklärung für die Tatsache, dass er stets in der korrekten Position für die erforderliche Wendung war. Und wenn er ein paar Stunden lang in der Vorrichtung war, flog er in der Regel immer einen perfekten Kurs. Direkt am Draht entlang.

Es war unheimlich. Aber wunderbar anzuschauen.

Carrol hatte sein Brickman betreffendes Gefühl bisher noch niemandem offenbart. Die Vorstellung, es könne einen »sechsten Sinn« geben, vertrug sich nicht mit der offiziellen Wagner-Philosophie. Wenn man es genau nahm, hatte dieser Begriff, bevor man ihn zu einer Bahnbrecher-Expedition mit dem Ziel der Oberwelt-Befriedung abkommandiert hatte, nicht einmal zu Carrols Wortschatz gehört.

Viele Bahnbrecher-Veteranen glaubten zwar, dass die Mutanten – die ewigen Feinde der Amtrak-Föderation –

über einen »sechsten Sinn« verfügten, aber nur wenige trauten sich, darüber zu reden. Tatsächlich war es so, dass man eine strafbare Handlung beging, wenn man das in der Öffentlichkeit tat. Den Wagnern stand nicht der Sinn danach, sich mit derlei Unfasslichkeiten zu beschäftigen. Es waren ihre körperlichen und technischen Fähigkeiten, die sie zu den Herren des Erdschildes und der Oberwelt machten. Es war die *sichtbare* Macht der dem Genie der Ersten Familie entwachsenen Föderation, die ihr Überleben sicherte und den Traum von der schlussendlichen Rückkehr in die Blauhimmelwelt fast greifbar gemacht hatte.

So stand es auch im Föderationshandbuch, der umfassenden Informationsquelle und Datenbank, die man umgangssprachlich als »Das Buch« bezeichnete. Das Buch enthielt zahllose Bildschirmseiten mit Referenz- und Archivmaterial, und seine Gesetze und Vorschriften beherrschten jeden Aspekt des Wagnerdaseins und die kollektive Weisheit der Ersten Familie. Das Buch bot erbauliche Lektüre für jede Gelegenheit. Was es nicht erwähnte: dass man als Flieger außerdem auf eine beträchtliche Menge Glück angewiesen war, um das vorgeschriebene Minimum dreier Einsätze zu überleben. Jede Fahrt dauerte ein Jahr. Netterweise gehörte das Glück zu den wenigen statthaften Abstraktionen, über die ein Wagner in seinem kurzen Leben, in dem er in einer Welt nach Vortrefflichkeit strebte, in der die praktische Anwendung von Muskeln und Hirn wichtiger war als alles andere, nachdenken durfte.

Als das Bugrad des Himmelsfalken auf die Mitte der Startlinie zeigte, war sich der an seinen Sitz geschnallte Brickman Carrols Anwesenheit am Rand der Startbahn hinter der Backbordschwinge gar nicht mehr bewusst. Sein Blick war fest auf das Startbahn-Kontrolllicht gerichtet, das links von ihm an die Wand des Flugtunnels montiert war. Als der Motor mit voller Kraft hinter ihm aufdrehte, lag seine Hand auf dem Bremshebel.

Seine gesamten Sinne waren auf den Flug konzentriert, der vor ihm lag. Und der Extrasinn, von dem Carrol glaubte, dass er ihn hatte, ahnte schon, dass die erste Kursmarkierung eventuell wieder eine scharfe Linkskurve um die Säule anzeigen würde.

Jeder Flieger hatte beim Aufleuchten der Rechts- oder Linkspfeile kaum zwei Sekunden Reaktionszeit, um die nötige Kursänderung vorzunehmen. Nahm er sie zu spät vor, wich er von der Mittellinie ab. Wenn dies geschah, zeichneten fotoelektrische Zellen in der Vorrichtung die Abweichung auf. Ein ähnlicher Zellensatz in der Schachtwand registrierte die Höhenabweichungen. Wer die höchstmögliche Punktezahl erreichen wollte, musste sich vom Anfang bis zum Ende des Flugtunnels in extrem engen Grenzen bewegen. Das erforderte einen hohen Grad an fliegerischem Können, absolute Konzentration und blitzschnelle Reaktionen.

Brickman verfügte über all diese Qualifikationen. Und dazu kam noch seine unerklärliche Fähigkeit, beliebige Ereignisse mehrere Sekunden vor ihrem Eintreffen vorherzusagen. Als er im Cockpit saß und mit totaler Konzentration auf das Grünlicht wartete, war er davon überzeugt, dass er das Aufleuchten des Kurszeigers ein bis zwei Sekunden früher »sehen« würde, als die Flugkontrolle ihre Schaltung vornahm. Sein sechster Sinn schien jedoch nur in Stresssituationen zu funktionieren – wie jetzt.

Brickman bediente sich seiner zufälligen Gabe, ohne über ihren Ursprung nachzudenken und ohne die geringste Spur von Angst oder Verwunderung. Für ihn war sie einfach da; ebenso, wie er ohne zu fragen die Tatsache hinnahm, dass er, Steven Roosevelt Brickman, dazu bestimmt war, erfolgreich zu sein.

Vorgewarnt, dass das Grünlicht gleich anging, löste Brickman die Radbremsen, als der Strom die Lampenfäden erreichte. Der Himmelsfalke machte einen Satz nach vorn und war dreißig Meter später in der Luft. Als er das Ende des Flugtunnels erreicht und die erste Wendung durchgeführt hatte, spürte Carrol, der mitten auf die Startbahn getreten war, dass Brickman auf dem besten Weg war, sich als unschlagbarer Erster zu etablieren.

Am Ende des vierten Tages, als alle Flugzeiten feststanden, wurde seine Vermutung voll bestätigt. Brickman hatte nicht nur eine fehlerlose Schleife geflogen, er hatte sie auch in der dafür vorgeschriebenen Zeit beendet. Und von der Schlangengrube aus war er weitergezogen, um auch in allen anderen Flugvorrichtungen perfekte Ergebnisse zu erzielen.

Ebenso hatte Brickman bei der Prüfung seiner körperlichen Behändigkeit auf dem mörderischen Übungsplatz, beim Schießen, in allgemeiner Waffenkunde und bei den mündlichen Prüfungen in jeden Disziplinen der allgemeinen und technischen Fächer sämtliche Punkte geholt, die man holen konnte. Als die Prüfer die Ergebnisse verarbeiteten, stellte sich bald heraus, dass Seniorkadett 8902 Brickman, S.R., der jetzt nur noch einen Test vor sich hatte, auf dem besten Weg war, ein Jahrhundertschüler zu werden.

»Ach-TUNG!«

Dreihundert Hacken knallten auf den lauthals im Chor gerufenen Befehl der Kadetten-Geschwaderführer aneinander, als CFL Carrol den Hauptvorlesungssaal betrat. Triggs, sein Erster Assistent, folgte ihm.

Die Kadetten, die an der Reihe waren, die drei Einheiten der Abschlussklasse zu führen, machten kehrt, salutierten und spulten, als der CFL zum Podium hinaufstieg, die üblichen Meldungen ab.

»Geschwader Kondor anwesend und bereit, Sir!«

»Geschwader Falke anwesend und bereit, Sir!«

»Geschwader Adler anwesend und bereit, Sir!«

Carrol erwiderte ihren Gruß mit seinem berühmten Fliegenverscheuchen und trat ans Podium. Triggs, ein berüchtigter Schleifer, blieb einen Schritt rechts hinter ihm stehen. Er spreizte die Beine, stellte die Füße symmetrisch nach außen, legte die Arme auf den Rücken und verschränkte seine steiffingrigen Hände.

»Nehmen Sie Platz, meine Herren!«

Dreihundert Hinterteile rutschten lautlos über die Sitze.

»Okay«, sagte Carrol. »Ich habe die vorläufigen Ergebnisse gesehen. So weit, so gut. Jetzt kommt nur noch der Flugtest, bei dem es um alles oder nichts geht. Das Größte. Der Flug, der über alles entscheidet. Morgen früh um sieben Uhr begeben Sie sich, eine Gruppe nach der anderen, zur Ebene Zehn hinauf, um das erste Oberwelt-Solo durchzuführen.«

Steve Brickman wurde von der Welle der Erregung und der Besorgnis mitgerissen, die Carrols Ankündigung hervorrief.

»Jeder von Ihnen hat Bilder von der Oberwelt gesehen«,

fuhr Carrol fort. »Und Sie sind alle eingewiesen worden. Sie wissen, was Sie erwartet, was?«

»Ja, Sir!«, rief die Klasse.

»Nichts wissen Sie!«, fauchte Carrol. »Alles, was Sie bis jetzt gelernt haben, alles, was man Ihnen bis jetzt beigebracht hat, nützt Ihnen absolut nichts. Sie können alles wieder vergessen. *Nichts* kann einen auf den Augenblick vorbereiten, in dem man von der Bahn abhebt und den ersten Blick auf die Oberwelt wirft. Man hat das Gefühl, in eine andere Dimension einzutreten. Der erste Eindruck wird Sie völlig aus der Fassung bringen. Vielleicht wird er Sie sogar in Angst versetzen. Das ist nichts Schlimmes. Wenn Sie den ersten Patrouillenflug im Mutantengebiet machen, werden Sie ebenfalls Angst kriegen. Nur Idioten haben keine Angst. Das Allerwichtigste ist, dass man sich beherrscht. Dass man sich und seine Maschine beherrscht. Lassen Sie nicht zu, dass Sie die Orientierung verlieren. Draußen ist es fast so wie im Freiflugdom – nur größer.

Sehr viel größer. Riesenhaft. Endlos. Furchterregend …

Für einige von Ihnen ist es eventuell ein Kinderspiel. Sie werden nach den ersten paar Minuten freihändig fliegen und sich fragen, wieso man Ihnen einen solchen Blödsinn eingetrichtert hat. Manche von Ihnen werden jede einzelne Minute verfluchen. Sie werden den Wunsch verspüren, auf den Sitz zu pinkeln, die Augen zu schließen und darauf zu warten, dass bald alles zu Ende ist. Aber Sie werden sich diesem Gefühl widersetzen. Wenn Sie die Absicht haben, nächsten Freitag Ihr Fliegerdiplom zu kriegen, fliegen Sie das aufgeblasene Bettlaken jeden Zentimeter rund um den Kurs, der auf Ihrer Karte eingezeichnet ist. Und Sie bringen die Kiste in einem Stück zurück. Und was *noch* wichtiger ist: Sie bringen sie mit sauberen Hosen zurück.«

Der letzte Satz erzeugte eine Welle nervösen Lachens.

»Nein, lachen Sie nicht«, sagte Carrol. »Ich scherze nicht. Ihre Fluglehrer haben nämlich Dienst im Duschraum, stimmt's?«

Mr. Triggs nickte heimtückisch. »Genau ...«

Carrol beäugte sein Publikum. Ihm fiel noch etwas ein. »Zwei meiner Klassenkameraden sind ausgeklinkt, als sie von der Bahn runter waren. Einer hat sich auf den Rücken gedreht und sich aus hundertfünfzig Metern Höhe einfach fallen lassen. Der andere hat einmal hingeschaut, eine Wendung um hundertachtzig Grad gemacht und wollte wieder reinfliegen. Mit Vollgas. Er hätte es schaffen können, aber ... er hatte es so eilig, dass er nicht gewartet hat, bis die Bodenmannschaft das Tor wieder aufmachte.«

Brickman krümmte sich. Der Fachlehrer, der sie über die Oberwelt belehrt hatte, hatte erwähnt, dass die äußeren Rampentore, die in die über der Akademie liegende unfruchtbare Wüste führten, aus dreieinhalb Meter dicken Stahlbetonplatten bestanden.

Der CFL beendete seine Gruselgeschichte, indem er eine Grimasse schnitt. »Ich nehme an, ich kann mich darauf verlassen, dass keiner von Ihnen in den nächsten zehn Tagen etwas anstellt, was die Jubiläumsfeier auf irgendeine Weise stören könnte.«

Die Klasse musterte ihn schweigend.

»Gut«, sagte Carrol. Er wandte sich an seinen Ersten Assistenten. »Sie gehören jetzt Ihnen, Mr. Triggs.«

Trotz Carrols unheildrohender Warnung lag die mutmaßliche Versagensrate des diesmaligen alles entscheidenden Soloflugs fast bei null. Seit der Zeit, in der Carrol Flugschüler gewesen war, hatte man das Psychoprofil des idealen Fliegers sorgfältig neu gezeichnet, denn sämtliche Kandidaten wurden während des Auswahlverfahrens harten Prüfungen unterzogen.

Theoretisch musste das Psychoprofil erfolgreicher Kandidaten beim zuständigen Referenten fünfundsiebzig Punkte erzielen, doch in der Praxis war dies nicht immer möglich. In der tausendjährigen Geschichte der Föderation hatte – ebenso wie in den davorliegenden Jahrtausenden – noch niemand eine Methode entdeckt, die Kunst der angewandten Psychologie mit der mathematischen Genauigkeit der Naturwissenschaften in Einklang zu bringen.

Was bedeutete, dass heute wie damals ein normal aggressiver Holzkopf über die Rampe fegte und nach wenigen Minuten in der Luft die Agoraphobie zu spüren bekam – die Furcht vor freien Räumen, unter der die Mehrheit der Wagner litt. Der arme Kandidat würde, während seine Eingeweide sich verknoteten, erkennen, dass seine auf dem Steuerknüppel liegende Hand urplötzlich lahm geworden war. Selbst wenn es ihm dann noch gelang, seine Angst wirkungsvoll zu bekämpfen und den vorgegebenen Kurs zu fliegen, war dies das Ende seiner Pilotenkarriere. Denn während des alles entscheidenden Solofluges waren die Kadetten so verkabelt wie ein Mensch, der sich einem Lügendetektortest unterzog. An ihren Körpern klebende Sensoren, die mit einem Aufzeichnungsgerät verbunden waren, überwachten sämtliche ihrer Tätigkeiten, einschließlich wichtiger Dinge wie Herzschlag, Hirnaktivität, Hauttemperatur und Feuchtigkeit. Die Hauptzentrums-Flugprüfer brauchten keinen Mr. Triggs, der im Duschraum auf Wache stand. Dank der ihnen zur Verfügung stehenden ausgetüftelten Fernmessanlage *wussten* sie, ob sich ein Flugschüler vor Angst in die Hose schiss.

Brickman, der seine Karriere schon im Alter von fünf Jahren geplant hatte, war davon überzeugt, dass er diese Prüfung mit der gleichen Leichtigkeit bestehen würde wie die anderen.

Was nicht hieß, dass er von Natur aus erfolgreich war. Keineswegs. Abgesehen von seinem angeborenen Flugtalent war er keineswegs der klügste oder stärkste Schüler der Abschlussklasse. Aber er war zweifellos der ausgeschlafenste. Seine geistigen und körperlichen Leistungen in Sachen Streckenstudium, Spurensuchen und Pünktlichkeit waren das Ergebnis endloser Stunden angestrengten Büffelns und höchster Konzentration; er hatte sich seiner Aufgabe verschrieben, weil er ein Ziel vor Augen hatte.

Brickmans wahres Talent lag darin, dass er seine Gaben in einem Höchstmaß aktivieren konnte und aus seinen natürlichen Anlagen nur das Allerbeste machte. Dazu kam, dass er ein hochgewachsener Typ mit einem ansehnlich geformten, ehrlichen und zuverlässigen Gesicht war. Und weil ihm eine nette, einnehmend gescheite Art zu eigen war, die er zu seinen Gunsten einsetzte, um zu verbergen, dass sein Gehirn so exakt und leidenschaftslos arbeitete wie ein Silikon-Mikrochip.

Obwohl die Kadetten des Adler-Geschwaders sich dem Rest der Akademie traditionell überlegen fühlten (die

Adler waren in den vergangenen zwanzig Jahren aus sämtlichen Gruppenwettbewerben fünfzehnmal als Meister hervorgegangen), standen sie auf der Organisationsliste erst an dritter Stelle. Demzufolge mussten Brickman und seine Kameraden vier Tage warten, bevor man sie anwies, sich zum letzten Flugtest auf Ebene Zehn zu begeben.

Am fünften Tag war der lange erwartete Moment endlich da. Mit Marschbefehlen versehen, meldeten sich Brickman, Avery und die acht restlichen Kadetten der ersten Adler-Gruppe im Büro des Superintendenten ihrer Ebene. Dann fuhren sie mit dem Lift nach Ebene Fünf hinauf. Dort nahmen sie das Laufband zum zweiten Kontrollpunkt nach Sechs und betraten einen anderen Aufzug, der sie zur Unter-Oberfläche hinaufbrachte: Ebene Zehn.

Zum ersten Mal kam Brickman über Ebene Fünf hinaus. Bevor er auf die Akademie gegangen war, hatte sich sein ganzes Leben innerhalb der Ebenen Eins bis Vier abgespielt.

Die tiefste Etage von Ebene Eins lag vierhundertfünfzig Meter unter der Erdoberfläche. Jede Ebene war fünfundvierzig Meter hoch und in zehn Etagen oder Hallen geteilt. Demzufolge war Eins-8 (vom Boden aus gezählt) die achte Etage von Ebene Eins. Zehn-10 war die Etage, von der man zur Rampe hinausging – die scharf bewachte Verbindungstür zwischen der Föderation und der Oberwelt.

Aus Sicherheitsgründen kam nur eine begrenzte Anzahl der Unterabteilungen in einem Rutsch nach Ebene Zehn hinauf. Die meisten Föderationsbasen lagen zwischen den Ebenen Eins und Vier und waren miteinander durch die Interstaatsbahn verbunden.

Als Brickman auf Ebene Zehn-10 aus dem Lift kam, überkam ihn ein eigenartiges Gefühl. Obwohl es auf den ersten Blick nur wenig gab, was die zur Rampe führende Etage von denen unterschied, die unter ihnen lagen, konnte er die Oberwelt »spüren«. Obwohl sie an dieser Stelle noch immer fast fünfzehn Meter über ihm war, machte sie sich beinahe wie eine greifbare Präsenz bemerkbar.

Als Brickman sich bei der Oberwelt-Flugkontrolle meldete, stellte er fest, dass er als vierter auf der Liste stand. Einer der allgegenwärtigen Flugprüfer stand dabei, als zwei Mediziner die Sensoren an ihm befestigten und die Messungen vom Datenaufzeichner ablasen. Brickman zog seinen blauen Fliegerdrillich wieder an und stöpselte die Nabelschnur ein, damit das Sensorkabel durch die dafür vorgesehene Öffnung kam.

Im Kartenraum wurden ihm von einem zweiten Flugprüfer die Landkarte, die Kurskoordinaten und der letzte Wetterbericht ausgehändigt.

»Sie haben fünfzehn Minuten.«

Von steigender Nervosität gepackt, rang Brickman sich ein Lächeln ab, das ihn wertvolle Punkte hätte kosten können, dann salutierte er und machte sich zu einem der Plottertische auf, um zu arbeiten. Zwar war er nach weniger als zehn Minuten fertig, aber er nutzte die ihm verbleibende Zeit, um seine Berechnungen doppelt und dreifach nachzuprüfen. Die restlichen Kadetten seiner Gruppe und sonstigen Angehörigen des Geschwaders, die auf sechs alternativen Kursen flogen, würden ihm während der nächsten zwei Tage in einem Abstand von fünfzehn Minuten über die Rampe folgen.

Vom Kartenraum aus wurde Brickman zur Nordwest-

Rampe geschickt – sie war eine von vieren, die rechtwinklig in Form eines riesigen Malteserkreuzes aufeinander zuliefen. Als er die Rampenzugangszone erreichte, sah er einen Himmelsfalken, dessen Bug auf das große bleiummantelte Tor gerichtet war. Die Deltaschwinge war mit dem metallblauen Gewebe überzogen, das Tausende von Solarzellen enthielt. Brickman führte die üblichen Vorprüfungen aus, setzte den Helm mit dunklem Visier auf, schnallte sich ins Cockpit und stöpselte die Mikroleitung in den Hochfrequenzsender und die Nabelschnur in den Bordumwandler. Von nun an würden die an seinem Körper klebenden Sensoren alle Daten auf die Bildschirme der Flugkontrolle übertragen und – bis er wieder aus dem Cockpit stieg – einen unauslöschlichen Sekundenbericht seiner Reaktionen liefern.

Der Datenumwandler war dicht neben ihm an der rechten Seite des Cockpits angebracht. Brickman griff mit der linken Hand hinüber und schaltete ihn ein.

Die Flugkontrolle meldete sich sofort. »Easy X-Ray Eins: Ihre Datenleitung blinkt A-Okay.«

Brickman bestätigte das Fertig-Signal des Rampenmeisters und drückte einen Knopf. Der Elektromotor hinter seinem Sitz begann leise zu winseln. Brickman prüfte die Bewegungen der Armaturen, dann fuhr er gemäß den Anweisungen der Signalstäbe des Rampenmeisters los, bis der Bug seiner Maschine nur noch wenige Schritte vom innersten Rampentor entfernt war.

Mit einem Zischen, das Brickman wegen des lauter werdenden Motorengeräusches kaum hörte, versank die fünfzehn Meter hohe Wand vor ihm im Boden. Brickman folgte den hellroten Richtungszeigern; er steuerte die

Maschine über sie hinweg auf das äußere Doppeltor zu und stoppte an der parallelen gelben Linie.

Hier war der Rampentunnel dreißig Meter breit. Die Wände hoben sich, sanft nach innen geneigt, bis zur Decke. Brickman wusste von der Lagebesprechung, dass sich die beiden Innentorhälften zur Seite hin öffneten. Die äußeren überlappten sich horizontal; die höhere Obersektion schob sich in die Decke, der untere Teil versank im Boden. Diese Anordnung machte es der Rampenmannschaft möglich, die Öffnung an die Größe des Objekts anzupassen, das das Tor passierte.

Als Brickman einen Blick in den Rückspiegel warf, sah er zu seinem Erstaunen, dass das große Tor sich lautlos hinter ihm geschlossen und ihn von der Föderation abgeschnitten hatte.

In seinem Helmfunkgerät erklang die Stimme des Lotsen. »Easy X-Ray Eins, hier ist die Bodenkontrolle. Helligkeitsausgleich erfolgt in wenigen Sekunden. Das Tor öffnet sich in zehn. Fahren Sie erst los, wenn Sie Grün sehen. Wenn Sie die gelbe Doppellinie überschritten haben, haben Sie Starterlaubnis. Senden Sie Rufzeichen, wenn Sie das rot-weiß-blaue Signalfeuer hinter sich haben und auf Heimatkurs sind. Ende.«

»Easy X-Ray Eins, verstanden.« Brickmans Stimme zitterte vor Erregung.

»Viel Glück«, sagte die Stimme in seinem Ohr.

Im gleichen Augenblick flammten an den Wänden vom Boden bis zur Decke zahlreiche Neonröhren auf und schufen einen Lichttunnel, der in Richtung auf das Rampentor immer heller wurde. Es galt, sich an die große Helligkeit des draußen herrschenden Tageslichts anzupassen.

Brickman klappte das Visier herunter. Fünf Sekunden später glitten die dreieinhalb Meter dicken Innentorhälften auseinander. Der untere Teil des Außentors kam mit der Rampe auf eine Ebene, und er sah einen viereinhalb Meter hohen Schlitz, der gerade breit genug war, den Himmelsfalken durchzulassen.

Als er Grün sah, fuhr er mit dem Bugrad auf der Mittellinie los und passierte den massiven Betonvorhang, der den oberen Teil des Außentors bildete. Er entfernte sich von der drohend über ihm hängenden Masse, hielt auf der gelben Doppellinie an, die sich von einer Wand zur anderen zog, und warf einen Blick auf seine Umgebung.

Er befand sich in einer Betonschlucht mit nackten, fugenlosen, fünfzehn Meter hohen Wänden. Vor ihm stieg die Rampe sanft an. Da Brickman das Modell studiert hatte, wusste er, dass die Wände, die ihn nun umgaben, sich jäh nach unten verjüngten, während die Rampe in Form eines Riesenfächers anstieg, bis sie die Oberwelt erreichte.

Über der Schlucht erstreckte sich eine ausgedehnte flache hellblaue Decke.

Mit einem plötzlichen Schock wurde Brickman klar, dass er keineswegs zu irgendeiner der beleuchteten Decken hinaufschaute, die man über den Plätzen der Föderation sah – das hier war der *Himmel.*

Das Dach der Welt. »Das wilde blaue Jenseits« – die Herzen zum Wogen bringende Phrase aus der Kampfhymne der Flugschule, die seine Fantasie schon im Alter von zehn Jahren entflammt hatte. In diesem Dach gab es keine verborgenen Neonröhren; es war von einem blendenden, fast überwältigend hellen Licht erfüllt, das von dem blassen Beton abprallte und unter dem Himmelsfalken einen deutlichen, dunklen Schatten auf die Startbahn warf. Das Licht der Sonne. Es flammte so hell auf ihn nieder, dass nicht mal seine abgeschirmten Augen es aushielten, direkt hineinzusehen. Die strahlende Hitze stach in seinen Leib und ließ sein Knochenmark vor Wärme jucken.

Brickman zwang sich, ruhig zu bleiben; er kostete einen tiefen Zug der frischen Backofenluft, drückte den Gashebel tief hinunter und richtete den Himmelsfalken auf die Rampenmittellinie und den dahinterliegenden Himmel aus. Eine grelle Hitzewelle hob das leichtgewichtige Flugzeug unerwartet in die Luft. Brickman glich den Kurs des Himmelsfalken schnell an. Die ihn umgebenden Wände wichen zurück, die unter ihm liegende Rampe schrumpfte zu einer glänzenden Betonkuchenscheibe zusammen. Und dann warf Brickman den ersten Blick auf die Oberwelt.

Und war von der Weiträumigkeit der Erde und des Himmels überwältigt.

In den vergangenen sechzehn Jahren und einundfünfzig Wochen seines Lebens war das fernste Objekt, das er je gesehen hatte, keine achthundert Meter von ihm entfernt gewesen. Die höchste Decke, die er je erblickt hatte, befand sich zweihundertdreißig Meter über seinem Kopf. Er hatte Fernsehaufnahmen des kürzlich fertiggestellten John-Wayne-Platzes im Hauptzentrum gesehen. Der Platz war ein Wunder der Ingenieurskunst – anderthalb Kilometer breit und achthundert Meter hoch. Doch selbst das wurde angesichts dessen, was er zu sehen bekam, als der Himmelsfalke noch höher stieg, völlig unwichtig. Denn nun konnte Brickman mehr als *hundertfünfzig Kilometer* weit sehen. Er hatte eine Aussicht, die sein Herz schneller schlagen ließ. Er riss die Augen weit auf und war vollkommen überwältigt. Er erblickte unter der unmessbaren blauen Himmelschale einen unglaublich weit entfernten, wolkenfleckigen Horizont.

Seine Reaktion auf die Oberwelt wallte aus den Tiefen seines Ichs nach oben. CFL Carrol hatte recht gehabt. Nichts, rein gar nichts in seinem bisherigen Leben hätte ihn auf diesen Augenblick vorbereiten können. Seit Jahren hatte er wegen seiner klinischen Unvoreingenommenheit Stolz empfunden. Er war stolz auf die Fähigkeit gewesen, seine Reaktion in jeder Situation kontrollieren zu können und seine Worte und Handlungen mit dem exakten und erforderlichen Grad an Emotion zu versehen. Nicht mehr, nicht weniger.

Aber heute nicht.

Einen kurzen Augenblick lang ließ Brickman die Maske fallen. Er gab sich den neuen Gefühlen hin, die seine Kopfhaut kitzelten und sein Herz schneller schlagen ließen; dann konnte er nur noch nach Luft schnappen. Er lehnte sich zurück und ließ das Wesentliche – die latente Kraft der Oberwelt – durch sein gesamtes Ich strömen. Er ließ sich (hätte er den Ausdruck gekannt und verstanden, was er bedeutete) von ihrer lockenden Schönheit umarmen wie ein Liebender, der lange fort gewesen war.

War wiedervereint.

Hörte Stimmen.

Witterte Gefahr.

Erholte sich wieder. Beherrschte sich. Unterwarf sein Ich dem Dienst an der Föderation. Reinigte sich von allen Gefühlen. Zertrat den wiederentdeckten Sinn für das Wunderbare unter der eisernen Ferse seiner Wagner-Psyche.

Äußerlich wieder ganz der Alte, nahm Brickman das Gas zurück, um höher aufzusteigen. Er prüfte nach, ob er noch auf dem richtigen Kurs und unterwegs zum ersten Drittel seines Fluges war, dann richtete er die Aufmerksamkeit auf das unter ihm liegende Land.

Die Oberwelt. Die geplünderte Urheimat aller Wagner. Überrannt von den verschlagenen, grausamen Mutanten. Die Blauhimmelwelt! Die Erste Familie hatte im Namen der Föderation geschworen, sie zu reinigen und neu in Besitz zu nehmen.

Brickman konsultierte die Landkarte. Die über der Flugakademie liegende Rampe, von der er gestartet war, lag etwa fünfzehnhundert Meter über dem Meeresspiegel und genau zwischen zwei vorgeschichtlichen Ansiedlungen namens Alamogordo und Holloman AFB. Von Alamogordo waren nur ein paar schartige Mauern übrig geblieben, die in einem schwach erkennbaren, geradlinigen Muster zwischen den hellroten Bäumen aus dem Boden ragten. Holloman AFB lag in diesem Moment unter seiner Backbordschwinge: drei riesige, sich überlappende Krater, die teilweise mit Sand gefüllt waren, den der Wind herangetragen hatte.

Brickman richtete seine Aufmerksamkeit wieder auf die riesigen Pappelwälder.

Bäume …

Auch sie waren – wie die fernen Wolken – etwas, das er bisher nur auf Bildern gesehen hatte.

Er war momentan siebenhundertsechzig Meter hoch und stieg weiter. Er befand sich über einem Gelände, das der Kartenoffizier der Akademie als »Land der Hochebenen« bezeichnet hatte. Über seiner rechten Schulter, hinter der Rampe, konnte Brickman den steil aufragenden Gipfel der Sierra Blanca erkennen, einen Teil der Bergkette, die den Weg nach Osten verstellte. Vor ihm lag die San-Andreas-Kette, die er zwischen Black Top und Salinas Peak überqueren musste. Von dort aus lief sein Kurs in einer geraden Linie über den Jornada del Muerto zum Nordende eines großen Oberweltbeckens, das den Teil eines gewaltigen Stromes bildete, der tief in das Muttergestein des Landes biss und sich dann nach Süden davonschlängelte.

Der Rio Grande.

Trotz allem, was er gehört hatte, konnte Brickman nur schwer akzeptieren, dass die Oberwelt ebenso gefährlich wie schön war. Andererseits konnte er die Beweise aus erster Hand nicht in Abrede stellen: Sein Wächtervater, der als Flieger größte Ehren errungen hatte, war jetzt nur noch ein zusammengesunkener Schatten in einem Rollstuhl. Sein Körper war von der alles zerfressenden Krankheit gezeichnet, die jeden erwartete, der die festgelegte Anzahl der Oberwelt-Pflichtflüge überlebte.

Der über ihm liegende Himmel, das unter ihm liegende Land, die saftige, frische Luft, die seine Lunge in diesem Moment füllte – all das war mit einer tödlichen Strahlung versetzt, die jetzt schon, auf seinem ersten Ausflug, in aller Stille angefangen hatte, seinen empfindlichen Körper anzugreifen. Jeder Quadratzentimeter Boden, jeder Kubikzentimeter des Himmels enthielt den Kuss des Todes.

Diese allgegenwärtige Gefahr, die wie ein unsichtbares Leichentuch über der Welt hing, hatte zur unterirdischen Geburt der Föderation geführt und hielt sie seit fast tausend Jahren davon ab, ihren rechtmäßigen Platz an der

Sonne einzunehmen. Zwar kannte man Strahlenschutzanzüge, doch ihre Plumpheit störte die Wagner, weil sie sich wie die amerikanischen Green Berets und die britischen Paras der Vorzeit für Eliteeinheiten hielten. Die Wagner waren die Crème de la Crème der Amtrak. Nach ihrer Meinung boten der geschlossene Standardhelm mit seinem Luftfiltersystem und ihre Flakjacken genügend Schutz. Strahlenschutzanzüge gehörten nicht einmal zur Standardausrüstung der Wagenzüge. Dass sie sich weigerten, Schutzanzüge zu tragen, bewertete das Hauptzentrum nicht als Bruch der Disziplin, sondern als Beweis für die Bereitwilligkeit der Bahnbrecher, für die Föderation zu sterben.

Der Querfeldeinkurs, den Brickman fliegen musste, verlief in Form eines etwa gleichschenkligen Dreiecks und umfasste eine Gesamtstrecke von dreihundertsechzig Kilometern. Die erste 120-km-Strecke verlief nordwestlich zur Mündung des Elephant-Butte-Beckens und die zweite fast parallel zum Rio Grande nach Süden, wo sie eine weitere prähistorische Ruine namens Hatch kreuzte, um schließlich den Kamm der Sierra de Las Uvas zu erreichen. Das letzte Drittel verlief im Zickzack rund um den Gipfel des Zweieinhalbtausenders, der die höchste Stelle der San-Andreas-Kette markierte. Dann ging es über die öde glitzernde Ebene von White Sands zur Rampe zurück.

Da Brickman wusste, dass die Flugprüfer unter Umständen über eine Möglichkeit verfügten, sein Flugverhalten zu beobachten, flog er in der erforderlichen Höhe von zweieinhalbtausend Metern mit einer Geschwindigkeit von hundertzwanzig Stundenkilometern einen perfekten

Kurs. Er suchte den ihn umgebenden Himmel ab, bemerkte aber kein Anzeichen irgendeiner anderen Maschine.

Als die Berge hinter ihm lagen, ging er zum Landeanflug herunter. Vor ihm war das dreihundert Meter hohe, bleistiftdünne, rot-weiß-blaue Signalfeuer, das wie durch Zauberei an einer Stelle verharrte. Unter ihm breitete sich weißer Sand aus. Der Wind hatte ihn in krumme Linien gelegt, sodass er nach allen Seiten verlief, wie ein gefrorenes Meer.

Das Meer …

Brickman hatte zwar schon vom Meer gehört, aber nie Bilder von ihm gesehen. Er wusste nur, dass es hinter dem Südhorizont lag. Er kämpfte den verrückten Impuls nieder, vom Kurs abzuweichen und es zu suchen, und machte mit dem langsamen Abstieg zur Südwestrampe weiter. Als er etwa drei Kilometer von der Landebahn entfernt war, sah er einen winzigen, dreieckigen blauen Fleck, der von der Startbahn abhob. Als der Fleck eine Schleife drehte und die Sonne auf ihn fiel, wurde er zu einem silbernen Blitz. Im Südosten hing hoch am Himmel ein weiterer Mikropunkt. Da war noch einer auf dem Weg nach Hause.

Brickman nahm sofort das Gas weg und trieb mit der gelassenen Aufmerksamkeit eines Meeresvogels durch die warme Luft nach unten. Drei Stunden nach dem Start berührten die drei Räder wieder den Boden der Rampe. Er war auf die Sekunde innerhalb der Zeit, die die Oberwelt-Flugkontrolle vorausberechnet hatte.

Eine letzte, fehlerlose Vorstellung.

Als Brickman über die Rampe fuhr, hatte er das Gefühl, als sprängen die sich nähernden Wände nach oben, um ihn von der Oberwelt abzuschneiden, um ihn einzukesseln und zu ersticken. Innerhalb weniger Sekunden blieb vom Himmel nur noch ein flacher blauer Fleck übrig, den er durch die transparenten Schwingenplatten über dem Cockpit sehen konnte.

Als der Himmelsfalke die gelbe Doppellinie erreichte, glitten die Rampentore geräuschlos auf. Das grüne Licht signalisierte, dass er einfahren konnte.

Brickman wusste zwar, dass der hell erleuchtete, hinter dem Tor liegende Tunnel Sicherheit bedeutete und absoluten Schutz gegen die Gefahren der Oberwelt bot, doch in diesem Moment war er wie gelähmt und wurde von einer unerklärlichen Furcht gepackt.

Von der Furcht, lebendig begraben zu werden.

Er trat mit einer Reflexbewegung auf das Bremspedal und hielt den Bug des Himmelsfalken auf der gelben Doppellinie an. Eine Sekunde. Zwei, drei, vier, fünf. Sechs, sieben …

Ein kratziges Horn blökte warnend auf. Die Stimme des Lotsen sagte ruhig in sein Ohr: »Machen Sie die Rampe frei, Easy X-Ray Eins.« Die Stimme hielt inne, dann fügte sie hinzu: »Ihre Datenleitung sendet nicht, aber wir empfangen kein Schadenssignal. Überprüfen Sie das System. Ende.«

Brickman zog den rechten Arm zurück und warf einen Blick auf den an seinen Körper angeschlossenen Datenumwandler. Ein kalter Schauer lief seinen Rücken hinab. Er war abgeschaltet! Er musste ihn irgendwie versehentlich mit dem Ellbogen erwischt haben. Gütiger Christoph Kolumbus! Wie war ihm das blöde Kunststück nur gelungen? Und wann? Er stellte den Schalter schnell auf »An« und verwünschte sich stumm. Scheiße! Scheiße!

Dreimal verfluchte Scheiße! Du Blödmann! Du hast es vermasselt!

Die sanfte, körperlose Stimme der Bodenkontrolle unterbrach seine Verwirrung. »Okay, wir haben Ihre Daten. Fahren Sie die Maschine rein, Easy X-Ray Eins!«

Brickman zwang sich innerlich und äußerlich zur Ruhe, nahm den Fuß von der Bremse und ließ die Maschine unter der hochgezogenen oberen Hälfte des Außentors einfahren. Als er drin war, hob sich der untere Teil mit einem kaum hörbaren Zischen, und die beiden Innentorhälften glitten aus den Wänden. Als das helle Rechteck des Tageslichts in seinem Rückspiegel rapide schrumpfte und hinter den überlappenden Betonvorhängen verschwand, tat Brickman sein Bestes, um die eigenartigen besorgniserregenden Gefühle zu verdrängen, die ihn während des Fluges gepackt hatten. Es waren gefährliche, verräterische Gefühle, die er nicht in Worte kleiden konnte; Gefühle, die er zwar gern vergaß, aber von denen er wusste, dass sie ihn für den Rest seines Lebens heimsuchen würden.

Brickman hatte das Gefühl der Freiheit erlebt. Seine Unfähigkeit, es zu erkennen oder zu artikulieren, war völlig verständlich, denn das Wort »Freiheit« existierte im Wörterbuch der Föderation nicht. Zwar war es den höchsten Rängen der Ersten Familie bekannt, aber offiziell existierte es nicht einmal als Vorstellung.

CFL Carrol gab den Angehörigen der Abschlussklasse mit einem Wink zu verstehen, dass sie sich setzen sollten, und nahm seinen Platz hinter dem Podium ein. Seine sechs Assistenten reihten sich, von Mr. Triggs angeführt, hinter ihm an der Wand auf.

»Sie haben sich lange abgestrampelt«, begann Carrol, »aber endlich haben wir das Klassenziel erreicht. Nach dem Urlaub in Ihren Heimatbasen werden Sie zu Ihren neuen Einheiten versetzt und treten in den aktiven Dienst. Bis dahin müssen Sie für die große Jubiläumsparade pauken – deswegen ist das möglicherweise die letzte Gelegenheit für mich, Sie als Einheit anzusprechen. Ich habe mir gedacht, ich nutze die Gelegenheit deswegen für ein paar Abschiedsworte.«

Carrol legte eine Pause ein und ließ den Blick langsam über die sitzenden Kadetten schweifen. »Ich habe die Ergebnisse gesehen …«

Die Abschlussklasse reagierte mit aufgeregtem Geraschel.

Carrol hob eine Hand. »Immer langsam. Die Noten und Plätze werden, wie angekündigt, erst morgen veröffentlicht. Ich kann Ihnen allerdings jetzt schon sagen, dass uns niemand Schande gemacht hat und keiner wieder bei null anfangen muss.«

Die Nachricht wurde mit absoluter Stille aufgenommen.

Carrol schüttelte ungläubig den Kopf, dann wandte er sich zu seinen Assistenten um. »Es ist nicht zu fassen! Keiner von ihnen scheint auch nur im Geringsten überrascht zu sein.«

Die dreihundert Kadetten, über ein Drittel von ihnen weiblichen Geschlechts, brachen in ein schallendes Gelächter aus. Jeder wusste, dass es niemanden den Kopf kosten würde, wenn er heute die Zähne bleckte. Bei Carrol konnten sie es sich erlauben.

»Ich weiß, was Sie jetzt denken«, fuhr Carrol fort. »Sie

denken: Jetzt kommt sie, seine Standardansprache, die er vor jeder Abschlussklasse hält. Aber so ist es nicht. Ich muss Ihnen eins sagen: Als Sie vor drei Jahren zu uns kamen, sind wir davon ausgegangen, dass man uns eine Bande von Gipsköpfen aufgehalst hat. Aber Sie haben sich alle tüchtig ins Zeug gelegt. Einige von Ihnen mehr als die anderen.« Sein Blick blieb kurz auf Brickman haften. »Tatsächlich haben Sie alle dermaßen gute Noten erzielt, dass das Durchschnittsergebnis das höchste in der Akademiegeschichte ist.«

Die Klasse von 2989 beglückwünschte sich jubelnd selbst. Die sechs Fluglehrerassistenten lächelten leidenschaftslos.

Carrol winkte schüchtern ab, um für Ruhe zu sorgen. »Ja, im Grunde müsste ich Ihnen wohl gratulieren ... aber die Wahrheit ist, dass Sie das Leben für uns damit noch schwieriger gemacht haben! Denn von jetzt an erwartet das Hauptzentrum natürlich, dass wir im nächsten Jahr *noch besser* abschneiden.« Carrol warf einen Blick über beide Schultern auf seine Assistenten. »Und das, meine Herren, bedeutet wiederum, dass wir den Neuen gewaltig in den Arsch treten müssen.«

Die sechs Assistenten reagierten mit spöttischer Resignation. »Wir könnten auch eine Beförderung beantragen«, sagte Triggs.

Carrol deutete mit dem Finger auf seinen Ersten. »Eine gute Idee.« Er wandte sich wieder zur Klasse um, legte die Hände zielbewusst an die Oberkante des Podiums und räusperte sich.

Die Klasse von 2989 nahm Haltung an und setzte ernste Mienen auf.

»Okay, also hergehört! In ein paar Tagen wird man Ihnen etwas an die Brust heften. Dann sind Sie Piloten. Die erste Garnitur der Amtrak-Föderation. Es ist ein großer Augenblick. Genießen Sie ihn. Aber glauben Sie nicht, dass das Leben jetzt leichter wird und die harte Arbeit zu Ende ist. Vor Ihnen liegen noch zwölf Monate Betriebsausbildung, und die fangen an, sobald Sie bei Ihrer Einheit sind. Wenn Sie klug sind, hören Sie mit dem Lernen auch dann nicht auf, wenn Sie die Silberschwinge gegen die Goldene eintauschen. Machen Sie *weiter!* Weil es die einzige Chance ist, ein noch besserer Flieger zu werden. Vergessen Sie nie: Wenn die Würfel gefallen sind und das Glück Sie gerade verlassen hat, sind es immer die schnellsten Piloten, die zur Basis zurückkehren.« Carrol hielt inne, sein Blick schweifte über die Reihen der strahlenden und aufmerksamen jungen Gesichter. Dann öffnete er mit einem Anflug von Bedauern den Mund. »Aber wer weiß? Wenn Sie nicht abschmieren und auf keine Tricks hereinfallen, enden einige von Ihnen vielleicht sogar damit, dass sie – wie ich – vor einer Klasse eine Rede halten.«

Die Zuhörer reagierten mit einem trockenen, abgehackten Lachen. »Abschmieren« war Wagnerjargon und bezeichnete eine Bruchlandung in feindlicher Umgebung, die meist fatale Folgen hatte. Es bedeutete auch nichts Gutes, wenn jemand »ins Fleischgeschäft einstieg«, denn es war allgemein bekannt, dass die Mutanten jeden auffraßen, der ihnen lebend in die Hände fiel. Auf einen »Trick hereinfallen« war eine freundliche Umschreibung für den Tod – geboren aus einem Akronym der Ärztekammer: TRIK war die Abkürzung für »Tödlicher radioaktivitätsinduzierter Krebs«.

Die meisten Flieger, die auf der Gefallenenliste der Akademie standen, waren entweder abgeschmiert oder auf einen Trick hereingefallen – in der Regel bevor sie das reife Alter von dreißig Jahren erreicht hatten. Carrol wusste, dass mindestens die Hälfte der ihn in diesem Moment ansehenden jungen Gesichter nach ihrem fünfundzwanzigsten Geburtstag nie wieder die Sonne aufgehen sehen würden. Auch seine Zuhörer wussten es. Aber es scherte sie einen Dreck. Jedes Jahr wurden die dreihundert Akademie-Studienplätze von vielen Tausend Aufnahmeanträgen überschwemmt.

Und dies war – so stand es im Handbuch – die große Stärke der Amtrak-Föderation: Der knallharte Mut und die absolute Hingabe der Wagner. Zwei der Sieben Großen Tugenden, die auch die Amtrak-Gründer auszeichneten. Die Forager und Minutemen. Qualitäten, die man heute in der Ersten Familie und in den Angehörigen der beiden Elitekompanien verehrte, die ihren Namen trugen. »Sie starben, damit andere leben.« Die Botschaft stand auf sämtlichen Mauern der Föderation, und jeder Wagner wurde von Geburt an ermutigt, ihrem Beispiel zu folgen.

Ohne Fragen zu stellen.

Als die Prüfungsresultate auf den Bildschirmen erschienen, stellte Brickman zu seiner Überraschung fest, dass er nach drei Jahren hingebungsvoller und unbarmherziger Arbeit mit 188 Punkten an vierter Stelle stand – hinter Pete Vandenberg vom Kondor-Geschwader; einem Kadetten, von dem er angenommen hatte, er werde hinter ihm, dem strahlenden Sieger, der armselige Zweite sein. Das allein war schon schlimm genug, aber es kam noch schlimmer: Gus White, ein Flieger aus seiner Gruppe, den er überhaupt nicht in seine Berechnungen einbezogen hatte, stand auf dem zweiten Platz und war mit 189 einen Punkt vor Vandenberg gelandet. Donna Monroe Lundkwist vom Adler-Geschwader, von der Brickman angenommen hatte, sie könne unter den ersten zehn sein, stand mit 192 Punkten auf dem ersten Platz. Man hatte sie zum Ehrenkadetten nominiert, und sie würde die Minuteman-Trophäe erhalten.

Brickman nahm die Glückwünsche der anderen Adler-Kadetten, die sich ebenfalls um die Schirme drängten, gelassen entgegen, dann zog er sich in seine Bude zurück, verkeilte die Tür und verbrachte zwei stille, einsame Stunden mit dem Versuch, zu verstehen, was eigentlich passiert war. Er vollzog alle Schritte nach, die er bei den einzelnen Tests gemacht hatte, aber er fand nichts, was ihn hätte Punkte kosten können. Sein einziger Fehler hatte in seinem fatalen Zögern nach der Landung auf der Rampe bestanden, aber es war ihm einfach unverständlich, dass diese sieben Sekunden ihn nicht nur den ersten Platz gekostet hatten – der ihm seiner Meinung nach zustand –, sondern auch den zweiten und dritten.

Und dass er sich so weit hinter einem hoffnungslosen Fall wie Gus White wiederfand, der bei den monatlichen Zwischenprüfungen nicht einmal in seine Nähe gekommen war! Es passte einfach alles nicht zusammen …

Na schön, da war noch das zusätzliche Problem der drei Minuten langen Unterbrechung bei der Übermittlung der Sensordaten gewesen, aber das hatte er nach der Landung ausführlich mit den Prüfern und der Bodenkontrolle besprochen. Alle hatten akzeptiert, dass er den Schalter versehentlich bewegt hatte. Datenumwandler funktionierten in fliegenden Himmelsfalken nicht fehlerfrei, und bei der Diskussion mit den Prüfern hatte man sogar eingeräumt, der seine sei ungeschickt angebracht worden. Da hatte man ihm Verständnis vorgeheuchelt und ihn dann trotzdem brutal benachteiligt.

Na schön. Eines Tages würde er es ihnen heimzahlen: Lundkwist, Gus White, Carrol, den Flugprüfern, und allen, die er noch nicht kannte; all jenen, die sich verschworen hatten, ihn zu demütigen. Sie würden alle dafür bezahlen. Es würde Jahre dauern, aber das machte seine Rache nur noch süßer.

Brickmans Entschluss trug zwar nicht dazu bei, seine bittere Enttäuschung abzumildern, aber er erfüllte sein Herz mit kalter, ungestümer Freude und versetzte ihn wieder in die Lage, klar zu denken und zu funktionieren.

Brickman stand von seiner Koje auf, nahm eine Dusche, zog einen sauberen, frisch gebügelten Overall an, suchte inmitten der ausgelassenen Feier in der Messe nach Lundkwist und Gus White und gratulierte ihnen. Er nahm sie alle in den Arm, mit herzerwärmender Lauterkeit.

Als CFL Carrol die erstaunlichen Prüfungsergebnisse sah, fühlte er sich verpflichtet, seinen besten Schüler zu bemitleiden. Brickman wirkte nach außen hin zwar kaum resigniert, aber Carrol spürte, dass er sich für das Opfer einer heimtückischen Ungerechtigkeit hielt. Brickman litt innerlich. Und er würde weiter leiden.

Soweit Carrol die Dinge verstand, waren seine Leiden genau das, was jene wollten, die die Angelegenheit der Föderation regelten. Denn außer dem Reisegepäck hatten die Prüfer aus dem Hauptzentrum Diskettendateien aller

Kandidaten mitgebracht. Zwar war niemandem in der Akademie gestattet worden, Einblick in ihre Unterlagen zu nehmen, doch Carrol hatte in einem günstigen Augenblick eine geheimnisvolle Anweisung auf der Hülle der elektronischen Akte Brickmans gesehen.

Dort hatte gestanden: »Der Kandidat ist herunterzustufen.«

3

Mit einer Armbrust und einer Handvoll wertvoller Eisenbolzen aus den Schmieden von Beth-Lem bewaffnet, begaben sich Cadillac und Clearwater auf die grasbewachsene Prärie, die sich unterhalb der Ansiedlung ausbreitete. Clearwater war das sechzehnjährige Mädchen, das die Clan-Ältesten zu seiner Seelengefährtin erkoren hatten. Zwar hatten sie bisher weder ihre Handgelenke gekreuzt noch den Blutkuss getauscht, doch seit dem Gilben der Alten Erde schliefen sie bei jedem schwarzen Mond eng aneinandergeschmiegt unter seinen Fellen. Das Prärievolk bezeichnete dies als »Nacht der Wölfin und des Bären«!

Unter den willkürlich verteilten schwarzen, braunen und hellen Flecken war Clearwaters Haut ebenso glatt wie die Cadillacs. Sie hatte ein schmales Kinn und ebenmäßige Zähne. Ihr langes Haar zeigte gelbe und braune Streifen, die wie die Blätter aussahen, die vor dem Weißen Tod von den Bäumen fielen. Ihre Augen waren von einem strahlenden Hellblau, wie der Morgenhimmel, der Licht auf die Teiche und Flüsse warf, sie zum Leben erweckte und trinkbar machte. Deswegen hieß sie auch Clearwater. Sie war die Blutstochter von Sun-Dance und Thunder-Bird. Ihr Vater war ein großer Krieger gewesen und hatte zehn

Schädelpfähle bestückt, bevor er bei der Schlacht in den Black Hills gefallen war. Clearwater war groß, und ihre Glieder waren so gerade gewachsen wie die Cadillacs. Sie war schnell wie ein Adler und stark wie ein Berglöwe, und ihr Herz war so von Wärme und Güte erfüllt wie die Mittlere Erde zur Reifezeit.

Cadillac und Clearwater wanderten durch das schulterhohe hellrote Gras nach Osten, bis der Berg, der hinter der M'Call-Ansiedlung aufragte, nicht mehr breiter war als die Finger einer ausgestreckten Hand. Als die Sonne am höchsten Punkt des Himmels stand, tranken sie aus einem seichten, schnell dahinströmenden Fluss und ruhten sich eine Weile im kühlen Schatten eines großen Felsens aus. Das über die flachen Kiesel laufende Wasser machte ein Geräusch, das sie an die Frauen erinnerte, die klatschend Fladenbrotteig verarbeiteten.

Cadillac stieg auf den Felsen und beobachtete vorsichtig das Gelände auf der anderen Seite. Das Gras am anderen Ufer war kürzer. In der Ferne sah er das verräterische Blitzen weißer Hinterteile, was auf ein Rudel der scharfäugigen, rötlichbraunen Hirsche hinwies, die schneller waren als Berglöwen. Sie mussten sich zwar sehr vorsichtig an sie heranpirschen, doch wenn es ihm gelang, einen der gehörnten Böcke zu erlegen, war dies ein nicht zu unterschätzender Fang, der ihm Ansehen bei den Bären und unter Umständen sogar ein Feuerlied einbrachte.

Cadillac rutschte langsam an dem Felsen herunter und landete dort, wo Clearwater sich in den Schatten drückte. Er berührte ihre Schulter. »Es sind Renner.« Er deutete auf das andere Flussufer, dann nahm er seine Armbrust und zog den Hebel, um die Sehnen zu spannen.

Clearwater setzte sich hin und schob ihre mit Knochen und Bändern verzierten Zöpfe hinter die Ohren. »Wie weit sind sie entfernt?«

»Zwei Bolzen«, grunzte Cadillac. Sogar mithilfe des Hebels war es eine ziemliche Kraftanstrengung, die Sehne in Ladestellung zu ziehen.

Der Bolzen war eine Berechnungsmethode, die das Prärievolk anwendete, um Entfernungen zu schätzen. Ein Bolzen bezeichnete die Strecke, die ein Geschoss zurücklegte, das von einer gespannten Armbrust abgeschossen wurde. Da die maximale Reichweite von Armbrustbolzen sehr unterschiedlich ausfiel, war die Methode zwar nicht sehr genau, aber im Allgemeinen flogen sie selten weniger als dreizehnhundert Meter weit.

Clearwater kletterte flink auf den überhängenden Felsen und suchte die Ebene auf der anderen Seite des Flusses ab. »Ich sehe sie.« Sie rutschte ein Stück zurück und machte einen Sprung, der sie anmutig vor Cadillacs Füße trug. »Lass uns hier warten. Wenn die Sonne untergeht, kommen Sie an den Fluss.«

»Sind wir denn alte Leute?«, fragte Cadillac. »Müssen wir hier sitzen und warten, bis uns jemand Fleisch in den Schoß wirft?« Er holte tief Luft und stieß sie mit einem Zischen wieder aus. Es war ein Zeichen der Geringschätzung. Dann drehte er sich um und trat ans Flussufer.

Clearwater packte sein Handgelenk und hielt es fest. »Wir dürfen nicht über den Fluss. Er markiert unsere Grenze. Wenn du unbedingt Beute machen willst, lass uns Fische fangen.«

Cadillac befreite seinen Arm. »Fische? Fische bringen kein Ansehen!«

»Du hast genug Ansehen«, sagte Clearwater. »Du wirst für uns sprechen, wenn Mr. Snow zum Himmlischen Grund gegangen ist. Du brauchst nicht zu jagen oder mit den Bären herumzuziehen. Das ist die Aufgabe derjenigen, die keine Bilder auf der Zunge haben.«

»Du brauchst nicht …«, äffte Cadillac sie nach. »Ha! Was weißt du denn schon?« Er drückte eine Faust auf sein Herz. »Ich möchte so sein wie *die anderen*. Ach, ich weiß ja, dass ich nicht so stark werden kann wie meine Brüder. Mein Körper ist anders. Man hat mich ebenso wie dich aus anderem Holz geschnitzt. Aber mein Herz ist ebenso stark und tapfer wie das ihre. Ja, ich kann mit der Zunge Bilder malen … aber mit den Farben der Tapferen. Ich male das blitzende Silber von spitzem Eisen und das blutige Rot des Sieges. Die Geschichte des M'Call-Clans ist die Geschichte von Kriegern. Die Geschichten, die ich erzähle, handeln von Schlachten, die Bären mit Vollgasnamen gewonnen haben …«

»Du hast doch auch einen Vollgasnamen.«

»Aber er hat keine Bedeutung. Ich habe kein Ansehen. Meine Zunge ist voller mutiger Taten, aber mein Messer hat noch kein Blut vergossen. Wie viele Feuerlieder wird man über mich singen, wenn ich zum Himmlischen Grund gehe?«

Clearwaters Augen flammten verärgert auf. »Ist das alles, woran du denkst? Dass das Lob dich wie einen Frosch aufbläst, der nur Wind in der Kehle hat? Wie oft muss man es denn noch sagen? Du bist in Talismans Schatten geboren! Sein Schatten ist auf *dich* gefallen! Er ist nicht auf Motor-Head, Hawk-Wind, Steel-Eye, Convoy oder die anderen Bären gefallen, mit denen du am liebsten herumstreifen würdest, sondern auf *dich!* Wenn die Himmelsstimmen dich rufen, damit du Talisman dienst, musst du mutiger sein als dein mutigster Clan-Bruder! Furchtloser als mein Vater. Stärker als die stärksten Krieger, die längst zum Himmlischen Grund gegangen sind. Wenn es so weit ist, wirst du an Talismans Seite stehen, und dann wird man in deinem Namen tausend Feuerlieder singen.«

»Aber *wann* ist es so weit?«, fragte Cadillac.

»Wer weiß schon, wann – und wie – Talisman zur Welt kommt?«, erwiderte Clearwater. »Du musst ebenso warten wie alle anderen. Aber du musst mit Herz und Verstand darauf vorbereitet sein. Du musst dem Himmel zuhören.«

»Ich *höre* ihm doch zu! Aber er sagt nichts. Die Himmelsstimmen sprechen nicht mit mir.«

Clearwater legte den Kopf schief. »Also wirklich! Es ärgert mich, wenn du wie ein Dummkopf redest. Wie oft hat Mr. Snow über diese Dinge gesprochen? Du musst dich für jede Aufgabe bereithalten, die dir aufgetragen wird.«

»Ich *bin* doch bereit«, sagte Cadillac. »Aber ich bin auch das Warten leid.« Er drehte sich um und platschte durch das Kieselbett des Flusses. Nicht einmal an der tiefsten Stelle bedeckte das sich kräuselnde Wasser seine Knie. Clearwater schüttelte seufzend den Kopf, dann watete sie hinter ihm her.

Als er das andere Ufer erreicht hatte, holte sie ihn ein. »Bleib stehen, Cadillac! Das hier ist nicht unser Land. Du hast Mr. Snow geschworen, nicht über die Grenzen zu gehen und deine Gabe nie in Gefahr zu bringen.«

Cadillac lachte. »Wieso bedeutet eine Rennerherde Gefahr? Hast du nicht gesagt, dass ich in Talismans Schatten geboren bin? Wenn es stimmt, wird er uns beschützen. Komm mit!«

Die jungen Rennböcke hatten sich rings um die Herde verteilt und bildeten eine Art Feldwache. Sie grasten und hoben regelmäßig die Nüstern in die Luft. Dann hoben sie ihre langen Hälse, und ihre weiß umrandeten Augen blickten über das kniehohe Gras. Wenn die Sonne sich langsam auf die Berge zu senkte, würden sich die Renner langsam dem Fluss nähern, um sich in der abendlichen Kühle zu versammeln und am Uferrand zu saufen. Nur eine ungeschickte Bewegung Cadillacs oder Clearwaters konnte sie dazu bringen, in die entgegengesetzte Richtung davonzustürmen.

Clearwater hätte am liebsten eine solche Bewegung gemacht, aber sie wusste, dass Cadillac sich darauf versteift hatte, einen Renner zu erlegen. Es hatte keinen Sinn, die Sache noch zu komplizieren. Sie verstand seine Gefühle. »Ansehen« – fähig zu sein, es »zu bringen« – war in jedem Clan eine Sache allerhöchster Wichtigkeit und entscheidend für die Selbstachtung junger Männer, die an der Schwelle des vierzehnten Lebensjahres standen – denn in diesem Alter wurde man Krieger. Doch da Cadillac der nächste Wortschmied der M'Calls war, brauchte er Ansehen dieser Art nicht: Die Gabe, mit der ihn die Himmelsstimmen gesegnet hatten, unterschied ihn vom Rest des Clans. Wenn er Mr. Snows Stelle einnahm, suchten sogar die Clan-Ältesten seinen Rat und unterwarfen sich seinen Ansichten und Urteilen. Wortschmiede brauchten den ungestümen, heißblütigen Mut der Bären nicht. Sie mussten gelassen und beherzt sein. Cadillac war zwar beides, aber manchmal erfasste ihn eine kindliche Ungeduld, die Clearwater an der Weisheit der sich durch Mr. Snow äußernden Himmelsstimmen – den alles sehenden und alles wissenden Mächten, die das Schicksal des Prärievolkes steuerten – zweifeln ließ. Ob die Himmelsstimmen, als ihr Geist in den Bauch ihrer Mutter geströmt war, um ihren Lebensweg so zu gestalten, dass er parallel zu dem Cadillacs verlief, *wirklich* gewusst hatten, wie schwierig er sein konnte …?

Cadillac, der sich gegen den Wind bewegte, stieß auf einen niedrigen, trockenen Graben, der sich durch die Prärie schlängelte. Er führte genau auf den Mittelpunkt der Rennerherde zu, wo der Kapo – oder das Leittier –, von seinem Gefolge aus etwa einem Dutzend Kühen umgeben, graste. Cadillac teilte vorsichtig das hohe Gras und zählte seine Geweihenden. Es waren zehn. Kein M'Call-Bär hatte zu Mr. Snows Lebzeiten je einen Renner mit einem größeren Geweih nach Hause gebracht. Wenn er dieses Tier erlegte, errang er in den Augen seiner Clan-Bären hohes Ansehen.

Cadillac und Clearwater hockten sich auf den Grabenboden, schnitten Büschel aus dem hohen, hellroten Gras, flochten es flink zusammen und bastelten sich eine Tarnung für ihre Köpfe und Umhänge für Schultern und Rücken. Sie banden die Umhänge mit geflochtenen Schnüren um Hals und Taille, setzten die engen Kronen aus schwankenden Grashalmen auf und ordneten die Büschelmasken, die ihr Gesicht bedeckten. Mithilfe der Jagdmesser gruben sie eine feuchte Lehmschicht aus und beschmierten sich mit Lehm, um ihren Körpergeruch zu neutralisieren. So vorbereitet, krochen sie durch den Graben und stießen tief in das Zentrum der Ebene vor. Hin und wieder hoben sie vorsichtig den Kopf, um nachzusehen, wo der Kapo stand.

Der Leithirsch hielt sich noch immer in der Mitte der Herde auf, doch die Kühe seines Harems schützten ihn vor jedem Angriff. Als sie näher an ihn herankrochen, sprangen wenige Meter vor ihnen zweimal junge Rennböcke über den Graben und grasten auf der anderen Seite weiter. Cadillac und Clearwater wagten kaum zu atmen und schoben sich zentimeterweise weiter. Der Graben wurde niedriger, was sie zwang, sich auf den Bauch zu legen und zu robben, damit man sie über den Rand hinweg nicht sah. Der kniehohe Grasteppich war hier an manchen Stellen aufgebrochen. Nur da und dort wuchs das kurze, süße Gras, an dem die Renner sich gütlich taten.

Der Graben machte eine scharfe Biegung nach links, lief rund um einen hohen Felsauswuchs und führte sie vom Leithirsch fort. Cadillac umrundete den Knick und erstarrte. Ein paar Meter vor ihm hatten die Fluten der Regenzeit die Erde unter einem Felsen fortgespült. Im Schatten des steinigen Überhangs lag eine große, zusammengerollte Klapperschlange.

Cadillac imitierte die kaum wahrnehmbaren Bewegungen einer Stechmücke und peilte über den Grasrand. In seiner Reichweite befand sich kein hohes Gras. Etwa zwanzig bis dreißig Meter von ihm entfernt grasten drei Renner; ihre Schwänze verscheuchten träge herumschwebende Fliegen, die die herzförmigen weißen Flecke ihrer Hinterteile umkreisten. Eine Hirschkuh hob den Kopf und schaute über die Schulter hinweg in Cadillacs Richtung. Ihre Kiefer mahlten auf eine beiläufige, wiederkäuende

Weise von rechts nach links. Cadillac hielt die Luft an. Die Hirschkuh riss den Kopf in einem schnellen, sinnlosen Versuch beiseite, um die rings um ihre Augen schwebenden Fliegen zu verscheuchen. Dann machte sie einen Schritt nach vorn und wandte sich einem anderen Grasstreifen zu.

Cadillac sank langsam in den Graben zurück. Er stellte fest, dass Clearwater inzwischen die andere Seite begutachtet hatte. Sie zeigte auf die schlafende Klapperschlange, was wohl bedeutete, er solle an ihr vorbeigehen.

»Und was ist, wenn sie wach wird?«, zischte Cadillac.

Clearwater lächelte. »Dann kriegst du ein schönes Feuerlied, das davon berichtet, wie tapfer du gestorben bist. Geh!«, hauchte sie. »Sie wird nicht aufwachen, bevor wir bereit sind. Wir hetzen sie auf den Kapo.«

Obwohl er seiner Meinung nach recht tapfer war, hatte Cadillac panische Angst vor Schlangen. Aber wenn man nur Ansehen errang, indem man eine Schlange tötete, *würde* er sie halt töten. Er bedauerte es, dass Clearwater bei ihm war. Er hatte sie eigentlich nur deswegen mitgenommen, weil er einen Augenzeugen für sein Können als Jäger brauchte. Doch jetzt *musste* er mutig sein. Cadillac zückte sein Jagdmesser, klemmte es zwischen die Zähne, schob die Armbrust vor sich her und pirschte behutsam vorwärts, wobei er den Rücken gegen die rechte Seite der Grabenwand drückte.

Clearwater zog die Klingenstäbe aus ihrem Gürtel, schob das angespitzte Ende des ersten in den Hohlgriff ihres Messers und drehte den zweiten in den runden Lederschlauch, der am Ende des ersten befestigt war. So verwandelte sie ihr Jagdmesser in einen Speer mit einem meterlangen Schaft. Sie huschte weiter, hob den Klingenspeer und kniete sich hin, um die Klapperschlange beim ersten Anzeichen der Gefahr aufzuspießen.

Als Cadillacs Brustkorb sich an der Schlange vorbeischob, stellte er zu seinem Entsetzen fest, dass ihre kleinen runden Augen offen waren. Er erstarrte auf der Stelle, als die gespaltene Zunge kaum achtzig Zentimeter vor seinem Bauch hin und her züngelte. Dann zwang er sich zum Weitergehen und drückte sich mit einem Minimum an Bewegung an ihr vorbei. Sein Herz schlug wild, als er das Messer zog und sich der Schlange zuwandte. Er setzte seinen Speer schnell zusammen und richtete die zitternde Klinge auf den zusammengerollten Schlangenkörper.

Clearwater drehte ihren Klingenspeer um und berührte die Klapperschlange vorsichtig mit dem Schaftende. Die Schlange rührte sich; sie richtete ihre obere Hälfte auf und zischte wütend. Clearwaters Blick heftete sich mit einem festen, hypnotischen Starren auf das Tier. Als die Klapperschlange den Kopf herum und das Maul aufriss, drückte Cadillac seine Speerspitze gegen ihre Kehle, und beide verharrten im gleichen Augenblick. Die trockenen Häute am Schwanzende der Schlange klapperten auf unheimliche Weise. Dann rollte die Schlange den Rest ihres fast zwei Meter langen Leibes auseinander und versuchte, um den Felsen herumzugleiten, unter dem sie geschlafen hatte. Clearwater blockierte schnell ihren Weg. Jetzt, wo die Schlange zwischen zwei zustechenden Klingenspeeren gefangen war, hatte sie nur noch einen Fluchtweg – sie verließ den Schatten, schlängelte sich auf die sonnenbeschienene Seite des Grabens und verschwand über den Rand hinweg im niedrigen Gras.

Cadillac lugte zaghaft über den Grabenrand. »Wo ist sie hin?«

»Auf den Kapo zu«, flüsterte Clearwater. Sie hielt den Klingenspeer mit beiden Händen fest, legte die Ellbogen auf den Grabenrand, zeigte mit der Messerklinge auf den Bock, drückte das Schaftende gegen ihre Stirn und schloss die Augen.

»Was machst du da?«, fragte Cadillac leise.

»Sei still!«, zischte sie und machte die Augen noch fester zu. »Lad die Armbrust und ziel auf den Kapo!«

Cadillac glitt flink durch den Graben, schob die getarnte Armbrust über den Rand und robbte auf dem Bauch zu einer Insel aus hohem Gras. Er griff in den Beutel, der an seinem Gürtel hing, zog einen mit Widerhaken versehenen, fünfundzwanzig Zentimeter langen Bolzen heraus und legte ihn in die Abschussrinne. Dann teilte er vorsichtig das Gras. Der Zehnender-Kapo war etwa zweihundert Meter weit von ihm entfernt. Kein Problem für eine Armbrust, aber ein schwieriges Ziel für einen vergleichsweise untrainierten Schützen wie Cadillac. Er rieb seine Handflächen über den Boden, weil sie so schwitzten.

Als die Klapperschlange auf die Hirschkuh zukam, die den Kapo abschirmte, zuckte sie nervös zusammen und tänzelte zur Seite. Der Kapo fuhr zurück, stampfte mit dem rechten Vorderlauf auf den Boden, witterte die Gefahr und riss sein gewaltiges Geweih in die Luft. Cadillac erhob sich auf ein Knie und hob die Armbrust an die Schulter. Sein linker Ellbogen ruhte auf dem erhobenen Schenkel, und seine Hand stützte den Lauf, bis er sich nicht mehr bewegte. Er blickte über die aufragende Fiederung des Bolzens hinweg, zielte auf den Brustkorb des

Kapos und berechnete die Strecke, die das Geschoss auf dem Weg ins Ziel vom Kurs abkommen würde. Der große Renner zuckte vor, spießte die Klapperschlange auf die vorderen Spitzen seines Geweihs und schleuderte sie hoch in die Luft. Als sein kräftiger Hals nach hinten zuckte, schoss Cadillac auf das hintere Drittel seiner weißen Kehle. Der Hirsch wankte unter der Wucht des Aufschlags, hob den Kopf zum Himmel, riss das Maul auf, stieß ein kurzes, tiefkehliges Schmerzgebrüll aus, sank auf die Knie und fiel dann zur Seite. Er klatschte mit einem dumpfen Geräusch zu Boden.

Als der Rest der Herde über die Prärie nach Osten davonstob, sprang Cadillac mit einem lauten Freudenschrei auf die Beine. Die jungen Böcke, die hinter ihnen über den Graben gesprungen waren, wichen panisch aus, als sie an ihnen vorbeikamen. Clearwater krabbelte aus dem Graben hervor und schwenkte die Klingenspeere.

Als sie auf den gefallenen Hirschbock zulief, tanzte Cadillac begeistert um sie herum. »Hast du schon mal einen so schönen Kopf gesehen? Oder einen so schönen Schuss?«

Während er mit vor Erregung leuchtendem Gesicht um den Hirsch herumlief, kniete Clearwater sich hin und untersuchte ihn. Als das Nervensystem des Renners auf die letzten wirren Signale seines sterbenden Hirns reagierte, zuckte sein Körper unkontrolliert.

»Wohin hast du gezielt?«, fragte Clearwater.

»Auf sein Herz«, erwiderte Cadillac. »Dahin, wo die Kehle in den Brustkorb übergeht.« Er kniete sich neben den toten Hirsch, ließ die Hand über den Hals gleiten und spürte, wie das Blut durch seine Finger lief. »Schau her – man kann den Bolzenschaft fühlen.«

Clearwater nickte ernst, dann nahm sie die Hand von der Flanke des Tiers. »Und wem gehört dann der Bolzen hier?«

Cadillacs Kinnlade klappte herunter, als er die Fiederung eines Armbrustbolzens sah, der direkt unter dem rechten Vorderlauf aus dem Brustkorb des Hirsches ragte. Er löste das Messer vom Schaft seines Speers und schnitt den Bolzen aus dem toten Renner heraus. Clearwater wischte mit einer Handvoll Gras das Blut ab, das an ihm haftete. Das Fiederungsmuster war nicht das ihres Clans.

»Was haben wir denn da, Brüder?«, hörten sie plötzlich eine spöttische Stimme sagen. »Einen Kojoten und eine Füchsin, die sich am Fleisch mästen, das den Löwen gehört?«

Als sich um sie herum vier unbekannte Krieger aus dem Gras erhoben, verloren Cadillac und Clearwater einen Moment den Mut. Einer der Fremden – seinem Schmuck nach zu urteilen war er der Anführer – trug eine Armbrust; die anderen waren mit Klingenspeeren und Steinschleudern bewaffnet. Die Unbekannten trugen Helmmasken aus gehärtetem Büffelleder, die mit angenähten Knochen und gefärbten Kieseln verziert waren. Um ihre Handgelenke schlangen sich steinverzierte Lederbänder, und ihre fleckigen Leiber waren mit Hüft-, Brust- und Schulterplatten ähnlicher Art gepanzert. In Blut getauchte Federn hingen an ihnen herunter.

Als die vier Krieger drohend einen Schritt auf sie zukamen, standen Cadillac und Clearwater langsam auf. Cadillac schob das Messer in die an seinem Taillengürtel hängende Scheide und wandte sich dem Anführer der

Gruppe zu. Der Mann warf seine Armbrust dem Krieger zu, der rechts von ihm stand.

Cadillac streckte die Hand aus und zeigte dem Anführer den Bolzen. »Ich bin Cadillac, vom Clan der M'Calls. Wir sind Nachfahren She-Kargos, Erstgeborene der Prärie. Wir hatten den Renner schon im Visier, als die Sonne am höchsten Punkt am Himmel stand. Der Bolzen, den *ich* abgeschossen habe, steckt in seinem Herzen.« Er deutete auf den toten Hirsch. »Schneidet ihn heraus, dann seht ihr, dass ich die Wahrheit sage. Dein Bolzen war zu hoch gezielt; er konnte ihn gar nicht töten.« Er warf dem Mann den Bolzen zu, und der Fremde fing ihn mit einer verärgerten Geste auf.

Cadillacs Schroffheit machte Clearwater Angst.

Einer der Fremden kniete sich hin, untersuchte die Wunde in der Brust des toten Renners und nickte seinem Anführer dann zu, als wolle er Cadillacs Behauptung bestätigen.

»Das spielt keine Rolle«, sagte der Anführer. »Ich habe zuerst geschossen. Das Fleisch gehört uns.«

Cadillac wurde rot vor Zorn. »Er war schon tot, als dein Bolzen ihn getroffen hat!« Er schlug sich gegen die Brust. »Ich habe ihn erlegt!«

Der Anführer der Fremden blies seinen Brustkorb auf, reckte seine breiten Schultern und bedachte Cadillac mit einem spöttischen Blick. »Du hast ein großes Maul, Kojote. Aber gleich wirst du den Schwanz schon einziehen.«

Cadillac wich keinen Zentimeter zurück. »Kojoten fürchten sich nicht vor namenlosen Aaskrähen!«

Der Anführer der Fremden beugte sich so weit vor, bis seine Nase Cadillac fast berührte, und verschränkte die

Arme vor der Brust, um zu zeigen, dass er die Gefahr, die sein Gegenspieler möglicherweise darstellte, für völlig nebensächlich hielt. »Hör zu, Kojote, solange du noch Ohren hast! Mein Name ist Shakatak. Wir sind vom D'Vine-Clan, wir sind Nachfahren von D'Troit. Wir sind das mächtigste Prärievolk.« Er deutete auf seine Gefährten. »Das da sind meine Brüder – Torpedo, Cannonball und Freeway. Wir haben an mehr als einem Knochen genagt, Kojote. Vor der Tür unserer Hütte steht schon ein voller Schädelpfahl. Dein Schädel macht sich bestimmt gut auf dem zweiten.«

Seine drei Gefährten lachten und verhöhnten Cadillac, indem sie wie verängstigte Kojoten kläfften.

Clearwater stellte sich neben Cadillac und sprach Shakatak ohne ein Zeichen von Furcht an. »Mit welchem Recht wollt ihr einem Seelenbruder das Leben nehmen? Gehören wir nicht alle zum Prärievolk? Atmen wir nicht die gleiche Luft? Wir sollten uns den Renner ebenso teilen wie den Triumph, dass wir ihn erlegt haben.«

Shakatak ließ die Arme sinken und stemmte die geballten Fäuste in seine Hüften. »Wir Nachfahren D'Troits sind keine Seelenbrüder der Nachfahren She-Kargos.« Er spuckte vor Clearwater und Cadillac auf den Boden. »Euer Name ist Dreck in unserem Mund. Wir teilen nichts mit denen, die in unser Land eindringen und uns das Fleisch vom Messer stehlen.«

Es war Clearwater nicht möglich, ihren Zorn über diese Beleidigung zu verbergen. »Hier ist Niemandsland! Euer Clan hat keine Grenzpfähle gesetzt!«

Shakatak deutete mit der linken Hand flink auf Cannonball und schnippte mit den Fingern. Cannonball bückte sich, griff ins Gras und richtete einen Grenzpfahl auf – einen zwei Meter langen Stab, verziert mit gefärbten Federn und geschnitzten hölzernen Plättchen. Cannonball ergriff den Pfahl mit beiden Händen, hob ihn hoch in die Luft und rammte seine Spitze tief in den Boden.

»Jetzt haben wir einen Grenzpfahl gesetzt«, sagte Shakatak grollend. Er wandte sich an Cadillac. »Also, Kojote … Wenn du den feigen Lumpen, die du als deine Brüder bezeichnest, Fleisch bringen willst, musst du mir erst zeigen, wie scharf deine Zähne sind.«

Cadillac baute sich vor Clearwater auf und fauchte: »Scharf genug, um deine Leber herauszureißen.«

Shakatak lächelte. »Das sind böse Worte, Kojote. Spricht dein Messer eine ebenso offene Sprache?« Er zückte eine lange Klinge, sprang zurück und nahm die gebückte breitbeinige Haltung eines Messerkämpfers an.

Cadillac tastete nach seiner Waffe, wich zurück und nahm die gleiche Kampfstellung ein. Seine Kehle war trocken. Natürlich hatte er Duelle dieser Art geübt. Er hatte mit seinen Clan-Brüdern gerungen und die Prüfungen absolviert. Sein Körper war geschmeidig und muskulös. Er beherrschte seine Reflexe, und sein Geist war wach – aber bis zu diesem Tag war das Tödlichste, vor dem er je gestanden hatte, ein Messer gewesen, das in einer Scheide steckte. Jetzt, als er sich der geschwenkten Dreißig-Zentimeter-Klinge mit der bösartig aussehenden, konkav gewölbten Spitze gegenübersah, wurde ihm plötzlich klar, dass er auf dem besten Weg war, in den Tod zu gehen – und zwar in einen sehr schmerzhaften Tod. Cadillac malte sich aus, wie Shakataks Klinge sich in seinen Unterleib bohrte, um sich dann durch seine Eingeweide nach oben zu schlitzen.

Sein Magen wurde zu einer Eiskugel; seine Nackenhaut fing an zu prickeln. Wäre er doch nur auf der anderen Seite des Flusses geblieben. Wäre er doch nur …

Clearwater drängte sich erneut zwischen sie und hielt den schrecklichen Shakatak mit dem ausgestreckten Arm zurück. »Steck das Messer weg! Ein solcher Kampf bringt keinem von euch Ansehen! Du willst keinen Krieger töten, sondern einen Wortschmied!«

Shakatak hielt inne; die Neuigkeit überraschte ihn sichtlich.

»Sind die D'Vine-Löwenherzen so schwach, dass sie Menschen jagen müssen, die noch keinen Knochen genagt haben?« Clearwater lachte zwar, aber in ihrer Stimme klang ein verzweifelter Unterton mit. »Daraus könnte man ein hübsches Lied machen!«

Shakatak grollte wütend, dann sah er seine Gefährten an. Er wusste nicht, was er tun sollte. Bevor er antworten konnte, schubste Cadillac Clearwater zur Seite und ließ sein Messer vor Shakataks Augen durch die Luft wirbeln. »Selbst ein Wortschmied, der noch keinen Knochen genagt hat, wiegt zehnmal schwerer als ein Krieger aus einem Clan wie dem euren. Euer Name ist Dreck! Man kann die Heldentaten eures Clans in Worten wiedergeben, ohne auch nur einmal Luft zu holen!« Er spuckte vor Shakataks Füßen auf den Boden.

Shakatak war so wütend, dass ihm die Augen aus den Höhlen quollen. Er fletschte die Zähne und richtete einen stumpfen Zeigefinger auf Cadillac. »Du wirst an diesen Worten ersticken, Kojote – und auch an deinem kleinen Schrumpelsack! Torpedo! Zieh einen Kreis!«

Cannonball und Freeway packten Clearwater am Hals

und an den Armen und zogen sie beiseite. Torpedo legte Shakataks Armbrust nieder, drehte seinen Klingenspeer um und kratzte um Shakatak und Cadillac herum schnell einen fünf Meter durchmessenden Kreis auf den Boden.

Shakatak zeigte auf den Kreis. »Immer dann, wenn du über die Linie trittst, schneidet Torpedo eine Scheibe von deiner Füchsin ab. Hast du verstanden?«

Cadillacs Antwort bestand daraus, dass er sein Messer erneut vor Shakataks Gesicht durch die Luft sausen ließ. Torpedo ließ seinen Klingenspeer fallen und half den anderen, Clearwaters Arme zu fesseln.

»Schneid ihn langsam in kleine Stücke!«, rief Freeway.

»Keine Sorge«, prahlte Shakatak. »Ich werde dieses Bübchen in viele kleine Teile zerlegen. Seine Augen spare ich mir bis zum Schluss auf, damit er zusehen kann, wie wir uns das Füchslein vornehmen …« Sein Messer flog in einem beängstigenden Tempo wie ein Blitz aus seiner rechten Hand in die linke. Dann zuckte es unter Cadillacs Deckung nach vorn und ratschte mit chirurgischer Genauigkeit über seinen Brustkorb.

Clearwater schrie auf, doch Cannonballs Hände, die auf ihrem Mund und ihrer Kehle lagen, erstickten ihren Laut.

Ein zuckender Schmerz fuhr durch Cadillacs Brust, als aus der Wunde an seiner Seite Blut hervorquoll. Shakataks Messer zuckte erneut vor. Diesmal hielt er es in der Rechten. Wieder schlitzte er die Haut über Cadillacs Rippen auf, diesmal auf der anderen Seite. Es waren die beiden ersten Hiebe eines Zweikampfrituals, das stets mit dem Tod endete. Cadillac hatte das Resultat an den Leichen mancher Clan-Brüder und an marodierenden Fremden gesehen. Als Nächstes kamen die Schnitte in die Schultern und die Oberarme, um die Hiebkraft des Gegners zu schwächen. Den tiefen Stichen in die Schenkel folgte das Wangenaufschlitzen, und dann kam der Stich in die Stirn, damit einem das Blut in die Augen lief. Dann kam der zweite Hieb quer über den Bauch, dann einer vom Schoß aus durch die Rippen, und dann, wenn man Glück hatte, der tiefe Stoß in die Kehle, bevor man den Kopf verlor. Wer Pech hatte, erlitt noch weitere Verstümmelungen, bevor er an seinen abgetrennten Genitalien erstickte.

Als Cadillac um Shakatak herumsprang, verlieh die schreckliche Vision dessen, was ihn erwartete, seinen Beinen Flügel. Er durfte nicht fliehen, weil er Clearwater nicht allein lassen konnte. Andererseits war ihm klar, dass die anderen Shakataks Stelle einnehmen würden, wenn es ihm durch irgendein Wunder gelang, ihn zu besiegen. Sie würden sich ihn entweder einzeln oder gemeinsam vornehmen. Der Tod war ihm auf jeden Fall gewiss! Er konnte es sich zwar nicht vorstellen, aber es gab keine Möglichkeit mehr, den Fremden zu entkommen. Als Shakataks Klinge keinen Zentimeter von seinem Nabel entfernt durch die Luft fuhr, sprang Cadillac zurück.

Shakataks Messerhiebe kamen zwar beängstigend schnell, aber da er starkknochig und schwerer von Gestalt war, war er auch langsamer auf den Beinen. Nach den beiden Anfangsschnitten an den Rippen hatte Cadillacs natürliche Gewandtheit zwar weitere ernstliche Verletzungen verhindert, doch auch dies war nur ein zeitweiser Aufschub. Schnelligkeit war keine Lösung, er konnte schließlich nicht bis in alle Ewigkeit vor der Klinge seines Gegners herumtanzen. Er musste irgendeine Möglichkeit finden, Shakataks Deckung zu durchdringen. Er musste einen kurzen, scharfen Vorstoß machen, um ihn außer Gefecht zu setzen. Aber wie?

Als Shakatak erneut angriff, wich Cadillac zur Seite aus und eilte hinter ihm ans andere Ende des Kreises, wo er sich bückte und eine Handvoll Erde und Kiesel aufhob. Shakatak fuhr herum; sein Gesicht verzog sich in einem wissenden Lächeln. Als Cadillac vorsichtig näher kam, riss Shakatak einen Arm hoch, deutete auf die Krieger, die Clearwater festhielten, und schnippte mit den Fingern. Torpedo löste eine Hand von dem sich wehrenden Mädchen, nahm die an seinem Gürtel hängende Steinschleuder und warf sie Shakataks ausgestrecktem Arm entgegen. Clearwater trat verzweifelt gegen Torpedos Arm – mit dem Ergebnis, dass die Schleuder zwischen ihm und Shakatak auf dem Boden landete. Shakatak machte einen Schritt nach vorn, wechselte das Messer in die rechte Hand, maß Cadillac mit einem funkelnden Blick und bückte sich, um die Schleuder aufzuheben.

Cadillac wusste, dass er nur noch diese Chance hatte. Er warf den Dreck in Shakataks Gesicht, sprang mit einem lauten Aufschrei über dem gegnerischen Messer in die Luft und trat mit beiden Beinen gegen Shakataks Kopf. Seine Füße vereinten sich in einer Kraft, die aus reiner Verzweiflung geboren wurde. Als Shakataks Hals zur Seite flog, entfiel das Messer seiner Hand. Als Cadillacs Füße gegen den steinverzierten Helm seines Gegners krachten, spürte er einen schrecklichen, stechenden Schmerz. Einen kurzen Augenblick lang schien die Zeit plötzlich stillzustehen, und Cadillac betete darum, dass er sich nicht die Knöchel gebrochen hatte. Dann fiel Shakatak schwer zu Boden, und Cadillac landete auf ihm.

Er trat wild nach dem Gesicht seines Gegners, bis dieser seine Helmmaske verlor. Gleichzeitig stach er wütend auf Shakataks dicke und äußerst muskulöse Beine ein, die sich alle Mühe gaben, ihn ebenfalls am Kopf zu treffen. Shakatak brüllte vor Schmerz wie ein verletzter Büffel. Cadillac fuhr herum, rappelte sich auf die Knie und umklammerte fest den Griff seines blutbefleckten Messers, damit er es tief in Shakataks Kehle oder zwischen die ledernen Brustplatten bohren konnte, die sein Herz schützten.

Doch bevor er einen Treffer erzielen konnte, krachte Shakatak gegen ihn und richtete sich auf. Seine Linke zuckte hoch, um Cadillacs Handgelenk zu packen und sein Messer festzuhalten. Er schien keinerlei Schmerzen zu spüren; selbst das Blut, das aus den tiefen Schnitten in seinen Beinen lief, war nichts, dem er Beachtung schenkte. Sein linker Unterarm mit dem verzierten Gelenkband krachte gegen Cadillacs Kehle und ließ ihn halb benommen und nach Luft ringend rückwärts zu Boden taumeln. Cadillac wollte sich zur Seite rollen, doch es war zu spät. Shakatak hielt sein Gelenk immer noch in einem eisernen Griff. Sein rechtes Bein zuckte vor und traf Cadillacs Oberschenkel mit lähmenden Tritten, dann warf er sich mit seinem gesamten Gewicht auf ihn. Cadillac zuckte wild hoch und krümmte sich wie ein aufgespießter Fisch. Er kratzte nach Shakataks Augen, aber nach wenigen Sekunden saß der Krieger mit gespreizten Beinen auf seiner Brust. Seine Knie nagelten Cadillacs Arme am Boden fest, und er hielt sein Messer in der Hand.

Shakatak packte Cadillacs Haar, drückte seinen Kopf zurück und drückte die spitze Klinge seines Messers unter sein linkes Ohr. »Du kämpfst gut, Wortschmied«, keuchte er heiser. »Gut genug, um das Leben zu verdienen, das ich jetzt in der Hand habe. Der D'Vine-Clan hat keine Zunge, um die Geheimnisse der Welt zu durchdringen. Unsere Vergangenheit ist dunkel. Unsere Feuerlieder werden schnell vergessen. Wenn du sie für uns bewahrst, damit das Wissen um unseren Mut weiterlebt, könnt ihr – du und die Füchsin – Fleisch, Obdach und Ansehen gewinnen.«

Cadillac, der sich gegen das drückende Gewicht auf seiner Brust wehrte, saugte Luft durch seine verschrammte Kehle. »Bevor ich die Luft mit eurem Namen vergifte«, fauchte er und erstickte fast an seinen eigenen Worten, »lasse ich mir lieber von den Adlern die Zunge herausreißen.«

»Du hast es nicht anders gewollt, Kojote«, sagte Shakatak. »Ich habe keine Vergangenheit – aber du hast keine Zukunft.« Er hob das Messer. Als die Klinge in der Luft verharrte, um sich in seine Kehle zu bohren, bemerkte Cadillac, dass die Sonne des späten Nachmittags auf ihr blitzte. Und plötzlich hatte er keine Angst mehr. Nein, er war eher von einer großen Trauer erfüllt, weil er die Welt verlassen musste und von Clearwater getrennt werden sollte. Aber es würde ja nicht für immer sein. Er würde über die Sonneninseln am Himmel streifen, bis sein Geist in eine neue Erdenmutter floss und er in einer anderen Haut erneut in die Welt kam, um seine Bestimmung zu erfüllen und den Triumph von Talismans letztem Sieg mitzuerleben.

In dem Sekundenbruchteil, bevor das Messer nach unten sank, befreite Clearwater den Kopf aus Cannonballs Griff und stieß einen durchdringenden Schrei aus. Es war ein Schrei, der einem das Blut in den Adern gefrieren ließ – das schreckliche, eindeutige Geheul eines Rufers.

Im gleichen Augenblick wurde Clearwater zum Mittelpunkt eines Miniaturwirbelsturms, der ihre drei Häscher in einem Schauer von Staub, Gestein und entwurzeltem Gras umherwirbelte. Der Grenzpfahl wankte, wurde aus dem Boden gerissen, wirbelte wild durch die Luft und bohrte sich, als Torpedo einen Versuch machte, Clearwater mit der Schleuder zu treffen, durch seinen Brustkorb. Cannonball und Freeway duckten sich und versuchten erfolglos, sich gegen den auf sie niederprasselnden Steinregen zu schützen. Cadillac war nicht weniger entsetzt. Er hielt sich die Ohren zu, aber die Lautstärke des aus Clearwaters Kehle dringenden Schreis nahm zu und stach in sein Gehirn.

Kurz darauf hüllte der Wirbelwind ihn und den immer noch mit erhobenen Armen auf seiner Brust sitzenden Shakatak ein. Die Kraft, die Clearwater losgelassen hatte, schien das Messer, das der fremde Krieger in der Hand hielt, mit einem Eigenleben zu erfüllen: Es vibrierte wild in Shakataks Faust. Doch statt es loszulassen, zwang ihn die schreckliche Gewalt des Windes, die Finger noch enger um den Griff zu legen. Als der entsetzte Krieger die Gefahr witterte, riss er seine andere Hand in dem verzweifelten Versuch hoch, die Finger von der Waffe zu lösen, doch als er sie erreicht hatte, schlossen sich die Finger seiner anderen Hand um die, die den Griff umklammert hielt. Shakatak stieß ein ängstliches Heulen aus. Seine Hals- und Schultermuskeln wölbten sich, als er versuchte, das Messer über seinem Kopf in der Luft zu halten. Doch die wirbelnde Kraft nahm noch zu, und der heulende Tornado übertönte Clearwaters unirdische Schreie. Mit einer schnellen, unaufhaltbaren Bewegung zuckte das Messer in Shakataks Händen in die Tiefe und bohrte sich vor

Cadillacs entsetzten Blicken bis zum Heft in die Magengrube seines Gegners.

Shakatak stieß einen wilden, röchelnden Schrei aus und fiel über Cadillac hinweg nach vorn; seine Hände hielten das Messer immer noch umklammert. Cannonball und Freeway rappelten sich auf und flohen wie zwei Hirsche durch das Gras. Der heulende Wirbelwind folgte ihnen dichtauf. Der Laut, der aus Clearwaters Kehle kam, erstarb. Clearwater fiel auf die Knie, ihre Augen waren glasig, als sei sie in Trance.

Cadillac rutschte unter Shakataks leblosem Körper hervor, wankte auf tauben Beinen zu Clearwater hinüber und nahm sie in den Arm. Ihr Körper war so kalt, als sei das Leben aus ihm gewichen. Er legte sie zärtlich hin und streichelte ihr Gesicht. Er wusste nicht, was er tun sollte; der tödliche Charakter der Macht, die aus ihrem Innern gekommen war, hatte ihn völlig eingeschüchtert. Er hatte nicht geglaubt, dass sie über diese Kraft verfügte; sie hatte nie angedeutet, welche Kräfte sie hatte.

Ein paar Minuten später hob sich der graue Schleier, der in ihrem Blick lag. Cadillac spürte, dass die Wärme wieder in ihren Leib zurückfloss. Clearwater schenkte ihm ein Lächeln, dann zog ein besorgter Schatten über ihr Gesicht. Als sie merkte, dass sie außer Gefahr waren, setzte sie sich schnell hin und entspannte sich. Cadillac stand auf, ging zu Shakatak hinüber und drehte den Leichnam herum. Als er den toten Krieger auf den Rücken rollte, ließen seine schlaffen Hände den Griff des Messers los. Clearwater gesellte sich zu ihm. Dann gingen sie zu Torpedo, den der D'Vine-Grenzpfahl aufgespießt hatte. Über seinem leblosen Körper trafen sich ihre Blicke.

»Warum hast du nicht gesagt, dass du eine Ruferin bist?«

Clearwater schüttelte fassungslos den Kopf. »Ich habe es selbst nicht gewusst. Es kam erst über mich, als es so aussah, als müsstest du sterben. Die Kraft war plötzlich da. Ich habe meine Stimme zwar benutzt, um die Erdkräfte anzurufen, aber ich habe sie nicht gesteuert.« Plötzlich eingeschüchtert von der schrecklichen Gewalt, die sie freigesetzt hatte, hielt sie inne und warf einen Blick auf Shakataks Leiche. »Ich weiß nicht, ob ich es noch einmal tun könnte.«

Cadillac nickte. »Die Tür in deinem Geist ist aufgegangen. Wenn du die Kraft rufst, kehrt sie zurück. Mr. Snow wird dir beibringen, wie man sie entfesselt.«

Clearwater rieb fröstelnd die Arme. »Es macht mir Angst.«

»Mir auch«, sagte Cadillac. »Aber es ist eine gute Kraft. Hast du nicht mein Leben gerettet?«

Clearwater schüttelte den Kopf. »Nein. Talisman hat dein Leben gerettet. Seine Kraft ist durch mich geströmt.« Sie strich mit den Fingern sanft über Cadillacs Schrammen. »Wenn ich dich mit einem einzigen Schrei hätte retten können … Ich hätte Shakatak niedergestreckt, bevor er das Messer zog. Aber so war es nicht. Talismans Kraft hat sich erst gezeigt, als du die deine gezeigt hast. Du hast tapfer gekämpft, wie ein großer Krieger. Selbst als es so aussah, als würdest du sterben, hast du dich geweigert, deinen Clan zu entehren. Du *hast* Ansehen. Du hast das Herz und das Blut eines Bären, und es wird ein Feuerlied geben, damit man sich an diesen Tag erinnert …«

»Und ich werde die Worte selbst auswählen«, sagte

Cadillac. Er reckte sich vor Stolz angesichts dieser Aussicht und der neu entdeckten Fähigkeit, über den in seiner Brust pulsierenden Schmerz hinwegzugehen.

»... aber nur dann«, fuhr Clearwater ernst fort, »wenn du den Eid beachtest, den du Mr. Snow geschworen hast. Du darfst nie wieder voreilig handeln! Du darfst deine Gabe nie wieder in Gefahr bringen.«

Cadillac zuckte arrogant mit den Achseln. »Wenn es mein Schicksal ist, ein großer Krieger zu sein ...«

»... dann berichtet *mein* Feuerlied davon, was diese Fremden *wirklich* umgebracht hat: Nicht die Hand des mutigen Bären, den sie Kojote genannt haben, sondern der Ruf einer zahmen Füchsin!«

»Pssst! Pssst!«, machte Cadillac. »Für eine zahme Füchsin hast du aber ziemlich spitze Zähne.«

Clearwater legte die Arme um seinen Hals. »Im Mondlicht beißen sie aber sehr sanft zu.« Sie rieb ihre Nase an Cadillacs Wangen und küsste ihn auf den Mund. »Komm, wir nehmen uns den Renner vor.«

Sie weideten den Kadaver des Hirschbocks aus und hängten ihn an den zweieinhalb Meter langen Grenzpfahl. Das Gewicht des toten Tiers führte dazu, dass der Pfahl sich gefährlich bog und dass sie ihn nur mit großen Schwierigkeiten auf die Schultern bekamen. Wenn sie ihn ohne Unterstützung mitnahmen, bedeutete dies, dass sie die Leichen und Waffen der Fremden zurücklassen mussten.

Cadillac ließ sein Ende der Beute wieder zu Boden sinken. »Ich glaube, du holst lieber Hilfe. Ich bleibe hier und bewache unsere Beute. Nimm die Armbrust der D'Vine mit.« Er zog den Hebel mit einem schweren Keuchen zurück, legte einen Bolzen in die Rinne und hielt ihr die Waffe hin.

Doch Clearwater nahm sie nicht an. Sie blickte an Cadillac vorbei über die Prärie hinweg nach Norden, wo die Heimat des Weißen Todes war, und sagte »Laufwolken …«

Cadillac drehte sich um und schaute in die Richtung, in die ihr Finger zeigte. Über einer entfernten Erhebung hing eine niedrige Staubwolke in der Luft. Solche Zeichen bedeuteten meist, dass Krieger unterwegs waren, die in der charakteristischen, springenden Gangart liefen, die sie befähigte, große Entfernungen zurückzulegen. Manchmal liefen sie vierundzwanzig Stunden ohne Pause. Manchmal schliefen sie sogar im Laufen, wie Vögel im Flug; dann wurden sie von einem geheimnisvollen inneren Radarsystem geführt.

Die Laufwolke trieb auf das graublau beschattete Land zu, das hinter ihnen lag, und erstrahlte in einem hellroten Feuer, als sie die schräg fallenden Sonnenstrahlen einfing. Cadillac lud eilig seine Armbrust nach. »Ob die beiden Krähen zu ihren Brüdern geflogen sind?«, fragte er besorgt. Aufgrund der Erfahrungen, die er mit Mr. Snows Kräften gemacht hatte, wusste er, dass es eine Zeit dauerte, bis ein erschöpfter Rufer wieder einsatzbereit war. Wenn die Krieger, die sich ihnen dort näherten, marodierende D'Vines waren …

»Mach mich größer, dann sage ich es dir«, sagte Clearwater.

Cadillac machte eine Räuberleiter, und Clearwater stieg auf seine Schultern und sah sich um. Er holte tief Luft, als ihr zusätzliches Gewicht auf seine malträtierten Rippen drückte.

Clearwater, wie die meisten Präriebewohner mit äußerst scharfen, fast falkenhaften Augen gesegnet, nahm schnell die goldenen Federbüsche ins Visier, die seitlich an den Kopfmasken der Läufer befestigt waren. »Es sind unsere Bären …« Sie winkte ihnen energisch zu, dann sprang sie gewandt zu Boden und sah Cadillac lächelnd an. »Sie kommen, um ihren Krieger-Wortschmied im Triumphzug nach Hause zu begleiten.«

Der Stoßtrupp der M'Call-Bären erreichte sie etwa eine Viertelstunde später. Er wurde von Motor-Head angeführt, dem furchtlosesten von Cadillacs Clan-Brüdern. Er war ein kräftiger junger Krieger und ebenso schwer gebaut wie der tote Shakatak. Allerdings hatte er nicht nur einen, sondern schon *zwei* Pfähle mit Schädeln bestückt. Bei ihm waren Hawk-Wind, Chain-Saw, Black-Top, Brass-Rail, Steel-Eye, Ten-Four und Convoy. Sie trugen alle – so war es der Brauch – Vollgasnamen, wie einst die Helden der Alten Zeit. Und sie waren ausnahmslos auf die exzentrische Weise der Präriebewohner gekleidet. Ihre ledernen Körperpanzer waren mit Trophäen und Emblemen verziert, die ihre Kühnheit und ihren Mut bezeugten. Als sie auf Cadillac und Clearwater zukamen, sahen diese, dass sie die schlaffen Leichen Cannonballs und Freeways trugen, die wie tote Renner an frisch geschlagenen Schösslingen baumelten.

Motor-Head umkreiste die Leichen Torpedos und Shakataks. Er nickte anerkennend, dann baute er sich vor Cadillac auf und legte die Arme auf seine Schultern. »Gute Arbeit, Sandwürmchen.«

Er deutete auf die Leichen Cannonballs und Freeways. »Du hast sie offenbar mächtig in Angst versetzt. Ihre Laufwolke sah aus wie ein Turm, der zum Himmel führt.«

Cadillac tauschte einen kurzen Blick mit Clearwater. Sie lächelte kurz, dann sagte sie: »Er hat auch den Hirsch erlegt.«

Die Neuigkeit ließ Cadillacs Clan-Brüder anerkennend murmeln. Convoy zählte die Geweihspitzen. »Zehn Enden! Das hat noch keiner übertroffen!«

Selbst Motor-Head sprach Cadillac seine Anerkennung aus, wenn auch widerwillig. »Nanu, Sandwürmchen – reicht dir das Ringen um die Worte nicht, um den Tag auszufüllen? Möchtest du etwa auch noch kämpfen und jagen und mit den Bären herumstreifen?«

Cadillac wich seinem spöttischen Blick nicht aus. »Wird ein Zweig nicht auch zu einem Ast? Warum soll aus einem Sandwurm kein Krieger werden, der seines Vollgasnamens würdig ist?«

Motor-Head kicherte; er blieb mit verschränkten Armen vor Cadillac stehen. »Deine Zunge schlägt Funken, Wortschmied. Jetzt hast du auch noch spitzes Eisen in die Hand genommen. Du hast einen Renner erlegt und Knochen genagt.« Er wandte sich an die Krieger. »Was meint ihr dazu, Brüder? Ist er würdig, einer der unseren zu sein?«

Hawk-Wind, Chain-Saw, Black-Top, Brass-Rail, Steel-Eye, Ten-Four und Convoy hoben nacheinander die rechte Hand und richteten sie mit zusammengepressten Fingern und erhobenen Daumen auf Cadillac.

Motor-Head nahm seine mit Federn verzierte Helmmaske ab und setzte sie Cadillac auf. »Willkommen, Blutsbruder der Bären! Möge dein Arm stets fest und hart zuschlagen. Möge dein Herz stark sein und dein Name in den Feuerliedern unseres Volkes geehrt werden!«

»Heja! Heja! Heja!«, schrien die anderen Krieger. Clearwaters Augen glitzerten vor Freudentränen, als sie den Arm hob, in die Rufe einfiel und Cadillac das traditionelle Lob und Anerkennung spendete.

Es war ein herrlicher Augenblick des Triumphs – den Cadillac leider verpatzte, weil er wegen seines Blutverlustes in Ohnmacht fiel.

4

Die zusammen mit der Jahrhundertfeier abgehaltene Abschlusszeremonie fand im riesigen Freiflugdom der Akademie statt. Der nackte Fels, in den man die gewaltige Kuppel geschlagen hatte, hing voller Flaggen und Wimpel. Bunte, computergesteuerte Laserstrahlen, die so programmiert waren, dass sie strahlende, sich laufend ändernde Lichtmuster erzeugten, jagten kreuz und quer dahin.

Als die fünftausend Zuschauer auf den ihnen zugewiesenen Plätzen saßen, paradierten die neun Kadettengeschwader und die Angehörigen des Akademiestabs zu den mitreißenden Klängen von Posaunen, Flöten und Trommeln. Dann reihten sie sich mit geometrischer Präzision zur Inspektion durch die zu Besuch weilenden Würdenträger aus dem Hauptzentrum auf. Anschließend führten die einzelnen Geschwader ihre Fähigkeiten beim Exerzieren vor und demonstrierten den Zuschauern, wie sie mit den Waffen umgingen. Sie zeigten ihnen einen Angriff und führten vor, wie sie in der Handhabung des Schlagstocks ausgebildet worden waren.

Die Bodendarbietungen – zwischendurch konnte man auf einem gewaltigen Bildschirm gefilmte Bestleistungen aus der Geschichte der Fliegerakademie sehen – fanden ihren Höhepunkt in einer Flugschau, in der Steve Brickman eine führende Rolle spielte.

Nach der zeremoniellen Austeilung der Flugspangen und der sonstigen Auszeichnungen, aufgezeichneten Festreden des General-Präsidenten der Föderation, George Washington Jefferson, sowie beinahe endlosen Ansprachen der aus Houston angereisten Angehörigen der Amtrak-Exekutive, dröhnten die ersten Akkorde des Liedes »Das wilde blaue Jenseits« – der historischen Kampfhymne – durch die Lautsprecher. Fünftausend Zuschauer sprangen auf und unterstützten einstimmig den zweihundert Mann starken Chor, der den letzten Vorbeimarsch begleitete. Als der Gesang und die Musik anschwollen und die hohe, kreisförmige Arena füllte, flossen hemmungslos Tränen über die Wangen der alten Bahnbrecher in den Logen. Musik und Gesang vermischten sich wie durch Zauberhand mit dem rhythmischen Pulsieren der Laser und schufen ein audiovisuelles Erlebnis, das alle Herzen höherschlagen ließ. Es wurde zum krönenden Abschluss einer triumphalen, erfolgreichen Jahresparade.

Als die letzten Worte der letzten ergreifenden Strophe verklangen und man sich die Tränen abwischte, wurde das Lied in einem stimmlosen Diminuendo wiederholt. Die Kadetten des ersten und zweiten Ausbildungsjahres marschierten zum Klang leiser werdender Trommelschläge aus der Arena, und die Angehörigen der drei Senior-Geschwader, die ihre neu erworbenen Flugspangen nun stolz an der Uniform trugen, blieben stehen und wurden vor den Augen der dicht gedrängt auf der Tribüne stehenden Menge losgesprochen. Nach fast vier Stunden auf dem Exerzierplatz löste sich die Formation der Kadetten auf. Ein breites Lächeln der Erleichterung zeigte sich auf allen Gesichtern, als Wächtereltern und Verwandte – manche waren aus den fernsten Ecken der Föderation angereist – sich von den Sitzen erhoben und die Treppen hinunterströmten, um ihren Mündeln die Hände zu schütteln, sie zu umarmen und weitere Videoaufnahmen für das Einheiten-Album zu machen.

»Wie geht's, Wunderknabe?«

Steve Brickman löste sich aus der begeisterten Umarmung seiner Blutsschwester und strich seine Uniform glatt. »He, Roz, werd' endlich mal erwachsen, ja?«

»Ich *bin* erwachsen. Ich bin letzten Februar fünfzehn geworden, hast du das vergessen?«

»Natürlich nicht.«

»Hättest mich ruhig mal besuchen können. Oder wenigstens ein VauGe schicken.«

»Hab' ich vergessen, Würmchen. Herzlichen Glückwunsch nachträglich. Okay?«

»Du hast auch nichts von dir hören lassen, als ich das Inter-Med absolviert habe.«

»Steve denkt doch fast nie an so was, das müsstest du doch wissen«, sagte Annie Brickman, ohne dass ihre Stimme boshaft klang oder irgendeinen Tadel enthielt. Es war ganz einfach eine Feststellung. Annie, Steves Wächtermutter, trat zur Seite, als Bart Bradlee, ihr Familienbruder, Jack Brickman in seinem Rollstuhl durch die Menge schob.

»Ich wollte ihr wirklich ein VauGe schicken, aber ich war halt zu beschäftigt.«

»Das wissen wir doch, Junge.« In den drei Jahren, seit Steve von zu Hause weg war, war die Stimme seines Wächtervaters zu einem heiseren Flüstern geworden.

Steve hob Jack Brickmans Hände vom Stuhl und drückte sie sanft. Die Finger seines Wächtervaters reagierten auf die Berührung wie zittrige Hühnerbeinchen. Es war kaum zu glauben, dass diese Hände und der ausgelaugte Körper, zu dem sie gehörten, einst aus hartem, magerem Fleisch bestanden hatten und so muskulös gewesen waren, um so manchen größeren Mann quer durch einen Raum zu prügeln.

»Wie schön, Sie zu sehen, Sir. Ich weiß es wirklich zu schätzen, dass Sie die Unannehmlichkeiten der Reise auf sich genommen haben.«

»Wenn wir ihn nicht mitgenommen hätten«, sagte Bart, »hätte er sich von jemandem an den Stuhl binden und als Fracht aufgeben lassen.« Er klopfte Jack Brickman auf die Schulter. »Stimmt's, mein Alter?«

Der »Alte« antwortete mit einem gequälten, keuchenden Lachen. Steves Wächtervater war vierunddreißig Jahre alt und wusste, dass er noch in diesem Jahr an der Strahlenkrankheit sterben würde. Sie wussten es alle, aber niemand verspürte deswegen Trauer oder hielt es für tragisch. Dass Jack bis jetzt so zäh überlebt hatte, war mehr oder weniger ein Wunder. Nur wenige Bahnbrecher wurden älter als dreißig. Die meisten Wagner, die an der Oberwelt Dienst taten, starben viel früher; entweder kamen sie im Kampf um oder fielen auf den Trick herein. Oder sie wurden – was noch bedauernswerter war – vor den Fernsehkameras wegen eines Vergehens erster Kategorie exekutiert.

Die Unterweltler hatten zwar eine höhere Lebenserwartung, aber auch sie lebten nicht ewig. Annie – sie war ebenfalls vierunddreißig – und ihr Familienbruder Bart, ein neunundzwanzigjähriger Stabsoffizier, waren zwar nie an der Oberwelt im Einsatz oder einen Tag krank gewesen, aber auch sie würden kurz nach ihrem zweiundvierzigsten Geburtstag sterben. Obwohl die Lebenswissenschaft in den vergangenen dreihundert Jahren spektakuläre Fortschritte erzielt hatte, galt es, das Geheimnis der Langlebigkeit noch zu entdecken.

Die ältesten Wagner, über die Aufzeichnungen vorlagen, hatten ein Alter von fünfundvierzig Jahren erreicht.

Aber dies betraf nur die ältesten *gewöhnlichen* Wagner.

Der gegenwärtige General-Präsident der Föderation war, wenn man ihn nach seinen Bildschirmauftritten beurteilte, ein vitaler Fünfundsechziger, und sein Vorgänger war über achtzig geworden. Niemand hatte Steve je eine zufriedenstellende Erklärung gegeben, warum dies so war. Die Jeffersons waren die Erste Familie, weil sie länger lebten als alle anderen. Und sie lebten länger als alle anderen, weil sie geboren waren, die Föderation zu beherrschen.

So stand es im Handbuch.

Steve umarmte seine Wächtermutter. »Ich habe wirklich schwer geschuftet, Annie. Kannst du mir verzeihen?«

Annie lachte. »Wofür? Dass du nur Vierter geworden bist?«

»Ich hätte Erster werden müssen.«

»Der vierte Platz reicht mir völlig«, sagte Annie. »Jack war nicht mal unter den ersten zwanzig.«

»Die Adler haben drei der ersten vier Plätze belegt«, sagte Bart. »Es hat noch kein Geschwader gegeben, dem das gelungen ist.«

Steve drehte sich zu Bart um. »Sie verstehen nicht, was

ich meine, Sir. Ich hätte Erster werden müssen. Ich hätte Ehrenkadett werden müssen. Man hat mich betrogen.«

Rund um sein gutmütiges Lächeln verhärteten sich Barts Gesichtsmuskeln. »Na, du denkst aber wirklich böse Sachen, Stevie. Solche Fehler macht das System doch nicht.«

»Es ist doch nicht schlimm, wenn der Junge gern der Erste gewesen wäre«, sagte Annie. »Noch bevor er laufen konnte, haben wir ihm beigebracht, so zu denken. Und Roz auch.«

Bart schüttelte den Kopf. »Etwas sein zu wollen und etwas zu sein, das ist doch wohl ein Unterschied. Jungen und Mädchen sollten sich nicht darauf versteifen. Wenn man sich *bemüht,* der Beste zu werden – das ist etwas anderes. Das wird von jedem von uns erwartet. So steht es auch im Buch.«

Steve nickte respektvoll. Bart hielt die mächtige Position des Militärpolizei-Marshals für das Territorium New Mexico. Junge Männer, die vorhatten, es in der Welt zu etwas zu bringen, stritten sich nicht mit einem Mann seines Formats. Nicht einmal dann, wenn sie mit ihm verwandt waren.

»Ich habe mich bemüht, Sir.«

Bart klopfte ihm auf die Schulter. »Mehr kann man auch nicht tun. Man hat alles vorherberechnet, Junge. Seit dem Tag deiner Geburt hat dich die Erste Familie nicht aus den Augen gelassen. Und ebenso hat sie sich auch um alle anderen gekümmert. Ein Wagner braucht den Befehl, den man ihm erteilt, und den Platz, an den man ihn stellt, nicht zu hinterfragen. Das Einzige, was er sich fragen soll, ist: Tue ich genug? Tue ich das Beste, was ich kann?«

»Amen«, sagte Annie.

Jack Brickman winkte mit seiner schlaffen Hand. »Immerhin hast du es geschafft. Das ist das Wichtigste. Noten sind doch völlig unwichtig. Der Zweikampf ist die einzige Möglichkeit für einen Flieger, um sich zu beweisen.«

»Genau.« Roz hängte sich bei Steve und ihrer Wächtermutter ein. »Macht nun endlich jemand ein Foto, bevor mein Bruder so berühmt ist, dass er gar nicht mehr mit mir redet?«

Den Rest des Nachmittags verbrachten sie mit einer Besichtigung. Wie bei allen jährlichen Lossprechungen war der Komplex der Fliegerakademie auch diesmal für die Verwandten der Abschlussklasse geöffnet. Essen und Trinken gab es in den Messehallen im Überfluss, wo die Erstsemester Dienst als Kellner taten. Die Kadetten des zweiten Jahres besorgten die Führungen durch die Klassenräume und sonstigen Übungsgebiete und zeigten den Besuchern die Flugsimulatoren und Schießstände. Nach einer Stunde übernahm Steve die Steuerung des Rollstuhls seines Wächtervaters. Dann, als die spitzzahnige Schlange in seinem Innern aus ihrer heimlichen Höhle kroch und einen weiteren Teil seines Körpers auffraß, bewölkte sich Jack Brickmans Gesicht. Annie gab ihm ein paar Pillen der Marke Wolke Neun und streichelte seinen Kopf, bis sich die tiefen Falten an seinem Hals entspannten und er in einen von der Droge hervorgerufenen Schlaf fiel.

Als Chuck Waters, ein Kollege aus der B-Staffel, sah, was geschehen war, lud er Steves Verwandte ein, sich zu den seinen – einer zehnköpfigen Okie-Meute – zu gesellen. Steve brachte Jack Brickman in den Aufzug zu den Fliegerunterkünften und rollte ihn in seine Bude. Er legte ein Kissen auf die Rückenlehne des Rollstuhls, drückte Jacks schmalen Schädel darauf und legte seine schlaffen, faltigen Hände aufeinander. Dann setzte er sich auf seine abgezogene Koje und musterte gleichmütig den Mann, der ihn aufgezogen hatte. Das einzige Lebenszeichen seines Wächtervaters bestand aus einem leisen, keuchenden Seufzen, wenn er Luft holte. Irgendwann im nächsten Jahr würde das Seufzen enden. Und dann kamen die Sackmänner. Sie würden Jacks Leiche durch das Gasrohr schieben, und sein Name würde auf der Mauer der Fliegerakademie stehen.

Wieder ein guter Mann, der gegangen war.

Steve blieb noch eine Weile sitzen, dann stand er auf und fing an, seine Kleider und seine persönliche Ausrüstung in einem großen blauen Seesack zu verstauen.

»Darf ich reinkommen?«

Steve warf einen Blick über seine Schulter. Donna Monroe Lundkwist, die schlanke, hellhaarige Pilotin, die in seinen Berechnungen die einzige ernsthafte Konkurrentin um den Ersten Platz gewesen war, stand in der Tür. Die mit einer blau-weißen Quaste verzierte Ehrenkadetten-Achselschnur hing an ihrer rechten Schulter; das große, aus Metallfäden gewobene Minuteman-Abzeichen war auf ihrer linken Brusttasche unter der Silberschwinge festgenäht.

Steve faltete sein letztes Hemd und legte es in den Sack. »Was kann ich für dich tun?«

»Nichts Besonderes.« Donna nahm beiläufig auf der Koje neben Steves Seesack Platz. »Ich bin nur hier, um Lebewohl zu sagen.« Sie deutete mit dem Kopf auf Jack Brickman. »Dein Wächtervater?«

»Yeah …«

Donna bemerkte die beiden goldenen Doppeldreiecke an Jack Brickmans Ärmel und stieß einen leisen Pfiff aus. »Ein Doppelsechser! Zwölf Fahrten – und zwei Essen im Weißen Haus beim General-Präsidenten. Warum hast du uns nie erzählt, dass dein Wächtervater ein Fliegerass war?«

Steve zuckte mit den Achseln. »Weil diese Art Information mir auch nicht weitergeholfen hätte und deswegen entbehrlich war.« Er öffnete die Reißverschlüsse an den Seitentaschen des Seesacks und verstaute einen weiteren Teil seiner Ausrüstung. »Wie war denn *dein* Essen?«

»Ach, du meinst beim Akademie-General? Interessant. Er hat mich über meinen ersten Auftrag informiert. Ich werde auf die Kampfmaschine versetzt.«

»Wie schön«, sagte Brickman lahm.

Kampfmaschine war die populäre Bezeichnung für den *Red-River*-Wagenzug. Man kannte ihn in der gesamten Föderation wegen seiner spektakulären Erfolge und zahlreicher Feldzüge gegen die Oberwelt-Mutanten. Die Bahnbrecher-Mannschaft des *Red-River*-Wagenzugs hatte eine Kampfakte wie keine andere, und weil sie diesen guten Ruf hatte, konnte der Wagenmeister sich die besten Absolventen der Kampfakademien und Spezialschulen sichern. In den vergangenen zwanzig Jahren waren nur die besten Absolventen der Flugschule auf den *Red-River*-Wagenzug versetzt worden. Auch Steve hatte geplant, noch in diesem Jahr zu seiner Crew zu gehören.

»Ich habe mich auch nach dir erkundigt.«

»Und?«

»Du kommst auf die *Louisiana Lady* – ihre Basis ist Fort

Worth.« Donna legte eine Pause ein. »Gus White übrigens auch.«

»Das wird ihn besonders freuen«, grunzte Steve. Der Dienst auf der Kampfmaschine wurde traditionell für die wichtigste Stufe auf der Karriereleiter gehalten. Steve drehte sich um und sah sie an. »Weiß er schon davon?«

Donna schüttelte den Kopf. »Ich dachte, du würdest es ihm vielleicht gern selbst erzählen.«

»Würde ich wirklich gern tun.« Steve verschloss den langen Reißverschluss der Mittelsektion des Packsacks. Als sich der Zipper auf Donna zubewegte, legte sie einen Finger auf seinen Handrücken und zeichnete einen langen, forschenden Kreis. Ihre Blicke trafen sich.

»Hast du Lust, mir 'ne scharfe Granate reinzuschieben?«

Steve zog den Reißverschluss weiter zu und dachte darüber nach. »Hier, meinst du? Jetzt?«

Donnas Blick richtete sich rasch auf die schlafende Gestalt Jack Brickmans. »Hast du Angst, er könnte aufwachen?«

»Eigentlich nicht. Er ist auf Wolke Neun.«

»Also ...?« Donna sah ihn erwartungsvoll an.

»Also ... Vielleicht ein anderes Mal.«

Donna deutete auf den schlafenden Jack Brickman.

»Hör zu! Du wirst diesen Burschen schon nicht aus der Fassung bringen. Wenn er zwölf Jahre auf Wagenzügen verbracht hat, muss er doch an eine Menge Verkehr gewöhnt sein, oder?«

Steve überdachte die Situation.

Donna zerrte an seiner Paradeuniform, was ihn zwang, einen Schritt näher an sie heranzutreten. Sie rieb ihre Schenkel gegen seine Beine. »Na, komm schon, Brickman, wir haben es noch nie miteinander getrieben. Und nach dem heutigen Tag sehe ich dich vielleicht nie wieder.«

»Daran kann ich auch nichts ändern.«

»Aber natürlich kannst du das.« Sie stand auf, legte die Arme um seine Taille, presste ihren Schoß sanft gegen sein Geschlechtsteil und ließ ihren Unterleib kreisen. »In fünf Wochen bin ich vielleicht schon auf einem Wagenzug, der in feindliches Territorium vorstößt. In sechs Wochen gibt's mich vielleicht schon gar nicht mehr. In acht Wochen ist mein siebzehnter Geburtstag. Wenn ich schon ins Fleischgeschäft einsteigen muss, möchte ich wenigstens das Gefühl haben zu wissen, dass ich mit dem Besten von dem Haufen hier gefickt habe.« Ohne seine Antwort abzuwarten, hob sie den Seesack von der Koje, schloss die Schiebetür der Bude, öffnete den Reißverschluss seiner Uniform, schälte sich flink aus der ihren, ließ sich auf das Bett fallen und machte einladend die Beine breit.

Steve warf einen Blick auf seinen Wächtervater. Jack Brickmans Kopf lag seitlich auf dem Kissen; sein offener Mund betonte die Hohlheit seiner Wangen. Er hob seine Hand ein paar Zentimeter hoch und ließ sie wieder sinken. Sie fiel mit der Leblosigkeit, die von tiefem Schlaf kündete, schlaff in seinen Schoß. Steve wandte sich Donna zu und zog sich ebenfalls aus. Sein Blick wanderte beiläufig über ihren nackten Leib. Hübsch. Sie hatte einen kräftigen Hals und breite Schultern. Ihre Muskeln traten zwar deutlich hervor, aber sie wiesen nicht das höckrige Aussehen auf, das manche Jungs anmachte. Er legte sich neben sie.

Donnas Hand wanderte taxierend über seine Schulter, dann fuhr sie seitlich über seinen Brustkorb und seine

Hüften. »Du machst mich echt scharf, Brickman. Wieso haben wir überhaupt drei Jahre darauf gewartet?«

Steve zuckte mit den Achseln. »Ich nehme an, wir hatten zu viel um die Ohren. Na schön, wie hast du es am liebsten?«

Donnas Zunge fuhr über seine Lippen. »Auf jede Art, die man sich nur vorstellen kann. Leg los!« Sie drehte sich herum und drückte sich an ihn. Unter ihrer dunklen UV-Bräunung zeigten ihre Schultern Sommersprossen. Obwohl sie sehr oft zusammen unter der Dusche gestanden hatten, war dies etwas, was Steve noch nie aufgefallen war. Er schob einen Arm unter ihren Rücken und legte die Hand auf ihre kleine Brust. Bevor er entschieden hatte, was er mit der anderen Hand tun wollte, nahm Donna sie und schob sie zwischen ihre Beine. »Ah, ja«, murmelte sie. »Ah, ja!« Sie drehte den Kopf und rieb ihr Gesicht an seinem Hals.

Steve schloss die Augen und stellte sich vor, wie sie es mit Gus White und den anderen Burschen trieb. Sicher sagte sie zu jedem das Gleiche und reagierte immer auf die gleiche Weise. Es war eine allgemein akzeptierte Tatsache, dass es am Ende eines Kurses jeder mit jeder getrieben hatte. Nichts Besonderes. Wenn solche Dinge einen anmachten – und die meisten Burschen wurden davon angemacht –, machte man auf einer regelmäßigen Basis die Runde.

Brickman stand zwar nicht auf so was, aber dennoch durfte man sich keine falschen Vorstellungen über ihn machen. Ihm fehlten weder lebenswichtige Gliedmaßen, noch litt er an Unzulänglichkeiten, was die Größe anbetraf. Er war auch nicht frei von den normalen Trieben, die junge Leute seines Alters überkamen. Sein freiwilliger

Zölibat spiegelte ganz einfach seine pragmatische Lebenseinstellung wider.

Steve Brickman hatte die Runde einfach deswegen nicht gemacht, weil sie kein Bestandteil des Lehrplans war – auch wenn sie unter Umständen eine willkommene Erleichterung bedeutete. Es gab keine Noten dafür, wenn man sich einen runterholte oder mit seinen Kadetten-Kolleginnen in die Koje stieg. Er hielt diese Methode nicht einmal für eine zuverlässige, um Freunde zu gewinnen oder Menschen zu beeinflussen. Aus diesem Grunde stand geschlechtliche Betätigung auf seiner Prioritätenliste weit unter allem anderen. Doch andererseits war er nun einmal Steve Brickman, der den Gedanken nicht ertragen konnte, irgendetwas schlecht zu machen. Und so wollte er es jetzt – nachdem er Donna schon gestattet hatte, ihn aufs Bett zu ziehen – auch richtig machen.

Als sie sich auf seinen Schoß schwang, packte er sie mit einem festen Griff. Es fühlte sich an, als hätte jemand ein Feuer in seinem Schoß entfacht. Es war zwar nicht das erste Mal, aber das erste Mal seit Jahren. Er hatte die Erinnerung an das Gefühl in seinem Hinterkopf vergraben. Jetzt flutete es wieder zurück und erhitzte seinen Körper, und für eine ganze Weile vergaß er, dass der Rollstuhl seines Wächtervaters kaum einen Meter entfernt stand und der Rest der Verwandtschaft jeden Augenblick zur Tür hereinkommen konnte.

Ungefähr eine Dreiviertelstunde später, nachdem sie in jeder nur erdenklichen Stellung miteinander gefickt hatten, lagen sie schwer atmend nebeneinander auf dem Bett. Dort, wo sich ihre Leiber berührten, war ihre Haut von einem dünnen Schweißfilm bedeckt.

Donna Lundkwist kam wieder zu Atem und drückte ihren Mund an Steves Ohr. »Willst du mir zum Abschied noch eine reinschieben?«

»Hm«, machte Steve. »Ich glaub', ich mach jetzt besser 'n Absprung.«

»Na schön.« Donna setzte sich hin und ließ die Beine über den Kojenrand baumeln. »Es war gut. Du hat es prima gemacht.« Sie fuhr sich mit der Hand über die Kehle, dann zwischen ihre kleinen Brüste und über ihren flachen Magen. Ihre Schenkel glitzerten vor Nässe. »Ich könnte 'ne Dusche brauchen, aber ich ... äh ... glaube, ich lass es lieber, bis ich zu Hause bin.«

Steve nickte. »Es ist 'ne lange Fahrt nach Wichita«, sagte er. Donna stammte aus der nördlichsten Föderationsbasis – Monroe Field in Kansas. Sie war 2886 gegründet worden, deswegen war sie auch die neueste. »Sind deine Verwandten hier?«

»Soll das 'n Witz sein?«, gab Donna zurück. »Sie haben die ganze Basis mitgebracht.« Sie zog sich an.

Als Steve in seine Kleider stieg, musterte er Donna und dachte über das nach, was sie getan hatten. Die Sache hatte seinen Körper und sein Gehirn Gefühlen und Sehnsüchten ausgesetzt, die er sehr lange unter Verschluss gehalten hatte. Dass er Donna eine Granate ins Rohr geschoben hatte, hatte ihm zwar unbestritten einen Moment des Genusses beschert, aber er konnte auch ohne so was leben. Wenn man es zuließ, auf diese Weise von anderen Menschen abhängig zu werden – sie so nahe an sich herankommen zu lassen –, wurde die Sache zu einem gefährlichen Luxus. Es machte einen verwundbar.

»Also dann ...«, sagte Steve. »Mach's gut!«

»Yeah … Wir haben in der Vier-Uhr-Bahn Plätze reserviert.« Donna warf einen Blick auf ihre Armbanduhr, dann zog sie den Reißverschluss ihrer Paradeuniform hoch und ordnete die Achselschlinge mit der Quaste.

Steve hätte sie am liebsten damit erwürgt.

»Viel Glück, und … äh … Waidmannsheil.«

»Dir auch.« Als sie sich die Hände schüttelten, schaute Steve ihr fest in die Augen und lächelte freundlich.

»Und nimm es nicht so schwer, ja? Immerhin bist du in der Nummer Eins gekommen. Du brauchst es nicht aller Welt zu beweisen.«

Er tätschelte ihre Schulter, und sie drehte sich um. Als sie an der Tür stand, warf Donna ihm einen Blick zu und lächelte kurz. »Du weißt zwar, wie man jemanden dazu bringt, sich gut zu fühlen, Brickman, aber in Wirklichkeit bist du unter deinem freundlichen Lächeln ein hinterlistiger Schweinehund.«

Steve ließ sie nicht aus den Augen; er zog sich weiter an. »Das ist ein Teil meiner Überlebensstrategie.«

»Weißt du, was dein Problem ist?« Donna wartete nicht darauf, dass er ihr eine Antwort gab. »Du hältst dich für etwas Besonderes. Du bist so damit beschäftigt, die Nummer Eins zu werden, dass du gar keine Zeit hast, einer von uns zu sein. Das macht den Leuten Angst. Und das ist schlecht – weil du nämlich eines Tages einen Freund brauchen wirst.«

»Sonst noch was?«, fragte Steve gleichmütig.

»Yeah«, sagte Donna. Sie tätschelte das Minuteman-Abzeichen auf der Brusttasche ihrer Uniform. »Wir haben uns beide den Arsch aufgerissen, um dieses Ding hier zu kriegen. Ich möchte, dass du eins weißt: Was du möglicherweise auch falsch gemacht hast – in meinem Buch bist du immer noch die größte Kanone.«

Steve zuckte bescheiden mit den Achseln und zog seine Hose hoch. »Das wird die Zeit beweisen …«

»Und ob sie das wird«, sagte Donna. Sie trat durch die Tür und neigte sich noch einmal zurück. »Ach, übrigens – alles Gute zum Geburtstag.«

5

Zwei Tage nach seinem Sieg über Shakatak D'Vine ging Cadillac mit Clearwater und Mr. Snow tief in den Wald. Am Rande eines Baches stießen sie auf eine Lichtung, auf der sie mit gekreuzten Beinen Platz nahmen und einander auf einem roten Blätterteppich ansahen. Hinter ihnen standen zu allen Seiten die schwarzbraunen Stämme der Rotholzbäume wie riesige Krieger auf der Wacht. Hier und da stachen hellrote Sonnenstrahlen durch den dichten Blätterbaldachin. Sie warfen helle Lichtkegel auf das Farnmeer, das vor den knorrigen Baumwurzeln wuchs.

Cadillac hörte aufmerksam zu, als Clearwater Mr. Snow Fragen über ihre neu entdeckte Kraft stellte, die – wie sein ungeheures Erinnerungsvermögen – eine Gabe der Himmelsstimmen war. Sie war mit dem Segen der Großen Mutter Mo-Town zu ihr gekommen. Mr. Snow erklärte ihr viele Dinge und wies nachdrücklich darauf hin, dass die Anstrengung, die man brauchte, um die Kraft zu steuern und nach seinem Willen zu formen, jeden Rufer seiner Lebensenergie beraubte. Mit anderen Worten: Je größer die freigesetzte Kraft, desto mehr Kraft brauchte man, um sie zu beherrschen. Große Kräfte durfte man nur in echten Notlagen hervorrufen, denn in den Händen von Unausgebildeten konnten sie zum Tod desjenigen führen, der sie zu steuern versuchte.

Aus diesem Grund war Clearwater auch ohnmächtig geworden, nachdem sie Cadillac vor Shakatak gerettet hatte. Sobald die Kraft durch den Leib des Rufers gefahren war, war er geschwächt. Der Rufer – in diesem Fall die Ruferin – musste warten, bis die Lebensenergie zurückkehrte. Mithin musste die Gabe eines Rufers in Zeiten der Gefahr überlegt eingesetzt werden, sonst stellte sich vielleicht heraus, dass seine Kräfte erschöpft waren, wenn man sie am dringendsten brauchte.

Als Cadillac an der Reihe war, sich zu äußern, sagte er: »Ich bin besorgt, weil ich die Himmelsstimmen nicht höre.«

Mr. Snow lächelte: »Du hörst sie erst, wenn du bereit bist, auf sie zu hören.«

»Dann bring mir bei, wie man auf sie hört.«

Mr. Snow schüttelte den Kopf. »Der Kopf der Jugend ist von den Klängen der Welt erfüllt – mit den Trompeten eitlen Ruhms und dem leisen Murmeln irdischen Verlangens. Mit zunehmendem Alter wird dein inneres Ohr möglicherweise lernen, Klänge dieser Art zu ignorieren. Erst dann entdeckt man, dass große Wahrheiten Gaben sind, die in Schweigen gehüllt daherkommen.«

»Ich habe eine Gabe, über die ich noch nicht gesprochen habe«, sagte Cadillac plötzlich.

»Kein Schüler sollte Wissen vor seinem Lehrer zurückhalten«, tadelte Mr. Snow.

Cadillac lachte. »Dir bleibt doch nichts verborgen, Alter.«

»Stimmt«, sagte Mr. Snow. Seine Augen blitzten. »Auch wenn ich meinen Geist nicht in deine Hütte schicke, wenn der Mond am Himmel steht.«

Clearwater legte ihre Hände auf Nase und Mund und musterte Cadillac über die Fingerspitzen hinweg.

Cadillac holte tief Luft, denn er wollte nicht vor Aufregung anfangen zu stottern. »Ich habe nicht darüber gesprochen, weil ich nicht genau wusste, ob es eine echte Gabe ist oder nur die Einbildung eines halb leeren Verstandes.« Er zögerte. »Ich sehe … Bilder in Steinen.«

Mr. Snow nickte ernst. Clearwater hörte ihnen mit großen Augen zu.

»Nicht in allen Steinen«, erklärte Cadillac. »Nur in denen, die …« Er suchte nach dem richtigen Wort.

»… Sehsteine sind«, sagte Mr. Snow.

»Ja.« Cadillac griff in den Uferkies und nahm einen glatten Stein, der ungefähr die Größe eines Apfels hatte. »Der hier sagt nichts.« Sein Finger umkreiste ihn. »Sehsteine haben einen Ring aus weichem goldenem Licht. Ich kann ihn zwar nicht immer sehen, aber wenn ich einen von ihnen in die Hand nehme und mein Verstand das Wesentliche erfasst, sehe ich Bilder. Ich verstehe nicht genau, ob sie in dem Stein oder in meinem Verstand sind, aber …« Cadillac schüttelte den Kopf und seufzte bedauernd. »Ich verstehe sie nicht.«

Mr. Snow nickte erneut. »Die Kraft ist nur schwer zu meistern. Die Bilder, die man sieht, könnten aus der Vergangenheit stammen – oder aus der Zukunft. Sie gehören zu dem Ort, an dem der Stein liegt. Es sind gespeicherte Erinnerungen: Visionen von Dingen, die noch kommen werden. Die Bilder, die sich über dem endlosen Strom der Zeit in die Wolken eingebrannt haben.«

»Kannst du mir beibringen, den Sinn dieser Bilder zu verstehen?«

Mr. Snow schüttelte den Kopf. »Nein. Die Kunst des Sehens kann man nicht lernen. Wer die Gabe hat, muss sich selbst beibringen, wie man mit ihr umgeht.«

»Dann«, sagte Cadillac, »bin ich also Wortschmied und Seher. Ob es nicht möglich ist, dass mich irgendeines Tages auch die Gabe des Rufers überkommt? So wie sie urplötzlich über Clearwater gekommen ist?«

»Es *könnte* sein«, sagte Mr. Snow.

Cadillac taxierte den alten Mann und reckte seine Schultern. »Der Schatten Talismans ist auf mir«, sagte er keck. »Ob ich etwa der Dreifachbegabte bin?«

Mr. Snow schloss die Augen, als suche er nach Führung.

Clearwater streckte schweigend einen Arm aus und nahm Cadillacs Hand. Ihre Blicke trafen sich kurz, dann wandten sie sich wieder Mr. Snow zu. Aber er gab keine Antwort; es dauerte mehrere Minuten, bis er die Augen wieder öffnete.

»Das ist eine Frage, die ich nicht beantworten kann«, sagte er endlich. »Ich verheimliche nichts. Ich weiß es nicht. Ich habe zwar sehr oft gespürt, dass die Finger der Himmelsstimmen auf dich zeigen, aber nun weiß ich, dass meine Gedanken von dem Verlangen verfälscht wurden, Talisman zur Welt kommen zu sehen, bevor ich zum Himmlischen Grund gehe, und …« – Mr. Snow kicherte leise – »und von der unwürdigen Vorstellung, dass man mich auserkoren hat, sein Lehrer zu werden.« Er seufzte. »Du könntest es sein.« Er deutete auf Clearwater. »*Sie* könnte es auch sein …«

»Aber sie ist doch kein Wortschmied!«, rief Cadillac. »Heißt es denn nicht, dass der Dreifachbegabte Wortschmied, Rufer und Seher zugleich ist?«

»So lautet in der Tat die Prophezeiung«, gab Mr. Snow zu. »Aber wer hat denn vor sechs Tagen von Clearwaters Gabe gewusst? Und wie lange ist es her, seit du den ersten Sehstein gefunden hast?«

»Zwei oder drei Jahre«, erwiderte Cadillac verdrossen.

»Ich muss dich an die Prophezeiung erinnern«, sagte Mr. Snow. »Der Dreifachbegabte kann ein Mann-Kind oder ein Frau-Kind sein. Doch niemand wird wissen, wer er ist, solange die Erde uns nicht das Zeichen gibt.«

Cadillac musterte Mr. Snow mit einem enttäuschten Blick. Widerwillen schwang in seiner Stimme mit. »Weißt du genau, dass die Himmelsstimmen sich nicht klarer dazu geäußert haben?«

Mr. Snow warf in spöttischer Verzweiflung die Arme in die Luft und schenkte ihm einen langen, leidvollen Blick.

Clearwater lächelte verständnisvoll.

»Sie haben sich geäußert, aber die Bedeutung ihrer Worte ist nicht klar«, erwiderte Mr. Snow. »Es würde dich nur verwirren.«

»Das möchte ich selbst beurteilen«, sagte Cadillac.

»Na schön«, meinte Mr. Snow. »Sie haben mir verraten, dass Talisman jemand ist, den du kennst.«

Cadillac wechselte einen überraschten Blick mit Clearwater, dann sah er Mr. Snow an. »Jemand, den ich *jetzt* kenne – oder jemand, den ich kennenlernen werde?«

Mr. Snow stand aus seinem Schneidersitz auf.

»Moment!«, rief Cadillac. »Schließt diese Antwort mich auch mit ein?«

Mr. Snow zuckte mit den Achseln. »Sie bedeutet das, was sie besagt. Du bist ein Wortschmied. Denk darüber nach!«

6

Wenige Minuten nach der Ankunft im Quartier seiner Verwandten fiel Steve Brickman ins Bett und schlief zwei Tage und Nächte. Der gnadenlose Stress des letzten Jahres in der Flugschule und das zusätzliche Adrenalin, das beim letzten Examensdurchlauf und dem Oberwelt-Solo in sein System gepumpt worden war, hatten seinen Geist und seinen Körper permanent auf Hochtouren laufen lassen. Erst als er endlich mit dem Wissen unter die Steppdecke schlüpfte, dass ihn kein elektronisches Trompetengeschmetter wecken würde, löste sich seine seit Monaten angestaute Erschöpfung. Als er im Bett lag, spürte er, wie die schmerzende Müdigkeit aus seinen Knochen in das sie umgebende Fleisch strömte. Sie breitete sich wie ein langsam brennendes Feuer in alle Richtungen aus, bis sein Körper von einem stumpfen, prickelnden Schmerz durchflutet wurde, der jede Faser durchdrang und aus jeder Pore floss. Als er den Punkt erreichte, an dem es unerträglich wurde, hüllte Dunkelheit ihn ein.

Roosevelt Field – der Ort, an dem er aufgewachsen und zur Schule gegangen war und mit dem er durch seinen zweiten Vornamen verbunden war – war das Führungshauptquartier und die Heimatbasis einer zehntausend

Mann starken Wagnerdivision. Verglichen mit dem Hauptzentrum wies Roosevelt Field zwar nur die schmucklose und hausbackene Atmosphäre einer Grenzstadt auf, doch andererseits war der Ort mit nichts zu vergleichen, was man im Pionier-Westen je gebaut hatte. Roosevelt Field war eine selbstständige Kleinstadt mit vielen Ebenen; eine klimagesteuerte Kolonie menschlicher Termiten, und in jedem Bau gab es ein Fernsehprogramm. All dies lag vierhundertfünfzig Meter tief im Muttergestein einer Stadt, die man vor dem Krieg unter dem Namen Santa Fé gekannt hatte. Wie alle anderen einstigen Großstädte in den Südstaaten der USA war Santa Fé jetzt nur noch ein Punkt auf der Oberwelt-Landkarte, doch man verwendete ihren Namen weiter, weil er die geografische Lage der darunterliegenden Föderationsbasis im Erdschild markierte.

Die Aufteilung von Roosevelt/Santa Fé folgte dem standardisierten konzentrischen Bodenplan, den die Ingenieure des Hauptzentrums im 8. Jahrhundert entwickelt hatten. Im Grunde bestand die Basis aus einem Zentralplatz, um den auf der Höhe von anderthalb und drei Kilometern seines Radius zwei ringförmig angelegte Durchgangstunnel verliefen. Weitere acht – wie Radspeichen angelegte – Tunnel verbanden den Platz mit dem ersten und zweiten Ringweg. An allen Kreuzungen lagen große vertikale Säulen (Zwei-Ebenen-Höhen oder Vier-Ebenen-Tiefen) mit Versorgungseinheiten, Werkstätten und Gemeinschaftszonen, die man in die Seiten eingebaut hatte – sie waren liegenden Wolkenkratzern ähnlich. Der domartige Mittelpunkt Roosevelt Fields war unter dem Namen New-Deal-Platz bekannt. Annie und Jack Brickmans Quartier befand sich auf Ebene Drei-B an der N. E. und Zweiten – in einer Säule namens Tennessee-Valley-Tiefe.

Steve erwachte am Morgen des dritten Tages. Seine schmerzende Müdigkeit war zwar verschwunden, doch bei diesem Vorgang hatten sich seine Knochen in Gelee verwandelt. Da er sich sämtlicher Energien beraubt fühlte, brauchte Annie nicht viel Überredungskunst, damit er im Bett blieb. Seine Blutsschwester Roz brachte ihm das Frühstück vom Messedeck der Ebene Drei und legte die TV-Fernbedienung in seiner Nähe ab, damit er sie leicht erreichen konnte.

Die Föderation bediente die Wagner mit neun Fernsehkanälen. Kanal 1 und 2 sorgten für den Zugriff auf Archiv und Datenbank. Die Kanäle 3, 4, 5 und 6 sendeten Lehrprogramme, die eine große thematische Bandbreite abdeckten. Kanal 7 vermittelte fachliche Bildung; Kanal 8 diente der Entspannung und bot eine Vielzahl von Videokampfspielen an – zum Beispiel das populäre »Mutantenkiller«. Da Steve der Meinung war, nach drei Ausbildungsjahren in Sachen Mutantenkillen habe er sich eine Lehrpause verdient, schaltete er Kanal 9 ein – das Programm des öffentlichen Dienstes. Er sah es sich nur selten an. Kanal 9 sendete hauptsächlich Programme zur geistigen Erbauung, Auftritte banaler Blauhimmelballadensänger und Nachrichten aus dem Hauptzentrum. Zwischendurch konnte man sich geisttötende Reportagen von »lokalem Interesse« ansehen.

Ein solcher Beitrag wurde gerade gesendet. Es war eine Livereportage über eine Arbeitsgruppe der Jungen Pioniere. Ein schleimig wirkender Korrespondent aus Roosevelt

Field, der penetrant darauf beharrte, Ron genannt zu werden, schoss pausenlos eindringliche Fragen auf einen schwitzenden, staubbedeckten, freundlich-aufmerksamen dreizehnjährigen Gruppenführer ab. »Was glaubst du, Doug, wie viele Meter Gestein hat dein gemischtes Team heute bewegt?«

Vielen Dank. Und gute Nacht. *Klick.* Steve verzehrte den Rest seines Frühstücks und musterte derweil die leere graue Mattscheibe.

Nach vier Tagen praktischen Nichtstuns war sein natürlicher Energiehaushalt wiederhergestellt, und Steve wurde allmählich unruhig. Er hätte gern mehr mit seinem Wächtervater geredet, aber Jack war kaum noch in der Lage, Gespräche durchzustehen. Hatte man zwei oder drei Sätze mit ihm gewechselt, wurde seine Stimme vor Erschöpfung schwach; dann wich er stets vom Thema ab, das man gerade behandelte.

Wenn sie sich nicht gerade um Jack kümmerte, arbeitete Annie Brickman hinter einer Theke auf dem Süd-Messedeck von Ebene Drei. Mit Ausnahme von Senior-Stabsoffizieren wie Bart musste jeder, der in einer Wagner-Basis lebte, ungeachtet seiner Qualifikation eine bestimmte Anzahl monatlicher Pflichtstunden im Polizeidienst absolvieren. Theoretisch gehörte alles und jedes zum Polizeidienst, was mit dem Funktionieren der Basis zu tun hatte, doch praktisch war es so, dass man hundert Arbeitsstunden in einer Schwadron ableistete, die sich meist mit niedrigen Aufgaben beschäftigte – vom Nahrungszubereiten und Kleiderreinigen bis zum Straßenfegen und zur Müllentsorgung.

Steve schlenderte ins Zimmer seiner Blutsschwester.

Roz war zwar gerade damit beschäftigt, ihr Reisegepäck zu verstauen, aber sie warf hin und wieder einen Blick auf den Fernseher, der neben ihrem Bett auf dem Tisch stand. Sie ließ ein Videolehrband der Inter-Med über Genetik ablaufen.

Steve stellte die Kissen gerade und machte es sich auf dem Bett bequem. »Wann willst du abreisen?«

»Morgen«, antwortete Roz. »Die Immatrikulation an der Innenstaat-Uni fängt zwar erst in einer Woche an, aber solange ich noch freie Zeit habe, möchte ich mich noch etwas im Hauptzentrum umsehen.«

»Yeah … Es heißt, da soll es wirklich interessant sein.« Steve sah sich träge das farbige Diagramm auf dem Bildschirm an. Was da geredet wurde, war ihm völlig unverständlich. »Willst du dich auf Genetik spezialisieren?«

Roz nickte. »Es ist das einzige Gebiet, auf dem man noch Chancen hat, überraschende Entdeckungen zu machen, die die Zukunft verändern können. Kannst du dir vorstellen, wie es wäre, wenn wir alle doppelt so lange leben würden? Bis wir achtzig sind? Wäre das nicht etwas?«

»Uahh! Es wäre entsetzlich!«

Roz lächelte. »In Wirklichkeit habe ich Genetik gewählt, weil das Lebensinstitut das einzige medizinische Zentrum mit unbegrenzten Forschungsmöglichkeiten ist. Wer weiß? Vielleicht komme ich noch mal ganz groß raus.«

»Wäre durchaus drin«, stimmte Steve ihr zu.

»Natürlich nur unter der Voraussetzung, dass ich mich qualifiziere. Das letzte Drittel jedes Abschlussjahrs wird leider automatisch kaltgemacht.« Roz fuhr mit der Hand über ihre Kehle. »Da hat man dann keine Chance mehr.«

Steve zuckte mit den Achseln. »Na, wenn schon. Du hast doch immer noch dein Inter-Med. Wenn du keine Lust hast, in einer Basisklinik Tests zu machen und Tabletten zu verschreiben, kannst du immer noch in einem Wagenzug als Frontchirurgin arbeiten.«

»Damit ich so ende wie Papa Jack?« Roz zog die Nase kraus.

»Vielleicht«, sagte Steve. »Aber bis es so weit ist, hast du vielleicht deinen großen Bruder oder ein paar andere Jungs seines Kalibers gerettet.«

Roz lächelte. »Du überlebst bestimmt. Nach allem, was ich so höre, sind Bahnbrecher-Expeditionen doch wohl eine Kleinigkeit. Na schön, die Luft verbrennt einen vielleicht, so wie sie Papa Jack verbrannt hat … Aber erzähl mir bloß nicht, dass es gefährlich sein soll, gegen Mutanten zu kämpfen. Weißt du was? Wenn ich in den Geschichtssendungen die Aufnahmen sehe, die man von ihnen gemacht hat, und höre, wie sie leben, tun sie mir richtig leid. Sie sind zwar so hässlich wie Kakerlaken, und wir vernichten sie, als wären sie welche …«

»Sie *sind* nur Kakerlaken«, warf Steve ein.

»Okay, akzeptiert«, sagte Roz. »Ich zertrete Kakerlaken ebenso wie du. Aber wenn ich sie zertrete, frage ich mich manchmal, ob Kakerlaken nicht das gleiche Lebensrecht haben wie wir. Wenn sie es nicht haben – warum laufen sie dann überall herum? Vielleicht hat der, der die Erste Familie gemacht hat, auch die Kakerlaken gemacht. Und vielleicht auch die Mutanten.«

Steve musterte seine Blutsschwester. »Weißt du was? Seit man uns zusammen aufgezogen hat, hast du ja schon viele irre Ideen gehabt – aber das ist die verrückteste.«

»Aber es könnte doch so sein, oder nicht?«, fragte Roz beharrlich.

»Es könnte zwar so sein«, erwiderte Steve, »aber soll ich mir darüber Gedanken machen? Man hat mich in den letzten drei Jahren dazu ausgebildet, hinauszugehen und Mutanten umzubringen. Und genau das werde ich auch tun.«

»Dann geh doch!«, sagte Roz. »Ich weiß, dass man Mut braucht, um sich der Oberwelt zu stellen. Die Föderation braucht Menschen, die ihre Grenzen erweitern und Zwischenstationen bauen. Es ist schon gefährlich, wenn man sich nur draußen aufhält, und ich respektiere dich, weil du dein Leben dafür aufs Spiel setzt. Aber ebenso wenig wie ich es bedauern würde, wenn du dir beim Zertreten einer Kakerlake eine Zehe brichst, halte ich dich für einen Helden, wenn du eine Gruppe wehrloser Mutanten umbringst …«

»Was soll das heißen – wehrlos?«, sagte Steve hitzig. »Diese Beulenköpfe *bringen Menschen um.* Jeder weiß, was sie mit toten Bahnbrechern machen: Sie schneiden ihnen Arme und Beine ab. Und auch alle anderen Gliedmaßen. Wenn sie einen fangen, häuten sie einen bei lebendigem Leib und braten einen über dem Feuer, damit man schön knusprig wird. Und dann fressen sie einen, Scheibchen für Scheibchen, den ganzen Winter durch. Wehrlos – hah! Sie haben Waffen, Roz. Und sie wissen auch, wie man sie benutzt.«

Roz lachte kurz. »Hör auf, Steve! Du weißt doch, dass das nur Bahnbrecher-Ammenmärchen sind. Die Beulenköpfe, wie ihr sie nennt, wissen doch nicht mal, welcher Tag heute ist.«

»Okay, ich gebe ja zu, dass sie nicht gerade schlau sind. Aber so dumm, wie du sie schilderst, sind sie auch nicht. Was willst du eigentlich beweisen? Was soll das überhaupt? Ich meine … Auf welcher Seite stehst du eigentlich?«

Roz nahm auf der Koje Platz und boxte gegen Steves Schulter. »Auf deiner, Blödmann. Es ist halt nur so, dass …« Sie verzog traurig das Gesicht. »Ich weiß auch nicht … Es ist halt so, dass man allmählich anfängt, über diese Dinge nachzudenken, wenn man in die Genetikbranche einsteigt. Dann setzt man sich mit dem auseinander, was Leben schafft. Man stellt sich Fragen. Und wenn man begreift, wie wenig wir darüber wissen, wie Leben entsteht, und wie unglaublich kompliziert schon die einfachste Zelle ist – und sie ist nur eine von Milliarden, aus denen der menschliche Körper besteht –, kriegt man einfach das Gefühl, dass wir uns vielleicht mal fragen sollten, ob wir das Richtige tun, wenn wir Burschen wie dich nach oben schicken, um noch mehr Mutanten umzubringen.«

»Mutanten sind keine Menschen, Roz! Dass sie gefährlich sind, habe ich mir doch nicht ausgedacht! Jack hat Jahre da draußen zugebracht. Hast du die Geschichte vergessen, die er uns früher erzählt hat?«

Roz schüttelte lächelnd den Kopf. »Manche seiner Geschichten hindern mich heute noch am Einschlafen.« Sie stand auf, schloss die Tür, schaltete mithilfe der Fernbedienung den Fernseher ein, drehte den Ton lauter und setzte sich auf die Koje.

Steve runzelte die Stirn und deutete auf den Fernseher. »Muss das Ding laufen?«

»Yeah.« Roz trat näher an ihren Blutsbruder heran. »Möchtest du etwas Musik hören?«

Steve lehnte sich vorsichtig gegen die aufgestapelten Kissen. »Welche denn?«

»Musik, auf die man richtig abfahren kann. Blackjack – was denn sonst?«

»Bist du verrückt?«, zischte Steve. »Ich würde mich diesem Dreck nicht mal auf einen Kilometer nähern. Hör bloß auf damit, Roz! Schaff dir das vom Hals, und zwar schnell!« Ihm kam ein alarmierender Gedanke, und er setzte sich gerade hin. »Wo ist das Zeug? Hast du's etwa hier?«

»Natürlich nicht.« Roz drückte ihn in die Kissen zurück. »Entspann dich! Es gibt da einen Burschen ...«

Steve legte die Hand auf ihre Lippen. »Ich möchte nichts von ihm, Blackjack oder sonst etwas wissen. Lass dich nicht da reinziehen, Roz! Du weißt, um was es geht. Jeder, der sich auf diesen Mist einlässt, kriegt große Schwierigkeiten.«

Roz lächelte. »Da könntest du recht haben. Man sagt, dass der Bursche nur mit Material erster Kategorie handelt.«

»Rede nicht so laut!«, sagte Steve. »Und hör mit diesem Scheiß auf! Das ist kein Witz.«

»Hast du dir schon mal Blackjack reingepfiffen?«

»Nein. Und ich will es auch nicht.«

Roz lächelte. »Weil es gegen die Vorschriften ist?«

Steve sah sie schweigend an, dann schaute er weg.

»Hast du dich eigentlich schon mal gefragt, *warum* es gegen die Vorschriften ist?« Sie drehte ihn am Kinn herum und zwang ihn, sich ihrem herausfordernden Blick zu stellen.

»Du weißt, wozu Vorschriften dienen«, erwiderte Steve.

»Ohne sie können Menschen nicht zusammenleben.« Als sie einen resignierten Seufzer ausstieß, presste er die Lippen aufeinander. »Also wirklich, das weiß doch nun jedes Kind.«

»Ich weiß, was im Handbuch steht. Aber Vorschriften sind doch nicht der *einzige* Weg«, beharrte Roz. »Wenn man den Menschen ein Gesetzpaket verordnet, nach dem sie leben – also ihnen Grenzen setzt, die sie nicht überschreiten dürfen –, dann bedeutet das doch, dass man auf der anderen Seite der Grenze nach ganz anderen Maßstäben lebt.«

»Sicher«, sagte Steve. »Die Menschen haben es vor ein paar Tausend Jahren versucht. Und was ist daraus geworden? Anarchie, Unordnung und Chaos. Die Städte sind in Flammen aufgegangen. Die Blauhimmelwelt ist in einem gewaltigen giftigen Höllenfeuer untergegangen, das die Mutanten hervorgebracht hat.«

»Yeah, ich weiß, wie der Geschichtsunterricht abläuft«, sagte Roz leise. »Irgendetwas Schlimmes ist damals passiert, aber keiner von uns weiß genau, was und wie schlimm es wirklich war. Wir wissen nur das, was wir nach Ansicht der Ersten Familie wissen sollen. Vielleicht …« – sie zögerte – »vielleicht war das Leben früher in mancher Hinsicht besser als heute.«

Steve schnaubte. »Bist du verrückt? Ohne die Jeffersons *gäbe* es gar kein Leben! Hätte die Erste Familie nicht die Gesetze erlassen, denen wir alle gehorchen, gäbe es die Föderation gar nicht.«

»Ja, Steve, aber …«

»Hör auf damit!«, zischte Steve. »Ich will kein Wort mehr von diesem subversiven Scheiß hören!«

»Na schön, dann eben nicht«, erwiderte Roz mit einem höhnischen Lachen. »Mach dir bloß keine Sorgen, ich stelle schon nichts an, was deiner geplanten Karriere schaden könnte.«

»Ich habe an *deine* Karriere gedacht«, fauchte Steve.

Roz wirkte nicht sehr überzeugt.

»Ich scherze nicht«, sagte Steve wütend. Und um gerecht zu sein – in diesem Augenblick galten wenigstens zwanzig Prozent seines Interesses seiner Schwester. Er nahm ihre Hände. »Du und deine verrückten Ideen … Das ist doch Renegatengeschwätz. Wenn du erst im Hauptzentrum bist, kannst du dir solche Kindereien nicht mehr erlauben. Was ist in dich gefahren?«

Roz spitzte die Lippen, dann legte sie den Kopf schief und warf einen Blick auf ihre Hände, die er umfasst hielt. »Vielleicht brauche ich meinen großen Bruder, damit er auf mich aufpasst.«

Ihre Blicke trafen sich und klammerten sich aneinander.

»Es geht nicht, Roz«, sagte Steve leise. »Ich weiß zwar, dass ich so ziemlich der Letzte bin, der Verbindungen aufrechterhält, aber … Ich denke gerade daran, wie wir …«

»… zusammen auf der Highschool waren?«

»Manchmal. Die Dinge ändern sich. Die Menschen auch.«

»Ich bin ein Mensch, für mich hat sich nichts geändert.« Roz beugte sich vor, gab ihm einen langen, zärtlichen Kuss auf den Mund und setzte sich dann mit einem Seufzer zurück. »Ist dir eigentlich klar, dass wir uns nach diesem Wochenende möglicherweise nie wiedersehen?«

Steve lächelte. »So ist das Leben, Roz. Weinen ändert auch nichts.«

»Ich wollte gar nicht weinen.« Roz holte tief Luft. »Es gibt da etwas, das ich dir erzählen wollte.« Sie zögerte. »Über uns.«

»Ach ja? Und was?«

»Du und ich … Wir sind anders. Wir sind … äh … nicht so wie Jack und Annie. Oder wie die anderen. Ich fühle mich dir auf eine Weise nahe, die ich nicht beschreiben kann. Ich meine nicht so, wie wir uns nahe waren, bevor du zur Akademie gegangen bist. Ich meine … auf eine Weise, die ich nicht verstehe. Hast du es nie gespürt?«

Steve empfand plötzlich leichte Angst. »Ich weiß nicht genau. Gib mir ein Beispiel.«

Roz packte seine Hände fester und biss sich auf die Unterlippe. Schließlich sagte sie: »Erinnerst du dich noch an vorgestern, als du endlich aufgewacht bist? Als ich dir das Frühstück brachte?«

»Wie könnte ich das vergessen?«, sagte Steve. »Es war das erste Mal in meinem Leben.«

»Bleib ernst«, fauchte Roz. »Weißt du noch, was du mir kurz darauf erzählt hast? Wie du nach Ebene Zehn gegangen bist, für den ersten Soloflug? Wie du dich beim Anblick der Oberwelt gefühlt hast?« Ihre Stimme wurde noch leiser. »Was du in diesem Moment innerlich empfunden hast? Die Furcht, wieder reinzumüssen?« Sie sah, dass Steves Augen größer wurden. »Keine Angst, ich werde es keinem erzählen. Und weißt du noch, dass ich dich gefragt habe, an welchem Tag und zu welcher Zeit du diesen Flug gemacht hast?«

»Ja«, flüsterte Steve.

»Du hast es mir zwar erzählt, aber du hast mich nie gefragt, warum ich es wissen wollte.« Roz sah ihm fest in die Augen. »Weißt du, warum ich danach gefragt habe?«

Steve erwiderte ihren Blick. »Warum sagst du es mir nicht?«

Roz' Antwort kam mit einem zögernden Flüsterton. »Weil ich … *wusste,* dass du da oben warst. Ich habe alles gespürt, was du gespürt hast – im gleichen Augenblick. Ich habe die gleiche Angst verspürt, lebendig begraben zu werden – im gleichen Moment, als du gezögert hast, durch das Rampentor zu fahren. Ich war mit meiner Klasse im Labor. Ich habe plötzlich aufgeschrien. Ich … ich habe gedacht, die Decke fällt mir auf den Kopf, zermalmt mich. Die anderen haben gedacht, ich wäre verrückt geworden. Ich habe noch nie im Leben so ein Gefühl gehabt.«

Steve versuchte, ihr seine Hände zu entziehen, aber Roz hielt sich mit unerwarteter Kraft an ihnen fest. Die Worte sprudelten nur so über ihre Lippen. »Ich habe alles gesehen, Steve. Die roten Bäume, die Berge; die Sonne, wie sie über dem Wasser schien; die Wolken, die weißen Wellen auf dem Sand. Ich bin da oben *bei dir* gewesen.«

Ein fremdartiges Entsetzen ließ Steves Herz schneller schlagen. »Hast du irgendwie versucht, auf geistigem Weg mit mir zu reden? Habe ich *deine* Stimme gehört?«

»Es kann sein. Da waren auch noch andere Stimmen.«

»Ja«, flüsterte er.

»Woher sind sie gekommen?«

»Ich weiß es nicht«, sagte Steve.

»Warum ist uns das passiert?«, flüsterte Roz drängend. »Warum sind wir so anders?«

Steve fühlte sich schwindelig. Ein Tosen war in seinen

Ohren. Er spürte, wie sich seine Lippen bewegten. Er hörte eine Stimme, die aus weiter Ferne sagte: »Ich weiß nicht. Ich weiß nicht. Ich weiß nicht.« Doch ein anderer Teil seines Ichs wusste, dass die Welle des Entsetzens, die durch seinen Körper spülte, von dem Wissen erzeugt wurde, dass die Antwort auf Roz' Frage in seinem Geist eingeschlossen war. Hinter einer Tür, die jemand versperrt hatte, weil sie ein Geheimnis barg, das womöglich die Amtrak-Föderation vernichten konnte.

Am nächsten Tag stand Steve früh auf und ging zum MP-Büro am New-Deal-Platz. Dort wurde sein Marschbefehl mit einem hilfreichen Videoprogramm von Bart dahingehend ergänzt, dass er die Erlaubnis erhielt, seine Blutsschwester zum Hauptzentrum zu begleiten, bevor er sich im Bahnbrecher-Depot von Nixon/Fort Worth meldete. Annie Brickman nahm Jack mit zur U-Bahn, um ihnen bei der Abfahrt zuzusehen. Der Zug aus Phoenix lief in den Bahnsteig ein. Roz und Steve brachten ihre Seesäcke an Bord und wandten sich dann ihren Wächtereltern zu, um sie zu umarmen.

»Mach's gut, Papa Jack«, sagte Roz. Sie küsste Jack Brickman auf die Stirn und strich ihm zärtlich übers schüttere Haar. Jacks Lippen öffneten sich zu einer Antwort, aber er brachte keinen Ton hervor.

»Auf Wiedersehen, Sir«, sagte Steve. Er hockte sich neben den Rollstuhl hin und legte die Arme um seinen Wächtervater. Der zittrige Griff, mit dem Jack Brickman nach seiner Hand fasste, wurde plötzlich kräftig und fest. Steve hatte den Eindruck, als raffe der erschöpfte Leib des Sterbenden die letzte Lebensenergie für seine letzte Umarmung zusammen; als wolle er, dass sein Mündel ihn nie vergaß.

»Auf Wiedersehen, Annie.« Steve und Roz umarmten ihre Wächtermutter.

Annies hohe Wangenknochen verfärbten sich rot, und ihr sonst festes Kinn zitterte. »Okay, ihr beiden, passt gut auf euch auf! Und tut immer nur das Richtige. Habt ihr mich verstanden?«

»Keine Sorge, Annie«, antwortete Steve. »Du wirst noch stolz auf uns sein, bevor es mit uns aus ist.« Er nahm kurz ihre Hand und stieg in den Zug. Luft zischte in die Druckkolben, die die Schiebetüren schlossen.

Roz küsste Annie schnell auf die Wange und sprang in den Wagen. Annie hielt die sich schließende Tür fest; sie ließ sie erst in der letzten Sekunde los. Roz rief durch die Scheibe: »Ich rufe euch heute Abend an!«

Annie nickte mit aufeinandergepressten Lippen und winkte mit beiden Händen, als die Bahn abfuhr.

Der Wagen, für den Steves und Roz' Fahrkarten galten, war nur zu einem Viertel voll. Die meisten Passagiere schliefen, blickten auf die vor ihnen hängenden Fernsehschirme und lauschten durch in die Sitze gestöpselte Kopfhörer dem Ton. Die von starken Linearansaugmotoren angetriebene Einschienenbahn jagte durch den engen Tunnel. Die graue Leere wurde, während sie nach Osten rasten, nur vom regelmäßigen weißen Aufblitzen der Streckenzählerstreifen erleuchtet.

Obwohl die nächsten Mitreisenden vier Sitzreihen von ihnen entfernt saßen und niemand eine Möglichkeit hatte, sie zu belauschen, machten sie keine Anstalten, über die Geheimnisse zu reden, die sie am vergangenen Tag ausgetauscht hatten. Da Steve und Roz nicht das Geringste über Telepathie wussten und nicht einmal ahnten, dass dieses Wort überhaupt existierte, waren sie zutiefst verängstigt über die Kräfte, die sie unwissentlich freigesetzt hatten oder denen sie zum Opfer gefallen waren. In einer Gesellschaftsordnung, deren Wertstruktur auf absolutem Konformismus, kooperativer Gruppentätigkeit und monolithischen Zielvorstellungen basierte, konnte es, wenn man »anders« war, unerwünschte Konsequenzen nach sich ziehen, wenn man entdeckt wurde. Abweichendes Verhalten deutete auf mögliches Renegatentum hin und war ein Vergehen zweiter Kategorie, das Arrest und eine ausgedehnte Behandlung nach sich ziehen konnte. Man kannte dies unter der Bezeichnung »Reprogrammierung«.

Dieses Risiko wollte keiner von ihnen eingehen. Wie Steve wusste, hatte Roz eigene Vorstellungen und Pläne für die Zukunft. Er selbst hatte längst begriffen, dass man nur dann Erfolg hatte, wenn man wie ein dressierter Hund durch den Reifen sprang. Verhaltensweisen dieser Art hatten sich bewährt. Was Bart gesagt hatte, stimmte: Das System machte keine Fehler. Nur Menschen machten Fehler. Menschen versagten, nicht das System. Wer sich über das System beschwerte, kam nur in Schwierigkeiten, und für hartnäckige Nörgler konnte sich das System sogar als tödlich erweisen. Steve Brickman war schon jetzt ein Meister der Verstellung: Schon als kleiner Junge hatte er verstanden, dass in einer Gesellschaftsordnung, deren Bürger fortwährend angehalten wurden, in jeder Sekunde ihrer Existenz die Sieben Großen Tugenden der Wagner – Ehrlichkeit, Treue, Disziplin, Hingabe, Mut, Intelligenz und Geschicklichkeit – zur Schau zu stellen, das Beherrschen der achten – Doppelzüngigkeit – lebenswichtig für jeden war, der an die Spitze vordringen wollte.

Roz war da anders. Sie hatte lange Zeit wirklich geglaubt, dass die Sieben Großen Tugenden – unsterblich gemacht durch das Opfer der Minutemen und Forager –, die man heute in der Ersten Familie verehrte, die Leitlinien waren, nach denen alle Menschen leben sollten. Sie hatte sogar geglaubt, dass *wirklich* alle nach dieser Methode lebten. Doch jetzt fing auch sie schon an, sich über die Vorschriften hinwegzusetzen. Sie lernte. Und sie lernte schnell.

Steve und Roz verbrachten drei Tage zusammen in der Hauptstadt der Föderation. Hier wirkte alles viel großartiger als in Roosevelt Field: Obwohl Steve inzwischen die Oberwelt gesehen hatte, ließen ihn die schiere Größe und die glitzernde Pracht des John-Wayne-Platzes verwundert gaffen. Der gewaltige Hauptdom, der sich hoch hinaufwölbte, hatte einen Durchmesser von anderthalb Kilometern und war siebenhundertfünfzig Meter hoch. Er öffnete sich in fünfzig hohe Tunnel, die sämtlich anderthalb Kilometer lang waren und als »Vistas« bezeichnet wurden. Die Tunnel liefen vom Dom aus sternförmig auseinander; sie waren das Symbol von Texas, dem Inneren Staat, dem Gründer der Föderation.

Die neuen, gerade erst eröffneten Tiefen waren ebenfalls ganz anders als zu Hause. In Roosevelt Field, wo der Funktionsraum noch immer die Hauptrolle spielte, lagen die Versorgungseinheiten rund um die Säulen, doch im Hauptzentrum, an der prächtigen neuen San-Jacinto-Tiefe, hatte man in der Mitte einer weiträumigen Halle mit abgeschrägten Wänden, die eine Reihe miteinander verbundener Terrassen mit immergrünen Bäumen, Büschen und üppigem Blattwerk bildeten, einen großen, frei stehenden, kreisrunden Turm mit einer Unzahl versetzter Balkone errichtet.

Von den Höhen des senkrechten Steingartens prasselte Wasser über die Felsen nach unten. Es wurde in Becken gesammelt, lief in Strömen, Bächlein und Miniwasserfällen zwischen moosigen Ufern dahin und spritzte und plätscherte sich einen Weg zur Grünfläche hinunter, die rund um das Pflastersteinfundament des Turms von einem kleinen Hufeisensee umsäumt war. Die Zugänge zu den Gebäuden auf den Ebenen Zwei und Drei waren schlanke, bogenförmige Gehwege.

Steve musterte mit offenem Mund das stürzende Wasser, das über raffiniert gestaltete Simse strömte. Es füllte Felsteiche, die sich wiederum in tiefer liegende Becken ergossen. Dann machte es den letzten Sturz über eine glatte Steinwand, bevor es in einem schäumenden Teich zu ihren Füßen landete.

Als Roz unter dem Wasserspiegel ein paar dunkle, sich plötzlich bewegende Formen sah, zuckte sie vom Rand des Gewässers zurück. »Steve, schau mal! Da ist etwas!«

»Ja«, sagte Steve. »Fische.«

»Fische? Wirklich? Das ist ja fantastisch!« Roz starrte wie hypnotisiert ins Wasser. »Oh, Steve, schau mal – der große Braune da!«

»Ja«, sagte Steve. »Er sieht lecker aus.«

Roz schüttelte sich. »Pfui Teufel! Christoph Kolumbus! Das ist aber wirklich ekelhaft, Steve! Da kann einem ja schlecht werden.«

»War doch nur 'n Witz«, sagte Steve. Er nahm ihren Arm und führte sie von der Brücke. Als sie wieder durch den Gang zum John-Wayne-Platz schlenderten, fragte er sich, was ihn bewogen hatte, eine solch unkultivierte Bemerkung zu machen. Er hatte, wie Roz, noch nie einen Fisch gegessen. Er hatte auch noch nie daran gedacht. Genau genommen hatte er die sich bewegenden Schatten nur identifizieren können, weil er während seiner Akademie-Vorlesung, die sich mit den Haupttypen der Oberwelt-Flora und -Fauna beschäftigt hatte, Aufnahmen von Fischen gesehen hatte. Man hatte sie nur am Rande erwähnt, denn in der Vorlesung hatte man gefährliche Schlangen und verschiedene Raubtiere behandelt, denen man unter Umständen auf einer Expedition begegnen konnte. Trotzdem – als sie vor dem Becken gestanden und ins Wasser geschaut hatten, hatte er den deutlichen Eindruck gehabt, den Namen des Fisches irgendwie zu kennen. Außerdem hatte er zu wissen geglaubt, dass der Fisch unter der dunklen, gefleckten Haut rosafarben und weich war – und äußerst schmackhaft, wenn man ihn über einem Holzfeuer grillte.

Da sich ihre Geister in dieser Angelegenheit nicht vereint hatten, nahm Steve sich vor, Roz nichts zu erzählen. Sie war immer noch besorgt über die Gefühle, die sie während seines Oberwelt-Fluges geteilt hatten. Sie hatten beide keine Erklärung dafür. Und jetzt, wo der zermürbende dreijährige Doktoratskurs anfing, den sie in weniger als einer Woche in Angriff nahm, hatte seine fünfzehnjährige Blutsschwester genug, worüber sie sich Sorgen machen konnte.

7

Stand man einem Wagenzug erst einmal in der Nähe gegenüber, war das Erste, das einem auffiel, seine Größe. Wagenzüge waren *riesig*. Neben ihnen nahmen sich die schienenunabhängigen MX-Raketenzüge, die die Gründer der Amtrak-Föderation mit einem Dach über dem Kopf und mit Transportmöglichkeiten versehen hatten, wie Miniaturbähnchen aus, in denen kleine Kinder in der Vorkriegszeit durch Vergnügungsparks gefahren waren.

Die *Louisiana Lady*, vor der Steve nun staunend stand, war ein aus zahlreichen Einzelwagen bestehendes, durch bewegliche Gelenke verbundenes Fuhrwerk des Raumfahrtzeitalters. Und sie war über hundertachtzig Meter lang! Zwar hielt man auch sie für ein weiteres Beispiel des Konstruktionsgenies der Ersten Familie, aber in Wirklichkeit waren die Wagenzüge keine Originalschöpfungen. Die *Louisiana Lady* war eine Weiterentwicklung der experimentellen Überland-Prototypen, die die amerikanische Armee schon in den Sechzigerjahren des zwanzigsten Jahrhunderts konzipiert hatte. Die technischen Beschreibungen und Konstruktionsdetails hatten den Krieg überstanden, weil sie in den riesigen Speicherbänken von COLUMBUS gelagert hatten, dem gewaltigen Computer, der die führende Intelligenz der Föderation war. COLUMBUS war eine unerschöpfliche Fundgrube der Wissenschaft und Technik des zwanzigsten Jahrhunderts; aus ihm bezog die Erste Familie ihre Inspirationen.

Die *Lady* verfügte über zwei Kommandowagen, die gleichzeitig auch für die Feuerkontrolle zuständig waren. Die Feuerleitstellen ragten zehn Meter über die hohen Fahrzeuge hinaus und befanden sich an der Spitze und am Ende des Zuges. Der gesamte Zug bestand aus zwei Triebwagen und zwölf Waffen-, Fracht- und Versorgungswaggons, die durch flexible Durchgänge miteinander verbunden waren. Jedes Zwölf-Meter-Segment ruhte auf vier hohen Niedrigdruckreifen, die dreieinhalb Meter durchmaßen, ebenso breit waren und die meisten Geländeformationen passieren konnten. Wasserstoffbetriebene Turbinen, auf die Triebwagen montiert, produzierten Strom für Elektromotoren in jedem einzelnen der vierundsechzig Räder.

Die gegossene, mit schwarz-braun-roter Tarnfarbe gestrichene SuperCon-Hülle des Wagenzuges war mit Blei ummantelt, damit man auch gegen die Strahlung geschützt war. Zwar verfügte jeder Wagen über mehrere abgeschirmte und gepanzerte Periskopbullaugen, die im Notfall ausgefahren werden konnten, doch unter normalen Umständen schaute man über eine Vielzahl ferngesteuerter TV-Kameras nach draußen. Für die weiter reichende Aufklärung sorgte eine Staffel von zehn Himmelsfalken, die Piloten wie Steve flogen. Außerdem war der Wagenzug mit Luftgewehren, Laserwaffen und einer ganzen Reihe anderer elektronischer Gerätschaften ausgerüstet. Für die Nahverteidigung konnte man äußerlich nicht erkennbare

Düsen einsetzen, die etwaigen Angreifern innerhalb weniger Sekunden mit superheißem Dampf das Fleisch von den Knochen bliesen.

Als Steve neben der *Lady* stand, gesellte sich Gus White zu ihm. Er war zwar noch immer stinksauer, weil man ihn nicht auf die Kampfmaschine versetzt hatte, aber er gab sein Bestes, um es nicht zu zeigen. »Was hältst du davon?«

Steve schüttelte verwundert den Kopf. »Selbst wenn man die ganzen Jahre an einer Eins-zu-eins-Attrappe ausgebildet worden ist und eine ganze Woche im Simulator gelebt hat ... Wenn man alles an einem Stück sieht, ist es wirklich ...« Ihm fehlten die Worte.

»... riesig«, sagte Gus.

»Das kann man wohl sagen«, stimmte Steve ihm zu. »Kein Wunder, dass die verfluchten Mutanten sofort in die Berge abzischen, wenn sie so ein Ding auf sich zukommen sehen.«

»Yeah«, sagte Gus grinsend. »Sie nennen es ›Eisenschlange‹. Ich kann es gar nicht abwarten, ihre Gesichter zu sehen, wenn das alte Schlängchen sie mit seinem heißen Atem anhaucht.«

Sie schlenderten nebeneinander am Zug entlang und schauten sich die waffenstarrenden Geschütztürme an, die an den Seiten und den Wagendächern montiert waren. Scharen von Technikern prüften die gewaltigen Radmotoren und untersuchten die Bewegungen der Steuerkontrollen.

Gus duckte sich unter den Zug und warf an der gekrümmten Unterseite des Wagens einen argwöhnischen Blick auf die böse aussehenden Düsen, die den heißen Dampf ausstießen. »Was für ein scheußlicher Tod«, murmelte er, bevor er sich wieder zu Steve gesellte. Sie umrundeten zusammen ein großes Rad und musterten die miteinander verbundenen Wolframscheiben, aus denen die Lauffläche des massiven Reifens bestand.

»Wenn man von denen überfahren wird, ist es auch kein Spaß«, sagte Steve.

»He, ihr zwei da!«, rief eine burschikose Stimme.

Steve und Gus drehten sich um und blickten auf ein stämmiges Mädchen mit schmalen Lippen hinunter, das blauen Fliegerdrillich trug. Sie hatte kurz geschnittenes, dunkles Haar, ein glattes, ovales, nicht unattraktives Gesicht und den Mützenschirm tief in die Stirn gezogen. Die grauen Augen des Mädchens wirkten zwar halb geschlossen, aber ihnen entging nichts. Steve sah, dass sie die dreifachen roten Streifen eines Abteilungschefs am Ärmel trug. Über ihrer linken Brusttasche waren ein paar goldene Schwingen und darunter fünf goldene Sterne. Das geprägte Namensschild auf der rechten Brusttasche identifizierte sie als 7571 KAZAN J.

»Seid ihr mit der Inspektion fertig?«, fragte KAZAN J. mit absolut dienstlich klingender Stimme.

»Yes, Sir!«, schnarrten Steve und Gus. Sie knallten die Hacken zusammen und salutierten wie ein Mann. Kazans Gruß war nicht weniger zackig als der ihre.

Während sich die beiden mit leeren Blicken in der mittleren Umgebung ein Augenziel suchten, las Kazan ihre Namensschilder und beäugte sie. »White und Brickman … Ach, ja … Die beiden Smarten.« Sie umkreiste sie prüfend, konnte aber gegen ihren Aufzug nichts ins Feld führen. »Wo sind Fazetti und Webber?«

»Wir haben sie nicht gesehen, Sir«, sagte Steve.

»Sie waren nicht bei uns, als wir ankamen«, sagte Gus.

»Dann will ich euch sagen, wo sie sind«, sagte Kazan. »Sie sind im Lagebüro, wo der Wagenmeister gerade im Begriff ist, die Abreiserede zu halten!«

»A-aber, Sir«, stammelte Gus. »Der Termin ist doch erst um zehn Uhr fünfzehn.«

»Man hat ihn um eine halbe Stunde vorverlegt«, fauchte Kazan. »Schauen Sie hin und wieder mal auf einen Bildschirm?« Sie deutete auf den TV-Monitor, der ihnen am nächsten stand. Die Meldung über die Änderung des Zeitplans blinkte synchron mit dem normalen roten Bereitschaftslicht unter der Konsole. Wie hatten sie es übersehen können?

Steve und Gus stierten den Monitor verlegen an.

»Nein, allem Anschein achtet ihr nie auf so was«, schloss Kazan. Sie nahm eine Haltung verbitterter Resignation ein und schüttelte den Kopf. »Drei Jahre auf der Akademie, und alles, was sie können, besteht darin, dass sie sich wie ein paar Jungs benehmen, die einen Schulausflug machen.«

»Es kommt nicht wieder vor, Sir«, sagte Steve. Er gestattete sich ein kurzes Lächeln. »Ich glaube, wir waren beide ziemlich begeistert von der *Lady*.«

»Sparen Sie sich Ihren Honig für die auf, die ihn zu schätzen wissen, Brickman«, sagte Kazan sarkastisch. »Und stecken Sie Ihre Zähne weg. Wenn ich sie noch mal sehe, können Sie sie anschließend vom Boden aufheben. Kapiert?«

Steves Gesicht wurde zu einer steinernen Maske. »Laut und deutlich, *Sir!*«

»Gut.« Kazan richtete ihre Aufmerksamkeit auf die diagonalen Rangabzeichen auf ihrem Arm. »Sehen Sie die Streifen hier? Ich trage sie, damit Sie drei Dinge nie vergessen.« Sie legte einen Finger auf den obersten Streifen. »Der erste besagt, dass ich Ihr Abteilungschef bin. Der zweite besagt, dass Sie springen, wenn ich rufe. Der dritte besagt: Ich lasse mich nicht verarschen, schon gar nicht von grünen Jungs. Comprende?«

»Yes, SIR!«, brüllten die beiden Flieger.

Kazan entließ sie mit einer Kopfbewegung. »Okay. Jetzt befördert eure Ärsche nach Block achtzehn rüber.«

Steve und Gus bedachten Kazan mit einem nochmaligen zackigen Salutieren und sahen zu, dass sie Land gewannen. »Es ist eine von *denen!*«, murmelte Gus, als sie losrannten.

Kazans Stimme flog hinter ihnen her. »Ja! Eine von denen!«

Die beiden jungen Flieger erreichten Block 18 buchstäblich in letzter Sekunde. Sie pausierten zunächst vor der Tür, um wieder zu Atem zu kommen, dann gingen sie hinein und gesellten sich zu der aus etwa dreihundert Männern und Frauen bestehenden Menge, die gerade auf den Stuhlreihen Platz nahm. Rick Fazetti sprang auf und winkte. Webber saß neben ihm. Sie hatten ihnen zwei Plätze frei gehalten.

»Wir haben gerade unseren Abteilungschef kennengelernt«, sagte Gus leise, als er sich an ihnen vorbeischob. Er verdrehte die Augen.

»Habt ihr gesehen, dass sie fünf Sterne hat?«, flüsterte Fazetti.

»Yeah«, sagte Steve. »Einen für jeden Flieger, den sie mit Haut und Haaren gefressen hat.«

In Wirklichkeit war jeder Stern das Symbol einer zwölf Monate langen Fernreise. Die nächste Fahrt würde ihr die sogenannte Glückssechs bringen – ein doppeltes Golddreieck auf dem Ärmel, dazu eine Einladung ins Weiße Haus und ein Essen mit dem General-Präsidenten.

Als Steve Platz nahm, schlenderte Kazan lässig herein und gesellte sich zu den restlichen Abteilungschefs in die erste Reihe.

»Was glaubst du, wie alt sie ist?«, fragte Webber.

Gus White zuckte mit den Achseln. »Fünf Fahrten … Dann muss sie mindestens zweiundzwanzig sein.«

Steve blickte durch die Reihen der Kurzhaarigen dorthin, wo Kazan saß und ihnen den Rücken zudrehte. »Weiß jemand, was das ›J‹ ihres Vornamens bedeutet?«

»Jodi«, zischte Fazetti. »Jodi Kazan.«

Okay, Jodi, dachte Steve, *wenn du's auf die harte Tour haben willst, wollen wir doch mal sehen, wie zäh du bist …*

Was die Körperkräfte des Mannes anging, der gerade am anderen Ende des Lagebüros auf die Bühne stieg, so gab es daran nichts zu zweifeln. Er war riesig, hatte eine tonnenförmige Brust und Hände, die groß genug waren, um einen Kopf wie eine Zitrone zu zerquetschen. Sein tief gebräuntes, aggressives Gesicht saß auf einem kräftigen Hals; sein blondes Haar war millimeterkurz geschnitten. Er trug einen olivgrünen Drillichanzug mit breiten roten Querstreifen an den Ärmeln und einen Stetson mit Sternenbannerabzeichen.

Als der Mann sich breitbeinig neben dem Podium aufbaute, verfiel die Mannschaft in Schweigen. Seine Finger umklammerten die Enden eines kurzen Rangiereisens mit einem goldenen Griff. Es sah so aus wie eine Luxusausgabe der Stangen, mit denen die Ausbilder an den Kampfschulen umgingen.

Der Blick des Mannes schweifte durch den Raum. »So sieht man sich also wieder … Und wieder mal die gleichen müden Gesichter.« Sein Rangiereisen deutete auf einen fast kahlköpfigen Mann, der irgendwo in den ersten Reihen saß. »Tino ist auch wieder da … Und hat noch die gleiche Frisur …«

Die anwesenden Bahnbrecher-Veteranen lachten.

»Und die anderen lachen noch immer über meine alten Witze. Macht nur weiter so! Schmeicheleien bringen zwar keinen weiter, aber man kann's ja mal versuchen. Trotzdem … Da wir eine ganze Horde von Grünschnäbeln hier haben, die zum ersten Mal bei uns sind, sollte ich mich vielleicht kurz vorstellen.« Sein Blick fiel auf das Ende des Raums, und seine Stimme wurde etwas lauter. »Mein Name ist Buck McDonnell – gegen Mitternacht nennt man mich auch schon mal Big D. Ich bin der Spieß auf der *Lady*; der Mensch, zu dem Sie kommen, wenn Sie irgendwelche Probleme haben. Deswegen habe ich auch so breite Schultern. Ich kenne viele harte Burschen, die sich schon daran ausgeweint haben.«

Seine Rede wurde vom hohlen Gelächter der Veteranen unterbrochen.

»Wenn Sie nach Vorschrift arbeiten, werden Sie mich als sehr verständnisvollen Burschen kennenlernen. Aber wenn Sie krumme Dinger drehen …« McDonnell deutete mit dem Rangiereisen auf sein Rangabzeichen. »… können Sie sich darauf verlassen, dass Sie mit dem Ding hier den Arsch vollkriegen.« Er legte eine kurze Pause ein, damit seine Drohung richtig zur Geltung kam. »Mein Job besteht in erster Linie darin, dafür zu sorgen, dass die Befehle des Wagenmeisters und seiner Assistenten ausgeführt werden – und zwar voll und ganz. Mit Unterstützung Ihrer Abteilungschefs bin ich außerdem für die Disziplin an Bord verantwortlich. Jeder Grünschnabel, der glaubt, er könnte 'ne ruhige Kugel schieben, weil man ihn nicht auf die Kampfmaschine abkommandiert hat, sollte es sich also genau überlegen ... Einen disziplinierteren Zug als die *Lady* werden Sie so leicht nicht finden. Also halten Sie die Ohren steif und Ihren Wagen sauber ...«

McDonnell fing ein Signal von einem am Eingang stehenden Stürmer auf. Er knallte die Hacken zusammen, klemmte sich das Rangiereisen unter den Arm, legte die linke Hand starr auf den goldenen Griff, streckte die Finger aus und brüllte: »Wagenzug ... ACHTUNG!«

Als Commander Bill Hartmann, der Wagenmeister, das Lagebüro betrat, sprangen alle auf und nahmen Haltung an. Hinter Hartmann kamen die zehn Offiziere seines Stabes. Sie trugen – mit Ausnahme des Flugeinsatzleiters – gelbe Schirmmützen und olivfarbenes Drillichzeug.

Als sie auf die Plattform stiegen und Hartmann das Podium erreichte, brüllte McDonnell: »Wagenzug ...«

»Ho!«, brüllte die Mannschaft. Der Boden bebte, als dreihundert Männer und Frauen die Hacken zusammenschlugen und den rechten Arm hochrissen, um den Wagenmeister mit geballter Faust zu begrüßen.

McDonnell drehte sich zackig zu Hartmann um und ließ seinen Arm mit der Präzision eines Klappmessers an den Hutrand fliegen. Hartmanns Gruß erinnerte Steve an das berühmte Fliegenverscheuchen von CFL Carrol. Irgendwie beruhigte ihn diese Geste. Er hatte nichts gegen

Drill und den ganzen Unsinn, der nun einmal dazugehörte, solange dahinter ein wirklich klarer Kopf stand. Aber auf diese Entfernung war es nicht einfach, genau zu erkennen, ob der grauhaarige Hartmann eine Aura nachdenklicher Intelligenz ausstrahlte. Er war noch ein paar Zentimeter größer als McDonnell und hatte ein hageres Gesicht und ein viereckiges Kinn, dessen eindrucksvollster Zug ein dichter weißer Schnauzbart war. Wenn Hartmann allein auf der Bühne gestanden hätte, hätte man ihn für wohlgeformt halten können, aber neben der stiernackigen Gestalt McDonnells wirkte er eindeutig blutarm.

McDonnell drehte sich zur Mannschaft der *Lady* um. »Wagenzug ... Rührt euch!«

Die Männer setzten sich hin, drückten den Rücken durch und sahen Hartmann an. Die Offiziere stellten sich in zwei versetzten Reihen hinter ihm auf.

Gus beugte sich zu Steve hinüber und flüsterte: »Man nennt ihn Buffalo Bill.«

Hartmann legte seine Schirmmütze und einen Taschen-Videoblock auf das Podium. Dann fuhr er sich mit der Hand durch das silbergraue Haar und glättete seinen Schnauzbart. »Guten Morgen, meine Herren.« Er hielt inne und taxierte seine Zuhörer. »Wie ich sehe, haben wir ein volles Haus. Das sagt mir, dass Sie offenbar mehr Heimaturlaub bekommen haben, als Sie haben wollten. Ich weiß zwar nicht, wie es bei Ihnen ist, aber *ich* kriege nach zwei Urlaubswochen automatisch den Bahnbrecher-Rappel. Nach drei Wochen bin ich fast bereit, freiwillig Polizeidienst zu machen. Und wenn dann vier Wochen um sind, fühle ich mich, als sollte ich die Sackmänner rufen.«

Zustimmendes Gemurmel erhob sich.

»Glücklicherweise ist das meist der Zeitpunkt, an dem ich von der Taktischen Planungskommission grünes Licht kriege. Wenn ich dann das Abfahrtsdatum habe, bin ich so glücklich wie ein Grünschnabel, der gerade seinen ersten Abschuss hinter sich hat. Aber eigentlich ...« Hartmann hielt inne; sein Blick schweifte über die ersten Reihen.

»... kennen Sie das alles schon. Wahrscheinlich fragt sich jetzt nur die neue Generation, worüber ich, zum Henker, hier eigentlich rede.«

Er schaute kurz auf den Videoblock, dann richtete er seine Aufmerksamkeit auf die hintere Raumhälfte. »Ich habe gehört, dass wir Ersatz für fünfzig Stürmer und vier neue Piloten bekommen haben, die mit uns auf die Reise gehen. Sicher werde ich später noch Gelegenheit haben, jeden von Ihnen einzeln kennenzulernen. Im Augenblick kann ich Ihnen nur eins sagen: Willkommen an Bord. Wenn Sie in den Simulatoren ein Gewöhnungsprogramm absolviert haben, stellen Sie möglicherweise fest, dass die Dinge Ihnen anfangs etwas seltsam vorkommen. Möglicherweise wissen Sie, wie alles funktioniert und wo alles ist, aber irgendwie können einem selbst die besten Attrappen nicht das Gefühl für einen echten Wagenzug vermitteln. Sie können die Atmosphäre einer richtigen Fahrt halt nicht imitieren.« Das Gesicht des Commanders verzog sich zu einem Lächeln. »Dreihundert geile Wagner erzeugen eine Menge Reibung – und damit meine ich nicht die, die man elektronisch simulieren kann.«

Die alten Bahnbrecher grölten.

Hartmann hob die Hand. »Das gilt auch für die Kampfübungen. Sie werden feststellen, dass alles ganz anders ist, wenn man wirklich zum ersten Mal vor der Frage steht, ob man tötet oder sich töten lässt.«

»Ich kann es kaum erwarten«, murmelte Gus. Auch Steve war neugierig auf die Zukunft. Jetzt, wo er von der dreihundert Mann starken Crew umgeben war, spürte er, wie ein unterschwelliges Kribbeln der Erregung durch den Raum floss; elektrischer Strom lief durch ihre Leiber und verband sie miteinander. Es war etwas, das man in vergangenen Zeiten als »Korpsgeist« bezeichnet hatte.

»Ich sehe Ihnen an den Gesichtern an«, fuhr Hartmann fort, »dass Sie gern wissen möchten, wohin die Reise geht. Ich sage es Ihnen im Groben: Die *Lady* wird in den nächsten fünf Tagen Fracht aufnehmen und auf Hochglanz gebracht. Am sechsten Tag geht's los; wir machen ein paar Versorgungsfahrten zu Zwischenstationen in Kansas und Colorado. Bei den ersten beiden Einsätzen, die hauptsächlich aus Be- und Entladen bestehen, werden die neuen Angehörigen der Mannschaft reichlich Gelegenheit haben, sich unter normalen Einsatzbedingungen zu bewähren. In der zweiten Phase unserer Mission wird es dann interessanter.«

Sämtliche Anwesenden im Raum hielten die Luft an, als Hartmann eine Pause einlegte. Alle saßen wie auf dem Sprung.

»Man hat die *Lady* auserwählt, einen ersten tiefen Vorstoß ins Territorium der Mutanten zu machen. Wir gehen auf die Jagd, meine Damen und Herren – nach Norden: nach Nebraska, Wyoming und South Dakota.«

»Yeee-hh-haaaw!«, hallte der alte Rebellenschrei einstimmig aus dreihundert Kehlen. Die Mannschaft der *Lady* fuhr mit strahlenden Gesichtern hoch. Auch Steve, Gus, Fazetti und Webber standen mit klopfendem Herzen auf.

Buck McDonnell trat an den Bühnenrand und brüllte: »Wer ist dabei?«

»Wir sind dabei! Ho!«, brüllte die Crew. Dreihundert Arme wurden hoch in die Luft gestoßen.

»Sind wir bereit und fähig?«, brüllte McDonnell.

»YAY!«, brüllte die Crew und stieß erneut die Arme in die Luft. »Lasst uns fahren! Lasst uns fahren! Lasst uns fahren!«

Hartmann und sein Stab reagierten auf den Jubel der Crew mit dem gleichen triumphierenden Faustsalut.

Die nächsten fünf Tage vergingen schnell: Nächte und Tage gingen ineinander über, als die Mannschaft der *Lady* in Wechselschichten rund um die Uhr arbeitete. Man tauschte bewaffnete Waggons gegen waffenlose Frachtcontainer aus und belud sie mit Rohstoffen und riesigen Mengen an Nahrungskonzentraten für die Zwischenstationen. Man füllte die Decken- und Bodenladeräume der restlichen Wagen mit Rationspaketen, Ausrüstungsgegenständen, Munition und sonstigen Gütern, die ein Wagenzug brauchte; man prüfte und überprüfte die Funktionen der Bordsysteme – die Kommunikation, die Lebenserhaltung, die Waffen, die Energieversorgung, die Steuerung und die Notfall-Hilfssysteme.

Abgesehen von der Rolle, die Steve bei dieser Arbeit spielte, bestand die besondere Aufgabe seiner Abteilung darin, die zwölf Himmelsfalken zu inspizieren, bevor ihre Schwingen eingeklappt und sie im Flugwagen der *Lady* verstaut wurden. Zwei der Maschinen waren für Reservezwecke gedacht. Neben den neun Fliegern, die ihrem Befehl unterstanden, kommandierte Jodi Kazan auch die zehnköpfige Bodenmannschaft, deren Hauptaufgabe darin bestand, die Maschinen aufs Flugdeck und in die Luft zu bringen und sie später wieder an Bord zu holen, zu verstauen und zu warten.

Wie jeder Akademie-Absolvent war auch Steve als Bodenmann und Flugingenieur ausgebildet. Er konnte Maschinen warten und reparieren, und wenn es nötig war auch umbauen. In Notfällen konnte er auch in anderen Kategorien tätig werden, zum Beispiel als Stürmer bei Bodenkämpfen.

Manche der spezialisierten Stürmer-Dienstgrade verfügten ebenfalls über Fähigkeiten, die erlaubten, sie in mehreren Bereichen einzusetzen. Da die Himmelsfalken relativ einfache Flugzeuge waren, hätte man zwar noch viel mehr Bahnbrecher als Piloten ausbilden können, doch das Fliegen selbst war nicht das Problem. Es gab noch einen anderen Grund, weswegen sich die Piloten – und wie CFL Carrol behauptete, mit Recht – für die Elitetruppe der Föderation hielten: Was sie von den übrigen Bahnbrechern unterschied, war ihre Fähigkeit, über lange Strecken hinweg *unabhängig* agieren zu können, wenn nötig, sogar mehrere Tage lang. Flieger waren hochdisziplinierte einsame Wölfe; sie waren die einzige erlaubte Abweichung in einer strengen Gesetzen unterworfenen Gesellschaft, die mit unaufhörlichem Nachdruck Wert auf Gruppenidentität und gemeinsame Anstrengungen legte.

Zwar hatten auch die Stürmer der Bahnbrecher-Expeditionen mehr Fähigkeiten aufzuweisen, als nur in der beruhigenden Enge eines Wagenzugs als Kampfeinheit zu fungieren, aber man durfte nicht außer Acht lassen, dass viele von ihnen sich unterschwellig vor der schieren Weiträumigkeit der Oberwelt fürchteten. Wurde ein Stürmer von seiner Einheit oder seinen Kameraden im Freien isoliert, drehte er innerhalb weniger Stunden durch und fiel einer fortschreitenden Desorientierung zum Opfer. Wenn er länger als vierundzwanzig Stunden allein war, wurden seine Bewegungen zunehmend lethargisch; dann suchte er Deckung in Höhlen oder grub sich unter Felsen ein, wo er blieb, da er nicht mehr fähig war, sich fortzubewegen. Manche Stürmer hatte man nach mehreren Tagen des Alleinseins draußen in einem komatösen Zustand aufgefunden. Fand man sie nicht, starben sie an Entkräftung oder Nahrungsmangel. Die Aufzeichnungen der Bahnbrecher enthielten Berichte über Stürmer, die an irgendeinem Flussufer unter den Felsen verdurstet waren. Andere, die keine Deckung gefunden hatten, hatten sich selbst lebendig begraben.

Im Zuge der Reisevorbereitungen wurde die Arbeit in Schichten eingeteilt. Jeder hatte vier Stunden Dienst und vier Freistunden, wobei jede Abteilung aus zwei Arbeitsgruppen bestand, damit man ohne Unterbrechung besondere Instandhaltungsarbeiten und Instrumententests vornehmen konnte. Die vier Freistunden wurden »Bereitschaft« genannt und vergingen so schnell, dass die Crewangehörigen sich gerade noch um ihre persönlichen Liebhabereien kümmern konnten oder sich aufs Ohr legten.

Die »Bereitschaft« war außerdem die Zeit, in der Steve und andere Grünschnäbel die Veteranen ausfragten, wie es »da oben« war. Je nachdem, wie man zu militärischen

Dingen stand, war es entweder traurig oder beruhigend, wenn man erkannte, dass sich die Soldaten trotz des Holocausts seit undenklichen Zeiten nicht geändert hatten: Wie seit alters her wurden Steve und die anderen jungen Flieger mit haarsträubenden Kampfgeschichten gefüttert, bei denen man die primitive Barbarei des heimtückischen Feindes nicht zu erwähnen vergaß – der halbidiotischen, angeblich zu irgendwelchen Zauberkräften fähigen Mutanten.

»Wisst ihr, was die Beulenköpfe manchmal machen, wenn sie einen schnappen?«, fragte ein grauhaariger Bahnbrecher, der gerade eine besonders abscheuliche Geschichte über die Tücke der Mutanten zum Besten gegeben hatte.

Die acht Grünschnäbel, die – meist mit offenem Mund – um ihn herumsaßen, schüttelten schweigend den Kopf.

»Sie tragen einen an 'nem Pfahl in ihr Dorf, ziehen einen aus, binden einen mit ausgestreckten Armen und Beinen an vier Pflöcke und hetzen einem 'ne Meute rasierte Bären auf den Hals.«

»Eine Meute *rasierte Bären?*«, fragte Steve.

»Bären sind weibliche Mutanten«, erklärte der Bahnbrecher. »Haste noch nie was von rasierten Bären gehört?«

»Nee«, sagte Steve. Die anderen schüttelten stumm den Kopf.

Der Bahnbrecher beäugte sie und nickte nüchtern. »Wie ich sehe, müsst ihr noch 'ne Menge lernen. Also ... fünf oder sechs von diesen ekelhaft hässlichen Weibern setzen sich um einen rum, klar? Und wenn man dann so daliegt und sich die gewaltigen Mäuler und langen Zähne ansieht, die manche von denen haben, dann betet man darum, dass eine so freundlich ist und einem die Kehle durchbeißt. Aber nein. Wisst ihr, was sie dann machen? Sie schieben abwechselnd ihre Zunge in deinen Bauchnabel! So wahr ich hier sitze, genau das tun sie! Dann arbeiten sie sich Stück für Stück über die Arme bis zu deinen Schultern rauf, und zwei andere tun das Gleiche an deinen Beinen. Sie lecken dich mal hier und beißen dich mal da. Und wenn die beiden unteren dann deine Kniescheiben knutschen, denkst du allmählich ›He, was is'n das? So schlimm is' es doch gar nich!‹ Und dann kriegst du 'n Ständer und würdest dir am liebsten einen runterholen.«

An dieser Stelle beugten sich seine Zuhörer mit einem verzückten Gesichtsausdruck weit nach vorn, damit ihnen auch keins seiner Worte entging.

Der Bahnbrecher leckte sich die Lippen und redete weiter; seine Stimme klang nun etwas leiser. »Und das ist genau der Augenblick, auf den sie gewartet haben! Dann setzt sich eine von denen auf deinen Hals und schiebt dir den nackten Arsch ins Gesicht. Dann kriegst du 'nen richtig Steifen. ›O Mann‹, sagst du dann, ›wieso steht darüber nichts im Handbuch?‹ Und während die eine dir einen bläst, nehmen die vier anderen sich deine Arme und Beine vor und beißen dir die Finger und die Zehen ab. Und da, mein Junge, da kreischst du los! Oh, Kolumbus! Du bringst es dabei bis zum hohen C. Und es tut weh, das könnt ihr mir glauben.«

Der Bahnbrecher hob die Hände hoch. Seine beiden Mittelfinger waren bis zum zweiten Glied abgetrennt, und am Ringfinger fehlte ihm das erste. »Aber das ist erst der

Anfang. Wenn du nämlich gerade denkst, du kannst den Schmerz ertragen, dann fletscht die auf dir die Zähne und beißt dir dein Ding ab, so wie 'n Berglöwe 'ner Ziege 'n Bein abbeißt, und spuckt's dir auf den Bauch. Und wenn die gerade dabei ist, schleicht sich die sechste von hinten an dich ran, packt dich an den Ohren und saugt dir die Augäpfel raus!«

»Macht der Witze?«, flüsterte einer entsetzt.

»Hosen runter!«, rief jemand.

Der Bahnbrecher grinste und trommelte mit seinen verstümmelten Fingern auf seiner Brust.

Steve spürte ein kaltes Stechen in seinen Lenden. Gus White, der zwischen Fazetti und Webber saß, wurde grün im Gesicht, sprang auf und übergab sich draußen auf dem Gang. Der Mann, der die Geschichte erzählt hatte, ein Glückssechser, der unter dem Namen »Hiobsbotschaft« Logan bekannt war, drehte sich mit einem zufriedenen Grinsen zu Steve um. »Ob dein Freund hier für diese Reise wohl der Richtige ist?«

Als Steve später darüber nachdachte, war er zwar geneigt, einen Großteil dessen zu vergessen, was er gehört hatte, doch die Geschichten, die hinter vorgehaltener Hand über die Mutanten erzählt wurden, faszinierten ihn trotzdem. Ein paar Tage später stieß er während der Bereitschaft auf Jodi Kazan und beschloss, das Risiko auf sich zu nehmen und sie zu diesem Thema zu befragen. Zu seiner Überraschung stellte er fest, dass Kazans Rauflust, wenn sie dienstfrei hatte, weit unter dem Siedepunkt lag, und wenn man sie auch nicht gerade als freundlich bezeichnen konnte, so zeigte sie sich zumindest als zugänglich. Sie verhielt sich freilich sehr zugeknöpft, und ihre

Antworten blieben lakonisch. Sie gab zwar zu, dass man von »seltsamen Ereignissen« wusste, aber sie war eindeutig nicht gewillt, mehr über das Thema zu sagen. Als Steve sie nach Einzelheiten drängte, hob sie die Hand. »Geben Sie mir Ihre ID-Karte.« Sie verließ den Tisch, an dem sie einen Muntermacher getrunken hatten, benutzte ihre Sensorkarte und rief vom nächsten Steckplatz das öffentliche Archiv an.

Als sie den Index der Historischen Abteilung durchblätterte, ging Steve zu ihr hin und lugte über ihre Schulter. »Das habe ich doch alles schon gelesen«, sagte er.

»Das glauben Sie«, sagte Kazan. »Es gibt aber verschiedene Zugriffsebenen. Es kommt immer darauf an, wo man ist – und wer man ist. Haben Sie das nicht gewusst?« Sie schaute zu ihm auf. »Offenbar haben Sie es nicht gewusst.«

»Meinen Sie damit ... da sind Daten drin, von denen wir nichts wissen?«, fragte Steve und dachte an die Worte seiner Schwester Roz. Der Gedanke, es könne zu einem bestimmten Thema mehr Informationen geben, als ihm zugänglich waren, war ihm noch nie gekommen. Ein geheimes Wissenslager! Kazans beiläufig klingende Bekanntmachung dieser Tatsache war für ihn eine überraschende Enthüllung. »Das ist ... unglaublich!«

Kazan zuckte mit den Achseln. »Was man nicht weiß, vermisst man auch nicht. Man erhält erst dann Zugriff zu einer höheren Ebene, wenn im Weißen Haus jemand entscheidet, dass man reif dazu ist. Sobald das geschieht, wird Ihre Karte markiert und höhergestuft.« Sie gab einen siebenstelligen Code ein und holte die Information, nach der sie suchte, auf den Schirm. Dann überließ sie Steve den Sitzplatz. »Machen Sie es sich bequem.«

Steve nahm Platz und studierte den schriftlichen Auszug auf dem Bildschirm. Die Überschrift lautete »922-854-6/MUTANTEN-MAGIE«.

»Da stehen ein paar Worte, die ich noch nie gehört habe.«

»Na, wenn schon«, sagte Kazan leicht ungehalten. Sie saß mit einem Bein auf dem Tischrand. »Lesen Sie es nur vor.«

Steve holte tief Luft und fing an. »Mutanten-Magie. Von Zeit zu Zeit kommt das Gerücht auf, dass Mutanten auf paranormale ...?«

»Machen Sie weiter!«, drängte Kazan.

»... paranormale Weise miteinander kommunizieren und die Fähigkeit haben, die Naturgewalten zu beherrschen. Behauptungen dieser Art können als nicht zutreffend zurückgewiesen werden. Wiederholt vorgenommene Ermittlungen haben bewiesen, dass die zeitweiligen taktischen Erfolge, die Mutanten-Clans bei Angriffen auf Wagenzüge und Zwischenstationen errungen haben, ausnahmslos auf Inkompetenz oder menschliches Versagen der betroffenen Wagenmeister und ihrer Mannschaften zurückzuführen waren. In jedem einzelnen von Experten untersuchten Fall haben sich die angeblich geheimnisvollen Kräfte der Mutanten als Schutzbehauptung der Delinquenten erwiesen, um ihr eigenes Versagen in der sinnlosen Hoffnung zu erklären, einer Bestrafung zu entgehen.« Steve drehte sich um und sah Kazan an. »Die einzige Kraft, die man fürchten muss, ist die Kraft der Föderation.«

»Das ist offiziell«, sagte sie.

Steve löschte den Text, nahm die ID-Sensorkarte wieder an sich und schob sie in die Schutzhülle. »Ja, aber ist es auch die Wahrheit?«

Kazans Augen verengten sich. »Also, das habe ich jetzt nicht gehört.«

Am sechsten Tag wimmelte das Depot von Verwandten der Mannschaft aus dem nahen Nixon Field. Von MP-Angehörigen begleitet, strömten sie in ordentlichen Reihen über die Wege neben den langen, von Säulen umgebenen Liegeplätzen, an denen die Wagenzüge standen, und drängten sich in Dreierreihen gegen die Absperrung, um zuzusehen, wie sich eine Abteilung nach der anderen unter den wachsamen Blicken Hartmanns und seiner zehn Stabsoffiziere vor der *Lady* aufstellte.

Auf Buck McDonnells dröhnenden Befehl hin stand die Mannschaft still. Die Flaggen schwenkende Menge verstummte, als die vertraute, herzerwärmende Fanfare der Ersten Familie durch die Lautsprecher des Depots hallte. Das Gesicht des 31. George Washington Jefferson erschien auf den allgegenwärtigen TV-Schirmen und hielt mit einer ernsten, wohlmodulierten Stimme eine kurze, erbauliche Ansprache, auf die die Menge und die Crew der *Lady* mit einem donnernden »HO!!« reagierten.

Auf den Befehl »ALLE MANN AN BORD!« kletterte die Crew in die Wagen und begab sich auf ihre Stationen. Die luftdichten Luken wurden geschlossen, die winkende Menge wurde auf dem Visikom-System des Zuges zu einer elektronischen Abbildung. Oben im Sattel – der Steuerzentrale des Vorderen Kommandowagens – nahm Hartmann im Sessel des Commanders Platz, verlangte die üblichen Meldungen über die Funktion der Systeme und sprach dann die sehnlichst erwarteten Worte ins Mikrofon: »Wagenzug rollt an!« Die Großturbinen legten los und heulten auf. Energie strömte in die Elektromotoren. Die riesigen stahlverkleideten Räder drehten sich langsam und trugen den mit Tarnfarbe gestrichenen, schlangenartigen Leib des Wagenzuges aus seinem Depot und an der Menge der fahnenschwenkenden Zuschauer vorbei.

Auf dem Schirm, der sich vor ihm befand, sah Steve, wie die Menge sich auflöste und neben ihnen herlief. Er hörte ihr Jubeln und spürte den Strom der Erregung, als die Musik durch das Depot und den Wagenzug flutete. Er sang mit, als die *Louisiana Lady* den langen Weg zur Oberwelt hinauffuhr und in die erste Strophe der Bahnbrecher-Hymne einstimmte: »The Yellow Rose of Texas«.

8

Innerhalb des kurzen Zeitraums, den Mr. Snow vorausgesagt hatte, kehrte ein Stoßtrupp der Bären zur Ansiedlung zurück und meldete atemlos, man habe Donnerkeile am Himmel gesehen. Die Bären zeigten nach Süden, auf den Teil des Himmels, wo sich die schwarzen Regenwolken und der Donner hinter dem Rand der Welt aufhielten.

»Wie weit waren sie entfernt, als ihr sie gesehen habt?«, fragte Mr. Snow, als die Bären vor den eilig zusammengerufenen Stammesältesten standen.

»Zwei Tagesläufe«, antwortete Mack-Truck, der Anführer der Jäger.

»Bedeutet es, dass die Eisenschlange kommt?«, fragte Cadillac. Er saß neben dem silberhaarigen Wortschmied an dem ihm gebührenden Platz. Mit Ausnahme der Bären, die die weiter entfernten Wachtposten der Ansiedlung bemannten, war der Rest des Clans um sie versammelt.

Mr. Snow nickte. »Ja, es ist die Eisenschlange, die uns die Himmelsstimmen prophezeit haben. Die Wolkenkrieger suchen den besten Weg für sie.« Er hielt inne, dann fügte er grimmig hinzu: »Und außerdem suchen sie uns.«

Die am Boden hockende Menge der Präriebewohner stieß ein ehrfürchtiges Murmeln aus.

»Sollten wir nicht lieber fliehen?«, fragte Long-Tooth, einer der Clan-Ältesten.

Mr. Snow schüttelte den Kopf. »Wir können den Wolkenkriegern nicht entkommen. Sie können nicht nur wie Adler über die Berge fliegen, sie können auch so weit sehen. Aber wir sollten unsere Hütten vor dem Himmel verbergen. Wir müssen die Ansiedlung in den Wald verlegen, der vier Bolzenschüsse von hier entfernt im Norden liegt.«

Die Präriebewohner liebten die Wälder nicht. Sie schliefen lieber unter freiem Himmel. »Da ist es dunkel«, sagte ein Krieger namens Hershey-Bar. »Ich bin schon mal da gewesen. Da stehen die Bäume so dicht, dass einem die Äste auf den Kopf drücken. Da kann man nicht mal richtig atmen.«

»Aber die Dunkelheit wird uns verbergen«, sagte Mr. Snow. »Und es ist gut, wenn die Bäume so dicht stehen. Dann kann die Eisenschlange nicht in den Wald hinein. Es ist nur die Angst vor den Waldstimmen, die das Band um unseren Brustkorb legt. Ihr müsst die Angst überwinden. Wenn ihr euch mit den grünen Geistern anfreundet, gibt der Wald uns Obdach und Schutz. Dann merkt ihr bald, dass man in seinem Inneren ebenso leicht atmen kann wie auf einem Berggipfel.«

Die Clan-Ältesten nahmen Mr. Snows Vorschlag an. Sie riefen die M'Call-Krieger aus den Bergen zurück, brachen die kleinen, aus Leder und Holz bestehenden Hütten ab, hüllten sämtliche Töpfe und sonstigen Besitztümer in geflochtene Grasmatten und verluden das Ganze auf sogenannte Transportbalken – neumodische, aus Schösslingen gebastelte Apparate, die von vier Personen wie Sänften auf den Schultern getragen wurden. Nach wenigen Stunden hatte sich der zweitausend Köpfe starke M'Call-Clan in zwei langen Reihen aufgestellt. Spitze, Mittelteil und Ende wurde von den Bären eingenommen. Rolling-Stone, der alte, doch noch immer wachsame Anführer der Ältesten, der einst ein großer Krieger gewesen war, gab den Befehl zum Abmarsch. Der Clan verfiel in einen leichten Trab, dann wurden seine Schritte größer, bis er in die charakteristische springende Mutanten-Gangart verfiel, die man einsetzte, wenn es galt, große Strecken zurückzulegen. Am Ende der Marschsäule zogen einige Bären Äste über den Boden, um die Spuren zu verwischen, die die beiden Läuferreihen erzeugten.

Nachdem die M'Calls das Lager rund um eine kleine Lichtung, die ein paar Hundert Meter vom Südende des Waldes entfernt lag, wieder aufgeschlagen hatten, versammelte sich der Clan erneut und hockte sich in verschiedenen Gruppierungen um die Clan-Ältesten: Da waren die Krieger-Bären, die über vierzehn Jahre alten Männer; die Wölfinnen, weibliche Krieger gleichen Alters, die in Zeiten extremer Gefahr neben den Bären kämpften, doch in der Hauptsache für die Verteidigung der Ansiedlung zuständig waren; die Jungbären, Kinder beider Geschlechter zwischen sechs und vierzehn, mit ihren Rudelführern; die Nestmütter, Frauen mit Kleinkindern, deren Nachwuchs unter fünf war; und die Clan-Ältesten, die alle über fünfzig waren. Abgesehen von den Kleinsten, die getragen wurden, hatte jeder selbst dafür sorgen müssen, dass er von der Stelle kam. Wer über fünfzig und nicht fähig war, auf seinen eigenen Beinen zu gehen, wurde normalerweise zurückgelassen, damit er starb. Im Sprachgebrauch der Präriebewohner war ein »Beinloser« entweder ein Toter oder ein Mensch, der dem Tod nahe war.

Für den Fall, dass sie den Wunsch hatten, ihn zu konsultieren, saß Mr. Snow neben den Clan-Ältesten. Cadillac saß dicht hinter ihm. Sein Blick suchte Clearwater, die mit ihren Clan-Schwestern bei den Wölfinnen saß.

Das Thema, das besprochen wurde, galt der Frage, wie man auf das zu erwartende Erscheinen der Eisenschlange im Gebiet des Clans reagieren sollte. Iron-Maiden, die zu den Clan-Ältesten gehörte, bat um das Wort und riet zu einem eiligen Rückzug. »Man sagt, dass der Atem der Schlange Menschen in Knochen verwandelt und dass spitzes Eisen ihre Haut nicht durchdringen kann. Man sagt, dass sie Augen am Kopf und am Schwanz hat, mit denen sie im Dunkeln sehen kann, und …«

Motor-Head sprang schnaubend auf. »Warum belästigst du unsere Ohren mit Hasenfußgeschichten, altes Weib? Die aus dem Süden gehören nicht zum Prärievolk. Sie leben unter der Fuchtel der Sandgräber. Wir wollen ihr feiges Gerede nicht mehr hören. Die Namen ihrer Clans sind Dreck in unserem Mund!« Er spuckte auf den Boden; es war die rituelle Geste des Trotzes.

Mr. Snow hob eine Hand und verhinderte so Iron-Maidens wütende Antwort. »Wir dürfen die aus dem Süden nicht verdammen! Auch wenn sie nicht zum Prärievolk gehören … Viele unserer Brüder im Süden haben lange und hartnäckig mit spitzem Eisen gekämpft und sind mit dem Namen ihres Clans auf den Lippen gestorben.«

Motor-Head richtete sich breitbeinig auf und verschränkte die muskulösen Arme vor der Brust. »Aber sie kämpfen nicht so wie wir.«

»Heja!«, riefen die versammelten Krieger.

Mr. Snow lächelte. »Niemand kämpft so wie die M'Calls. Das ist eine ins Herz der Welt geschnitzte Wahrheit. Aber die im Süden, die das Leben gewählt haben, kennen die Finsternis der Schmach. Ihre Hände und Füße sind mit eisernen Tauen gebunden, und sie arbeiten von Sonnenaufgang bis Sonnenuntergang wie die zahmen Büffel der Alten Zeit unter der Knute.«

»Oh-jeeehh …«, stöhnte der Clan einstimmig und schaukelte in der traditionellen Reaktion auf schlechte Nachrichten hin und her.

Rolling-Stone, der Anführer der Ältesten, wandte sich an Mr. Snow. »Was sagen die Himmelsstimmen?«

Als die Blicke des Clans auf ihn fielen, schloss Mr. Snow kurz die Augen. »Die Himmelsstimmen sagen, dass wir zwei Möglichkeiten haben: Wir können uns in die höchsten Berge zurückziehen, wo die Eisenschlange uns nicht verfolgen kann. Aber wir können auch bleiben und auf dem Boden kämpfen, den wir selbst erwählen. Wenn wir in die Berge gehen, müssen wir unsere Brotbäume und die ganze Erdnahrung zurücklassen, die wir angepflanzt haben. Wenn die Eisenschlange unser Feld erreicht, ohne dass wir sie aufhalten, dann könnt ihr sicher sein, dass alles, was wir gesät haben, noch vor der Erntezeit vernichtet wird.«

»Das Feld können wir nicht aufgeben«, sagte Buffalo-Head. »Wenn die Zeit der Neuen Erde kommt, brauchen wir reife Saat, um etwas anzupflanzen.«

»Haben wir nichts eingelagert?«, fragte Cadillac.

»Nur eine Handvoll«, erwiderte sie. »Der Rest ist im grauen Staub verfault.« Buffalo Head war die Anführerin der Frauen, die den Auftrag hatten, sich um die Nahrung der M'Calls zu kümmern.

»Oh-jeeeh ...«, stöhnte der Clan erneut.

»Aber wenn wir bleiben und kämpfen«, sagte Sting-Ray, ein anderer Ältester, »müssen viele unserer Clan-Brüder sterben.«

»Das steht fest«, stimmte Mr. Snow ihm zu.

»Aber wenn wir in die Berge gehen«, sagte Buffalo-Head, »haben wir nichts zu essen, wenn der Weiße Tod kommt. Dann müssen die Bären andere Ansiedlungen überfallen, und dann essen wir blutiges Fleisch. Unsere Seelenbrüder werden nicht zulassen, dass wir ihnen das Fleisch aus dem Mund nehmen. Sie werden sich wehren, und dann gibt es Tote.«

Diesmal war es Hawk-Wind, der aufsprang. »Wir haben keine Angst vor dem Sterben!«, rief er. »Aber wenn wir schon spitzes Eisen küssen müssen, dann sollten wir es über den Leichen der Sandgräber tun!«

»He-JAH!«, brüllten die Krieger.

Cadillac stand auf. »Mein Bruder spricht mit der Weisheit eines großen Kriegers. Es ist richtig: Wir müssen unser Land gegen alle verteidigen, die uns nicht die Hand der Freundschaft reichen, doch wenn wir jene niedermachen, die unsere Seelenbrüder sind, sind wir nicht besser als die Fleischwürmer, die die Toten essen. Dann wird das Präerievolk zu Staub werden, und die vier Winde werden es über ein leeres Land verstreuen.«

Mr. Snow nickte anerkennend, als Cadillac wieder Platz nahm. »Gut gesagt. Wenn es so weit kommen sollte, kann uns nicht einmal Talismans Macht wieder zusammenbringen. Unser Land ist zwar heilig, aber wir dürfen nie vergessen, dass alle Prärievölker Brüder unter einem Himmel sind. Selbst die, die Dreck in unserem Mund sind, werden eines Tages, wenn es gegen die Sandgräber geht, an unserer Seite stehen.«

»Das sind gute Worte«, pflichtete Rolling-Stone ihm bei. »Wollen wir hoffen, dass dieser Tag einst kommen wird.«

»Aber nicht, bevor unsere Schädelpfähle bestückt sind!«, schrie Convoy aus der hinteren Reihe der versammelten Krieger.

»Heja!«, erwiderten die anderen mit dröhnendem Gelächter.

»Noch bevor der Mond das Gesicht abwendet«, sagte Mr. Snow, »werdet ihr alle Knochen nagen. Und wenn Mo-Town, unsere Mutter, nicht euren Lebenssaft trinkt, werden eure Pfähle von den Schädeln der Sandgräber schwer sein.«

»Heja!«, schrie der Chor der Bären.

Rolling-Stone tauschte einen besorgten Blick mit den restlichen Clan-Ältesten. »Ist das der Rat der Himmelsstimmen?«

»Die Himmelsstimmen raten zur Vorsicht«, erwiderte Mr. Snow. »Es erfordert mehr als die heißblütige Stärke unserer Bären, um die Eisenschlange aufzuhalten. List und Zauberei sind die Waffen, die wir einsetzen müssen.«

»Kannst du den Erdzauber noch rufen?«, fragte Long-Tooth.

»Falls Talisman es will«, sagte Mr. Snow. »Doch selbst dann, wenn er meine Hand stärkt, werden viele von denen, die jetzt bei uns sitzen, ihr Feuerlied nicht mehr hören. Dies ist das Jahr, in dem Mo-Town im Schwarzen Turm von Tamla sitzt. Ihr Herz ist voller Liebe für die Nachfahren She-Kargos, aber ihre Kehle ist trocken. Sie ist durstig – und wenn sie einmal trinkt, werden viele Bäche austrocknen.«

»Sie kann ja auch noch das Blut aus den Hälsen der Sandgräber trinken«, grollte Motor-Head.

»Heja«, murmelten die Krieger mit einem leisen, kehligen Grollen.

Rolling-Stone hob die Hand, um sie zum Schweigen zu bringen. »Genug geredet. Nun sollen die, die in die Berge gehen möchten, sich erheben, damit man sie zählen kann.«

Niemand bewegte sich.

»Die M'Calls haben gesprochen«, sagte Rolling-Stone. »Wir bleiben auf unserem Boden und kämpfen gegen die Eisenschlange!«

Alle – vom jüngsten Kind aus Mr. Snows Geschichtskreis bis zum grauhaarigen Ältesten – sprangen freudig auf, rissen die Arme hoch und schlugen mit den Fäusten die Luft. Der Wald, der sie umgab, schien unter ihrem donnernden Zustimmungsgebrüll zu erbeben. »He-JAH! He-JAH! He-JAH!«

Am Abend des gleichen Tages kniete Cadillac an der Tür von Mr. Snows Hütte und bat um die Erlaubnis, eintreten zu dürfen. Mr. Snow erteilte sie ihm. Sie setzten sich mit gekreuzten Beinen auf eine Büffelhautmatte und sahen sich an. Mr. Snow stopfte eine Pfeife mit Regenbogengras, entzündete sie an seinem Feuertopf, paffte zufrieden und reichte sie an Cadillac weiter. Sie teilten sich die Pfeife nun seit einem Jahr. Das Regenbogengras verlieh der Welt Farben, die Cadillac zuvor noch nie gesehen hatte. Manchmal sah er Bilder aus einer Welt, die nicht die des Prärievolkes war. Vielleicht zeigten sie die Sonnenuntergangsinseln; vielleicht zeigten sie eine Welt, die hinter dem Dach der Welt lag – wie die Traumwelt, die er betrat, wenn sein Körper schlief. Oft, wenn er den Rauch des Regenbogengrases in sich hineinsog, schien Cadillacs Geist aus seinem Schädel zu brechen und zwischen den Sternen zu schweben. Wenn das geschah, gab es einen zeitlosen Augenblick großer Freude, in dem er alle Dinge zu verstehen schien.

»Sprich!« Die Stimme Mr. Snows schien aus weiter Ferne zu kommen, wie der Ruf eines Clan-Bruders, der ihn von der anderen Seite des Tals anrief.

»Ich möchte mit den Bären gegen die Eisenschlange ziehen«, sagte Cadillac.

»Hast du den Verstand verloren?«, fragte Mr. Snow.

Cadillac lachte über die Frage. »Das Gras verleiht meinem Geist zwar Flügel, aber ich spreche aus dem Herzen. Ich möchte an der Seite meiner Clan-Brüder kämpfen.«

Mr. Snow wedelte den Rauch aus seinem Gesicht und schüttelte heftig den Kopf. »Das kommt nicht infrage, mein Sohn. Die Himmelsstimmen verbieten es.«

»Aber ich habe doch schon Knochen genagt«, protestierte Cadillac. »Meine Brüder haben mich als Krieger akzeptiert. Vor meiner Hütte steht ein Pfahl mit zwei Schädeln ...«

»... und Motor-Head hat dir Flausen in den Kopf gesetzt«, schloss Mr. Snow. »Warum verschwendest du deinen Atem, um mir Dinge zu erzählen, die sogar die Berge wissen? Hat man dein Feuerlied nicht laut genug gesungen?«

»Ich wollte nicht prahlen, Weiser Mann. Als ich von diesen Dingen sprach, tat ich es in der Hoffnung, dich zu überreden …«

»… die Himmelsstimmen zu ignorieren?«, fiel Mr. Snow ihm ins Wort. Er nahm die angebotene Pfeife und saugte den Rauch in seine Lunge. »Du warst nicht nur im Begriff, deinen Eid zu brechen; du suchst auch noch meine Hilfe, damit du ihn ein zweites Mal brechen kannst! Hat Clearwater dich nicht ermahnt? Warum bringst du mich dazu, meinen Atem zu verschwenden, indem du mich zwingst, mit dir zu reden, als wärst du wie die anderen, als hättest du nichts im Kopf? Die Köpfe der anderen haben keine Taschen, um die Vergangenheit zu bewahren. Die Worte tröpfeln durch die Löcher ihres Verstandes wie Wasser durch ihre Finger. Aber du …« Er deutete mit dem Pfeifenkopf auf Cadillacs Herz. »Du bist ein Wortschmied! Dein Geist ist kein Klumpen Büffelkäse, den man aus einem Schädel löffelt, bevor man ihn auf den Pfahl irgendeines herumstrolchenden Dummkopfs spießt! Dein Verstand ist ein *Juwel*, das man wie einen Schatz hüten und Tag und Nacht bewachen muss!«

»Du kennst seltsame Worte«, sagte Cadillac. »›Juwel‹, ›Schatz‹ – was bedeutet das?«

»Es sind Worte aus der Alten Zeit«, erwiderte Mr. Snow. »Juwelen sind Steine, die aus der Erde gegraben und von großen Künstlern bearbeitet werden. Sie sind sehr klein, wie Augen, und sie glitzern, als wären sie vom Licht der Sterne erfüllt. Andere leuchten in rotem, grünem oder blauem Feuer. Die Männer und Frauen der Alten Zeit liebten sie sehr, und sie sehnten sich danach, sie zu besitzen, weil sie von großer Schönheit waren. Sie trugen sie an einem Band um den Hals oder um den Finger. Juwelen waren ein Zeichen hohen Ansehens.«

Cadillac runzelte verwirrt die Stirn. »Diese Leute hatten Ansehen, weil sie Steine trugen?«

Mr. Snow zuckte mit den Achseln. »Damals hatte man viele seltsame Bräuche.« Er machte eine Pause und starrte nachdenklich auf den Feuerschein, der aus dem ausgehöhlten Stein kam. »Auch Clearwater ist ein Juwel, das man wie einen Schatz hüten muss.«

Cadillac dachte darüber nach, dann nickte er langsam. »Ich glaube, jetzt verstehe ich. Bringst du mir noch mehr Worte aus der Alten Zeit bei?«

»Irgendeines Tages«, sagte Mr. Snow. »Zuerst musst du mehr Interesse für die Bedürfnisse des Clans zeigen und weniger für deine eigenen.«

»Deine Worte machen mich traurig«, sagte Cadillac.

Mr. Snow lächelte. »Es gibt ein Sprichwort aus der Alten Zeit: ›Es ist schwierig, mit den Adlern zu fliegen, wenn man unter Enten aufgewachsen ist.‹« Er saugte an seiner Pfeife und schloss, als er den Rauch inhalierte, die Augen. Als er sie wieder öffnete, bemerkte er Cadillacs verständnislosen Blick. »Ach, lassen wir das jetzt«, sagte er und reichte ihm erneut die Pfeife. »Lass uns eine kleine Reise machen.«

Am nächsten Tag gingen Mr. Snow und Cadillac zum Plateau zurück und nahmen auf den Felsen Platz. Von dort aus hatten sie einen guten Ausblick über die Prärie. Eine Frauengruppe kümmerte sich um das Gelände, auf dem man die Brotbäume und die Erdnahrung gepflanzt hatte. Während der Schüler und sein Lehrer das Gespräch wieder aufnahmen, das sie am vergangenen Abend begonnen hatten, suchten kleine Gruppen von Bären und Wölfinnen den Himmel nach Donnerkeilen ab.

»Der M'Call-Clan hat die Gunst der Himmelsstimmen«, sagte Mr. Snow. »Vergiss das nicht. Die D'Vine haben nicht einen Wortschmied, und wir haben sogar zwei! Doch mein Bach wird bald austrocknen. Deswegen darfst du nie gegen die Sandgräber in die Schlacht ziehen oder Krieger anderer Clans herausfordern. Du darfst die Gabe des Wortes um keinen Preis in Gefahr bringen! Du bist der Wächter der Clan-Vergangenheit und das Licht seiner Zukunft. Dein Kopf muss jenen dienen, die nichts im Kopf haben. Wenn Buffalo-Head vergisst, wie der Brotbaumsamen aussieht und wann er gepflanzt werden muss, musst *du* sie daran erinnern. Mithilfe der Himmelsstimmen bist du ihr leitender Geist. Seit Black-Wing dich zur Tür meiner Hütte gebracht hat, habe ich meinen Geist in den deinen entleert.« Mr. Snow berührte Cadillacs Stirn. »Die neunhundertjährige Geschichte des Prärievolkes befindet sich in diesem kleinen Knochenbehälter. Du weißt alles, was ich weiß …«

»Nicht alles«, sagte Cadillac rasch.

Mr. Snow wedelte kurz mit der Hand. »Was ich dir nicht erzählt habe, werden die Himmelsstimmen dir sagen. Die großen Geheimnisse der Erde können in den heißen, brodelnden Köpfen junger Männer nicht ruhen. Du wirst sie erst erfahren, wenn der Lauf der Zeit Gelassenheit in deine Gedanken gebracht hat. Wenn dein Geist so offen vor dem Himmel liegt wie der dunkle, stille Wasserspiegel eines tiefen Bergsees und wenn die Winde des Verlangens dich nicht mehr erschüttern. Erst dann kommen die großen

Geheimnisse zu dir. Sie werden dich erhellen wie weiße Wasservögel in der Abendkühle.«

Sein Blick richtete sich mit plötzlicher Intensität auf Cadillac. »Es sind die Vögel der Weisheit. Ihre Flügel haben die Macht, den Himmel und die Erde zu bewegen. Sei bereit, sie zu empfangen, wenn sie kommen.«

»Das werde ich.«

»Und sei auch geduldig«, sagte Mr. Snow. »Dinge dieser Art werden nicht allen Menschen geschenkt – nicht einmal denen, die deine Gaben haben.«

»Und was ist mit Clearwater?«

»Ach ja …«, murmelte Mr. Snow. »Auch sie hat eine wertvolle Gabe, die Mo-Town, unsere große Mutter, in die Hände der M'Calls gelegt hat. So wie du nie ein wahrer Bär sein kannst, kann sie nie eine wahre Wölfin sein.«

Cadillac runzelte die Stirn. »Aber sie hat große Macht. Ist es nicht die Aufgabe eines Rufers, dem Clan im Kampf zu helfen?«

»Ja«, sagte Mr. Snow. »Aber auch sie ist in Talismans Schatten geboren. Von den Himmelsstimmen, die bei ihrer Geburt gesprochen haben, weiß ich, dass sie mit dem Dreifachbegabten verbunden ist. So wie dein Lebensstrom neben dem ihren fließt, münden beide in dem großen Strom, aus dem Talisman seine Kraft erhält. Die Ältesten und deine Clan-Brüder und -Schwestern wissen davon. Sie wissen, dass du ein Auserwählter bist. Deswegen brauchst du auch kein Ansehen. Auch wenn Motor-Head deine Männlichkeit vielleicht verspottet – er und die anderen Krieger sind bereit, ihr Leben für dich zu geben. Alle Männer, Frauen und Kinder des Clans sind bereit, dich zu beschützen.«

Cadillac setzte sich auf die Hacken; diese Enthüllung verblüffte ihn. »Das habe ich nicht gewusst. Talisman! Ist das alles wahr?«

»Ich sage immer nur die Wahrheit«, sagte Mr. Snow.

»Es sind Worte von großem Gewicht«, murmelte Cadillac.

Mr. Snow lächelte. »Du hast starke Schultern. Du wirst lernen, es zu tragen.«

»Aber ...« Cadillac rang mit dieser neuen Bürde. »Was muss ich tun?«

Mr. Snow hob die Hand und zählte es an seinen Fingern ab. »Hör auf das, was der Himmel sagt. Suche die Weisheit, nicht den Ruhm. Handle vernünftig. Liebe deine Brüder. Erweise dich ihres Opfers als würdig.«

Sie sahen sich einen Moment lang schweigend an, dann nickte Cadillac und musterte Mr. Snows erhobenen kleinen Finger.

»Und sechstens?«

»Geh unbeschwert über das Gras«, sagte Mr. Snow.

Als die Nacht herniedersank, erreichte der Schein des Mondes den Waldboden nicht, und zwischen den Baumwipfeln konnte man nur wenige Sterne sehen. Die sie einhüllende und erstickende Finsternis war etwas, was die Präriebewohner fürchteten. Vielleicht war es die ins Fleisch übergegangene Erinnerung an die Alte Zeit, in der der Krieg der Tausend Sonnen viele ihrer Ahnen verschüttet hatte. Was auch die Ursache war – die meisten Clan-Mitglieder verließen ihre zwischen den hohen Bäumen errichteten Hütten und krochen an den Waldrand, wo sie nach oben schauen und den Himmel sehen konnten. Und dort schliefen sie dann, in ihre Lederhäute eingehüllt. Die Kinder kuschelten sich an ihre Mütter, und jeder wusste genau, dass die Himmelsmutter Mo-Town über sie wachte und ihr sternenverzierter Umhang sie vor Gefahren beschützte.

Wie Mr. Snow gehörte auch Cadillac zu den wenigen, die nicht zum Waldrand gingen. Er hatte keine Angst vor der flüsternden, raschelnden Sprache der Bäume oder den plötzlichen schrillen Schreien der Nachtvögel. Er lag unter seinen Decken und betrachtete die flackernden Muster aus Licht und Dunkelheit, die sein Feuertopf an die Hüttendecke warf. Er wusste von Mr. Snow, dass die Menschen der Alten Zeit oft in Steinhütten gesessen hatten, die zu schwer gewesen waren, um sie zu bewegen. Sie hatten auch keine Türen gehabt. Sie hatten Tag und Nacht in ihren Hütten gesessen und sich Bilder von der Außenwelt angesehen, die sie in einem Kasten aufbewahrten – in einem Zauberkasten aus gefrorenem Wasser, der in bunten Farben leuchtete und voller musikalischer Töne war.

Dann dachte Cadillac wieder an sein Duell mit Shakatak und an das erneute Versprechen, das er Mr. Snow gegeben hatte – dass er es vermeiden wollte, sein Leben im kommenden Kampf gegen die Eisenschlange zu riskieren. Er hatte zwar bewiesen, dass er mutig und selbst angesichts des Todes nicht zurückgewichen war, aber natürlich durfte er nicht vergessen, dass die von Clearwater zu Hilfe gerufene Kraft die beiden D'Vine-Krieger getötet hatte, deren aufgespießte Schädel nun vor der Hütte hingen. Trotz allem, was Mr. Snow und Clearwater gesagt hatten, wurde Cadillac das Gefühl nicht los, dass der erzwungene Nichtkämpfer-Status seine Männlichkeit herabsetzte. Zwar war es durchaus möglich, dass das Schicksal ihm in der Geschichte des Prärievolkes einen anderen Platz zugedacht hatte, aber am allerliebsten wollte er beweisen, was für ein Held er war.

Nicht an irgendeinem ungewissen Tag in der Zukunft, sondern *jetzt gleich.*

9

Vierhundert Kilometer südlich des Waldes, in dem die M'Calls sich versteckt hielten, näherte sich die *Louisiana Lady* der alten Staatsgrenze zwischen Colorado und Wyoming. Vom Wagenzug aus in die Luft geworfen, schwebte Steve Brickman, von Gus White und der Abteilungschefin Jodi Kazan gefolgt, in den Spätnachmittagshimmel hinauf. Sie hatten den Auftrag, die vor der *Lady* befindliche Strecke zu beobachten und nach Feinden Ausschau zu halten, bevor man die Wagen für die Nacht im Kreis aufstellte. Steve und Gus waren zwar auf den beiden Versorgungsfahrten regelmäßig Patrouille geflogen, aber von nun an durften sie sich keinen Fehler mehr erlauben. Die *Lady* stand kurz davor, in das Territorium der Präriebewohner einzudringen, um die sehnlichst erwartete zweite Ebene ihrer Mission zu erfüllen: Mutanten zu jagen.

Während des Patrouillenfluges schweiften die drei Flieger voneinander unabhängig in weiten Schleifen seitlich von ihrem vorgegebenen Kurs ab und blieben dabei per Funk miteinander in Kontakt. Von verstreuten Büffel-, Hirsch- und Antilopenherden abgesehen nahmen sie an der Oberwelt keine Bewegung wahr. Zwar rechneten sie ständig damit, nach dem nächsten Quadratkilometer der weiträumigen Prärie auf die furchterregenden Bewohner der Oberwelt zu stoßen, die sich zusammenrotteten, um der *Lady* den Weg zu versperren, aber das feindlichste, was sie sahen, war das hellrote Büffelgras. Dennoch wusste Steves sechster Sinn, dass die scheinbar unschuldige Leere alles andere als natürlich war. Er hatte den Eindruck, dass die Oberwelt und ihre Bewohner sich wie heranschleichende Raubtiere duckten und nur darauf lauerten, über sie herzufallen.

Als sie den Ort erreichten, der vor dem Holocaust Cheyenne geheißen hatte, flogen die drei Himmelsfalken nebeneinander her und bildeten eine lose Keilformation mit Kazan an der Spitze. Kazan funkte die *Lady* an, um ihre aktuelle Position zu erfahren.

Der Wagenzug unternahm im Augenblick den Versuch, dem Verlauf der alten Interstate 25 zu folgen, die von Denver über Fort Collins in Colorado und Cheyenne nach Caspar in Wyoming führte. Obwohl die Ortsnamen auf der Landkarte des Navigationsoffiziers in Großbuchstaben gedruckt waren, waren die Oberweltansiedlungen nur noch unregelmäßig geformte Erdhügel, die seit fast tausend Jahren in den Besitz des Präriegrases, des Gestrüpps und der Bäume übergegangen waren. Die Interstate 25 war längst zu Staub zerfallen, und der Fortschritt, den der Wagenzug machte, hatte sich an der unerforschten, nach Osten ausdehnenden Fläche, die einst der Roosevelt-Nationalpark gewesen war, merklich verlangsamt.

Die Zahl der Wohngebiete auf den Vor-Holocaust-Landkarten, zu denen Steve nun Zugriff hatte, verblüffte ihn fortwährend. Wenn alle diese Orte so dicht bevölkert gewesen waren wie Wagner-Basen und die größeren Zwischenstationen, mussten in Amerika früher *Hunderte* von Millionen Menschen gelebt haben. Wenn sein Blick auf die Leere fiel, die sich unter seinem Himmelsfalken ausbreitete, war es nicht einfach, sich das Land voller Menschen vorzustellen. Und doch musste es von Leben nur so gewimmelt haben. Die Geschichtsvideos bezeichneten dieses Land als das größte der Welt. Als das *einzige* Land der Welt.

Seit Steve bei seinem Wagenzug war, hatte er erfahren, dass Amerika vom Meer umgeben war und auf einem sich drehenden Globus befand, der durch den Weltraum flog und pro Jahr einmal um die Sonne kreiste. Für einen Menschen, dessen Horizont bis zu seinem Oberwelt-Solo auf die Dimensionen einer Welt begrenzt gewesen war, die man aus dem sogenannten Erdschild herausgekratzt hatte, war die Vorstellung, dass es hinter dem Himmel *so viel* Raum gab, dass er niemals endete, absolut überwältigend. Obwohl Steve nun schon seit drei Monaten über die Oberwelt flog, hießen sein Geist und sein Körper jeden neuen Einsatz mit einer solch klammheimlichen Freude willkommen, dass er schon ein schlechtes Gewissen hatte. Er verabscheute die Stunden, in denen er gezwungen war, in der Enge des Wagenzuges zu leben, aber er konnte – durfte – es nicht wagen, mit seinen Kameraden darüber zu reden. Für sie war der Wagenzug ein sicherer Hafen; ein Heim fern von zu Hause, in das sie mit Erleichterung aus der Furcht einflößenden Weite heimkehrten, die sich nach allen Seiten ausbreitete.

Während Gus und Steve hintereinander auf den Wagenzug zuflogen und die Fanghaken sinken ließen, kreiste Jodi Kazan über ihnen. Gus ging für den Landeanflug auf dreißig Stundenkilometer herunter. Er fegte über die rückwärtige Zugsektion dahin, ließ sich vom Fangkabel packen und landete auf dem Dach des Flugwagens. Seine schweren Hinterräder wurden unter dem Aufschlag flach, dann traf das Bugrad mit dem üblichen schrillen Kreischen auf, und die Maschine kippte unter der Bremskraft des Fangkabels mit dem Bug nach vorn. Als Gus den Motor abstellte, kletterten fünf Mann der Crew über die Seitenplattformen hoch, klappten die Schwingen seiner Maschine ein und fuhren sie nach unten. Die vordere Luftsektion des Flugwagens senkte sie in den tiefer liegenden Hangar ab. Der Himmelsfalke wurde in seine Nische gebracht und abgestellt, der Lift kam auf seinen Auslegerbalken glatt wieder nach oben und klinkte sich ins Deck ein. Die zweite Gruppe der Bodenmannschaft ging auf den Seitenplattformen in den sogenannten Ducklöchern auf Tauchstation; man war bereit, Steve in Empfang zu nehmen. Er jagte über das Ende des Wagenzuges dahin und landete neunzig Sekunden nach Gus White. Hinter ihm machte sich Jodi Kazan zum Landeanflug bereit.

Die drei Flieger gingen nach vorn in den Kommandowagen und gaben dem Flugeinsatzleiter, einem trockenen, untersetzten Knaben namens Baxter, den üblichen Lagebericht. Steve meldete, dass er im Nordwesten – nach der jetzigen Position des Zuges – achtzig Kilometer entfernt, etwas gesehen hatte, das nach einer Pflanzung aussah. Alle drei überprüften ihre privaten Landkarten anhand der großen Karte auf dem Auswertungstisch der Flugleitstelle. Gus' allgemeine Flugbewegung hatte zu weit im Osten gelegen, doch Jodi bestätigte Steves Beobachtung.

Der FEL markierte den übereinstimmenden Ort auf der

Kampfkarte der *Lady* und gab die Meldung an Commander Hartmann weiter. Der Wagenmeister kam mit dem Navigationsoffizier, dem Chef der Stürmer und Spieß McDonnell in die Flugeinsatzleitung hinunter. Hartmann und die beiden Stabsoffiziere musterten kurz die Landkarte und studierten die Geländekonturen rund um die Stelle, die der FEL an der Südwestflanke der Laramie Mountains markiert hatte.

»Haben Sie irgendeine Ansiedlung bemerkt?«, fragte Hartmann.

»Nein, Sir«, sagte Steve.

Auch Gus schüttelte den Kopf. »Aus einer Höhe von vierhundertfünfzig Metern ist es sehr schwierig, überhaupt etwas zu sehen. Wenn man uns erlaubt hätte, niedriger zu fliegen …« Beide Flieger hatten sich bemüht, oberhalb der Minimalhöhe zu bleiben, die Kazan ihnen vor Beginn des Patrouillenfluges angegeben hatte.

Hartmann nickte verständnisvoll. »Sie werden schon noch die Chance kriegen, einen Rasen zu mähen.«

»Ich kann es gar nicht erwarten, Sir«, sagte Gus.

»Da unten ist jemand«, meinte Kazan. »Nachdem Brickman mich angefunkt hatte, um die kultivierten Landstreifen zu melden, bin ich rübergeflogen und habe sie mir genauer angesehen.«

Steve stöhnte. »Soll das etwa heißen, dass da auch Hütten sind?«

»Nein«, antwortete Kazan, »aber es *waren* welche da.« Sie sah ihn mit einem verschmitzten Lächeln an. »Man sieht viel mehr, wenn man zwei Meter über dem Boden ist.« Sie wandte sich an Hartmann und seine Stabsoffiziere. »Wer immer dort gewesen ist – er ist sehr schnell umgezogen.

Man hat zwar versucht, den Lagerplatz zu reinigen, aber nicht gut genug. Ich habe Dutzende von Pfostenlöchern gesehen, die nicht wieder gefüllt worden sind, und überall lagen große Mengen Asche und Feuerholz herum. Wenn die Mutanten im Süden ein Lager abbrechen, vergraben sie solches Zeug in der Regel zusammen mit dem restlichen Abfall. Ich habe auch ein paar Holzwerkzeuge mit langen Griffen am Feldrand liegen sehen. Nach meiner Erfahrung werfen Mutanten nie Werkzeuge weg. Sie sind zu wertvoll. Ich nehme an, dass irgendjemand zu dumm war, um die ganze Sache fachmännisch zu tarnen.« Sie hielt inne, dann sagte sie: »Das Feld wird noch bearbeitet.«

»Dann sind sie also noch in der Nähe«, sagte Moore, der Chef der Stürmer.

Buck McDonnell beugte sich vor. »Haben Sie irgendwelche Vorstellungen über ihre Stärke?«

»Schwer zu sagen, Sir«, antwortete Kazan. »Ein paar Hundert sind es bestimmt. Es war eine große Ansiedlung. Das Feld ist ziemlich ausgedehnt.«

»Was ein Hinweis darauf ist, dass wir es mit einem starken Clan zu tun haben«, sagte Hartmann.

Kazan nickte. »Ja, Sir. Die aktuellen Geheimdienstberichte deuten an, dass wir möglicherweise auf Clans stoßen, die in der Lage sind, tausend Krieger auf die Beine zu bringen.«

Gus White stieß Steve in die Rippen. »Das ist doch mehr als genug. Da hat jeder was zum Abschießen.«

Kazan deutete mit dem Finger auf die Landkarte. »Ich habe so eine Ahnung, als hätten sie sich in dem Wald da eingenistet.« Sie schätzte die Entfernung mit einem Reduktionslineal ab. »Drei Kilometer …«

»Das ist nahe genug, um in Deckung zu gehen, wenn sie uns kommen sehen«, sagte der FEL. Als er Steves Stirnrunzeln bemerkte, erklärte er: »Mutanten haben wahnsinnig scharfe Augen. Sie erkennen einen Himmelsfalken auf mehr als acht Kilometer.«

»Was bedeutet«, sagte Kazan, »dass sie die Hufe schwingen, bevor man auch nur in ihre Nähe kommt.«

»Und wie können wir sie uns dann schnappen?«, fragte Gus.

»Nur unter großen Schwierigkeiten«, sagte der FEL.

»Man muss sie aus ihren Höhlen locken«, grollte Buck McDonnell. »Wir sollten einen Köder auslegen. Einen abgestürzten Himmelsfalken. Eine Patrouille, die den Eindruck macht, dass sie sich verflogen hat. Man lockt sie ins Freie, schneidet ihnen den Rückweg ab, damit sie nicht abhauen können, und macht sie dann nieder.«

»Vielleicht haben wir bei denen hier Glück«, sagte Kazan. »Das Jahr ist schon zu weit fortgeschritten, um ihnen eine neue Saat zu ermöglichen. Ein paar Brandbomben müssten sie eigentlich ins Freie locken.«

Der FEL nickte zustimmend. »Richtig.« Er schaute Hartmann erwartungsvoll an.

Der Wagenmeister musterte sorgfältig die Landkarte und wägte die Möglichkeiten ab, die ihm zur Verfügung standen. Er brauchte nicht lange, um eine Entscheidung zu fällen. »Wir fangen morgen früh mit einer Such- und Zerstörungsaktion im Gebiet des Rock River an und machen einen Napalmangriff auf die Felder *und* den Wald.« Er wandte sich an Flugeinsatzleiter Baxter. »Der Angriff wird auf beide Ziele gleichzeitig geflogen, und zwar mit allen neun Maschinen.«

Baxter nahm Haltung an. »Mit Ihrer Erlaubnis, Sir …«

»Ja?«, sagte Hartmann.

»Ich würde gern eine der Maschinen fliegen und an dem Angriff teilnehmen.«

Hartmann sah Jodi an und sah, dass sie nichts dagegen hatte. »Na schön. Fünf Maschinen unter Abteilungschef Kazan fliegen den Angriff gegen das Feld. Sie führen die anderen gegen den Wald.«

Baxter salutierte. »Vielen Dank, Sir.«

»Dann reißen wir ihnen die Ärsche auf!«, krähte Gus und drosch begeistert auf Steves Arm ein.

Buck McDonnell richtete sich am Tisch auf und versetzte ihm eine schallende Ohrfeige. Unter der Wucht des Schlages flog der Kopf des Piloten zur Seite, sodass Gus auf den Fersen wankte. Doch er erholte sich schnell und nahm Haltung an. Seine schwellende Lippe verfärbte sich blau. Steve hielt sich mühsam im Zaum.

McDonnell richtete den polierten Goldknauf seines Rangiereisens auf Gus Whites zitternde Nase. »Das hier ist die Flugeinsatzleitung der *Louisiana Lady*, Mister, nicht irgendeine drittklassige Basenkantine voller Bumsköpfe!«, donnerte er. »Wehe, ich höre noch einmal solche Ausdrücke aus Ihrem Mund, wenn der Commander anwesend ist! Haben Sie mich verstanden?«

»Laut und deutlich, Sir!«, flüsterte Gus mit gebrochener Stimme.

Als es dunkel wurde, bildete der Wagenzug einen Kreis und parkte die Nase am Schwanz. Die sechzehn Wagen standen in der Runde. Von den starken Verteidigungsanlagen der *Lady* geschützt, klappte die Mannschaft die Faltbetten herunter und legte sich zum Schlafen hin. Eine kleine Wacheinheit im vorderen und hinteren Kommandowagen hatte die TV-Schirme bemannt, die mit den elektronischen Spürgeräten der Wagen verbunden waren.

Trotz der ausgeklügelten Technik, die ihnen zur Verfügung stand, ahnten die Wachen nicht, dass Mr. Snow und eine große Einheit der M'Call-Bären sich in ihrer Nähe aufhielten und den Wagenzug vom felsigen Kamm des nächsten Hügels aus studierten.

Mr. Snow wandte sich an Motor-Head. »Die Eisenschlange schläft. Wir gehen nach Süden. Holt Cadillac!«

Motor-Head nickte schweigend und verschwand mit elf Clan-Brüdern in der Dunkelheit.

Da Mr. Snow und der Rest der Gruppe keinen Wert darauf legten, jetzt schon zum Himmlischen Grund zu gehen, machten sie einen weiten Umweg nach Süden und gingen dann nach Westen, bis sie die Spur fanden, die die gewaltigen Stahlmantelreifen des Wagenzugs hinterlassen hatten. Sie fanden eine günstige Deckung und hockten sich geduldig hin, bis Cadillac endlich mit einer schwer bewaffneten Eskorte auftauchte.

Mr. Snow nahm Cadillacs Arm und führte ihn zu der Spur, die der Wagenzug in den Boden geprägt hatte. »Das hier ist der Weg der Eisenschlange. Geh an ihm entlang und such dir einen Sehstein. Wenn du einen findest, über den die Schlange gegangen ist, nimm ihn in deinen Geist auf und sag mir, was du siehst.«

Cadillac wanderte neben der Spur auf und ab. Mr. Snow folgte ihm in besonnener Entfernung. Nachdem er mehrmals schwer geseufzt und die Arme in flehentlichen, seine verschiedenen Verzweiflungsgrade ausdrückenden Gesten in die Luft geworfen hatte, fand Cadillac einen Sehstein. Er hob ihn auf und zeigte ihn Mr. Snow.

Soweit Mr. Snow es sehen konnte, war nichts an dem Stein, was ihn von anderen in der Umgebung unterschied. Er hatte ungefähr die Größe eines Säuglingskopfes. Mr. Snow untersuchte ihn nachdenklich. »Hat er wirklich einen Ring aus goldenem Licht?«

Cadillac nahm den Stein wieder an sich. »Verspotte mich nicht, Alter.«

»Mir war nie ernster zumute«, sagte Mr. Snow. »Du hast große Macht. Du hast eine Macht, die ich mir mein Leben lang gewünscht habe. Wir wollen hoffen, dass du sie schnell meisterst und Geschick dabei erwirbst, sie einzusetzen. Welches Wissen enthält der Stein?«

Cadillac kniete zwischen der Wagenspur auf dem Boden. Er schloss die Augen, bedeckte den Stein mit beiden Händen und drückte ihn gegen die Stirn. Nach einer Weile ließ er ihn wieder sinken und legte die Hände auf seine Oberschenkel. »Nach welchem Wissen suchst du?«, fragte er mit geistesabwesender Stimme. Seine Augen öffneten sich, aber sie waren der Außenwelt gegenüber blind.

»Ich möchte etwas über die Eisenschlange wissen«, sagte Mr. Snow. »Sag mir, wie sie gebaut ist. Sag mir, was in ihrem Bauch ist.«

Cadillac schloss die Augen und nahm den Stein vorsichtig in die Hand. »Viele Dinge«, sagte er zögernd. »Seltsame Dinge. Ich habe keine Worte, um zu sagen, was sie sind.«

»Dann nimm die Worte, die du hast«, sagte Mr. Snow. »Die Himmelsstimmen helfen mir, damit ich erkennen kann, was du meinst.«

Motor-Head und die M'Call-Bären teilten sich in zwei

Gruppen. Jede blieb an einer Spur, und sie hockten sich wachsam hin. Ihre Augen und ihre geschärften Sinne suchten die sie einhüllende Dunkelheit ab.

Cadillac stand auf. Er folgte seinen Schritten in der Spur des Wagenzuges; er ging den Weg auf und ab und hielt den Sehstein fest in der Hand. Mr. Snow folgte ihm. Cadillac blieb stehen und schaute mit Augen auf, die nichts sahen. Er fletschte die Zähne, und sein Gesicht war vor Angst verzerrt. »Die Eisenschlange überfährt mich. Sie ist voller Hass … und Tod … Ihr Bauch ist voller Krieger, die nach unserem Blut dürsten.«

»Wie viele Krieger sind es?«, fragte Mr. Snow.

»Sehr viele. Sie liegen in jedem Teil der Schlange.«

»Zähle sie!«, befahl Mr. Snow.

Cadillac runzelte die Stirn. »Es ist schwierig. Ich kann nicht …«

»Keine Widerrede«, sagte Mr. Snow. »Streng dich an!«

Cadillac kniete sich wieder hin und drückte den Stein gegen seine Stirn. »Ich kann nichts sehen. Der Stein ist vom Blut unserer Brüder aus dem Süden vernebelt.«

»Dann wasch ihn sauber und fang wieder von vorn an«, sagte Mr. Snow geduldig. Er hockte sich neben seinen Schüler auf den Boden.

Cadillac seufzte schwer. Er ließ den Stein sinken, hielt ihn auf die Höhe seiner Taille und sah ihn starr an. Nach einigen Minuten des Schweigens, die von mehreren tiefen Seufzern unterbrochen wurden, sagte er: »Die Kriegerhäuptlinge sitzen im Kopf und im Schwanz der Schlange.«

»Finde den Oberhäuptling«, sagte Mr. Snow schnell.

»Ich sehe ihn«, sagte Cadillac. »Er hat helle Haare unter der Nase.«

»Schau dir sein Gesicht und seine Seele an«, sagte Mr. Snow. Er rutschte auf den Knien umher, bis er Cadillac genau ins Gesicht sah.

»Ich habe ihn«, sagte Cadillac.

Mr. Snow streckte die Hände aus und drückte sie auf Cadillacs Stirn. »Gib ihn mir! Gib sein Bild in meinen Geist.« Er schloss die Augen und atmete tief ein. »Gut. Gut gemacht.« Er ließ die Hände sinken und griff kurz nach Cadillacs Schultern. »Du hast die wahre Kraft. Studiere die Schlange. Ich möchte mehr über sie wissen.«

Cadillacs blicklose Augen rollten unter den Lidern nach oben. »Die Schlange hat zwei Mägen; sie sind voll mit Rohren, die vor Hunger brüllen und voller Flammen sind. Auch sie liegen am Kopf und am Schwanz, dort, wo die Häuptlinge leben. Die Sandgräber füttern die Schlange mit grauem Dreck. Der graue Dreck verwandelt sich in schlechte Luft und wird durch Rohre und viele glühend rote, leuchtende Zähne gesaugt. Die Flammenrohre sind auch ihr Herz. Sie schicken Kraft durch ihre Adern, damit der Körper funktioniert. Eine Kraft wie das weiße Feuer vom Himmel. Es gibt der Schlange Leben. Es lässt ihre Augen sehen und dreht die großen Eisenfüße.«

»Räder«, sagte Mr. Snow. »Wahrscheinlich werden sie von Elektromotoren angetrieben.«

»Ich weiß nichts von diesen Dingen«, sagte Cadillac.

»Es sind Worte aus der Alten Zeit«, murmelte Mr. Snow. »Mach dir darüber keine Gedanken. Mach nur weiter.«

»Die Schlange hat Augen an allen Seiten ihres Körpers. Manche braucht sie, um Dinge zu sehen, die nahe sind; andere braucht sie für Dinge, die weit entfernt sind. Sie sieht wie ein Adler. Die Sandgräber haben viele Kisten aus gefrorenem Wasser; sie zeigen ihnen die Bilder, die die Schlange sieht.« Cadillac legte eine Pause ein, um einen neuen Bilderansturm zu dechiffrieren. »Im Bauch der Schlange sind Männer und Frauen. Die Frauen sind wie unsere Wölfinnen. Auch sie dürsten nach unserem Blut. Sie haben ... seltsam spitze Eisen. Eisen, das Bolzen verschießt, wie unsere Armbrüste, aber es hat große Kraft. Es sind keine Bogen ... Es sind hohle Röhren, die Bolzen wie eisernen Regen ausspucken. Am Kopf und am Schwanz der Schlange ist noch mehr spitzes Eisen. Es spuckt lange Strahlen aus Sonnenlicht aus, das wie das rot glühende Sengen im Herzen eines Feuers brennt.«

»Schau noch mal hin!«, sagte Mr. Snow. »Verwenden sie diese Dinge, um die Dunkelheit zum Tag zu machen?«

»Nein«, erwiderte Cadillac. »Das brauchen sie nicht. Sie haben Laternen, aus denen kommt rotes Licht. Wir können es nicht sehen, aber es sieht uns und bringt unser Bild in ihre magischen Bilderkisten.«

Obwohl Mr. Snow von vielen Dingen aus der Alten Zeit wusste, verstand er nicht, dass Cadillac den Versuch machte, die Infrarot-Nachtsichtgeräte zu beschreiben, mit denen die *Louisiana Lady* ausgerüstet war. Er hakte unbeeindruckt nach, bis Cadillacs inneres Auge in jedem Teil des Wagenzugs gewesen war und er dazu überging, die in der Schlange befindlichen Krieger zu zählen.

Es waren dreihundert Sandgräber. Mr. Snow dachte über das Problem nach. Wenn es hart auf hart ging, konnte der M'Call-Clan tausend Bären und Wölfinnen in den Kampf schicken. Doch diese Zahl schloss alle mit ein – vom vierzehnjährigen Jungkrieger, der noch nie Knochen genagt hatte, bis zu denen, die fünfzig Jahre und älter waren. Aber der Mut der Jungkrieger konnte ihre Unerfahrenheit nicht ausgleichen, und wenn es zum Kampf Mann gegen Mann kam, waren Rolling-Stone und die Ältesten trotz ihrer Behändigkeit keine ebenbürtigen Gegner für die Krieger im Bauch der Eisenschlange.

Nachdem Mr. Snow Cadillac nach weiteren Informationen gedrängt hatte, erfuhr er vom tödlichen, unsichtbaren Atem der Schlange, der zischend aus den Löchern in ihrem Bauch kam. Cadillac erzählte ihm außerdem von der mehrschichtigen Hülle, die keine Armbrust durchdringen konnte. Die Luken im Unterbauch und an den Seiten der Schlange wurden von innen versiegelt und von ihrem alles verschlingenden Atem geschützt. Mr. Snow sah sich gezwungen, das anzuerkennen, was ihre Brüder im Süden bereits herausgefunden hatten: Wagenzüge waren schwer zu knackende, harte Nüsse.

Cadillac entnahm dem Stein noch weitere Bilder. Diesmal sah er in ihnen die Donnerkeile; zwölf Himmelsfalken, die sauber aufgereiht und mit angelegten Schwingen im Flugwagen standen. In dem Wagen, der sich daran anschloss, hielten sich die zehn Wolkenkrieger und ihre Kollegen von der Bodenmannschaft auf.

»Es ist eigenartig«, sagte Cadillac. »Ihre Gesichter sind bis auf eins in Finsternis gehüllt. Das eine sehe ich. Der Wolkenkrieger hat ein starkes Gesicht und ein starkes Herz, aber auf seiner Schulter sitzt der Tod. Ist er derjenige, den die Himmelsstimmen uns prophezeit haben?«

»Er könnte es sein«, erwiderte Mr. Snow. »Wenn du sein Gesicht sehen kannst, obwohl die anderen verborgen sind, muss deine Vision eine Bedeutung haben. Präge ihn dir gut ein; dann brich das Band mit dem Sehstein und kehre in die Gegenwart zurück.«

Cadillac schien eine zusätzliche konzentrierte Anstrengung zu machen, dann sackte sein Kopf nach hinten. Seine Finger öffneten sich kraftlos; der Stein rollte über seine Knie zu Boden. Mr. Snow hob ihn auf und untersuchte ihn erneut, aber auch diesmal konnte er nichts erkennen. Er warf den Stein mit einem enttäuschten Seufzer beiseite, stand auf und zog Cadillac hoch.

Cadillacs Lider öffneten sich flatternd. Er schien nicht fähig zu sein, sich auf die Umgebung einzustimmen; seine Beine waren wie Gummi. »Was ist passiert?«, keuchte er und machte einen erfolglosen Versuch, sich aufzurichten.

Mr. Snow stützte ihn mit der linken Schulter und legte den Arm um seine Taille. »Du hast gute Arbeit geleistet. Du hast viele Bilder aus dem Stein geholt.«

Cadillac lächelte verlegen. »Wirklich?«

»Warum musst du mich das immer wieder fragen?«, knurrte Mr. Snow. »Als du noch ein Kind warst, hast du alle meine Worte ohne Fragen hingenommen. Jetzt glaubst du an gar nichts mehr und bringst mich dazu, mich zu wiederholen. In meinem Alter hat man keine Zeit, seinen Mund mit leeren Worten zu füllen.«

»Tut mir leid, Alter.«

»Und sag nicht auch noch ›Tut mir leid‹!«, brummte Mr. Snow. »Das ist noch viel mehr Zeitverschwendung.«

»Meine Zunge wandert, Alter. Der Stein hat das Band zwischen meinem Geist und meinem Körper gelöst.«

»Das kommt vor«, sagte Mr. Snow. Er klopfte Cadillac auf den Rücken. »Nimm's leicht! Für das erste Mal hast du eine gute Reise gemacht, aber du wirst noch hart daran arbeiten müssen.«

»Was muss ich tun?«, fragte Cadillac und stützte sich auf Mr. Snows Arm.

»Du solltest dir abgewöhnen, *mich* zu fragen, was passiert ist, wenn du aufwachst«, sagte Mr. Snow. »Es könnte sein, dass ich nicht immer bei dir bin. *Du* bist derjenige, der Bilder sieht. Von jetzt an musst *du* dir Mühe geben, dich von selbst an sie zu erinnern.«

»Es ist schwierig«, sagte Cadillac.

»Leicht ist es nie gewesen«, erwiderte Mr. Snow.

Motor-Head kam zu ihnen herüber. »Es wird Zeit, dass wir verschwinden, Alter. Die Sonne erwacht schon unter dem grauen Schlaffell am Osttor.«

»Okay, dann gehen wir«, sagte Mr. Snow. »Kannst du deinen Clan-Bruder tragen?«

Motor-Head hob Cadillac, der nicht protestierte, hoch und warf ihn wie eine Rinderhälfte über die Schulter.

»Der Stein hat seine Kräfte ausgelaugt«, erklärte Mr. Snow.

Motor-Head schnaubte verächtlich. »Zauberei …!«

»Verhöhne sie nicht«, mahnte Mr. Snow. »Wenn die Himmelsmutter entbindet, rettet sie vielleicht auch deine knubbelige Haut.«

Als das elektronische Horn um sechs Uhr morgens blökte, erwachten Steve und die anderen Flieger mit einem gespannten Kitzeln in der Magengrube und stellten fest, dass sich das Wetter über Nacht radikal verändert hatte. Im Gegensatz zum klaren, hitzegeladenen Himmel der vergangenen Wochen war die Temperatur stark gesunken.

Ein dichter Nebel umgab den Wagenzug und beschränkte die Sicht auf weniger als dreißig Meter.

Hartmann gab Befehl, die *Lady* in eine gerade Linie zu bringen, um die Fahrt nach Norden in Angriff zu nehmen, dann ließ er Kazan und den Flugeinsatzleiter in den Sattel hinaufkommen.

»Was halten Sie davon?«, fragte er.

Jodi Kazan verzog das Gesicht. »Nicht viel, Sir. Ich war auf dem Flugdeck. Von der Zugmitte aus kann man nicht mal die beiden Kommandowagen sehen. Es ist wirklich unheimlich. Ich habe so dichten Nebel zwar schon gesehen, aber noch nie in dieser Jahreszeit. Andererseits …«

»… waren wir auch noch nie so hoch im Norden«, sagte FEL Baxter.

»Ob wir es mit einer örtlichen Besonderheit zu tun haben?«, fragte Hartmann.

Zwar wurde von niemandem erwartet, dass er auf konkrete Fragen des Wagenmeisters mit einem Achselzucken reagierte, aber Kazan konnte es nicht verhindern. »Wir sollten zwar nicht unbedingt ausschließen, dass es einen extremen Temperatursturz gegeben hat, aber …«

»Aber beim Wetter ist nun mal alles möglich, nicht wahr?«, sagte Hartmann.

»Genau«, stimmte Baxter ihm zu. Er wusste, worauf Hartmann anspielte. Seit Anbeginn der Oberwelt-Expeditionen hatte man COLUMBUS mit den meteorologischen Daten aus dreihundert Jahren gefüttert. Die riesige Computerdatenbank enthielt darüber hinaus auch die globalen Wetterdaten aus der Zeit vor dem Holocaust. Wenn man das Gelände beobachtete und die vorherrschenden atmosphärischen Bedingungen kannte, musste es möglich sein, sich unter Bezug auf die gespeicherten Daten ein relativ genaues Bild des Wetters zu machen, das auf einen zukam. Sie wussten aus Erfahrung, dass die Sonne, sobald sie genügend Hitze entwickelt hatte, zu dieser Jahreszeit jeden noch so schweren morgendlichen Bodennebel bald auflöste.

»Geben wir ihm eine Stunde«, grunzte Hartmann. Er wies den Ersten Ingenieur an, die Turbinen auf Leerlauf zu schalten, dann ordnete er eine Halbwache und für den Rest der Mannschaft eine Putz- und Flickstunde an. Steve und die restlichen neuen Flieger, die aufgrund ihrer Nervosität ausnahmslos schlecht geschlafen hatten, nörgelten angesichts der Verzögerung. Gus Whites Gesicht wies dort, wo McDonnells Handrücken ihn getroffen hatte, eine hässliche Schramme auf. Die Erfahreneren aus Kazans Abteilung überprüften schweigend ihre Überlebensausrüstung. Die Bodenmannschaft testete die Funktion der Halter, die an beiden Seiten der Cockpits angebracht wurden. Jeder von ihnen konnte drei Kanister Napalm transportieren.

Eine Stunde später war die *Lady* noch immer von dichtem Nebel eingehüllt. Steve und Gus gingen zusammen mit Jodi Kazan zum Flugdeck hinauf. Die Luft auf ihren Gesichtern war feucht und kalt. Die Sonne war nirgendwo zu sehen. Der Wagenzug war von einem grauen Nichts umgeben; seine metallene Tarnhülle war von einem dünnen, perlenden Feuchtigkeitsfilm bedeckt, der in dunklen Rinnsalen an den steil abfallenden Seiten hinabrann.

Kazan setzte ihren Visierhelm auf und justierte ihn mit dem Kinnschutz, bis er bequem saß. Die Helme der Flieger ähnelten zwar jenen, die die Rennfahrer in der Zeit vor dem Holocaust getragen hatten, verfügten aber zusätzlich über Kopfhörer, zwei kleine Kinnschutz-Mikros und Antistrahlungs-Luftfilter. Wie die anderen trug auch Jodi Kazan einen schwarzbraunroten Tarnanzug aus Drillich und leichte Kampfstiefel.

Auf der vorderen Decksektion stand mit laufendem Triebwerk ihr Himmelsfalke. Er war an einem der beiden Dampfkatapulte befestigt. Das dreiläufige Hochgeschwindigkeitsluftgewehr vom Kaliber .25, das man von Dreifachschuss auf Vollautomatik umschalten konnte, hing über dem Cockpit an einer beweglichen Halterung. Ein Angehöriger der Bodenmannschaft überprüfte die beiden Halterungen im Innern des Cockpits, die die 180-Schuss-Magazine enthielten. Kazan hatte sie selbst gefüllt. Es war Pilotentradition; so brauchte man nicht nach einem Schuldigen zu suchen, wenn man in lebenswichtigen Augenblicken in eine Klemme geriet.

Kazan befestigte den Halsgurt ihres Helms. »Ich will nur mal sehen, wie dick die Suppe ist. Wenn sie halbwegs zum Fliegen taugt, schicken wir einen Stoßtrupp raus.« Sie deutete mit dem Finger auf Gus. »Sagen Sie Booker und Yates, sie sollen sich bereithalten.«

Gus salutierte und sprang in eins der Ducklöcher – die rund um die Zugangsluken an die Flugwagenseiten gehängten Balkone. Booker und Yates gehörten zu den fünf Piloten, die schon auf der *Lady* gedient hatten, als Steve und die anderen Grünschnäbel in Nixon/Fort Worth an Bord gekommen waren.

Als sie sich ihrem Himmelsfalken zuwandte, fing Kazan Steves fragenden Blick auf. »Was stört Sie, Brickman?«

»Wie finden Sie zurück?«

Kazan deutete auf den Bug und zum Heck. Wie als Antwort auf ihre Geste schoss vom Dach des Leitfahrzeugs ein roter, bleistiftdünner Lichtstrahl steil in die Höhe. Ein ähnlicher Strahl – nur war er grün – zeigte sich auf dem Dach des letzten Wagens. »Weichlaser«, erklärte sie. »Sie reichen siebenhundertfünfzig Kilometer hinauf. Bei schlechtem Wetter braucht man sie nur anzufliegen; dann geht man in Spiralen runter, bis man an Deck ist.«

»Verstanden«, sagte Steve.

Eine halbe Stunde später hakte Kazan sich wieder an die *Lady* und erstattete Hartmann Meldung. Die Nebeldecke, die den Wagenzug umgab, ragte mehrere Hundert Meter in die Höhe. Darüber lag eine Wolkendecke in etwa zwölfhundert Metern Höhe. Kazan war tausend Meter aufgestiegen, bevor sie klaren Himmel gesehen hatte. Beim Aufstieg hatte sie gesehen, dass der Nebel und die niedrigen Wolken sich rund um den Wagenzug über ein Gebiet von fünfzehn Kilometern erstreckten. Dahinter war der Himmel klar, und die Wetterbedingungen ähnelten denen der letzten Tage.

Hartmann wechselte einen Blick mit seinem Ersten Assistenten und befahl Kazan, eine Vorauspatrouille auszuschicken. Kazan gab dem FEL bekannt, dass sie zusammen mit Booker und Yates selbst aufsteigen wollte. Die beiden Flieger hatten wie sie beträchtliche Erfahrungen mit Schlechtwetterflügen.

Als man die beiden zusätzlichen Himmelsfalken aufs Flugdeck hievte, hörten Steve und die anderen Neulinge, wie Kazan Booker und Yates über die Lage informierte. Als sie fertig war, platzte Steve mit einer Frage heraus, die ihm unter den Nägeln brannte. »Jemand hat gesagt, Sie lassen keinen Grünschnabel fliegen, solange die Wolkendecke unter hundertzwanzig Meter liegt. Aber das gibt uns immer noch einen Haufen Luftraum. Was soll es also?«

»Wir wollen Sie keiner Gefahr durch Bodenbeschuss aussetzen«, antwortete Jodi. »Laut den Lageberichten der Voraus-Zwischenstationen in Südcolorado sind mindestens zehn Prozent der Präriebewohner mit Armbrüsten ausgerüstet. Bei manchen Clans sind es eventuell sogar fünfundzwanzig Prozent. Das ist nicht ungefährlich. Irgendwann werden wir schon erfahren, woher sie diese Dinger kriegen, sie selbst sind viel zu dumm, um sie herzustellen. Aber solange wir keine Spur haben, bleiben wir oben; das gilt besonders für euch Silberschwingen.«

»Sie meinen wohl, es sei denn, das Gelände erlaubt uns einen Tiefflug, und die Überraschung ist auf unserer Seite«, sagte Steve.

Jodi maß ihn mit zusammengekniffenen Augen. »Ich meine damit, Brickman, dass Sie meinen Befehlen gehorchen. Sollte ich Sie bei irgendwelchen Kunststückchen erwischen, sind Sie geliefert. Dann kümmere ich mich *persönlich* um Sie. Ich brauche keinen Big D, um mit Burschen wie Ihnen fertigzuwerden. Die Armbrüste der Mutanten haben vielleicht eine lausige Trefferzahl, aber in der Hand eines geschickten Schützen sind sie tödlich. Ich weiß zwar nicht, wie sie es machen, aber ihre besten Schützen können diese mit Widerhaken versehenen Zwanzig-Zentimeter-Bolzen mit größter Präzision bis zu dreihundert Meter weit schießen.«

»Haben wir deshalb die Anweisung, nicht unter vierhundertfünfzig Meter zu gehen?«, fragte Steve.

»Yeah«, erwiderte Jodi. »Aber glauben Sie nicht, dass

man sich dann zurücklehnen und die Landschaft genießen kann. Manche Bolzen fliegen schnell genug, um einen auch noch in sechshundert Metern Höhe umzubringen – wenn sie die richtige Stelle treffen.«

»Danke«, sagte Steve. »Aber hätte man uns das nicht schon vor unserem ersten Flug sagen sollen?«

Jodi grinste und ging an ihm vorbei. »Ich wollte euch den Flug nicht vermiesen.«

Dann wurde ihr Himmelsfalke in die klamme, graue Nebeldecke hinaufkatapultiert. Sekunden später folgte Booker ihr vom Steuerbordkatapult aus, dann wurde Yates' Maschine nach vorn gezogen und an der Backbordrampe gesichert. Dampf zischte durch die Rohre und Ventile und baute den Druck auf, der ihn mit fünfundsechzig Stundenkilometern in die Luft warf.

Hartmann, der im Kommandowagen vor den Bildschirmen saß, sah Yates' Maschine aufsteigen und über ihnen im Nebel verschwinden. Der NavKomTech am Funkgerät stellte eine Verbindung mit Kazan her. Hartmann befahl, den Wagenzug in Bewegung zu setzen, und die *Lady* fuhr in nordwestlicher Richtung an der nicht mehr existierenden Stadt Laramie vorbei und steuerte Rock River und Medicine Bow an. Wie Laramie waren auch diese Orte lediglich Namen auf der Landkarte, bloße Bezugspunkte, die zur Orientierung dienten.

Nach einer Strecke von fünfundzwanzig Kilometern befand sich die *Lady* noch immer in dichtem Nebel. Kazan, Booker und Yates, die in fünfzehnhundert Metern Höhe um sie herumkreisten, meldeten, dass sich die pfannkuchenförmige Decke aus niedrigen Wolken und Dunst *mit dem Wagenzug* bewegte. Der NavKomTech bestätigte den Empfang von Kazans Meldung, ließ sie durch den Sprachumwandler laufen und überspielte sie auf Hartmanns Meldeschirm. Der Wagenmeister las den Text und drückte den Relaisknopf, der die stationären Schirme der rund um den Sattel positionierten Stabsoffiziere aktivierte. Buck McDonnell war der erste, der in seinem Sitz herumschwang und Hartmann in die Augen sah. Die anderen folgten ihm auf dem Fuße.

Hartmann musterte die gespannten Gesichter seiner Offiziere. Er wusste, was sie dachten. »Na, wenn das nicht interessant ist«, sagte er. »Hat jemand eine Erklärung dafür?«

Niemand sagte etwas. Niemand wagte es, eine Erklärung für dieses Phänomen abzugeben. Den Offizieren war ebenso klar wie Hartmann, dass es nur *eine* Erklärung für das Geschehen gab: Die *Lady* sah sich einem Clan gegenüber, der über die Geheimwaffe der Mutanten verfügte – Magie. Die Fähigkeit, Naturgewalten zu steuern, war etwas, das die Föderation anzuerkennen sich weigerte. Jede öffentliche Äußerung zu diesem Thema hätte zur Strafverfolgung geführt. Dennoch glaubte jeder, der Hartmann in diesem Augenblick ansah, dass es die mysteriösen Rufer *wirklich* gab und dass sie, gewissen Meldungen zufolge, bei den Mutanten lebten.

»Wollen Sie nicht noch ein paar Himmelsfalken aufsteigen lassen?«, fragte FEL Baxter.

Hartmann nagte an den Enden seines Schnauzbartes und wägte seine Antwort ab. »Noch nicht. Ich glaube, wir warten lieber, bis das Wetter besser wird.«

Baxter verstand, was er meinte. Und das galt auch für die anderen.

»Sagen Sie Kazan und ihren Leuten, sie sollen über dem Wolkenrand kreisen und jede feindliche Bewegung melden«, fuhr Hartmann fort. »Ich habe den vagen Verdacht, dass jemand vorhat, uns sehr bald einen Besuch abzustatten.«

Buck McDonnell, der vierschrötige Spieß, richtete sich erwartungsvoll auf, als Hartmann in seinem Sessel herumschwang.

»Alle Schotten dicht, Mr. McDonnell. Ich möchte, dass jeder auf seiner Kampfstation ist. Sämtliche Waffen entsichern und schussbereit halten. Zehn Magazine für jeden Lauf.«

McDonnell schob das Rangiereisen mit dem goldenen Knauf unter den Arm und salutierte. »Jawohl, Sir.«

Hartmann ordnete an, die *Lady* solle mit einem Tempo von acht Stundenkilometern vorsichtig weiterfahren, dann wandte er sich an den Stabsoffizier, der für die Nahverteidigung des Zuges zuständig war. »Dampfrohre füllen, Mr. Ford.«

Der Offizier aktivierte das System, das den superheißen Dampf durch die unsichtbaren Düsen in der Außenhaut des Wagenzuges blies, und prüfte anschließend jeden Wagen, indem er die Rohre fünf Sekunden lang zischen ließ. Die tödlichen Wolken schossen etwa viereinhalb Meter weit ins Freie, bevor sie sich zu einer heißen Wolke verfestigten, die schnell mit dem sie einhüllenden weißen Nebel verschmolz.

In der Nacht, als Mr. Snow sich geistig auf den Augenblick vorbereitete, in dem er die Kräfte der Erde rufen wollte, hatte Cadillac mit dem alten Mann zusammengesessen. In dem gespenstischen Licht kurz vor dem Morgengrauen, als die wachsamen Augen, die Mo-Towns dunklen Umhang zierten, schwächer wurden, sah Cadillac zu seinem Erstaunen, wie sich Nebel um die Eisenschlange sammelte – und über ihr eine graue Wolkenschicht.

Im Gegensatz zu Clearwater hatte Mr. Snow nicht den geringsten furchterregenden Laut geäußert. Er hatte sich wie immer einfach mit gekreuzten Beinen hingesetzt, die Hände auf seine Knie gelegt, das Gesicht dem Himmel zugewandt und den Blick nach innen gerichtet. Hin und wieder war sein Atem in Stößen gekommen. Die Muskeln seines Körpers hatten sich gespannt. Er hatte die Hände zu Fäusten geballt und die Zähne zusammengebissen, als versuche er, in seinem Innern eine Kraft festzuhalten, die seinen Leib stark vibrieren ließ.

Gegen Morgengrauen wurde er von einem gewaltigen Zucken geschüttelt, das dazu führte, dass sein Rücken sich krümmte, bis er schließlich vornüberfiel. Cadillac hob ihn in eine sitzende Stellung und wiegte seinen Kopf. Ein paar Minuten später flatterten Mr. Snows Lider und öffneten sich.

»Bist du in Ordnung, Alter?«, fragte Cadillac ängstlich.

»Sicher«, sagte Mr. Snow. Er holte tief Luft. »Wolken sind doch leicht.«

Jodi Kazan flog in einer Höhe von hundertfünfzig Metern rund um den kreisförmigen, gezackten Rand der Wolke, die hartnäckig über dem Wagenzug lag. Sie änderte fortwährend den Kurs, schwebte im Zickzack von einer Seite zur anderen und tauchte gelegentlich in die Wolke ein. Sie kam in höheren oder niedrigeren Gefilden wieder zum

Vorschein und steuerte eine andere Richtung, sodass es, selbst wenn sie immer noch gefährlich niedrig flog, für einen Armbrustschützen praktisch unmöglich war, sie mit einem Bolzen zu treffen.

Unter ihren geschickten Händen benahm sich der Himmelsfalke wie ein Drachen, der am Ende einer Schnur in einer steifen Brise flog. Sie spielte ihre angesammelte Kampferfahrung voll aus. Das Steuern der Maschine ging nun so instinktiv vor sich wie Atmen. Der Himmelsfalke war ebenso ein Teil von ihr wie ihre Lunge und das Herz in ihrer Brust. Ihre gesamte Aufmerksamkeit war auf den Boden gerichtet, den sie mit der scharfäugigen Konzentration eines Raubvogels absuchte. Die Finger ihrer rechten Hand lagen leicht um den Griff des Gewehrs; sie war stets bereit und fähig, einen laufenden Gegner mithilfe dessen, was die Waffenkonstrukteure der Ersten Familie stolz als »automatisches Laserzielgerät« bezeichneten, mitten in einem Angriffsmanöver zu stoppen. Sie brauchte nur einen roten Punkt auf das anvisierte Ziel zu werfen.

Jeder Pilot, der in einer geraden Linie flog und länger als zehn Sekunden brauchte, um sich auf sein Ziel einzustellen, konnte sich darauf verlassen, dass kurz darauf ein Bolzen in seinem Bauch steckte. Wenn er seinen Leib nicht auf der Stelle durchschlug, machten es die Widerhaken unmöglich, ihn zu entfernen, ohne dass man in Fetzen gerissen wurde. Bolzen musste man herausschneiden lassen, nach Möglichkeit von Militärchirurgen. Angeblich wurden sie außerdem sehr oft in irgendeine Scheiße getaucht, die sogar ungefährliche Wunden brandig werden ließ.

Während einer Strafexpedition gegen eine Flüchtlingsgruppe aus einem Mutanten-Arbeitslager war Jodi schon einmal beschossen worden. Wo die Präriebewohner ihre Waffen herbekamen, war allen ein Rätsel. Unbestätigten Meldungen zufolge hatten sie Kontakte zu kleinen Banden von Wagner-Renegaten, aber für Jodi ergaben solche Geschichten keinen Sinn. Warum sollte ein heimatloser Wagner angesichts der immer noch gefährlich hohen Oberweltstrahlung seine Zeit damit vergeuden, eine Handelsstation aufzubauen, wenn er kaum lange genug lebte, um sich der Früchte seiner Untaten zu erfreuen? Und was wollte er damit erreichen?

Trotz der unbarmherzigen Befriedung der Oberwelt galt keins der hinter den bewachten Grenzen der Inneren und Äußeren Staaten befindlichen Arbeitslager und keine Zwischenstation als hundertprozentig sicher. Selbst wenn eine Bahnbrecher-Expedition alles umgebracht hatte, was sich bewegte – immer wieder sickerten feindliche Gruppen in die Feuerzonen ein, wo sie sich trotz aller Gefahren einigelten und auf die Gelegenheit warteten, einen schnellen Angriff auf eine Zwischenstation oder einen leicht bewaffneten Wagenzug zu machen, der sich auf einer Versorgungsfahrt befand.

Einer unerklärlichen Ahnung folgend, schaltete Jodi den Motor ab und schwebte lautlos seitlich aus der niedrigen Wolke. Sie war überrascht, als sie zwei große Mutantengruppen sah, die aus der Deckung der Baumgrenze hervorstießen und sich auf den Wagenzug zubewegten. Jodi riss den Steuerknüppel zurück und ließ die Maschine steil nach oben steigen. Ihr einziger Gedanke war, die Deckung zu erreichen, die ihr die Wolken boten. Zwar folgte ihr kein Armbrustbolzen in das kalte, feuchte Grau, aber das war längst keine Garantie, dass man sie nicht gesehen hatte. Mutanten vergeudeten ihre kostbaren Bolzen fast nie. Die geheimen Aufklärungsberichte, die sie gelesen hatte, hoben diesen Punkt ausdrücklich hervor. Bolzen waren teuer und ständig knapp, und das galt auch für die zwar primitiven, doch höchst wirkungsvollen Waffen, mit denen man sie abschoss.

Als Jodi sich in der Wolkenschicht befand, schaltete sie den Motor wieder ein und flog so langsam und leise, wie sie es sich erlauben konnte, ohne an Höhe zu verlieren. Sie funkte Booker und Yates an und befahl ihnen, über dem Nordrand der Wolke zu ihr zu stoßen. Dann funkte sie eine kurze Meldung zur *Lady* hinab. Hartmann erteilte ihnen den Befehl, die Mutanten zu beschießen, bevor sie den Wagenzug angriffen. In der Hoffnung, dass die dichte Wolke den Motorenlärm dämpfte, gab Jodi Vollgas und hob sich in südlicher Richtung durch den Nebel. Als sie den klaren, hellen Himmel erreichte, der über der Nebelschicht lag, machte sie eine Wendung um hundertachtzig Grad, schaltete den Motor wieder aus und glitt auf die sich nähernden Mutanten zu. Links unter sich sah sie vor den weißen Wolkenbergen die Silhouette eines winzigen Keils. Es war Yates, der zum Treffpunkt unterwegs war.

Mit den aufgeblasenen Tragflächen verfügten die Himmelsfalken über exzellente Segelflugmöglichkeiten und konnten unter optimalen Witterungsverhältnissen in einem aufsteigenden Luftstrom stundenlang mit ausgeschaltetem Motor in der Luft bleiben. Das lautlose Dahingleiten bot zwar ein hohes Maß an taktischer Überraschung, doch Tempo und Richtung wurden vom vorherrschenden Wetter diktiert, und die Thermik war nicht immer da, wo man sie gerade brauchte. Am besten waren die Maschinen für weite Patrouillenflüge in großer Höhe ausgerüstet. Wenn man sich an die Konturen der Landschaft anpasste, jede Erhebung und Vertiefung ausnutzte und dann wild um sich schoss, musste man auch in der Lage sein, wie der Blitz wieder zu verschwinden. Dies bezeichneten die Piloten als »die Drähte zum Schmelzen bringen«.

Als Jodi über dem Nordrand der Pfannkuchenwolke kreiste, die die *Louisiana Lady* verdeckte, kamen Booker und Yates auf sie zu, und das metallblaue Solarzellengewebe ihrer Schwingen glitzerte in der Sonne. Sie schlossen auf. Booker klemmte sich an das spitze Ende ihrer Backbordschwinge, Yates blieb steuerbord. Sie flogen in einer lautlosen Keilformation und hielten stets gleichen Abstand. Die beiden waren Jodi so nahe, dass sie unter den hochgeschobenen Visieren der mit rot-weißen Blitzen bemalten Helme – dem Zeichen der *Lady*-Piloten – ihre lächelnden Gesichter erkennen konnte. Booker und Yates waren in die blauen Cockpitschalen geschnallt, die unter den starren Schwingenverstrebungen hingen. Auf ihren Bughüllen sah man das rot-weiß-blaue Sternenbanner, das Zeichen der Föderation; dahinter stand die weiße Kennzahl ihrer Maschinen.

Jodi wurde es nie leid, in dieser engen Formation durch die kühle, klare, über den Wolken liegende Luft zu fliegen. Für sie war es eine permanente Herausforderung. Es erweckte Gefühle in ihr, die sie genoss, ohne dass sie einen Versuch machte, sie zu analysieren oder in Worte zu kleiden. Sie wusste ebenso wenig wie Steve bei seinem ersten

Flug, dass sie auf die Schönheiten der Oberwelt und ein überwältigendes Freiheitsgefühl reagierte. Sie wusste nur, dass sie sich ausgezeichnet fühlte.

Fast so gut wie beim Töten von Mutanten.

10

Von Jodi angeführt, flogen die drei Himmelsfalken eine lautlos enger werdende Kurve, die sie über die Kämme der Laramie Mountains führte. Jodi hatte die Absicht, im Rücken der sich nähernden Mutanten aufzutauchen, eine tödliche Salve auf die Ahnungslosen abzufeuern, dann mit Höchstgeschwindigkeit das Weite zu suchen, um aus nächster Nähe aus einer anderen Richtung auf sie zuzuschießen und sich dann der Überlebenden anzunehmen. Bei früheren Einsätzen im Süden war ihr aufgefallen, dass die Mutanten ebenso entsetzt auf Wolkenkrieger reagierten wie auf die sogenannten Eisenschlangen. Wenn man sie schnell und heftig angriff, machten sie meist auf dem Absatz kehrt und gingen in Deckung.

Wie die Stabsoffiziere, die ihre Meldung bekommen hatten, ließ sich auch Jodi nicht von der Vorstellung vereinnahmen, dass die Mutanten über magische Kräfte verfügten. Das Zusammenwirken irdischer Kräfte – Boden- und Lufttemperatur, Feuchtigkeit, atmosphärischer Druck und die Bewegungen von Luftmassen über unterschiedlichen Geländeformationen – waren Teile eines logisch aufgebauten Systems von Ursache und Wirkung, und man konnte sie aufzeichnen, analysieren und interpretieren.

Allerdings war es – wie für Hartmann und seine Offiziere – auch für Jodi seltsam und etwas beunruhigend, dass der Dunst und die tief hängenden Wolken, die sich über Nacht um den Wagenzug gelegt hatten, mehrere Stunden nach Sonnenaufgang noch immer nicht gewichen waren. Wenn man es genau nahm, war der Dunst nicht nur geblieben, er schien sich auch seit ihrer Abfahrt *mit* dem Wagenzug zu bewegen. Jodi war zwar kein Experte, aber sie stellte sich lieber eine einfache und meteorologisch vernünftig klingende Erklärung für das vor, was hier vor sich ging.

In Nixon/Fort Worth hatten Steve Brickmans sondierende Fragen zu den Gerüchten der sogenannten »Mutanten-Magie« sie irritiert. Früher waren eigenartige Dinge passiert, aber wenn man die Fakten sorgfältig und gelassen – wie bei von Sachverständigen geprüften Unfällen – abwog, wurde einem klar, dass die meisten Dinge, von denen behauptet wurde, sie seien dabei geschehen, entweder nicht passiert oder nur sonderbare Zufälle gewesen waren. Eine zufällige Kette von Ereignissen, die in der Hitze einer Schlacht eben nur ungewöhnlich *gewirkt* hatten. Was jedermann sorgfältig ignorierte, war die Tatsache, dass sehr viele abgehärtete Bahnbrecher Unmengen des verbotenen Regenbogengrases konsumierten. Obwohl das ein Vergehen zweiter Kategorie war, schien es die Konsumenten nicht davon abzuhalten, das Zeug zu rauchen – meist vor Oberwelt-Einsätzen, bevor sie in einen Wagenzug sprangen. Angesichts der halluzinogenen Wirkung des Grases war es nicht überraschend, wenn manche Bahnbrecher unheimliche Erlebnisse hatten. Und da sie nicht davon abließen, das Zeug zu qualmen – gab es eine bessere Erklärung als die, man sei der »Magie« der Mutanten zum Opfer gefallen? Der Glaube an die Magie und die lauernde Furcht, die sie empfanden, *musste* doch ihre Moral senken. Es war kaum verwunderlich, dass die Erste Familie das Magie-Gerede gnadenlos verfolgte. In der Welt, für deren Erschaffung sie pausenlos gearbeitet hatten, war alles erklärt. In ihr herrschte unerbittliche Logik. Trotz ihrer unerklärlichen, sich gelegentlich rührenden Zweifel klammerte Jodi sich stur an die offizielle Sicht der Dinge. Sie weigerte sich, die Möglichkeit in Betracht zu ziehen, dass die »Rufer« existierten. Die Idee, dass es in den Reihen der Mutanten jemanden gab, der mit reiner Willenskraft das Wetter manipulieren konnte, war einfach lächerlich.

Während sie diese Gedanken wälzte, hörte sie ein unheimliches Donnergrollen und schaute durch die Sichtscheibe nach oben. Der Himmel war klar. Aber es war tagelang heiß und feucht gewesen. Unter solchen Umständen kam es oft zu Ansammlungen von Druck und Reibung, und dann …

Jodi prüfte die Bewegungsfreiheit des Waffenhalters, um zu sehen, ob sie das Gewehr mühelos an die Schulter ziehen und das Ziel erfassen konnte, dann entsicherte sie es und gab imaginäre Schüsse auf die unter ihr liegenden Felsen und Berghänge ab. Sie streckte zufrieden die Arme aus und deutete dreimal auf Booker und Yates. Die beiden machten einen gehorsamen Schwenk und lösten die Formation auf. Jetzt flogen sie drei Flügelspannweiten von ihrer Chefin entfernt. Als sie die neue Position eingenommen hatten und Jodi ansahen, hob sie die rechte Hand und ließ sie mit einer langsamen, zuschlagenden Bewegung über den Bug ihrer Maschine sinken. Das war das Signal, um den sogenannten Freifeuer-Angriff einzuleiten. Jodi zog das dunkle Visier über das Kinnstück ihres Helms, packte den Schaft des Gewehrs und zog die Schulterstütze zu sich heran. Booker und Yates taten das Gleiche.

Während die Propeller sich lautlos hinter ihnen drehten, jagten sie wie drei riesige Raubvögel über die Westflanke der Laramie Mountains. Die Wipfel der Rotholzbäume, die auf den tieferen Abhängen aufragten, flogen ihnen entgegen.

Südlich von ihnen fuhr die *Louisiana Lady*, noch immer von dichtem Nebel geblendet, vorsichtig weiter. Hartmann hatte keine Ahnung, dass der Wagenzug inzwischen gute dreieinhalb Kilometer vom Kurs abgekommen war. Das, was er für die abgetragenen Überbleibsel der einst von Cheyenne nach Laramie führenden und dann westlich nach Rawlins abbiegenden Interstate 80 hielt, war in Wirklichkeit ein seichtes, ausgetrocknetes Flussbett. Während sie der sich nach Nordwesten dahinschlängelnden Route folgten, fiel ihm auf, dass der Boden rechts und links von ihnen ständig höher wurde. Hartmann machte seinen zweiten Fehler an diesem Tag, indem er annahm, sie befänden sich in einem Einschnitt der alten Straße.

Seit der Stunde vor dem Morgengrauen, in der sich rings um den Wagenzug der Nebel gebildet hatte, folgte eine mit Gestrüpp getarnte Kriegergruppe der Eisenschlange und informierte Mr. Snow pausenlos durch Läufer über ihren Fortschritt. Mr. Snow wusste von Hartmanns Navigationsfehler, denn tatsächlich hatte er mithilfe von Cadillacs Wissen in den Geist des Wagenmeisters gegriffen und eine Verwirrung in ihm erzeugt, die es ihm unmöglich machte, den Irrtum zu erkennen. Der rollende

Donner, den Jodi beim Anflug auf die westlichen Berge gehört hatte, war Mr. Snows Versuchsschuss gewesen; der alte Wortschmied hatte sich für das große Ereignis nur geräuspert.

Von zehn Bären eskortiert, trabte Mr. Snow auf die typische Weise der Präriebewohner dicht hinter den beiden großen Gruppen her, die Jodi aus der Luft gesehen hatte. Cadillac und Clearwater war befohlen worden, sich zusammen mit den Wölfinnen, den M'Call-Ältesten und den Nestmüttern und Kindern im Wald zu verstecken. Die restlichen Bären bewegten sich in der Deckung der Bäume auf eine Stelle zu, die in der Nähe des Wagenzugs lag. Die größere Gruppe war die strategische Clan-Reserve, sie würde nur dann in den Kampf eingreifen, wenn die Umstände es erforderten.

Der gesamte bemerkenswerte Verstand Mr. Snows war mit der Aufgabe beschäftigt, die er sich gestellt hatte. Zwar hatte er die Wolke erschaffen und Hartmann bis zu einem gewissen Grad verwirrt, aber er sorgte sich dennoch wegen seiner Fähigkeit, denn er wollte das Anrufen und Beherrschen der immensen Kräfte, die es dem Himmel und der Erde zu entziehen galt, gern überleben. Und weil er sich auf diesen Gedanken konzentrierte, überraschten ihn die lautlosen Gewehrfeuersalven, die die rennenden Krieger in seiner Umgebung niedermähten, völlig.

Eine Kugel traf Mr. Snows Kopf und warf ihn zu Boden. Doch wie durch ein Wunder hatte das nadelspitze Geschoss nur die Ansammlung der Knöchelbeine getroffen, die an den geflochtenen Zöpfen seines weißen Haares hingen. Die Wucht des Aufschlags ließ sie gegen Mr. Snows Schädel krachen. Zwei der Knochen zersprangen und machten ihn zeitweise besinnungslos. Als er inmitten der verwundeten und sterbenden Krieger seiner Eskorte rücklings auf den Boden sank, sah er, dass drei blaue Donnerkeile über sie hinwegfegten.

Ihr verdammten Hunde, dachte er. Dann wurde es dunkel um ihn.

Jodi und die beiden anderen Piloten riefen eine ähnliche Überraschung hervor, als sie die weiter vorn laufenden Voraustruppen einholten, die Motor-Head und Hawk-Wind anführten. Beide Gruppen liefen in offener Formation fast auf gleicher Höhe und warfen hin und wieder einen Blick zum Himmel. Doch dass sie nicht auf die Stelle schauten, die sich genau über ihnen befand, war ihr Verderben. Als die drei Himmelsfalken in ihr Blickfeld kamen, erwischte es sie mitten im Sprung. Die Maschinen rasten im Höchsttempo über sie hinweg. Die Schwingenspitzen drückten das Gras nieder, und die Bordwaffen feuerten aus allen Rohren mitten in die Krieger hinein.

Die Salven der dreiläufigen Flinten schnitten eine tödliche Schneise in die Menge der überraschten Krieger. Jodi und ihre Kollegen rochen weder den schweren Korditgestank, noch sahen sie das Aufblitzen ihres Mündungsfeuers. Sie vernahmen nur das heisere und abgehackte »Rap-rap-rap-rap-rap«, das ihre Opfer nie hörten, wenn sie aus größerer Höhe beschossen wurden. Nun wurde es vom schrillen Heulen der Motoren überlagert.

Die vorderste Reihe der Bären, die der Angriff noch nicht erreicht hatte, fuhr herum. Die Gesichter der Krieger verzerrten sich in ungläubigem Zorn. Eine schlecht gezielte Bolzensalve surrte an den Maschinen vorbei, die nun wieder an Höhe gewannen und in verschiedene Richtungen auseinanderstrebten. Zwei Bolzen durchbohrten Bookers Backbordschwinge, und die Luft entwich aus einer Tragflächensektion; ein dritter zerschlug das Sichtfenster vor seinem Kopf. Yates' Maschine wurde von einem Bolzen in die Spitze der Cockpitschale getroffen. Er zertrümmerte das dünne Metall, zischte unter seinen erhobenen Beinen hinweg und riss ein klaffendes Loch in die Gegenseite. Bei dem Gedanken an den furchtbaren Schmerz, dem er gerade entgangen war, drehte Yates' Magen sich um. Ein paar Zentimeter höher, dann wäre der Bolzen durch beide Knie gegangen …

Jodi entkam der ersten Salve unbehelligt. Sie drückte den Steuerknüppel-Sendeknopf und meldete sich bei ihren Gefährten. »Bleibt oben! Bleibt in Bewegung! Nehmt sie euch einzeln vor. Ich gehe runter und röste noch ein paar Ärsche.«

Booker und Yates jagten in unberechenbaren Flugbahnen durch den Himmel und änderten ständig den Kurs, was es schwierig machte, auf sie zu zielen. Mit einer vergleichsweise hohen Feuergeschwindigkeit von 180 Schuss pro Minute konnten sie einen fast ununterbrochenen Bleiregen auf die unter ihnen befindlichen Bären abfeuern, und wie alle Flieger waren sie im Salvenschießen nicht schlecht.

Jodi tauchte zur Seite hinunter und jagte tief hinter einer Baumreihe dahin, dann machte sie eine Wende und flog dicht über dem Boden einen Abhang hinauf. Die mit Armbrüsten bewaffneten M'Call-Bären schossen auf Booker und Yates; die anderen standen wie angewachsen da, stachen trotzig mit den Klingenspeeren in die Luft und schwangen drohend ihre Steinschleudern. Sie schienen ihre Clan-Brüder, die tot um sie herumlagen, gar nicht zu bemerken.

Als Jodi wieder auf das Schlachtfeld zurückfegte, riss sie den Steuerknüppel fest nach rechts und zurück. Als ihre Maschine in eine steile Aufwärtskurve ging, löste sie in rascher Folge drei kleine Napalmkanister von der Backbordhalterung und warf sie in einem weiten Bogen über Bord. Die Kanister drehten sich träge in der Luft, fielen zu Boden und landeten zwischen den Kriegern, wo sie mit Donnergetöse in Feuerbällen explodierten. Das Feuer spritzte rings um den Aufschlagsort, und die Krieger, die in ihrer Nähe waren, wurden von den sengenden Flammenzungen erfasst und eingehüllt. Motor-Head und seine Brüder – den meisten war es irgendwie gelungen, den Schießeisen der kreisenden Donnerkeile zu entgehen – starrten fassungslos auf die Feuerbälle und den dicken schwarzen Rauch, der auf sie zuwehte. Dann spritzten sie auseinander und liefen um ihr Leben, während die Schreie ihrer brennenden Brüder in ihren Ohren gellten.

Genau in diesem Moment kam Mr. Snow – dank Talisman, der Himmelsstimmen oder welcher Macht auch immer, die den Weg plante, den die Welt und die ihr dienenden Menschen nahmen – wieder zu sich. Und bei ihm waren auch die Erdenkräfte, damit er sich ihrer bedienen konnte. Von einer schrecklichen Vorahnung der Gefahr durchflutet, kam er taumelnd auf die Beine. Die Kraft kehrte in seine Glieder zurück und klärte seinen Geist. Er lief in eine Senke, dann einen Hügel hinauf und erreichte den Kamm genau in dem Augenblick, als die drei Napalmkanister zwischen den M'Call-Bären explodierten. Er sah das Aufblühen der Flammen und bemerkte, dass sie sich wie die schwarz umrandeten Blätter einer Riesenblume entfalteten. Die Luft war schwer vom Gestank des Todes. Zuckender Strom raste durch seine Bein- und Bauchmuskeln, und er schnappte nach Luft. Mr. Snow stand wie angewurzelt auf der Erde, als die Kraft ihn durchströmte. Er riss die Arme in die Luft und ballte die Fäuste, und ein schriller, markerschütternder Schrei brach aus seiner Kehle hervor.

Die Antwort kam fast augenblicklich. Ein hell pfeifendes, rauschendes Getöse wuchs zu einem furchterregenden Crescendo an. Es war, als würde der Himmel zu einem riesigen, saugenden Maul, das die Luft mit ungeheurer Kraft sofort wieder ausstieß. Ein starker Wind fegte hinter Mr. Snow von den Bergen herab und zerrte an den Baumwipfeln. Der Wind wirbelte und heulte um seinen Kopf, dann raste er hinauf und schleuderte Jodis Maschine wie einen von der Leine losgerissenen Drachen über den Himmel. Sie überschlug sich. Während sie verzweifelt darum kämpfte, die Kontrolle über den Himmelsfalken zurückzugewinnen, vernahm sie ein scharfes, trockenes, knackendes Geräusch – wie von einem gefällten Baum, der sich von einem fast abgetrennten Strunk löst. Der Himmel explodierte mit einem schrecklichen, ohrenbetäubenden Brüllen; blendendes Licht umgab sie. Als der Himmelsfalke um seine Achse wirbelte, brannte sich ein sengendes Bild in ihren Geist, wie eine nächtliche Szene, die urplötzlich vom Blitzlicht eines Fotografen enthüllt wird: Ein riesiger Blitzstrahl zerriss den Himmel, teilte ihn in zwei Hälften und traf Booker und Yates. Das nur einen Sekundenbruchteil dauernde Grauen wurde von ihrem Hirn zu einer grausigen Zeitlupenaufnahme zerdehnt, als die Maschinen ihrer Kameraden sich wie zerfetzte Konfettitüten teilten. Dann, als die Napalmladungen zündeten, wurden auch sie in eine flammende Explosion gehüllt. Zwei riesige hellrote Flecke verschmierten plötzlich die blaue Himmelsleinwand und verbrannten die Flieger und die abstürzenden Trümmer. Ihre Überreste wurden von dem heftigen Sturm wie ein Funkenschauer aus brennenden Kiefernzweigen verstreut.

Erneut wurde Jodi von einem Windstoß getroffen, diesmal aus Westen. Als er auf den östlichen Sturmbringer stieß, erzeugte er einen Mahlstrom von Turbulenzen. Mit erschreckender Geschwindigkeit bildeten sich Wolken, und wenige Minuten später erhob sich eine riesige, ambossförmige Gewitterwolke und verdeckte die Sonne. Jodi betätigte schnell den Hebel, um sich der restlichen Napalmtanks zu entledigen, dann versuchte sie, aus dem Unwetter herauszukommen. Doch es war vergebens; irgendeine bösartige Macht schien sie mitten ins Herz des Sturms hineinzuziehen.

Am Boden hatte man das Gewitter zwar gehört und gesehen, dem Booker und Yates zum Opfer gefallen waren und das Kazan in Gefahr gebracht hatte, doch die mehrschichtige Hülle des Wagenzugs dämpfte den Lärm. Außerdem verhinderte die hartnäckige Nebel- und Wolkenschicht, dass Hartmann und sein Stab erkannten, wie über dem Tal Gewitterwolken aufzogen. Sie bemerkten allerdings, dass es zu regnen begann. Und ungefähr zur gleichen Zeit wurde Hartmann zunehmend bewusster, dass die Flussufer anstiegen, sodass er den Beschluss fasste, zusammen mit dem Navigator Captain Ryder die Position der *Lady* auf der Landkarte zu überprüfen. Des Weiteren zeigte sich Hartmann besorgt über die zunehmenden Störgeräusche, die Kazans Funkmeldungen immer unverständlicher machten.

Ein kurzes, intensives Studium des Verlaufs der Interstate 80 zeigte keine Übereinstimmung mit ihrer gegenwärtigen Position, und das ungute Gefühl, sich in einem ausgetrockneten Flussbett zu befinden, verstärkte sich durch das steigende Wasser, das vor ihnen um eine Biegung geschossen kam und zwischen den hohen Rädern hindurchfloss. Hartmann wusste natürlich, dass es kein Problem war, den Rückwärtsgang einzulegen. Beide Kommandowagen verfügten über alle dazu nötigen Kontrollen, deswegen konnten sie der »Schlange« als Kopf und als Schwanz gleichermaßen dienen. Dennoch beschloss Hartmann weiterzufahren, was sein dritter Fehler an diesem Tag war. Er hoffte, hinter der nächsten Biegung eine flache Uferstelle zu finden, an der die *Lady* aus dem Flussbett fahren und wieder auf Kurs gehen konnte.

Als der Wagenzug um die nächste Biegung kam, wurde er von einem laut heulenden Wind empfangen, der den Nebel zwar in Fetzen riss, ihn aber durch einen trommelnden Regen ersetzte, der wie eine nicht enden wollende Salve auf die *Lady* einhämmerte. Hartmann ließ den Zug noch anderthalb Kilometer weiterfahren. Der Regen prasselte gnadenlos herab. Blitze rissen den Himmel auf und wurden fast in der gleichen Sekunde von Donnerschlägen gefolgt, die die Erde erbeben ließen: Ein Zeichen, dass das wütende Unwetter genau über ihnen war. Das Wasser, das unter dem Wagenzug durchrauschte, stieg schnell an. Jetzt hatten sie es nicht mehr mit einem Bach zu tun, sondern mit einem Strom, aus dem Hartmann so schnell wie möglich herauswollte. Als sie um die nächste Biegung kamen, sah Hartmann einen weniger steil ansteigenden Uferstreifen. Er befahl, die *Lady* hinaufzusteuern. Die Räder des Kommandowagens begannen zu rutschen. Der Regen hatte das abschüssige Ufer in einen schlammigen Abhang verwandelt. Doch das war an sich kein unlösbares Problem. Solange ein Wagenzug noch fünfundzwanzig Prozent Zugkraft hatte, konnte er sich wie ein Tausendfüßler über die meisten Hindernisse selbst hinwegziehen oder -schieben. Doch auch Räder unterlagen gewissen Begrenzungen – besonders im Schlamm –, und das galt auch für die von der Ersten Familie konstruierten.

Von Hartmann befehligt, fuhr die *Lady* den Uferhang hinauf, wobei die rutschenden vorderen Wagen von den hinteren geschoben wurden. Wenige Meter von festerem Untergrund entfernt rutschte der Wagenzug seitlich ab. Der Fahrer sorgte dafür, dass die Räder in Bewegung blieben, und Hartmann verlangte lauthals volle Kraft. Die hohen, mit Noppen versehenen Räder drehten wild durch und verspritzten Schlamm, dann rutschten sie noch weiter nach links und kamen, als das linke Vorderrad in einem Loch versank, zitternd zum Halten. Hartmann befahl dem Fahrer, den Zug auszurichten, indem er den ersten und den letzten Wagen gegeneinander ziehen ließ, aber das widerspenstige Rad grub sich nur noch tiefer ein. Es wurde von etwas festgehalten, das sich nicht bewegte – möglicherweise von einem Felsen. Hartmann schaltete den Antrieb des vorderen Wagens aus und versuchte es erneut. Die *Lady* ruckte ein paar Schritte vorwärts und hielt wieder an. Der Erste Ingenieur bekam Rotlicht vom überlasteten Messgerät der linken Vorderachse.

»Wir müssen zurück und einen neuen Anlauf nehmen«, sagte er zu Hartmann. »Sonst reißt es uns das Rad ab.«

Hartmann biss die Zähne zusammen und fluchte, dann übergab er die Steuerung an Jim Cooper, seinen im letzten Wagen stationierten Stellvertreter. Cooper zog die *Lady* von dem Abhang herunter, fuhr sie zweihundert Meter ins Flussbett zurück und übergab sie wieder an Hartmann. Der Wagenmeister war inzwischen nur noch darauf versessen, den Zug ans Ufer zu bringen, sodass er dem Schlamm immer weniger Beachtung schenkte. Er ließ den Zug in dem immer höher steigenden Wasser zu dem weniger steilen Hang des linken Ufers steuern, wo der Fahrer wenden und den schlammigen Abhang aus einem weniger steilen Winkel angehen konnte.

Und das war, auch wenn er nichts dafür konnte, Hartmanns vierter Fehler an diesem Tag. Als die *Lady* im Fluss zurücksetzte und der Körper des Wagenzugs langsam den Hang hinauffuhr, vernahmen er und der Rest der Mannschaft ein tiefes, grollendes Brüllen, das schnell zu einem donnernden Inferno wurde.

Eine Wasserflut raste auf sie zu.

Eine wütend schäumende, sechs Meter hohe, schlammfarbene Wasserwand donnerte gegen den Uferrand der Biegung vor ihnen, fegte auf sie zu und schleppte Bäume und Geröll mit. Die wilde Flut krachte mit einer gewaltigen Gischtwolke gegen die schutzlose Flanke der fünf vorderen Wagen, schwappte über sie hinweg und umrundete sie, um auch über die restlichen herzufallen. Große, flussabwärts treibende Baumstämme polterten wie frei schwebende Rammböcke mit einem harten Rums gegen die Seiten der Wagen an der Spitze. Äste, die so dick waren wie menschliche Leiber, zerbrachen wie Streichhölzer. Die *Lady* wankte unter den wiederholten Schlägen. Als von der Strömung mitgeführte Steine sich unter die Räder klemmten und von den noch nicht gebrochenen Ästen der angespülten Bäume festgehalten wurden, legten sich die vorderen Wagen auf die Seite und blieben in einem unmöglichen Winkel stehen. Die überraschten Wagner rappelten sich vom Boden auf. Buck McDonnells Stimme dröhnte durch den Zug und wies die Leute an, sich festzuhalten und auf ihren Stationen zu bleiben.

Oben im Sattel richtete Hartmann sich auf. Die ihn umgebenden Stabsoffiziere bemühten sich schwerfällig, auf dem abgeschrägten Boden das Gleichgewicht zu behalten, und nahmen die eingeübte Prozedur der Schadenskontrolle in Angriff. Die Lage war hart am Rande des Chaos, aber niemand verlor die Beherrschung.

»Wir sitzen fest«, rief Barber, der Erste Ingenieur. »Alle Räder stehen unter Wasser. Der hintere Kommandowagen bringt nur noch zehn Prozent Leistung. Der Durchgang zwischen Wagen fünf und sechs ist gerissen!«

»Ist das die Stelle, an der wir gekippt sind?«, fragte Hartmann.

»Yes, Sir!«

»Strahlungseintritt?«

»So wenig, dass die Messgeräte es nicht anzeigen«, sagte Barber. »Wenn das Luftsiegel bricht, schließen sich die Luken auf beiden Seiten automatisch.«

Hartmann nickte und trat ans Visikom, um eine Ansprache an die Mannschaft zu halten. »Alle mal herhören! Eine aufgrund von Nebel erfolgte Kursabweichung hat uns in ein ausgetrocknetes Flussbett gebracht. Das Unwetter hat sich verschlimmert, und jetzt hat uns auch noch eine Flutwelle erwischt. Die *Lady* hat sich ein paar Schäden zugezogen, und wegen eines Trümmerstaus an den Rädern haben wir Zugkraft verloren. Aber das Schlimmste liegt hinter uns. Das Unwetter kann nicht mehr lange dauern. Wenn es sich ausgetobt hat, bringen wir die *Lady* wieder auf die Straße. Setzt euch also ruhig hin und macht einen guten Eindruck.« Er grinste. »Diese Einheit hat bisher noch keinen Wagen absaufen lassen.«

Steve lächelte über diese Worte. Als er sich umdrehte, stellte er fest, dass sich auch die nervösen und stressgeplagten Gesichter der restlichen Mannschaftsangehörigen entspannten.

Als Hartmann seine Rede beendete, empfing der NavKomTech einen schwachen Ruf Jodi Kazans, der aufgrund einer neuen Welle schwerer Störgeräusche nicht sehr verständlich war. »Haben Mutanten angegriffen ... abgebrochen ... Booker und Yates abgestürzt ... wurden getroffen von ... Anfrage ...« Dann folgte der trillernde Ton des automatischen Mayday-Notsignals.

Der NavKomTech reagierte sofort, indem er die Bug- und Heck-Navigationslaser einschaltete. Er ließ den roten Strahl auf dem vorderen Wagen senkrecht in die Höhe steigen und schaltete den grünen in den sogenannten Fege- und Kriechmodus. Nun bewegte der Strahl sich hin und her; er fegte nach Norden, Süden, Osten und Westen über den Himmel, bewegte sich von Horizont zu Horizont und wiederholte das Verfahren, indem er sich in Fünf-Grad-Intervallen im Uhrzeigersinn drehte. Auf diese Weise führte der Laser eine ähnliche Funktion aus wie der rotierende Lichtstrahl eines urzeitlichen Leuchtturms.

Wenn Jodi Kazan ihn sah – und wenn sie in seiner Reichweite war, musste sie ihn sehen –, brauchte sie nur am Strahl entlang auf die Lichtquelle zuzufliegen.

FEL Baxter alarmierte den Flugwagen, meldete der Bodenmannschaft Kazans unmittelbar bevorstehenden Landeanflug und ordnete an, sich auf die Landung vorzubereiten. Buck McDonnell, der sich durch die Notluken des beschädigten Durchgangs gequetscht hatte, war inzwischen durch den Flugwagen gegangen, um zu prüfen, ob die Waffentürme in den hinteren Wagen korrekt bemannt waren. Er fing Steve und die anderen Flieger ab und befahl ihnen, der auf den sich nähernden Himmelsfalken wartenden Bodenmannschaft sofort zu Hilfe zu kommen. »Es ist ziemlich stürmisch da draußen. Kann sein, dass sie jeden von euch braucht, um die Maschine anzuhalten. Nehmt eure Waffen mit – für den Fall, dass jemand aufzuspringen versucht!« Dann ging er zu Wagen neun weiter.

Steve setzte schnell seinen Helm auf, nahm sein Luftgewehr aus dem Ständer und prüfte das Magazin und die unter dem Lauf hängende Druckluftflasche. Dann schob er noch ein paar Magazine in seine Brusttaschen und ging durch eine der Steuerbordluken hinaus. Im Innern des Wagens hatte man die Geräusche des Unwetters nur gedämpft gehört, doch nun sah er sich der vollen Wut der Natur ausgesetzt. Der Wind presste ihn an die Brüstung des Ausstiegs, riss an seinen Kleidern und ließ ihn würgen, als er Luft holen wollte. Die Wasserflut, die mit halsbrecherischem Tempo unter ihm dahinwirbelte, riss entwurzelte Bäume und Büsche mit sich. Vor sich sah er die vorderen Wagen der *Lady*. Sie hingen schräg in der Strömung, waren zur Seite gekippt wie eine gebrochene Staumauer. Jedes Mal, wenn sie von einem neuen entwurzelten Baum getroffen wurden, wippten sie heftig in einem Gischtschwall.

Gus zog an Steves Ärmel und rief: »Da kommt sie!« Er deutete quer über das Flugdeck.

Steve lugte durch den vom Regen gepeitschten Nebel und sah zwei körperlose Lichter: Die Landescheinwerfer von Jodi Kazans Maschine. Sie war etwa hundert Meter entfernt, befand sich auf der Backbordseite und flog flussaufwärts, in das Zentrum des Gewitters hinein. Als sie näher kam, konnte Steve die Maschine deutlicher erkennen; ihre stromlinienförmigen Schwingen wippten wild auf und nieder. Dann sah er in der engen Cockpitschale, die unter den Tragflächen hing, den rot-weißen Punkt von Jodis Helm.

»Das schafft sie nie!«, schrie er dem grauhaarigen Teamführer zu, der auf allen vieren über ihm an Deck lag. Der Wind hatte eine Geschwindigkeit von hundertzehn bis hundertfünfzig Stundenkilometern. Was, zum Teufel, hatte sie vor? Die maximale Geschwindigkeit von Himmelsfalken lag bei hundertfünfunddreißig Kilometern. Eine simple Rechnung sagte ihm, dass Jodi irgendwann rückwärts fliegen würde. Eine konventionelle Landung auf den hinteren Wagen und dem Flugdeck war unmöglich.

Allem Anschein nach war Jodi zum gleichen Schluss gekommen, denn in den wenigen entscheidenden Sekunden, als die Windgeschwindigkeit abnahm, flog sie dem Wagenzug voraus. Offenbar hatte sie vor, die Höchstgeschwindigkeit beizubehalten, seitlich neben ihnen herzuschweben und sich vom Wind auf die Höhe des Flugdecks tragen zu lassen.

Steve, der plötzlich verstand, was sie vorhatte, spürte einen innerlichen Schreck. Ihr Vorhaben bedeutete, dass er an Deck stehen und sich dem heulenden Wind aussetzen musste, der ohne Weiteres in der Lage war, ihn von den Beinen zu reißen und ins Wasser zu werfen. Es bedeutete weiterhin, dass sie die Arme ausstrecken und die Maschine, wenn sie vorbeitrieb, im wahrsten Sinne des Wortes aus der Luft holen mussten. Zwar war der Himmelsfalke nicht schwer – sechs Mann wurden leicht mit ihm fertig –, und sein Tempo würde mit etwas Glück praktisch bei null sein, aber der Motor ihrer Maschine würde mit Vollgas laufen. Wenn sie nicht aufpassten, konnte der verdammte Propeller sie in Stücke schneiden … Steve verdrängte das grausige Bild aus seinem Geist. Er sprang an Deck und bückte sich neben dem Teamführer und seinen Männern in den Wind.

»Es kann böse ausgehen!«, schrie der Teamführer. Er hatte ein paar Meter Tau angeschleppt, und die Bodenmannschaft stand bereit, um die Maschine festzuhalten. Doch zuerst mussten sie sie aus der Luft holen.

Gus White stieg aus dem Duckloch und packte Steves Arm. Er war, wie alle anderen, bis auf die Haut durchnässt. »Scheiße!«, schrie er. »Sie hat noch Napalm an Bord!«

Steve musterte den bockenden Himmelsfalken durch den peitschenden Regen. Einer der Napalmkanister war immer noch in der Steuerbordhalterung befestigt.

Gus zerrte an seinem Arm. »Wenn sie Bruch macht und das Zeug in die Luft geht …!« Er machte einen Schritt auf die Ducklöcher zu.

Steve packte ihn am Kragen seines Drillichs und riss ihn zurück. »Bleib hier, du verdammter Feigling!«

Gus riss sich wütend los und blieb stehen; Steves Beschimpfung hatte ihn sichtlich getroffen. »Warum, zum Teufel, muss sie ausgerechnet jetzt zurückkommen? Warum steht sie die Sache nicht durch und kommt, wenn alles vorbei ist?«

Steve hatte keine Zeit für eine Antwort. Jodi Kazans Maschine schwebte auf einer Höhe mit dem Flugdeck auf sie zu. Als sie noch etwa zwanzig Meter von ihnen entfernt war, nahm der Wind plötzlich ab. Jodi schaltete sofort den Motor aus. Offensichtlich hatte sie es bemerkt. Der Himmelsfalke wippte hin und her, glitt nach hinten und stieg höher, dann hingen seine drei Räder zwei Meter vom Deck entfernt in der Luft.

Jetzt! Sie hatten nur diese eine Chance.

Steve, Gus und die Bodenmannschaft sprangen auf und packten die Maschine in der Luft. Steve gelang es irgendwie, die Hände über den Cockpitrand zu schieben. Er bemerkte nicht, dass sein linker Ellbogen auf dem Napalmkanister ruhte, der sich in seinem Halter befand. Er ließ sich nach unten sinken und warf sein ganzes Gewicht auf die Maschine. Gus warf einen Arm über den Bug. Als Steves Kopf auf einer Höhe mit dem Cockpit war, sah er, warum Jodi zurückgekehrt war, statt das Ende des Unwetters abzuwarten: Ihr Fliegerdrillich war blutdurchtränkt. Blut floss aus einem Loch über ihrer rechten Brusttasche.

Steve hatte kaum eine Sekunde, um einen Blick auf sie zu werfen. Er sah den Widerhakenbolzen einer Armbrust, der aus der Rückenlehne ihres Sitzes ragte. Dem Winkel nach zu urteilen, war er zwischen ihren Beinen durch den Boden gedrungen. Jodis Kopf hing schlaff nach vorn. Da das dunkle Visier ihres Helms geschlossen war, konnte man nicht erkennen, ob sie noch lebte.

Die Bodenmannschaft gab sich alle Mühe, die Maschine unten zu halten. Ein kreischender, teuflischer Windstoß hob sie hoch, entriss sie ihrem Griff, ließ sie umkippen und warf sie kopfüber gegen das nächste Wagendach. Entsetzt und hilflos schauten Steve und die anderen zu, wie die Schwingen unter dem Aufprall brachen und die Verstrebungen rissen. Das Cockpit kippte wie das Pendel einer sich in ihre Einzelteile auflösenden Uhr zur Seite und krachte gegen die Seite des Wagenzugs. Ein mächtiger, hellroter Feuerball breitete sich über dem Wagen aus, als der Napalmkanister explodierte, und dann, nur einen Augenblick später, warf der Wind das brennende Wrack ins tosende Wasser.

Und es war weg.

»Verfluchter Mist …«, murmelte Gus. Der Wind riss ihm die Worte von den Lippen.

In einem Schockzustand, da sie der Explosion nur knapp entgangen waren, hockten Steve und die anderen sich an Deck hin und starrten ungläubig auf den Rauch, der von der hitzegeschwärzten, Blasen werfenden Hülle des nächsten Wagens aufstieg. Er war das einzige Zeichen, das ihnen sagte, dass Jodi Kazan noch vor wenigen Sekunden dort gewesen war.

»Wir hatten sie doch schon«, flüsterte der Teamführer. »Wir *hatten* sie doch schon!«

Über ihnen krachte das Gewitter zum letzten Mal. Steve hatte den vagen Eindruck, dass es wie eine Trompete klang, wie ein sie verspottendes Finale. Aber sein sechster Sinn sagte ihm, dass es nur die Ouvertüre gewesen war.

Motor-Head, der Anführer der von Jodi, Booker und Yates angegriffenen Gruppe, sammelte die verstreuten Überlebenden und führte sie an den Ort, wo Mr. Snow saß. Das Gewitter war abgeflaut. Der Wind hatte die dunklen zusammengeballten Wolken zerrissen, und als die Sonne herauskam, machte der Regen flauschige, weich gerundete Formen aus ihnen, die weiß gewaschen und trocken am blauen Himmel verblassten und nach Westen trieben.

Die Bären, die unter Hawk-Winds Kommando standen, gesellten sich zu ihnen. Viele Krieger hatten nur leichte Verbrennungen davongetragen, aber manche sahen schlimm aus. Zwar ertrugen sie stoisch ihre Schmerzen, wie es bei den Mutanten Sitte war, aber Mr. Snow wusste, dass mancher von ihnen das schweigende Martyrium nicht überleben würde. Er konnte nichts tun, um ihnen zu helfen. Sie brauchten ärztliches Geschick, das über alles hinausging, was er als Clan-Medizinmann leisten konnte.

»Ich brauche etwas zu trinken«, flüsterte er schmerzerfüllt.

Motor-Head schickte einen Krieger, um an einem nahen Bach einen Lederbeutel mit Wasser zu füllen. Als er sein Wasser bekam, hockten sich die Bären geduldig vor Mr. Snow in einem Halbkreis hin.

Mr. Snow leerte den Beutel, ohne ihn abzusetzen. Dann wischte er sich über den Mund und stieß einen langen Seufzer aus. Sein Kopf schmerzte noch immer. Als er Motor-Head und Hawk-Wind ansprach, spürte er deutlich seine Beule.

»Wie viele Krieger haben spitzes Eisen geküsst?«

»Vier Hände und einer«, sagte Motor-Head.

»Sechs Hände«, sagte Hawk-Wind.

Einundfünfzig Tote. *Es hätte schlimmer kommen können,* dachte Mr. Snow. *Wenn es den Donnerkeilen gelungen wäre, sämtliche Brandeier abzuwerfen ... Wie schade, dass Cadillac keinen Hinweis auf diese Dinger in dem Sehstein gefunden hatte.*

»Die Wolkenkrieger haben Convoy und Brass-Rail getötet«, sagte Motor-Head. In seinen Augen glitzerten Tränen. Obwohl es eines Kriegers nicht würdig war, sich dem Schmerz zu ergeben, war es völlig in Ordnung, wenn man seinem Kummer Ausdruck verlieh. »Sie müssen gerächt werden.«

»Dazu hast du nun eine Chance«, sagte Mr. Snow heiser. Seine Kehle fühlte sich an, als hätte man sie mit glühend heißen Angelhaken erweitert. Jeder Knochen, jede Faser seines hageren, abgehärteten Körpers schmerzte und brannte. Er fühlte sich wie von der Kraft verzehrt, die durch seinen Leib gefahren war. »Die Eisenschlange sitzt im Flussbett fest.« Er deutete den Abhang hinab, in Richtung auf die untere Baumgrenze. Dort, wo das Gras nach Jodis Napalmangriff noch immer brannte, stiegen drei Rauchsäulen zum Himmel auf. »Die Sandgräber, die in ihrem Bauch sitzen, müssen aussteigen, um sie zu befreien. Das ist die Zeit, um sie zu töten. Aber ihr müsst wachsam sein: Sie haben spitzes Eisen, das weite Schläge austeilt, und es ist so schnell wie die Zunge einer Klapperschlange. Seid tapfer, aber seid keine Toren! Ihr müsst sie jagen wie Renner – leise und mit großer List.«

Motor-Head sprang auf und verschränkte wütend die Arme vor der Brust. »Pah! Sollen die Bären sich heranschleichen, wenn ihr Blut kocht?«

»He-JAH!«, brüllten die Krieger. Selbst die, deren Gesichter verbrannt und deren Lippen roh und geschwollen waren, fielen in die traditionelle Antwort ein.

Mr. Snow stand unter Schmerzen auf, ließ seine wehen Beine ruhen und richtete einen warnenden Finger auf Motor-Heads Nase. »Hör zu, du Dummkopf! Wir können es uns nicht aussuchen! Es gibt jetzt keinen Zweikampf mehr! Ich habe meine Kräfte nicht verschwendet, damit man euch anschließend niedermäht. Wir zanken uns hier nicht um ein lumpiges Stück Land! Wir haben es mit einer Eisenschlange voller Sandgräber zu tun. Die Sandgräber kämpfen nicht auf unsere Art. Sie machen keine Pause. Und sie warten auch nicht, bis jemand vor ihnen auf den Boden spuckt.« Sein Blick schweifte über die Reihen am Boden hockender Krieger. »Sobald sie eure Nasenspitzen sehen, werden sie alles tun, um euch die Köpfe wegzupusten!« Er schwenkte den Arm durch die Luft. »Sie sind so wie die Wolkenkrieger, die hinterrücks aus der Luft zuschlagen! Und so wie sie müsst auch ihr heute kämpfen! Zwar müsst ihr so tapfer sein wie ein Bär, aber ihr müsst zuschlagen wie ein Kojote! Wir müssen sie zu Boden zwingen. Wir müssen sie einen nach dem anderen niedermachen.«

»Heee-JAAAH …« Die Antwort der Krieger kam wie ein zögerndes Grollen. Man sah ihnen an, dass sie, ebenso wie Motor-Head, nicht glücklich über das waren, was sie erwartete, aber man durfte Mr. Snows Autorität nicht herausfordern, wenn er sie auf diese unmissverständliche Weise zeigte.

»Geht!«, befahl Mr. Snow. »Und geht schnell! Der Fluss trocknet wieder aus. Vergesst nicht: Sandgräber sind keine Menschen, sondern Tiere. Und Tiere bekämpft man nicht. Man jagt sie.« Er deutete mit dem linken Arm auf die Krieger, breitete die Hände aus und segnete den Weg, der zum Fluss hinabführte. »Geht jetzt! Möge die große Mutter euren Arm führen. Möge sie das Blut des Feindes trinken und nicht das eure!«

»He-JAH!«, schrien die Krieger. Sie sprangen auf und schwenkten ihre Waffen. »He-jah! He-jah! He-JAAHH!«

Mr. Snow schaute ihnen zu, wie sie auf den Wald und den Fluss zu rannten, der durch das dahinterliegende Tal strömte. Mehrere Clan-Älteste, die ein Läufer aus dem Waldversteck geholt hatte, gesellten sich zu ihm, und dann nahmen sie die traurige Aufgabe des Hinüberschickens der Sterbenden in Angriff. Dies geschah mithilfe einer narkotischen Droge aus getrockneten und zerriebenen Fragmenten eines psychedelischen Pilzes, den die Präriebewohner »Traumkappe« nannten. Wenn man die Droge auf die Zunge legte und schluckte, rief sie schnell einen euphorischen Zustand hervor, der das Opfer unempfindlich machte. Man benutzte sie beim Richten gebrochener Knochen und bei einfachen chirurgischen Eingriffen, die manche Medizinmänner durchführen konnten. Man verwendete sie nicht in erster Linie zur Milderung des Todesschmerzes, sondern um das Band zwischen dem Geist eines Kriegers und seinem irdischen Körper zu lösen.

Die Ältesten gaben der Droge ein paar Minuten, damit sie ihre Wirkung entfalten konnte, dann töteten sie unter Mr. Snows Anleitung die schrecklich verbrannten Krieger mit einem schnellen Messerstich ins Herz.

Mr. Snow hatte die Aufgabe, Little Feet hinüberzuschicken, einen vierzehnjährigen Jungen, dessen linkes Bein an mehreren Stellen bis auf den Knochen verbrannt war. Er legte die Hand auf Little Feets Stirn und drückte die

Messerspitze auf seine magere Brust. Seine Hand zitterte, in seinen Augen glitzerten Tränen.

Little Feets drogenvernebelte Lider flatterten. Er bemühte sich, Mr. Snow zu erkennen. »Gehe ich jetzt zum Himmlischen Grund, Alter?«

»Ja«, sagte Mr. Snow. »Wenn die Sonne durch das Westtor geht, wanderst du schon auf den goldenen Himmelsinseln. Und wenn du dich ausgeruht hast, kehrst du als Kind der Erde wieder zu unserem Volk zurück. Und dann wirst du in unserem Namen mutige Taten vollbringen.«

»Aber ich habe noch nie Knochen genagt«, schluchzte Little Feet. »Ich habe kein Ansehen.«

»In den Augen und im Herzen unserer großen Himmelsmutter Mo-Town hast du großes Ansehen«, sagte Mr. Snow. »Das weiß ich von ihr persönlich. Du hast das Feuer der Wolkenkrieger tapfer ertragen, deswegen bist du wahrhaft ein großer Bär.«

»Ich hätte auch gern Ansehen in meinen eigenen Augen«, sagte Little Feet. »Lass mich mit der Hand auf spitzem Eisen sterben.«

Mr. Snow nahm die Hände des Jungen und legte sie um die seinen, die den Messergriff hielten. Little Feet packte das Messer mit festem Griff. »Jetzt!«, schrie er und stieß es sich mit aller Kraft in die Brust. »Trink mich, o Mutter!«, flüsterte er.

Mr. Snow bohrte die lange Klinge schnell und sauber tief in Little Feets Herz. »Mo-Town trinkt«, sagte er leise. Er hockte sich auf die Fersen und schaute zu, wie der Junge sein Leben verströmte. Und er wünschte sich erneut, die Himmelsstimmen würden ihn endlich verstehen lassen, warum die Welt so sein musste.

11

Das Unwetter, das über den Wagenzug hinweggefegt war, flaute mit der gleichen geheimnisvollen Schnelligkeit ab, mit der es begonnen hatte. Knapp eine Stunde nach dem flammenden Inferno, das Jodi Kazans Maschine in die tosenden Wasserfluten geworfen hatte, war der Fluss nur noch ein schmales, knöcheltiefes Rinnsal, das eine Reihe von schlammigen Tümpeln miteinander verband. Die Louisiana *Lady* stand zwar aufgerichtet und trocken da, doch die vorderen Wagen waren schräg im Flussbett verkeilt und mitten in einem verdrehten Gewirr aus Bäumen, Findlingen und nasser Vegetation gefangen.

Wagenmeister Hartmann war zwar erleichtert, als er endlich wieder einen klaren Himmel über sich erblickte, aber wie Steve Brickman witterte auch er, dass das Martyrium der *Lady* noch längst nicht beendet war. Er befahl Colonel Moore, dem Chef der Stürmer, seine Leute zu einem Verteidigungsring um den Wagenzug aufzubauen. Stu Barber, der Erste Ingenieur, ging inzwischen mit einer Gruppe hinaus, um die von der Flut angerichteten Schäden zu begutachten.

Steve führte ein kurzes Gespräch mit Ryan, dem Flieger, der nach Kazans Tod zum Abteilungschef geworden war, dann suchte er Buck McDonnell auf und bat um die Erlaubnis, mit einer kleinen Gruppe nach Jodi zu suchen.

Der hünenhafte Spieß lehnte sein Ansinnen ohne Umschweife ab. »Man hat sie aufgespießt und gegrillt, und dann ist sie in dieser Schlammsoße ersoffen, Mister. Niemand entfernt sich von hier. Außerdem verschwenden wir keine Flieger für Sackmannarbeiten. Gehen Sie wieder auf Ihren Posten und halten Sie sich startbereit!«

Mit ihren luftdichten Helmen und Panzerglasvisieren, gepressten Sichtscheiben, Luftfiltern, Walkie-Talkies und beweglichen Brustpanzern sahen die Stürmer aus wie furchterregend anonyme Ameisensoldaten. Sie liefen über die Rampen, die der Bauch des Wagenzugs ausspuckte, ins Freie und bildeten schnell achtköpfige Kampfeinheiten. Jeder Stürmer trug ein dreiläufiges Luftgewehr mit Bajonett. Reservemagazine, sechs Brandgranaten, eine Machete, Reserveluftflaschen und Notrationen befanden sich in ihren Gurtpackungen und in den Brust- und Schenkeltaschen.

Captain Virgil Clay, der stellvertretende Stürmerchef, führte den Trupp an. Ihm folgten Barber, Buck McDonnell und eine zwanzig Mann starke Gruppe, die nach Schäden suchte. Clay, nach seinem Funkkürzel auch »Amboss Zwei« genannt, schickte je zwei Gruppen flussauf- und flussabwärts, damit sie auf beiden Seiten das Gelände deckten. Der Rest der Mannschaft bemannte die Waffentürme der *Lady* oder hielt sich bereit, um den von Bord gegangenen Stürmern zu helfen, falls sie angegriffen werden sollten.

Man brauchte nicht lange zu warten. Ginny Green, die Stürmerin, die den schlammigen Abhang am rechten Ufer als Erste erklomm, bekam sofort einen Bolzen durch die Brust. Die Aufschlagkraft des zwanzig Zentimeter langen Geschosses riss sie von den Beinen. Sie machte mit ausgestreckten Armen eine wankende Drehung und rollte die Böschung herab. Die sieben Stürmer, die sich hinter und neben ihr befanden, warfen sich zu Boden, hoben die Gewehre und lugten vorsichtig über den Uferrand hinweg. Der erste Mann, der sich auf diese Art rührte, bekam von hinten einen Bolzen durch den Hals.

»Scheiße!«, fluchte der Gruppenführer. Er duckte sich hinter den Uferrand und schaltete seinen Helmsender vom Gruppenkanal zum Abteilungschef um. »Amboss Zwei, hier Ostseite Eins. Wir haben zwei Ausfälle. Werden von beiden Ufern aus beschossen. Warten auf Befehle. Ende.«

Clays Stimme ertönte in seinem Kopfhörer. »Ostseite, hier ist Amboss Zwei. Mähen Sie den Rasen. Bereiten Sie sich zum Sturm vor. Raus!«

»Rasen mähen« war Stürmerjargon; der Befehl, einen dichten und ausgedehnten Feuerteppich zu legen, bei dem man einen pausenlosen Kugelhagel in jedes Grasbüschel und jeden Strauch pumpte, der die unmittelbare Front jeder Gruppe bildete. Alles, was einem feindlichen Krieger Deckung bieten konnte, sollte mit Blei beharkt werden.

Stu Barber begab sich unter einen Wagen und sprach über eine speziell für diesen Zweck installierte Außenkamera mit Hartmann. Buck McDonnell hielt ein dreiläufiges Luftgewehr im Anschlag und hielt neben ihm Wache.

»Es sieht ziemlich schlimm aus«, meldete Barber. »Aber ich habe den Eindruck, als hätten wir – von ein paar Dellen und dem zerrissenen Durchgang abgesehen – keinen strukturellen Schaden erlitten. Das größte Problem sind die Trümmer, die sich hier unten angesammelt haben. Wir kommen erst wieder von der Stelle, wenn wir sie beseitigt haben. Ich schätze, es wird knapp sechs Stunden dauern, vielleicht aber auch noch länger. Ich brauche mindestens hundert Mann hier draußen, wenn Sie die *Lady* bis Sonnenuntergang wieder auf Kurs haben wollen.«

Hartmann dachte nach, bevor er antwortete. »Sie haben jetzt zwanzig Mann. Ich gebe Ihnen noch vierzig. Wenn Clays Leute den Angriff erfolgreich aufgehalten haben, können Sie später mehr bekommen. Mr. McDonnell, kommen Sie an Bord, um die Arbeitsgruppe zu organisieren?«

»Auf der Stelle, Sir!« McDonnell trat näher an die Kamera heran. »Ich … ähm … weiß nicht, ob Ihnen es aufgefallen ist, Sir, aber die Uferbänke sind ein bisschen hoch und unbequem. Die Geschütztürme haben kein horizontales Schussfeld. Es wird ihnen schwerfallen, unsere Ringverteidigung zu unterstützen.«

»Ich bin mir dessen bewusst, Mr. McDonnell«, erwiderte Hartmann. »Aber wir stehen nur einem leicht bewaffneten und undisziplinierten Feind gegenüber. Diese Burschen mögen zwar für sich allein mutig und hartnäckig sein, aber sie kennen keine irgendwie geartete militärische Organisation. Ich bin sicher, dass unsere Leute die Front halten, bis wir uns ausgegraben haben.«

»Yes, Sir!« McDonnell salutierte vor der Kamera und eilte an Bord zurück. Ein anderer Bildschirm zeigte den Spieß, als er die Rampe zum Wagenzug hinauflief.

Ein paar Minuten später kam Big D in den Sattel. Er

kam genau in dem Augenblick, als Amboss Zwei sagte, seine Leute seien nun von allen Seiten umzingelt. Die Gruppen, die er flussauf- und flussabwärts geschickt hatte, meldeten ebenfalls feindlichen Beschuss, und die Stürmer am Ost- und Westufer waren festgenagelt. Fünf Leute waren getroffen worden, drei davon tödlich. Bis jetzt hatte sich der Feind noch nicht gezeigt.

»Ich hatte gedacht, diese Schafsköpfe würden aufstehen und kämpfen«, knurrte Colonel Moore.

»Vielleicht müssen wir ihnen erst auf die Zehen steigen«, sagte Buck McDonnell. Er wandte sich zu Hartmann um. »Unsere Jungs müssen einen Ausfall machen und die Ufer stürmen, Sir«, drängte er. »Wir dürfen nicht zulassen, dass man uns hier unten im Fluss festnagelt, während wir damit beschäftigt sind, die *Lady* wieder freizukriegen.«

»Der Gedanke ist mir auch schon gekommen«, sagte Hartmann trocken und betätigte einen Sendeknopf. »Amboss Zwei, hier ist *Lady Lou*. Bestätigen Sie. Ende.«

Clay reagierte sofort. »Hier ist Amboss Zwei, höre Sie laut und deutlich. Ende.«

Hartmann beugte sich über das Mikrofon. »Machen Sie Druck, Mr. Clay! Ich will bis spätestens Mittag einen sicheren Fünfhundert-Meter-Kreis um die *Lady* haben.«

»Hier ist Amboss Zwei. Verstanden. Alle Gruppen Volldampf. Und raus!«

Hartmann wandte sich an den Spieß. »Suchen Sie vierzig starke Männer aus, Mr. McDonnell.«

»Ich habe sie schon auf dem Weg hierher eingeteilt«, sagte der Spieß.

»Okay.« Hartmann musterte das Fernsehbild seiner Techniker. »Setzen Sie die Leute in Ihrer Instandsetzungsabteilung ein, Stu, und bringen Sie uns wieder auf die Straße.«

Barbers Hand ruckte hoch, um sein Helmvisier herunterzuziehen. Er sah recht unglücklich aus. »Können Sie nicht noch ein paar zusätzliche Männer entbehren? Sechzig reichen nicht mal annähernd. Je mehr Leute ich habe, desto eher …«

Hartmann schnitt ihm das Wort ab. »Tun Sie einfach das Beste, was Sie können, Stu. Schicken Sie alle zum Ende runter. Wenn Coop vier bis sechs Wagen auf ein Ufer rauffahren kann, haben wir genug Feuerkraft, um die Kleinarbeiten zu sichern.«

»Schon unterwegs«, sagte Barber.

Hartmann unterbrach die Verbindung zu dem externen Monitor, in den Barber hineingesprochen hatte, und schwang sich zum Spieß herum. »Geben Sie den Leuten Zunder, Mr. McDonnell!«

Angetrieben von Captain Clay stürmten die Kampfeinheiten mit auf Automatik geschalteten Waffen über die Uferränder. Mehrere von ihnen fielen schon, bevor sie den gewellten Erdstreifen erreichten, der ihnen den Anschein einer Deckung gab, und als sie sich zu Boden warfen, sprangen hinter ihnen Krieger aus niedrigen, mit Gras getarnten Löchern und fielen mit Klingenspeeren und Steinschleudern über sie her. Der Kampf von Mann zu Mann war kurz, schnell und blutig. Zwar fielen mehrere Stürmer unter der blitzschnellen Attacke der Bären, doch am Ende triumphierten die Feuerkraft und die Disziplin der Wagnertruppen.

Die selbstmörderischen Angriffe kleiner Mutantengruppen an den Flanken hörte jedoch nicht auf. Die Stürmer wurden von einem sich konstant zurückziehenden Feind immer weiter vom Flussufer fortgelockt. Captain Clay, dessen kleine Kommandoeinheit beim Kampf gegen die M'Call-Bären versucht hatte, den Einsatz zu koordinieren, erkannte zu spät, dass die vorderen Flanken-Einheiten längst über den von Hartmann befohlenen Fünfhundert-Meter-Kreis hinausgestürmt waren. Deswegen wurde der Hauptteil seiner Streitmacht über die ganze Landschaft versprengt, als die Hauptstreitmacht der Mutanten die beiden Acht-Mann-Gruppen, die flussaufwärts im Einsatz waren, überwältigte und sich durch das gewundene Schlammbett auf die *Lady* zu wälzte.

Weder Hartmann noch seine beiden Stürmerchefs hatten die Gefahr einer Attacke aus dieser Richtung als wahrscheinlich eingeschätzt. Ihre Erleichterung darüber, dass die *Lady* die Überschwemmung überstanden hatte und ihr unerschütterlicher Glaube an die Unbezwingbarkeit des Wagenzuges verführten sie zu übersehen, dass sie in dieser Lage nur die Backbordgeschütze der vorderen fünf Wagen einsetzen konnten, um einen flussabwärts kommenden Gegner zu stoppen. Doch von den zehn drehbaren Sechslaufgeschützen, die in diese Richtung wiesen, hatten nur drei ein normales Schussfeld. Die Bewegung der sieben anderen war ganz oder teilweise durch die aufgestauten Fluttrümmer blockiert, die sich zudem noch rund um die Backbordkameras angesammelt hatten. Die restlichen elf Wagen standen flussabwärts in einer Reihe – zu nahe am linken Steilufer und unterhalb beider Bodenebenen. Aufgrund des Winkels, in dem die fünf vorderen Wagen geneigt waren, konnten die Geschütze auf den Wagendächern in der Horizontale nur sieben Grad gedreht werden und waren folglich nutzlos – wie auch die beträchtliche Feuerkraft der nicht in Mitleidenschaft gezogenen Steuerbordseite.

Stürmerchef Moore reagierte mit lobenswerter Schnelligkeit. Er führte den Rest seiner Truppe die Rampen hinunter und versuchte, die Front flussaufwärts vor der *Lady* zu halten. Hartmann funkte Clay an und befahl ihm, zu den Uferbänken zurückzukehren, wo er Moore mit Flankenfeuer unterstützen und den Angreifern den Rückzug abschneiden sollte. Dann wandte er sich mit einem triumphierenden Lächeln an seinen Stab. Wenn der Rückweg der Angreifer erst einmal blockiert war, konnte man sie abschießen wie Fische in einem Fass.

Die Backbord-Kanoniere in den vorderen fünf Wagen nahmen das Flussbett, so gut es ging, unter fortwährenden Beschuss, und es gelang ihnen, mehrere Dutzend Mutanten niederzumähen. Allerdings schaffte es auch der gnadenlose Kugelhagel nicht, ein weiteres Vorrücken des Gegners zu verhindern. Mehrere Dutzend unverletzte Krieger sprangen ohne zu zögern über die Gefallenen hinweg und stürmten nach vorn. Als Colonel Moores Leute siegesgewiss unter dem Wagenzug hervorstürmten und wild um sich schießend ausschwärmten, warf sich ihnen eine schreiende Welle von M'Call-Bären entgegen wie die Wasserflut dem Zug.

»Rampen einziehen!«, schrie Hartmann.

Der Systemingenieur reagierte auf der Stelle und versiegelte den Bauch des Wagenzuges. In der gesamten Geschichte des Bahnbrecherwesens war es zwar noch keinem Mutanten gelungen, an Bord eines Fahrzeuges zu gelangen, aber man konnte nie wissen … Kein Wagenmeister war scharf darauf, diese albtraumhafte Vorstellung als Erster in der Realität zu erleben. Wagenzüge und ihr steriles, klimagesteuertes Inneres waren Föderationsenklaven und als solche sakrosankt und unantastbar.

Captain Virgil Clay nahm mit seinen am Ost- und Westufer des Flusses verstreuten Einheiten Kontakt auf und befahl ihnen, sofort zur *Lady* zurückzukehren. Die beiden Schwadronen auf der Südseite, die er flussabwärts geschickt hatte, waren durch fortwährenden Beschuss durch Armbrust-Heckenschützen festgenagelt und anschließend bei einem Kampf von Mann zu Mann schrecklich zugerichtet worden. Doch obwohl der Trupp jetzt nur noch die Hälfte seiner ursprünglichen Kampfkraft aufwies, richtete er Verheerendes an und brachte für jeden eigenen Verlust fünfzehn Angreifer um. Clay funkte die *Lady* an und bat um weitere Verstärkung, um seinen Leuten den Rückweg zu decken. Die Stürmer an der Nordseite, die schon zuvor signalisiert hatten, dass sie unter schwerem Beschuss standen, brachen mitten in einem Funkspruch ab. Clay versuchte wiederholt, die Verbindung wieder aufzunehmen, doch seine Rufe blieben unbeantwortet.

Die M'Call-Bären, die flussaufwärts die beiden Achtergruppen überrannt und getötet hatten, hatten keine Zeit, darüber nachzudenken, wie das »lange, spitze Eisen« der Wagner funktionierte. Es war unwahrscheinlich, dass sie es ohne Mr. Snows Hilfe in einer Woche geschafft hätten. Für die Krieger waren die dreiläufigen Gewehre nichts anderes als seltsam geformte Keulen. Die Macheten der Wagner hingegen waren ihnen eine willkommene Beute: Sie nahmen den gefallenen Stürmern schnell die Gürtel und Scheiden ab und schlangen sie um ihre eigenen Hüften. Einer der stolzen Macheten-Neubesitzer war Motor-Head.

Die schreiende Horde, die durch das trümmerübersäte Flussbett auf den Wagenzug zustürmte, wurde von gespenstisch heulenden Klängen begleitet, die sogenannte Windpeitschen erzeugten. Dabei handelte es sich um perforierte Holzstreifen, die an kurze Stöcke gebunden waren. Wenn man sie mit hohem Tempo umherwirbelte, erzeugten sie eine Vielzahl unheimlicher Töne. Andere machten raue, trocken klickende Töne, wie Zikaden. Auf die Grünschnäbel in den Kampfeinheiten wirkten die bizarr gekleideten M'Call-Bären und ihre aufgrund von Generationen mutierter Gene gestreiften, gefleckten und missgestalteten Körper wie eine Ausgeburt der Hölle. Sie erblickten in den Angreifern einen Ausbruch primitiver Wildheit und hirnloser, brutaler Kraft, was sie gewaltig einschüchterte. Die Mutanten waren für sie eine unaufhaltbare Bedrohung all dessen, was die Amtrak-Föderation repräsentierte, und ihr Entsetzen nahm noch zu und drang noch tiefer in ihre Psyche ein, als sie die abgeschlagenen Köpfe ihrer Kameraden sahen. Sie trugen noch ihre Helme und wippten über der näher rückenden Meute an den Spitzen ihrer Speere.

Einen flüchtigen Moment lang stand die Zeit still. Die Hirne der Stürmer schienen einzufrieren. Dann erinnerten sie sich wieder an die Monate ihrer harten Ausbildung. Eine jahrelange Indoktrination schickte Alarmsignale zum Hirn, zu den Augen, in die Glieder und zu den Fingern am Abzug. Sie sandte Ströme von Adrenalin in ihren Kreislauf, härtete den Magen mit Stahl und überflutete das

Herz mit kaltem, unversöhnlichem Hass. Was die Stürmer dann sahen, waren durcheinanderwirbelnde Zerrbilder von Menschen. Sie sahen die Plünderer der Blauhimmelwelt, deren giftige Existenz die Luft mit dem schleichenden Tod erfüllte. Niemand zauderte. Keiner kniff. Grünschnäbel und Veteranen stießen gleichzeitig den Siegesschrei der Rebellen aus und warfen sich in die Schlacht.

Halb taub vom Dröhnen der Kettensägen und dem lärmenden Rattern eines kleinen, auf Raupenketten fahrenden Baggers, hörten Barber und die sechzigköpfige Gruppe, die unter den hinteren Wagen beschäftigt war, nichts von dem schauderhaften Kampfeslärm, den die anrückenden Mutanten veranstalteten. Die erste Warnung, die darauf schließen ließ, dass die Kämpfe nun auch die *Lady* nicht mehr verschonten, kam von Colonel Moores Männern, die zu beiden Seiten der Flugabteilung die Rampen hinabstürmten.

Das nächste Zeichen, dass die Lage nicht gerade gut aussah, bestand im Auftauchen von Captain Clay und dem Rest seiner Truppe am Uferrand. Clays Männer waren genötigt gewesen, sich über offenes Gelände zurückzuziehen, das von zwei Seiten von sporadischem Feuer zermürbt wurde, denn die feindlichen Armbrustschützen, die noch hinter der Hauptstreitmacht waren, beschossen sie aus der Deckung des Flussbettes.

Da sie die Räder behinderten, fuhr Barber fort, die von der Flut angespülten Trümmer fortzuräumen, doch die Konzentration fiel ihm ebenso schwer wie den anderen Männern, denn nun wurde allen klar, dass die vier Schwadronen, die im Laufschritt den Fluss hinuntergeeilt waren, den Rückzug des Trupps deckten, den man zuvor in Marsch gesetzt hatte. Barbers Konzentrationsfähigkeit nahm weiter ab, als der Baggerfahrer von einem Bolzen aus dem Sitz gehoben wurde, der unter der rechten Achselhöhle des Mannes verschwand und auf der anderen Seite zwischen seinem Schlüsselbein und dem Schulterblatt wieder hervorkam. Barber warf das Brecheisen weg, packte sein Gewehr und ging hinter einem hohen Stahlgürtelreifen in Deckung. Der Rest der Instandsetzungseinheit tat es ihm gleich.

Buck McDonnell rannte unter dem Zug her auf Barber zu, kniete sich hin und richtete seine Aufmerksamkeit auf die wogende Schlacht, der er gerade entkommen war. Sie tobte kaum hundert Meter flussaufwärts vor den Wagen an der Spitze. Der Spieß zog ein leeres Magazin aus seinem Gewehr, warf es weg, füllte die Waffe mit einem neuen und prüfte den Reserveluftdruck. Das kurze Bajonett, das unter dem Lauf befestigt war, war mit frischem Blut beschmiert.

»Die Beulenköpfe hier sind wirklich eine sture Bande«, keuchte er heiser.

Barber umklammerte nervös sein Gewehr. »Ob Moore sie aufhalten kann?«

Buck McDonnell erwiderte mit einem grimmigen Lächeln: »Wenn er es nicht kann, enden wir alle mit einem steifen Hals.«

Sein grässlicher Hinweis galt dem Brauch der Mutanten, die abgetrennten Köpfe gefallener Wagner auf Stangen vor sich herzutragen. Auf diese Antwort war der Erste Ingenieur nun wirklich nicht aus gewesen.

Als Barber und McDonnell flussabwärts blickten, sahen sie, dass Clays Männer an beiden Ufern einen Angriff gegen eine Streitmacht führten, die aufgrund einer Flussbiegung vom Wagenzug aus nicht zu erkennen war. Sie sahen das hellrote Blitzen explodierender Brandgranaten und aufsteigende Fahnen schwarzen, öligen Rauchs. Drei verwundete Stürmer stolperten durch das schlammige Flussbett zur *Lady* zurück.

Einer der Männer sank auf die Knie und fiel klatschend in einen seichten Tümpel. Der Spieß nahm sich drei Männer und führte sie flussabwärts; als sie den Gestürzten an Armen und Beinen packten und mit ihm in die Deckung des Zuges zurückrannten, gab er ihnen Feuerschutz.

Als sie den hinteren Kommandowagen erreichten, sprang ein feindlicher Krieger am rechten Ufer hoch und richtete eine Armbrust auf ihn. McDonnell, dessen Reflexe nach einem zwölf Jahre langen Oberweltkampf in bester Verfassung waren, fuhr herum und fällte den Angreifer mit drei wohlgezielten Schüssen. Nachdem man den Verwundeten durch eine Notluke an Bord gebracht und an die Sanitäter der *Lady* weitergegeben hatte, gesellte McDonnell sich im Schatten des großen Rades wieder zu Barber.

»Als ich heute Morgen wach wurde, hatte ich das Gefühl, als würde es wieder einer von *diesen* Tagen werden.«

Barber war nicht in der Stimmung, die Dinge so leicht zu nehmen. »Es ist mörderisch. Was sollen wir bloß machen?«

»Eins ist wohl klar«, grollte der Spieß. »Jedenfalls sollten die Jungs hier nicht auf dem Arsch sitzen.«

»Aber solange wir unter Beschuss stehen, können wir

den Scheiß doch nicht wegräumen«, protestierte Barber. »Das ist doch unmöglich!«

McDonnell schüttelte den Kopf. »Es ist nicht unmöglich. Es ist nur schwierig. Wenn wir das Ende von hier bis zur Flugsektion freikriegen, können wir über die Schweinehunde wegrollen.«

Er deutete auf den kleinen Bagger, der steuerlos halb den rechten Uferhang hinaufgefahren war. Nun stand er still. Er klopfte Barber auf den Rücken. »Sie steuern den Bagger, und ich steuere das Gewehr.«

Lieutenant Commander Barber schluckte schwer. Dann packte er fest den Griff seiner Waffe und eilte mit McDonnell im Gefolge im Laufschritt zum Bagger hinüber. Sie kletterten an Bord, und der hochgewachsene Spieß klemmte sich hinter den Fahrersitz und hielt das Gewehr schussbereit.

Barber schaltete den Baggermotor ein und fuhr rückwärts den Abhang hinunter. Die Ketten wühlten den Schlamm auf, als er die Schaltungen bearbeitete, um das Fahrzeug zur *Lady* herumzudrehen. Es dauerte ein paar Minuten, bis er alles auf die Reihe bekam, dann ließ er die Schaufel sinken und ratterte vorwärts, um die nächste Ladung zersägter Bäume und losgeschlagener Felsen fortzuräumen.

Als sie den Wagenzug erreichten, ließ McDonnell sein Visier herab und winkte heftig den Stürmern zu, die sich unter den Wagen verkrochen hatten. »Okay, volles Rohr!«, schrie er. »Jeder geht sofort wieder an die Arbeit! Lasst uns wieder Leben in die *Lady* pumpen!«

Ihrem Beispiel folgend, legten die Stürmer ihre Gewehre hin, nahmen Brechstangen, Schaufeln, Macheten und Kettensägen und fingen an, den Rest der Trümmer zu beseitigen.

Oben im Sattel kämpfte Wagenmeister Hartmann einen lautlosen Kampf, um den geistigen Schlick wegzuräumen, der seine Gedanken seit Sonnenaufgang blockierte. Er wusste genau, wie der Kampf ausgehen würde: Letztendlich würde sich die *Lady* als Siegerin erweisen, selbst wenn sie die meisten Leute verloren, die momentan draußen kämpften. Sie würden siegen, weil die Mutanten keine Waffen hatten, die dem Wagenzug irreparable Schäden zufügen konnten. Die Leute an Bord brauchten nur stillzusitzen und den Angriff mithilfe der Verteidigungsanlagen abzuwehren.

Stillsitzen war allerdings kein Bestandteil der Bahnbrecher-Kampfphilosophie. Am liebsten sah man sich in der Rolle des aggressiven Verfolgers von Bösewichten, wobei der Wagenzug als mobile Feuerbasis diente, die die Stürmer bei Oberwelt-Einsätzen aus nächster Nähe unterstützte. Im Idealfall wurden die Stürmer eingesetzt, den Feind aus unvorteilhaftem Gelände zu vertreiben, damit die Bordwaffen ihn niedermähen konnten. Deswegen gingen die Mutanten aus dem Süden, mit denen Hartmann bisher zu tun gehabt hatte, aussichtslosen Kämpfen meist aus dem Weg. Und sobald seine Leute sich irgendwo festgesetzt hatten, hatte er die furchtbare Feuerkraft der *Lady* stets ins Spiel bringen können.

Deswegen war Hartmann über die Klemme, in der die *Lady* sich befand, wenig glücklich. Er war davon überzeugt, dass der Clan, mit dem sie im Augenblick zu tun hatten, über einen Rufer verfügte. Das Unwetter war zu rasch gekommen, und das galt auch für den widerlichen

Nebel: Er war örtlich zu begrenzt gewesen, um Bestandteil der Großwetterlage zu sein.

Doch es gab noch einen zusätzlichen beunruhigenden Faktor: Das taktische Herangehen des Feindes deutete auf übernatürliche Koordination hin. Aufgrund geheimer Gespräche, die Hartmann mit anderen Wagenmeistern geführt hatte, wusste er, dass es dafür nur eine Erklärung gab: Die Angreifer wurden von einem Über-Verstand gesteuert. Und dies deutete auf den höchsten bekannten Rufergrad hin. Wenn es stimmte, hatten sie einen intelligenten und hochgefährlichen Gegner vor sich, der in der Lage war, immense und völlig unvorhersehbare Kräfte anzurufen.

Dieser Gedanke veranlasste Hartmann, den Angriff der Himmelsfalken auf das Feld und das Waldversteck der Mutanten zu befehlen. Der durch das schlechte Wetter verzögerte morgendliche Überfall musste eine Ablenkung erzeugen, die die Kampfmoral der Angreifer schwächte und sie möglicherweise zwang, den Einsatz abzubrechen. Dies wiederum konnte seinen Leuten die nötige Atempause geben, die sie brauchten, um den mitgenommenen Wagenzug wieder aufzurichten. Des Weiteren bestand die Möglichkeit, dass der Luftangriff eventuell den Rufer außer Gefecht setzte, der für die Bewegungen der Mutanten und die gefährliche momentane Lage der *Lady* verantwortlich war.

Das Signalhorn dröhnte in den beiden Wagen der Flugabteilung. Die Piloten wandten sich zum nächsten Monitor um, als Kopf und Schultern des Flugeinsatzleiters auf dem Bildschirm auftauchten. »Ryan?«

Der Erste Pilot, der die Abteilung übernommen hatte,

drückte einen Knopf, damit die Kamera ihn aufnahm. »Sir?«

»Hören Sie zu«, sagte Baxter. »Wir haben grünes Licht für den für heute Morgen geplanten Angriff. Machen Sie acht Maschinen startklar. Sie führen die erste Gruppe gegen den Wald; nehmen Sie Caulfield, Naylor und Webber mit. Ich werde die andere Gruppe anführen und übernehme das Feld. Murray soll einen Ersatzfalken für mich fertig machen und beladen.«

Murray war der grauhaarige Teamführer. Er nickte und machte Ryan klar, dass es keine Probleme gab.

»Ich will die Rampe in fünfzehn Minuten als Erster verlassen«, sagte Baxter zum Abschluss.

»Verstanden, Sir!«, rief Ryan.

In der Flugabteilung brach Aktivität aus. Die Bodenmannschaft beeilte sich, die Maschinen bereitzustellen, die an Deck gehievt werden sollten. Der Teamführer verlangte besondere Sorgfalt bei der Bereitstellung des Himmelsfalken für Baxter, dann rief er den Generatorwagen am Zugende an und bat um Dampf, um die Katapulte zu speisen.

Steve und die anderen Flieger nahmen ihre Helme. Dann überprüften sie, ob die in ihren Schenkeltaschen steckenden Landkarten die fraglichen Geländeabschnitte zeigten; ob die Luftpistolen in ihren Holstern gesichert waren; ob die Kampfmesser fest in der rechten Unterschenkelscheide steckten und die Verschlüsse der Bein- und Brusttaschen zu waren, die Wasserreiniger und Überlebensrationen enthielten.

Ryan ließ sie stillstehen. »Also los! Webber und Caulfield, ihr seid Nummer eins und zwei. Ich fliege hinter euch raus; Naylor macht den Abschluss.« Er wandte sich an Steve, Gus White und Fazetti. »Euch weist Baxter ein. Bis es so weit ist, möchte ich, dass ihr und alle anderen, die Murray nicht in den Ducklöchern braucht, euch mit Bleispritzen bereithaltet. Die Sache könnte etwas haarig werden.«

Und sie wurde es.

Webber und Caulfield wurden rasch hintereinander getroffen, als ihre Himmelsfalken noch auf den Katapultrampen saßen. Ohne einen Gedanken an die Gefahr zu verschwenden, die die unsichtbaren feindlichen Schützen darstellten, sprangen Steve und Fazetti auf das Flugdeck und ließen mehrere Feuersalven auf die Uferstreifen los, während Murray und drei seiner Leute die Toten aus den Geschirren befreiten und aus den Cockpitschalen hoben. Der siebzehnjährige Webber war sofort tot gewesen.

Caulfield hatte nicht so viel Glück gehabt: ein Bolzen war direkt hinter seinem linken Auge durch den Helm gedrungen und ragte an der anderen Seite an der gleichen Stelle heraus. Als man Caulfields Visier hochschob, um nachzusehen, ob er noch lebte, sah Steve das gesamte Grauen dessen, was mit ihm geschehen war: Die Schockwelle des Bolzenaufschlags hatte dem Flieger die Augäpfel aus den Höhlen gedrückt. Während rings um sie herum die Schlacht tobte, saß Caulfield stumm und teilnahmslos da; sein grotesk verzerrtes Gesicht war mit Blut besudelt. Erst als man den Versuch machte, ihn zu bewegen, schrie er und trat um sich.

Steve half den Männern, Caulfield festzuhalten. Der Teamführer fesselte ihn an Armen und Beinen und ließ ihn über die Wagenseite zu Gus White und den drei Ärzten hinab, die im Duckloch hockten. »Bringt ihn zum

Chirurgen«, rief Murray. Er kehrte zurück, um Webbers schlaffen Körper wegzuziehen. »Und steckt den hier in einen Sack.«

Ryan kletterte ungerührt in das Cockpit von Webbers Maschine und überzeugte sich davon, dass die Kontrollen unbeschädigt geblieben waren. Naylor, der letzte Flieger der ersten Gruppe, gab sich alle Mühe, Caulfields Maschine zu starten, doch er schaffte es nicht. Jemand von der Bodenmannschaft fand eine lebenswichtige Leitung, die ein zweiter Bolzen durchtrennt hatte.

Naylor sprang von Bord und half mit, die beschädigte Maschine aus dem Katapult zu ziehen. »Ist es nicht schön, wenn man weiß, dass sie hin und wieder auch mal danebenschießen?«, sagte er mit einem schnellen, nervösen Lachen.

Murray, der rechts neben Ryan an Deck kauerte, signalisierte ihm, er solle den Motor auf volle Kraft hochfahren; dann gestikulierte er mit dem ausgestreckten Arm, und das Katapult wurde losgelassen. Der Himmelsfalke erhob sich in die Luft, stieg steil nach rechts, drehte sich in einer Höhe von sechzig Metern auf den Rücken und schmierte ab. Als Ryan auf den Boden prallte, wurde das Übelkeit erzeugende Krachen von einem gedämpften Knall überlagert, denn auch seine Napalmfracht explodierte. Steve und die anderen, die auf dem Flugdeck waren, zuckten entsetzt zusammen und schauten mit morbider Faszination zu, wie der sengende hellrote Feuerball sich wie ein Ballon an der Aufschlagstelle aufblies. Dann stieg eine schwarze Pilzwolke aus Rauch über dem zerrissenen Kadaver des Himmelsfalken auf und ließ einen Kreis von brennendem Gras zurück.

Steve wollte schlucken, aber seine Kehle war trocken. Er reagierte zwar nicht empfindlich auf Blut oder zerrissenes Fleisch und vertraute auch darauf, töten zu können, wenn er töten musste, aber es fiel ihm schwer, sich an das beängstigende Tempo zu gewöhnen, mit dem ein Mann wie Ryan, ein lebendes und denkendes menschliches Wesen, mit dem er gerade noch gesprochen hatte, sich in einen unkenntlichen Klumpen aus verkohltem Fleisch verwandelte. Jodi, Booker, Yates und Webber – und jetzt auch noch Ryan. Mit aufflammender Verärgerung dachte er an das, was seine Schwester in Roosevelt Field gesagt hatte: »Erzähl mir bloß nicht, es wäre gefährlich, gegen die Mutanten zu kämpfen.« Roz hätte hier sein und sich ansehen sollen, was von Ryan in dem schmorenden, verdrehten Strebenkäfig im Flussbett übrig geblieben war. Dann würde sie begreifen, dass Bahnbrecher-Expeditionen nicht die »Kleinigkeit« waren, von der sie gesprochen hatte.

Wagenmeister Hartmann, der das Gemetzel auf dem Flugdeck und Ryans tödlichen Absturz auf den Sattel-Bildschirmen beobachtet hatte, kam binnen wenigen Sekunden zu dem Schluss, dass drei abgeschossene Flieger in weniger als zehn Minuten eine entschieden zu hohe Verlustrate waren. Er schaltete sich persönlich ins Visikom-System ein und redete mit Baxter.

»Luftangriff abbrechen! Holen Sie alle Mann von Deck! Wir müssen versuchen, den Angriff auf andere Weise aufzubrechen. Zwei Zweierteams sollen sich startbereit halten. Sie bleiben an Bord. Bei dem Glück, das wir heute haben, möchte ich das Risiko nicht eingehen, die ganze Luftflotte zu verlieren!«

FEL Baxter bestätigte den zurückgenommenen Befehl

und ließ den Lift stoppen, der Naylors Maschine aufs Flugdeck brachte. Naylor, der schon im Cockpit saß und sich Mut für seine Teilnahme am russischen Roulette machte, schnallte sich los und sprang mit sichtlicher Erleichterung aus der Maschine. Auch Baxter war erleichtert. Zwar rechnete er wie jeder Flieger damit, von einem Einsatz nicht zurückzukehren – diesem Risiko waren alle Piloten ständig ausgesetzt –, aber der Gedanke, umgebracht zu werden, wenn man in einer Maschine war, die noch nicht abgehoben hatte, war ihm unangenehm. Ein solcher Tod war so sinnlos wie ein Ausrutscher im Bad, bei dem man mit dem Kopf in die Klosettschüssel fiel und ersoff.

Hartmann funkte Colonel Moore an und befahl ihm, mit seinen Männern zur *Lady* zurückzukehren und hinter den fünf im Flussbett festsitzenden Wagen eine neue Verteidigungslinie aufzubauen.

»Amboss Eins, alle Gruppen zurück«, sagte Moore. Er verstand sofort, was Hartmann vorhatte, und hoffte verzweifelt darauf, dass dieser wartete, bis sein treuer Stellvertreter aus dem Gröbsten heraus war.

Dann rief der Wagenmeister Captain Clay an und befahl ihm, seine Einheiten aus dem Hauptgefecht abzuziehen, damit er die flussabwärts liegende Front verstärkte und hielt. Schließlich gelang es Hartmann, Barber vor eine Außenkamera zu bekommen und ihm zu sagen, was er vorbereitete. »Wie geht's?«, fragte er.

Barbers Stimme klang erschöpft. »Die drei letzten Wagen sind frei.«

»Das reicht nicht, Stu«, fauchte Hartmann. »Ich brauche sechs.«

»Wir tun, was wir können«, erwiderte der zermürbte

Erste Ingenieur. »Ich habe acht Tote und fünfzehn Verwundete, und …«

Hartmann unterbrach ihn. »Stu, ich kann jetzt keine Statistik brauchen! Ich brauche Ergebnisse, klar? Hauen Sie rein!«

Clay meldete sich über Lautsprecher. »Amboss Zwei – sind unten und halten die Stellung.«

»Verstanden, Amboss Zwei«, bestätigte Hartmann. »Nehmt sie in die Mangel, aber verfolgt sie nicht. Ende.«

Clay meldete sich noch einmal. »Amboss Zwei. Keine Sorge, *Lady Lou*. Ich könnte sowieso nicht hier weg. Dafür sind wir zu sehr außer Atem.«

Seine Worte brachen die im Sattel herrschende Spannung und zauberten ein Grinsen auf die Gesichter der Stabsoffiziere.

»Eins bis acht fertig machen, Mister Ford«, sagte Hartmann.

Der Zweite Systemingenieur aktivierte eine Reihe von Schaltern auf seinem Kontrollbord und prüfte die Skalen. »Eins bis acht aktiviert.«

Hartmann spürte, wie seine Kehle enger wurde. »CQ aufmachen, bitte.«

Die Finger des VisiKomTech flitzten gewandt über die Reihen der Schalter und lieferten Hartmann ein umfassendes Bild der Wagenzugunterseite und des Bodens rechts und links davon. Man sah, wie Moores Kampfeinheiten sich zurückzogen und dabei in einen Kampf mit anderen Angreiferhorden verwickelt wurden. Flussabwärts, unter den hinteren Wagen, schufteten die Männer des Instandsetzungstrupps fieberhaft, um die letzten Trümmer wegzuräumen. Hartmann erkannte die breitschultrige Gestalt McDonnells hinter dem Fahrersitz des Baggers, den Barber inzwischen mit zufriedener Gelassenheit handhabte.

»Amboss Eins – ziehen uns unter den Zug zurück.«

Hartmann schaute gespannt zu, als Colonel Moore und seine vier Unterführer ins Bild kamen. Sie feuerten wild um sich, während sie unter den vorderen Wagen in Deckung gingen. Die Stürmer folgten ihnen in mehreren Wellen, drehten sich sofort um und deckten den Rückzug der anderen mit Feuersalven. Die Männer kamen nicht so glatt unter den Zug, wie Hartmann gehofft hatte. Da die Mutanten ihnen dicht auf den Fersen waren, ging der Kampf auch dann noch weiter, als sie sich durch die aufgetürmten Trümmer schlugen – eine urzeitliche Sumpflandschaft aus ineinander verkeilten Ästen und zermalmten Baumstrünken. Alles war mit Schlamm und langen Halmen aus durchtränktem Gras verstopft. Dazwischen lag schlaffes Gestrüpp herum. Alles wirkte wie ein groteskes Netz, das eine betrunkene Riesenspinne gewebt hatte. Es behinderte jeden Schritt, und als Wagner und Mutanten sich beschossen, aufeinander einhackten und -stachen, wurde der Anblick schnell zu einer danteschen Vision der Hölle.

Hartmann wartete, bis sich die Masse der Wagner einen Weg zu den vorderen Wagen erkämpft hatte. Mehrere Bildschirme verblassten, als die M'Call-Krieger die Außenkameras mit Schleudern zerstörten. Auf den verbleibenden Schirmen wimmelte es von Angreifern. »Wir nehmen eins bis sechs – Bodenebene backbord und steuerbord, Mr. Ford«, sagte Hartmann in völlig sachlichem Tonfall.

»Eins bis sechs, Bodenebene«, erwiderte der Systemingenieur.

»Dampfdüsen auf!«

Das Geräusch durchdrang die Panzerstahl- und Bleischichten und die Wärme- und Lärmisolierung der Wagenhülle, und für alle, die in dieser Sekunde im Freien waren, war es noch schrecklicher als das unheimliche Geräusch, das die Windpeitschen der Mutanten erzeugt hatten. Es war ein schauderhaft schrilles, ohrenbetäubendes Kreischen; das abscheuliche Heulen einer Banshee, das sich jedem ins Hirn bohrte und einem das Herz einfrieren ließ. Unsichtbare laserfeine Hochdruckdampfstrahlen schossen aus den Ventilreihen, die sich an der gewölbten Unterseite der vorderen Wagen befanden, und zerschnitten mit der Schärfe chirurgischer Skalpelle und der unwiderstehlichen, reißenden Kraft von Kettensägen mit ungeheurer Geschwindigkeit die Luft.

Die Auswirkungen der Dampfventile auf die feindlichen Krieger übertrafen das von Doré unauslöschlich illustrierte Grauen Dantes um ein Vielfaches. Völlig überrascht, in Zweikämpfe mit den letzten unglücklichen Stürmern verwickelt und wegen der Trümmer, in die sie verstrickt waren, ohne Rückzugsmöglichkeit, wurde eine große Menge der Angreifer in Stücke geblasen. Haut, Fleisch und Muskeln wurden zerfetzt und von den Knochen gerissen; Gliedmaßen wurden abgetrennt; Körper in der Mitte geteilt. Gedärme flogen in alle Richtungen, Blut spritzte auf die Beobachtungskameras und zog einen roten Schleier über die grauenhafte Szene.

Selbst jene, die der pulverisierenden Wucht des nie gesehenen Zorns entkamen, blieben nicht völlig ungeschoren. Als sich die tödlichen Ventile so weit abkühlten, dass man es wahrnahm, waren die Überlebenden von brühenden, blendenden und Blasen werfenden Dampfwolken umgeben. Die Nachhut der M'Call-Bären geriet ins Stocken, dann drehte sie sich auf dem Absatz um und floh. Die Krieger, die vom Atem der Schlange gestreift worden waren und sich noch auf den Beinen hielten, wankten umher oder versuchten, sich in Sicherheit zu bringen. Die meisten wurden von Colonel Moores Männern und den Kanonieren der *Lady* niedergemacht.

»Außenkameras reinigen!«, sagte Hartmann. Er bedeckte die Augen und drückte bei einem müßigen Versuch, die blutfleckigen Bilder von seiner Retina zu wischen, mit den Fingerspitzen auf seine geschlossenen Lider. Doch so tief konnten seine Finger nicht dringen. Das, was er gerade gesehen hatte, hatte sich schon in sein Hirn gebrannt und war zu einer neuen grässlichen Seite des privaten Kriegstagebuchs geworden, das sein inneres Auge in der Dunkelheit heimsuchen würde, wenn der Schlaf nicht kam. Hartmann riss sich zusammen und sagte zum Systemingenieur: »Leitungen kappen, Mr. Ford!«

Der Zweite Systemingenieur schaltete die Ventile ab. »Eins bis sechs gekappt.«

Hartmann rief Clay an. »*Lady Lou* an Amboss Zwei. Melden Sie Kampflage! Ende.«

»Hier ist Amboss Zwei. Überlebende Gegner ziehen sich unter Beschuss nach Nordosten zurück. Ende.«

Auch Colonel Moore meldete sich. »Amboss Eins an *Lady Lou.* Es ist alles vorbei. Sie hauen ab.« Seine Stimme zitterte zwar, doch sie klang triumphierend.

»Verstanden, Amboss Eins. Bleiben Sie in Position!«

Hartmann hatte plötzlich das Gefühl, dass die auf ihm lastende Verantwortung ihn niederdrückte, aber gleichzeitig war er sich deutlich der Vorteile seiner Position bewusst. *Er* hatte das Grauen von den Schirmen fegen können, aber die Männer, die draußen im Freien waren, hatten diesen Ausweg nicht gehabt. Sie hatten gekämpft und waren gestorben; sie waren gezwungen gewesen, das scheußliche Spektakel mit anzusehen, das ein paar Hundert Mutanten direkt vor ihren Augen in gekochtes Hackfleisch verwandelt hatte. Und jetzt sahen sie sich der Tatsache gegenüber, das dabei entstandene Chaos beiseitezuschaffen, damit die *Lady* wieder auf Kurs gehen konnte.

Hartmann schaltete sich persönlich zur Flugabteilung durch und musterte den FEL. »Wie viele Falken können wir in die Luft bringen, Mr. Baxter?«

»Vier, Sir. Naylor und die drei Silberschwingen Brickman, Fazetti und White.«

Hartmann zögerte. »Das wäre dann ihr erster echter Einsatz. Ob sie es schaffen? Ich meine, nach dem, was passiert ist?«

»Sie können es kaum erwarten, Sir«, sagte der FEL.

»Okay. Alles fertig machen zum Luftangriff!« Hartmann schaltete den Bildschirm aus und rief Lieutenant Commander Cooper an, seinen Stellvertreter am anderen Ende des Wagenzuges. »Hüten Sie den Laden, Coop. Ich gehe nach draußen.«

12

Die vier übrig gebliebenen Flieger kletterten mit einem Ausdruck grimmiger Entschlossenheit in ihre Cockpitschalen und wurden auf das Flugdeck gehievt, wo die Bodenmannschaft die Schwingen ihrer Maschinen ausklappte und einschnappen ließ und sie dann paarweise zum Backbord- und Steuerbordkatapult schob.

Als sie in die Schlingen eingehakt waren, drehte man die Katapultstangen fünfzehn Grad hoch und schoss die Himmelsfalken mit einer Geschwindigkeit von achtzig Stundenkilometern in die Luft. Naylor führte Fazetti vom Deck fort und nahm Kurs auf den Wald; Steve Brickman folgte Gus White zum Feld.

Als sie verschwanden, schaute FEL Baxter mit gemischten Gefühlen hinter ihnen her. Was die Verluste betraf, hatten sie einen katastrophalen Tag hinter sich. Bei allen früheren Einsätzen gegen die Mutanten aus dem Süden hätte man es als Desaster gewertet, acht Flieger in *einem Monat* zu verlieren. Selbst wenn die Piloten, die momentan in der Luft waren, unverletzt zurückkehrten, musste die *Lady* an einer Grenzstation eine Rast einlegen, um die Verwundeten von Bord zu schaffen und auf Entsatz zu warten. Baxter fragte sich, wie man das Ergebnis ihres ersten Zusammenstoßes mit den Mutanten im Hauptzentrum aufnahm. Die Amtrak-Exekutive zeigte wenig Verständnis für Wagenmeister, die ihre Züge in Gefahr brachten, und kostenträchtige taktische Fehler und Versager in Führungsangelegenheiten wurden hart zur Brust genommen. Und nicht nur das Leben der Wagenmeister stand auf dem Spiel. Wenn erst eine Sachverständigengruppe an Bord kam, war niemand mehr sicher. Dann würde man das Verhalten *jedes Einzelnen* unter die Lupe nehmen. Bis zum letzten Mann.

Der aufgeriebene und besiegte M'Call-Clan schleppte sich über das hügelige Gelände im Osten des ausgetrockneten Flussbettes. Als die Krieger sich in der relativen Sicherheit der Baumgrenze hinter einer steilen Grabenböschung befanden, ließen sie sich im Schatten zu Boden sinken.

Manche tranken durstig aus einem flink dahinplätschernden Bach; andere, die sich verbrüht hatten, spritzten kühles Wasser auf ihre rohe, blasenbedeckte Haut. Dann sammelten sie sich langsam in entmutigten Gruppen und versuchten abzuschätzen, wie viele Krieger im Kampf gegen die Eisenschlange gefallen waren.

Angesichts des Ungleichgewichts zwischen den Waffen der Wagner und den ihren war es ein Wunder, dass überhaupt einer von ihnen die Schlacht überlebt hatte. Aber wie mancher alte Soldat erzählen kann, verschont das Schicksal unter gewissen Umständen, die jedes Begriffsvermögen übersteigen, so manch einen: etwa die englischen Infanteristen, die vier Jahre in den Gräben des Ersten Weltkriegs überlebten, oder die US-Marines, die es im

Zweiten Weltkrieg ohne jede Chance trotzdem über die Strände von Guadalcanal und Tarawa schafften.

Cadillacs Clan-Brüder Hawk-Wind und Mack-Truck waren gefallen; Motor-Head hatte wie Black-Top, Steel-Eye und Ten-Four überlebt. Sekunden bevor Hartmann den Befehl zum Öffnen der Dampfventile gegeben hatte, war Motor-Head ohnmächtig geworden. Als er sich angesichts der Waffen dreier Stürmer gerade vor dem sicheren Tod gewähnt hatte, hatte ihn eine wogende Wolke umgeben und seinen Rücken und seine Arme versengt. Seine Gegner hatten sich umgedreht und waren geflohen.

Von dem ohrenbetäubenden Kreischen entsetzt, das die schrillen Todesschreie seiner Brüder übertönt hatte, war Motor-Head blindlings durch die heißen Wolken am Ufer hinaufgerannt. Dort hatte er dem abscheulichen Gemetzel zugesehen, das der Schlangenatem verursacht hatte, und als es zu Ende gewesen war, hatte er in einer letzten trotzigen Geste seine Steinschleuder auf den nächsten Sandgräber abgeschossen und war fortgelaufen.

Motor-Head war zwar tapfer bis zur Tollkühnheit, aber er war auch schlau genug, um zu erkennen, dass die Eisenschlange und ihre Herren auf eine Weise stark waren, die das Präriev olk nicht verstand. Mr. Snow hatte ihnen zwar einen klugen Rat erteilt, doch in einer Hinsicht hatte er sich geirrt: Die Sandgräber waren keine Tiere. Sie kämpften so eisern wie Menschen.

Motor-Head wusste zwar, dass das Prärievolk bei einem Kampf von Mann zu Mann stärker war, aber die Sandgräber besaßen ein seltsames, sehr spitzes Eisen, dessen Verschlagenheit und Funktion er nicht einmal ansatzweise begriff. Dagegen war die Tapferkeit der Bären wie der

Regen vor dem Wind. Das Prärievolk war zwar das größte Volk der Erde, aber es war nicht größer als die Eisenschlange und seine in ihr lebenden Herren.

Noch nicht. Doch irgendwann würde die Zeit kommen, in der man die Sandgräber im Kampf schlug. Mr. Snow hatte es prophezeit: Wenn Talisman, der Dreifachbegabte, die Führung über das Prärievolk übernahm.

Auch Mr. Snow tauchte schließlich auf. Seine blasse, graue, runzlige Gestalt kam mit wankenden Schritten und mithilfe eines langen, knorrigen Stabes zwischen den Bäumen hervor. Er kam zu den erschöpften Kriegern und begrüßte sie mit beruhigenden Worten. Sein Gesicht war voller Zorn, als er ihre rohen Wunden und verbrühten Gliedmaßen sah. Ihre Haut war geschwollen, als hätte man Ballons unter sie geschoben. Mr. Snow setzte sich vor Motor-Head hin. »Die Bären haben heute gut gekämpft.«

»Nicht gut genug«, murmelte Motor-Head. »Wir sind vor den Sandgräbern geflohen. Wir haben unser Ansehen verloren.« Tränen liefen über seine Wangen. »Wir sind keine Bären mehr.«

»Die Bären haben den Atem der Schlange und das spitze Eisen ihrer Herren ertragen«, konterte Mr. Snow heftig. »Nur das Größte aller Prärievölker ist dazu fähig. Von heute an müsst ihr einen neuen Mut erlernen – den Mut, euer Versagen hinzunehmen; ja, sogar die Niederlage.«

Motor-Heads Augen blitzten wütend auf. »Pah! Wie soll uns das Ansehen bringen?«

»Hört mir alle zu!«, sagte Mr. Snow ernst. »Und merkt euch meine Worte! Es erfordert viel Mut, um tapfer bis zum Tod zu kämpfen. Die Bären haben diesen Mut. Die M'Calls haben ein starkes Herz. Die Feuerlieder besingen ihre Größe seit dem Krieg der Tausend Sonnen. Aber es erfordert noch viel mehr Mut, wenn man Furcht, Niederlage und Schande erlebt und *trotzdem* stark bleibt! Wenn man sich der Macht der Sandgräber mit ungebrochenem Kriegerstolz entgegenstellt und bereit ist, noch tapferer als zuvor zu kämpfen!«

Motor-Head schaute Mr. Snow stur an. »Du hast gesagt, wir sollen den Mut von Bären haben, aber wie Kojoten kämpfen. Müssen wir auch lernen, so schnell zu laufen wie ein Renner? Sollen wir etwa fliehen, sobald wir die erste Gefahr wittern?«

»Die Zeiten ändern sich«, erwiderte Mr. Snow. »Die Eisenschlange, die Sandgräber …« Er seufzte. »Wie kann ich es euch nur erklären? Es ist ein völlig neues Spiel.«

Motor-Head runzelte finster die Stirn. »Du sprichst in Rätseln, Alter. Die Erde erneuert sich von allein. Zur Ernte wird sie gelb, und sie wird alt, bevor der Weiße Tod kommt. Die Clan-Ältesten werden älter, dann sterben sie und werden in anderen Körpern wiedergeboren. Aber manche Dinge ändern sich nicht: Die Liebe der Großen Mutter Mo-Town zu ihrem Volk oder der Mut der M'Calls, deren Feuerlieder du in deinem Kopf hütest, den zu schützen wir geboren sind. Ein Krieger, der Furcht zeigt und vor dem Kampf davonläuft, hat kein Ansehen. Bevor er wieder würdig ist, spitzes Eisen zu tragen, muss er in den Pfeil beißen.«

»So sehe ich es auch«, stimmte Mr. Snow leise zu. »Aber du musst auch etwas einsehen: Mit den alten Methoden kommen wir nicht mehr weiter. Das Präirievolk muss neue Methoden erlernen, um die Erde bis zu Talismans Ankunft zu bewachen.«

Clearwater befand sich mit einer Gruppe ihrer Clan-Schwestern am Waldrand, als die vier Donnerkeile am westlichen Himmel auftauchten. Mr. Snow hatte ihr befohlen, auf die Clan-Ältesten und die Nestmütter zu achten, die man überredet hatte, mit den Neugeborenen und sämtlichen Kindern unter fünf Jahren tief in den Wald zu gehen. Die Wölfinnen hatten sich an verschiedenen Stellen rund um den Westrand des Waldes verteilt und waren bereit, die versteckte Ansiedlung im Falle eines Angriffs zu verteidigen. Als die Donnerkeile in der Ferne sichtbar wurden, wurde Clearwater ängstlich, denn sie hatte die von den Ältesten zurückgebrachten verbrannten Krieger gesehen und von den tödlichen Brandeiern gehört, die die Wolkenkrieger mit sich führten. Wenn sie sie auf den Wald warfen …

Cadillac, dem erneuerten Eid verpflichtet, sich aus der Kampfzone fernzuhalten, hatte geholfen, die Verteidigung des Feldes zu organisieren. Diese Aufgabe hatte man den M'Call-Kindern zwischen sechs und vierzehn übertragen. Sie hatten sich mit ihren Rottenführern versammelt und wurden durch eine größere Gruppe der Wölfinnen verstärkt. Da die Armbrüste, die dem Clan zur Verfügung standen, auf jene Bären begrenzt waren, die gegen den Wagenzug kämpften, waren die restlichen M'Calls nur armselig bewaffnet. Cadillac besaß die einzige Armbrust – die stolze Trophäe, die er bei seinem Kampf gegen Shakatak D'Vine errungen hatte. Die anderen waren mit Klingenspeeren, Schleudern und Steinen ausgerüstet – Waffen, die gegen einen Luftangriff praktisch nutzlos waren.

Ebenso wie Clearwater hatte auch Cadillac die verheerenden Folgen des vom Himmel fallenden Feuers gesehen.

Wenn die Wolkenkrieger kamen, konnten die Jungbären nur wenig tun, um sie aufzuhalten. Cadillac und Mr. Snow waren sich darin einig gewesen, dass die Anstrengungen des Clans sich darauf beschränken sollten, die durch Feuer hervorgerufenen Schäden so gering wie möglich zu halten. Keiner von ihnen hatte an die Möglichkeit gedacht, dass die Wolkenkrieger, nachdem sie ihre Eier abgeworfen hatten, nicht sofort wieder wegflogen. Cadillac hatte diesen Gedanken strikt aus seinem Geist verbannt und sich darauf konzentriert, den Jungbären und Wölfinnen beizubringen, wie man aus rotblättrigen Zweigbündeln und jungen Schösslingen flache, langschäftige Besen machte, um die Flammen auszuschlagen. Er hatte nicht die geringste Ahnung, dass die vorsätzlichen Klebeeigenschaften von Napalm Vorsichtsmaßnahmen dieser Art völlig sinnlos machten.

Die M'Call-Jungbären, ihre Rottenführer und die Wölfinnen nahmen die ihnen zugewiesenen Stellungen ein. Manche standen am Feldrand, andere an strategischen Punkten in der Mitte. Die kleinsten Kinder liefen von einer Gruppe zur anderen und schleppten Steine heran, die sie zu den Stapeln fügten, die schon bereitlagen, um sie den Angreifern entgegenzuschleudern. Die Stimmung entsprach der einer trotzig gespielten Tapferkeit, doch die Kinder machten sich auch Gedanken – nicht weil sie sich vor den Wolkenkriegern fürchteten, sondern weil sie nicht wussten, wie sie sich verhalten würden.

Snake-Hips, eine junge Wölfin, deutete mit dem Finger in die Luft und rief Cadillac zu: »Schau! Sie kommen!«

Cadillac drehte sich um und sah, dass die Donnerkeile im Osten über den Bergen kreisten. Er sah das Blitzen der

Sonne auf ihren anmutigen Schwingen, als sie nach unten tauchten und auf ihn zu jagten.

Von einem spürbaren Gefühl der Erregung gepackt, fegten Steve Brickman und Gus White die Berge hinunter und jagten im Tiefflug über das Feld. Gus warf eine Rauchgranate ab, um die Stärke und die Richtung des Windes zu prüfen. Steve studierte den Verlauf des Feldes und versuchte die beste Stelle für den Napalmabwurf zu finden, denn er wollte den größtmöglichen Schaden anrichten. Von unten schlug ihnen ein Hagel von Wurfgeschossen entgegen. Die meisten kamen ihnen nicht sehr nahe, doch ein paar der Projektile krachten laut gegen die Cockpitschalen und das gespannte Schwingengewebe. Zum Glück richteten sie keinen Schaden an. Ein Stein traf Gus White schmerzhaft seitlich am Hals.

»Ihr kleinen Biester«, krächzte er.

Als Steve das Feld zum ersten Mal niedrig überflog, sah er, dass ihre Gegner lediglich eine Bande mehrheitlich unbewaffneter Kinder waren, die trotz ihrer Wut keine Bedrohung für sie darstellten. Wenn sie ihre Ladung abwarfen, drohte den Verteidigern des Feldes hingegen die Möglichkeit, bei lebendigem Leib gebraten zu werden, falls sie sich nicht aus ihrer momentanen Position entfernten.

Steve meldete Gus seine Beobachtung über Funk und schlug vor, einen Versuch zu machen, die Kinder so in Angst zu versetzen, dass sie das Feld verließen.

Gus' Antwort kam rasch und klang ätzend. »Das sind keine Kinder, alter Junge. Das sind kleine Monster, die irgendwann zu großen Bestien heranwachsen. Solange wir die Chance haben, sie daran zu hindern, werden wir sie aufhalten. Wie pflegte mein altes Wächterlein doch immer zu sagen? ›Nichts schmeckt besser als ein Mutantenbraten aus dem Süden.‹ Yeee-haw!« Gus beendete seine Durchsage mit dem Rebellenschrei, dann führte er ein schnelles Schwenkmanöver durch und bepflasterte die dem Wind zugeneigte Ecke des Feldes mit Brandbomben.

Steve kreiste immer noch. Irgendein Gefühl hielt ihn plötzlich vom Töten ab. Als er die kleinen Kinder sah – einige brannten lichterloh und flohen vor den sich ausbreitenden Flammen –, wurde ihm klar, dass er im Begriff war, unerklärlichen und widersprüchlichen Emotionen zum Opfer zu fallen. Er sah, dass die Kinder unordentlich durcheinanderliefen und fielen, als Gus sie mit Luftgewehrsalven unter Beschuss nahm.

Steve schluckte schwer. Dann erlangte er schnell seine normale eiserne Beherrschung zurück, jagte über das Zielgebiet hinweg und warf seine Napalmladung in einem Bogen vor den fliehenden Kindern ab, um ihnen den Fluchtweg abzuschneiden.

»Vorsicht!«, schrie Gus über Funk. »Einer von den Beulenköpfen hat eine Armbrust! Der Schweinehund hat mich nur um Haaresbreite verfehlt!«

Steve trat voll aufs Gas, gewann an Höhe und suchte das unter ihm liegende Gebiet nach dem Schützen ab.

Cadillac verwünschte sich, weil er den Wolkenkrieger verfehlt hatte. Er warf die Armbrust weg und rannte in das brennende Kornfeld hinein, um eine Gruppe panisch verängstigter Jungbären zu retten. Von den wehenden Rauchwolken geblendet und von der schrecklichen Hitze versengt, hatte sich ihr ursprünglicher Mut in lähmende Furcht verwandelt, die sie wie gebannt stehen bleiben ließ. Es gelang Cadillac irgendwie, das klebrige Feuer, das an manchen der Jungen fraß, zu ersticken, dann führte er sie durch das hüfthohe Korn. Trotz seiner Bemühungen wurden mehrere Kinder, als sie schon in Sicherheit waren, von den kreisenden Wolkenkriegern niedergeschossen. Von einer schrecklichen Wut gepackt, lief Cadillac, ohne auf die Kugeln zu achten, die ihn wie wütende Moskitos umschwirrten, an den Ort, wo er die Armbrust hatte liegen lassen. Er riss sie an sich und zog mit einer schnellen, brutalen Bewegung, die aus Zorn und Verzweiflung erwuchs, den Spannhebel zurück. Mit bebenden Fingern suchte er in dem Beutel, der an seinem Gürtel hing, nach seinem letzten Bolzen.

Mitten in einem steilen Wendemanöver nach backbord sah Gus White, wie Cadillac die Armbrust lud. Er zog das Gewehr an die Schulter, richtete den roten Zielstrahl des optischen Suchers auf seine Brust und drückte ab. Nichts passierte. Ladehemmung. Gus stieß einen Schwall Obszönitäten aus, wich schnell nach steuerbord aus und versuchte wie die gefallene Jodi Kazan am Himmel auszuweichen.

Nachdem Steve das Ende von Gus' Verwünschungen gehört hatte, erfuhr er von seiner ausgefallenen Bordwaffe und vom Standort des Armbrustschützen. Doch er hörte diese lebenswichtigen Einzelheiten erst, als er in die entgegengesetzte Richtung flog. Als Steve sich in seinem Sitz herumwarf, sah er Cadillac hinter sich am Boden und versetzte den Himmelsfalken in eine steile Rechtskurve. Das letzte Ziel, das er unter Feuer genommen hatte, hatte backbord gelegen, sodass sich die vor ihm an der Halterung hängende Bordwaffe auf der linken Cockpitseite befand. Steve langte hinüber und packte den Schaft, um den Halter und das Gewehr an seine Schulter zu ziehen. Sein Manöver war erst halb beendet, als er herum- und auf sein Ziel zu schwenkte.

In der alles entscheidenden Sekunde, bevor er in Steves Blickfeld kam, schoss Cadillac den Bolzen ab. Er jagte mit beängstigender Geschwindigkeit zum Himmel hinauf, durchschlug den oberen Teil von Steves hochgerecktem Arm und nagelte ihn an seinen Helm. Der Bolzen drang in einem steilen Winkel über Steves Ohr in seinen Helm ein, schrammte über seine Kopfhaut, versetzte seinem Schädel einen fürchterlichen Hieb und schlug mit der Widerhakenspitze durch die Oberseite des Helms. Von der Wucht des Aufpralls fast gelähmt, kämpfte Steve darum, bei Besinnung zu bleiben. Die Welt fing an, sich zu drehen und verwischte sich, als er die Kontrolle verlor …

In Einheit 18, Halle 3, auf Ebene Eins der Innerstaat-Universität im Hauptzentrum versuchte Roz Brickman, die den ganzen Tag lang von einer finsteren Vorahnung erfüllt gewesen war, schon wieder ein verwirrendes Bild aus ihrem Geist zu verbannen, das aus Blut, zerschmetterten Körpern und Flammen bestand. Es drohte sie zu verschlingen. Doch es hatte keinen Zweck. Sie spürte einen festen Schlag gegen ihren Kopf; im gleichen Augenblick schoss ein brennender Schmerz durch ihren rechten Oberarm, und sie stieß unwillkürlich einen Schrei aus. Die überraschten Studenten, die rechts und links von ihr ihrer Arbeit nachgingen, sahen, wie Roz von ihrem Sitz hinter dem Elektronenmikroskop aufsprang und mit dem rechten Arm ihr Gesicht schützte. Sie fuhr herum, ihre Augäpfel rollten nach oben. Dann brach sie zusammen und fiel zu Boden. Bevor jemand sie auffangen konnte, verlor sie die Besinnung.

Der diensthabende Medizinische Überwacher ihrer Klasse, den man aus seinem angrenzenden Büro rief, stellte fest, dass Roz aus einer Schädelverletzung blutete, und ging natürlich davon aus, dass diese auf den Sturz zurückzuführen war. Er war allerdings nicht in der Lage, die zweite blutende Wunde zu erklären, die man, nachdem sie ausgezogen war, unter ihrem Laborkittel an ihrem Oberarm fand.

Cadillac schaute leidenschaftslos zu, wie der Donnerkeil zu Boden trudelte und mitten in dem brennenden Kornfeld eine Bruchlandung machte. Hundertfünfzig Meter über ihm war Gus White noch immer damit beschäftigt, die Ladehemmung seiner Bordwaffe zu beseitigen. Er zerrte an dem klemmenden Verschluss und fluchte verbissen, aber er fand keine Möglichkeit, ihn zu lösen. Jetzt, wo er – abgesehen von der Luftpistole in seinem Überlebenspaket – keine Schusswaffe mehr hatte, verdichtete sich in ihm das Gefühl, dass es besser war, von hier zu verschwinden. Zwar wusste er, dass dies bedeutete, Steve in der Scheiße sitzen zu lassen, aber angesichts eines feindlichen Armbrustschützen, der irgendwo unter ihm war, musste er ständig damit rechnen, dass der nächste Bolzen ihn traf. Außerdem war Steve aller Wahrscheinlichkeit nach tot.

Ohne zu ahnen, dass Cadillac seinen letzten Bolzen

verschossen hatte, jagte Gus noch einmal über das Kornfeld, um sich Aufschluss über Steves Lage zu verschaffen. »Blue Sieben an Blue Drei. Kommen. Ende.«

Nach einem Augenblick des Schweigens hörte er Steves Stimme. »Blue Drei, ich bin … äh … getroffen worden. Kannst du, äh … Kannst du mir … Deckung geben?«

»Unmöglich, alter Junge«, antwortete Gus. »Meine Kanone sagt immer noch kein Wort. Ich könnte sie höchstens mit meinen schmutzigen Socken auf Abstand halten, aber ich kriege die Stiefel nicht auf. Wie steht's mit dir? Kannst du den Burschen mit der Armbrust erledigen?«

Bevor Steve antwortete, stieß er ein langes Keuchen aus. »Ich komme … nicht an die Kanone ran.«

»Das ist schlimm«, sagte Gus. »Bist du schwer verletzt?«

»Yeah, aber … Soweit ich es beurteilen kann, ist es … äh … nichts, was Keever nicht wieder hinkriegt.«

Keever war der Stabsarzt, der das medizinische Team an Bord der *Lady* leitete.

Gus flog in einem weiten Kreis um das brennende Kornfeld herum.

»Okay, hör zu! Du hältst die Stellung, Alter, ich gehe Hilfe holen.«

Steve sah aus den Augenwinkeln, wie Gus salutierend die Schwingen wippen ließ, dann stieg er höher und flog auf den Wald zu. Der lähmende Schock des Bolzentreffers flaute allmählich ab, und Steve wurde sich der Schmerzen in seinem rechten Arm zunehmend bewusster. Das Atmen fiel ihm schwer. Er lag auf der linken Seite, und sein linkes Bein war in der zersplitterten Cockpitschale in einem komischen Winkel verdreht. Es gelang ihm zwar, das Geschirr zu lösen, aber dann stellte sich heraus, dass jeder Versuch, den linken Arm in irgendeine Richtung zu drehen, in seiner Schulter schreckliche Schmerzen verursachte. Außerdem spürte er, wie ihm das Blut aus dem Kopf lief. Es rann über sein Gesicht und seinen Hals. Zwar gelang es ihm, die Linke weit genug nach oben zu kriegen, um das Visier zu lösen, aber er konnte es nur halb hochschieben. Sein festgenagelter rechter Arm behinderte jede weitere Bewegung. Steve betastete die Kinnriemen seines Helms. Wenn er ihn lösen und irgendwie vom Kopf bekommen konnte, dann …

Er hielt für einen Moment inne, atmete in kurzen, schnellen Stößen und zwang sich, nicht vor Schmerzen aufzuheulen. Es würde schon alles wieder in Ordnung kommen, wenn Gus mit Fazetti und Naylor zurückkehrte. Er würde zurückkehren, und dann …

Als sie sahen, dass der letzte Wolkenkrieger abdrehte und floh, stürzten Cadillac und mehrere Wölfinnen in das brennende Kornfeld zurück, um weitere M'Call-Jungbären zu retten.

Steve, der sich hart an der Grenze zur Besinnungslosigkeit befand, sah einen Mutanten mit normalen Gliedmaßen an sich vorbeilaufen, der ihm keinen Blick schenkte. Die Vorstellung, dass man ihn hier liegen ließ, damit er verbrannte, erfüllte ihn mit Grauen. Schon jetzt spürte er die Hitzewellen der sich nähernden Flammen, und er fing an zu würgen, als der ätzende Rauch über ihn hinwegtrieb.

Cadillac kam mit einer Gruppe von angesengten und wegen des Rauches heftig hustenden Kindern an dem zerschmetterten Donnerkeil vorbei. Sie blieben stehen und sahen den in der Falle sitzenden Wolkenkrieger mit ausdruckslosen Gesichtern an.

Steve streckte mit einer schmerzerfüllten Geste flehentlich die linke Hand nach ihnen aus. »Helft mir«, keuchte er. »Bitte …«

Der Mutant mit den normalen Gliedern betrachtete ihn kurz, dann trat er mit den schweigenden Kindern, die Steve mit stumpfen Blicken ansahen, aus seinem Gesichtsfeld.

Steve verfluchte sie stumm. Monster. Beschissene Beulenköpfe! Dann beschäftigten sich seine Gedanken wieder mit seiner eigenen misslichen Lage. Was für ein Ende! Welch große Hoffnungen hatte er gehabt! Und auf welch blöde Art musste er nun abtreten. Welche Ironie! Er verließ diese Welt, indem er in einem Feuer briet, das er selbst angezündet hatte!

Er klammerte sich verzweifelt an die Hoffnung, dass noch nicht alles verloren war. Im Grunde konnte man sich natürlich nicht hundertprozentig auf den feigen Hundesohn verlassen, aber wenn Gus es *wirklich* schaffte, seine Kanone wieder flottzukriegen, kam er vielleicht zusammen mit Fazetti und Naylor zurück. Er brauchte nur etwas Mumm, um zu landen und ihn aus dem Wrack zu ziehen; die beiden anderen konnten ihm aus der Luft Feuerschutz geben. Himmelsfalken ohne Ladung konnten auch einen Passagier tragen. Das bedeutete zwar eine Reise an der frischen Luft auf den Außenhaltern, aber er war bereit, das Risiko auf sich zu nehmen, wenn …

Steve wurde von einer sengenden Hitzewelle überspült. Da sein rechter Arm an seinen Helm genagelt war, konnte er kaum den Kopf bewegen. Er krümmte sich zusammen und schaffte es, sich ein paar Zentimeter zu drehen. Ein gewaltiger, stechender Schmerz fuhr durch seinen Brustkorb. Als er durch das halb hochgeschobene Visier nach links blickte, sah er, dass die Flammen inzwischen das Korn rund um die Backbordschwinge der Maschine verzehrten. Das Schwingengewebe fing an zu schmoren. Steve ignorierte den Schmerz in seinen Armen und griff panisch nach dem Gewehr. Er wollte es so nahe heranziehen, dass er sich erschießen konnte, bevor die Flammen ihn erreichten. Doch seine Bemühungen waren fruchtlos. Sein Griff war einfach nicht kräftig genug, um die Waffe aus der Halterung zu holen.

Steve atmete mehrmals tief durch und versuchte es mit zunehmender Verzweiflung erneut. Der Mutant mit den geraden Gliedern kehrte in Begleitung zweier junger Beulenköpfe wieder in sein Blickfeld zurück.

Cadillac, der den Anweisungen einer inneren Stimme gehorchte, beugte sich vor und schob den dunklen Kopfschild zurück, der das Gesicht des abgestürzten Wolkenkriegers bedeckte. Das Gesicht darunter war voller Blut. Cadillac sah es sich genau an. Es war das Gesicht, das er in dem Sehstein gesehen hatte.

Steves Hoffnung nahm wieder zu. Obwohl er die grauenhaften Geschichten von »Hiobsbotschaft« Logan nicht vergessen hatte, klammerte er sich auf völlig unlogische Weise an die Hoffnung, dass irgendwie irgendetwas passierte, das ihn rettete. Wenn er nur aus dem Kornfeld herauskam …

Der Mutant mit den normalen Gliedern wich mit einem Grunzen zurück. Steves Hoffnung nahm ab, als er seine Aufmerksamkeit auf das Luftgewehr richtete. Der Bursche zerrte und fummelte am Verschluss des Gewehrs herum und brachte es schließlich fertig, es aus der Halterung zu heben. Steve, dessen Blick sich immer mehr verschleierte, schaute zu, wie er die Waffe vorsichtig untersuchte. Er befingerte den Abzug und sah sich dann die drei Läufe an. Steve ließ ein schluchzendes, schmerzliches Lachen hören. Ach, Kolumbus, wie dumm war doch die Welt! Ein Idiot hatte ihn abgeschossen, und er würde ihn hier verbrennen lassen, weil er nicht wusste, wie er ihn erschießen sollte …

Der Mutant warf das Gewehr dem jungen Beulenkopf zu, der rechts von ihm stand. Der Junge drückte die Waffe stolz an seine Brust; der Abzug war nicht gesichert, aber die Läufe deuteten nach unten. Die beiden verschwanden aus Steves Blickfeld, dann spürte er, dass jemand an der Maschine zog. Man drehte sie herum und zog sie von den Flammen weg. Die Bewegung führte dazu, dass Steve wie eine Marionette herumgeschleudert wurde. Er stieß einen Schmerzensschrei aus. Der normal aussehende Mutant kam zurück und beugte sich über ihn. Zwischen seinen Zähnen klemmte ein Messer.

Oh, Kolumbus; ja, natürlich, dachte Steve, der sich nun an seine Gespräche mit Kazan erinnerte. *Armbrustbolzen sind knapp. Er will ihn zurückhaben; also schneidet er mir den verdammten Arm ab. Großartig!* Er wartete mit einer neugierigen Distanziertheit ab, was auf ihn zukam. Die Zeit schien langsamer zu laufen. Der durch seinen Körper pulsierende Schmerz war jetzt so intensiv, dass er seine Fähigkeiten, darauf zu reagieren, überstieg. Seine Nervenenden waren überlastet. Aber das spielte jetzt alles keine Rolle mehr …

Cadillac und seine Helfer hatten den Donnerkeil so herumgedreht, dass die Schwinge zwischen ihnen und den Flammen lag, aber auch so waren sie dem Feuer noch unangenehm nahe. Er nahm das Messer aus dem Mund und schob die Spitze unter den Kinnriemen des Wolkenkriegerhelms. Der Krieger fuhr zusammen, als die Klinge seine Kehle berührte. Cadillac durchschnitt den Riemen und löste vorsichtig den Helm und den daran festgenagelten Arm. Der blutige Kopf des Kriegers fiel schlaff auf die linke Schulter; seine glasigen Augen flatterten unter halb geöffneten Lidern. Cadillac dachte über das Problem nach, das der Bolzen darstellte. Er hatte den Helm an zwei Stellen durchschlagen. Der Helm bestand aus einem seltsamen Material; es sah aus wie polierter Knochen, auf den sein Messer nur wenig Eindruck machen konnte. Er wandte sich dem Sohn von T-Rex zu und bat ihn, den rechten Arm des Wolkenkriegers festzuhalten. Three-Son packte den Arm an beiden Seiten des Bolzens und suchte sich einen Halt. Cadillac fasste den Helm mit beiden Händen, schob ein Knie gegen den Brustkorb des Wolkenkriegers und zerrte fest daran. Dann zog er den Bolzen mit den spitzen, stummeligen Finnen durch seinen Arm.

Er ging nicht leicht heraus.

Steve sprangen die Augen fast aus den Höhlen. Er fletschte die Zähne, riss den Mund weit auf, saugte heftig Luft in seine Brust und setzte zu einem gequälten Schrei an.

Er kam aber nicht. Stattdessen wurde er ohnmächtig.

Nachdem Gus White über die normale Reichweite einer Armbrust hinaus in den Himmel gestiegen war, wechselte er den Funkkanal und versuchte, Fazetti und Naylor zu alarmieren. Das Gesamtergebnis bestand auch nach mehreren Versuchen nur aus absoluter Stille. Als er in einer

Höhe von siebenhundertsechzig Metern über dem Waldgebiet kreiste, konnte er unter sich kein Anzeichen ihres Napalmangriffs auf dem weit gestreckten roten Blätterbaldachin entdecken.

Gus schaltete den Motor ab und suchte das ganze Gebiet im Tiefflug ab. Er verlor über die Hälfte seiner Höhe, bevor er sich auf einer Ebene einpendelte. Schließlich sah er einen blauen, gezackten Fleck. Als er ihn näher untersuchte, stellte er fest, dass es sich um die ineinander verkeilten Wracks zweier Himmelsfalken handelte. Die Wipfel der hohen und dicht stehenden Bäume hatten sie aufgespießt.

Gus funkte die *Lady* an, meldete das erfolgreiche Inbrandsetzen des Feldes und gab dann die schlechten Nachrichten durch: Steves Bruchlandung und die Sichtung dessen, was er für die Wracks von Fazettis und Naylors Maschinen hielt.

Die Antwort aus dem Wagenzug war ruppig und ließ keinen Widerspruch zu.

»Verstanden, Blue Sieben. Rückflug zur Basis. Ende.«

Hinter dem Steilabbruch, an dem sich die überlebenden M'Call-Bären versammelt hatten, sah Mr. Snow aus der Richtung des Feldes dunklen Rauch aufsteigen. Hoch über ihnen glitt ein einsamer Flieger in westlicher Richtung am blauen Himmel entlang. Mr. Snow musterte ihn mit einer Mischung aus Vorsicht, Neid und kaltem Hass. Wie gern wäre er fähig gewesen, den Verstand des Wolkenkriegers zu verwirren und ihn vom Himmel zu holen, aber dazu fehlte ihm jetzt die nötige Kraft. Es würde mehrere Tage dauern – wenn nicht Wochen –, bis er die Kräfte der Erde erneut anrufen konnte. Er hoffte, dass es länger dauerte, denn es war ein Martyrium, das er nicht herbeisehnte.

Jetzt, wo rund um die Eisenschlange nahezu zweihundertfünfzig Krieger gefallen waren oder im Sterben lagen – dazu kamen noch jene, die die Wolkenkrieger vorher getötet hatten –, war die Kampfstärke des Clans um mehr als ein Drittel reduziert. Obwohl ernstlich geschwächt, waren die M'Calls zwar zahlenmäßig noch immer stärker als viele Clans in der Umgebung, aber noch ein mit aller Kraft geführter Angriff auf die Eisenschlange stand außerhalb jeder Diskussion. Vielleicht nützte es etwas, wenn man sich mit anderen Clans zusammentat, doch Mr. Snow schätzte die endlosen, dazu nötigen Verhandlungen nicht. Wäre Talisman doch nur gekommen! Doch bis er kam, konnten sie nur eins tun – in die Berge fliehen. Sie mussten einen sicheren Zufluchtsort finden, an dem sie die Verwundeten pflegen und das erschütterte Selbstvertrauen der Bären wiederherstellen konnten. Und sie mussten neue Nahrungsquellen ausfindig machen, damit sie durch den Weißen Tod kamen.

Zwei Kuriere der Wölfinnen erreichten Mr. Snow kurz hintereinander. Eine, die zu der kleinen Nachhut gehörte, die zurückgeblieben war, um die Eisenschlange zu beobachten, meldete, die Schlange sei in zwei Stücke gerissen: Ihr Schwanz war zu einem neuen Kopf geworden und aus dem Fluss gekrochen. Sie kam auf den Steilabbruch zu und stieß heiße weiße Atemwolken aus. Cadillac hatte Deep-Purple, die andere Wölfin, geschickt: Sie überbrachte die schlechte Nachricht, dass das Feuer das Feld fast vollständig vernichtet hatte. Aber sie hatte noch eine andere Botschaft für Mr. Snow: Der Wolkenkrieger, von dem die Himmelsstimmen gesprochen hatten, war in ihre Hände gefallen.

Als Gus White das Flussbett erreichte, stellte er fest, dass der hintere Kommandowagen, die Antriebswagen und neun weitere inzwischen frei am Rand des Ostufers standen, wo ihre Geschütze die Umgebung in Schach hielten. Gus erspähte den mobilen Teil des Wagenzuges, zu dem auch die flachdachige Flugsektion gehörte, dann drehte er und setzte über den Fluss hinweg. Barbers Leute wimmelten rund um die ersten fünf Wagen herum, die zwar noch immer quer im Flussbett standen, aber wieder aufgerichtet waren. Ein paar Burschen der Arbeitsgruppe legten eine Pause ein und winkten ihm zu, als er an ihnen vorbeijagte.

Gus rief die Flugeinsatzleitung an und bekam Landeerlaubnis. FEL Baxter kam ihm entgegen, als er mit dem Lift nach unten fuhr. Gus hievte sich aus dem Himmelsfalken und salutierte. »Ist der Chef auch umgestiegen, Sir?«

»Nein«, sagte Baxter. »Er ist draußen, um den Jungs zu applaudieren.« Er ging vor Gus her in das Einsatzbüro des hinteren Kommandowagens und führte die normale Rückkehrprozedur durch. Gus beschrieb den erfolgreichen Anschlag auf das Kornfeld und wies darauf hin, dass sein Gewehr im entscheidenden Moment blockiert hatte, als Steve getroffen worden und abgeschmiert war.

»Dann haben Sie ihn also in dem brennenden Kornfeld zurückgelassen.« Baxters Stimme klang nicht im Geringsten nach einem Tadel.

»Ich hatte keine andere Wahl, Sir«, sagte Gus. »Am Boden wimmelte es von Feinden, die nicht sehr glücklich darüber waren, dass wir ihr Korn angezündet hatten. Ohne das Gewehr …«

»Ja, sicher …«

»Ich dachte, ich hätte Fazetti und Naylor holen können, damit sie mich decken …«

»Aber Sie konnten sie nicht wieder von den Toten erwecken …«

»Nein, Sir.«

»War Brickman noch am Leben, als Sie abflogen?«

»Mehr oder weniger. Er klang nicht allzu fröhlich.«

»Okay. Schreiben wir ihn also ab.« Baxter machte in seinem elektronischen Notizbuch einen Eintrag hinter Brickmans Namen. »ÜFGA/LNG: Über feindlichem Gebiet abgestürzt. Leiche nicht geborgen.« Er fügte das Datum hinzu, speicherte das Schicksal S. R. Brickmans ab und löschte den kleinen grauen Bildschirm.

Dann hörte er sich Gus' Meldung über die Sichtung der verhedderten Himmelsfalkenwracks in allen Einzelheiten an. »Es müssen Fazetti und Naylor gewesen sein«, sagte Baxter, als Gus seinen Bericht abschloss.

Gus sah verwirrt aus. »Was ist eigentlich passiert?«

»Wir sind uns nicht ganz sicher«, antwortete Baxter langsam. »Wir wissen nur, dass wir einen Mayday-Ruf von Naylor aufgefangen haben. Er sagte, Fazetti habe den Verstand verloren und schieße auf ihn. Daraufhin hat der Chef Naylor befohlen, das Feuer zu erwidern.«

»Kolumbus!«, keuchte Gus. »Und?«

Baxter zuckte mit den Achseln. »Wer weiß? Es sieht so aus, als wäre Naylor ein zu langsamer Schütze gewesen.«

Gus sah Baxter schockiert an. »Aber … Ich meine … Warum sollte …«

»Eine gute Frage«, erwiderte Baxter. »Dazu kann ich Ihnen nur sagen, dass wir den kleinen Zwischenfall nicht ans Hauptzentrum weitergeben. Wir machen einen gewöhnlichen ÜFGA/LNG-Eintrag daraus, wie bei Brickman.«

»Mann …«, keuchte Gus. »Neun abgestürzte Himmelsfalken an einem Tag. Wenn die Föderation mit diesen Kerlen fertigwerden will, muss sie sich aber verdammt anstrengen.«

»Da haben Sie verdammt recht.« Baxter stand vom Tisch auf. Gus sprang hoch. Der FEL musterte ihn. »Ich möchte Sie warnen. Wenn sich die Ladehemmung Ihrer Waffe als Folge eines schadhaften Magazins herausstellt, könnten Sie einen auf den Sack kriegen. ›Unaufmerksamkeit im aktiven Dienst.‹«

Gus knallte die Hacken zusammen. »Ja, Sir. Ich bin mir dessen bewusst, Sir. Das würde bedeuten … Dann wären Sie der Einzige an Bord, der noch eine Vorauspatrouille fliegen kann.«

Baxters Gesichtsausdruck veränderte sich nicht. »Ich werde daran denken, wenn die Meldungen der Waffenmeister eingehen. Sie können gehen.«

Gus salutierte, dann wandte er sich auf dem Absatz um und ging hinaus.

Im Wald beobachtete Clearwater mit angehaltenem Atem, wie die Wölfinnen sich durch das Geäst zu den abgestürzten Donnerkeilen vorarbeiteten. Sie schnitten die Leichen der Wolkenkrieger aus den Geschirren und ließen sie ganz unzeremoniell zu Boden fallen. Dann machten sie einen Versuch, mehrere Maschinenteile abzumontieren. Sie rissen verschiedene Drähte und Kontrollkabel heraus, aber die größeren Gegenstände erwiesen sich als zu fest eingebaut. Die meisten Plünderer gaben sich mit ein paar Stücken des metallblauen Solarzellengewebes zufrieden.

Sie kehrten zusammen mit ihren Trophäen zum Boden zurück, dann sammelten sie sich um die beiden toten Wolkenkrieger und schauten zu, wie andere die Visierhelme und Kleider lösten. Die blassen, hellhäutigen Körper waren fast haarlos. Eine rempelnde Zuschauermenge sammelte sich, um die Leichen zu mustern, dann wurden den Sandgräbern die Köpfe abgehackt. Kurz darauf spießte man sie vor der Hütte, die Clearwater zusammen mit drei Clan-Schwestern bewohnte, auf Stangen.

Ultra-Vox, die Anführerin der Baumbesteiger, hielt Clearwater mit ernstem Gesicht einen Wolkenkriegerhelm hin. Es war ein Tribut – in Anerkennung der Kräfte, die sie gerufen hatte, um die beiden vom Himmel zu holen.

Clearwater kauerte zwischen den Köpfen der Wolkenkrieger vor ihrer Hütte und legte den Beutehelm in ihren Schoß. Sie fühlte sich zwar ausgelaugt von der Kraft, die sie durchdrungen hatte, aber diesmal war sie nicht bis an den Rand des Zusammenbruchs getrieben worden. Obwohl Mr. Snow gesagt hatte, die Himmelsstimmen hätten sie auserkoren, diese unbezahlbare Gabe zu haben, lebte sie immer noch in Angst vor der mysteriösen Kraft, die in ihrem Innern lauerte.

Außerdem machte sie sich große Sorgen, weil die Sandgräber ihr und Cadillac so frappierend ähnlich sahen. Ihre jungen Gesichter, die nun blicklos an den Pfählen neben dem Eingang baumelten, wiesen die gleichen Zähne und das gleiche schmale Kinn auf. Es war, als hätte man sie aus einer Form gegossen. Clearwater wusste, dass sie sich wegen ihres Sieges hätte erleichtert fühlen müssen – aber es war nicht so. Sie fühlte sich traurig und verwirrt. Ihr war, als wäre mit den beiden Toten ein Teil ihres eigenen Ichs gestorben. Und die Tatsache, dass sie solchen Gedanken zum Opfer fiel, verwirrte sie nur noch mehr.

Buck McDonnell, der Spieß, leitete die Hochrufe, als die vorderen Wagen der *Lady* endlich zum nun trockenen Schlammhang des Flussufers hinaufrollten. Eine Viertelstunde später wurden die beiden Sektionen wieder zusammengefügt, und der Wagenzug war fertig zur Weiterreise. Jetzt, wo er nur noch einen Flieger hatte, der ihn decken konnte – dazu kamen über sechzig verwundete Stürmer und weitere dreißig, die in Leichensäcken in einer langen Reihe auf dem Boden lagen –, beschloss Hartmann, eine Hauptzwischenstation anzulaufen, um Hilfe zu erbitten und auf Entsatztruppen zu warten. Er befahl Captain Ryder, dem Navigationsoffizier, Kurs auf Kansas zu nehmen.

Als Roz Brickman zehn Minuten nach dem Sturz wieder zu sich kam, wurde sie gerade vom stellvertretenden Chefpathologen der Innenstadt-Universität einer eingehenden Untersuchung unterzogen. Ihre Wunden hatten aufgehört zu bluten, und der starke Schmerz war nur noch ein dumpfes Pulsieren. Der StvChP erkannte, dass ein geripptes Metallobjekt ihre obere rechte Schädeldecke getroffen hatte. Mithilfe einer Sonde stellte sich heraus, dass ihr rechter Armmuskel und die umliegende Epidermis seitlich durchstochen worden waren. Nähere Untersuchungen der Ein- und Austrittsstelle ergaben, dass eine spitze, etwa zentimeterdicke Metallhülse mit vier winzigen Widerhaken die Wunde hervorgerufen hatte. Ein ähnliches Objekt war wahrscheinlich auch für die Kopfwunde verantwortlich.

Trotz einer gründlichen Durchsuchung der Einheit 18 und einer Leibesvisitation der Studenten und Stabsangehörigen, die dem Vorfall beigewohnt hatten, wurde kein solches Objekt gefunden. Man fand nichts auch nur entfernt Ähnliches. Zudem war der rechte Ärmel von Roz Brickmans Laborkittel nicht beschädigt. Weder der stellvertretende Chefpathologe noch sonst jemand, der mit der vorläufigen Ermittlung zu tun hatte, konnte erklären, wie ein Objekt ihren Arm hatte durchschlagen können, ohne durch den Stoff des ihn umgebenden Ärmels zu dringen.

Acht Stunden nach Roz' Zusammenbruch hatte man immer noch keinen Hinweis auf die Ursache ihrer Verletzungen. Roz wurde ins Hospital gebracht und vierundzwanzig Stunden unter Beobachtung gehalten, dann schickte man einen vertraulichen Bericht an das Weiße Haus. Die Amtrak-Exekutive reagierte auf der Stelle mit der Entsendung zweier Spezialagenten – eines weiblichen und eines männlichen –, doch trotz ihres geschickt nach außen hin verständnisvoll geführten Verhörs enthüllte Roz die erschreckende Vision nicht, die über sie gekommen war – und besonders nicht die letzte, bei der sie das Gefühl gehabt hatte, vom Himmel zu fallen. Nach der Abschlussuntersuchung ihres geheilten Arms und Kopfes kehrten die Spezialagenten wieder ins Weiße Haus zurück.

Am nächsten Tag erfuhr Roz, dass die Akte des Zwischenfalls geschlossen war. Sie wurde offiziell aus der Intensivstation entlassen, und man trug ihr auf, mit ihren Studien fortzufahren. Als sie wieder in die Klasse kam, stellte sie fest, dass ihre Kommilitonen unwillig waren, über den Zwischenfall zu diskutieren – man fragte sie nur, wie es ihr ging. Roz hatte nichts dagegen. Auch sie wollte nicht darüber reden. Es war zu gefährlich. Wer würde ihr glauben, dass sie mit absoluter Sicherheit um das Schicksal ihres Familienbruders wusste? Dass er von einem Armbrustbolzen getroffen worden war? Dass er eine Bruchlandung gebaut hatte? Dass er verletzt war und sich nun in den Händen der Mutanten befand?

13

Als Steve wieder zu Bewusstsein kam, stellte er fest, dass er im Halbdunkel lag und nur seine Unterhose trug. Er lag auf einem Stapel tierischer Felle. Sein an Frischluft gewöhnter Geruchssinn wurde auf der Stelle von eigenartigen Düften überfallen. Er versuchte, seine Nüstern zu schließen, um die in der Luft hängende Fäulnis zu filtern, aber er konnte nicht verhindern, dass sie in seine Lunge eindrang. Er würgte unterdrückt; ihm war entsetzlich übel.

Ein kleiner, schlanker Mutant mit langem, geflochtenem weißen Haar kniete neben ihm und behandelte seine Kopfverletzung. Steve, dem noch immer schwindlig war, hob den Kopf, um einen Blick auf seinen Körper zu werfen. Sein Brustkorb, seine Schultern und seine Oberarme waren bandagiert; sein linkes Bein wurde vom Oberschenkel bis zur Ferse von einer primitiven Schiene gehalten.

Vor ihm hockte der normal aussehende Mutant, der den Bolzen aus seinem Arm gezogen hatte, im Schneidersitz auf einem Büffelfell. Er schaute Steve mit dem gleichen teilnahmslosen Ausdruck an wie zuvor, als er ihn aus dem brennenden Kornfeld gerettet hatte.

Steves Kopf sank wieder auf die Felle zurück. Er stieß einen langen Seufzer aus, hustete und versuchte, die aufsteigende Übelkeit mit einem Räuspern aus seiner Kehle zu verdrängen. Der ihn umgebende Gestank hing so schwer in der Luft, dass er sich auf seine Schleimhäute zu legen und durch seine Poren zu dringen schien.

»Willkommen bei den Lebenden«, sagte der alte Mutant.

Der Schock, von einer klaren und deutlichen Stimme in seiner eigenen Sprache angesprochen zu werden, ließ Steve sofort wieder zu sich kommen. Die plötzliche Erkenntnis dessen, was mit ihm geschah, erschreckte ihn, und er entzog den helfenden Händen des Alten seinen Kopf. Es war ein automatischer Reflex, denn alle Wagner wussten, dass die Haut der Präriebewohner krank war. Auch wenn sie einen nur kurz berührten, verfaulte man schon am ganzen Leib.

Der Alte hockte sich mit einem geduldigen Seufzer auf seine Fersen. »Willst du nicht, dass ich dir helfe?«

»Es hat doch sowieso keinen Sinn«, murmelte Steve. »Wenn du mich anfasst, sterbe ich.«

Das faltige Gesicht verzog sich zu einem Lächeln. Der Alte kicherte vor sich hin und wandte sich dann an den Jungen. »Kannst du diesen Naseweis mal bitte festhalten?«

Cadillac stand auf und kniete sich auf die andere Seite des Patienten Mr. Snows. Er legte fest eine Hand auf das Kinn des Wolkenkriegers und die andere auf seine Schädeldecke. Die mangelnde Selbstbeherrschung des Fremden hatte ihn sehr überrascht. Der Krieger schien entsetzt zu sein; seine Augen rollten wild. Aber seine Verletzungen verhinderten, dass er ihm großen Widerstand entgegensetzte. Ob alle Sandgräber so waren wie der hier? *Vielleicht,* dachte Cadillac, *hat das mächtige spitze Eisen, das sie haben, ihren Mut gefressen.* Wenn es so war, hatte das Prärievolk nichts zu befürchten.

»Ich gebe ihm drei Traumkappenfasern«, murmelte Mr. Snow. »Das müsste ihn etwas beruhigen.« Er sprach den Wolkenkrieger an. »Du bist ein sehr verwirrter junger Mann.«

Steve sah aus den Augenwinkeln, wie der weißhaarige Alte in mehreren Beuteln und Körben herumkramte. Schließlich fand er einen kleinen Lederbeutel, dem er mit spitzen Fingern ein paar kurze Streifen einer graubraunen Substanz entnahm. Er hielt sie Steve hin. »Kau das.«

Cadillac zwang den Mund des Wolkenkriegers weit auf. Mr. Snow legte die zerfaserte Traumkappendosis auf seine Zunge, und Cadillac drückte den Mund des Kriegers fest zu.

»Okay, dann kau es eben nicht«, sagte Mr. Snow. »Es macht sowieso keinen Unterschied. Irgendwann musst du es ja doch runterschlucken.«

Steve hielt es eine Minute lang aus, dann gab er nach. Er kaute auf den Fasern, dann sprach er sich Mut zu und schluckte sie. Das Zeug schmeckte zwar fremdartig, aber nicht unangenehm. *Ach,* dachte er verbittert, *was macht es schon aus?* Er musste doch so oder so sterben. Die Vorstellung, er könnte dem Tod irgendwie entkommen, und seine verwirrte Bitte um Hilfe im Kornfeld waren nur ein Teil seiner Schmerzfantasien gewesen. Zwar hatte irgendjemand – wahrscheinlich der Alte – seine Verletzungen mit unerwartetem medizinischen Geschick behandelt, aber es ergab trotzdem keinen Sinn. Wahrscheinlich richteten sie ihn nur für das große Ereignis her … für die jährlich stattfindenden Foltermeisterschaften – die er zweifellos um Haupteslänge gewinnen würde. Schrecklich …

Trotz der unheilvollen Aussichten stellte Steve allmählich fest, dass seine Angst nachließ. Auch der Schmerz in den verletzten Teilen seines Körpers ließ schrittweise nach. Er fühlte sich recht fröhlich und beinahe gewichtslos; er spürte nicht einmal mehr den Boden, auf dem er lag. Er hatte keine Lust mehr, sich zu wehren. Er blieb einfach liegen und ließ sich treiben.

Cadillac ließ den Kopf des Wolkenkriegers los. Er hockte sich auf die Fersen und schaute zu, wie Mr. Snow den Verband am rechten Arm seines Patienten vorsichtig löste. Er schabte den hart gewordenen roten Blätterbrei ab und untersuchte die rohe, klaffende Wunde. »Hmmm … Er kann von Glück reden, dass es einer von deinen Bolzen war. Wenn er nicht sauber gewesen wäre …«

»Ist es sehr schlimm?«, fragte Steve, der seine Stimme wie aus weiter Ferne hörte.

»Es wird eine Weile dauern, bis es heilt, aber die Wunde ist sauber. Es hängt ganz allein von dir ab, ob du den Arm je wieder so gebrauchen kannst wie früher; aber wenigstens bleibt dir etwas, woran du deine rechte Hand aufhängen kannst. Okay … Stillhalten.« Mr. Snow rieb mit einem Holzstößel frischen Brei aus zerstampften Kräutern in beide Enden der Wunde und legte Steve einen frischen Verband an.

Steve beäugte den normal aussehenden Mutanten. Der Bursche beobachtete aufmerksam, was der alte Knabe tat. Als Steve einen Blick nach hinten warf, sah er rechts von sich, in einem kleinen, ausgehöhlten Stein, das Flackern einer gelben Flamme. Er musterte seine Umgebung genauer. Er und die beiden Mutanten befanden sich in einer niedrigen, achteckigen Hütte, die aus Holz und Leder bestand. Die dünnen Pfähle, die jedes Quadrat rahmten, krümmten sich etwa anderthalb Meter über dem Boden und neigten sich nach innen, wo sie in der Mitte der niedrigen Decke auf ihre Nachbarn stießen.

Die Pfähle endeten in einem hölzernen, in der Mitte offenen Kreis, der eine Art Abzug bildete und zweifellos für die dringend benötigte Ventilation sorgte. Rund um die Innenwand der Hütte gab es zwar eine Anzahl unordentlicher Bündel und Körbe, aber nichts, in dem er Möbel erkennen konnte. Verglichen mit dem ordentlichen und antiseptischen Grundriss seiner Bude im Akademiequartier war diese Hütte, offen gesagt, ein Saustall.

Von draußen drangen Stimmen und Arbeitsgeräusche zu ihm herein und dazu Musik einer Art, die er zwar noch nie gehört hatte, die ihn aber an das Windgeflüster erinnerte, das beim Angriff auf die *Lady* erklungen war. Die Musik wirkte merkwürdig gespenstisch auf ihn; sie drang tief in seine Seele und rief eine verwirrende Reaktion in ihm hervor. Steve richtete die Aufmerksamkeit wieder auf den links von ihm knienden Jungen. Ihm fiel auf, dass seine Hände nun fünf Finger hatten. Zwar war seine momentane Stimmung zu abgehoben, um ernsthaft über die Wichtigkeit dieser Entdeckung nachzudenken, aber er hatte den Eindruck, dass der Bursche sich – von seinem langen Haar abgesehen – nur durch seine schwarzbraun gefleckte Haut von ihm und den anderen Wagnern unterschied. Da und dort zeigte sein Körper sogar Stellen, deren Farbe absolut menschlich war.

Der weißhaarige Alte hingegen war ein echter sechsfingriger Beulenkopf. Auf seiner Stirn prangten mehrere unebene, tumorartige Knochengewächse. Seine bunte Haut war an den Armen und auf den Wangenknochen von seltsamen knotigen Flecken entstellt, aber im Gegensatz zu dem, was Steve aufgrund seiner Ausbildung erwartet hatte, sprühten seine alten Augen vor Intelligenz – wie auch die seines jüngeren Gefährten.

»Und wie sieht's sonst mit mir aus?«, fragte Steve, nachdem der Alte seine Verletzungen mit geschickten Händen untersucht hatte.

»Dein linkes Schienbein ist gebrochen, außerdem hast du einen schlimm verstauchten Knöchel, mindestens drei gebrochene Rippen, eine böse Schramme an der linken Schulter und eine kleine Beule am Kopf. Wahrscheinlich bist du knapp an einem Schädelbruch vorbeigekommen. In der Alten Zeit gab es Dinge, mit denen man bis auf die Knochen eines Menschen sehen konnte, aber sie existieren nicht mehr.«

»Röntgenapparate«, sagte Steve.

Der Alte nickte. »Hat man sie so genannt?«

»Man nennt sie noch immer so«, erwiderte Steve. »Es gibt sie in allen Medizinischen Zentren der Föderation. Wir haben alle elektronischen Untersuchungsgeräte, die man sich vorstellen kann.«

»Tja, aber du wirst ohne all das auskommen müssen«, sagte Mr. Snow. »Aber mach dir keine Sorgen. Dein Gehirn ist noch immer in einem Stück.«

Steve lag auf den Fellen, sein Körper war schlaff, er leistete keinen Widerstand mehr. »Ich habe das Gefühl, als würde es mir durch die Ohren rauslaufen.«

»Das liegt an der Traumkappe«, erklärte Mr. Snow. »Es ist gutes Zeug, es hilft einem, sich zu entspannen.«

Steve nickte. »Bei uns haben wir auch Schmerzstiller. Kleine Pillen, sie heißen Wolke Neun.«

Cadillac sah überrascht aus. »Ihr habt Wolken in euren Höhlen?«

»Nein, natürlich nicht. Wolken gibt es nur in der Blauhimmelwelt. Und eins wollen wir mal klarstellen: Wir wohnen nicht in Höhlen. Nur Tiere leben in Höhlen. Wir wohnen in Basen – sie sind wie große Städte. Wir wohnen in sauberen Unterkünften mit viel Platz, viel Licht und viel frischer Luft.« Steve machte eine schlaffe Geste mit der linken Hand. »Da ist es verdammt schöner als in dieser miesen Bude.«

Zwar hatte Mr. Snow den Ausdruck »miese Bude« noch nie gehört, aber aufgrund des Tonfalls des Wolkenkriegers schätzte er seine Bedeutung richtig ein. »Sag mir«, bat er freundlich, »hast du einen Namen?«

»Ich habe einen Namen und eine Nummer«, antwortete Steve. »29028902 Brickman, S. R. Aber wenn ihr es lieber weniger formell habt: Steven Roosevelt Brickman.«

Cadillac wiederholte ehrfürchtig die Zahl. »29028902 … Talisman! Das ist aber eine große Zahl! So viele Regentropfen gibt es ja nicht am Himmel! Die Zahl ist größer als die der Sterne in Mo-Towns Umhang.« Er schaute Mr. Snow an. »Wusstest du, dass so viele Menschen unter der Erde leben?«

Mr. Snow antwortete nicht. Er wandte sich an Steve. »Die Zahl … und deine Namen … Was bedeuten sie?«

»Ich weiß nicht, wie du das meinst«, sagte Steve. »Es sind doch nur Namen.«

»Kein Name ist *nur* ein Name«, erwiderte Mr. Snow leise. »Jedes Wort hat eine Bedeutung. Man muss dir die Nummer und die Namen doch aus irgendeinem Grund gegeben haben.«

»Ach, jetzt verstehe ich«, meinte Steve. Er blickte fortwährend in das flackernde Licht, das sich an der Hüttendecke spiegelte. »Die Zahl ist meine persönliche Identifikationsnummer, die Nummer auf meiner ID-Karte …« Seine Hand fuhr automatisch zur Brusttasche, aber dann fiel ihm ein, dass man ihn bis auf die Unterhose ausgezogen hatte.

»ID-Karte?«, fragte Cadillac.

»Meine Identitätskarte«, erklärte Steve. »Sie sagt den Leuten, wer ich bin.«

»Kannst du es ihnen denn nicht *selbst* sagen?«

»Natürlich kann ich es. Aber die Karte *beweist*, dass ich die Wahrheit sage.«

Cadillacs Verwirrung wuchs. »Aber … Warum solltest du denn sagen, du bist ein anderer? Kennen dich deine Clan-Brüder und -Schwestern denn nicht?«

Ich rede mit einem Idioten, dachte Steve. »Schau mal …«, setzte er an. Doch dann gab er auf. »Ach, lassen wir's. In Wirklichkeit habe ich die Karte, damit ich Zugang zu den Diensten bekomme, die von COLUMBUS gesteuert werden. COLUMBUS ist ein großer Computer …«

»Computer?«

»Ein Wort aus der Alten Zeit«, warf Mr. Snow ein.

»Eine Maschine, die viele Dinge steuert«, erklärte Steve. »Sie hat Tausende von Zugangsstellen, und diese sind über die ganze Föderation verteilt. Deswegen braucht man eine Nummer. Man schiebt die Karte in einen Schlitz, und die

Nummer und andere magnetische Daten, die auf der Karte stehen, werden an COLUMBUS weitergegeben. Deswegen weiß er, wer man ist. Mithilfe des Computers kann man alle möglichen Dienstleistungen in Anspruch nehmen: Essen, Datenbanken, Transportsysteme und Videokommunikation. Mit der Nummer kann man sich überall einklinken. Ohne sie kann man nicht existieren.«

Cadillac nickte nachdenklich. »Was für seltsame Worte und Ideen. Ich kann es gar nicht fassen.«

»Seine Welt ist nicht die unsere«, sagte Mr. Snow. »Es wird Zeit erfordern, all diese Dinge zu verstehen.« Er wandte sich an Steve. »Erzähl uns etwas über deine Namen.«

»Steven – Steven ist mein Vorname. Er wurde mir gegeben, als der General-Präsident mich zur Welt kommen ließ, Roosevelt ist der Name der Basis, in der ich wohne. Sie heißt Roosevelt Field. Brickman ist mein Familienname. – Der Name meiner Wächter.«

»Wächter?« Mr. Snow runzelte die Stirn. »Warst du denn auf dieser … Basis … ein Gefangener?«

Steve reagierte mit einem sarkastischen Lachen. »Nein. Meine Wächter sind die beiden Personen, die man angewiesen hat, nach meiner Geburt auf mich zu achten.«

»Dann hast du keine Erdmutter und keinen Erdvater?«, fragte Cadillac.

Steve verstand die Frage nicht ganz. »Meine Wächtermutter hat mich in den ersten neun Monaten meines Lebens getragen. Mein Vater ist der General-Präsident. Der Chef der Ersten Familie, der Vater allen Lebens in der Föderation.«

»General-Präsident – ist das der Name, den ihr eurem höchsten Ältesten gebt?«, fragte Cadillac.

»Nein, das ist nur sein Titel. Sein Name ist George Washington Jefferson der einunddreißigste.«

»Wenn er so viel Macht hat, warum hat er dann eine so viel kleinere Zahl als du?«

Steve lächelte. »Seine Zahl bedeutet etwas anderes. Er braucht keine ID-Karte. Er ist der einunddreißigste Jefferson, der die Amtrak-Föderation führt. Die Jeffersons haben von Anfang an alles geführt. Sie *waren* der Anfang. Deswegen bezeichnet man sie auch als Erste Familie.« Die Worte strömten nur so über Steves Lippen. »Sie haben uns das Licht gebracht und die Luft, die wir atmen; sie erfinden Dinge; sie gestalten unsere Städte; sie können einfach alles. Sie sind unsere Führer, unsere Lehrer, unsere Ratgeber und unsere Anführer auf dem Weg zur Blauhimmelwelt.« Ende der Lektion. »Der General-Präsident ist der höchste Älteste. Die Nummer Eins.«

»Der Kapo der Kapos«, murmelte Mr. Snow.

»Der was?«

»Der Kapo der Kapos«, wiederholte Mr. Snow. »Der Häuptling der Häuptlinge. Der Pate. Der Große Boss. Kennst du nicht alle Begriffe aus der Alten Zeit?«

»Den mit dem Kapo nicht«, sagte Steve.

Mr. Snow lächelte. »Dann kannst du vielleicht auch etwas von uns lernen. So, wie wir hoffen, von …«

Cadillac, recht beeindruckt von der Auflistung der Gaben der Jeffersons, vergaß seine übliche Zurückhaltung und warf ungeduldig ein: »Der große Häuptling, von dem du redest … Hast du eben gesagt, er ist *dein* Vater?«

Steve ließ seinen Kopf wieder auf die Felle sinken. »Das habe ich doch schon gesagt. Er ist *jedermanns* Vater.«

Cadillac bedachte Mr. Snow mit einem fragenden Blick.

Mr. Snow runzelte erneut die Stirn. »Er muss ein beschäftigter Mann sein …«

Cadillac schaute auf Steve hinab. »Welcher von deinen drei Namen ist dein Vollgasname?«

»Vollgasname?«, murmelte Steve. »Ich weiß nicht, wovon du sprichst.« Sein Blick schweifte weiter über die Hüttendecke. Es fiel ihm zunehmend schwerer, die sinnlosen Fragen zu beantworten, die diese komischen Vögel ihm stellten.

»Du bist doch ein Wolkenkrieger«, erklärte Cadillac. »Hast du denn keinen Namen, der dir Kampfkraft verleiht?«

»Ich brauche keinen«, erwiderte Steve. »Ich bin zum Kämpfen ausgebildet. Damit haben doch Namen nichts zu tun.«

»Aber du hast uns doch gerade von eurem großen Häuptling erzählt. Ist Jefferson kein Vollgasname?«

»Nicht so, wie du es meinst«, erwiderte Steve. »Ich könnte auch Pete, Dick, Jim oder Larry heißen. Namen sind doch nur Hilfsmittel. Ich könnte sonst wie heißen, aber ich bliebe trotzdem immer ich. Und das gilt auch für den General-Präsidenten.«

Steves Antwort verwirrte Cadillac völlig. Er maß Mr. Snow mit einem Hilfe suchenden Blick. Mr. Snow sagte nichts. Cadillac sah wieder den Gefangenen an. »Aber der Name ist das Wesentliche des Ichs. Ein Vollgasname befähigt den Geist, Kraft aus der Erde und aus dem Himmel zu ziehen.«

»Vielleicht ist das bei euch so«, erwiderte Steve freundlich. »Aber wir brauchen diesen Schrott nicht.«

Cadillac hob den Kopf und sah Mr. Snow an. »Schrott?«

»Es wird wieder so ein Wort aus der Alten Zeit sein«, sagte sein Lehrer und flüsterte es leise vor sich hin. »Schrott … Hm, nicht schlecht …« Er machte sich eine geistige Notiz, den Wolkenkrieger nach der Bedeutung des Wortes zu fragen.

Cadillac versuchte es mit einer anderen Frage. »Glaubst du nicht daran, dass in der Erde und im Himmel Kräfte existieren?«

»Es gibt solche Kräfte«, gab Steve zu. »Gravitationskräfte, geomagnetische Kräfte, statische Elektrizität, Wind- und Wasserkraft. Sie funktionieren auf ganz einfache Weise. Wir *wissen*, wie die Welt funktioniert. Aber wenn du vom ›Wesentlichen‹, von ›Geist‹ und ›Vollgasnamen‹ sprichst, kann ich dir nicht mehr folgen. Die Vorstellung, es könnte irgendetwas anderes geben – irgendwelche unsichtbaren Kräfte –, ist reine Zeitverschwendung. Das ist doch alles Unsinn, ebenso wie die magischen Kräfte, die ihr angeblich habt. Wenn man sie nicht durch Mikroskope sehen oder nach den Gesetzen der Physik oder andere beweisen kann, existieren sie auch nicht.«

»Ein wirklich interessanter Standpunkt«, sagte Mr. Snow nachdenklich.

»Es ist der *einzig gültige* Standpunkt«, murmelte Steve. Die Anstrengung, die es erforderte, eine zusammenhängende Konversation zu führen, brannte ihn allmählich aus. Er unternahm einen Versuch, zum Thema ihres vorherigen Gesprächs zurückzukehren. »Roosevelt war ein sehr mächtiger Mann«, sagte er, um Cadillac und Mr. Snow eine Hilfe zu geben. »Er war der Präsident von Amerika. Ein großer Krieger, der die Blauhimmelwelt lange Zeit regiert hat.«

»Ah!«, sagte Cadillac. »Jetzt verstehe ich. *Roosevelt* ist dein Vollgasname!«

»Von mir aus«, erwiderte Steve. »Für mich macht es keinen Unterschied.« Er hob den Kopf. »Wie nennt man dich?«

»Mein Name ist Cadillac vom Clan der M'Call; ich bin der Erstgeborene von Sky-Walker und Black-Wing.«

»Cadillac … ist das ein Vollgasname?«

»Ja.«

»Cadillac …«, wiederholte Steve. »Ich habe das Wort noch nie gehört. Interessant.« Er wandte sich dem weißhaarigen Alten zu. »Und du?«

»Mein Name ist Mr. Snow.«

»Hast du den Namen wegen deiner weißen Haare? Oder ist es auch ein Vollgasname?«

Mr. Snow schüttelte den Kopf. »Ich bin kein Krieger. Mein Name ist dem Text eines alten Liedes entnommen.«

»Er stammt aus einem Lied der Alten Zeit«, fügte Cadillac stolz hinzu. »Aus der Zeit vor dem Krieg der Tausend Sonnen.«

»Ich nehme an, du meinst das, was wir den Holocaust nennen. Es ist fast tausend Jahre her …«

Mr. Snow nickte.

»Und was bist du? Bist du der Arzt hier?«

Mr. Snow lächelte.

»Unter anderem.«

»Was noch?«

»Er ist Wortschmied«, sagte Cadillac und streckte den Arm stolz in Mr. Snows Richtung aus. »Er ist der Größte und Klügste von allen.«

Mr. Snow zuckte bescheiden mit den Achseln und gab

seinem Schüler mit einer Geste zu verstehen, er solle schweigen.

Doch Cadillac, der die Absicht hatte, den Wert seines Lehrers gebührend herauszustellen, machte weiter. »Seine Zunge reicht weit über den Anfang des Prärievolkes zurück, bis in die Zeit, als die Welt in den Feuerwolken unterging. Er kennt die Eishütten, die man aufeinandergestapelt hat, bis sie die Wolken berührten, und er weiß von den riesigen Käfern, in deren Bäuchen Menschen saßen; und von den Würfelkörben aus gefrorenem Wasser, die voller Musik und Bilder waren …«

»Du meinst Fernsehapparate …«

»Und Juwelen!«, schrie Cadillac und prahlte mit seinem neu erworbenen Wissen. »Er weiß von all diesen Dingen, und er weiß noch viel mehr. Er weiß viel mehr als dein General-Präsident!«

»Das bezweifle ich«, konterte Steve. »Kann er lesen? Kann er schreiben?«

Mr. Snow lächelte. »Du kennst die Antwort. Zwar stimmt es, dass meine Augen die Wortzeichen nicht kennen, die ich spreche, und dass meine Hand sie nicht in den Staub malen kann, aber das Prärievolk hat andere Talente. Die Weisheit der Himmelsstimmen ist größer als alle Worte, die in euren dunklen Städten begraben sind. Wir überliefern unser Wissen auf andere Weise.« Er streckte den Arm aus und berührte Cadillacs Kopf. »Dies ist das Buch, in dem ich meine Zeichen hinterlassen habe. Es hat mehr Blätter als der größte Wald.«

»Es ist ein Buch, das man leicht vernichten kann«, bemerkte Steve.

»Wenn Talisman es will«, gab Mr. Snow zu, »gehen der

Mensch und sein Werk ein wie eine Blume, wenn der Weiße Tod kommt. Dieser Columbus, den du erwähnt hast, der so viel weiß … Auch er ist nur Menschenwerk. Auch ihn kann man zu Staub zermalmen …«

»Das bezweifle ich«, sagte Steve. »COLUMBUS hat sogar den *Holocaust* überlebt. Er wurde in der Zeit gebaut, die ihr die Alte nennt, und man hat ihn pausenlos erneuert – er ist größer und besser als zuvor. Er wird ewig da sein.«

Mr. Snow schüttelte den Kopf. »Nichts ist ewig da. Und wenn der Tag kommt, an dem die Kraft, die ihr ihm entzieht, wieder in die Erde zurückkehrt, wird sie wie der Wind durch eure Finger rinnen. Stell dir vor: Eure Eisenschlange hat viele unserer Krieger zum Himmlischen Grund geschickt. Vielleicht kehrt sie mit weiteren ihrer Art zurück und bringt uns alle mit Erfolg um. Dann könnte zwar unsere Vergangenheit mit uns erlöschen, aber das *wahre* Wissen kann man niemals vernichten. Dies ist das Geschenk der Himmelsstimmen – die selbst *euer* langes spitzes Eisen nicht erreichen kann.«

Steve empfand den Schmerz der Reue. Er war an dem Gemetzel beteiligt gewesen, von dem der alte Mutant sprach. Wie sein Schicksal auch aussehen mochte, die angeblichen Barbaren hatten ihn nicht verbrennen lassen. »Hört mal, bevor wir weiterreden … Ich möchte euch danken, dass ihr mich gerettet und mein Bein geschient habt. Nach allem, was da draußen im Kornfeld passiert ist …«

»Wenn Mo-Town Durst hat, trinkt sie«, sagte Mr. Snow leise.

»Tja, ich nehme an, ihr wisst, was ich meine.« Steve schaute die beiden nacheinander an und ließ dann seinen

Kopf mit einem resignierten Seufzer zurücksinken. »Werdet ihr mich umbringen?« In seiner momentanen künstlich erzeugten Euphorie war es ihm fast egal.

»Nur dann, wenn unser Plan sich ändert«, sagte Mr. Snow.

»Großartig«, erwiderte Steve. Er gähnte schläfrig. »Haltet mich auf dem Laufenden.«

Der Lebenswille ist der alles entscheidende Faktor, der bestimmte Individuen befähigt, in Situationen zu überleben, in denen andere, die durchaus ihre Gefährten sein können, im wahrsten Sinne des Wortes »den Geist aufgeben« und sich kampflos dem Schicksal fügen. Jodi Kazan hatte diesen Willen; in ihrem verbrannten und gebrochenen Körper glühte gegen alle Chancen ein schwacher, doch hartnäckiger und unauslöschlicher Lebensfunke.

Als ihr Himmelsfalke vom Flugdeck geweht worden war, hatte sie mit der Faust auf den Schnellverschlusslöser des Geschirrs geschlagen, das sie in ihrem Sitz festhielt. Als die Cockpitschale gegen die Seite des Wagenzuges gekracht war, hatten sie plötzlich geknickte Verstrebungen und verbogenes Metall umgeben. Doch trotz alledem – und im Gegensatz zu Buck McDonnells Annahme – hatte das explodierende Napalm sie nicht getroffen. Der heulende Wind, der Steve und dem Rest der Bodenmannschaft den Himmelsfalken aus den Händen gerissen hatte, war auch ihr unfreiwilliger Retter. Die aufsehenerregende Detonation, die so aussah, als hätte sie Jodi völlig eingehüllt, wurde im gleichen Augenblick von der sinkenden Schale in die lange, feurige Lohe einer riesigen Brandfackel verwandelt, deren versengende Hitze die gestrichenen Flanken der hinteren Wagen Blasen werfen ließ.

Schlimm, doch nicht tödlich verbrannt, entging Jodi nur knapp dem Ertrinken, als die Schale in die tosende Flut stürzte und unter dem Gewicht des Heckmotors sank. Die zerfetzte Schale – und sie mittendrin – wurde von dem reißenden Wasser durch das Flussbett getragen und überschlug sich ein paarmal, bis sie endlich in Stücke brach. Erst dann tauchte Jodi wieder auf. Fünf Kilometer von dem Ort entfernt, an der die Überschwemmung die *Lady* festhielt, wurde sie wieder ans Ufer gespült.

Jodi lag zwei Tage lang halb tot und halb begraben zwischen den Trümmern im Schlamm. Sie konnte sich nicht bewegen. Ihre Beine waren unter einem Stapel Treibholz festgeklemmt, ihre Arme waren gebrochen, ihr Hals und ihr Brustkorb waren verbrannt. Der Bolzen, der sie getroffen hatte, steckte noch in ihrem Schlüsselbein. Das Helmvisier hatte ihr Gesicht vor den Flammen und den nachfolgenden Verletzungen geschützt, und das Astgewirr, unter dem sie lag, schützte sie vor den kreisenden Raubvögeln. Die Schlammschicht, die den größten Teil ihres Körpers bedeckte, trocknete an der Sonne, und Jodi wurde zu einem Teil der Landschaft. Insekten umschwärmten sie. Fliegen, angezogen vom Geruch ihres verbrannten Fleisches, schwebten über ihr. Als sie anfingen, über sie herzufallen, glaubte Jodi, verrückt zu werden. Sie verlor die Besinnung – wegen der Hitze, des Durstes, der Schmerzen und des unerträglichen, grauenhaften Juckens, das die Käfer verursachten, die sie aufzufressen drohten. Stunden vergingen. Jodi schwebte am Rande der geistigen Klarheit, aber hin und wieder sank sie in eine gnädige Ohnmacht zurück.

In der zweiten Nacht entdeckte sie ein streunender

Kojote. Er beschnüffelte vorsichtig ihren schlammbedeckten Körper und witterte mit offensichtlichem Genuss das rohe Fleisch, das die Fliegen angezogen hatte. Als er dazu überging, an ihrem Tarndrillich zu zerren, biss Jodi vor Schmerzen die Zähne zusammen, langte mit der linken Hand nach unten und zog die Luftpistole aus dem Holster. Ihre Finger schlossen sich um den Griff. In ihrem geschwächten Zustand erschien ihr die Waffe unglaublich schwer. Sobald sie sich einen Zentimeter bewegte, jagten Wellen stechender Schmerzen von ihrem Handgelenk zur Schulter und fuhren durch ihre Brust und in den Hinterkopf. Jodi machte weiter; sie zog die Pistole zu ihrem Bauch hoch. Dann packte der Kojote ihren gebrochenen linken Arm mit den Zähnen und unternahm einen Versuch, sie unter dem schützenden Astgewirr hervorzuziehen. Jodi verlor vor Schmerz fast die Besinnung. Sie stieß einen Schrei aus, einen heiseren, wilden, animalischen Schrei. Mit letzter, verzweifelter Kraft zwang sie sich, bei Besinnung zu bleiben und den Pistolengriff noch fester zu packen. Ihre Finger schienen zu brennen. Sie schob die Pistole über ihre Brust und richtete sie auf den Kojoten. Sie sammelte ihre letzte Kraft, hob den Lauf und drückte ab. Eins, zwei, drei … Sie konnte nicht mehr weiterzählen …

Als sie wieder zu sich kam, war sie relativ klar. Der Hals des Kojoten lag auf ihrem linken Arm. Einer ihrer Schüsse hatte seinen Kopf genau über dem linken Auge getroffen. Seine Augenhöhlen waren schon leer gepickt, zwei große schwarze Krähen rissen an seinen freigelegten Eingeweiden. Eine dritte saß geduldig auf einem gebrochenen Ast über Jodis Kopf. Sie wurde sich des Gewichts der auf ihrer Brust liegenden Pistole bewusst, die ihre Finger noch immer umklammerten. Sie kam sich vor, als wäre sie unter einem Felsen eingeklemmt. Es fiel ihr so schwer zu atmen. Sie konnte den rechten Arm nicht mehr bewegen. Der Linke lag unter dem toten Kojoten. Als die Sonne aufging, kehrten die Insekten zurück; Fliegen setzten sich auf ihren geschwollenen, Blasen werfenden Nacken, krabbelten über ihr Visier und versuchten, einen Eingang zu finden.

Am dritten Tag, in einem kurzen klaren Moment, sah Jodi ein, dass die Chance, dass ein Suchkommando der *Lady* sie fand, bei null lag. Man hatte sie abgeschrieben. Angesichts der Umstände ihres Verschwindens war dies auch eine verständliche Annahme. Als ihre Schmerzen einen neuen unerträglichen Höhepunkt erreichten, dachte sie ernsthaft darüber nach, sich umzubringen – und zwar bevor das Kojotenrudel nach seinem verschwundenen Bruder suchte. Sie hatte die Mittel – auch wenn sie in diesem Moment nicht die Kraft hatte, die Pistole auf sich zu richten. Sie wusste nur eins: Wenn sie ihren Entschluss auf die lange Bank schob, konnte es passieren, dass sie im entscheidenden Moment zu schwach war. Aber dennoch zögerte sie, trotz der Hoffnungslosigkeit ihrer Lage. Sie wollte sich einfach nicht eingestehen, dass der Tod die einzige Wahl war, die ihr noch blieb.

Gegen Sonnenuntergang, als sie versuchte, ihre schwindenden Kräfte auf die schlaff auf der Pistole liegenden Finger zu konzentrieren, hörte sie, dass sich hinter ihr jemand bewegte. Der sie schützende Schirm aus zerbrochenen Ästen wurde von ihrem Kopf und ihrer Brust gezogen, dann blickte sie in das raue, von Wind und Wetter gegerbte Gesicht eines Wagners.

Aber der Mann war kein Bahnbrecher. Er trug einen breitkrempigen, gezackten Stetson aus Stroh. Ein struppiger Bart zierte sein hageres, viereckiges Kinn. Die Ärmel seines verschossenen Tarndrillichs waren abgerissen, und auch der Rest seiner Kleidung bestand vorwiegend aus Fetzen. Über seiner Schulter hing ein selbst gemachter Patronengurt aus dem gleichen Material; Jodi sah Taschen, die so geformt waren, dass sie Magazine und Luftflaschen aufnehmen konnten. Das Einzige an dem Mann, das nicht abgetragen und schäbig wirkte, war sein dreiläufiges Luftgewehr. Der gepflegte Zustand der Waffe sagte ihr, dass die abgerissene Gestalt immer noch ein Soldat war; und mithin jemand, auf den man sich verlassen konnte.

Der bärtige Wagner legte seine Waffe ab und kniete sich neben sie. Sein erster Schritt bestand darin, sie von ihrer Luftpistole zu befreien. Nachdem er sie sicher in seiner Brusttasche verstaut hatte, schob er Jodis Helmvisier hoch und musterte ihr Gesicht. »Wie geht's, Soldätchen?«

Jodi wollte etwas sagen, doch ihre Worte erstarben schon in der Kehle, bevor sie sie geformt hatte. Sie bewegte den Kopf von einer Seite zur anderen.

Der Wagner zog ihren verbrannten Uniformkragen zurück, warf einen Blick auf ihre Erkennungsmarke und las ihren Namen. »Okay, Kleine …« Er richtete sich kniend auf und legte die Hände an den Mund. »He, Ben! Roy! Kommt mal her! Seht euch das an!« Der Wagner ließ sich wieder auf die Hacken sinken, betastete das herausragende hintere Ende des Bolzens und untersuchte Jodis Arme und ihren Oberkörper. Dann stieß er einen leisen, tonlosen Pfiff aus. Seine Berührungen waren zwar fest, aber sanft. Er richtete sich wieder auf und schob die verbeulte Krempe seines Stetsons nach hinten. »Hmmm … Gehörst du zu dem Wagenzug, der hier vor drei Tagen den Arsch vollgekriegt hat?«

Jodi signalisierte ihm mit Augen und Mund, dass dem so war.

»Tja, deine Leute sind wieder abgehauen, Kleine. Als wir sie zuletzt gesehen haben, waren sie nach Kansas unterwegs.« Er kraulte seufzend seinen Bart. »Wenn du nicht auf die Mutanten oder die Kojoten warten willst, solltest du dich uns anschließen, Jodi.«

»Hast du was gefunden, Beaver?«

Jodi konnte den Mann nicht sehen, der gerade sprach.

Ihr bärtiger Retter sagte über sie hinweg: »Ich hab 'ne Frau gefunden, Mann.«

»Red keinen Scheiß …«

Zwei weitere in Fetzen gekleidete Burschen blickten sie an. Einer stand zu ihrer Linken, der andere lugte über Beavers Schulter. Jodi ging davon aus, dass sie Ben und Roy waren, auch wenn sie nicht wusste, wer von ihnen welcher war. Der Mann links von ihr trug einen Helm, der mit Schlamm beschmiert war, um die blauen und grünen Streifen zu verbergen, aber Jodi konnte genug von dem Muster sehen, um zu erkennen, dass der Helm irgendeinem von der Crew des Wagenzuges *King of the Pecos* gehört hatte. Der Bursche, der über Beavers Schulter lugte, trug eine zerknitterte gelbe Kommandantenmütze. Der lange Schirm war speckig, das eingewebte Rangabzeichen nicht mehr vorhanden.

»Ist es wirklich eine?«, fragte Gelbmütze.

»Was soll die doofe Frage?« Beaver schaute kichernd zu Gelbmütze hoch. »Glaubst du, ich hätte vergessen, wie

Frauen aussehen? Fangt an … Räumt das Zeug von ihren Beinen!«

Gelbmütze machte sich an die Arbeit. Beaver zog den Stopfen aus seiner ledernen Feldflasche, hob Jodis Kopf an und tupfte etwas Wasser auf ihre aufgesprungenen Lippen. Jodi leckte die Tropfen ab und öffnete den Mund, weil sie mehr haben wollte.

»Danke …«, röchelte sie.

»So toll sieht die aber nich aus«, sagte der mit dem Helm ganz offen.

»Nee«, gab Beaver zu. »Sie hat sich auch allerhand gebrochen. Aber sie kommt schon wieder auf die Beine. Täuscht euch nicht; das ist 'ne zähe *Lady*.«

»Muss sie auch sein«, sagte der mit dem Helm. Er packte den toten Kojoten und schleifte ihn beiseite. »Okay, bringen wir sie zu Medicine-Hat.«

Jodi war von einer umherstreifenden Gruppe abtrünniger Wagner gefunden worden. Sie wusste seit Jahren, dass es diese Leute gab. Als junges Mädchen hatte sie einige gesehen. Sie waren festgenommen, vor Gericht gestellt worden und hatten ihre Fehler vor der Fernsehkamera eingestanden. Später dann, als Fliegerin, hatte sie die Leichen eines ganzen Dutzends von Renegaten gesehen. Patrouillenflieger der *Lady* hatten sie getötet. Und Jodi hatte geholfen, diese Männer und Frauen zu jagen und abzuschießen. Beaver und seine Freunde waren die ersten lebendigen Renegaten, die sie aus der Nähe sah. Jodi blieb bei Besinnung, bis man sie auf eine selbst gemachte Trage legte, dann fiel sie in ein Koma. Eine Zeit lang wusste sie zwar nichts mehr von der sie umgebenden Welt, doch tief in ihrem Innern setzte sich das unterbewusste Martyrium fort.

Ihr inneres Auge wurde fortwährend von schroffen, abstrakten Schmerzbildern angegriffen; von einer grenzenlosen Art geistiger Folter, die sie stimmlos kreischend an den Rand des Wahnsinns trieb. Achtzehn Stunden später tauchte sie aus ihrem fiebrigen Koma auf und fand sich in den Händen Medicine-Hats wieder. Jemand, der einen sauberen Lappen in der Hand hielt, tupfte ihr die Stirn ab. Jodi blickte zum Himmel hinauf, holte tief Luft und genoss das Leben. Ah, Kolumbus! Es tat weh. Ihr ganzer Körper brannte. Aber es war ihr gleich. Sie würde weiterleben!

Für Steve gingen die nächsten sechs Wochen dermaßen ineinander über, dass es ihm schwerfiel, besondere Ereignisse in die richtige Reihenfolge zu bringen. Er konnte sich nur daran erinnern, dass Cadillac, Mr. Snow oder wechselnde weibliche Beulenköpfe ihn zweimal täglich mit einer dicken Suppe aus einer hölzernen Schale fütterten. Die Frauen, die er zu Gesicht bekam, sahen entweder einfach und simpel aus oder waren so unattraktiv, dass es schon abschreckend und grotesk war. Anfangs erfüllte ihn die Vorstellung mit Abscheu, die Nahrung der Mutanten zu essen. Steve weigerte sich mehrere Tage lang, überhaupt etwas zu sich zu nehmen – bis er so hungrig wurde, dass er alles aß, was man ihm brachte. Ihm wurde prompt schlecht.

Nach mehreren Tagen geistiger und körperlicher Disziplin stellte er fest, dass er das Essen schlucken und im Magen behalten konnte, ohne das Gefühl zu entwickeln, sich übergeben zu müssen. Von nun an wartete er mit zunehmendem Appetit auf das nächste der stark aromatischen

Gerichte. Er fragte allerdings nie, was er aß. Dann wurden seine Fortschritte durch eine Mahlzeit belohnt, die er erkannte: einen saftigen, weißen, über einem Holzfeuer gegrillten Fisch. Er sah genauso aus wie in der aufblitzenden Erinnerung an seinen und Roz' Besuch in der San-Jacinto-Tiefe. Als Steve den Fisch verzehrte, fragte er sich, woher er gewusst hatte, dass Fische essbar waren. *Vielleicht*, dachte er, *habe ich mich nicht an etwas Vergangenes erinnert, sondern in die Zukunft geschaut.* Vielleicht hatte er den jetzigen Augenblick *vorhergesehen* – auf die gleiche unerklärliche Weise, wie er die Richtung der Kursmarkierungslichter bei seinem Flug durch die Schlangengrube gesehen hatte.

Mr. Snow besuchte ihn von Zeit zu Zeit, um seine Wunden zu untersuchen und neu zu verbinden. Manchmal war Cadillac bei ihm. Hin und wieder kam der junge Bursche auch mal allein und nahm schweigend neben ihm Platz. Manchmal verwickelte Steve ihn in ein zielloses Gespräch – ziellos deswegen, weil er in regelmäßigen Abständen eine Dosis der Droge bekam, die ihn in einem Zustand dösender Euphorie hielt. Zwei- oder dreimal war Steve sich vage bewusst, dass er auf eine Trage aus Holz und Leder gehoben und dann durch die Dunkelheit getragen wurde. Er erinnerte sich irgendwie an das Gefühl kühler Nachtluft auf seinem Gesicht. Er sah die wunderbare, blinkende Helligkeit zahlloser Lichtpunkte, die am samtschwarzen Himmel verstreut waren. Aus aufgeschnappten Gesprächsfetzen, die sein umnebelter Verstand aufnahm, erfuhr er, dass seine Häscher ihre Lager nur nachts verlegten, weil sie verhindern wollten, dass die in unregelmäßigen Abständen am Himmel vorbeiziehenden Donnerkeile sie entdeckten.

Einmal, als Steve unter einem Dach aus losen Zweigen lag, sah er durch ein gezacktes Loch zwischen den Blättern zwei anmutige Himmelsfalken im Tiefflug am Himmel entlangjagen. Er sah ihre weißen Schwingenspitzen und erkannte, dass sie von der *Louisiana Lady* stammten. Ihm wurde klar, dass die *Lady* wahrscheinlich mit neuem Personal bestückt worden und zurückgekehrt war, um ihren Vorstoß in das Gebiet der Mutanten fortzusetzen. Er fragte sich, ob Gus White einer der beiden war, die dort oben kreisten; ob sie ihn suchten oder ob sie einfach nur Mutanten jagten. Er empfand einen plötzlichen Schmerz des Bedauerns über seinen Absturz, doch dann beschwichtigte er sich mit dem Gedanken, dass er trotz seiner üblen Lage noch immer lebte und keine Gliedmaßen eingebüßt hatte.

Man kümmerte sich um ihn und gab ihm zu essen. Wenn es ihm gelang, am Leben zu bleiben, wenn sein Körper sich anpasste – dann konnte er seine Flucht planen. Vorausgesetzt, seine Häscher wurden nicht schon wieder Opfer eines Napalmangriffs. Trotz der beruhigenden Wirkung der Droge war dieser Gedanke eine ständige Ermahnung, dass er – Brickman, S. R. – nun zu den Gejagten gehörte. Sein Schicksal war mit dem seiner Häscher verknüpft.

Nach ungefähr einem Monat hörte Mr. Snow auf, den Gefangenen mit der Droge zu füttern. Steve stellte fest, dass er sich ohne allzu große Unannehmlichkeiten für seine angeknacksten Rippen aufrecht hinsetzen konnte. Seine linke Schulter war zwar noch immer schmerzhaft steif, aber er konnte den Arm innerhalb gewisser Grenzen bewegen. Sein rechter Arm befand sich noch in der Schlinge, aber die klaffende, bläulich verfärbte Wunde hatte sich geschlossen.

Mr. Snow äußerte seine Zufriedenheit über Steves allgemeine Fortschritte. »Bald kannst du wahrscheinlich wieder auf einem Bein gehen. Mal sehen, ob wir etwas machen können, worauf du dich stützen kannst.«

»Du meinst Krücken?«

»Ja, Krücken«, sagte Mr. Snow. »Wir müssen uns öfter unterhalten. Du kennst eine Menge vergessener Wörter.«

»Und du kennst eine Menge, die *ich* noch nie gehört habe«, erwiderte Steve. »Wenn du Zeit hast, können wir uns vielleicht … ähm … unsere Sprachen beibringen.«

»Vielleicht«, sagte Mr. Snow unverbindlich. »Aber eine Menge Wörter, die ich verwende, werden dir gar nichts bedeuten. Du lebst in einer anderen Welt. Du siehst die Dinge auf andere Weise.«

Steve zuckte mit den Achseln. »Du könntest mich lehren, die Dinge auf eure Weise zu sehen.«

Mr. Snow lächelte. »Das bezweifle ich. Was bedeutet für dich zum Beispiel das Wort ›Verstehen‹?«

»Verstehen?« Steve dachte einen Augenblick lang nach. »Ähm … wenn man weiß, was gemeint ist, wenn man einen Befehl erhält. Wenn man weiß, wie etwas funktioniert oder was man machen muss, wenn etwas nicht funktioniert.«

Mr. Snow nickte. »Und was ist mit ›Liebe‹?«

Steve zögerte. »Ist das eins von euren Wörtern?«

»Nein, es ist aus der Alten Zeit. Es ist ein Wort, das die Menschen ständig im Mund führten. Aber es hat nichts bewirkt.«

Steve schüttelte den Kopf. »Dann kann es auch nicht

sehr wichtig gewesen sein. Wenn es wichtig wäre, würde man es auch in der Föderation verwenden. Was bedeutet es? Ist es eine Art Fluch?«

Mr. Snow ließ ein kehliges Lachen ertönen. »Ich sehe, du musst noch viel lernen.«

Steve grinste. »Hör zu … Cadillac hat nicht gewusst, was ein Fernseher ist. Dir sind die Krücken nicht eingefallen, und ich weiß eben nicht, was Liebe ist. Vielleicht können wir einen Handel abschließen. Denk mal darüber nach.«

Mr. Snows Augen funkelten. »Werde ich.« Er klopfte Steve auf die Schulter und ging gebückt aus der Hütte.

Jetzt, wo er nicht mehr mit der Droge gefüttert wurde, dachte Steve allmählich klarer und erkannte schnell, dass seine Gespräche mit Mr. Snow und Cadillac zu seiner Rettung beitragen konnten. Während des Vortrags der Feldaufklärer, an dem die Mannschaft vor der Abreise aus Nixon/Fort Worth teilgenommen hatte, hatte er einiges über die Wortschmiede erfahren. Sie waren die Intelligenten eines Volkes, das aus Idioten bestand. Wortschmiede waren seltene, begabte Individuen, die für die Mutanten-Clans als Gemeinschaftshirne agierten und dafür von ihrem Volk beschützt wurden.

Es war allgemein bekannt, dass Mutanten weder lesen noch schreiben konnten, und da sie meist Dumm-Dumms waren, die nicht einmal wussten, welcher Tag gerade war, waren sie völlig vom Gedächtnis der Wortschmiede abhängig. Laut den Informationen des dreiköpfigen Feldagententeams, das sie eingewiesen hatte, hatten die intelligentesten Wortschmiede bis zu neunhundert Jahre ihrer Geschichte auswendig gelernt. Außerdem verfügten sie über das Talent, Teile ihres Wissens musikalisch zu verarbeiten: Sie dichteten sogenannte Feuerlieder. Des Weiteren verfügten sie über ein mentales Kompendium allgemeinen Wissens, das für die Mutanten überlebenswichtig war.

Nach der in den Jahrhunderten nach dem Großen Ausbruch erfolgten Dezimierung der Mutanten im Süden nahm man an, dass die meisten Wortschmiede ausgestorben waren. Jene, die dem Tod während der Befriedung und Umsiedlung in die Neuen Territorien entronnen waren, hatten sich entweder in den Norden verzogen oder genossen ein extrem niedriges Ansehen. Es gab zwar keine Zahlen, aber man ging davon aus, dass die Wortschmiede in den Reihen der Präriebewohner zahlreicher waren. Zwar verfügte nicht jeder Clan über einen Wortschmied, doch die, die einen hatten, beschützten ihn gut.

Abgesehen von dem eindeutigen Vorteil, den man als Besitzer einer wandelnden Enzyklopädie hatte, wussten die Mutanten, dass ein Wortschmied einem Clan auch in anderer Hinsicht lebenswichtige Vorteile über seine Rivalen verlieh. Darüber wusste man in der Föderation noch nicht viel. Eins war freilich klar: je talentierter der Wortschmied, desto mächtiger der Clan.

Steve, dem man seit dem dritten Lebensjahr pausenlos eingetrichtert hatte, dass Mutanten keine Gefangenen machten, verstand nicht, wieso sie sein Leben verschont hatten. Zwar hätte er die Antwort liebend gern erfahren, aber diese Frage war die einzige, die er seinen Häschern bewusst *nicht* stellte. Im Stillen peinigte ihn die schleichende Angst, er könne vielleicht erfahren, dass auf ihrem Kalender irgendein bizarres Fest stand, bei dem der gesamte M'Call-Clan feierlich einen am Spieß gebratenen Wolkenkrieger verspeiste. Wenn es ein solches Fest gab, wollte er lieber nichts davon wissen.

Er gab sich damit zufrieden, allen Mutanten, die dabei geholfen hatten, ihn wieder auf die Beine zu bringen, seine Anerkennung zu zeigen, und gratulierte sich zu dem Glück, dass Cadillac ihn abgeschossen hatte. Abgesehen davon, dass Cadillac schlau war und Humor hatte, waren er und Mr. Snow von einer unersättlichen Neugier. Großartig! Er hätte es nicht besser treffen können! Steve hatte nichts dagegen, ihren Wissensdurst zu stillen. Er wollte ihnen Wort für Wort das gesamte Wagner-Vokabular beibringen und dazu alles, was sie über die Föderation wissen mussten, bis in die kleinsten Einzelheiten. Was er nicht wusste, würde er einfach erfinden. Er würde sein Material strecken, um sie zu verleiten, ihm alles zu erzählen, was *sie* wussten. Solange sie glaubten, ein gutes Geschäft zu machen, würden sie ihn leben lassen. Und außerdem – mit wem hätten sie denn sonst schon reden sollen?

Während der langen Zeiträume, in denen man ihn allein ließ, überdachte Steve seine Fluchtmöglichkeiten. Er fragte sich, ob die Mutanten das Wrack seines Himmelsfalken liegen gelassen oder die einzelnen Rahmen- und Instrumententeile als Trophäen an sich genommen hatten. Es war seiner Aufmerksamkeit nicht entgangen, dass ein paar der weiblichen Beulenköpfe, die man angewiesen hatte, ihn zu füttern, blaue und rote Drähte ins Haar geflochten hatten. Möglicherweise hatte sie jemand aus dem Funkgerät gerissen. Obwohl der Antrieb das Gerät normalerweise mit Energie versorgte, verfügte es auch über einen Satz Batterien, damit man es auch in Notfällen einsetzen konnte.

Er fragte sich, was aus seiner Überlebensausrüstung geworden sein mochte – der Luftpistole, dem Kampfmesser, der Landkarte, den Nahrungskonzentraten, den Leuchtkugeln und dem Taschen-Notsender, der es einem Wagenzug ermöglichte, einen abgestürzten Flieger anzupeilen. Zwar hatte man ihn bis auf die Unterhose ausgeplündert, aber ihm war aufgefallen, dass Cadillac das Oberteil seines Fliegerdrillichs trug. Mit leeren Taschen. Das bedeutete, dass die Herrlichkeiten, die sie enthalten hatten, wahrscheinlich irgendwo anders lagerten. Wenn es so war …

Steve verbrachte zahlreiche Stunden mit dem Ausdenken komplizierter Fluchtszenarios, die ausnahmslos damit endeten, dass man ihn im Hauptzentrum triumphierend willkommen hieß. Es waren verständliche Fantasievorstellungen. Noch nie hatte ein Wagner, der in die Hände der Mutanten gefallen war, lange genug gelebt, um seine Geschichte zu erzählen. Während die Tage vergingen und Steve allmählich kräftiger wurde, nahm seine Überzeugung, dass er es schaffen könnte, immer mehr zu. Er wollte der Erste sein, dem die Rückkehr gelang. Sein Geschick und sein Wagemut würden sein Unvermögen, die besten Noten und die begehrte Minuteman-Trophäe zu bekommen, mehr als ausgleichen. Sein Meisterplan würde allem die Krone aufsetzen.

Als Steve zum ersten Mal im Tageslicht vor Cadillacs Hütte saß, entdeckte er die Quelle der Geruchsbelästigung, die ihn gepeinigt hatte. Es waren die verwesenden Köpfe zweier Krieger, die auf zwei Meter hohen Pfählen an jeder Seite des Eingangs aufgespießt waren. Steve musterte sie mit morbider Faszination, und dabei fielen ihm besonders ihre breiten, kräftigen Hälse, ihre Unterkiefer und die primitiven, mit durchlöcherten Steinen verzierten Helme auf. Man hatte die über einem Feuer eisenhart gebrannten Pfähle durch ihre Schädel gerammt. Als Steve sich die Eingänge der anderen Hütten ansah, die unter den nahen Bäumen verteilt waren, bemerkte er, dass auch noch verschiedene andere mit Pfählen verziert waren, an denen ähnlich grässliche Trophäen hingen.

Gegen Mittag tauchte Cadillac auf und brachte zwei frisch gefangene Lachsforellen mit. Er zündete ein Feuer in seinem Feuertopf an, nahm die Fische aus, spießte sie auf einen Klingenspeer und grillte sie über den Flammen.

Steves Geruchssinn hatte sich inzwischen dermaßen angepasst, dass er das appetitanregende Aroma genoss. Ihm lief das Wasser im Mund zusammen. Er stellte fest, dass Cadillac seine Digitaluhr trug. Bei dem Versuch, das Datum abzulesen, verrenkte Steve sich zwar beinahe den Hals, aber er schaffte es nicht. Er überlegte, ob er Cadillac bitten sollte, ihm die Uhr zurückzugeben, doch dann beschloss er, einen günstigeren Augenblick abzuwarten, und richtete Cadillacs Aufmerksamkeit auf den Schädel, der rechts von ihm auf dem Pfahl gespießt war. Shakatak.

»Ein Freund von dir?«

Cadillac warf einen Blick auf den Fisch und drehte den Klingenspeer so, dass seine Beute gleichmäßig gebraten wurde. »Er hat versucht, in unser Land einzudringen.«

»Dann hast du ihn also umgebracht?«

»Alle beide«, sagte Cadillac. Es stimmte zwar nicht ganz,

aber wenn er die ganze Geschichte erzählt hätte, hätte er auch Clearwaters Hilfe erwähnen müssen. Und Mr. Snow hatte ihm eingeschärft, dass der Wolkenkrieger weder von Clearwaters Gabe noch von ihrer Anwesenheit in der Ansiedlung erfahren dürfe.

»Wenn du noch jemanden tötest, spießt du seinen Schädel dann auf einen neuen Pfahl?«

»Nein, er kommt zu diesen hier«, antwortete Cadillac. Er zerbrach ein paar Zweige und warf sie ins Feuer. »Auf jeden Pfahl gehören zehn Schädel. Wenn man zehn Schädel zusammenhat, ist man ein mächtiger Krieger.«

»Ach so ist das.« Steve warf einen Blick auf Shakataks Schädel. »Ich nehme an, bis dahin hast du noch einen weiten Weg vor dir.«

Cadillac reagierte mit einem flüchtigen Lächeln. »Es ist mir verboten, mit den Bären herumzuziehen. Aber in ihren Augen habe ich Ansehen. Ich habe schon Knochen genagt.«

»Knochen genagt?«

»Im Zweikampf getötet. Den Schädel genommen und vom Messerarm des Gegners gegessen.«

Steve drehte sich der Magen um. »Herrje ... Soll das heißen, du hast den Arm dieses armen Hundesohns gefressen?«

»Nein«, sagte Cadillac. »Das haben unsere Ahnen vor langer Zeit getan. Arme und Beine. Heute verlangen unsere Bräuche nur noch, dass ein Krieger, der zum ersten Mal tötet, den Unterarm isst, der das spitze Eisen durch den Knochen treibt.«

»Kolumbus!« Steve schüttelte sich angeekelt und verfiel in Schweigen.

Als die Fische gar waren, ließ Cadillac sie von seinem Klingenspeer auf einen flachen Stein rutschen, schnitt die Köpfe ab, legte sie auf große rote Blätter und reichte Steve einen davon.

»Danke ...« Steve nahm den Fisch in die linke Hand und hob die rechte, um seinen Arm zu stützen. Ein stechender Schmerz fuhr durch seinen verletzten Armmuskel. Er keuchte, dann inhalierte er den Duft der gegrillten Forelle, vergaß den Arm und die arglose Barbarei seines Gefährten und konzentrierte sich darauf, seinen Hunger zu stillen. Sein Mund näherte sich vorsichtig dem Fisch. Er war noch zu heiß, um ihn zu verzehren. »Riecht gut. Hast du ihn gefangen?«

»Ja.« Auch das stimmte nicht ganz. Cadillac war mit Clearwater angeln gegangen – sie hatte die Fische mit Gedankenkraft unbeweglich gemacht und sie dann triumphierend an den Kiemen aus dem Bergsee gezogen.

Steve lachte leise. »Es ist wirklich verrückt. Ich habe Fische dieser Art in der Föderation gesehen. Sie schwimmen in Teichen umher. Aber sie dienen nur zur Zierde. Keiner käme auf die Idee, sie zu essen ... Ebenso wenig, wie jemand auf die Idee käme ...« – er zögerte –, »den Arm eines Kriegers zu essen.«

»Ein Krieger, der Knochen genagt hat, nimmt die Kraft seines Feindes in sich auf.« Cadillac blies auf die versengten Schuppen seines Fisches und biss in das blasse, dampfende Fleisch.

Steve reagierte mit einem schiefen Lächeln. »Glaubst du das etwa wirklich?« Er schüttelte den Kopf. »Ich weiß nicht, was ich von euch halten soll. Ihr macht euch die Arbeit, mich aus dem Kornfeld zu retten, und pflegt mich gesund, und gleichzeitig …« – er deutete auf Shakataks aufgespießten Kopf – »macht ihr so was …«

Cadillac warf ein: »Die Sandgräber haben auch viele Schädel von unseren Brüdern im Süden genommen.«

»Ja, das stimmt«, gab Steve zu. »Aber man macht es nicht immer so. Es ist nur eine Art Einführung für Grünschnäbel und Stürmer, die ihre erste Reise machen – für Krieger, die noch nie Knochen genagt haben. Aber wir tun es nur aus einem Grund: Weil ihr damit angefangen habt.«

Cadillac biss jetzt in seinen Fisch. »Tötet ihr etwa nicht?«

»Ja, natürlich«, erwiderte Steve. »Wir müssen es. Weil wir das zurückerobern wollen, was uns gehört: die Blauhimmelwelt. Aber ihr bringt euch sogar gegenseitig um.« Er deutete auf Shakatak und Torpedo. »Die da sind doch welche von eurer Art.«

Cadillac dachte über Steves Worte nach. »In unserer Welt sind alle unsere Rivalen, die keine Blutsbrüder und Blutsschwestern der M'Calls sind. Wir müssen unser Land doch verteidigen. Die M'Calls sind Nachfahren der neunten Tochter Me-Sheeguns und des neunten Sohns She-Kargos. Viele Clans in der Prärie erkennen unsere Größe an, weil wir von den Helden der Alten Zeit abstammen. Aber es gibt auch andere, die uns unsere Größe neiden und sie uns wegnehmen wollen. Wenn wir herausgefordert werden, kämpfen wir bis zum Tod oder verlieren unser Ansehen. Ohne Ansehen ist man weniger wert als Staub.«

»Und wieso? Was ist denn falsch daran, wenn man wegläuft, sich dann wieder heranschleicht und den anderen im Schlaf überrascht?«

Cadillac verstand die Frage nicht. Er zuckte mit den

Achseln. »Das ist nicht die Art der Krieger. Wenn man von She-Kargo abstammt, muss man dem Weg folgen, den die große Mutter Mo-Town vorgeschrieben hat.«

Und das ist unser Glück, dachte Steve. »Und wie passen wir … äh … Sandgräber in all dies hinein?«

Cadillac maß ihn mit einem feierlichen Blick. »Ihr seid unter vielen Namen bekannt: Ihr seid die Bestien aus dem Inneren der Erde; die Geschöpfe der finsteren Städte, die Glatthäutigen Würmer, die im Bauch der eisernen Schlange reisen; die Todesbringer; die Sklavenmeister; die Bösen; die Diener von Pent-Agon, des Herrn des Chaos, der Geißel der Welt.«

Steve tat sein Bestes, um seine ernste Miene aufrechtzuerhalten. »Faszinierend. In der Föderation halten *wir* uns für die Guten. *Ihr* habt doch den Holocaust verursacht und die Blauhimmelwelt vernichtet.«

»Ich weiß nichts von diesem Holocaust und von der Blauhimmelwelt, von der du redest.«

»Na, komm schon«, beharrte Steve. Er deutete mit ausgestrecktem Arm auf die Landschaft. »Das hier ist die Blauhimmelwelt! Ihr habt die Städte in Brand gesteckt und eine Wüste aus dem Land gemacht. Das bezeichnen wir als Holocaust. Ihr habt die Luft vergiftet und uns gezwungen, hinter dem Erdschild Schutz zu suchen!«

»Nein, das stimmt nicht«, sagte Cadillac. »Pent-Agon hat den Krieg der Tausend Sonnen durch euch, seine Diener, losgelassen! Der Krieg hat die Erde und fast alle Lebewesen verbrannt. Wir wurden verschont – wir, die Nachfahren She-Kargos und unsere Seelenbrüder und Seelenschwestern, die man nun als Prärievolk kennt. Wir wurden von Mo-Town auserkoren, stark und zahlreich zu werden, damit wir die Erde bis zu Talismans Ankunft bewachen.«

»Hör mal«, sagte Steve, »wir können doch nicht beide im Recht sein. Ich *weiß*, was passiert ist. Man kann es in unseren Aufzeichnungen nachlesen. Welchen Beweis hast du, dass die Wahrheit so aussieht, wie du sie schilderst?«

»Der Beweis ist auf den Zungen unserer Wortschmiede. Die Geschichte des M'Call-Clans ist für alle Ewigkeit in unseren Feuerliedern enthalten.«

Steve lachte. »Das glaube ich nicht. Es ist mir gleich, ob Mr. Snow der größte Wortschmied aller Zeiten ist. Niemand kann alles wissen, was in den letzten neunhundert Jahren passiert ist! Es ist unmöglich. Die Amtrak-Föderation kennt die *Tatsachen*. Es gibt Milliarden überprüfbarer Daten, die in Silikonchips gespeichert sind! Das ist doch mehr wert als eine Sammlung von Geschichten, die aus wirren Erinnerungen von Greisen zusammengebastelt ist.«

»Du sprichst zwar viele eigenartige Worte«, sagte Cadillac, »aber ich fange allmählich an, ihre Bedeutung zu verstehen. Der Krieg ist schuld daran, dass viele unserer Brüder und Schwestern ohne Hirntaschen geboren werden. Ihr Verstand kann das, was vergangen ist, nicht behalten. Sie vergessen auch das, was sie können, aber jenen von uns, die wir Wortschmiede nennen, hat Mo-Town die Stärke von hundert Geistern und tausend Zungen gegeben.« Cadillac reckte sich und schob stolz sein Kinn vor. »Auch mir ist diese Kraft verliehen worden. Ich kenne die Heldentaten der M'Calls und die Geschichte des Prärievolkes seit den Anfängen. Ich weiß, wie die Welt funktioniert. Ich habe alle diese Dinge von Mr. Snow gelernt, der mit den Himmelsstimmen spricht. Du sagst, ihr habt diesen COLUMBUS – ein gemachtes Ding, das angeblich die Vergangenheit eures Volkes enthält …«

»Ja, ein Computerarchiv«, erklärte Steve.

»Das Wort hat einen toten Klang«, sagte Cadillac. »Aber egal. Wenn *du* dich an nichts erinnerst, woher willst du dann wissen, ob das stimmt, was das … Computerarchiv … dir erzählt?«

»Das ist doch ganz einfach«, erwiderte Steve. »Computer wie COLUMBUS *vergessen* nichts. Sie erfinden auch nichts. Computer sind Maschinen …« Steve hielt inne. »Weißt du, was eine Maschine ist?«

Cadillac schüttelte den Kopf.

Steve suchte die Umgebung nach einem Gegenstand ab, mit dessen Hilfe er den Begriff erläutern könnte. Er deutete auf Cadillacs Armbrust. »Schau dir deine Armbrust an. Sie ist eine Maschine. Sie verschießt Bolzen. Zwar könntest du auch mit deinem Arm einen Bolzen werfen, aber Armbrüste werfen sie weiter und schneller. Maschinen baut man deswegen, damit die Dinge besser und schneller werden als die Menschen. Computer sind Maschinen, die denken. Sie sind mechanische Gehirne und speichern Informationen. ›Mechanisch‹ bedeutet maschinenhaft. Man teilt ihnen die Tatsachen mit, und sie behalten sie. Computer tun noch alle möglichen anderen Dinge, aber das würdest du nicht verstehen.«

»Vielleicht ist es auch gar nicht nötig, diese Dinge zu verstehen«, meinte Cadillac.

Steve lächelte. »Soll das ein Witz sein? Als wir angefangen haben, war die Amtrak-Föderation kaum mehr als ein Loch im Boden. Aber jetzt haben wir dank COLUMBUS und der Ersten Familie zwölf Basen! Und weitere werden gerade gebaut. Sie sind durch Linearantrieb-Einschienenbahnen miteinander verbunden. Wir haben Bildschirmkommunikation, geothermische Energie, hydroponische Farmen mit automatisierter Wetterkontrolle, Laser und Flugzeuge – das technische Know-how, um alles zu tun, was wir wollen. Aber ihr – ihr lebt noch immer in der Steinzeit.«

Cadillac lächelte. »Trotzdem bist du hier, trotz all eurer Wunder.« Eine Bemerkung dieser Art hätte auch Mr. Snow gemacht; Cadillac fühlte sich unbändig stolz.

»Das war ein Glückstreffer«, sagte Steve.

»Und die anderen gefallenen Wolkenkrieger?«

»Unberechenbares Wetter und eine Pechsträhne. All das macht keinen Unterschied. Es ist an der Zeit, dass ihr den Tatsachen ins Auge seht: Niemand kann sich der Macht der Föderation widersetzen. Ihr habt doch selbst gesehen, was die *Lady* alles kann. Wir haben zwanzig Wagenzüge dieser Art, und wir bauen täglich neue. In zehn Jahren haben wir hundert. In zwanzig haben wir Zwischenstationen von einer Küste zur anderen. Dann kann uns nichts mehr aufhalten. Wir sind die Zukunft. Ihr seid die Vergangenheit, die man beiseite fegen wird. Ihr lebt in einer Welt, in der Wunschdenken herrscht. Du redest von Himmelsstimmen, Mo-Town und Vollgasnamen … Ihr habt zu viel Traumkappe genommen. Ich weiß zwar nicht, wo Mr. Snows Version der Vergangenheit herstammt, aber du kannst mir glauben, dass es so nicht gewesen ist.«

»Seid ihr etwa nicht die Sandgräber?«, konterte Cadillac. »Lebt ihr etwa nicht in den finsteren Städten unter der Großen Wüste im Süden?«

»Unsere Städte sind nicht finster«, erwiderte Steve. »Wie oft soll ich es noch sagen? Wir haben Strom. Neonlampen. Das sind lange Stöcke, die wie die Sonne Licht verströmen.«

»Aber die Finsternis des Geistes können sie nicht bannen«, sagte Cadillac. »*Das* meinen wir, wenn wir von finsteren Städten reden. Die Wahrheit ist in den Worten des Prärievolkes. Nach dem Krieg der Tausend Sonnen wurden Pent-Agon und seine Diener – ihr, die Sandgräber – unter die Erde verbannt, zur Strafe für ihre Verbrechen an der Welt.«

»Dann sind wir bestimmt wegen guter Führung begnadigt worden«, sagte Steve fröhlich. »Es ist dir vielleicht nicht aufgefallen, aber wir haben seit mindestens zweihundert Jahren Zwischenstationen an der Oberwelt. Und so, wie die Dinge sich entwickeln, gehört uns in spätestens hundert Jahren wieder ganz Amerika.«

Cadillac schüttelte den Kopf. »Dazu wird es nicht kommen. Mr. Snow weiß es von den Himmelsstimmen. Wir werden die Eisenschlangen besiegen. Man wird euch in eure Höhlen zurücktreiben und eure finsteren Städte unter der Wüste zerschmettern.«

»Also wirklich …«, sagte Steve. »Und wann soll es angeblich so weit sein?«

»Wenn die Erde das Zeichen gibt«, erwiderte Cadillac, »wird das Prärievolk wie das strahlende Schwert in der Hand seines Retters Talisman sein.«

Steve runzelte die Stirn. Er hatte diesen Namen während dieses Gesprächs nun schon zum zweiten Mal gehört. »Talisman? Wer ist das?«

»Der Dreifachbegabte«, sagte Cadillac.

Steves Neugier war geweckt, doch sein junger Gastgeber ignorierte seine Fragen und ging, ohne ihm eine weitere Erklärung zu geben.

In den folgenden Tagen führte Steve eine Reihe von Gesprächen mit Cadillac und Mr. Snow. Sie stellten ihm endlose Fragen über die Föderation – wie sie organisiert war; wie das Leben in einer unterirdischen Stadt vor sich ging; was die Menschen dort taten, wie sie sich kleideten und was sie aßen. Steve erkundigte sich seinerseits nach der Geschichte des Prärievolkes und fragte, wieso sich der M'Call-Clan für einen der größten – wenn nicht gar für den größten – She-Kargo-Clan hielt. Er stellte ihnen auch Fragen nach ihren Nahrungsquellen und wie sie die langen Wintermonate überlebten, die Periode, die sie als Weißen Tod bezeichneten.

Manchmal versammelten sich drei, vier oder ein halbes Dutzend Clan-Älteste, Bären oder Wölfinnen um sie und lauschten schweigend ihrem Gespräch. Gelegentlich kam es vor, dass ein Zuhörer mitten im Satz aufstand und durch einen anderen ersetzt wurde. Steve hatte den Eindruck, dass sie nicht alles verstanden, was hier geredet wurde – dass sie lediglich dem Klang ihrer Stimmen lauschten, dass sie den Strom der Konversation über sich hinwegplätschern ließen, wie man dem plätschernden Gemurmel eines Baches lauschte.

Mr. Snow zeigte sich besonders an dem interessiert, was in der Föderation das »Befriedungsprogramm für die Neuen Territorien« hieß. Steve beschrieb in allen Einzelheiten, wie die ersten Bahnbrecher die Oberwelt über den Inneren und den Äußeren Staaten zurückerobert hatten.

Der Widerstand der Mutanten im Süden war sehr schwach gewesen. Clans, die sich gewehrt hatten, hatte man ausgerottet; jene, die es vorgezogen hatten, sich zu ergeben, taten Zwangsarbeit. Die Mehrheit der überlebenden Clans war in Arbeitslager umgesiedelt worden, die rings um die halb unterirdischen Zwischenstationen errichtet worden waren.

Dort, wo sich diese Vorgehensweise als unpraktisch erwiesen hatte, waren die Clans dazu verpflichtet, in Form von Arbeitsbrigaden oder festgesetzten Quoten Erze, Bauholz oder sonstige Rohstoffe jährlichen Tribut zu zahlen. Wagenzüge brachten den Tribut zu oberirdisch gelegenen Hütten- und Sägewerken, Gießereien oder Werkstätten. Dann wurden sie in die unterirdischen Fabriken hinabgelassen, wo die Wagner aus den Zwischenstationen die Arbeit beaufsichtigten. Die in der Nähe der Wagner-Basen gelegenen Minen konnten durch die Gruppen der Jungen Pioniere von unterirdischen Ebenen aus direkt betreten werden – wie damals, vor dem Großen Ausbruch, dem historischen Augenblick des Jahres 2464, als man den ersten ständigen Zugang zur Blauhimmelwelt geöffnet hatte.

Steve erzählte Mr. Snow auch von den »Jährlingen«. Nach dem Großen Ausbruch hatte man entdeckt, dass die Frauen der Mutanten gelegentlich »normalen« Kindern das Leben schenkten – Kindern, die keine genetischen Defekte aufwiesen und eine einheitliche Hautfarbe hatten. Aus irgendwelchen noch ungeklärten Gründen waren diese »normalen« Mutanten ausnahmslos männlichen Geschlechts. Da einem Clan, der dabei ertappt wurde, dass er ein unregistriertes »normales« Kind aufzog, die sofortige

Auslöschung drohte, übergab man alle Kinder dieser Art nach der Geburt den Wagnern.

Als Gegenleistung entband man den glücklichen Clan für einen Zeitraum von zwölf Monaten von der Verpflichtung, die ihm auferlegte Erz-, Holz oder Arbeitsgruppenquote zu liefern. Daher die Bezeichnung »Jährling«. Die neugeborenen Mutanten wurden in ein spezielles Zentrum gebracht, das unter dem Namen *Die Farm* bekannt war. Soweit Steve wusste, unterzog man sie dort im Rahmen des Lebenserforschungsprogramms verschiedenen Prüfungen und ließ sie dann verschwinden.

»Hast du schon einmal mit einem unserer Brüder aus dem Süden gesprochen?«, fragte Mr. Snow.

Steve schüttelte den Kopf. »Man kann einfach nicht mit ihnen reden. Es ist schon schwierig genug, ihnen verständlich zu machen, welche Arbeit sie tun sollen. Als Flieger auf einem Wagenzug bin ich ihnen nie nahe genug gekommen. Aber ich muss gestehen, dass ich es auch nie versucht habe. Erstens deswegen, weil es nicht angeraten ist, wenn es nicht zu der Arbeit gehört, die man tut; und zweitens, weil … Nun ja … äh … weil es nicht gesund ist, wenn man sich zu lange in ihrer Nähe aufhält. Und drittens, weil es mir gar nicht einfallen würde, mit einem Dümm…« Er hielt mit einem verlegenen Lächeln inne. »Ich meine, sie sind nicht so wie du und Cadillac. Sie sind …«

»Dumm?«, fragte Mr. Snow.

Steve zuckte mit den Achseln. »Wenn ich ehrlich sein soll, ja; die meisten sind es wahrscheinlich. Sie wissen überhaupt nichts, und sie sind auch nicht lernfähig.« Steve zögerte, dann sagte er lahm: »Tja … Das sagt man wenigstens über sie.«

Mr. Snow nickte mit einem verständnisvollen Lächeln. »Was glaubst du, wie sie sich fühlen?«

»Fühlen?« Steve schaute ihn verwirrt an, als sei der Gedanke, ein Mutant könne etwas fühlen, unvorstellbar für ihn. Er konnte sich kaum vorstellen, dass sie Erwartungen hatten, die anders waren als das Leben, zu dem die Geschichte sie verdammt hatte.

»Ja«, sagte Mr. Snow. »Was glaubst du, wie sie sich fühlen, wenn sie in einem Arbeitslager schuften müssen?«

Steve dachte mit gespitzten Lippen über die Frage nach. »Ich weiß es nicht. Sie leben doch, oder? Sie kriegen regelmäßig zu essen. Sie brauchen nicht gegen die anderen Clans zu kämpfen.«

»Aber sie sind auch an Eisentaue gebunden.«

»Eisen …?«, sagte Steve. »Ach, du meinst *Ketten*. Ja, das ist wahr. Aber nicht alle. Nur die, die Schwierigkeiten machen.«

Mr. Snow nickte, dann sagte er leise: »Warum, glaubst du, machen sie Schwierigkeiten?«

Steve reagierte mit einem schnellen Lachen. »Wahrscheinlich, weil sie nicht gern arbeiten.«

»Vielleicht sehen sie die Welt nur anders.«

»Vielleicht tun sie das«, sagte Steve. »Aber sie müssen nun mal lernen, sie so zu sehen wie *wir*.« Er lächelte, um seinen Worten die Härte zu nehmen. »Die Welt gehört *uns*. Das Land hier gehört *uns*. Die Mutanten sind in unseren Arbeitslagern, weil sie verloren haben. Sie hatten eine Wahl – und sie haben beschlossen, nicht zu sterben.«

»Sind das alle Möglichkeiten, die wir haben?«, fragte Mr. Snow. »Sklaverei oder Tod? Wir denken, wir fühlen, wir atmen. Haben wir kein Recht zu existieren?«

Steve dachte über seine Antwort nach. »Ich weiß nicht recht, wie ich es ausdrücken soll.«

»Drücke es aus, wie du willst. Man will uns los sein.«

»Die offizielle Antwort darauf ist Nein. So sieht die Föderation es nicht. Man hat uns zwar so erzogen, dass wir euch für niedriger als Tiere halten und dass wir die Pflicht haben, euch vom Angesicht der Erde zu fegen. Aber ...«

»Aber was?«

»Jetzt, wo ich dich und Cadillac kennengelernt habe, bin ich mir nicht mehr ganz sicher. Ich bin – nun ja – irgendwie verwirrt. Ich meine, ihr redet doch wie echte ... Menschen.«

Mr. Snow kicherte. »Vielen Dank.«

»Und Cadillac ... Wenn man seine Hautfarbe mal ignoriert ...«

»... sieht sogar wie ein echter Mensch aus. Ja, ich verstehe dein Problem. Mach dir nichts draus.« Mr. Snow tätschelte Steves Schulter, dann stand er auf. Als er fortging, blieb er stehen und drehte sich noch einmal um. »Was würdest du sagen, wenn ich dir erzählte, dass unsere Ahnen Menschen der Alten Zeit waren – Menschen mit geraden Gliedern –, und dass viele von ihnen die gleiche Hautfarbe hatten wie du?«

Steve beschloss, dass es an der Zeit war, diplomatisch zu werden. »Nachdem ich euch getroffen habe, würde ich sagen, nichts ist unmöglich.«

Mr. Snow lachte herzlich. »Du bist ein schlauer Fuchs, Brickman. Du wirst es noch weit bringen.«

Steve schaute ihm nach, als Mr. Snow fortging, und dabei hatte er das deutliche Gefühl, dass der alte Wortschmied und sein zukünftiger Nachfolger ihn auf die Schippe nahmen. Er war immer stolz darauf gewesen, den anderen einen Schritt voraus zu sein, deswegen ärgerte es ihn, dass sie ihn im Dunkeln herumtappen ließen. In Wirklichkeit war Mr. Snow der schlaue Fuchs. Steve wurde den Eindruck nicht los, dass seine beiden Gesprächspartner über irgendeine Gabe verfügten, die sie erkennen ließ, was sich in seinem Kopf abspielte – so wie er bestimmte kleinere Ereignisse wenige Sekunden vor ihrem Eintreffen »vorhersah«: zum Beispiel sein ernsthaftes Vorhaben, bei der ersten sich bietenden Gelegenheit zu fliehen.

Vielleicht war *das* die Ursache der fröhlichen Heiterkeit, mit der Mr. Snow seinen Worten lauschte. Andererseits bestand auch die Möglichkeit, dass die beiden seine Gesellschaft genossen, weil er noch *keinen* Versuch gemacht hatte, ihr Wohlwollen zu erringen. Steve hatte zwar überlebt, aber von seinem Charakter her war er keinesfalls ein Speichellecker. Bis jetzt schien seine direkte Art anzukommen. Man schien nichts gegen seine Deutlichkeit zu haben. Tatsächlich hatte er den Eindruck, als würde man ihn darin noch ermuntern.

Die Folge davon war – was Steve nun gar nicht mehr verstand –, dass er geradezu auf seine tägliche Unterhaltung mit den beiden wartete. Er konnte es zwar kaum ertragen, sich dies einzugestehen, aber auf eine eigentümliche Art und Weise erwärmte er sich allmählich für seine Gastgeber. Diese Reaktion war nicht mit seinen früheren, oft vorherberechneten Handlungen zu vergleichen; das Gefühl war wirklich echt. Zwar waren die Mutanten in Steves Augen immer noch kaum mehr als primitive und verformte Wilde, die wie der Müll auf den A-Ebenen rochen, aber sie führten ein entspanntes Dasein, das einen deutlichen Kontrast zu dem eng strukturierten Entwicklungsaktivitätsprogramm bildete, das sein Leben in der Föderation vom ersten Tag an geregelt hatte.

Seine Wagner-Psyche spaltete sich. Ein Teil seines Bewusstseins ärgerte sich über die mangelnde Disziplin und die schlampige Organisation und fand das Leben der Mutanten abstoßend; der andere Teil gab der schleichenden Verlockung der Oberwelt-Existenz nach.

Trotz der jahrelangen Indoktrination war in seinem Innern ein lange vergrabener Instinkt geweckt worden. Steve reagierte wie bei seinem ersten Alleinflug über die Blauhimmelwelt. Zugegeben, er hatte bisher ein fast privilegiertes Dasein geführt: Man hatte ihn nie dazu gezwungen, seine Nahrung zu jagen oder sein Essen bei Regen oder Schneesturm an einem offenen Feuer zuzubereiten. Er hatte die Bedienung ebenso genossen wie die Aufmerksamkeit mehrerer Krankenschwestern, und seit seiner Bruchlandung hatte der Clan sein Territorium nicht mehr verteidigen müssen. Verglichen mit der Föderation besagte dies, dass es hier immer noch so war wie das Leben auf einem Fünf-Sterne-Misthaufen.

Aber da war noch etwas anderes.

Eine großartige Entdeckung, die Steve als Gefangener der M'Calls gemacht hatte, war der *Klang* der Stille. Eine fast narkotisierte Gelassenheit hatte sich in seinem Verstand ausgebreitet. Zwar gab es auch hier Lärm, aber seine Ursprünge waren natürlich: Hier bestand der Lärm aus dem Klang des Windes in den Bäumen, dem Plätschern fließenden Wassers und der menschlichen Stimmen bei Gesprächen und Gesang. Es waren lebendige Klänge:

Lachende Kinder; weinende, von sanftem Gemurmel beruhigte Kinder; die gespenstische Musik, von hölzernen Flöten erzeugt. Die schwingenden, in der Luft hängenden Akkorde riefen in seinem Innern eine verwirrende Resonanz hervor.

Welch simples Instrument. Und doch völlig unbekannt in der Föderation, wo – abgesehen von Blackjack – alle Musik der totalen Kontrolle der Ersten Familie unterlag. Doch das Allerwichtigste war: Das Prärievolk kannte kein *Gezänk*. Es gab niemanden, der einem ständig auf die Füße trat. Hier wurden Augen und Ohren nicht ständig mit erbaulichen Fernsehsendungen bombardiert. Und obwohl es absolut keine Ermahnungen irgendeiner zentralen Körperschaft gab, herrschte hier zielgerichtete Einheit. Man arbeitete ohne irgendein erkennbares Anzeichen von Disziplin in Zeiten der Not zusammen.

Es war eine Art Zusammengehörigkeit. Eine unausgesprochene Verwandtschaft. Ein …

Bewusstsein?

Ja!

Der Gedanke drang voll in Steves Geist ein und überraschte ihn über alle Maßen.

14

Einen Tag nach Steves Gespräch mit Mr. Snow erschien Cadillac mit einem ältlichen Beulenkopf namens Three Degrees. Die beiden brachten ein paar frisch geschnittene Schösslinge mit, und Three Degrees war mit einer Machete, einem Schnitzmesser, einer Ahle, einer Knochennadel und groben, selbst gefertigten Bindfäden ausgerüstet.

Cadillac bat Steve, ihm vor der Hütte ein Bild der Krücken auf den Boden zu zeichnen, die man in der Föderation verwendete. Da sie allgemein aus Metall bestanden, waren einige Veränderungen unausweichlich. Nach einer langen Diskussion fertigte Steve eine grobe Skizze an, die – obwohl er es nicht wusste – eine der alten Holzkrücken wiedergab, mit denen sich die Versehrten in der ersten Hälfte des 20. Jahrhunderts beholfen hatten. Steve schaute mit offener Bewunderung zu, als Three Degrees mit geschickter Präzision seine primitiven Werkzeuge einsetzte. Von Cadillac hin und wieder angetrieben, bastelte er in Rekordzeit ein paar Krücken mit festen, exakt passenden Fugen und Armrasten zusammen, die er mit Rennerleder polsterte.

Cadillac half Steve auf die Beine und blieb neben ihm stehen, als er mithilfe der Krücken die ersten wackelnden

Schritte tat. Sein linkes Bein konnte noch kein Gewicht tragen, und seine linke Schulter und der verletzte rechte Arm waren noch immer schmerzhaft steif, aber die Freude, dass er nun ein gewisses Maß an Beweglichkeit zurückerlangte, ließ ihn jede Unbequemlichkeit vergessen.

Three Degrees schaute Steve mit einem frohen Grinsen an, als er versuchte, auf einem Bein zu gehen. Schließlich gewannen seine Schritte an Sicherheit.

»Ist gut?«

Steve nickte anerkennend. »Unheimlich!«

Three Degrees schaute Cadillac verständnislos an.

»Ein Wort aus der Alten Zeit«, erklärte Steve. »Es bedeutet sehr gut.«

»Numero Uno«, erklärte Cadillac. »Prima.«

»Ah, geschnallt. Astrein.« Three Degrees grinste breit und sammelte sein Werkzeug ein. »Schönen Tag noch.« Er klopfte Steve auf den Arm und schlurfte von dannen.

Eine der Mutantinnen, die Steve mehrmals mit Essen versorgt hatte, trat auf sie zu. Sie trug seinen Tarndrillich aufgerollt unter dem Arm. Man hatte ihn gewaschen und dort, wo er beim Absturz zerrissen war, behelfsmäßig wieder zusammengenäht. Cadillac half Steve beim Anziehen. Die Taschen, die seine Überlebensausrüstung enthalten hatten, waren deprimierend leer. Steve fühlte sich halb nackt.

»Wie weit darf ich gehen?«

»So weit, wie du willst«, sagte Cadillac. »Aber zu deiner eigenen Sicherheit ist es besser, wenn du in den Grenzen der Siedlung bleibst.« Er lächelte. »Die Oberwelt kann ein gefährlicher Ort sein.«

Steve nickte. »Ist das alles?«

»Nein. Betritt keine Hütte, es sei denn, man lädt dich dazu ein. Heb kein spitzes Eisen oder Werkzeuge auf, die du vielleicht herumliegen siehst. Und nimm kein Essen, solange man dir nichts anbietet.« Cadillac lächelte erneut. »Es gibt Leute hier, die nur auf einen Grund warten, um deinen Schädel auf einen Pfahl zu spießen. Capisce?«

»Und wie!«, sagte Steve und speicherte »Capisce«, »geschnallt« und alle anderen Wörter, die er von Three Degrees gehört hatte, in seine geistige Ablage. Er wusste inzwischen, dass die Mutanten sich in zwei verschiedenen Sprachmodi verständigten. Der erste Modus, eine Art zeremonielle Sprache, hatte eine eigenartige, elliptische Syntax und verwendete sehr bildhafte Worte. In diesem Stil waren auch die Lieder der Mutanten geschrieben. In diesem Sprachmodus verständigte man sich am liebsten, wenn man Menschen begrüßte, offiziellen Diskussionen beiwohnte oder Fremden begegnete. Cadillac, der großen Wert auf Status und Protokoll zu legen schien, hatte sich am Anfang ihrer Bekanntschaft sehr oft in dieser Sprache ausgedrückt, aber nun redeten er und Mr. Snow in einer Mischung aus der ihren und der Grundsprache der Föderation, die sie von Steve aufgeschnappt hatten. Der zweite, ziemlich informelle Sprachmodus war der Grundsprache näher und hatte eine grobe, deftige Direktheit, die auch den Bahnbrecher-Jargon charakterisierte. Zu diesem Modus gehörte auch ein faszinierender Jargon, den man »Gequassel« nannte. Gequassel war eine fast geheime Kriegersprache, die ein Fremder ohne Dolmetscher kaum verstand.

Steve schob die Krücken bequem unter seine Achselhöhlen und brach zum ersten Spaziergang durch das

Lager auf. Die Hütten der M'Calls lagen verstreut auf einem hohen, bewaldeten Plateau, auf dem der Tag frisch und klar begann. Auf den benachbarten Hängen wuchsen spärliche dunkelrote Nadelbäume; im Westen ragte eine hohe Hügelkette auf. Steve fiel ein, dass man ihn wenigstens viermal verlegt hatte. Aufgrund seines allgemeinen Wissens über dieses Gebiet, das ihm das Landkartenstudium auf der *Louisiana Lady* vermittelt hatte, rechnete er aus, dass der Clan weiter nach Westen gezogen war. Das Schlimme war, dass er ohne Karte nicht erfuhr, wie *weit* sie gegangen waren. Dass man keinen Versuch unternahm, die auf freiem Boden stehenden Hütten vor Spionen aus der Luft zu verbergen, deutete allerdings an, dass man davon ausging, sich außerhalb der Reichweite patrouillierender Himmelsfalken zu befinden.

Je länger Steve um die M'Call-Ansiedlung herumhumpelte, desto besser nahm er den täglichen Lebensablauf der Mutanten wahr. Morgens verließen Jagdgruppen von Bären und Wölfinnen das Lager und kehrten nach Sonnenuntergang mit Wild der verschiedensten Art zurück. Sie brachten Berghirsche mit dicken, gekrümmten Hörnern mit und einmal sogar einen Büffel. Die Wölfinnen waren auf das Fangen von Vögeln und Fischen spezialisiert. Weitere gemischte Kriegergruppen, die zur Wache eingeteilt waren, hockten bewegungslos an erhöhten Punkten um das Lager herum oder patrouillierten an den Grenzen des Gebietes, das der Clan für sein Territorium hielt. Wenn er seinen Fluchtplan in die Tat umsetzen wollte, war das Problem, den scharfäugigen Wächtern zu entgehen, nicht zu unterschätzen.

Zwischen seinen Forschungsgängen nahm Steve hin

und wieder an Mr. Snows Unterrichtsstunden für die Kleinen teil und bewunderte die Geduld, mit der der Alte sein rudimentäres Wissen weitergab. Nach ein paar Stunden wurde ihm klar, dass viele von Mr. Snows Lektionen und Geschichten lediglich Wiederholungen zuvor gegebener Unterrichtsstunden waren. Die langen Frage- und Antwortstunden, die er mit den beiden Wortschmieden, die bisher seine wichtigsten Gesprächspartner gewesen waren, zugebracht hatte, hatten ihn dazu gebracht, diesen allem zugrunde liegenden Mangel im Verhalten der Mutanten zu übersehen. Als er bei einem seiner Spaziergänge Three Degrees traf, wurde er wieder an die angenehme Vergesslichkeit der Präriebewohner erinnert: Der alte Beulenkopf erkannte seine eigene Arbeit nicht mehr, und es war deutlich, dass er auch nur noch eine sehr nebelhafte Erinnerung an Steve hatte.

Für die M'Call-Jungbären war Steve weiterhin ein Objekt der Neugier und eine Quelle unschuldiger Heiterkeit. Wie Three Degrees schienen auch sie die Rolle, die er beim Bombardieren des Kornfeldes gespielt hatte, vergessen zu haben. Steve fiel es viel schwerer, die Sache zu vergessen, besonders als er die Kinder sah, die hinter ihm herliefen: Bei vielen war die Haut eindeutig von dem Napalm vernarbt, das er mit zögernder Präzision abgeworfen hatte.

Einige ältere Kinder verhielten sich aggressiver und rempelten ihn an, wenn sie an ihm vorbeiliefen. Sie tanzten um ihn herum, schnitten Grimassen und verspotteten ihn. Andere spielten auf eine prahlerische Weise Fangen: Wo er auch zufällig gerade hinging, sie überrannten ihn mit voller Kraft, sobald er den Versuch machte, ihnen auszuweichen. Man warf ihn mehrmals »aus Versehen« zu

Boden, und einmal, als er der Länge nach hinflog, packten zwei Dreizehnjährige seine Krücken, wirbelten sie wild durch die Luft und ließen sie wie Schlagstöcke zusammenkrachen. Es war natürlich nur ein Spiel, aber ihre Absicht war klar: Sie hofften, dass die Krücken zerbrachen, damit er auf Händen und Knien in seine Hütte zurückkriechen musste.

Glücklicherweise kam Mr. Snow vorbei. Er sorgte für Ordnung und half Steve auf die Beine.

»Sie sind nur übermütig ...«

»Ja, sicher«, sagte Steve. Es hatte keinen Zweck, sich zu beschweren. Er verlegte seine Gehübungen so, dass sie mit Mr. Snows Unterrichtsstunden zusammenfielen, und blieb, bis Mr. Snow mit seinen Schülern fertig war, in der Nähe der Hütte, die er mit Cadillac teilte.

Die Mehrheit der erwachsenen M'Call – dies schloss jeden ab vierzehn Jahren ein – behandelte ihn mit einer Mischung aus Höflichkeit und Misstrauen. Sie gingen ihm zwar nicht aus dem Weg, aber man konnte auch nicht sagen, dass sie seine Gesellschaft suchten – es sei denn, sie hörten schweigend seinen Gesprächen mit Mr. Snow oder Cadillac zu. Mehrere weibliche und männliche Krieger zeigten ihm offen ihre Feindschaft, indem sie sich wegdrehten, wenn er kam. Saßen sie in einer Gruppe beisammen und unterhielten sich, verfielen sie in Schweigen, bis er außer Hörweite war. Es war die klassische kalte Schulter. Steve war wie ein streunender Hund, dessen Anwesenheit man zwar tolerierte, aber den man nicht aktiv ermunterte; ein Hund, den man mit Abfällen fütterte, aber nie in die Familie aufnahm; ein Hund, der nie seinen eigenen Napf und seinen eigenen Platz am Feuer bekam.

Steve setzte seine Gespräche mit den beiden Wortschmieden zwar auf mehr oder weniger regelmäßiger Grundlage fort, aber er stellte auch fest, dass man ihn für den größten Teil des Tages sich selbst überließ, sodass er außer Denken und Gehübungen kaum Gelegenheit hatte, irgendetwas zu tun. Er entwickelte sein eigenes Ertüchtigungsprogramm und verbrachte täglich bis zu sechs Stunden mit körperlich anstrengenden Übungen. Während er schwitzte, um wieder stark zu werden, dachte er unaufhörlich an seine Flucht und veränderte die verschiedenen Details seines Vorhabens, je mehr sein Wissen über die Aktivitäten des Clans und die nähere Umgebung zunahm.

Im Laufe der Zeit wurde Steve immer sicherer, dass die M'Calls ihm kein bestimmtes Schicksal zugedacht hatten. Gebratener Flieger stand also nicht auf ihrem Speisezettel. Es gab keinen Plan X. Sie warteten ab, bis etwas passierte. Als Föderationskind war Steve über die Art, wie sich der Clan ihm gegenüber benahm, völlig verblüfft. Zwar konnte er die unterschwellige Feindseligkeit verstehen, aber die beinahe völlige Freiheit, die ihm gewährt wurde, war ihm absolut unverständlich.

Immerhin war er ihr *Gefangener.* Aber sie sperrten ihn weder ein, noch bewachten sie ihn. Er hatte keine Eskorte; niemand fragte ihn, wohin er ging oder wo er gewesen war, und die Beschränkungen, die man ihm auferlegte, waren minimal. Wenn er es sich richtig überlegte, brauchte er, wenn er entwischen wollte, die Ansiedlung bloß zu verlassen. Aber wie weit würde er kommen? Schließlich war es die nicht vorhandene Bewachung, die Steve zu dem Schluss brachte, dass eine Flucht zu Fuß keine Kleinigkeit war. Wenn sein Käfig keine Gitter hatte, dann deswegen, weil die M'Calls überzeugt waren, dass sie ihn ebenso schnell und wirkungsvoll einfangen konnten wie einen Renner oder einen Büffel.

Steve unterwarf sich mit der für ihn üblichen Emsigkeit seinem Übungsprogramm und wurde schließlich belohnt, indem er wieder auf eigenen Beinen stehen konnte. Cadillac und Mr. Snow waren zur Stelle, um den Augenblick zu feiern, als er die Krücken wegstellte und mit selbstsicherem Schritt die Hütte umrundete. Als er zu ihnen an die Pfähle zurückkehrte, an denen Shakataks und Torpedos Schädel verwesten, riss Steve die Faust triumphierend in die Luft. Als sein Arm den traditionellen Bahnbrecher-Salut auszuführen versuchte, fegte eine Schmerzwelle durch seine immer noch weichen Muskeln und bestrafte seine überhebliche Geste.

Steve verbarg den Schmerz hinter einem schiefen Grinsen und brachte die Demut auf, sich bei seinen Häschern zu bedanken. »Ich möchte euch sagen, dass ich es wirklich zu schätzen weiß, was ihr für mich getan habt.« Er hielt inne und holte tief Luft. »Vielleicht werde ich es bedauern, aber ich … äh … muss es einfach fragen: Warum habt ihr euch so viel Mühe gegeben, mich am Leben zu erhalten?«

»Ich habe nicht die Zeit, jetzt darauf einzugehen«, erwiderte Mr. Snow und schnitt Steve mit einer Handbewegung das Wort ab. »Mach dir deswegen keine Gedanken. Du wirst es schon früh genug erfahren.«

Steve weigerte sich, es dabei zu belassen. »Das klingt aber nicht sehr vertrauenerweckend.«

Mr. Snow lachte kurz. »Was soll ich dazu sagen? Momentan zählt nur, dass du weiterlebst. Okay?«

»Aber … Wenn du weißt, wie es weitergeht …«, beharrte Steve.

Mr. Snow seufzte geduldig. »Hör zu, junger Mann, selbst wenn ich es dir sagen würde, du würdest es mir nicht glauben. Du bist klug. Dein Verstand hat zwar ein gewaltiges Potenzial, aber es ist nicht offen für die Dinge dieser Welt. Du siehst die Welt nicht so, wie sie ist, sondern so, wie sie *deiner Meinung nach* sein sollte.«

»Du hast zu lange unter der Erde gelebt«, ergänzte Cadillac. »Deine Augen und Ohren sind voll Sand!«

Mr. Snow hockte sich vor Steve hin. Seine Hände fuhren zwischen Steves Knie und dem Fußgelenk sanft über sein linkes Hosenbein. Er schien den Stoff kaum zu berühren. »Hm … Fühlt sich gut an …« Er stand auf, nahm Steves Handgelenk, betastete seinen rechten Arm und prüfte die Bewegung seiner Muskeln. »Würden doch alle meine Patienten so schnell gesund.« Er tätschelte freundlich Steves Arm. »Hör mit deinen Übungen nicht auf. In etwa einem halben Mond kannst du dann die Mücke machen.«

Der alte Wortschmied lachte leise, als er Steves verblüfften Gesichtsausdruck sah. Er wirkte wie ein Kind, das man mit der Hand im Marmeladenglas erwischt hat. »Die Mücke machen« war ein Begriff aus der Alten Zeit. Mr. Snow hatte ihn mit Vorbedacht behalten, als er ihn vor zweiundfünfzig Wintern zum ersten Mal gehört hatte. »Entspann dich! Es ist doch nur natürlich, dass du wieder in deinen Bau möchtest.«

»Die Oberwelt macht mir keine Angst«, fauchte Steve, weil es ihn ärgerte, dass Mr. Snow seine Gedanken erraten hatte.

»Nein, das tut sie nicht«, stimmte Mr. Snow zu. »Aber sie sollte es. Nach allem, was wir aus dem Süden hören, seid ihr am liebsten zu mehreren zusammen. Wie eine Rennerherde. Aber dich betrifft es offenbar nicht. Ich frage mich, warum.«

»Ich bin Flieger«, erwiderte Steve. »Wir sind anders als die anderen. Wir sind die Besten. Wir sind dazu ausgebildet, allein zu arbeiten.«

Mr. Snow nickte ernst. »Ach so … Tja, dann vergiss bitte nicht, dass Cadillac und ich dich nicht mehr beschützen können, wenn du über die Grenze unseres Territoriums gehst. Capisce?«

»Keine Sorge«, entgegnete Steve fröhlich. »Ich gebe euch Bescheid, wenn ich vorhabe, euch zu verlassen.«

»Gut …« Die Augen des alten Wortschmieds funkelten schelmisch. »Eins wollen wir aber klarstellen, Brickman: Ich mache mir nie Sorgen.« Mr. Snow drehte sich auf dem Absatz um und ging fort. Cadillac folgte ihm.

Als sie außer Hörweite waren, fragte Cadillac: »Ob es klug war, ihm zu sagen, dass du weißt, was er denkt?«

Mr. Snow lächelte. »In diesem Fall ja. Unser gerissener junger Freund gehört nämlich zu jenen Menschen, die über sich hinauswachsen, wenn man sie herausfordert.«

Als ihm sein linkes Bein wieder kräftig genug erschien, fügte Steve seinen täglichen Übungen einen Dauerlauf hinzu. Tag für Tag verlängerte er stufenweise die Strecke, die er lief, und dabei wählte er stets eine andere Route durch das M'Call-Gebiet, um sein Wissen über das ihn umgebende Gelände zu erweitern. An einem dieser Tage, als er an einem Aussichtspunkt rastete, der ihm eine gute

Sicht über die unter ihm liegenden Hänge bot, sah er ein Bärenkommando, das die Ansiedlung aus irgendeinem Grund verließ.

Die Krieger bewegten sich mit leichtfüßigem Schritt; sie liefen gewandt den Abhang hinunter und rannten auch weiter, als sie die tiefer liegende Prärie erreichten – Kilometer um Kilometer, bis er sie aus den Augen verlor. Steve beendete seinen geplanten Rundlauf, kehrte an die gleiche Stelle zurück und wartete geduldig ab. Fünf Stunden später wurde seine Ausdauer belohnt. Die Bären kehrten zurück. Sie durchquerten das Gelände mit dem gleichen roboterhaften Schritt, mit dem sie ausgezogen waren, und ebenso leicht nahmen sie den Abhang nach oben.

Steve rannte zur Ansiedlung zurück und erreichte sie gerade noch rechtzeitig, um ihrer Ankunft beizuwohnen. Er rechnete damit, dass sie vor Erschöpfung mit roten Gesichtern zusammenbrachen, aber sie schnappten nicht einmal nach Luft. Die Läufer schlenderten herum und unterhielten sich, als wäre nichts gewesen, mit ihren Familien und allen, die ihre Rückkehr begrüßten. Manche hatten es sogar sehr eilig, sich an einem eigenartigen Spiel zu beteiligen, bei dem zwei Mannschaften einen aufgeblasenen Lederball über einen hohen, zwischen zwei Pfählen aufgespannten Netzstreifen traten. Sie wirkten so, als wäre das Spiel äußerst spaßig.

Jetzt verstand Steve, warum man ihn nicht bewachte. Wenn er zu Fuß entwischen wollte, brauchte er nicht nur die beste Kondition, sondern bei Verfolgern dieser Art mindestens eine Woche Vorsprung. Die Entdeckung der erstaunlichen Kraft der Mutanten machte eine drastische Überarbeitung seines Fluchtplans erforderlich. Es gab nur einen hundertprozentig sicheren Weg, seinen Häschern zu entkommen – er musste *fliegen.*

Der Gedanke war ihm schon einmal gekommen – als er flach auf dem Rücken gelegen und sich seine triumphale Rückkehr in die Föderation ausgemalt hatte. Damals hatte er die Idee als völlig undurchführbar zu den Akten gelegt, doch nun ging er wieder dazu über, ihre Möglichkeit ernsthaft in Erwägung zu ziehen. Immerhin hatten die M'Calls in der Nähe ihrer ursprünglichen Ansiedlung – an der Route 88, die von Cheyenne kam – drei Himmelsfalken aus der Luft geholt: seinen im Kornfeld und die Fazettis und Naylors über dem Wald, wo der Clan sich angeblich versteckt haben sollte. Während der Wochen, die Steve hier verbracht hatte, hatte er Dutzende von Mutanten gesehen, die einzelne Streifen des blauen Solarzellengewebes und geflochtene Drahtstücke trugen. Er hatte sogar an manchem Kriegerhelm Instrumentenschalter gesehen, und einige Kinder hatten ein kleines Bugrad umhergerollt.

Zwar hatte er weder die Hoffnung noch die Mittel, einen vollwertigen Himmelsfalken zusammenzubauen, aber … wenn der Clan genug Einzelteile der alten Tragflächen mitgenommen hatte, war eventuell genügend Material vorhanden, um einen Drachen zu konstruieren. Dank seines konzentrierten Studiums an der Akademie verfügte Steve über das Wissen und das technische Geschick, etwas zu bauen, das fliegen konnte. Doch nicht ohne Werkzeug; und er hatte keine Möglichkeit, das Projekt im Geheimen durchzuführen. Er hatte keine andere Wahl, er musste sich mit den Leuten anfreunden und sie beeinflussen. Kein Problem. Wenn die Mutanten genug Material bergen konnten, wollte er Cadillac das Angebot machen, fliegen zu lernen. Der junge Wortschmied war ehrgeizig und von seinem Status besessen – beziehungsweise von dem, was die Beulenköpfe »Ansehen« nannten. Er würde sich diese Möglichkeit nicht entgehen lassen. Und durch ihn war Steve auch in der Lage, die Hilfe von Handwerkern wie Three Degrees zu bekommen. Vielleicht war er nicht der Einzige, der Fähigkeiten hatte, von denen man in der Föderation nichts wusste. Wenn er die Leute dazu brachte, einen Drachen zu bauen, konnte er gleichzeitig herausfinden, wie intelligent sie wirklich waren.

Steve schlenderte über einen Siedlungspfad und bastelte die letzten Details in seinem Kopf zusammen. Er sah alles so klar vor sich wie eine Fernsehaufzeichnung: Die M'Calls würden einen Segler nach seinen Entwürfen bauen. Natürlich würde er ihn testen, bevor sein eifriger Schüler den ersten Flug machte. Seine Helfer würden sich über den makellosen Start wundern. Sie würden jubeln, wenn er hoch über ihren Köpfen kreiste. Sie würden vor Stolz schwellen, wenn er die Höhe eines schwebenden Adlers erreichte – und natürlich nicht ahnen, dass sein Testflug ein paar Hundert Kilometer weiter an der nächsten Zwischenstation endete. Er würde sie mit offenem Mund stehen lassen, wie die Idioten, die sie waren. Und das Allerbeste war: Die beiden Wortschmiede, die sich für besonders klug hielten, waren die Hereingelegten. Es war ein guter Plan. Der Plan hatte Stil. Und er war – Teufel auch! – viel besser als jeder Versuch, vor einer Horde kreischender Beulenköpfe wegzulaufen.

Als Cadillac an diesem Abend zum Essen kam, nutzte Steve die Gelegenheit, über seine drei Jahre an der Flugakademie in New Mexico zu reden. Er endete mit einer wortgewandten Schilderung seines ersten Oberweltfluges. Cadillac hörte ihm interessiert zu. Später, als Steve sich schlafen gelegt hatte, ging er zu Mr. Snows Hütte. Sie setzten sich im Schneidersitz auf eine Matte und teilten sich eine Pfeife Regenbogengras.

»Er möchte einen Donnerkeil bauen und mir zeigen, wie die Wolkenkrieger über den Himmel fahren.«

»Ich weiß …« Die Stimme des alten Wortschmieds schwebte durch den Rauch, der sich träge zwischen ihnen kräuselte.

»Gibt es einen Grund, der dagegen spricht?«

»Überhaupt keinen.« Mr. Snow saugte eifrig an seiner Pfeife und inhalierte den Rauch. Sein Gesicht erstarrte mehrere Minuten lang, während seine Stimmbänder darauf warteten, dass die Luft sich reinigte, zu einem Lächeln. »Er folgt dem Weg, den die Himmelsstimmen für dich bestimmt haben.«

Cadillac nahm die angebotene Pfeife und saugte noch mehr Rauch in seine Lunge. Seinem Kopf wuchsen allmählich Flügel. Deswegen dauerte es auch einige Zeit, bevor es seinem Hirn gelang, mit dem Mund Kontakt aufzunehmen. »Wenn ich beim Bau eines Donnerkeils helfe, kann ich viel Wissen erringen, und wenn ich wie ein Adler fliegen kann, erlange ich hohes Ansehen. Aber du bist mein Lehrer.« Er reichte Mr. Snow die Pfeife. »Es ist nicht richtig, dass ich dieses Geschenk vor dir empfangen soll.«

»Mach nur weiter«, ermunterte ihn Mr. Snow und wedelte mit der Pfeife durch die Luft. »*Das hier* ist die einzige Methode, mit der *ich* vom Boden abheben kann.«

Steve hatte mit der Vorstellung, dass der Clan nach Westen gezogen war, zwar recht gehabt, aber seine Vermutung über den Grund des Rückzugs in die relative Sicherheit der Berge stimmte nur zum Teil. Zwar waren die Clan-Ältesten darauf bedacht, weiteren Angriffen durch die Donnerkeile so lange aus dem Weg zu gehen, bis man gelernt hatte, dem Himmelsfalken und dem langen spitzen Eisen, das die Sandgräber schmiedeten, Widerstand entgegenzusetzen, aber es hatte noch einen zweiten, ebenso wichtigen Grund gegeben, nach Westen zu verschwinden: Man wollte vermeiden, etwaige Herausforderungen beantworten zu müssen, bei denen es um das Land der M'Calls ging. Zuerst mussten die Bären ihr Ansehen zurückgewinnen. Da sie sich vor der Auseinandersetzung mit der Eisenschlange gedrückt hatten, hatten sie – wie die japanischen Samurai – das »Gesicht verloren« und waren nun nach dem ungeschriebenen Gesetz des Prärievolkes ohne Ansehen. Sie waren nicht würdig, spitzes Eisen zu tragen oder anderen Kriegern im Zweikampf gegenüberzutreten. Da die M'Calls nun von Überfällen durch die D'Vine bedroht waren – dem Clan Shakataks und seiner Gefährten –, hatte Rolling-Stone befohlen, sich so lange in die höheren westlichen Gefilde zurückzuziehen, bis die von Schande bedeckten Bären bereit waren, »in den Pfeil zu beißen« – eine traditionelle Mutprobe abzulegen, die ihnen den Kriegerstatus zurückgab.

Mr. Snow und Cadillac luden Steve ein, der Zeremonie beizuwohnen. Als Steve die Flammen des großen Lagerfeuers in die Höhe zucken sah und im Hintergrund das dumpfe Geräusch von Trommeln hörte, glaubte er, nun endlich eins der lang erwarteten Feuerlieder zu hören, doch stattdessen vollzog sich vor seinen Augen eine makabre Selbstverstümmelungszeremonie. Mr. Snow erklärte Steve, warum er seit der Gefangennahme nur vereinzelte Stimmen traurige Klagelieder hatte singen hören. Nur selten hatten gespenstische Rietflöten den Gesang begleitet: Die aufpeitschenden Feuerlieder, die von den Heldentaten der M'Calls kündeten, durften erst dann wieder zu Ehren der Krieger gesungen werden, wenn sie ihr Ansehen durch den Biss in den Pfeil zurückgewonnen hatten.

Als Steve neben Cadillac saß, beobachtete er mit morbider Faszination, wie der erste M'Call-Krieger vor dem Clan-Ältesten Rolling-Stone kniete und ihm einen Pfeil reichte. Jeder tapfere Krieger musste seinen eigenen Pfeil herstellen, den geraden Schaft härten und die viergeteilte Eisenspitze wie ein Rasiermesser schärfen. Rolling-Stone hob den Pfeil über den Kopf, bog den Schaft und zeigte ihn dem zuschauenden Clan. Dies, erläuterte Cadillac, diente zum Beweis, dass der Schaft nicht weich war. Dann streckte der Krieger die Arme aus. Zwei Clan-Älteste, die an beiden Seiten neben ihm knieten, legten ihre Handflächen in Schulterhöhe auf die seinen, und der Krieger spreizte die Finger.

»Achte auf seine Hände!«, flüsterte Cadillac.

Steve behielt sie im Auge. Der Trommelwirbel und das Klicken hölzerner Schlaginstrumente wurden schärfer und beharrlicher und nahmen eine fast hypnotische Intensität an. Dann wurde in der Dunkelheit hinter dem Feuer ein unsichtbarer Chor laut.

Der kniende Krieger füllte seinen Brustkorb mit Luft und stieß einen lauten Schrei aus. »HE-JAHH!«

Rolling-Stone trieb die Pfeilspitze mit einer raschen Bewegung durch die linke Wange des Kriegers, bis sie auf der rechten wieder austrat. Steve fröstelte bei der Vorstellung, wie weh es tun musste. Er hatte damit gerechnet, dass die Hände des Kriegers sich zu Fäusten ballten, aber er ertrug den Schmerz mit stoischer Gelassenheit. Seine gespreizten Finger bebten leicht, aber seine Handflächen lösten sich nicht von denen der Ältesten. Der Krieger richtete sich auf und drehte sein Gesicht dem Clan zu. Er hielt die Arme noch immer ausgestreckt, und seine Zähne umklammerten fest den Pfeilschaft. Er hielt die Hände in Schulterhöhe, schob die gespreizten Finger langsam vor und nach innen und packte dann die Spitze und das Ende des Pfeils. Mit einem scharfen Riss nach unten zerbrach er ihn zwischen den Zähnen, zog die beiden Enden aus den Löchern in seinen Wangen, hielt sie wie ein Artist triumphierend hoch, trat vor und spuckte das letzte Stück ins Feuer.

»HE-JAHH!«, brüllte der Clan. Der zustimmende Chor mischte sich harmonisch mit dem sonoren Hintergrundgesang.

Steve blieb schweigend sitzen; er empfand Abscheu.

Die M'Call-Krieger, die an der Schlacht im Flussbett teilgenommen hatten, traten nacheinander vor, um in den Pfeil zu beißen: Motor-Head, Black-Top und Steel-Eye, Cadillacs überlebende Clan-Brüder; dann Hershey-Bar, Henry-K, Average-White, Curved-Air, Osi-Bisa, Seven-Up, Burger-King, Gulf-Oil, Camp-David und die anderen, deren Vollgasnamen Steve nicht kannte.

Nachdem etwa fünfzig Krieger auf diese Weise ihre Gesichter verunstaltet und Steve seinen anfänglichen Ekel gerade überwunden hatte, wurde er Zeuge eines neuen Grauens. Good-Year, ein Krieger, den er für Mitte zwanzig hielt – das Alter der Mutanten war nur schwer zu schätzen –, klinkte aus. Als Rolling-Stone den Pfeil durch seine Wange stieß, ballte Good-Year die Fäuste und winkelte zuckend seine ausgestreckten Arme an. Die neben ihm knienden Clan-Ältesten packten seine Handgelenke, standen auf, drehten seine Arme auf den Rücken und zwangen seinen Kopf nach vorn. Bevor Steve begriff, was dort geschah, trat hinter Rolling-Stone ein weiterer Clan-Ältester aus der Dunkelheit hervor, hob einen riesigen Holzhammer und ließ ihn mit gewaltigem Schwung auf Good-Years Hinterkopf niederkrachen.

»Christoph Kolumbus!«, keuchte Steve und packte Cadillacs Arm. »Kriegt denn keiner von den Burschen eine zweite Chance?«

Cadillac antwortete nicht. Vier Krieger, die die Prüfung mit Leichtigkeit bestanden hatten, sprangen auf, packten Good-Year an Armen und Beinen und warfen ihn ins Feuer. Funken stoben auf; das Feuer erzeugte ein grässlich knackendes Geräusch. Die Flammen zuckten höher. Das Trommeln, Klicken und Singen steigerte sich zu einem fiebrigen Geheul.

Entweder sind sie alle verrückt, dachte Steve, *oder sie haben einen Hirnschaden, der sie keine Schmerzen spüren lässt.* Doch dann fiel ihm wieder der Kampf im Flussbett ein. Er dachte an Spieß McDonnell, der hinter Barber auf dem Bulldozer gestanden hatte, während ihnen die Armbrustbolzen um die Ohren geflogen waren. Und er dachte an Caulfield in seinem Himmelsfalken auf dem Flugdeck; an den Bolzen, der seine Schläfe durchschlagen hatte, und an die hervorquellenden Augäpfel. Wie hatte er geschrien, als sie ihn aus dem Cockpit gezogen hatten: »Lasst mich in

Ruhe! Ich bin in Ordnung! Ich bin doch in Ordnung! Lasst los! Los, wir schnappen uns die Hundesöhne!«

Die M'Calls hatten Good-Year im Schnellverfahren hingerichtet, weil er die Kriegerprüfung nicht bestanden hatte – im Hauptzentrum wurden die Jungs an die Wand gestellt und vor den Fernsehkameras niedergeschossen, wenn sie bei einem Einsatz feige waren. Das Gleiche konnte sogar Hartmann passieren, dem Kommandanten der *Lady* – und zwar genau in diesem Augenblick. Der Geruch des brennenden Menschenfleisches war ein Angriff auf Steves Nase und eine heilsame Erinnerung daran, dass er das Gleiche getan hatte: Er hatte das Feuer über die Menschen ausgegossen; er hatte Napalm auf die Kinder des Volkes geworfen, mit dem er nun zusammensaß.

Wir sind alle verrückt, dachte Steve. *Wir sind verrückt!*

Als noch mehr Holz ins Feuer flog, verschmolz Good-Years geschwärzter und verbrannter Körper mit den flammenden Scheiten und schrumpelte langsam ins Vergessen. Die Zeremonie wurde bis tief in die Nacht fortgesetzt, und der Clan brüllte jedes Mal seinen Beifall, wenn ein Krieger sich zur Bestätigung präsentierte, den blutigen Pfeil zwischen zusammengebissenen Zähnen zerbrach und das Mittelstück voller Verachtung ins Feuer spuckte. Die anderen Stücke, erläuterte Cadillac, hängte er später an eine Halskette; sie waren eine Tapferkeitsmedaille, die man mit Stolz trug.

Steve verlor völlig den Überblick über die Zeit. Er wurde allmählich müde. Das unaufhörliche Getrommel und der Gesang wurden in seinen Ohren monoton und überwältigend. Am liebsten wäre er aufgestanden und hätte sich schlafen gelegt. Er sehnte sich nach den Fellen, die man ihm geschenkt hatte, aber irgendwie fühlte er sich genötigt, dort zu bleiben, wo er war. Jetzt, wo der ganze Clan so aufgekratzt war, wusste er nicht, was er sich einhandelte, wenn er einfach ging. Er hatte ein komisches Gefühl, eine böse Vorahnung. Jetzt fehlten nur ein paar Bären, die ihn schon immer schief angesehen hatten. Wenn sie auf die Idee kamen, sich einen Spaß zu machen …

Er beschloss, dass es sicherer war, in der Nähe von Cadillac und Mr. Snow zu bleiben.

Cadillac beugte sich hinüber und drückte ihm etwas in die Hand. »Nimm das!«, murmelte er. »Für alle Fälle …«

Steve betrachtete seine Nachbarn, doch niemand schien Notiz von der Transaktion genommen zu haben. Er hob die rechte Hand ganz beiläufig an sein Gesicht, rieb sich mit Daumen und Zeigefinger die Nase und warf einen Blick auf das, was Cadillac ihm gegeben hatte. Zerriebene Traumkappenfasern. Steve rieb langsam mit der Hand über seinen Mund und sein Kinn, leckte die Droge mit der Zunge auf und kaute sie vorsichtig. Irgendetwas an Cadillacs Verhalten sagte ihm, dass es so am besten war. Aber warum hatte er »Für alle Fälle« gesagt?

Wieder ein beifälliges Brüllen. Ein weiterer M'Call kniete sich hin, um seine Wangen durchbohren zu lassen. Die Reihe der wartenden Krieger schien endlos zu sein. Steve ließ seinen Blick über die dicht stehenden Reihen der Beulenköpfe schweifen, die rechts und links von ihm hockten. Männliche und weibliche Krieger, Nestmütter und Kinder. Was, fragte er sich, halten sie wohl davon? Hinter dem großen Feuer, teilweise verdeckt durch jene, die ganz vorn saßen, erblickte er unerwartet das hübscheste Gesicht, das er je gesehen hatte. Es war wie ein Schock, als er erkannte, dass es einer Mutantin gehörte. Zwar war es im Schein des flackernden Feuers nur schwer auszumachen, aber es sah ebenso weichhäutig aus wie das Gesicht Cadillacs. Das Gesicht des Mädchens wies zwar helle und dunkle Flecken auf, aber sonst konnte er – sogar bei dieser Entfernung – sehen, dass es makellos war.

Und erst ihre Augen! Wie zwei Punkte aus blauem Feuer …

Als ihre Blicke sich trafen, verspürte Steve eine unerklärliche Woge der Erregung. Es lief ihm heiß den Rücken hinunter. Er verspürte den wahnsinnigen Drang, aufzustehen und dorthin zu gehen, wo sie saß, aber er wagte es nicht, sich von dem ihm zugewiesenen Platz zu erheben. Da er an Cadillac vorbeischauen musste, um sie zu sehen, lenkte er seinen Blick so, dass niemand das wahre Ziel seiner Aufmerksamkeit bemerkte. Steve sah, wie der nächste Krieger einen Pfeil zerbiss und die Reste aus seinen Wangen zog, dann schweifte sein Blick langsam dorthin, wo das Mädchen saß. Ihr Gesicht war ihm zugewandt; sie wartete, dass sein Blick den ihren traf.

Es ist verrückt!, dachte Steve. *Reiß dich zusammen, Mensch! Sie ist ein Beulenkopf. Wahrscheinlich sieht ihr Körper aus wie ein Sack Kartoffeln. Und selbst wenn nicht … Was du denkst, ist undenkbar.* Er löste seinen Blick mit Gewalt von ihr und verfluchte sich im Stillen. *Du spinnst, Brickman. Es liegt an der Traumkappe. Du bist jetzt so lange ein Gefangener der Beulenköpfe, dass du schon anfängst, richtige Menschen in ihnen zu sehen. Reiß dich am Riemen! Entspann dich!*

Unmöglich. Sein Körper war in Aufruhr. Ein Gefühl, das er noch nie zuvor erlebt hatte, hatte ihn im Griff. Ihm fehlten die Worte, es zu beschreiben. Steve warf vorsichtig einen weiteren Blick an Cadillac vorbei. Mehrere Krieger, die aufstanden, um sich anzustellen, blockierten seine Aussicht. Als sie an ihm vorbei waren, verspürte Steve ein leichtes Schwindelgefühl. Sie war nicht mehr da! Motor-Head, Cadillacs Furcht einflößender Clan-Bruder, hatte nun ihren Platz eingenommen. Er musterte Steve mit unverhohlener Rauflust. Steve wich seinem Blick aus und suchte die vorderen und hinteren Reihen der vom Feuer erhellten Gesichter ab, aber das Mädchen war nirgendwo zu sehen.

Cadillac stand plötzlich auf und ging dorthin, wo Mr. Snow im Halbkreis der Clan-Ältesten saß. Steve sah, dass er sich mit gekreuzten Beinen hinter die rechte Schulter des alten Wortschmieds setzte. Er legte die Hände auf die Knie, schloss die Augen und schien sich zu sammeln.

Auch auf das, was als Nächstes geschah, war er nicht vorbereitet. Als der letzte entehrte Krieger in den Pfeil gebissen und sein Ansehen zurückerlangt hatte, breitete Rolling-Stone weit die Arme aus und wandte sich an die Versammlung. »Das Blut unserer Krieger strömt heiß und kräftig! Sie haben sich als würdig erwiesen, im Kampf spitzes Eisen zu tragen! Die M'Calls sind wieder das größte Prärievolk!«

»He-JAHH!«, brüllte der sitzende Clan.

Mr. Snow und Cadillac erhoben sich und bauten sich rechts und links von Rolling-Stone auf. Der Clan-Älteste breitete erneut die Arme aus. »So lasst nun uns in den Pfeil beißen, um zu zeigen, dass wir würdig sind, die Tapfersten der Tapferen zu führen!«

»JAHH! JAHH! JAHH!«, sang der Clan. Die musikalische Begleitung, die während Rolling-Stones Rede verstummt war, nahm ihren alten Rhythmus und ihre vorherige Lautstärke wieder auf.

Ich hatte von Anfang an recht, dachte Steve. *Sie sind alle nicht ganz dicht!* Nun verstand er, aus welchem Grund Cadillac die Augen geschlossen hatte. Er hatte sich geistig auf das vor ihm liegende Martyrium vorbereitet. Interessant. Bedeutete dies, dass die Mutanten irgendeine Möglichkeit hatten, Schmerzen zu dämpfen? Das war vielleicht ein Trick, der es wert war, ihn zu lernen. Kein Wunder, dass sie trotz allem, was die Mannschaft der *Lady* ihnen entgegengesetzt hatte, weiter vorgestürmt waren. Sie waren zu dumm, um Angst zu haben – und geistig zu weggetreten, um zu bemerken, wenn sie getroffen waren.

Fort-Knox, ein Krieger mit blutverschmierten Wangen, nahm den Pfeil, den Rolling-Stone ihm hinhielt, und bog ihn, damit alle es sahen, über seinem Kopf. Der alte Häuptling kniete sich vor ihn hin; seine ausgestreckten Hände ruhten auf den Handflächen zweier Krieger. Direkt hinter Fort-Knox konnte Steve Motor-Head sehen, der seine kräftigen Finger um den Griff des schweren Holzhammers legte. Er hätte ihn nicht einmal gebraucht. Er sah aus wie jemand, der einen Schädel mit bloßer Hand zertrümmern konnte.

»He-JAHH!«, schrie Rolling-Stone.

Fort-Knox bohrte den Pfeil durch die Wangen des alten Beulenkopfs. Rolling-Stones Hände bewegten sich nicht. Steve, der sich wegen der Wirkung der Droge einen Schritt neben der Realität befand, zuckte nicht einmal mehr innerlich zusammen. Der Clan-Älteste richtete sich auf, drehte sich um, zeigte dem versammelten Clan seine zusammengebissenen Kiefer und zerbrach den Pfeil.

»He-JAHH!«, brüllten die M'Calls.

Gut gemacht, Alter, dachte Steve. *Ich bin froh, dass du es warst und nicht ich. Es ist wahrhaftig kein Spaß, die erste Geige spielen zu müssen, wenn man nach jeder verlorenen Schlacht diese Prozedur über sich ergehen lassen muss.*

Mr. Snow und Cadillac bestanden die Prüfung ohne die geringsten Schwierigkeiten. Dass sie überhaupt daran teilnahmen, überraschte Steve. Sie waren zu intelligent, um sich in einem derartig primitiven Männlichkeitswahn zur Schau zu stellen. Mit etwas Überlegung hätten sie so schlau sein müssen, sich davor zu drücken. Sie brauchten doch nur eine neue Vorschrift zu erfinden.

Cadillac zerbrach den Pfeil und spuckte das mittlere Stück ins Feuer. Der Clan schrie anerkennend auf. *Großartig,* dachte Steve und unterdrückte ein Gähnen. *Jetzt können wir alle wieder nach Hause gehen.* Als er aufstehen wollte, sah er, dass die anderen sitzen blieben. Er nahm wieder Platz und spürte, wie es ihm vor Angst kalt den Rücken hinunterlief, als Motor-Heads dunkler, funkelnder Blick auf ihn fiel. Der muskulöse Krieger klemmte den schweren Hammer unter den Arm, kam durch den flackernden Feuerlichtkreis auf ihn zu und blieb da stehen, wo Steve in der vierten Reihe saß.

Motor-Head streckte den rechten Arm aus und deutete mit dem Hammer auf Steve. »Und was, Brüder, soll jetzt mit der Aaskrähe hier geschehen?«

Steve spürte, dass ihn alle ansahen. Black-Top und Steel-Eye drängten sich durch die Menge und blieben hinter ihm stehen. *O Mann,* dachte Steve wie im Traum, *das sieht nach Schwierigkeiten aus. Bleib ruhig! Soll Mr. Snow sich darum kümmern …*

Motor-Head appellierte an den versammelten Clan: »Hat diese Krähe nicht unser Feld verbrannt und unsere Jungbären umgebracht, bevor wir ihre Flügel brachen? Wieso ist es dieser Aaskrähe erlaubt, in unserer Mitte zu leben? Er hat uns die Nahrung aus dem Mund genommen, und doch ist es ihm erlaubt, sich den Bauch vollzuschlagen. Dieser flügellose Wurm hat kein Ansehen. Ich sage, dass er das Feuer schmecken soll, das er auf die anderen geworfen hat …«

»He-JAH …!« Die Antwort kam wie ein wütendes Grollen. Nicht alle reagierten so, aber man sah, dass eine beträchtliche Menge des Clans mit Motor-Heads Vorschlag einverstanden war.

Black-Top und Steel-Eye packten Steves Arme und zogen ihn hoch. Sein Kopf war von der Droge duselig; Steve schwankte in ihrem Griff wie betrunken. »He, hört mal, Jungs, was soll das bedeuten?«

Mr. Snow machte einen Schritt nach vorn. Seine Rede war wegen der frischen Wunden in seinen Wangen so lallend und hölzern wie die Motor-Heads. »Lasst ihn los! Er *hat* Ansehen. Die Himmelsstimmen haben über diesen Wolkenkrieger mit mir gesprochen. Der Schatten Talismans ist auf ihm!«

Black-Top und Steel-Eye ließen Steve los. Motor-Head stoppte sie mit einer herrischen Geste. »Der Schatten Talismans fällt nicht auf Unwürdige.« Er wandte sich Hilfe suchend an den Clan. »Verwüsten Krieger die Früchte der Erde? Diese Aaskrähe hat sogar jene getötet, die noch nie Knochen genagt haben. Doch als Cadillac ihn vom Himmel holte, hat er darum gebettelt, vom Tod verschont zu bleiben …«

»Buh! Buh!«, rief der Clan.

Motor-Head zeigte mit einem anklagenden Finger auf Cadillac. »Ist es nicht so, Wortschmied?«

Cadillac zögerte. Er sah Steve an, dann nickte er ernst. »Mein Bruder spricht die Wahrheit.«

Oh, verdammt, dachte Steve. *Wie nett von dir!*

Black-Top und Steel-Eye zogen Steve vor den Clan, drehten ihm die Arme auf den Rücken und zwangen ihn auf die Knie. Steve sah aus den Augenwinkeln, dass Motor-Head den großen Hammer packte. Sein Gehirn verlor die Fähigkeit zur Reaktion immer schneller. *Ich glaube es nicht,* dachte er. Er ließ den Kopf schlaff herabhängen und stellte fest, dass er gewichtslos wurde.

Mr. Snow hob beide Hände. »Halt! Sein Leben ist verschont worden, weil Talisman es so wollte!«

Motor-Head hielt inne und legte den Hammer über seine rechte Schulter. »Auch ich habe Träume gehabt, Alter.« Er deutete auf Steve. »Der hier ist der Todesbringer. Wenn es Talismans Wille ist, dass er über die Erde schreitet, dann soll er den Geist aus dieser Krähe nehmen und in den Leib eines Tapferen tun!«

Er packte den knorrigen Stiel mit festem Griff und riss den Hammer hoch über seinen Kopf. Als sein tödlicher Schlag nach vorn zuckte, explodierte der Kopf des Hammers mit einem entsetzlichen Knall. Es sah so aus, als sei er von einem unsichtbaren Blitz getroffen worden. Die geheimnisvolle Kraft riss Motor-Head von den Beinen und schleuderte ihn zu Boden.

Mr. Snow, Cadillac, Black-Top und Steel-Eye zuckten zusammen und versuchten erfolglos, ihre Gesichter vor dem Splitterhagel zu schützen. Steve fiel mit der Nase auf den Boden. Aus irgendeinem unerklärlichen Grund konnten die anderen sehen, dass die meisten Explosionssplitter in einer geraden Linie hinter Motor-Head steil nach oben stiegen. Sie waren verwirrt und wie benommen, aber unverletzt, als die überraschten Zuschauer, die ihnen am nächsten waren, sie auf die Beine zogen.

Mr. Snow ging zu Motor-Head, der benommen auf dem Rücken lag und sich wand wie ein Spastiker. »Vielleicht lehrt dich das, erst dann zu reden, wenn du an der Reihe bist. Du hattest Glück, dass es dich nicht den Kopf gekostet hat.« Motor-Head setzte sich benommen hin. Mr. Snow drehte sich um und überzeugte sich, ob Steve nichts geschehen war, dann wandte er sich an die Versammlung. »Da! Ihr habt alle gesehen, wie Talisman jene beschützt, die in seinem Schatten wandeln!«

»He-jahh!«, murmelte der Clan ehrfürchtig.

Motor-Head sprang auf, nahm Haltung an und trat vor. Cadillac wollte ihn zurückhalten, doch er wurde zur Seite gestoßen. »Brüder und Schwestern! Ich beuge mich Talismans Willen ebenso wie ihr, aber ich wiederhole, dass diese Krähe nicht würdig ist, zu essen und zu trinken und wie einer von uns zu leben. Wenn Talisman ihm Kraft verleiht, dann soll er beweisen, dass er ein Krieger ist! Er soll in den Pfeil beißen!«

»HE-JAHHH!« Diesmal war das Votum einstimmig.

Steve schwankte. Die Stimmen donnerten in seinen Ohren. Mr. Snow und Cadillac hielten ihn an den Armen fest. »He! He!«, flüsterte Mr. Snow drängend. »Schlaf nicht ein! Wenn jemand bemerkt, dass du etwas eingenommen hast, werden sie die Sache verschieben und warten, bis die Wirkung abgeklungen ist.«

»Tut es weh?«, murmelte Steve.

»Du wirst nicht viel spüren«, sagte Mr. Snow.

»Schalt einfach ab«, murmelte Cadillac. »Denk nicht daran.«

Sie führten ihn vor die Clan-Ältesten. »Okay«, sagte Mr. Snow leise, »knie dich hin, streck die Arme aus und halt die Finger gerade. Du legst die Handflächen auf die unseren, was auch passiert.«

Steve nickte halb im Traum. »Ich weiß, wie es geht.«

Mr. Snow klopfte ihm auf den Rücken und zischte: »Heb den Kopf hoch! Und behalt ihn *oben*. Zeig einen klaren Blick!« Cadillac und er knieten sich rechts und links von Steve auf den Boden und reichten ihm die Hände, damit er seine Handflächen auf die ihren legen konnte. Rolling-Stone baute sich vor Steve auf; er hielt den Pfeil in der Hand, den der glücklose Good-Year gemacht hatte. An der Stelle, wo er durch seine linke Wange gegangen war, war er blutig. Die vierfach geschliffene Spitze funkelte stumpf. Für Steves verzerrte Sinne sah der Pfeil riesig aus. Er war doch viel zu groß, um durch seine Kiefer zu passen. Sein geistiges Auge sah, wie der Pfeil seine Zähne zersplitterte und sich durch seine Zunge bohrte …

Rolling-Stone hob den Pfeil hoch über seinen Kopf.

Atme! Er musste tief Luft holen. Die Lunge mit Luft füllen, um den Urschrei auszustoßen, der sein Martyrium einleitete. Wie der Kriegsschrei, den man ihn gelehrt hatte, wenn man bei einem Kampf ohne Waffen Schläge austeilte. Wie viel würde er spüren? Wie weh würde es tun? Steve hatte in diesem Moment den Eindruck, nicht nur hier, sondern auch neben sich zu hocken. Sein Geist trieb langsam ab. Wieder hörte er Stimmen.

Er vernahm einen Schrei, der in der Ferne ein Echo warf, und erkannte ihn vage als den trotzigen Ruf der Bahnbrecher. *HO! Aaaaaaaah!* Er spürte einen harten Schlag gegen die linke Gesichtshälfte, direkt vor dem Kinnmuskel, und hörte ein raues, reibendes Geräusch. Gespreizte Finger drückten gegen sein Gesicht. Die Haut zog sich zusammen und riss. Etwas Dünnes und Hartes drückte seine Zunge nach unten.

Steve würgte … Sein Mund füllte sich mit Blut. Er stand auf und breitete langsam die Arme aus. Er packte die Pfeilenden. *Scheiße … Sie haben mir die Spitze in den Kopf getrieben! Okay … Das ist der Augenblick, auf den die Beulenköpfe gewartet haben. Beiß in den Pfeil! Scheiße. Es tut weh! Brich doch durch, du Scheißding! Oh, gütiger Christoph, es reißt mir das Scheiß-Gesicht auseinander! Beiß fester! Durchbeißen! Oh, Mann … Hätte ich ohne die Droge nie geschafft. Weiß immer noch nicht, ob ich … Hände sind ganz nass. Blute überall. Oh, Mann! Ich glaube, er bricht durch … Muss ihn … nach o-ben drücken … Ah! AHH!*

»He-JAHHH!«

Das Brüllen der versammelten Mutanten überspülte ihn wie eine große Woge. Sein Gesicht pulsierte. Das Innere seines Mundes fühlte sich geschwollen und formlos an. Steve zwang sich, hoch aufgerichtet stehen zu bleiben, dann trat er mit steifen Beinen ans Feuer und spuckte das abgebissene Stück des Pfeils in die Flammen. Die Reihen der verformten, vom Feuer beleuchteten Gesichter wankten, verwischten sich …

Und dann erwachte er wieder in Cadillacs Hütte. Er lag unter den Fellen. Mr. Snow und der junge Wortschmied saßen da und schauten ihn an. Ihre Gesichter zeigten die fahlen Wunden, die der Pfeil hervorgerufen hatte. Steve richtete sich auf den Ellbogen auf. Sein Gesicht schien zu brennen. »Wie bin ich hierhergekommen?«

»Du bist gegangen«, sagte Mr. Snow.

Steve berührte vorsichtig seine Wangen und prüfte das Ausmaß des Schadens mit den Fingerspitzen. »Danke, dass ihr mir geholfen habt«, murmelte er. »Ohne die Traumkappe ...«

Cadillac deutete auf Mr. Snow. »Es war seine Idee.«

Mr. Snow winkte bescheiden ab.

»Ich weiß nicht, wie ihr es *ohne* das Zeug schafft.«

Mr. Snow versuchte ein Lächeln, aber es schmerzte ihn zu sehr. »Wir sind daran gewöhnt, Schmerzen zu ertragen.« Er beugte sich vor und packte Steves Handgelenk. »Herzlichen Glückwunsch. Du hast es gut gemacht. Alle waren sehr beeindruckt.«

»Also, bitte«, sagte Steve. »Es war doch absolute Schummelei. Ich bin ein Schwindler.«

»Sicher«, erwiderte Mr. Snow fröhlich, »aber nur wir drei wissen davon.« Er sah, wie Steves Miene sich verdüsterte. »Aber nimm es dir nicht zu sehr zu Herzen. Nicht jeder hätte es geschafft – nicht mal mit der Hilfe, die du hattest.«

»Willkommen in den Reihen der Krieger.« Cadillac hielt Steve die Hand entgegen.

Steve versetzte seiner Hand den traditionellen Abwärtsschlag und bot ihm anschließend die eigene Handfläche an. Das Gegenstück zum Händeschütteln der Bahnbrecher wurde hier »Die Hand der Freundschaft auflegen« genannt, aber bei Fremden tat man es selten.

»Die Sache mit dem Hammer ...«, sagte Steve. »Wie er

explodiert ist, als Motor-Head mir den Schädel einschlagen wollte. Ihr habt die Sache zwar ein bisschen überraschend anlaufen lassen, aber sie kam genau zur rechten Zeit. Wie habt ihr das hingekriegt?«

Bevor Mr. Snow eine Antwort gab, tauschte er einen Blick mit Cadillac. »Wir haben nichts hingekriegt. Solche Dinge passieren eben.«

»Du meinst …« Steve lachte hölzern. Sein Gesicht war ebenso steif wie das der anderen, deswegen konnte er den Mund nicht weit öffnen, als er fortfuhr: »… das Gerede, dass ich in Talismans Schatten stehe, war ernst gemeint? Gibt es den Burschen denn wirklich?«

»Talisman hat es immer gegeben«, sagte Mr. Snow.

»Du meinst, er lebt irgendwo.«

»Talisman lebt überall.«

»Moment mal!«, sagte Steve. »Das möchte ich genauer wissen. Reden wir über eine echte, lebendige Person?«

»Hin und wieder, ja.«

»Was meinst du damit?«

Mr. Snow seufzte geduldig. »Wenn die Zeit kommt, dass er auf Erden wandelt, zeigt Talisman sich in menschlicher Gestalt.«

»Okay«, sagte Steve und nickte. »Wo ist er jetzt?«

Der alte Wortschmied warf die Arme in die Luft. »Welch dumme Frage! Was macht es schon aus, wo er ist? Er ist um uns herum.«

»Um uns herum?«

»Ja! So, wie die Sterne die Erde umgeben. So, wie der Himmel die Sterne umgibt!«

Steve dachte über Mr. Snows Abstraktion nach und versuchte, ihr einen Sinn zu geben. »Ach so. Er ist so wie die andere … ah … Person, von der du sagst, sie lebt im Himmel: Mo-Town.«

»Talisman ist größer als Mo-Town. Mo-Town ist die Mutter des Prärievolkes. Talisman herrscht über alles.«

Steve nickte. »Verstanden. Sind die beiden … ah … verwandt?«

»Ja«, sagte Mr. Snow. »Talisman ist sowohl Mo-Towns Sohn als auch ihr Vater.«

Steve runzelte die Stirn. »Aber das ergibt doch keinen Sinn.«

»Vielleicht nicht für dich«, sagte Mr. Snow. »Das heißt, jetzt noch nicht. Aber bevor du dich über den Gedanken kaputtlachst, vergiss nicht, dass er deinen Arsch gerettet hat.«

»Mach ich«, sagte Steve mit so viel Ernsthaftigkeit, wie sein verletztes Gesicht erlaubte. Er hatte das Gespräch schon jetzt als völlig unwichtig eingestuft. *Wie traurig*, dachte er, *dass zwei so liebenswürdige und eindeutig intelligente Burschen an so dämliche Fantastereien glauben.* Andererseits erleichterte dies die Existenz der Föderation erheblich. Während die Mutanten darauf warteten, dass ihre Große Mutter und ihr Vater vom Himmel herabkamen, um ihnen auf Donnerschwingen zu Hilfe zu eilen, brachten die Bahnbrecher sie weiterhin mit ein paar altmodischen Schießeisen zur Strecke. Aber trotzdem war es irgendwie doch *seltsam*, dass der Hammer explodiert war …

Steve legte das Problem geistig ab und wandte sich wieder den beiden Wortschmieden zu. »Wenn dieser … ah … Talisman auf meiner Seite ist … Bedeutet das, dass euer Freund Motor-Head mich von jetzt an in Ruhe lässt?«

Cadillac schüttelte den Kopf. »Nicht unbedingt. Jetzt,

wo ihr beide in den Pfeil gebissen habt, darf er dich zum Zweikampf herausfordern.«

»Vorher durfte er es nicht«, erklärte Mr. Snow, »weil du in seinen Augen kein Ansehen hattest. Aber nun bist du ein Krieger ...« Er breitete die Arme aus.

»Na, wunderbar«, sagte Steve. »Und wie sind die Chancen, dass man ihn am weitesten von hier entfernten Aussichtspunkt ständig auf Wache stellt?«

»Gering«, erwiderte Mr. Snow.

»Aber ... Könnt ihr ihm nicht sagen, er soll sich bezähmen?«, fragte Steve ängstlich. »Ich habe gedacht, ihr bestimmt, was hier vor sich geht.«

»O nein! Rolling-Stone ist der oberste Clan-Älteste. Zwar sucht der Clan auf bestimmten Gebieten meinen Rat, aber ...« Mr. Snow zuckte mit den Achseln.

»Was soll ich also tun?«, fragte Steve.

Der alte Wortschmied schien seine Antwort zu genießen. »Tja ... Entweder fängst du an, mit dem Messer zu üben, oder du betest zu Talisman. Beides zusammen wäre vielleicht noch besser.« Er stand auf und klopfte Steve auf die Schulter.

»Mal sehen, ob ich ein Messer für dich besorgen kann«, sagte Cadillac. »Vielleicht ist es besser, wenn du jetzt nicht ins Freie gehst.« Er folgte Mr. Snow hinaus.

»Besorg mir ein langes!«, rief Steve, als sie draußen waren, »oder gebt mir mein Gewehr zurück, falls ihr es noch habt.« Dann hatte er wenigstens eine Chance. Steve verwünschte sich. Was für eine Situation! Nach allem, was er durchgemacht hatte. Was hatte er nicht alles auf sich genommen – um anschließend zu erfahren, dass der größte Schläger im Lager draußen wartete und einen Vorwand suchte, ihm sämtliche Knochen zu brechen. Christoph Kolumbus!

Als Cadillac und Mr. Snow außer Sichtweite der Hütte waren, klatschten sie in die Hände, stießen sich gegenseitig in die Rippen und warfen sich lachend zu Boden, bis Tränen der Freude und des Schmerzes über ihre geschwollenen, durchbohrten Wangen liefen.

»Hast du sein Gesicht gesehen?«, keuchte Mr. Snow. Er brach in ein erneutes Gelächter aus und hielt seine Wangen fest. »Oje, das ist gar nicht gut für mich!«

»Ob wir Motor-Head sagen sollen, dass er ihn in Ruhe lässt?«

»Auf keinen Fall! Soll Talisman sich selbst um die Seinen kümmern. Oje … Unser Mr. Brickman nimmt alles so ernst. Und wie *blind* er ist! Glaubst du, sie sind alle so?« Mr. Snow wischte sich mit dem Handrücken die Tränen ab. »Ja … Es wird mir *wirklich* leidtun, ihn zu verlieren.«

15

Mithilfe einer täglichen Dosis des von Mr. Snow angerührten antiseptischen roten Blätterbreis heilten die Wunden in Steves Gesicht zwar sehr schnell, doch sie hinterließen blasse, kreuzförmige Narben. In den Tagen nach der Zeremonie fiel Steve auf, dass viele M'Calls, die ihm bisher die kalte Schulter gezeigt hatten, sich in seiner Gegenwart nun entspannter verhielten. Aus dem verachteten und waffenlosen Eindringling wurde eine gutartige Kuriosität, und allmählich zog er eine kleine Gruppe von Jüngern an, die, ließ man sie gewähren, mit rührender Verlegenheit zeigten, dass sie ihm Fragen stellen wollten. Allerdings waren sie, wie sich bald herausstellte, nicht sonderlich an seinen Antworten interessiert, die sie ohnehin schnell wieder vergaßen: Sie wollten ihn nur sprechen hören.

Zusammen mit seinem neu erworbenen sozialen Status wurde Steve das Privileg zuteil, in Mr. Snows Hütte eingeladen zu werden, wo er in Cadillacs Gegenwart mit dem Regenbogengras bekannt gemacht wurde. Da Buck McDonnell angeblich einen »disziplinierten Wagenzug« regiert hatte, war das Geflüster über die Verfügbarkeit und heimliche Einnahme der Droge durch die Angehörigen des Zugpersonals während Steves Aufenthalt auf der *Lady* nicht an seine Ohren gedrungen.

Steve nahm die angebotene Pfeife in die Hand und roch neugierig an ihr, bevor er den ersten, vorsichtigen Zug tat. Obwohl die Wagner während der Oberwelt-Expeditionen rauchten, fand der Genuss von Tabak in der Föderation keine Billigung. Tatsächlich wäre das Rauchen den meisten Menschen absurd erschienen. Da es keine Zigaretten gab, hatte auch niemand ein Bedürfnis nach ihnen.

Als Steve den ersten Rauch inhalierte, musste er husten und würgen. Der zweite Versuch, der schon in seine Lunge ging, ließ ihn fast ersticken, doch er erzeugte in seinem Kopf ein herrlich leichtes Gefühl. Der dritte Zug verwandelte seine Ohren in Flügel. Nach dem vierten sah Mr. Snow sich veranlasst, ihm die Pfeife wegzunehmen.

»He, he, immer langsam! Was hast du vor? Willst du die Hütte in Brand stecken?«

Steve kicherte blöde. »Verzeihung.«

»Schon gut«, sagte Mr. Snow ernst. »Du und der andere Hundesohn habt mindestens zwei Morgen von diesem Zeug verbrannt. Wir sind deswegen noch immer ziemlich sauer.«

Die Tatsache, dass er nun Löcher im Gesicht hatte, führte noch zu einer anderen, weniger erwünschten Nebenwirkung. Night-Fever, eine der vielen Frauen, die Steve abwechselnd mit Essen versorgten, sah ihn plötzlich mit heißen Blicken an. Sie hatte die zerbrochenen Stücke seines Pfeils in einer Halskette aus dünnen, geflochtenen Büffelhautstreifen verarbeitet und war, nachdem sie ihm die Kette geschenkt hatte, stundenlang vor seiner Hütte hocken geblieben. Da Steve die Frau – rein äußerlich gesehen – für alles andere als attraktiv hielt, waren ihre kaum verhüllten Gelüste eine unwillkommene Entwicklung, die noch zur schleichenden Gefahr eines nicht weniger willkommenen Angriffs durch Motor-Head hinzukam.

An sich hätte ihn dies antreiben sollen, seinen Plan, einen Drachen zu bauen, in die Tat umzusetzen, doch Steve tat nichts dergleichen. Er trieb sich, von einer Art geistiger Mattigkeit erfasst, herum – er war von den strahlenden Augen, die ihn über die Lichtung hinweg angesehen hatten, wie hypnotisiert. Wenn er wach war und träumte, sah er stets die schwachen Umrisse des Gesichts, das er im Schein des Lagerfeuers gesehen hatte. Er sah Bilder, die Gefühle in ihm erzeugten, die er ebenso wenig in Worte kleiden konnte wie den Begriff Freiheit – weil sie ganz bewusst nicht im Wörterbuch der Föderation standen.

Zwar war die Flucht noch immer Steves höchstes Ziel, doch er hatte alle Pläne und byzantinischen Intrigen, die seine Häscher manipulieren sollten, zu den Akten gelegt. Nun bestand seine wichtigste Aufgabe darin herauszufinden, wem das Gesicht gehörte. Ihn plagte ein dringendes Bedürfnis; nur dies konnte die Gefühle lindern, die die rätselhafte Schönheit in ihm hervorgerufen hatte. Steve hatte sich ganz einfach verliebt, doch da er dieses Wort vor seiner Unterhaltung mit Mr. Snow noch nie gehört hatte und immer noch nicht genau wusste, was es in praktischen menschlichen Begriffen bedeutete, war er dazu verdammt, verhext, verwirrt und konfus zu bleiben.

Wer war sie? Und wo war sie? Steve glaubte ziemlich sicher zu wissen, dass er im Laufe der Zeit das ganze Gebiet erforscht hatte, das die Ansiedlung umgab. Er kannte auch mittlerweile den ganzen Clan, aber seit dem Abend, an dem er in den Pfeil gebissen hatte, hatte er keinen einzigen Blick mehr auf seine zufällige Entdeckung werfen können. Seit man ihn gefangen genommen hatte, hatte er genug über das Zusammenleben des Prärievolkes erfahren, um zu wissen, dass das Mädchen keine Besucherin gewesen war. Die Tatsache, dass man sie vom Rest der M'Calls fernhielt, konnte nur bedeuten, dass man sie entweder für etwas Besonderes hielt oder *vor ihm* versteckte.

Oder beides.

Was wollten die M'Calls ihm verheimlichen?

Cadillac besorgte Steve wie versprochen ein Jagdmesser mit einem langen Schaft. Es bestand jedoch nicht aus dem üblichen Eisen der Mutanten, sondern war eine Standardwaffe der Bahnbrecher. Zuerst glaubte Steve, es sei sein eigenes Messer, doch als er es näher untersuchte, stellte sich heraus, dass die Initialen auf dem Griff »L.K.N.« lauteten. Es war die Klinge von Lou Kennedy Naylor, den Fazetti unverhofft angegriffen hatte und der im Wald abgestürzt war. Steves Hoffnung, dass die M'Calls noch weitere Teile ihrer Himmelsfalken aufbewahrten, erhielt neue Nahrung.

»Danke.« Er wog das Messer in der Hand. »Habt ihr keine Angst, ich könnte jemanden töten?«

Cadillac spitzte die Lippen und zuckte mit den Achseln. »Wenn du es nicht in einem Zweikampf tust, ist dein Tod unausweichlich, langsam und schrecklich. Es wäre eine sinnlose Tat. Was hättest du davon?«

»Wenn man es so sieht, hätte ich nichts davon, aber ...« Steve zögerte. »Hat Mr. Snow nicht allen erzählt, dass

Talismans Schatten auf mir ist? Bedeutet das nicht, dass ich unter seinem Schutz stehe?«

»Ja, das bedeutet es«, gab Cadillac zu.

»Wenn Talisman wirklich existiert und so mächtig ist, wie ihr behauptet, kann mir überhaupt nichts zustoßen.« Steve warf das Messer flink in die Luft und fing es am Griff wieder auf. »Talisman hat mich vor dem Tod auf dem Feld und vor Motor-Heads Hammer bewahrt, also ...«

Cadillacs Augen funkelten, als er verstand, in welche Richtung Steves Argument zielte. »Er könnte dich auch diesmal retten – aber nur dann, wenn du dich wie ein Krieger benimmst.«

Als Cadillac fortging, sah Steve hinter ihm her. Es gab keinen Zweifel – den beiden M'Call-Sprechern stand ein ganzer Sack voller Scheißhausparolen zur Verfügung. Wahrscheinlich dachten sie sich diese Sprüche aus, wenn sie in Mr. Snows Hütte saßen. Steve dachte über Cadillacs angedeutete Warnung nach. Die beiden Burschen und ihre Götter! Sie bemühten sich zwar, jeden davon zu überzeugen, dass alles vorherbestimmt und jeder Schritt, den man machte, von jemandem geplant war, der im Himmel hinter den Wolken lebte, aber sie ließen sich immer noch einen Ausweg übrig – für den Fall, dass die Dinge nicht so liefen, wie man sie vorausgesagt hatte.

Es gab nur eine funktionierende Macht: Die Macht des Menschen. Und die Föderation wusste, wie man sie organisierte. Wenn die Föderation die Oberwelt zurückerobert und die Mutanten ausgerottet hatte, würde sie auch das Angesicht der Erde ändern. Man musste die Kräfte der Natur im Zentrum der sogenannten Mutanten-Magie im Auge behalten und sie analysieren, verstehen lernen und zügeln. Die Himmelsstimmen, von denen Mr. Snow angeblich seinen Marschbefehl erhielt, würden bald feststellen, dass ihnen niemand mehr zuhörte.

Man würde Mo-Town und Talisman auf ein paar Archivwitze reduzieren. Ferner liefen. In dem Neuen Amerika, das die Föderation aufbaute, gab es keinen Platz mehr für diesen Humbug. Dann gab es nur noch harte Arbeit und ein gutes Leben. Das war der Unterschied zwischen den verschwommenen Fantasien der Mutanten und der Vision der Wagner. Dank des Genies der Ersten Familie hatten sie die Blauhimmelwelt schon im Griff; die Starken und Mutigen konnten sie gewinnen. Man würde die Gebeine der Mutanten unter den strahlenden Städten begraben, die sich irgendwann aus den leeren, im Sonnenschein liegenden Prärien erhoben. Ja …

Trotzdem, es war *wirklich* seltsam, dass der Hammer explodiert war …

Als Steve zu dem Schluss kam, dass es besser war, auf alles vorbereitet zu sein, statt der drohenden Konfrontation mit Motor-Head auszuweichen, lieh er sich eine Machete und schnitt sich einen Schlagstock zurecht. Beide nahm er von nun an überallhin mit. Er bastelte sich aus Gras und Zweigen eine Vogelscheuche als Trainingspartner und übte jeden Tag, bis er den Knüppel so mühelos schwang wie in der Akademie. Seine Übungen erweckten bald die Neugier und das Interesse der M'Call-Bären, und bald darauf unterrichtete er eine Gruppe, die rasch auf fünfzig Köpfe anwuchs und sogar den gefürchteten Motor-Head mit einschloss. Der hochgewachsene Krieger verhöhnte die ledernen und hölzernen Schutzpolster, auf denen

Steve bestand, und als er seine Schüler anwies, sie selbst herzustellen, legte Motor-Head stattdessen seinen mit Steinen dekorierten Helm und seinen Körperpanzer an.

Bei den Übungskämpfen merkte Steve, dass Motor-Head furchtlos war, fast keinen Schmerz empfand und äußerst schnell lernte. Was ihm an Technik mangelte, machte er durch Tempo und Stärke wett, und es war nur Steves mühsam erworbenem Geschick und seiner geistigen Disziplin zu verdanken, dass er nicht in ernsthafte Schwierigkeiten geriet. Seine Übungen mit Motor-Head erforderten besonderes Geschick und wurden zu haarigen Erfahrungen, da sein Gegner trotz der Regel, dass Übungswettkämpfe nach zwei erfolgreichen Vorstößen in die »Todeszone« enden mussten, erst aufgab, als er für einen kurzen Moment in die Knie ging. Steve wurde klar, dass der hünenhafte Krieger nicht aufgeben würde, bevor er seine Stellung als Nummer Eins zurückerlangt und ihn in den Boden gerammt hatte.

Er überlegte, ob er freiwillig aufgeben sollte, um den Stolz seines Gegners nicht anzukratzen, aber dann gewann seine Sturheit über seine natürliche Arglist. Seit man ihn gefangen genommen hatte, war sein normalerweise kurz geschnittenes Haar beträchtlich gewachsen, sodass es ihm über die Ohren und bis auf die Schultern hing. Von seinem unvernünftigen Trotz getrieben, überredete er Night-Fever, sein Haar zu flechten und mit einem Streifen des blauen Solarzellengewebes zu verzieren. Jedes Mal, wenn er Motor-Head besiegte, fügte er ein weiteres Zierband hinzu. Zwar wusste er, dass er Schwierigkeiten kriegen würde, wenn er Motor-Head mit seiner provozierenden Haartracht reizte, aber er war überzeugt, dass sein Geschick im Umgang mit dem Knüppel, seine überlegene Intelligenz und sein sechster Sinn die furchtbare, aber schwachsinnige Kampfmaschine austricksen konnten.

Indem er die Bären im Schlagstockkampf schulte, war er auch in der Lage, ein objektives Urteil über ihre Lernfähigkeit zu fällen. Wie alle Wagner war auch er in dem Glauben erzogen, sämtliche Beulenköpfe seien schwachsinnig. Seit der Begegnung mit Cadillac und Mr. Snow wusste Steve zwar, dass dies nicht ganz der Wahrheit entsprach, aber nun sammelte er, was die durchschnittliche Erinnerungsfähigkeit der Mutanten betraf, Erfahrungen aus erster Hand. Er hatte sich geirrt, und das galt auch für den Rest der Föderation: Man hatte das mangelnde Erinnerungsvermögen der Mutanten mit niedriger Intelligenz gleichgesetzt. Steve erkannte immer mehr, dass seine Häscher nicht nur Informationen aufnehmen, sondern auch verarbeiten konnten.

Ihnen fehlte nur das System, das auf diese Informationen zurückgriff. Das Hirn eines Mutanten war wie das eines Computers ohne Bildschirm – man konnte zwar Daten eingeben, aber der verfügte nicht über die Möglichkeit, sie wieder sichtbar zu machen. Zwar konnten die Mutanten zwei und zwei zusammenzählen, aber da die Verbindung zwischen ihrem Erinnerungs- und dem Sprachzentrum fortwährend zusammenbrach, waren sie nicht in der Lage, einem zu sagen, dass das Ergebnis vier lautete. Bei manchen kam die Verbindung nur so sporadisch zustande, dass es sie praktisch nicht gab, bei anderen – wie zum Beispiel bei Three Degrees – war sie zwar etwas besser entwickelt, aber auf spezielle Wissensgebiete begrenzt.

So hatte der alte Knabe zwar seine Geschicklichkeit in der Holzverarbeitung erworben und konnte Steve, wie er laufend bewies, manchmal erkennen, aber schon einen Tag später wusste er nicht mehr, wen er vor sich hatte.

Das auf Fachwissen begrenzte Gedächtnis versetzte die M'Call-Bären beispielsweise in die Lage, Kampf- und Jagdgeschicklichkeit zu erwerben und zu behalten, aber selbst dies fiel offenbar hin und wieder der eigenartig losen Verbindung zum Opfer. Steve stellte sich vor, dass dies nicht gerade angenehm war, wenn es während einer Auseinandersetzung über den heimatlichen Grund passierte.

Es gab noch einen dritten Erinnerungsfaktor, den Steve zwar bemerkt hatte, aber nicht recht verstand. Als er Three Degrees beim Basteln der Krücken zugesehen hatte, war ihm aufgefallen, dass Cadillacs Anwesenheit den alten Beulenkopf in seiner Tätigkeit beflügelte. Irgendwie hatte Cadillac Three Degrees mit Worten oder durch seine körperliche Nähe geholfen, die Gedächtnisschaltkreise zu schließen, als seine Hände gezögert hatten.

Steve hatte inzwischen genug gesehen, um davon überzeugt zu sein, dass die Clan-Angehörigen sich auch ohne Worte verständigen konnten. Er führte diese Fähigkeit auf eine Art Spürsinn zurück – ein Wort, das wie aus dem Nichts zu ihm gekommen war. Das Grasrauchen in Gesellschaft der Wortschmiede hatte seine Fantasie so angeregt, dass er schließlich geglaubt hatte, eine Art Aura oder ein höheres Ich um sie herum zu sehen, das über die Grenzen ihrer Gestalt hinausreichte. Steves Verstand hatte angesichts dieser unvertrauten Vorstellung aufgeregt gezappelt. Halluzinogene Drogen, der Eintritt in eine höhere Stufe des Bewusstseins und verzerrte Sinneswahrnehmungen waren dort, wo er herkam, völlig unbekannt. Spielten die Wortschmiede irgendeine finstere Rolle, in der ihre überlegene Intelligenz als Kontrollmechanismus des Clans fungierte? Ein Gruppengedächtnis. Ein ... Steve suchte nach dem richtigen Wort und versuchte, nach etwas zu greifen, das ihm auf der Reise über die Regenbogenstraße völlig bewusst gewesen war. Eine Art ... Überbewusstsein? Oder waren sie bloß der Sendekanal einer Macht, die von anderswo herkam?

Interessante Ideen; aber auch gefährliche. Er musste seine Haupthäscher sorgfältiger und gefühlloser beobachten. Wenn er nach der Rückkehr in die Föderation dermaßen unausgegorene Ideen vertrat, würde dies seine beruflichen Aussichten nicht verbessern. *Fakten,* Brickman! Das brauchen sie zu Hause! Nur *Fakten* zählen. Bleib am Leben; merk dir alles, was du siehst; mach ein paar Punkte für die Jungs wett, die abgestürzt sind; dann mach dich auf die Socken.

Aber erst *nachdem* du das Mädchen mit den blauen Augen gefunden hast ...

Inmitten all dieser Überlegungen wachte Steve eines Nachts auf und merkte, dass Cadillacs Schlafplatz leer war. Auch in der nächsten Nacht schlief der junge Wortschmied anderswo, aber am nächsten Morgen kehrte er, wie üblich, zum Frühstück zu ihm zurück. Steve wartete darauf, dass Cadillac etwas erzählte, aber der junge Mann äußerte nichts über die Änderung seiner Schlafgewohnheiten. Sein Schweigen zu diesem Thema trug nur dazu bei, Steves Neugier zu wecken.

Am dritten Abend erhielt Steve die zweite Einladung,

mit den beiden Wortschmieden Gras zu rauchen. Später, als sein Geist durch die Regenbogenwelt gestreift war, nachdem er die fernen Stimmen wieder gehört hatte und viele Dinge verstand, half Cadillac ihm, in die Hütte zurückzuwanken, die sie sich teilten. Steve bedankte sich murmelnd, als der junge Wortschmied ihn auf sein Lager wuchtete. Dann öffnete er – gerade noch rechtzeitig – die Augen, um Cadillac aus der Hütte schleichen zu sehen. Steve schob die Felle beiseite, kroch schnell auf allen vieren zur Tür und schob den Kopf durch den sie verhüllenden Lappen: Er sah, dass Cadillac, kurz vom Schein des ersterbenden Feuers beleuchtet, in der Gegenrichtung zu Mr. Snows Hütte verschwand.

Steve raffte seine gesamte Konzentrationsfähigkeit zusammen und zwang sich dazu, sein Gehirn wieder arbeiten zu lassen. Dann erhob er sich schwankend auf die Beine und eilte hinter Cadillac her, den inzwischen die Dunkelheit verschluckte. Es war eine mondlose Nacht. Hinter dem letzten zusammensinkenden Lagerfeuer wurde die Finsternis undurchdringlich. Steve blieb stehen, lauschte angestrengt, glaubte Cadillac über einen von Blättern übersäten Pfad gehen zu hören, stolperte über eine Baumwurzel, stürzte zu Boden und blieb liegen. Dann fragte er sich mit zunehmender Müdigkeit, wieso ihn Cadillacs nächtliche Spielchen eigentlich interessierten. Welche Neugier ihn auch angetrieben hatte – sie wurde von einer rosaroten Wolke von Desinteresse fortgeweht. Steve schlief ein. Stunden später wachte er unter einer treibenden Bodennebelwolke auf und erblickte das tiefe violette Grau, das der Morgendämmerung voranging.

Am ganzen Leibe schlotternd, das Gesicht feucht vom Tau, stolperte er zur Hütte zurück, wobei er fest mit den Armen auf seinen Körper einschlug. Steve saugte die Luft durch zitternde Kiefer ein und glitt dankbar unter seine Felle. Sie waren warm. Sein Gehirn musste vereist sein, denn er brauchte mehrere Sekunden, bis er den Grund erkannte. Als die Antwort kam, fuhr ein nackter Arm über seinen Brustkorb, und ein Körper, der an manchen Stellen hart und an anderen weich war, drückte sich der Länge nach an den seinen. Ein Kinn kuschelte sich an seine Schulter, warmer Atem streifte sein Ohr. Steve blieb liegen. Er wagte es nicht, sich umzusehen. Er wagte auch nicht, sich zu bewegen, weil er den Eindringling nicht aufwecken wollte.

Von einer unguten Vorahnung erfüllt, schob er die rechte Hand zur Seite und ließ sie langsam über den Unterarm gleiten, der ihn festhielt. Seine Finger spürten das deutliche Muster gekräuselter Flecken. Er hatte den Arm oft genug gesehen, wenn er ihm das Essen gereicht hatte. Seine Bettgefährtin war Night-Fever.

Christoph Kolumbus!

Als ihm klar wurde, dass er mit einer nackten Präriebewohnerin im Bett lag, lief es Steve kalt den Rücken herunter. Zum Glück war er angezogen. Er bewegte sich zentimeterweise und strengte seine Ohren an, um jede Veränderung ihres tiefen, langsamen Atmens zu erkennen, bis sein Rücken an ihrer Brust lag. Als Night-Fever sich schläfrig rührte und an ihn schmiegte, hielt Steve die Luft an. Ihre Lippen waren halb geöffnet an seiner Schlagader. Kein erfreulicher Anblick. Ihre unteren Zahnreihen ähnelten einem Raubtiergebiss, und sie hatte kräftige Kiefer, die ihn an gezackte Baggerschaufeln erinnerten. Wenn sie aufwachte, in Erregung verfiel und er Nein sagte, konnte er mit durchbissener Luftröhre enden. Ach, zum Teufel … Steve seufzte resigniert. Inzwischen hatte er sich doch längst alles geholt, was man sich holen und woran man sterben konnte. Wenn er brav in seinem Drillich blieb und ihr den Rücken zudrehte, konnte ihm nicht viel passieren. Außerdem war unser Held in erster Linie ein praktisch veranlagter junger Mann, und trotz des Genies der Ersten Familie war es eine Tatsache, dass noch niemand eine bessere Methode erfunden hatte, um sich zu wärmen.

Neben seinen Übungen mit dem Schlagstock führte Steve auch ein selbst entwickeltes Körperertüchtigungsprogramm durch. Er lief nun, ohne sich anzustrengen, und schaffte fünfzig Liegestütze, ohne in den Armen das geringste schmerzhafte Ziehen zu spüren. Er war nun wieder so fit wie zur Zeit seines Akademieabschlusses. Als er bei einem nachmittäglichen Lauf vom üblichen Weg abwich, gelangte er in die Prärie hinunter. Er wollte seine Kräfte mit denen der Bären messen, indem er ohne Pause den Abhang hinaufrannte, der zur Ansiedlung führte. Als er in die Prärie kam, lief er bis an einen Pfahl, der die Grenze des M'Call-Territoriums markierte, und jagte dann zum Fuß des Abhangs zurück, der etwa anderthalb Kilometer im Norden der Ansiedlung lag. So weit, so gut. Doch nun wirkte der Abhang – wie üblich – viel höher als der, den er heruntergekommen war. Steve überlegte sich sein Vorhaben noch einmal, dann nahm er den Hang, ohne das Tempo zu verlangsamen, in einem Zickzacklauf in Angriff. Er hatte beabsichtigt, die Steigung in südlicher Richtung zu nehmen, um wieder auf den gleichen Weg zu kommen, aber ein paar Felsen, die er auf dem Hinweg offenbar übersehen hatte, blockierten seinen Weg. Wenn er ihnen ausgewichen wäre, hätte er wertvolle Schwungkraft verloren, also wandte er sich wieder nach Norden, verlor die Route aus dem Gesicht und war so gezwungen, sich unterwegs eine neue zu suchen. Sein Vorankommen wurde schwieriger, und als Steve aus- und abrutschte und sich, als er über einen scharfkantigen Geröllstreifen lief, schmerzhaft den Knöchel anstieß, vergeudete er kostbaren Atem mit einer Reihe von Flüchen.

Als er zwei Drittel des Weges nach oben hinter sich gebracht hatte, merkte er, dass ihm allmählich die Luft ausging. Er würde es nicht schaffen. Doch auch diesmal machte sich seine bemerkenswerte Selbstdisziplin bemerkbar und trieb ihn an. Als er nach oben schaute, sah er rechter Hand ein kleines Rinnsal, das über einen Felssims spritzte. Die Vorstellung, unter ihm herzulaufen, das Wasser auf sein erhitztes Gesicht prasseln zu lassen und einen Teil der Flüssigkeit in seinem Mund zu sammeln, um die trockene Rauheit seiner Kehle zu lindern, wurde übermächtig. Steve änderte seinen Zickzackkurs in Richtung auf das Rinnsal, doch sein anfangs leichtfüßiger Schritt wurde mit jedem weiteren Meter immer schwerfälliger.

Die Muskeln seiner Ober- und Unterschenkel wurden von Schmerzwellen ergriffen, als stünden seine Adern in Flammen. Seine gesamte Willenskraft konzentrierte sich nun darauf, den bleistiftdünnen Wasserfall zu erreichen. Sein Herz schlug wie ein in einem Käfig gefangenes Raubtier gegen seine Rippen, und das Klopfen in seinem Kopf überlagerte das Trommeln seiner Füße auf dem steinigen Weg. Die Luft, die er atmete, brannte; sie riss an seiner Kehle wie rot glühender Sand. Von einer verzweifelten Müdigkeit gepackt, erkannte Steve, dass das Abhangende selbst dann noch hundert Meter vor ihm blieb, wenn er das fallende Wasser erreichte. Ebenso hätten hundert Kilometer vor ihm liegen können. Er stolperte über das Felsgestein, sank unter dem Rinnsal auf die Knie, fiel nach vorn auf die Hände, legte sich hin und gab auf – zufrieden damit, sich von dem kalten Wasserfall erfrischen zu lassen.

Eine halbe Stunde später, als sein Herzschlag sich verlangsamt hatte und das Band der fiebrigen Hitze von seiner Stirn gespült war, trat er mit steifen Beinen unter dem Wasserfall hervor und schälte sich aus den durchnässten Kleidern. Er trug rotbraunschwarze Tarnhosen, Kampfstiefel, ein fliegerblaues Hemd und eine Unterhose. Steve drehte die Kleider zu festen Rollen zusammen, wrang den größten Teil der Feuchtigkeit aus ihnen heraus und schlug sie dann, wie die Mutanten, gegen einen glatten Felsen, damit sie noch trockener wurden. Die nachmittägliche Sonne war im Westen hinter den Bergen verschwunden und tauchte den Abhang in Schatten. Steve rubbelte sich fest mit dem noch feuchten Hemd ab, sammelte seine restlichen Kleider ein und bestieg mit nackten Füßen die steile Felswand, die den schmalen Wasserfall umsäumte. Es war zwar nicht der leichteste Weg zur Spitze, aber sicher der kürzeste.

Als er wieder in der warmen Herbstsonne war, breitete er seine Kleider zum Trocknen aus und setzte sich in der Nähe auf ein gelbrotes Grasbüschel. Hinter ihm stieg der

Boden zu einer Reihe welliger, felsiger Simse an, auf denen eine Fülle von Gras, Farn und Moos wuchs. Dort, wo das Grün zu Ende war, ging das Land in einen breiten Streifen hoher roter Bäume über. Im Innern des Waldes musste die Quelle des kleinen Baches verborgen sein, der an der Stelle vorbeilief, an der er gelegen hatte, bevor er die fünfzehn Meter höher liegende, glatte Felszunge hinaufgestiegen war. Eingelullt vom Murmeln des Baches und der warmen Erde unter dem Rücken schlief er ein.

Als er wieder wach wurde, ging die Sonne hinter den Bergen unter. Ihre letzten Strahlen verwandelten die sich zusammenziehenden Wolkenränder in flüssiges Gold. Die Mutanten hatten die drollige Vorstellung, dass die Sonne durch ein Tor am Himmel verschwand und die Welt im Dunkeln zurückließ, bis sie durch ein anderes Tor am östlichen Horizont wieder zum Vorschein kam. Von einem plötzlichen Frösteln ergriffen, zog Steve seine blaue Unterhose an, griff nach dem Hemd und erstarrte mit ausgestrecktem Arm. Acht kleine, dunkle, eiförmige Früchte, von denen er inzwischen wusste, dass sie Pflaumen hießen, lagen sauber gestapelt auf einem roten Blatt, das jemand auf seine Hemdbrust gelegt hatte.

Er warf einen raschen Blick zum Hügel hinauf und trat dann an den Rand des Abhangs. Nichts. Kein Anzeichen irgendeiner Bewegung. Keine Staubwolke. Niemand. Steve trat zurück, legte das Blatt und die Geschenke sorgfältig beiseite und zog sich fertig an. Seine Kleider waren zwar noch klamm, aber seine Körpertemperatur würde sie bald vollends trocknen. Er verschnürte die Bänder seiner Kampfstiefel, schnallte die Messerscheide, die Cadillac ihm geschenkt hatte, fest an die Schlaufen seines rechten

Unterschenkels und hob die Pflaumen auf. Er folgte einem plötzlichen Impuls, ging vorsichtig am Bach entlang und aß die Früchte während des Gehens.

Als er in das saftige Fruchtfleisch biss, fragte er sich, wer der Spender gewesen sein und welche Motive er gehabt haben mochte. Er war sich ziemlich sicher, dass er wusste, von wem die Pflaumen stammten – aber warum hatte sie ihn nicht geweckt? Hatte sie ihm das Geschenk nur gemacht, weil sie sich um einen erschöpften Dauerläufer sorgte, oder steckte mehr dahinter? Wollte sie ihm sagen, dass es sie gab? War es eine Botschaft? *Ich bin hier. Ich kümmere mich um dich. Halt nach mir Ausschau?* War es eine Bestätigung, dass auch sie von der gleichen Neugier geplagt wurde wie er? Oder hatte er die kurzen Blicke, die sie gewechselt hatten, völlig missverstanden? Gab es sie nur in seiner Fantasie, oder … Noch schlimmer: War es eine Art Falle? Er lächelte schief. Bei seinem Glück würde er Night-Fever hinter dem nächsten Baum aufstöbern. Oder Motor-Head.

Nein. Wenn Motor-Head, der gemeine Hund, ihn erschöpft und schlafend überrascht hätte, hätte er ihm bestimmt keine Wildpflaumen geschenkt. Er hätte ihm acht Felsen auf den Brustkorb gelegt. Nein, Motor-Head hatte damit nichts zu tun, aber als Steve an ihn dachte, fiel ihm ein, dass es wohl besser war, wenn er seine Neugier mit etwas Vorsicht dämpfte. Cadillac hatte zwar gesagt, er könne überall hingehen, aber vielleicht war es ungesund, wenn man ihn beim Herumstrolchen in einem Gebiet erwischte, das der Clan als Sperrgebiet ansah. Aber andererseits … Woher sollte er es wissen, wenn ihm niemand etwas gesagt hatte? Steve zog den Schluss, dass seine momentane Vorahnung in erster Linie auf sein schlechtes Gewissen zurückzuführen war, deswegen vergaß er sie und ging weiter. Auf irgendeine perverse Art würzte die Gefahr seiner momentanen Situation die eigenartigen, doch keineswegs unwillkommenen Gefühle, die ihn bewegten, seit er ihr Gesicht erstmals im Feuerschein gesehen hatte.

Steve arbeitete sich langsam durch das rund um den Bach wachsende Farngestrüpp und schätzte die Simse ab, die zur ersten Baumreihe führten. Alle fünfundzwanzig Schritte hockte er sich hin und überprüfte sorgfältig das vor, neben und hinter ihm liegende Gelände. Er lauschte angestrengt und mit angehaltenem Atem und rechnete damit, etwas zu hören, das nach menschlichen Aktivitäten klang. Doch alles, was das gleichbleibende Hintergrundgemurmel des Baches überlagerte, der zwischen den braunen, flechtenbewachsenen Felsen dahinfloss, war das schrille, gelegentliche Geschwätz eines Vogels.

Hundert Meter hinter dem Waldrand standen die Kiefern so dicht, dass sie oben zusammenwuchsen. Ihre lose verwobenen Äste bildeten eine Mauer, die schon in Kniehöhe begann. Mehrere Bäume hatten durch das in die Tiefe strömende Wasser der Schneeschmelze ihren spärlichen Halt am Hang verloren und lagen grotesk verdreht über dem Bach und blockierten den Weg an seinen Ufern. Steve musste einen Umweg machen, aber wenn er zu Fuß weitergehen wollte, musste er sich einen Weg durch die Äste schneiden und brechen – was bedeutete, dass es unmöglich war, geräuschlos weiterzukommen. Seine einzigen Alternativen bestanden darin, unter den Ästen durchzukriechen oder einen Weg zu finden, der um sie herumführte.

Da er nicht vorhersehen konnte, in welche Situation er geriet, wollte er das Risiko nicht eingehen, in einem Gewirr aus Ästen und bis an die Nase im Dreck in eine Falle zu tappen. Er wollte gerade aufgeben und den Rückweg antreten, als er vor sich im gelben Blattwerk eine gelegentlich unterbrochene Linie erblickte. Von Cadillac wusste er, wie die Mutanten die Oberwelt-Jahreszeiten nannten: Neue Erde, Mittlere Erde, Erntezeit, Gilben und Weißer Tod. Für eine herbstliche Verfärbung des Blattwerks war es noch zu früh. Steve erkannte plötzlich, dass man vor ihm abgestorbenes Blattwerk aus den Bäumen geschnitten und wie einen Schirm aufgerichtet hatte. Sein sechster Sinn sagte ihm, dass sich das, wonach er suchte, hinter dem Schirm befand.

Steve bemühte sich, so leise wie möglich zu sein. Er ließ den Bach hinter sich, kroch zwischen den dichten Kiefern auf das verdächtige gelbe Blattwerk zu. Als er es erreichte, sah er etwas, das wie ein langer, etwa zweieinhalb Meter hoch aufgeschichteter Buschstreifen wirkte, der sich rund um eine grasbewachsene Lichtung zog – einen unregelmäßig geformten Platz, der von Farn und brusthohem Unterholz umgeben war. Steve schlängelte sich unter den niedrig wachsenden Ästen durch, schob neugierig die Nase durch die Büsche, studierte den einsehbaren Teil der Lichtung und bahnte sich dann einen Weg durch die Strünke einer hohen Ansammlung von Farn, bis er die gelbe Blätterwand erreichte. Das vor ihm liegende »Gebüsch« bestand aus abgeschnittenen Ästen; man hatte sie lose in den Boden gesteckt.

Steve holte tief Luft und blieb eine volle Minute liegen. Er lauschte angestrengt und bemühte sich, das kleinste

Geräusch einer Bewegung auszumachen. Doch er hörte nur seinen Herzschlag. Schließlich streckte er den Arm aus und zog vorsichtig einen der im Boden steckenden Zweige heraus. Das Ende war von einer Machete schräg abgeschnitten worden. Steve schob den Zweig leise zur Seite und lugte durch die Abschirmung. Auf der kleinen Lichtung, die von der kreisförmig angelegten Astwand verhüllt wurde, stand eine Hütte. Ihr Eingang lag einer Öffnung in der Abschirmung gegenüber – genau auf der Gegenseite, sodass er nicht erkennen konnte, ob die Hütte bewohnt war. Aus dem Dunstabzug in der Decke stieg kein Rauch auf, und er sah auch nicht die üblicherweise herumliegenden Abfälle, die das Leben produzierte. Dennoch sagte ihm sein sechster Sinn, dass jemand in der Hütte war. Moment mal! Er *hörte* doch etwas! Summte da etwa jemand ein Liedchen? Sie war hier! Sie musste es ein! Es konnte einfach kein anderer sein.

Mit wachsender Erregung krabbelte Steve durch den Farn auf die Öffnung in der Abschirmung zu und hielt einen Meter vor ihr an. Er bewegte sich mit der Heimlichkeit einer Gottesanbeterin, als er einen weiteren in den Boden gespießten Ast aus der Erde zog und vorsichtig den Kopf und die Schultern durch den aus verdorrten Zweigen bestehenden Vorhang schob. Doch er fand sich nicht der erwarteten beispiellosen Schönheit gegenüber, sondern den verwesenden Schädeln Naylors und Fazettis, die neben der Hüttentür auf Pfähle gespießt waren. Ein großer schwarzer Raubvogel hockte auf Fazettis Kopf und zerrte einen saftigen Fleischfetzen aus seiner klaffenden Augenhöhle. Steve krümmte sich vor Entsetzen. Der Vogel zuckte bei seiner plötzlichen Bewegung zusammen, flatterte mit den Schwingen und suchte mit einem heiseren Warnschrei das Weite.

Steve schluckte schwer und riss sich zusammen. Wenn er die Tradition der Mutanten richtig verstand, waren die Schädel seiner Kameraden die Kampftrophäe desjenigen, der in der Hütte lebte. Aber … War Fazetti nicht während des Fluges verrückt geworden? Wie konnte sie, *wenn* sie es tatsächlich gewesen war … Ihm kam ein weiterer bedrückender Gedanke. Wenn der Besitzer der Hütte die beiden Flieger vom Himmel geholt hatte, besaß er nicht nur ihre Schädel. Vielleicht befand sich auch ein Teil ihrer Ausrüstung in der Hütte. Zum Beispiel Landkarten, Luftpistolen, Brandgranaten und Nahrungskonzentrate. Nützliche Dinge, die man brauchte, wenn man fliehen wollte. Steve zwang sich, seine aufgespießten Kameraden zu ignorieren, und schob den Kopf erneut durch den Astvorhang. Im gleichen Augenblick wurde der Türlappen beiseitegeschoben, und das Mädchen, das durch seine Träume geisterte, richtete sich auf und reckte sich mit der Anmut einer erwachenden Katze.

Clearwater. Steve kannte natürlich ihren Namen nicht, aber in den ewigen Sekunden, in denen sie deutlich sein Blickfeld einnahm, schweifte sein Blick über jedes Detail ihres nackten Leibes. Er sah lange, gerade gewachsene Gliedmaßen und einen schlanken Körper mit festen, runden Brüsten. Sie hatte kräftige Schultern und eine schmale Taille. Ihre Haut war glatt und zeigte nirgendwo die entstellenden Borkenflecke und tumorartigen Knochenauswüchse, die bei den Mutanten üblich waren. Ihr Körper wies zwar eine fleckige Bräune auf, war aber von Kopf bis Fuß völlig makellos. Da es in der Föderation keine Kunst im allgemein verstandenen Wortsinn gab, waren Wagner auch nicht besonders empfänglich für ihre typischen Eigenschaften – der Harmonie von Form und Farbe und der Anmut von Linienführung und Proportion. Doch tief in Steves Innerem reagierte etwas und machte ihm klar, dass das Mädchen von großer Schönheit war, auch wenn er sich nicht in solchen Worten verständlich machen konnte. Er wurde von zwei sich völlig widersprechenden Emotionen gepackt: dem irrationalen Verlangen, sie zu besitzen, und dem deutlichen Schock – es war fast Abscheu –, *weil* er so fühlte. In Begriffen des 20. Jahrhunderts ausgedrückt: Seine Reaktion war vergleichbar mit der eines ultrarechten südafrikanischen Rassisten, dem die weiße Vorherrschaft über alles geht und der in sich plötzlich das heimliche Verlangen nach einer schönen Schwarzen entdeckt. Was sich Steves Geist in diesen wenigen Sekunden ausmalte, war undenkbar. Dass er Night-Fever erlaubt hatte, für ihn die Bettwärmerin zu machen, war schon schlimm genug, aber bewusst ins Auge zu fassen, mit … *Hör auf!*, redete er sich ein. *Hör bloß auf damit!*

Clearwater ging wieder in die Hütte zurück. Steve hörte ihr perlendes Lachen und dann eine andere Stimme; sie klang gedämpft, aber tiefer. Dann wieder Gelächter. Der Türlappen wurde zur Seite gestoßen; Clearwater rollte rückwärts heraus, sie rang verspielt mit Cadillac, der sie in den Armen hielt. Der junge Wortschmied war ebenfalls nackt.

Steve, der nicht wagte, sich zu bewegen, weil er seine Anwesenheit nicht verraten wollte, schaute ihnen mit gemischten Gefühlen zu. Er empfand Enttäuschung und Irritation, und irgendwie war er auch sehr verlegen. Und er spürte einen Anflug von Neid. Die beiden alberten etwa eine Minute herum, dann küssten sie sich flüchtig, standen auf, verließen das kreisförmige Gelände hinter der Abschirmung und machten sich daran, große, fünfzackige rosafarbene Blüten irgendeines Gewächses zu sammeln. Bei der Suche näherte sich Clearwater der Stelle, an der Steve verborgen lag. Als er den Kopf hob, sah er, dass in dem Farngestrüpp, das ihm Deckung bot, mehrere der Pflanzen wuchsen, deren Blätter die beiden suchten. Er musste hier weg, bevor sie zu ihm herüberkamen. Aber er konnte nur einen Weg nehmen – den Weg durch das Loch, das er in die Wand gemacht hatte, die die Hütte und die Lichtung schützte. Was aber war, wenn sie die Blätter brauchten, um eine Suppe zu kochen?

Wo sollte er sich verstecken, wenn sie wieder in den Kreis zurückkehrten? Steve kroch auf die Lichtung und krabbelte hinter die Hütte. Von hier aus konnte er durch das andere Loch verschwinden. Als das Mädchen näher kam und sich bückte, um die Blätter abzupflücken, verharrte er auf der anderen Seite des Schirms. Das war knapp! Eine Sekunde später, und sie wäre über ihn gestolpert. Huch! Welche Überraschung! He, wie komisch, dass ich euch hier treffe. Steve legte sich den Dialog im Kopf zurecht: Versteht mich nicht falsch, Leute. Dass ich hier rumkrieche, gehört zu meinem körperlichen Ertüchtigungsprogramm …

Das Mädchen pflückte weiterhin Blätter, bis es einen Armvoll hatte. Als sie sich herumdrehte, robbte Steve zur Rückseite der Hütte. Zum Glück war das Gras auf der Lichtung nicht zu kurz. Aber es würde ihn nicht verbergen, wenn die beiden wieder hereinkamen. Steve schob sich rückwärts in die erste Lücke hinein und verharrte unter dem Blätterrand. Er wusste, dass sein blaues Hemd aus dem hellroten Gras und dem gelben Laub wie ein weher Finger hervorstach. Zu seiner Erleichterung wandte das Mädchen ihm den Rücken zu, dann schlenderte es Hand in Hand mit Cadillac von der Hütte fort.

Als sie außer Sichtweite waren, stand Steve auf, schlich zur Öffnung in der Abschirmung und lugte an ihrem Rand durch das Geäst. Aus der vorherigen Froschperspektive war sein Ausblick auf das Gelände begrenzt gewesen. Von seinem jetzigen Standort aus konnte er einen hüfttiefen Teich erkennen, den der Bach speiste, dem er gefolgt war. Cadillac und das Mädchen standen im Wasser, und wenn sie nicht gerade herumalberten, schrubbte Clearwater Cadillacs Rücken mit einer Handvoll der rosafarbenen Blätter, die sie gepflückt hatten. Wenn sie die Blätter ins Wasser tauchte und auf seinem Rücken verrieb, erzeugten sie einen dünnen, seifenartigen Schaum. Badetag. Na schön … Steve, der liebend gern mit Cadillac getauscht hätte, hatte das Gefühl, dass die beiden nun wahrscheinlich für eine geraume Zeit beschäftigt waren. Jetzt war die richtige Gelegenheit, um die Hütte zu durchsuchen.

Der Hütteneingang, die Öffnung in der Schirmwand und der Teich lagen fast auf einer Linie, aber als Steve sich hinlegte, sah er, dass eine kleine Bodenerhebung das untere Hüttendrittel vor den Blicken jedes Menschen abschirmte, der im Wasser stand. Er robbte über den Boden und durch das Gras, umkreiste Fazettis Schädelpfahl und kroch unter dem Türlappen hinein. Er war jetzt schon so lange bei den Mutanten, dass er die ihn umgebenden Gerüche nicht mehr wahrnahm. Steve hockte sich auf die

Knie. Er schaute hinaus, um nachzusehen, ob Cadillac und das Mädchen noch im Teich waren, dann hockte er sich auf die Fersen und studierte das Innere der Hütte.

Sie war weder so unordentlich noch so mit Schrott gefüllt wie die Hütte Mr. Snows, aber viel Platz, um sich zu bewegen, gab es auch hier nicht. Vor den Büffelhautwänden lagen mehrere Kleiderbündel und verschieden große geflochtene Körbe mit Deckeln aus getrocknetem hellrotem Gras. Stapel von Früchten, getrocknete Fleischstreifen und süß duftende Blumen hingen an den gekrümmten Ästen, die der Hütte ihre gedrungene Bienenstockform verliehen. Die Felle, auf denen Cadillac und das Mädchen sich zweifellos herumgewälzt hatten, waren etwas durcheinandergeraten. Zu seiner Überraschung sah Steve zwei weitere Felle – sie waren aufgerollt, wie es sich am Tag gehörte. Das bedeutete, dass das Mädchen die Hütte möglicherweise mit zwei anderen Wölfinnen teilte. Jetzt, als er darüber nachdachte, begriff er es in aller Deutlichkeit: Wenn das Mädchen für die M'Calls – aus welchem Grund auch immer – etwas sehr Wertvolles war, ließ man es wohl kaum ohne Schutz. Die beiden Mitbewohnerinnen waren offenbar gegangen, damit es Cadillac nicht zu eng wurde. Wie Steve wusste, billigten die Mutanten sich in dieser Hinsicht einen hohen Grad an Intimsphäre zu. Was bedeutete, dass die Clan-Schwestern des Mädchens eventuell erst dann zurückkehrten, wenn die beiden sich ausgetobt hatten.

Wahrscheinlich waren sie nicht fern von hier – und möglicherweise waren in der Umgebung der Hütte regelmäßige Patrouillen unterwegs. Mist! Steve fluchte stumm. Daran hatte er keinen Gedanken verschwendet, als er in der Hoffnung, die Schöne zu finden, dem Bach gefolgt war. Tja, jetzt hast du sie gefunden, Brickman. Aber sie gehört dem Burschen, den du eigentlich zu deinem Freund machen wolltest. Vergiss deine Tagträume! Es ist sowieso schierer Wahnsinn. Du solltest lieber anfangen, nach versteckten Schätzen Ausschau zu halten. Und dann verschwinde von hier, aber dalli!

Steve warf noch einen Blick auf die Badenden, dann machte er sich daran, die mit Deckeln versehenen Körbe zu durchsuchen. Wenn er in aller Eile verschwinden musste, durfte niemand, der die Hütte betrat, sofort erkennen, dass jemand hier eingedrungen war. Im zweiten Korb fand er ein Notrationspaket und am Boden des fünften den Trinkwasserreiniger. Steve küsste die beiden Gegenstände übermütig und schob sie in die Hosentaschen. Die Luftpistole ... Er durchsuchte eilig die restlichen Körbe. Nichts. Vielleicht hatte er sich zu viel erhofft. Die Landkarte ... Sie war etwas, das man *wirklich* brauchte.

Wo, zum Teufel, war sie? Er packte den nächsten Kleiderstapel und schob die Hand in die lose eingelegten Leder- und Fellschichten, um zu erfahren, ob irgendetwas zwischen ihnen versteckt war. Nichts. Er warf die Kleider grob an ihren Platz zurück und packte den nächsten Stapel. Ein kaltes, warnendes Frösteln lief über seinen Rücken. Steve hechtete zur Tür, zog den Lappen ein Stück zur Seite und sah, dass das nackte Mädchen auf ihn zukam. Sie wischte sich das nasse Haar aus dem Gesicht und warf es nach hinten.

Für den Bruchteil einer Sekunde lag Steve mit offenem Mund da. Er war wie vom Schlag getroffen. Ihre Haut ...

Er riss sich von ihrem Anblick los und blickte an ihr

vorbei. Cadillac stieg gerade aus dem Teich. *Christoph!* Er saß in der Falle! Steve warf einen Blick über die Schulter und überlegte, ob er sich einen Weg durch den rückwärtigen Teil der Hütte schneiden sollte. Er brauchte nur eine Naht zu öffnen. Doch das würde ihn verraten. Und abgesehen davon … kam er vielleicht nicht mehr rechtzeitig ins Freie. Sein Geist arbeitete auf Hochtouren; er sah sich verzweifelt in der Hütte um. Verstecken … aber wo? Unter den Fellen? Nein, das ist zu kläglich, Brickman. Sie bieten nicht genug Deckung. Streng dich an, du bist jetzt ein Krieger. Immer die Würde bewahren. Es wäre dir nicht sehr zuträglich, wenn sie dich unter ihrem Bett erwischen – besonders dann nicht, wenn sie mitten in einer heißen Aktion sind. Dann kam die Antwort: Stell dich. – Moment! Schaff dir erst das Corpus delicti vom Hals! Du willst doch nicht als Dieb dastehen? Steve zog schnell die Notration und den Reiniger aus der Tasche und warf beides in den nächsten Korb, klappte den Deckel zu, langte nach oben, nahm eine Wildpflaume aus dem an der Decke hängenden Korb und ließ sich auf die Bärenfelle sinken.

Der Türlappen wurde beiseitegezogen. Das Mädchen trat ein und hockte sich auf die Knie. Sie erstarrte, als sie Steve nonchalant dort liegen sah – mit übereinandergeschlagenen Beinen und einer Hand unter dem Nacken.

Steve streckte langsam mit klopfendem Herzen die andere Hand aus und bot ihr die Pflaume an. »Eine habe ich für dich aufgehoben.«

Clearwater sagte nichts. Sie kam nur so weit in die Hütte hinein, bis der Türlappen sich hinter ihr schloss.

»Na, komm«, fuhr Steve fort und versuchte das Zittern

in seiner Stimme zu unterdrücken. »Du kannst sie ruhig essen.«

Clearwater sah ihn fest an. Der klare Blick ihrer eisblauen Augen, die sich aus ihrem wohlgeformten Gesicht auf ihn richteten, hatte eine überraschende Tiefe. Er strahlte nicht nur eine entsprechende Intelligenz aus, sondern auch einen Anflug von Gefahr – irgendeine ungewisse Bedrohung, wie man sie spürte, wenn man in den Lauf eines geladenen Gewehrs schaute.

Und ihre Haut war nun …

Ich kann es nicht glauben, dachte Steve.

Sie sahen einander, wie er glaubte, sehr lange an, doch es waren nur zwei oder drei Sekunden. Dann nahm Clearwater ihm die Pflaume aus der Hand, biss die Hälfte ab, zog den Stein mit ihren weißen, ebenmäßigen Zähnen heraus und gab ihm die andere Hälfte zurück.

Gewonnen, dachte Steve. »Danke. Hör mal, deine H…«

Als die Worte über seine Lippen kamen, fiel der Korb, in dem er die Sachen versteckt hatte, von dem Kleiderstapel herunter, und sein Inhalt ergoss sich neben dem Mädchen auf die Matte. Sie brauchte nichts zu sagen: Steve erkannte sofort, dass sie wusste, dass die Sachen vorher in anderen Körben gewesen waren. Und ebenso wusste sie, was er wusste. Ihm blieb nichts anderes übrig, als seine Pflaumenhälfte weiterzukauen und ihren nächsten Schritt abzuwarten.

Clearwater nahm langsam die Notration und den Wasserreiniger und legte beides ziemlich unerwartet in seiner Reichweite nieder. Dann legte sie einen Finger auf die Lippen, signalisierte ihm zu bleiben, wo er war, nahm zwei aufgerollte Grasmatten und glitt unter dem Türlappen durch. Steve überwand seine Überraschung, nahm die beiden Päckchen und schob sie schnell in die Hüfttaschen seiner Hose zurück.

Fünfzehn Sekunden später kam Clearwater zurück. Sie achtete darauf, den Lappen nicht zu weit aufzuziehen. Sie durchwühlte schnell einen Kleiderstapel am anderen Hüttenende, den Steve aus Zeitgründen noch nicht durchsucht hatte, zog eine Plasfilmfolie hervor und warf sie ihm zu.

Steve hob die Folie vorsichtig auf. Er konnte sein Glück kaum fassen. Fazettis Luftnavigationskarte! Seine Rückfahrkarte nach Hause! In seiner Aufregung öffnete er den Mund, um den Rebellenschrei auszustoßen, aber bevor ein Laut über seine Lippen kam, legte das Mädchen fest die Hand auf seinen Mund. Clearwater drückte seinen Kopf auf die Felle, beugte sich über ihn und griff nach einem rechteckigen, geflochtenen Korb, der an der ledernen Hüttenwand lag.

Steve nahm ihr Handgelenk und schob ihre Hand von seinem Mund. »Wie heißt du?«, flüsterte er. »Sag es mir, ich muss es wissen!«

Das Mädchen sah mit dem Anflug eines Lächelns auf ihn herab. Er wusste nicht, was sie dachte. »Ich bin Clearwater«, erwiderte sie leise. »Die Erstgeborene von Thunder-Bird und Sun-Dance.«

Steve schloss die Tasche, die die Notration enthielt, und hob die Karte hoch. »Du hast mir große Geschenke gemacht. Ich werde es nicht vergessen.«

»Diese Dinge gehören mir nicht. Sie kommen aus Talismans Händen.« Ihre Stimme nahm einen drängenden Tonfall an. »Du musst gehen!«

»Ja, aber wie?«, fragte Steve.

Clearwater zeigte auf den Türlappen, deutete dann mit dem Zeigefinger rund um die Hüttenrückseite und legte die Hände aneinander, um die Flügel eines wegfliegenden Vogels zu imitieren. »Wenn du mich singen hörst.«

Steve nickte. Als sie den rechteckigen Korb nahm und hinausging, verstaute er die Landkarte in einer anderen Tasche. Der Korb gehörte zu denen, die er während der eiligen Suche geöffnet hatte. Er enthielt sechs Töpfe mit dicken, farbigen Pasten: Eine war schwarz, die anderen wiesen verschiedene Brauntöne auf. Steve hatte den Korb nur flüchtig untersucht, deswegen hatte er nicht verstanden, wozu die Farben dienten – doch jetzt wusste er es.

Er erhob sich auf die Knie, näherte sich zentimeterweise der Tür und warf einen Blick hinaus. Cadillac saß draußen und wandte ihm den Rücken zu. Clearwater kniete hinter ihm und malte mit einem dünnen Stöckchen einen schwarzen Strich auf seine Schulter. Steve musterte die beiden; er war kaum fähig, den Beweis mit eigenen Augen zu akzeptieren. Cadillacs Hautfarbe war nun von einem dunklen, kupfernen Braun. Clearwaters Samthaut war olivbraun – nur eine oder zwei Nuancen dunkler als die seiner Schwester Roz.

Die willkürlich verteilten Flecke, die die Schutzgene der Mutanten produzierten – das unveränderliche Zeichen der Präriebewohner und ihrer südlichen Brüder –, waren in Cadillacs und Clearwaters Fall nur eine Tarnung, um sich nicht vom Rest des Clans zu unterscheiden. Cadillac war in diesem Moment weder körperlich noch geistig von einem Wagner zu unterscheiden: Er war redegewandt und intelligent und sein Gedächtnis dem eines Wagners wahrscheinlich überlegen, selbst wenn er wie Mr. Snow nicht lesen und schreiben konnte. Zwar hatte Steve keine Gelegenheit gehabt, Clearwaters Gedächtnis zu testen, aber sie hatte klar bewiesen, dass sie schnell dachte, deswegen war sie möglicherweise ebenso intelligent wie Cadillac. Es war unglaublich. Sie waren … Sie waren wie *echte* Menschen!

Clearwater stimmte einen leisen Gesang an.

Steve schob seine Gedanken über die erstaunliche Entdeckung und die dazugehörigen Schlüsse beiseite und öffnete den Türlappen. Dann duckte er sich und richtete sich mit langsamen Bewegungen auf. Seine angespannten Sinne fühlten, wie das Rascheln der Kleider auf seiner Haut lauter wurde. Er hörte, wie seine Stiefel das Gras niedertraten und sein Herz mit einem betäubenden Donnern gegen seine Rippen schlug. Cadillac *musste* ihn hören! Er *musste* wissen, dass er hier war! Aber nein. Unglaublicherweise drehte der junge Wortschmied den Kopf nicht herum. Er rührte sich nicht einen Zentimeter; er saß im Schneidersitz da und schaute vor sich hin, wobei seine nach oben gedrehten Handflächen auf seinen Oberschenkeln ruhten.

Clearwater warf einen Blick über ihre Schulter. Ihr Blick traf kurz den Steves, dann wandte sie sich wieder ihrer Aufgabe zu. Ihre Hand strich über Cadillacs Haar, dann drückte sie seinen Kopf nach vorn und malte ein schwarzes Farbmuster auf seinen Hals. Steve, der kaum zu atmen wagte, eilte um die Hütte, kroch unter der Blätterwand hindurch und krabbelte durch den Farn und die niedrig hängenden Kiefernäste zurück.

Der Anblick der beiden zusätzlichen Schlafrollen erinnerte ihn daran, dass er sich mit größter Vorsicht bewegen musste. Da die M'Calls eine Reihe von Anstrengungen unternommen hatten, um ihm zu verheimlichen, dass Clearwater existierte, hatten sie auch mit Sicherheit etwas getan, um sie gegen ungebetene Eindringlinge wie ihn zu schützen. Jetzt, nachdem er die wahre Natur ihres Schatzes erkannt hatte, waren seine heimlichen Gegenspieler in den Reihen des Clans eine noch größere Gefahr. Sein impulsiver Vorstoß hatte ihn in eine doppelte Zwickmühle gebracht, denn nun wusste er, dass er nicht eher ruhen würde, bis er sie wiedergesehen hatte. Doch bevor es dazu kam, musste er sich an allen Wachen vorbeischleichen, die sich eventuell in dieser Gegend aufhielten, und vor Sonnenuntergang zur Ansiedlung zurückkehren.

Die Kunst des Pirschens gehörte zwar nicht zu den starken Seiten der Wagner, aber das zusätzliche Adrenalin, das seine Begegnung mit Clearwater erzeugt hatte, schärfte Steves Sinne dermaßen, dass er in der Lage war, sich auf die Geräusche des Waldes einzustimmen. Sein unheimlicher sechster Sinn funktionierte wie nie zuvor. Nun hörte er die Oberwelt erstmals richtig. Er konnte zwischen dem Rascheln der Zweige über ihm und denen unterscheiden, auf die seine Füße traten. Er unterschied auch zwischen den schrillen Schreien der Vögel und den vogelähnlichen Lauten der patrouillierenden Mutanten. Und er erkannte ihre Bewegungen im Norden des Abhangs, als sie sich seinem Standort näherten. Als der Wald lichter wurde, sodass er besser vorankam, entfernte er sich schnell und lautlos von ihrer sich dem Bach nähernden Vorhut.

Er wollte den Weg zum Rand des Plateaus zurückgehen und das Plätschern des Wasserfalls nutzen, um sein Vorankommen am Ufer zu tarnen, das auf beiden Seiten von einer Farnwand umgeben war. Dort, wo das Wasser über den Abhang stürzte, wollte er rechts abbiegen und einen der Wege nehmen, die zur Ansiedlung zurückführten. Später würde sein größtes Problem darin bestehen, den Eindruck zu erwecken, dass nichts Außergewöhnliches passiert war.

Als Steve den Bach erreichte, bog er nach rechts ab und legte eine Pause ein. Er ging in Deckung und überschaute den Grund im Süden. Nichts bewegte sich. Seine aufgeputschten Sinne nahmen zwar über dem Wald eine ungewöhnliche Stille wahr, aber er sah nirgendwo das Anzeichen einer Patrouille. Erst als er dazu überging, sich einen Weg durch den Uferfarn zu bahnen, entwirrten sich seine Pläne allmählich. Als er sich aufrichtete, umdrehte und ganz leicht vorbeugte, spürte er, wie ein kalter Lufthauch über seinen Nacken hinwegfuhr. Dann vernahm er ein lautes *Tschschsch*. Als er sich herumwarf, knallte seine Stirn gegen einen Armbrustbolzen, der in genau dem Baum steckte, auf den er zu kroch. Das war knapp! Hätte er sich auch nur um einen Sekundenbruchteil langsamer bewegt, hätte der Bolzen seinen Hals durchbohrt. Steve hielt sich nicht damit auf herauszufinden, wer ihn abgeschossen hatte. Die Tatsache, dass man ihn verfehlt hatte, sagte ihm, dass seine Chancen nicht schlecht standen. Er änderte abrupt die Richtung, fegte den Abhang hinauf statt hinunter, sprang über den Bach hinweg und rannte durch den Farn in den dahinterliegenden Wald.

Beim Laufen schwang er wild die Arme, denn er hoffte, seine Verfolger davon überzeugen zu können, dass er in blinder Panik floh. Hinter ihm ertönte Jubel, dann nahmen sie die Verfolgung auf. Steve eilte im Zickzack nach

Norden, bog dann scharf nach rechts ab, jagte in einer Reihe fliegender Sprünge und Purzelbäume den Hang hinab, wandte sich dann erneut scharf nach rechts, eilte im Laufschritt wieder auf den Bach zu und robbte auf dem Bauch durch das Unterholz. Obwohl er schon während der Akademiejahre auf dem Übungsplatz gute Zeiten gemacht hatte, schaffte er diesmal einen neuen Rekord. Er stürzte sich kopfüber in das seichte Wasser und bahnte sich mit den Händen wild einen Weg über das bemooste Gestein und die losen Kiesel des Bachbetts. Als er eine tiefere Stelle erreichte, wo das Wasser seinen Körper zum größten Teil bedeckte, drängte er sich am Ufer unter einen losen Überhang aus Farn und breithalmigem Gras, deren anmutig gekrümmte Spitzen fast bis ins Wasser hingen.

Der Trick funktionierte. Als er den Kopf aus dem Wasser hob, sodass nur seine Augen im Freien waren, sah er, wie die heulenden Mutanten an einer etwas höher liegenden Stelle über den Bach sprangen und auf die Bäume auf der anderen Seite zuliefen. Zwei – nein, drei – Bären, die ihre Klingenspeere schwangen. Der vierte hatte eine Armbrust. Dann drei Wölfinnen. Sieben … Mist! Wie viele von ihnen waren hier? Ein weiterer Bär, mit einem Messer bewaffnet, setzte über den Bach und rannte hinter seinen Gefährten her. Acht … Steve wusste, dass er nicht zu lange hierbleiben durfte. Wenn der Anführer der Gruppe ihn nicht bald sah, würde er nicht lange brauchen, um zu erkennen, dass er sie hereingelegt hatte. Dann würden sie ihn mit den Klingenspeeren wie eine Forelle aus dem Bach holen … Als noch zwei Mutanten mit schrillen Schreien fast genau vor seinem Kopf über den Bach sprangen, duckte Steve sich auf alle viere ins Wasser und ging auf

Tauchstation. Christoph! Als er langsam wieder an die Oberfläche kam, sah er zwei Wölfinnen, die ein Stück weiter oben den Bach überquerten. Zwölf! Das reichte ihm. *Beweg dich, Brickman!*

Steve sprang hoch und jagte durch das Bachbett. Er sprang blindlings von einem Stein zum anderen, ohne vorher zu prüfen, was nach dem nächsten kam. Er rutschte mehrmals aus, weil das Gestein schlüpfrig und von Moos bedeckt war, stürzte hin, krachte gegen die Wurzeln der Bäume, die das Bachbett säumten, prallte gegen Felsen und stürzte kopfüber ins Wasser. Er verschrammte sich die frisch zusammengewachsenen Rippen, aber er hielt nicht an, um seine Verletzungen zu untersuchen. Erstaunlicherweise spürte er keinen Schmerz. Er riss sich einfach zusammen und machte weiter. Wie ein Betrunkener stolperte er durch den Bach.

Als er den Stein erreichte, über den sich der Strom in die Tiefe ergoss, wankte er seitlich aus dem Wasser und sank auf die Knie. Da er dies als schmerzhaft empfand, winkelte er die Beine an, um sie zu umklammern, und stellte dabei fest, wie sehr seine Ellbogen brannten. Steve legte sich rücklings auf den Boden und rang nach Atem. Dann zog er sein durchnässtes Hemd und die Kampfstiefel aus, entledigte sich seiner Tarnhose und der Unterhose, wrang sie aus und schlug sie zum zweiten Mal an diesem Tag gegen einen Felsen. Auch das tat weh. Aber schließlich hatte er einen guten Grund.

Er schlüpfte wieder in seine klammen Kleider, befestigte die Kampfmesserscheide an den Schlaufen des Hosenbeins und verstaute die Karte und die anderen Dinge, die Clearwater ihm geschenkt hatte, in den Schenkeltaschen.

Großartig … Er stellte den rechten Fuß auf einen Felsen und befestigte die Seitenriemen des Stiefels. Jetzt, wo die Sonne hinter den fernen Bergen verschwunden war, wurde die Luft plötzlich kühl. Steve schloss die Riemen des anderen Stiefels und beglückwünschte sich, dass er der Patrouille entkommen war. Er stampfte mit beiden Beinen auf den Boden, damit seine Füße bequem in die Stiefel rutschten, und klatschte fröhlich in die Hände. Okay. Es wurde Zeit, sich auf den Weg zu machen. Und in diesem Moment fiel ihm ein, dass er seinen Schlagstock irgendwo in der Nähe von Clearwaters Hütte zurückgelassen hatte – zusammen mit der Trageschlaufe.

Au, Mann, dachte Steve, *das ist aber gar nicht gut …*

Bevor er die Ansiedlung erreichte, wich er vom Weg ab, hüllte das Rationspaket und den Wasserreiniger in große Blätter, vergrub sie zwischen den Wurzeln eines Baumes und ritzte mit seinem Messer eine kleine Kerbe in den Strunk. Die Landkarte wollte er zwischen der doppellagigen Matte verstecken, die den Boden unter seiner Schlafstelle bedeckte. Zufrieden, dass der Boden mit keinem Zeichen verriet, dass er bewegt worden war, vergaß Steve die stechenden Schmerzen in seinen Knien und eilte im Dauerlauf nach Hause.

Vor der durch die Abschirmung aus gelbem Blattwerk getarnten Hütte fuhr Clearwater liebevoll damit fort, Cadillacs Körper mit den wie zufällig wirkenden Farbmustern zu bemalen, die sein Markenzeichen waren. Sobald sie fertig war, war er an der Reihe, das Gleiche bei ihr zu tun. Obwohl Clearwaters Geist dem eines Wortschmieds nicht ebenbürtig war, hatte Mo-Town auch ihr die Gabe des fotografischen Gedächtnisses gegeben – was die Fähigkeit einschloss, ein geistiges Abbild seines körperlichen Äußeren zu projizieren. Cadillacs Rücken war für Clearwater wie eine leere Leinwand, die in mehrere Bereiche eingeteilt war. Sie »sah« die Stellen genau, an die jede einzelne Farbe hingehörte. Sie brauchte sie nur auszumalen.

Während sie Cadillac bemalte, dachte sie über den Wolkenkrieger nach, den Talisman geschickt hatte. Die Himmelsstimmen hatten ihm durch Mr. Snow den Namen »Todesbringer« verliehen. Clearwater hatte ihn erstmals gesehen, als die anderen ihn besinnungslos und blutend aus dem Feld geholt hatten. Der Wolkenkrieger hatte sie nicht gesehen, denn sein Geist hatte geschlafen. Man hatte sie fortgeschickt, bevor er erwacht war. Die Clan-Ältesten hatten gesagt, sie müsse von den anderen M'Calls getrennt leben, solange der Wolkenkrieger bei ihnen sei. Er durfte nicht erfahren, dass sie mit der gleichen glatten, einfarbigen Haut zur Welt gekommen war wie er. Sie hatte die Haut eines Sandgräbers.

Als kleines Kind hatte Clearwater wegen ihrer Andersartigkeit ebenso gelitten wie Cadillac. Trotz ihrer Perfektion waren sie die hässlichen Entlein, und da sie ein gemeinsames Gefühl des Elends verspürt hatten, waren sie auch zusammengekommen. Obwohl der kleine Cadillac schon unter der Anstrengung geächzt hatte, das kostbare Wissen Mr. Snows in sich aufzunehmen, war er Clearwater stets zu Hilfe gekommen, wenn die anderen Jungbären sie verhöhnt hatten. Und sie hatte ihm daraufhin geholfen; sie hatte sich auf seine Plagegeister gestürzt und sie mit ihren kleinen Fäusten verprügelt.

Im Alter von sieben Jahren hatte sie erfahren, dass es

über dem blauen Dach der Welt und unter dem Gras zu ihren Füßen noch andere Welten gab. Mr. Snow hatte ihr erklärt, dass ihr Leib deswegen so beschaffen war, weil auch sie Talisman, dem Dreifachbegabten, dienen sollte. Clearwater hatte seine beruhigenden Worte zwar akzeptiert, aber *wirklich* geglaubt hatte sie sie erst kürzlich – nach der Offenbarung ihres Rufertalents und Cadillacs neu entdeckter Fähigkeit, in den Sehsteinen Bilder zu erkennen. Mr. Snow hatte *wirklich* die Wahrheit gesagt; der Weg in die Zukunft war vorgegeben. Die meisten Präriebewohner konnten den Weg zwar nur immer einen Schritt weit überschauen, aber Cadillac hatte die Gabe eines Sehers. Wenn sein Geschick zunahm und sein Geist bereit war, würde er fähig sein, die Wolken der Zeit zu durchdringen. Und dann konnte er sehen, was vor ihnen lag.

Von einigen dieser Dinge wusste Mr. Snow schon jetzt, da die Himmelsstimmen mit ihm sprachen. Sie, die Herren des Ganzen, lebten in einer Welt, deren Horizont nur vom Anfang und vom Ende der Zeit begrenzt war – auf einem so hohen Berg, dass sie unter sich alles sahen, was gewesen war und noch sein würde. Von den Himmelsstimmen wusste Mr. Snow, dass ihr Weg den des Todesbringers trotz der Wünsche der Clan-Ältesten kreuzen würde. Und da sie seine Klugheit nie angezweifelt hatte, hatte sie genau das getan, was er ihr aufgetragen hatte. Trotzdem fühlte sie sich besorgt, da sie ihre Gedanken Cadillac verheimlichen musste.

Hatten sie nicht ausgemacht, den Blutkuss zu tauschen? Hatten sie sich nicht vereinigt? Und war Cadillac nicht – wenn schon nicht der stärkste – der tapferste, kühnste und beherzteste aller M'Call-Krieger? Wenn er auch noch nicht so klug war wie Mr. Snow – war seine Zunge etwa kein spitzes Eisen und sein Kopf kein heller Stern? Erwärmte sich nicht ihr Herz, wenn sie an ihn dachte? Hatte sie nicht gelobt, ihn ihr Leben lang zu beschützen?

Ja … All dies stimmte. Und doch fühlte sie sich verwirrt und hatte ein schlechtes Gewissen. Seit ihr Blick an dem Abend, als er erstmals in den Pfeil gebissen hatte, auf den Wolkenkrieger auf der anderen Seite des erleuchteten Feuerkreises gefallen war, war ihr Herz zerrissen. Sie hatte ein schlechtes Gewissen, weil ihr Verstand sich mit Gedanken beschäftigte, die nach den Gesetzen des Blutkusses verboten waren. Sie sah sich im Monddunkel mit dem Todesbringer zusammenliegen. Diese Bilder hatten ihren Körper in fiebrige Hitze versetzt. Cadillac hatte dunkle Augen; *seine* waren blau. Wenn sie ihn ansah, war ihr, als blicke sie in ihre eigenen Augen; als sähe sie ihr Bild auf der stillen Oberfläche eines Bergteiches. Cadillacs Schultern waren breit und kräftig, aber waren die *seinen* nicht noch breiter und kräftiger? Und war *er* nicht größer? Cadillacs Haar war glatt und schwarz, wie die Schwingen eines Raben; *sein* Haar kräuselte sich wie ein Feld im Wind. *Sein* Haar leuchtete wie das Gras, wenn die Strahlen der aufgehenden Sonne es treffen, und seine Stimme … ah … seine Stimme war so stark und glatt wie ein mächtiger Strom. Sie ließ ihr Herz beben wie das Brüllen des Berglöwen und entfachte ein Feuer in ihrem Bauch, das ihre Schenkelknochen schmelzen ließ wie Schnee in der Frühlingssonne.

Niemand hatte sie je gesehen, wenn sie unter Mo-Towns sternenübersätem Umhang in die Ansiedlung geschlichen war. Sie hatte vor Mr. Snows Hütte gehockt und alles gehört, was sie sprachen. Sie hatte ihn von den finsteren Städten unter der Erde reden hören. Die Wortbilder, die er malte, hatten sie zwar mit Entsetzen erfüllt, aber sie hätte tagelang dort sitzen bleiben und dem Klang seiner Stimme lauschen können.

Einige ihrer ahnungslosen Clan-Schwestern hatten gesagt, er hätte die Zunge einer Viper, das Lächeln eines Kojoten und ein Herz aus Stein. Andere sagten, sie hätten Night-Fever ausgeschickt, um seine Männlichkeit zu prüfen, aber sie hätte nichts von seiner Männlichkeit zu spüren bekommen. Er kämpfte gut mit dem langen Knüppel, hatten sie spöttisch gesagt, aber zwischen den Beinen hat er kein spitzes Eisen, sondern nur ein geknicktes Zweiglein.

Clearwater hatte zwar mit den anderen darüber gelacht, aber natürlich glaubte sie ihnen nicht. Es machte ihr nichts aus, dass seine blauen Augen verschleiert und sein Geist verborgen waren. Sie hatte ihn angesehen und seine innere Kraft gespürt. Sie hatte gespürt, dass sein Herz schneller schlug. Und das reichte ihr. Der Wolkenkrieger war ganz einfach der schönste Mann, den sie je gesehen hatte.

Nach den Clangesetzen wusste sie, dass ihr aus Cadillacs Händen der Tod drohte, wenn sie solche Gelüste hegte. Und sie wusste ebenso, dass sie den Tod willkommen heißen würde, wenn er in dem Moment zu ihr kam, da sie in den Armen des Wolkenkriegers lag. Ihre Qualen und ihr schlechtes Gewissen wurden täglich schlimmer. Erstaunlicherweise schien es niemand zu bemerken. Trotzdem war sie sicher, dass Mr. Snow von ihren geheimen Gedanken wusste – ebenso wie er gewusst hatte, dass sie und der Wolkenkrieger dazu bestimmt waren, einander zu begegnen.

Clearwater nahm Cadillacs Brustkorb in Angriff. Als sie den flachen Holzstößel mit Farbe beschmierte, sah sie ihm in die Augen und bemerkte, dass sie auf den Horizont jener Welt gerichtet waren, die an den rötlich werdenden Himmel grenzte. Sie zog zwei gekrümmte Linien über den Mittelpunkt seiner Brust nach unten und fing an, den dazwischenliegenden Raum auszumalen.

Und sie fragte sich, ob er wusste, dass sie diejenige gewesen war, die – in der Dunkelheit versteckt, in die sie sich zurückgezogen hatte – ohne Worte die innere Kraft angerufen hatte, um den Wolkenkrieger vor Motor-Heads Hammer zu bewahren.

16

Einen Tag nach der Begegnung mit Clearwater holte Steve die Landkarte aus dem Versteck und schlug sich hinter der Ansiedlung in die Berge. Als er ein paar Stunden lang geklettert war, kam er an eine Stelle, die ihm einen Rundblick über das umliegende Gelände erlaubte. Nachdem er die Landkarte mithilfe der Sonne eingeordnet hatte, konnte er seine Position nach sorgfältiger Beobachtung mehrerer topografischer Eigenarten bis zu einem gewissen Grad bestimmen. Seine Vermutung, dass die M'Calls nach Westen gezogen waren, stimmte. Sie waren von ihrem ursprünglichen Lagerplatz im Norden Laramies etwa dreihundert Kilometer nach Nordwesten gezogen – zu den östlichen Hängen der Wind-River-Bergkette, aus denen er nun auf die Quellgebiete des Sweetwater und des Beaver River hinabsah.

Im Süden öffneten sich die Rocky Mountains, zu denen die Wind-River-Bergkette gehörte, und legten sich um das Great-Divide-Becken, einen unfruchtbaren Streifen aus nacktem Felsgestein und sandigen Dünen, die so aussahen, als hätte man sie geradewegs aus der Sahara importiert. Anhand der Landkarte erkannte Steve, dass die Rockies südlich durch Colorado verliefen. Wenn seine Annahme stimmte und der Clan genug Material geborgen hatte, damit er mit Unterstützung einiger Helfer einen Drachen bauen konnte, war es wohl am besten, wenn er von einem Gipfel zum anderen flog, bis er in die unmittelbare Reichweite der nächsten Zwischenstation kam – nach Pueblo, am Arkansas River, im südlichen Viertel des Staates. Die steilen Hänge mussten für reichlich Thermik sorgen. Sollte er gezwungen sein, tiefer zu gehen, war es besser, auf höher liegenden Ebenen zu landen, die einem Möglichkeiten zum Abheben boten.

Auf Steves Fliegerkarte waren nur Wyoming und Colorado sowie schmale Streifen von Kansas, Nebraska und South Dakota abgebildet, deswegen wusste er nicht, wie weit er vom Hauptzentrum entfernt war. Er kannte nicht einmal die äußere Form oder die Ausdehnung des amerikanischen Kontinents, denn es entsprach nicht der Föderationspolitik, den Wagnern Zugriff zu mehr Information zu geben, als sie unbedingt brauchten. Dies galt ebenso für die Bahnbrecher. Jede Expedition erhielt nur die kartografischen Daten, die ihr spezielles Einsatzgebiet betrafen. Houston lag etwa zweitausend Kilometer südöstlich von dem Punkt entfernt, an dem Steve sich gerade aufhielt.

Während des Abstiegs fragte er sich, wie er am schnellsten vorankam, und er verwünschte sich, weil er den Schlagstock bei Clearwaters Hütte im Farn zurückgelassen hatte. Wenn man ihn fand, war es mit der Möglichkeit, Cadillacs Unterstützung zu bekommen, bestimmt aus. Steve fragte sich, ob er noch einmal zurückkehren sollte, um den Knüppel zu bergen, doch er kam zu dem Schluss, dass das Risiko zu groß war. Mit etwas Glück würde ihn niemand finden. Den nächsten Besuch, den er sich vorgenommen hatte, um das blauäugige Mädchen zu sehen, musste er wohl bis in alle Ewigkeit verschieben.

Steves Clearwater betreffende gemischte Gefühle hatten nicht nachgelassen, aber der Beinahetreffer des Armbrustschützen und die anschließende Jagd durch den Wald hatten ihn sehr deutlich daran erinnert, dass er sich in den Händen von Feinden befand. Zwar hatte man ihn wegen des Zwischenfalls bis jetzt noch nicht angesprochen oder seinen Verfolgern gegenübergestellt, aber das bedeutete nicht unbedingt, dass er aus dem Schneider war. Mutanten dachten anders. Er hatte keine Ahnung, was die Beulenköpfe ausbrüteten. Möglicherweise hatten sie ihm nur deswegen regelmäßig zu essen gegeben, das Gespräch mit ihm gesucht und ihn keiner Beschränkung unterworfen, um ihn in Sicherheit zu wiegen. Noch schlimmer war, dass er es sich bei seinen Gedanken an Clearwater erlaubt hatte, sich in die gleichen Fantasien zu verrennen, in denen sich die Mutanten ständig verloren. Wolkenkuckucksheime …

In Wirklichkeit stand sein Leben auf Messers Schneide – und die Klinge hielten die beiden Wortschmiede zwischen sich. Wenn er nur einen Schritt zu weit ginge, würde der Zorn der Kopfjäger des Clans auch Mr. Snow betreffen. Der alte Knabe war zwar mit dem tollen Spruch aufgetreten, er stünde unter Talismans Schutz, aber ebenso leicht konnte er dafür sorgen, dass Talisman seine Ansichten änderte, sodass er, Steve, überflüssig wurde. Ebenso fatal konnte es sich auswirken, wenn er sich in die Beziehung zwischen Cadillac und Clearwater einmischte – besonders angesichts der geplanten Zusammenarbeit.

Als Steve zu einem Entschluss kam, wurde sein Schritt schneller. Selbst wenn er nie vom Boden abhob, konnte der Bau des Drachens für seine Gedanken und Energien als alternativer Brennpunkt fungieren. Außerdem würde dies Cadillacs Geist mit etwas Wichtigerem beschäftigen als seinem Waldspaziergang. Wenn Cadillac und Mr. Snow das Projekt voll unterstützten, war sein persönliches Wohlergehen bis zur Fertigstellung des Drachens garantiert. Als Steve das Projekt angesprochen hatte, hatte Cadillac ihm zwar nicht sofort zu verstehen gegeben, dass er der Sache positiv gegenüberstand, aber Steve glaubte ziemlich genau zu wissen, dass sich der junge Wortschmied die Chance, fliegen zu lernen, nicht entgehen ließ. Steve merkte plötzlich, dass er im Hinterkopf die Vorstellung wälzte, Cadillac könne sich eventuell – nur *eventuell* – bei seinem ersten Flug das Genick brechen. Er verdrängte diese Vorstellung sofort. Cadillacs Tod würde sich als doppelte Tragödie auswirken, denn wenn der Drachen dabei zu Bruch ging, war dies auch das Ende all seiner Hoffnungen. Andererseits jedoch …

Nein. Hör auf damit, Brickman! Du kannst dir nicht leisten, dass es dazu kommt. Der Clan würde dich bestrafen.

Wieder vergingen drei Tage. Cadillac zeigte sich nicht.

Also so ist es, dachte Steve. *Die Farben brauchen offenbar eine bestimmte Zeit zum Trocknen. Sie muss seinen ganzen Körper bemalen … Und dann bemalt er sie. Und dergleichen …*

Steve fiel auf, dass er nicht gern daran dachte. Eifersucht war ein weiteres Wort, das im Vokabular der Wagner nicht existierte. Aber auch das wusste er nicht. Er wusste nur, dass ihm das Gefühl, das er empfand, nicht behagte. Hatte man zu Hause Lust, einem Mädchen eine scharfe Granate reinzuschieben, fragte man einfach. Dann bekam man entweder ein Ja oder ein Nein zu hören. Es kam immer darauf an, wie man sich fühlte oder wie beschäftigt man war. Jedenfalls machte niemand eine große Sache daraus. Es spielte auch keine Rolle, mit wem man zusammen war oder demnächst zusammen sein wollte. Niemand wurde durch irgendwelche Bande gehalten, nicht mal dann, wenn man beschloss, sich mit jemandem zusammenzutun, um eine Verbindungsurkunde zu unterzeichnen. Dies war in erster Linie eine administrative Forderung bezüglich einer Wächterschaft. Wer die erforderliche Rolle mit dem Partner adäquat spielte, konnte mit jedem Menschen vögeln, der ihm gefiel. Aus diesem Grund quälte sich Steve auch mit seinen Cadillac und Clearwater betreffenden Gefühlen und empfand Verwirrung. Die Vorstellung, dass die beiden zusammen waren, behagte ihm nicht; die Vorstellung, dass Clearwater einem anderen gehörte – zu jemandem, der sein Leben gerettet hatte und von dem seine ganze Zukunft abhing –, ging ihm an die Nieren.

Steves innere Unruhe war auf die Tatsache zurückzuführen, dass er gelernt hatte, die beiden Wortschmiede zu *mögen* und dass er allmählich eine wirklich echte Wärme für sie empfand. Er hatte ein äußerst reales, wenn auch beunruhigendes Gefühl für die beiden entwickelt, weil sie ihm ähnlich waren. Schlechte Nachrichten. Gefühle dieser Art ließen die Panzerplatten rosten, die man um seine Wagnerpsyche genietet hatte. Es kam so weit, dass er sich wunderbar fühlte – und das gefiel ihm ganz und gar nicht.

Er brauchte etwas, das er nie zuvor gekannt hatte; einen Menschen, dem er vertrauen konnte. Steve vertraute zwar seiner Blutsschwester, aber auch wenn sie einander nahe gewesen waren, hatte er stets der Verlockung widerstanden, ihr seine geheimen Gedanken oder Gelüste zu enthüllen. Mit großer Willensanstrengung suchte er nach Mr. Snow. Er fand ihn oberhalb der Ansiedlung, wo er mit gekreuzten Beinen auf einem Felsvorsprung saß.

»Ich muss mit jemandem reden.«

Mr. Snow sah ihn eindringlich an. »Okay, dann los! Rede!«

Steve hockte sich neben den alten Wortschmied hin und berichtete zögernd und in stark geschönter Farbe, wie er über die Badenden gestolpert war und erkannt hatte, dass Cadillac und Clearwater »normale« Mutanten waren. »Es ist erstaunlich«, sagte er zum Schluss. »Sie saßen direkt vor mir, und ich habe es nicht gesehen! Mir wurde schlagartig klar, dass ich nicht ihre Hautfarbe sah, sondern … Ich habe sie als … äh … Menschen gesehen.«

Mr. Snow reagierte mit einem triumphierenden Lächeln auf Steves Geständnis. »So was kommt vor.«

»Wer ist sie?«, fragte Steve in einem Tonfall, von dem er annahm, dass er unschuldig klang. »Wie heißt sie?«

»Sie heißt Clearwater und ist die erste von drei Töchtern, die Sun-Dance geboren hat. Thunder-Bird, ihr Vater, war ein großer Krieger. Er ist bei der Schlacht in den Black Hills gefallen.«

»Und in welcher Beziehung steht sie zu Cadillac?«

Mr. Snow tätschelte Steves Knie. »Ich möchte dir einen guten Rat geben: Fragen dieser Art könnten schlecht für deine Gesundheit sein.«

Steve gab vor, nicht zu verstehen. »Wieso? Du hast mir doch alles Mögliche über euch erzählt. Ich bin doch nur neugierig. Ich möchte gern wissen, warum sie vom Rest des Clans getrennt lebt. Was hat das zu bedeuten? Haben die beiden sich den Blutkuss gegeben?«

»Noch nicht. Aber man hat ein Treffen anberaumt.«

»Was bedeutet das?«

Der alte Wortschmied seufzte. »Man hat sie vor den Rat der Alten zitiert. Der Clan möchte, dass sie – mit Mo-Towns Segen – Kinder ihrer Art zur Welt bringen.«

»Der Clan möchte es?« Steve sah ein mögliches Schlupfloch. »Soll das heißen, die beiden haben keine andere Wahl?«

»Keiner von uns hat die Wahl, das zu tun, was er will«, sagte Mr. Snow gelassen. »Die Ausübung dessen, was manche als ›freien Willen‹ bezeichnen, ist nur eine grausame Illusion. Erst wenn man es erkannt hat, erlebt man Glück und Zufriedenheit.«

Nun war Steve an der Reihe, triumphierend zu lächeln. »Ach ja, ich verstehe. Wir marschieren alle zu Mo-Towns Musik.«

»Mach nur weiter so und lache«, sagte Mr. Snow. »Du brauchst es ja nicht zu glauben. Vielleicht lag auf dieser Reise deine Bestimmung darin, eine schwierige Zeit zu erleben.«

Steve ersetzte sein Lächeln durch einen ernsten Ausdruck, der diesmal echt war. »Was soll das heißen?«

Mr. Snow bewegte sich nur unwesentlich. »Was kann ich einem Menschen erzählen, der nicht zuhören will?«

»Ich tu doch mein Bestes«, beharrte Steve. »Aber du scheinst nicht zu verstehen. Manche deiner bizarren Vorstellungen, wie alles funktioniert, sind … äh … Nun ja, sie sind einfach schwer zu glauben.«

Der alte Wortschmied musterte ihn. »Du brauchst dich nicht zu bemühen, *mir* zu sagen, wie schwer es ist. Ich suche schon nach den richtigen Antworten, seit du und dein Wächtervater im Auge eures General-Präsidenten nichts anderes wart als Vorhaben.« Er hielt inne. »Sag mal, stimmt es wirklich, dass er jede Frau in der Föderation schwängert, die Mutter werden will?«

»Die ersten General-Präsidenten haben es bestimmt getan«, erwiderte Steve. »Aber jetzt geschieht es mittels künstlicher Befruchtung. Die ganze Sache findet in den Reagenzgläsern des Lebensinstitutes statt.«

»Klingt beeindruckend.«

»Ich werde es ein andermal erklären«, sagte Steve. »Kommen wir doch wieder auf Clearwater zurück.«

»Was ist mit dir los, Brickman? Hast du Stopfen in den Ohren? Ich habe doch gesagt, du sollst sie vergessen. Ach, übrigens …« Mr. Snow lehnte sich auf seine Linke, zog Steves Schlagstock hinter einem Felsen hervor und reichte ihn ihm mit beiden Händen. »Das schickt sie dir.«

Steve stierte den Knüppel einen Augenblick lang an, dann nahm er ihn und legte ihn neben sich nieder. Er gab sich alle Mühe, seine Verlegenheit zu verbergen. »Weiß Cadillac auch davon?«

»Noch nicht. Hast *du* es irgendjemandem erzählt?«

Steve schüttelte den Kopf. »Wem sollte ich es schon erzählen?«

»Eben. Trotzdem … Ich glaube, ich sollte dich warnen. Es hat sich herumgesprochen. Man hat dich gesehen.«

Steve spürte, dass seine Wangen unter Mr. Snows durchdringendem Blick erröteten. Was hatte der Bursche nur an sich? Er hatte seine Gefühle doch früher immer verbergen können. »Du meinst, im Wald?«

Mr. Snow antwortete nicht.

»Ach, ja … Ich habe vergessen, es zu erwähnen«, sagte Steve gedehnt. »Es war auf dem Rückweg. Ich war ganz in Gedanken versunken, als mich plötzlich jemand mit einem Bolzen an einen Baum nageln wollte. Ich habe es nicht darauf angelegt, ihn nach den Gründen und nach seinem Namen zu fragen. Ich bin einfach abgehauen.«

Mr. Snow nickte. »Unter diesen Umständen hätte ich wahrscheinlich das Gleiche getan. Meine Bären-Brüder hatten den Eindruck, dass du einen Grund hattest, ihnen aus dem Weg zu gehen. Hast du *sonst noch* irgendetwas ausgelassen?«

Steve sah ihn an. »Ich komme mir vor wie bei einem Verhör durch die Sachverständigen.« Er stieß ein bitteres Lachen aus. »Kann ich dir überhaupt etwas erzählen, das du nicht längst weißt?«

»Nicht viel«, gab Mr. Snow zu.

Was immer Clearwater Mr. Snow auch erzählt hatte – bestimmt hatte sie die Landkarte, den Wasserreiniger und die Notration, die sie ihm geschenkt hatte, nicht erwähnt. »Na schön, es war vielleicht dumm wegzulaufen, aber schließlich hast du selbst gesagt, dass mir nicht alle Einheimischen gewogen sind. Ich weiß zwar nicht, was sie erzählt haben, aber ich kann dir versichern, dass ich nichts wissentlich angestellt habe, was ich lieber hätte lassen sollen.«

Mr. Snow begegnete seinen Worten mit einem geheimnisvollen Lächeln. »Dessen bin ich mir sicher. Trotzdem hat deine kleine Spritztour von gestern die Dinge erheblich erschwert.«

»Und wieso?«

Mr. Snow strich sich mit der Hand über den Bart, bevor er antwortete. »Gewisse Leute sind der Meinung, man hätte dich nicht am Leben lassen sollen. Und dass du zu viel weißt.«

Steve runzelte die Stirn. »Aber wieso das denn? Wenn du der Einzige bist, mit dem Clearwater und ich gesprochen haben …«

Mr. Snow zuckte mit den Achseln. »Man hat eben gewisse Schlüsse gezogen.«

»Einer davon besagt sicher, ich habe entdeckt, dass Clearwater und Cadillac das sind, was wir ›Jährlinge‹ nennen – normale Mutanten?«

»Ja – man könnte sagen, dass dies ihre Hauptsorge ist. Man wollte dich … äh … verhören …«

»Das kann ich mir vorstellen …«

»… aber ich habe ihnen geraten zu warten, bis du zu mir kommst und von selbst darüber redest.«

Steve musterte seinen Knüppel, strich mit der Hand darüber und schaute Mr. Snow an. »Du hast *gewusst,* dass ich komme … Woher?«

»Daran ist nichts Geheimnisvolles. Ich habe es doch schon gesagt: Die Himmelsstimmen wissen alles.«

Steve bemühte sich, ein Lächeln zu zeigen. »In diesem Fall musst du von vornherein gewusst haben, was gestern passiert ist.«

»Nicht unbedingt. Ich habe gesagt ›Die Himmelsstimmen wissen alles‹. – Das heißt nicht, dass auch *ich* alles weiß.«

Steve holte erleichtert Luft. »Okay. Aber warum wollten diese Schafsköpfe mir an den Hals? ›Der Weg ist vorgezeichnet‹ – sagst du das nicht immer wieder? Wie kann unter diesen Umständen etwas, das mir passiert, meine *Schuld* sein? Es kann doch nicht einmal so und einmal so funktionieren. Wenn ihr nicht glücklich darüber seid, wie die Dinge sich entwickeln, warum beschwert ihr euch dann nicht bei Talisman oder bei den Himmelsstimmen oder bei dem, der für alles verantwortlich ist?«

»Gut mitgedacht«, gab Mr. Snow zu.

»Mir fällt noch was ein«, fuhr Steve fort. »Niemand hat einen Grund, sich aufzuregen – es sei denn, man legt es bewusst auf Ärger an. Wäre ich an einem anderen Tag auf Clearwater gestoßen, hätte ich nie erfahren, dass sie und Cadillac Normale sind. Selbst wenn ich die Wahrheit durch einen simplen Zufall entdeckt hätte – wieso macht man ein so großes Geheimnis daraus? Wir haben doch schon vor Wochen darüber geredet. Die Mutanten im Süden liefern ihre Normalen schon seit Jahrhunderten bei uns ab.«

»Aber keine weiblichen.«

»Stimmt«, gab Steve zu. »Das habe ich übersehen.«

Natürlich war es eine Lüge. Steve wusste genau, dass seit dem Großen Ausbruch von 2464, als die Föderation zum ersten Mal von der Existenz ungemeldeter, glatthäutiger Mutanten erfahren und die ersten seltenen Exemplare gefunden hatte, noch kein weiblicher Normaler entdeckt und anstelle des Tributs abgeliefert worden war. Tatsächlich ging man weithin davon aus, dass weibliche Normale aufgrund irgendeiner genetischen Laune einfach nicht existierten.

Doch die M'Calls hatten nicht nur einen zur Welt gebracht – sie verfügten auch über ein perfekt geformtes hochintelligentes Paar, das Zuchtzwecken dienen konnte! Dies waren genau die harten Fakten, für die jeder Amtrak-Beamte seinen rechten Arm hergegeben hätte, denn sie brachten bei der nächsten persönlichen Bewertung eine gewaltige Beförderung ein. Vorausgesetzt, man erlebte die nächste persönliche Bewertung.

Steve fiel etwas ein, das Mr. Snow bei einer früheren Unterhaltung geäußert hatte. Es ging um die Ahnen der Mutanten, die angeblich in der Alten Zeit ganz normal ausgesehen hatten. Bis zu dem Augenblick, in dem er die wirkliche Hautfarbe Cadillacs und Clearwaters entdeckt hatte, hatte Steve diese Äußerung für eine groteske Lüge gehalten. Seit seiner Geburt hatte man ihn gelehrt, dass die Wagner die einzigen wirklichen Nachfahren der Menschen waren, die vor dem Holocaust gelebt hatten. Die Mutanten hatten das Höllenfeuer entfacht, das die Blauhimmelwelt verschlungen hatte, und laut den Archivunterlagen waren sie schon *damals* Untermenschen gewesen.

Was aber war, wenn Mr. Snows Version ein Körnchen Wahrheit enthielt? Was würde sich ergeben, wenn Cadillac und Clearwater Kinder ihrer Art in die Welt setzten? Was war, wenn es noch mehrere von ihrer Art gab, die bei anderen Clans lebten und eine normale Generation nach der anderen zur Welt brachten? Dann waren die Mutanten keine Mutanten mehr. Dann musste die gesamte Grundlage des seit Jahrhunderten schwelenden Konflikts verschwinden.

Christoph Kolumbus! Wie sollte die Föderation noch funktionieren, wenn sie keinen Feind mehr hatte? Das Töten war seit über fünfhundert Jahren der Lebensinhalt der Wagner. Die Föderation war in jeder organisatorischen

Hinsicht – in Gedanke, Wort und Tat – auf den Kampf gegen die Mutanten ausgerichtet. Steve hatte seit seinem fünften Geburtstag sein ganzes Leben damit verbracht, zu lernen, wie man Beulenköpfe umbrachte. Was machten Flieger wie er, wenn es keinen Krieg mehr gab?

Da die Komplikationen sich rapide vervielfachten, verdrängte Steve die alarmierende Gedankenkette und konzentrierte sich wieder auf Mr. Snow. Ihm fiel auf, dass der alte Wortschmied ihn mit einem erheiterten Gesichtsausdruck ansah. »Ihr habt noch etwas übersehen«, sagte er. »Ich bin euer Gefangener. Du hast zwar auf meine Flucht angespielt, aber du weißt so gut wie ich, dass ich nirgendwohin gehen kann. Wem also sollte ich etwas erzählen?«

Mr. Snow zuckte mit den Achseln. »Wer weiß? Ich habe schon Pferde kotzen sehen.«

Steve wusste zwar nicht genau, was er mit diesem eigenartigen Satz meinte, aber er machte sich nicht die Mühe, es zu erfahren. Der alte Wortschmied ließ manche Dinge gern geheimnisvoll klingen. Warum auch nicht? Es gehörte zu seinem Beruf, die Aufmerksamkeit der Leute auf sich zu richten. »Sag mal … Gehört Motor-Head auch zu den Burschen, die hinter mir her sind?«

»Er ist zwar nicht der Anführer, aber … ja. Er gehört dazu. Du hast recht. Obwohl sie nun wissen, dass du unter Talismans Schutz stehst, suchen sie ständig nach einer Möglichkeit, um dich loszuwerden. Dein … äh … Wie soll ich es ausdrücken? Dein Interesse an Clearwater könnte die Gelegenheit sein, auf die sie gewartet haben.«

»Wer sagt, dass ich an ihr interessiert bin?«

»Na hör mal, Brickman – es steht deutlich genug auf deinem Gesicht geschrieben.«

Steve spürte, dass er schon wieder errötete.

»Lass dich nicht aus der Fassung bringen. Das passiert uns allen. Du hast keinen Grund, dich deswegen schlecht zu fühlen.« Mr. Snow hielt inne und schenkte Steve einen eingehenden Blick. »Ich bin im Unrecht. Du bist *wirklich* außer Fassung. Bist du es deswegen, weil sie eine von uns ist?«

»Sie ist keine ...« Steve biss auf seine Unterlippe, um zu verhindern, dass er sich noch tiefer hineinritt.

»Ja, ich verstehe, was du meinst.« Mr. Snow nickte verständnisvoll. »Es muss ziemlich schwierig für dich sein.«

»Hör zu«, sagte Steve, »du bist völlig auf der falschen Spur, glaub mir. Nur weil ich weiß, dass Cadillac ein Normaler ist, denke ich nicht im Geringsten anders über ihn. Clearwater ist – nun, etwas ganz anderes. Ich sehe ein, dass der Clan sie am liebsten unter Verschluss hält. Man *muss* es einsehen. Sie ist ...«

»... einmalig?«

Steve antwortete zögernd. »Das weiß ich nicht genau. Aber sie ist bestimmt eine Rarität. Aber das wisst ihr doch selbst. Du solltest dafür sorgen, dass man sich gut um sie kümmert.«

Mr. Snow kicherte. »Sie kann durchaus auf sich selbst aufpassen.«

»Das ist kein Grund zum Lachen«, beharrte Steve. »Die Wagenzüge werden zurückkommen, und zwar in Massen. Es ist nur eine Frage der Zeit, bis die Föderation in eure Gebiete vordringt. Wenn es so weit ist, ist der Clan vielleicht froh, wenn man ihm die Gelegenheit gibt, Clearwater einzutauschen, statt Tribut zu zahlen. Sie ist euer größter Schatz. Wenn ihr sie mit Cadillac zusammentut, seid ihr vielleicht irgendwann in der Lage, eure eigenen Bedingungen zu diktieren.«

Mr. Snow schüttelte den Kopf. »Das Prärievolk hat nie Tribut gezahlt und wird es auch nie tun. Was du sagst, ist wahr – Cadillac und Clearwater sind wie glänzende Juwelen in der Krone eines großen Königs der Alten Zeit. Aber wir haben etwas von noch größerem Wert. Der größte Schatz der M'Calls ist ihre Bereitschaft, ihr Schicksal anzunehmen. Dies verlangt einen Mut, der über dein Verständnis hinausgeht.«

»Du hast recht«, erwiderte Steve. »Ich verstehe nichts.«

»Eines Tages wirst du es verstehen.«

Es klang mehr wie eine Drohung als wie ein Versprechen. Steve musterte Mr. Snow schweigend, dann sagte er: »Was soll ich deiner Meinung nach tun?«

»Tun?« Mr. Snow zuckte mit den Achseln. »Deine Rolle ist geschrieben. Das Leben geht weiter. Das Rad dreht sich.«

»Ist das alles?«

»Nicht ganz. Ich habe mir die Freiheit genommen, den Clan-Ältesten zu versichern, dass du weder jetzt noch in der Zukunft irgendetwas sagst oder tust, das Clearwater und ihrer Beziehung zu Cadillac schaden könnte. Und dass du keinen Versuch machst, sie zu treffen oder mit ihr zu reden, es sei denn in Gegenwart Dritter – und *nur* dann, wenn man dich darum bittet. Ist das klar – und akzeptierst du es?«

Steve lachte. »Was glaubt ihr, was ich vorhabe? Dass ich mit ihr durchbrennen will?« Dann sah er den Ausdruck auf dem Gesicht des alten Wortschmieds und stellte sein Grinsen ein. »Verzeihung. Ja, natürlich akzeptiere ich. Ich nehme an, ich habe keine andere Wahl, oder?«

Mr. Snow winkte ab. »Außerdem habe ich den Clan-Ältesten versprochen, dass du nie – unter keinen Umständen – die Existenz der beiden einem Dritten gegenüber enthüllen wirst. War das leichtsinnig von mir?«

»Nein, wahrscheinlich nicht. Ich bin euer Gefangener. Aber sicher, auch damit bin ich einverstanden.«

Da Steve seit dem Biss in den Pfeil den Status eines Kriegers innehatte, überlegte Mr. Snow kurz, ob er ihn bitten sollte, den traditionellen Bluteid zu schwören, das Geheimnis mit seinem Leben zu beschützen. Doch dann entschied er, dass eine solche Zeremonie für einen Menschen, der die Lebensart des Präriervolkes verspottete und nicht wusste, was Ehre war, völlig bedeutungslos war. Welch eigenartige Leute die Sandgräber doch waren. Und welch vollendete Lügner!

Steves Blick wanderte kurz über die Flecken, die auf Mr. Snows Haut zu sehen waren. »Wenn niemand das Geheimnis kennen darf, warum lassen Cadillac und Clearwater die Farbe nicht einfach auf der Haut und übermalen sie nur dann, wenn sie verblasst?«

»Sie muss in regelmäßigen Abständen abgewaschen werden, um zu verhindern, dass sich ihre Haut verfärbt«, erwiderte Mr. Snow.

»Und …?« Steve sah ihn verblüfft an.

Mr. Snow lächelte. »Ist es nicht klar ersichtlich? Vielleicht kommt einst der Tag, an dem es nötig ist, dass sie farblos auftreten.«

»Du meinst … als Wagner verkleidet?«

»Ich würde diese Möglichkeit nicht außer Acht lassen«, gestand Mr. Snow. »Als Talismans Diener müssen sie unter Umständen in vielen Verkleidungen auftreten.«

Steve nickte. »Na schön. Dann möchte ich *dir* einen Ratschlag geben … für den Fall, dass ihr vorhabt, mit meiner Hilfe in die Föderation einzudringen: Kommt nicht infrage! Doch selbst wenn es ihnen gelingt, einen Weg zu finden – ohne ID-Karte kommen sie nicht mal zehn Meter weit. ID-Karten sind der Schlüssel zu allem – und sie sind nicht übertragbar.«

Mr. Snow schluckte dieses wertvolle Stück Erfahrung mit einem nachdenklichen Gesichtsausdruck. »Gut, dass ich das weiß.«

Ein paar Tage später kehrte Cadillac frisch angemalt zurück. Für Steves Augen sah er ebenso aus wie vorher. Man hatte ihn sogar mit irgendetwas eingerieben – wahrscheinlich mit feinem Staub –, um die frische Farbe zu tarnen. Steve bemühte sich, ihm keine ungebührliche Beachtung zu schenken, und grüßte ihn beiläufig, als wäre er statt mehrerer Tage nur ein paar Stunden fort gewesen. Er machte keine Bemerkungen über seine Abwesenheit und tat so, als interessierten ihn seine Gründe nicht.

Kurz darauf erblickte Steve Clearwater zwischen den Hütten; sie wurde stets von ihren beiden Schwestern begleitet oder hielt sich inmitten einer Wölfinnengruppe auf. Obwohl Steve nie bemerkte, dass der Clan sie absichtlich voneinander fernhielt, schaffte er es nie, ihr allein zu begegnen. Wenn ihre Wege sich kreuzten, lag stets eine besonnene Distanz zwischen ihnen. Trotz seines Verlangens, sie näher kennenzulernen, hielt Steve sich fest an das Versprechen, das er Mr. Snow gegeben hatte, und wenn sich eine Gelegenheit ergab, beschränkte er sich darauf, Clearwater nur anzusehen. Es kam sehr selten vor, dass ihre Blicke sich trafen. Meist blieb ihr Gesichtsausdruck dann neutral, aber von Zeit zu Zeit kam Steve sich vor wie das Ziel eines kurzen und gequälten Blickes. Wäre sie ihm näher gewesen – es hätte ihm die Sohlen von den Stiefeln gerissen.

Steve gab sich alle Mühe, dass sein Frust die wachsende Freundschaft nicht beeinträchtigte, die sich zwischen Cadillac und ihm entwickelte. Er machte ihn mit dem Schlagstock bekannt, und nachdem der junge Wortschmied erneut unter Beweis gestellt hatte, mit welcher Leichtigkeit er neue Techniken lernte, brachte Steve erneut den Vorschlag zur Sprache, ihm das Fliegen beizubringen. Cadillacs Reaktion bestand aus Unverbindlichkeit, aber zwei Tage später, als Steve aus ihrer Hütte trat, stieß er auf die ausgeschlachteten Überreste dreier Himmelsfalken. Sie lagen in mehreren sauberen Stapeln in einem großen Halbkreis und waren von einer Reihe sitzender Zuschauer umgeben.

Steve verbarg seine Erregung und unternahm eine beiläufige, doch gewissenhafte Inspektion der verschiedenen Teile und Bruchstücke. Einige Verstrebungen und Schwingenholme waren schlimm verbogen, aber die meisten Tragflächenbestandteile, die er brauchte, waren vorhanden. Die zerdrückten und geplünderten Cockpitschalen sahen irreparabel aus. Der einzige noch vorhandene Motor sah zwar mehr oder weniger intakt aus, aber der Propeller war zerbrochen.

Cadillac baute sich neben Steve auf. »Was hältst du davon?«

»Die Möglichkeit besteht, aber mehr auch nicht.« Steves Zweifel waren echt. »Ich weiß nicht, ob wir genug Schwingengewebe haben«, fügte er hinzu, als ihm klar wurde, dass er sich ein paar Streifen des kostbaren Materials selbst ins Haar geflochten hatte. »Aber das größte Problem ist, dass wir keine Eisenwerkzeuge haben.«

»Welche Werkzeuge brauchst du?«, fragte Cadillac gelassen.

Steve brauchte ein paar Sekunden, um sich von der Überraschung zu erholen. »Ihr habt Werkzeuge – *hier?*«

»Ein paar. Vielleicht kriegen wir noch mehr.«

»Woher kriegt ihr sie?«

»Von denen, die auch die Armbrüste machen. Von den Eisenmeistern.«

»Wer sind die *Eisenmeister?* Präriebewohner?«

»Nein, sie sind wie ihr. Aber irgendwie sind sie auch wie wir.«

Steve bemühte sich, sein Interesse herunterzuspielen. »Wo leben sie?«

»Hinter dem Osttor. In den Feuergruben von Beth-Lem.«

»Wo ist das genau?«

Cadillac zuckte mit den Achseln. »Niemand weiß es. Es heißt zwar, dass es hinter dem Osttor viele Länder gibt, aber wir sind nie dort gewesen. Wir handeln mit den Eisenmeistern, wenn ihre Radschiffe, die auf den großen Flüssen fahren, irgendwo in der Nähe anlegen. Auf dem Yellow-Stone, dem Miz-Hurry und dem Miz-Hippy.«

Steve merkte sich die Namen. »Und wann kommen sie?«

»Einmal im Jahr, manchmal auch zweimal. Manchmal kommen sie auch gar nicht.«

»Und was gebt ihr ihnen?«

»Brotbaumsamen, Büffelfleisch und Traumkappe. Auch Männer und Frauen.«

»Ihr gebt ihnen eure eigenen Leute?«

Steves Reaktion ließ Cadillac lächeln. »Nur die, die nichts dagegen haben. Ist es etwa nicht besser, als hierzubleiben und getötet zu werden, bloß weil der Clan kein spitzes Eisen hat?«

»Nein, ich schätze nicht«, gab Steve zu. »Was kannst du mir sonst noch über die Eisenmeister erzählen?«

»Nichts.«

»Aber wieso geben sie euch Waffen?«, fragte Steve beharrlich. »Warum verwenden sie ihre Waffen nicht dazu, euch und die anderen Prärievölker zu besiegen?«

Cadillac erwiderte mit einem Achselzucken: »Vielleicht deswegen, weil sie nur wenige sind.«

»Na schön. Aber warum greift ihr sie nicht an, macht sie zu Gefangenen und lasst sie für euch arbeiten? Warum tauscht ihr wertvolle Güter mit ihnen, wenn ihr sie als Sklaven haben könntet?«

Cadillac lächelte. »Typisch.«

»Na, hör mal«, gab Steve zurück, »schließlich bringt ihr die anderen Mutanten doch auch um.«

»Nur, um unser Land zu verteidigen.«

»Yeah, sicher …« Steve sah ein, dass es Zeitverschwendung war, das Thema weiter zu diskutieren. Er boxte Cadillac in die Rippen. »Machen wir uns an die Arbeit. Wir brauchen einen Schraubenzieher; etwas, womit man Löcher bohren kann; eine Säge, um die Röhren zu zerschneiden; eine flache Feile; ein …«

Cadillac runzelte die Stirn. »Was ist ein Schraubenzieher?«

Steve seufzte verhalten. »Zeig mir einfach, was ihr habt …«

Mit Unterstützung Cadillacs, Three Degrees, eines dritten handwerklich begabten Mutanten namens Air-Supply und einem Dutzend williger Helfer fing Steve an, eine brauchbare Tragfläche zu basteln. Während der Umbauarbeiten blieb Cadillac stets an seiner Seite und ging ihm bei jedem Schritt zur Hand. Wieder einmal war Steve von der Auffassungsgabe und dem technischen Verständnis des jungen Mannes beeindruckt. Der junge Wortschmied hatte ein fast instinktives Gespür für Flugtechnik und Flugtheorie. Steve wusste nicht, dass Cadillacs Geisteskräfte ihn befähigten, seinem Verstand das Wissen und das Verständnis für diese Dinge zu entziehen.

Das Schwingengewebe bereitete Steve die meisten Kopfschmerzen, aber nachdem er den Clan überredet hatte, jeden verwendbaren Fetzen zurückzugeben, den die Trophäenjäger erbeutet hatten, gelang es ihnen schließlich, zwei Plattensätze zusammenzufügen. Die überlappenden Flickwerknähte wurden mit Kiefernharz verbunden und zusätzlich von Hand vernäht, dann wurden die beiden Schichten über die Schwingenholme gezogen und mit parallelen Nähten zusammengefasst. Er hatte zwar keine Möglichkeit, die aufblasbare Tragflächensektion des Himmelsfalken wiederherzustellen, mit dem er abgestürzt war, aber zu seinem Erstaunen funktionierte das Solarzellengewebe noch. Steve nahm kurze Stücke der farbigen, mit Harzklumpen zusammengehaltenen Stromleitungen und verband die einzeln zusammengeflickten Plattenreihen. Es war eine zeitraubende und mühselige Arbeit, aber schließlich passte alles zusammen.

Ohne die nötigen Messgeräte war Steve zum Improvisieren gezwungen. Um herauszufinden, ob der Strom durch die Drähte floss, bat er ein paar Kinder, ihm aus dem nächsten Bach einen lebendigen Fisch zu bringen. Die Kinder brachten ihm in einem ledernen Wassersack eine dicke Forelle, dann schauten sie neugierig zu, wie Steve die Drahtenden ins Wasser hielt. Die Forelle klappte in der Mitte zusammen, als wolle sie in ihren eigenen Schwanz beißen, dann drehte sie sich auf den Rücken und trieb an die Oberfläche. Zufrieden, dass er genug Strom hatte, nahm Steve die Reparatur und Installation des Elektromotors in Angriff, für den Three Degrees aus dunkelgelbem Holz stolz einen neuen Propeller geschnitzt hatte.

Drei Wochen nachdem Steve den ersten Draht in die Hand genommen hatte, stand ein motorisierter Drachen, den man auf den Namen Blue-Bird getauft hatte, mit einer Flügelspannweite von zwölf Metern ausgerichtet auf einem mannshohen Gestell aus Schösslingen. Steve verband die Drähte und leitete den Strom aus den Schwingenplatten zum Motor. Dann hielten alle den Atem an und warteten darauf, dass die Sonne hinter der scheinbar endlosen grauen Wolkenbank hervorkam. Nach unendlich langer Wartezeit, als die Sonne sich auf dem tiefblauen Himmel zeigte und ihre Wärme auf die nach oben gerichteten Gesichter der Zuschauer warf, veränderte sich der dünne, neblige Schatten, den Blue-Birds Schwingen warfen, und wurde zu einem dunklen, deutlich erkennbaren Keil. Steve legte einen Schalter um. Nichts passierte. Er warf den Propeller an. Nichts. Er kam sich vor, als rühre er mit einem Stock in einem Sumpf. Die enttäuschten Zuschauer stießen einen Seufzer aus. Steve fluchte leise und schlug mit der flachen Hand auf die Motorhaube. Der Propeller drehte sich gehorsam und wurde zu einem glatten Diskus aus gesponnenem Gold.

»HE-JAHH!«, brüllte der Clan.

Steve warf dem Himmel eine doppelte Kusshand zu und krächzte »Hurra!«

»Hast du genug Energie, um zu starten?«, fragte Cadillac.

Steve schüttelte den Kopf und zog eins der Steuerbordkabel strammer. »Wenn der Stromkreis hält, hilft es uns, in der Luft zu bleiben, aber mehr auch nicht.« *Und das reicht auch,* dachte er triumphierend. *Wenn ich nicht abstürze, kann ich, wenn ich will, den Beulenköpfen jederzeit Lebewohl zuwinken …*

Blue-Bird wurde mit einer großartigen Zeremonie zur höchsten Stelle eines sanft ansteigenden Hanges gebracht, wo Steve mehrere Testläufe durchführte und ein paar Meter über dem Boden dahinflog, während die Kinder lachten, wilde Schreie ausstießen und neben ihm herliefen. Sie schienen die Angst und den Schmerz, den die Donnerkeile über das Feld gebracht hatten, völlig vergessen zu haben. Es freute Steve sehr, als er feststellte, dass Blue-Bird stabil war und ausgezeichnet auf jede Bewegung des Steuerknüppels und das Gewicht seines an ihm hängenden Körpers reagierte.

Der erste richtige Start vom höchsten Punkt eines steilen Abhangs funktionierte perfekt. Als Steve in seinem Geschirr hing und auf dem kühlen Aufwind dahinschwebte, spürte er die Aufregung des Fliegens wieder neu. Es war wie eine Wiederholung seines ersten Alleinflugs an der Oberwelt: Sein Herzschlag wurde schneller, seine Sinne nahmen an Schärfe zu, und er nahm alles auf neue Art wahr. Er umflog den Steilfelsen und zeigte den Zuschauern eine Reihe von Kunststücken. Der Himmel über ihm war blau, da und dort sah er weiße Wolken. Und hinter ihm schnurrte der Motor ohne Komplikationen.

Wegen der steinzeitlichen Leitungen erzeugte das Solarzellengewebe einen ständig schwankenden Stromfluss. Nach dem Motorengeräusch schätzte Steve, dass die Maschine zwischen dreißig und fünfzig Prozent ihres normalen Potenzials brachte. Obwohl dies nicht ausreichte, um sich in große Höhen zu schwingen, produzierte der Motor doch genug Energie, um die Höhe zu halten, die man erreichte, wenn man wie ein Drachen auf dem Wind oder auf dem Rücken einer Thermik nach oben geritten war. Als die unter ihm stehenden Zuschauer zu ameisenähnlichen Winzlingen schrumpften, erkannte Steve, dass sich ihm jetzt die goldene Möglichkeit zur Flucht bot. Er hatte diesen Hintergedanken, seit er den Boden zum ersten Testflug verlassen hatte. Bevor er vom Steilfelsen aus gestartet war, hatte er die Karte unter seinem Fliegerdrillich versteckt. Zwar hatte er keine Gelegenheit gehabt, die vergrabene Notration und den Wasserreiniger zu holen, aber im Grunde waren sie auch nicht wichtig. Die wenigen Tage, die es dauerte, in die Föderation zurückzufliegen, konnte er leicht überleben. Er hatte nun seit Monaten vergiftetes Wasser getrunken und unreifes Obst gegessen. Außerdem hatte er radioaktive Luft eingeatmet und körperlichen Kontakt mit den Mutanten gehabt. Eine Woche mehr oder weniger machte jetzt keinen Unterschied mehr.

Seit dem Erwachen aus dem anfänglichen Drogenschlaf hatte Steve nach und nach vergessen, welches Leichentuch die Oberwelt noch immer einhüllte. Er hatte sich nur hin und wieder mit einem Schockgefühl an die permanente Gefahr erinnert – und dann völlig perplex erkannt, dass sein Körper trotz seines langen Hierseins noch keine erkennbaren Anzeichen der Strahlenkrankheit aufwies. Steve wusste allerdings, dass sie sich früher oder später zeigen mussten. Es gab kein Entrinnen. Ihn erwartete das gleiche Schicksal wie Papa Jack. *Aber wie seltsam es ist!*, dachte er. *Vielleicht hat es nur damit zu tun, dass ich wieder in der Luft bin. Es ist schon sehr lange her, seit ich mich so gut gefühlt habe.*

In einer geschätzten Höhe von tausend Metern ging Steve in einen geraden Flug über. Er war nun weit außerhalb der Reichweite jeder Armbrust. Wenn er sich davonmachen wollte, war nun die beste Gelegenheit dazu. In seinem Inneren tobte eine Schlacht um das Für und Wider. Wenn er den Augenblick nutzte, um sich abzusetzen, betrog er das Vertrauen Cadillacs und Mr. Snows. Und Clearwater … Obwohl er Mr. Snow und sich selbst etwas versprochen hatte, weichte sich sein Vorhaben allmählich wieder auf. Er wollte Clearwater wiedersehen; er wollte mit ihr reden, ohne dass sie von einem Dutzend Mutanten umgeben waren. Er fasste den Entschluss zu bleiben. Er wollte den Flug in die Freiheit so lange aufschieben, bis er eine Möglichkeit fand, sich mit ihr zu treffen. Wenigstens einmal. Er wollte nur mit ihr allein sein. Aber auch das war verrückt. Er wusste, dass es seine Pflicht war, zu fliehen. Und er wusste, dass er unweigerlich erkrankte und starb, wenn er es nicht tat. Trotzdem …

Irgendetwas stimmte nicht. Irgendetwas war mit ihm passiert. Steve wusste, was es war: Er empfand das gleiche Gefühl wie damals, als nach dem ersten Oberwelt-Solo die offenen Rampentore vor ihm aufgetaucht waren. Die Vorstellung, sein unterirdisches Leben wiederaufzunehmen – das Leben, das für ihn der normale und *einzig* mögliche Existenzmodus war –, erfüllte ihn plötzlich mit einem sonderbaren Grauen.

Steve schaltete den Motor ab, sank tiefer, fegte hinter der Klippe in einer Reihe wagemutiger Tauchmanöver über die bergige Felsenwelt und flog vor der Landung über den Köpfen der Zuschauer ein paar niedrige Schleifen. Zu seiner Überraschung sah er, dass Clearwater sich auf der Klippenspitze zu Cadillac gesellt hatte. Als er an ihnen vorbeischwebte, winkten sie ihm zu. Steve fragte sich, wie er mit der Situation fertigwerden sollte. Seit er Clearwater begegnet war und mit Mr. Snow gesprochen hatte, hatte er ihren Namen Cadillac gegenüber nicht erwähnt. Wie viel wusste der junge Wortschmied? Sollte er so tun, als wisse er nicht, wer sie war? Spring ins kalte Wasser, Brickman …

Steve machte eine glatte Landung und kam nach wenigen Metern zum Stehen. Er löste schnell die Gurte und drängte sich, nachdem Cadillac ihm zugewinkt hatte, durch die sich aufgeregt um das Flugzeug sammelnde Menge. Als er Clearwater gegenüberstand, setzte er eine neutrale Miene auf. Cadillac machte zwar keinen Versuch, ihm das Mädchen vorzustellen, aber andererseits benahm er sich auch nicht so, als sei sie nicht vorhanden. Er beglückwünschte Steve zu seiner ausgezeichneten Vorstellung und trat dann kurz beiseite, um die Kinder zu ermahnen, nicht an der Maschine herumzufummeln.

Steve nutzte die Gelegenheit, um tief in Clearwaters blaue Augen zu schauen.

Als sie seinen Blick erwiderte, flammten ihre Augen kurz auf und verschleierten sich. »Ich beneide dich«, sagte sie. »Was ist es für ein Gefühl, wenn man wie ein Vogel fliegt?«

»Ein fantastisches. Man spürt … Es ist unbeschreiblich. Jedes Mal, wenn man sich in die Luft schwingt, möchte man am liebsten für immer oben bleiben. Um die Wahrheit zu sagen … Als ich um den Gipfel gekreist bin, war ich drauf und dran, nach Hause zu fliegen.«

»Ich bin froh, dass du es nicht getan hast«, erwiderte Clearwater schüchtern. Wieder blitzten ihre Augen ihn an.

»Ach, wirklich?« Als Cadillac sich ihnen wieder zuwandte, bemühte sich Steve, jeden Ausdruck aus seiner Stimme und aus seinem Gesicht zu verbannen.

»Ja«, sagte Cadillac. »Wenn du einen Fluchtversuch gemacht hättest, wärst du wie ein Stein vom Himmel gefallen.«

Steve sah die beiden an, dann lachte er ungläubig.

Cadillac berührte Clearwaters Schulter. »Zeig es ihm. Zeig unserem Freund die Kraft, die in Talismans Händen die Sandgräber in ihre Löcher zurücktreiben und für immer begraben wird.«

Er sprach das Wort »Freund« mit einer eigenartigen Betonung aus, und Steve fühlte sich irgendwie unbehaglich. Cadillac *musste* etwas wissen. Wahrscheinlich wusste er sogar alles. Steve machte einen Versuch, in den Gesichtern der beiden zu lesen, aber keiner ließ sich etwas anmerken.

Clearwater schloss die Augen; sie schien sich zu sammeln. Cadillac suchte den Boden ab und hob einen Stein von der Größe eines Basketballs auf. Seine Hals- und Brustmuskulatur spannte sich unter dem Gewicht. »Fertig?«

Clearwater nickte, ihre Augen waren noch immer geschlossen.

Steve erkannte plötzlich, dass die Menge rings um Blue-Bird verstummte und sich umdrehte, um ihnen zuzuschauen. Cadillac spannte Arm- und Bauchmuskeln und warf den Stein mit sichtlicher Mühe in die Luft. Während er hochflog, riss Clearwater die Augen weit auf. Ihr rechter Arm zuckte hoch; sie deutete mit zwei Fingern auf den Stein. Ein seltsam schriller Schrei kam aus ihrer Kehle, der Steve das Blut in den Adern gefrieren ließ. Zu seinem Erstaunen fiel der Stein nicht herunter. Er hing einen Moment lang in der Luft und schoss dann, als Clearwater den Arm weiter anhob, in den Himmel hinauf.

Als er sich etwa siebzig Meter hoch befand, brach der trillernde, unirdische Laut, den Clearwater ausstieß, plötzlich ab. Steve und die anderen schauten verzückt zu, wie sie über ihrem Kopf einen Kreis in die Luft malte. Der Stein drehte sich langsam in einem weiten Kreis, als hinge er an einem unsichtbaren Seil. Clearwater ließ den Arm sinken und drehte sich zusammen mit Cadillac herum, um Steve anzusehen. Auch jetzt stürzte der Stein unglaublicherweise nicht ab. Steve schaute mit offenem Mund zu, wie er hinter ihnen in der Luft kreiste.

»Und jetzt lass ihn fallen«, sagte Cadillac leise.

Clearwater ballte die Rechte zur Faust und schlug fest auf die Handfläche ihrer Linken. Der Stein fiel vom Himmel herab und zersprang auf dem felsigen Abhang unterhalb des Steilfelsens in mehrere Stücke.

»HE-JAAHH!«, brüllten die zuschauenden M'Calls. »He-jah! He-jah! He-jah!«

»Verstehst du jetzt, dass die Föderation uns nie besiegen kann?«, fragte Cadillac.

Steve musterte zuerst Clearwater, dann Cadillac. Dann sah er Clearwater wieder an. Sein Mund öffnete und schloss sich, ohne dass er einen Laut hervorbrachte.

Clearwater sah Steve mit einem Anflug von Trauer an. »Er sieht es zwar, aber er kann es nicht glauben.«

Cadillac nickte. »Sein Geist liegt in Ketten. Daran ist die Finsternis schuld, aus der er kommt. Er kann es nicht verstehen, weil es nicht den Gesetzen seiner Welt folgt.« Er lächelte. »Er kann es nicht berechnen.«

Steve musterte die beiden stumm, dann setzte er sich auf einen nahen Felsen. Cadillac legte verständnisvoll eine Hand auf seine Schulter, dann ging er mit Clearwater zur Ansiedlung zurück, und seine Brüder und Schwestern folgten ihm. Sie stimmten ein Lied an, das in einem Stil gesungen wurde, den man Mundmusik nannte. Das Lied war voller komplizierter Harmonien, und die Stimmen fungierten dabei als Instrumente. Steve saß allein neben dem Drachen. Ihm fehlten zwar die passenden Worte, aber er wusste, dass ihr Lied Triumph ausdrückte.

17

Clearwaters entnervende Beherrschung des Steins – die zweite Manifestation der Mutanten-Magie, deren Zeuge er geworden war – vertrieb Steves letzte Reste von Unglauben und ließ ihn völlig verblüfft und stark erschüttert zurück. Begierig darauf, mehr zu erfahren, doch nicht bereit, den Wortschmieden in die Hände zu arbeiten, indem er allzu ehrfürchtig erschien, verdrängte er den Zwischenfall und gab Cadillac die ersten Flugstunden.

Keine Woche später konnte er dem jungen Wortschmied dabei zusehen, wie er den Drachen mit der Gelassenheit und Zuversicht eines Piloten behandelte, der nach drei Akademiejahren seinen Abschluss macht. Steve hätte sich freuen sollen, aber er wollte sich nicht selbst verarschen. Ihm war völlig klar, dass er Carrol als Fluglehrer nicht das Wasser reichen konnte, aber dennoch hatte Cadillac sein fliegerisches Können mit geradezu furchterregender Schnelligkeit erworben. Es war unheimlich – wenn auch nicht unheimlicher als die Fähigkeit, die Clearwater ihm demonstriert hatte.

Allmählich verstand Steve, warum Jodi Kazan so ausweichend auf das Thema Magie reagiert hatte. In den zehn Jahren, seit denen sie im Dienst war, musste sie irgendwann, ebenso wie er, bei einem Oberweltflug auf die Wahrheit gestoßen sein. Wenn sie davon wusste, wusste auch das Hauptzentrum davon – auch wenn man offiziell behauptete, dass es keine Magie gab.

Hatte er durch Zufall eine weitere Ecke der weitreichenden Verschwörung enthüllt? Den Großen Bruder der Verschwörung, die ihn daran gehindert hatte, die höchsten Ehrungen der Akademie zu erhalten? Welche Dinge hatte die Erste Familie in ihrer unermesslichen Weisheit per Gesetz sonst noch für nicht existent erklärt? Woraus bestanden die bisher noch nicht angezapften Geheimnisse, die der Föderationscomputer COLUMBUS in sich barg? Welche Karriere musste man machen, um die Geschichte von innen heraus zu erfahren? Wie viele Zugriffsebenen gab es für den Computer?

Nachdem Cadillac seine »Flugspange« errungen hatte, nahm er Steve mit zu Mr. Snows Hütte, um zur Feier des Tages eine Pfeife Regenbogengras zu rauchen. Für Steve schien dies ein günstiger Augenblick zu sein, sich nach dem zu erkundigen, was auf dem Steilfelsen passiert war. Hatte Clearwater wirklich einen Stein fliegen lassen, oder hatte er es sich nur eingebildet? Die beiden Wortschmiede zeigten sich überraschend entgegenkommend. Zwar bestätigten sie, dass das, was er gesehen hatte, tatsächlich passiert war, aber als er sie drängte, das Wie und Warum zu erklären, war keiner von ihnen in der Lage, eine Antwort zu formulieren, die seinen logisch arbeitenden, föderationsgeschulten Verstand befriedigte.

Steve verbarg seine Frustration und suchte Mr. Snows Meinung zu den Fragen, die ihn allmählich plagten und seine Suche nach der letztendlichen Realität betrafen. War es möglich, den wahren Stand der Dinge wirklich zu *kennen?* Wie hoch musste man aufsteigen, bevor man auf die schwer erfassbare Wahrheit stieß, auf die Mr. Snow sich bezog?

»Bergsteigen ist eigentlich weniger das Problem«, merkte Mr. Snow an. »Man muss nur richtig einschätzen können, wann man oben angekommen ist. Im Leben aller Menschen gibt es Zeiten, in denen die Wahrheit genau vor ihrer Nase liegt, aber meist sind sie unfähig, sie zu erkennen. Und so verpassen sie den Augenblick der Erkenntnis. Es kann zehn Jahre dauern, bis man wieder einmal auf dem Berg steht. Andere, die weniger Glück haben, kriegen nie eine zweite Chance.« Mr. Snow deutete mit der Hand auf Cadillac. »Wie ich schon, kurz bevor du zu uns kamst, zu meinem talentierten, aber sturen Nachfolger sagte: Man muss lernen, die richtigen Fragen zu stellen. Aber der Geist muss auch offen sein, damit er versteht – wie das tiefe Wasser eines Sees in der Abendstille. Nur dann wird der große weiße Vogel der Weisheit die Oberfläche erhellen. Bis dieser Augenblick kommt, schlage ich – um deines geistigen Friedens willen – vor, dass du einfach akzeptierst, dass bestimmte Personen zu magischen Handlungen fähig sind. Mit ›magisch‹ meine ich, dass sie die Macht haben, die Kräfte des Himmels und der Erde zu manipulieren. Und Talisman ist der, der ihnen diese Macht verleiht.«

Steve hörte geduldig zu. »Es ist erstaunlich … Glaubt ihr wirklich an diesen Burschen?«

Mr. Snow hob die rechte Hand. »Wer sonst hat deiner Meinung nach Motor-Heads Hammer zerrissen? Es war *seine* Macht, die dich gerettet hat – die gleiche Macht, die durch Clearwater geströmt ist und sie in die Lage versetzt hat, den Stein zu beherrschen.«

Steve musterte die beiden schweigend.

»Warum fällt es dir so schwer, dies anzuerkennen?«, fragte Cadillac.

Steve reagierte mit einem Achselzucken. »Vielleicht deswegen, weil es uns Wagnern schwerfällt, zu glauben, dass es ... Unsichtbare gibt.«

»Die Welt wird den Dreifachbegabten sehr bald sehen«, sagte Mr. Snow still.

»Den Dreifachbegabten ...?«

»Das ist der andere Name, unter dem Talisman bekannt ist. Vielleicht wirst auch du diesen Tag erleben.«

»Und ihn im Sterben bedauern.« Cadillac lächelte. »Lass ihn die Prophezeiung hören, Alter. Er soll wissen, warum wir die Eisenschlange nicht fürchten – oder den Zorn der Föderation.«

»Die Prophezeiung? Ach, ja, das habe ich schon vergessen«, sagte Steve locker. »Ihr habt ja alles vorherbestimmt.«

Cadillacs Augen blitzten angriffslustig auf, doch dann wurde er wieder ruhig und ließ alle Emotionen fahren.

Mr. Snow blieb völlig gelassen. »Irrtum, Brickman. Wir gehen davon aus, dass alles für uns vorherbestimmt *wurde*. Manche von uns sind mit einem inneren Ohr gesegnet, das die Himmelsstimmen hören kann. Dies ist eine Gabe, die die meisten meiner Clan-Brüder nicht haben. Aber wie wir glauben auch sie, dass alle Pläne für die Zukunft schon gezeichnet sind. Das kosmische Rad dreht sich; es nimmt uns auf seinem ewigen Weg mit, ob wir es wollen oder nicht. Auch du musst trotz deiner Blindheit eine Rolle spielen. Auch wenn du selbst nicht daran glaubst: Danke deinem Glücksstern, dass *wir* an die Prophezeiung glauben – weil sie das Einzige ist, was deinen Arsch gerettet hat.«

Als der alte Wortschmied seine Position veränderte, setzte Steve eine unschuldige Miene auf.

»Ich wollte dich eigentlich bitten, dass du dich bemühst, deine Seele für das zu öffnen, was ich dir sagen will«, sagte Mr. Snow und sah ihn kurz an, »aber … du verstehst ja nicht, was ich damit meine.«

»Ich weiß nicht mal, was ›Seele‹ bedeutet.«

»Macht nichts. Hör gut zu, und merk es dir: Die Prophezeiung wurde von einem Wortschmied namens Cincinnati-Red überliefert, der vor etwa sechshundertfünfzig Jahren gelebt hat. Man nennt sie die ›Talisman-Prophezeiung‹.« Dann fing Mr. Snow an zu sprechen. Er fiel dabei in einen sonoren Tonfall, den Steve von ihm nicht kannte.

»Wenn der große Berg im Westen spricht
mit feuriger Zunge, die den Himmel verbrennt,
und die Erde in ihren eigenen Tränen ertrinkt,
dann wird dem Prärievolk ein Kind geboren,
das der Dreifachbegabte ist,
und es wird Wortschmied, Rufer und Seher sein.

Es kann Mann-Kind oder Frau-Kind sein.
Der Erkorene wird gerade Glieder haben,
und stark sein wie die Helden aus Alter Zeit.
Der Morgentau wird seine Augen sein,
die Grashalme seine Ohren,
und sein Name wird sein Talisman.

Die Adler werden seine Goldpfeile sein,
die Steine der Erde sein Hammer,
und eine Nation wird geschmiedet sein
aus den Flammen des Krieges.
Das Volk der Prärie wird sein wie ein glänzendes
    Schwert
in den Händen Talismans, seines Retters.

Dann werden die Wolkenkrieger fallen wie Regen.
Die Eisenschlange wird ihre Herren fressen.
Die Wüste wird sich erheben und zerschmettern
die finsteren Städte der Sandgräber,
denn Himmel und Erde haben gewährt
ihre geheimen Kräfte Talisman.

So werden die Feinde des Volkes vernichtet,
denn der Dreifachbegabte ist Herr über alles.
Der Tod aus der Luft wird verschwinden,
und das Blut der Erde getrocknet.
Seelenschwester und Seelenbruder reichen sich die
    Hände,
und das Land wird von Talisman singen.«

Auf irgendeine Weise, die er nicht artikulieren konnte, brachte die Prophezeiung tief in Steves Psyche einen Akkord zum Klingen. Als er sie laut im flackernden Licht des Feuersteins ausgesprochen hörte, wurde sie für ihn eine ebenso unvergessliche Erfahrung wie die Wucht der Entdeckung der Kräfte Clearwaters. Obwohl er es nicht so hätte beschreiben können, öffneten ihm die poetischen Bilder der Verse eine andere Welt und ließen ihn das

Prärievolk in einer völlig neuen Perspektive sehen. Man hatte ihn gelehrt, die Mutanten als verschlagene und verderbliche Untermenschen zu sehen.

Doch was ihn am meisten erstaunte, war das angebliche Entstehungsdatum der Prophezeiung. Es bedeutete, dass die Mutanten das Auftauchen von Wagenzügen und Fliegern schon etwa vierhundert Jahre vor dem ersten Einsatz vorhergesagt hatten! Es erschien ihm zwar als unmöglich, aber wenn sie stimmte und die anderen, ebenfalls prophezeiten Ereignisse ebenfalls eintrafen, sah die Zukunft der Föderation nicht sehr rosig aus.

»Dann sagt mir … ist Clearwater das, was ihr als Rufer bezeichnet?«

»Ja«, erwiderte Mr. Snow. »Laut der Prophezeiung existieren drei Gaben, die bestimmten Angehörigen des Prärievolkes durch Talisman verliehen werden. Die erste Gabe ist die des Wortschmieds, die zweite die des Rufers und die dritte die des Sehers. Ein Seher hat die Fähigkeit, aus den Steinen Vergangenheit und Zukunft zu lesen.«

Cadillac reckte sich. »Ich habe diese Gabe.«

Steve schaute ihn mit offensichtlichem Unglauben an. »Soll das heißen, du kannst Bilder in Steinen sehen?«

»Nur in bestimmten Steinen«, erklärte Mr. Snow. »In Sehsteinen.« Er bemerkte Steves Gesichtsausdruck. »Lach nicht. Cadillac hat die Eisenschlange in einem Stein gesehen, über den sie zuvor gekrochen ist. Deshalb wussten wir auch, dass du in ihrem Bauch warst.«

Steve sah die beiden nacheinander an. »Habt ihr euch aus diesem Grund so viel Mühe gemacht, mich am Leben zu halten?«

»Ja. Die Himmelsstimmen haben zu mir gesprochen.

Sie haben die Ankunft eines Wolkenkriegers angekündigt, dessen Schicksal mit dem Talismans verbunden ist. Cadillac hat dein Gesicht in diesem Stein gesehen. Das Schicksal hat eure bisher getrennten Lebenswege vereint und mit dem Bolzen aus seiner Armbrust besiegelt. Als er dich in dem brennenden Kornfeld sah, hat er dich als den erkannt, den der Stein ihm gezeigt hat.«

»... und wenn ich nur irgendein Wagner gewesen wäre?«

»Dann hätten wir dich verbrennen lassen«, erwiderte Cadillac gelassen.

Steve dachte kurz darüber nach, dann fragte er: »Wieso nennen mich manche von euch Todesbringer? Und was hat Motor-Head, der sich vor nichts fürchtet, in seinen Träumen gesehen?«

»Er ist ein Krieger«, sagte Cadillac. »Vielleicht hat er seinen eigenen Tod geträumt.« Er schaute Mr. Snow erwartungsvoll an.

Der alte Wortschmied strich sich den Bart und richtete den Blick auf Steve. »Es gibt Träume, die das Tun des Geistes widerspiegeln. Es gibt Träume, die die Gelüste des Körpers reflektieren, und solche, die die Leere zwischen dieser Welt und der Welt der Himmelsbewohner überbrücken. Es stimmt, dass über solche Brücken manches Wissen kommt, aber leider bin ich kein Seher. Ich weiß nicht, was Motor-Head gemeint oder gesehen hat. Ich kann nur sagen, dass eine Zeit kommen wird, in der dir die Rolle enthüllt wird, die das Schicksal dir bei Talismans Erscheinen zugedacht hat.« Mr. Snow legte eine Pause ein, dann fügte er geheimnisvoll hinzu: »Und dann wirst du nicht nur erkennen, was du tun musst, sondern auch wer du bist.«

Die beiden Wortschmiede sahen Steve teilnahmslos an, als er stumm über das gerade Gehörte nachdachte. Dann sah er sie an. »Und wann soll das alles passieren?«

Mr. Snow streckte eine Hand aus. »Wenn die Erde das Zeichen gibt.«

»Ja, ich verstehe deine Worte schon«, sagte Steve leicht irritiert. »Aber wann ist es so weit? Ihr wartet doch schon seit sechshundertfünfzig Jahren! Vielleicht kommt euer Retter gar nicht mehr. Vielleicht ist er zu dem Schluss gekommen, dass es da sicherer ist, wo er sich aufhält.«

Mr. Snow blieb völlig gelassen. »Er *wird* kommen. Vielleicht nicht mehr zu meinen Lebzeiten. Aber ihr werdet es ganz bestimmt erleben – vielleicht wirst du das Ereignis bedauern, weil du dazu ausersehen bist, ein Führer deines Volkes zu werden.«

»Auch ich werde Talisman sehen«, sagte Cadillac, der es nicht gernhatte, wenn man ihn bei Diskussionen ausließ, bei denen es um große Ereignisse ging. »Ich weiß es von Mr. Snow.«

Obwohl Mr. Snows Worte seine Annahme zu bestätigen schienen, dass er für größere Dinge vorgesehen war, trug die Diskussion wenig dazu bei, Steves innere Unruhe zu beseitigen. Selbst sein natürlicher Überlebenstrieb, der ihm hätte sagen müssen, er solle schnellstens Deckung suchen, war zwiegespalten. Steve blieb auch weiterhin unersättlich neugierig, worin die ihm zugedachte Rolle bestand, aber gleichzeitig hatte er Angst vor allem, was er entdecken könnte.

Trotz seiner tief sitzenden Reaktionen auf das, was er gesehen oder gehört hatte, ließ ihn seine Wagner-Erziehung, die großen Nachdruck auf blinden Gehorsam, militärische Disziplin und rigoros angewandte Logik legte, vor den dunkleren Seiten des Mutantencharakters mit seinen hellseherischen Visionen und dunklen Zaubereien zurückschrecken. Die Welt der Mutanten war wie ein riesiger Strudel, der darauf wartete, die Unvorsichtigen zu verschlingen: jene, die närrisch genug waren, sich bei der Suche nach Antworten in wirbelnde Ströme zu stürzen, bis sie langsam in den dunklen Strudel gezogen wurden, der sich im Zentrum des Rätsels befand – bis sie spurlos verschwanden. Und doch … und doch spürte Steve, wie er von dem Rätsel angezogen wurde; wie ihn eine undurchschaubare Macht ergriff, die er nicht kontrollieren konnte.

Mr. Snow und Cadillac verließen die Ansiedlung in Begleitung von dreißig Bären und liefen drei Tage lang nach Osten. Sie ließen die Grenzmarkierungen der M'Calls weit hinter sich und drangen in die Mittleren Länder des Prärievolkes vor. Auf ihrer Reise stießen sie zweimal auf die Grenzpfähle anderer Clans; dann änderten sie jedes Mal den Kurs und umgingen das betreffende Gebiet. Einmal lagen sie bis in die Dunkelheit hinein in einem Versteck, weil sie es vermeiden wollten, mit größeren Jägertrupps zusammenzustoßen. Zwar fürchteten sie sich nicht vor einer Konfrontation, aber sie legten keinen Wert darauf, denn es hätte nur einen sinnlosen Verlust an Menschenleben bedeutet. Nach dem Kampf gegen die Eisenschlange musste der Clan mit seinen Kräften haushalten, um für den nächsten Zusammenstoß mit den Sandgräbern bereit zu sein.

Mr. Snow hatte die Absicht, an einen bestimmten Ort

zu gehen, den die Himmelsstimmen ihm in einer kürzlich erfolgten Botschaft genannt hatten. Als sie schließlich etwa hundertfünfzig Kilometer zurückgelegt hatten, sagte ihm sein Instinkt, dass sie in unmittelbarer Nähe des Ortes waren – an einer Stelle, an der der große Strom, dessen Ufer sie von den Western Hills aus gefolgt waren, auf seinen aus Südwesten kommenden Bruder traf. Dieser Ort hatte auf den Oberweltlandkarten aus der Zeit vor dem Holocaust das Kreuz zwischen dem North- und dem South-Platte-River in Nebraska markiert.

Mr. Snow nahm zufrieden unter den ausladenden Ästen eines Baumes Platz und sandte Cadillac aus, um einen Sehstein zu suchen. Motor-Head, der die Leitung der Eskorte übernommen hatte, befahl seinen Männern, zu zweit auf Patrouille zu gehen und das umliegende Gelände im Blickfeld zu behalten. Als sich Cadillacs Suche am Nordufer als fruchtlos erwies, marschierten sie über den schmalen Landstreifen zwischen zwei nebeneinanderher fließenden Bächen, die sich irgendwann vereinten. Auch diesmal erwies sich Cadillacs Suche als Misserfolg, deswegen versuchten sie es auf der anderen Seite des South River.

Dort stießen sie auf Spuren einer uralten Hartstraße, auf der die Riesenkäfer der Alten Zeit einst die Menschen transportiert hatten. Die Käfer, erläuterte Mr. Snow, hatten – wie die Schnecken und die Schwarzhornwürmer – eine Spur aus klebrigem schwarzen Schleim abgesondert, um den Rückweg wiederzufinden. Die schwarze Spur war im Laufe der Zeit immer härter und dicker geworden, weil die Käfer, die einander in langen Reihen folgten, so zahlreich gewesen waren. War ein Hartweg fertig gewesen, hatte man ihn immer wieder benutzt, da die Käfer genau wussten, wohin sie führten und weil man sich auf ihnen schneller bewegen konnte.

Wie Mr. Snow erzählte, waren die Menschen der Alten Zeit vom Tempo besessen gewesen. Sie hatten sogar eine Riesenarmbrust gebaut – mit einem Bolzen, in dem Menschen saßen – und ihn geradewegs zum Mond geschossen. Damals hatten die Menschen auch noch Bolzen mit Flügeln gehabt, die wie die Donnerkeile der Sandgräber fliegen konnten. Sie hatten den Himmel schneller überquert als die Sonne. Zwar waren die Menschen damals die Herren der Welt gewesen, aber sie hatten nie gelernt, einander zu lieben. Deswegen hatten sie auch vergessen, was die Ehre eines Kriegers war, und waren wegen ihres Unwissens und Hasses im Krieg der Tausend Sonnen umgekommen.

Die Clans von damals, die mehr Köpfe gezählt hatten, als es Regentropfen gab, waren wie verwelktes Laub in der Gilbzeit vergangen. Sie hatten sich nicht gegenseitig im Zweikampf getötet – nein, seltsame, geheime Worte hatten sie umgebracht. Tief unter der Erde versteckte Maschinen – wie dieser COLUMBUS, von dem der Wolkenkrieger berichtet hatte – hatten sie gesprochen. Menschen, die nie Knochen genagt hatten, hatten spitzes Eisen von unvorstellbarer Schlagkraft geschwungen.

Als Cadillac nach einem Sehstein suchte, dachte er über die unerklärlichen und tragischen Geheimnisse der Alten Zeiten nach. Dann, als die Sonne sich dem Westtor näherte, fand er endlich einen. Mr. Snow hockte sich im Schneidersitz hin und schaute gebannt zu, als sein Schüler sich hinkniete. Cadillac schloss die Augen und drückte den

Stein gegen seine Stirn. Dann wechselten die Bilder aus dem Stein in seinen Geist über.

»Suche die Eisenschlange«, sagte Mr. Snow. »Geh ein Stück durch die Zeitwolken und suche eine große Schlacht.«

Seit seinen ersten Versuchen und dem Drängen seines Lehrers, praktischen Nutzen aus seiner Gabe zu ziehen, hatte Cadillac sich bis zu einem Punkt weiterentwickelt, an dem er sich an das meiste erinnerte, was er während des Kontakts mit einem Stein sah und hörte. Er hatte erkannt, dass man junge und alte Erinnerungen an der Intensität der Aura der Steine unterscheiden konnte, und sein inneres Auge sah inzwischen auch den Unterschied zwischen Visionen der Vergangenheit und Zukunft.

Cadillac hielt den Stein weiterhin fest und senkte ihn auf seine Knie. Seine Gesichtsmuskeln spannten sich, seine Mundwinkel zogen sich zurück, als erschrecke er vor irgendeiner schrecklichen inneren Szenerie des Grauens. »Mein Geist fliegt vorwärts, aber ich kann nicht sagen, wie weit ich reise«, keuchte er. Die Worte kamen zischend durch seine zusammengepressten Zähne.

»Schau dich nach Clearwater um«, schlug Mr. Snow vor. »Suche dich und den Wolkenkrieger. Du musst sie mit all deiner geistigen Kraft rufen. Vielleicht kommen ihre Bilder dann nach vorn, und die anderen bleiben im Stein versiegelt.« Der alte Wortschmied lehnte sich geduldig zurück. Hinter ihm floss das Wasser der beiden Bäche langsam nach Osten. Mehrere Minuten vergingen. Cadillac bewegte den Kopf von einer Seite zur anderen. Sein Körper fing an zu beben, dann schüttelten ihn starke Muskelzuckungen. Mr. Snow unternahm keinen weiteren Versuch, ihn zu drängen.

Cadillacs Rückgrat wurde plötzlich starr. Er richtete seine blicklosen Augen zum Himmel, und sein Gesicht verzog sich vor Angst. »Die Eisenschlange ist genau über mir!«, schrie er. »Oh, Mo-Town! Große Mutter! Sie wird mit dem Blut unseres Volkes gespeist!« Er fing an zu stöhnen und stieß kehlige Laute aus, die zu einem rauen Schluchzen wurden. Dann überfiel ihn ein erneutes Beben. Ein paar Augenblicke später flauten seine Krämpfe ab. Er sackte schwerfällig nach vorn, vom Gewicht seines Kummers völlig erschlagen.

Mr. Snow sah ihn schweigend an.

Mehrere Minuten lang rührte Cadillac sich nicht, dann richtete er sich langsam auf, zog die Schultern an und wandte Mr. Snow sein tränenüberströmtes Gesicht zu. Mr. Snow musterte ihn liebevoll. »In diesem Stein sind nur Schmerz und Kummer.« Cadillac warf ihn beiseite.

»Die Welt ist voll davon, mein Sohn«, erwiderte Mr. Snow leise. »Dies ist die Bürde, die ein Krieger tragen muss. Die dunkle Seite des Daseins, die die Seele zu zerbrechen droht. Nur wer stark genug ist, sie zu tragen, kann das Licht erreichen, das sich dahinter befindet. In ihm liegt das wahre Glück.«

»Trotzdem ... Es wäre mir lieber gewesen, du hättest mich nicht an diesen Ort gebracht.«

»Warum nicht?«

»Weil er der Ort deines Todes ist, Alter.« Cadillacs Augen füllten sich erneut mit Tränen. Er wischte sie wütend ab.

Mr. Snow verzog das Gesicht, dann strich er langsam über seinen Bart. »Wann wird es so weit sein?«

»In weniger als zwölf Monden. Kurz vor der Gilbzeit.«

Im Spätsommer des nächsten Jahres. Der alte Wortschmied senkte den Kopf und verdaute schweigend die Neuigkeit, dann hob sich sein Blick, und er ließ ihn über die Umgebung schweifen. Im Norden des Flusses lag die wellige Prärie, auf der rotes Büffelgras wuchs. Er sah wogende Wolkentürme, die wie stattliche spanische Galeonen unter vollen Segeln – kostbare Begriffe aus der Alten Zeit – langsam durch das Osttor kamen, während im Süden ein niedriges Band aus grauen, finsteren Regenwolken Schatten auf die hohen Lärchen mit den hellen Zweigenden warf. Ihre hellroten und gelben Blätter flammten in den stechenden Strahlen der Sonne; im Westen, hinter seiner rechten Schulter, erhoben sich die fernen blauen Hügel, in die sie nun zurückkehren mussten.

Mr. Snow deutete mit der Hand auf den Horizont und lächelte Cadillac an.

»Komm! Vergiss deinen Kummer. Sieh dich um! Wie kannst du in einer solchen Umgebung traurig sein? Hier ist doch ein guter Platz zum Sterben!« Mr. Snow schlug sich auf die Oberschenkel und stand auf. Er tat so, als hätte er nicht das geringste Problem mit der Welt. Er breitete die Arme weit aus und trank die Luft des späten Nachmittags.

An der Stelle, wo die beiden Flüsse sich trafen, hatte Cadillac in dem Stein viele Dinge gesehen. Manche taten zu weh, um über sie zu reden – selbst mit Mr. Snow –, aber als sie auf dem Rückweg ihrer Expedition nach Westen zuhielten, offenbarte er, dass der Wolkenkrieger freigelassen werden musste: Seine Heimkehr führte geradewegs zu den Ereignissen, die er vorausgesehen hatte. Seine Heimkehr brachte die Prophezeiung ihrer Erfüllung einen Schritt näher.

»Es wird nicht leicht zu arrangieren sein«, bemerkte Mr. Snow. »Trotz des Zeichens, das Talisman uns gegeben hat, werden einige unserer Brüder auch jetzt noch dafür sein, dass er stirbt. Sie werden alles tun, um eine Flucht zu verhindern.«

Cadillac zuckte mit den Achseln. »Wenn der Wolkenkrieger dem von Talisman vorgezeichneten Weg folgt, wird er sie überlisten.«

Mr. Snow lächelte. »Das war eines echten Wortschmieds würdig. Aber trotzdem, wenn wir jeden Zufallserfolg ausschließen wollen, muss er den Donnerkeil nehmen. Kannst du einen neuen bauen?«

Cadillac nickte. »Wenn du es möchtest, ja.«

Sie lachten sich verschwörerisch an. Steve hätte sich keinen fähigeren Schüler aussuchen können. Man brauchte Cadillac nichts zu »lehren«. Steves Unterricht hatte dem jungen Wortschmied bloß eine Gelegenheit verschafft, einen geistigen Rüssel in sein Gedächtnis zu tauchen und ein Duplikat aller Aufzeichnungen anzufertigen, die in seinen mentalen Dateien gespeichert waren. Cadillac hatte nur deswegen so formvollendet fliegen gelernt, weil seine Hirnwindungen die gleichen Sinnesdaten enthielten, die Steve in die Lage versetzt hatten, auf der Akademie so gut abzuschneiden.

Zwar hatte man Steve die Überreste der drei Himmelsfalken gezeigt, aber das Tragflächenmaterial seiner eigenen Maschine hatte der Clan sorgfältig verborgen. Sie war zwar an mehreren Stellen zerbrochen und hatte eine angesengte Schwinge, doch sonst war sie praktisch intakt.

Außerdem hatten die M'Calls einen unbeschädigten Motor und einen Propeller zurückbehalten. Steve und seine Herren in der Föderation wussten nicht, dass das Präriervolk durch Cadillac nun über das Wissen verfügte, Flugzeuge in der Art Blue-Birds zu bauen. Dies zu erreichen war ein Auftrag, den die geheimnisvollen Eisenmeister in Beth-Lem Mr. Snow insgeheim übertragen hatten: Sie hatten ihn gebeten, er solle ihnen einen Wolkenkrieger und einen unbeschädigten Donnerkeil beschaffen. Selbst wenn er keins von beiden in die Hand bekam – Cadillacs neue Fähigkeit und eine umgebaute Maschine diente ihren Zwecken ebenso. Dafür wollten die Eisenmeister, die sich stets an ihre Versprechen hielten, die M'Calls mit einem neuen, weitreichenden spitzen Eisen ausrüsten …

Als sie das Nachtlager aufgeschlagen hatten und Cadillac schlief, starrte Mr. Snow nachdenklich in die glühenden Scheite des Feuers und fragte sich, wie man die Flucht des Wolkenkriegers inszenieren könnte. Steve verfügte seit fast einem Monat über die dafür nötigen Mittel und Möglichkeiten, doch bisher war nichts passiert. Nachdem Mr. Snow das Problem ausführlich überdacht hatte, wandte er sich an die Himmelsstimmen, und mit ihrer Hilfe wurde ihm klar, dass Steves Beharrungsvermögen nichts mit Angst vor Clearwaters Ruferkräften zu tun hatte, sondern mit dem unbefriedigten Verlangen, das er nach ihr verspürte. Er wollte lieber den anderen – süßeren – Tod aus ihrer Hand erleiden. Wenn man seine Flucht sicherstellen wollte, war es paradoxerweise wohl das Beste, sie zusammenkommen zu lassen. Zwar war dies ein kleiner Betrug an seinem jungen Schützling und stand völlig im

Widerspruch zu den Wünschen der Clan-Ältesten, aber wenn es Talismans Wille war, musste es so sein.

Ohne die schlafenden Krieger zu stören, weckte Mr. Snow einen jungen Bären namens Death-Wish auf und befahl ihm, sofort zur Ansiedlung zurückzukehren. Vor ihm lag eine Strecke von 450 Kilometern, die er, wenn er nicht rastete, in anderthalb Tagen hinter sich bringen konnte. Death-Wish sollte sechs Dutzend Krieger zusammenrufen und an der Ostgrenze des D'Vine-Landes wieder zu ihnen stoßen. Außerdem sollte er Clearwater in aller Heimlichkeit ein Geschenk überbringen. Mr. Snow öffnete den um seine Taille gebundenen Beutel und händigte Death-Wish einen kleinen Beutel aus, dessen Öffnung mit einem Ziehband und einem versiegelten Knöchelbein verschlossen war. Er zeigte ihm zwar nicht den Inhalt, doch der Beutel enthielt eine dünne Standard-Erkennungsmarke, die Steves Namen und Nummer trug und ein Dutzend Traumkappefasern.

Als Cadillac am nächsten Morgen entdeckte, dass Death-Wish nicht mehr bei ihnen war, sagte Mr. Snow, er habe ihn fortgeschickt, um Verstärkung zu holen, die ihren Rückweg durch das D'Vine-Territorium deckte. Cadillac akzeptierte die Erklärung ohne weitere Fragen. Zwar wusste er nichts von Mr. Snows geheimem Plan, aber da er in dem Stein gelesen hatte, wusste er, dass Steve Clearwater irgendwann in der Zukunft begehren würde. Er hatte zwar bemerkt, dass die beiden sich zueinander hingezogen fühlten, sie aber noch nicht aufgefordert, sich dazu zu bekennen. Seine diesbezügliche Unentschlossenheit lag an Mr. Snow: Seit Steves »Geständnis« hatte der alte Wortschmied seine unheimlichen Kräfte eingesetzt, um Cadillacs Wahrnehmungsfähigkeit ebenso einzunebeln wie Commander Hartmanns Überlegungen vor dem Angriff auf den Wagenzug.

Leider hatte Mr. Snow nicht eine ebensolche heimliche Störung ausstrahlen können, als Cadillac den Stein gesucht hatte. Das Ergebnis war, dass die unerwartete Intensität des Gefühls, das die Bilder von Steve und Clearwater begleitet hatte, den jungen Wortschmied in einen Zustand hoher Nervosität versetzte. Von seinen vorherigen Ausflügen in den Geist des Wolkenkriegers wusste Cadillac, dass seine Freundschaft zu ihm auf echten Gefühlen basierte – auf Gefühlen, die in einem ständigen Widerspruch zu der finsteren, verräterischen Seite von Steves Charakter standen. Bis jetzt hatte Cadillac Steves Dilemma zwar mit Verständnis gesehen, doch die Offenlegung des vollen Umfangs seiner künftigen Beziehung zu Clearwater wirkte sich auf seine Psyche lähmend aus. Als Cadillac aus der Trance erwacht war, war sein Geist von der üblichen mentalen Lethargie verschont und trotz der neuerlichen Blockierungsversuche durch Mr. Snow wachsam und klar geblieben.

Cadillac hatte bis zu diesem Augenblick fest an die Vorhersehung und die Unanzweifelbarkeit des Willens Talismans geglaubt. Doch nun trieben ihn Stolz und Eifersucht und das Empfinden von Frevel und Betrug an. Er hatte das rebellische Gefühl, etwas tun zu *müssen*. Er wollte die Lage beherrschen; er wollte seinen Willen mit irgendeiner einfachen, entschlossenen Handlung durchsetzen, um den Verlauf der künftigen Ereignisse zu ändern. Er wollte die Richtung des Zeitstroms ändern, sodass der Tod und die Vernichtung, die er vorhergesehen hatte, nicht eintraten.

Zwar war er sich darüber im Klaren, dass er sich mit dem übermächtigen Wesen, dass über die Prärievölker wachte, auf eine Stufe stellte, wenn er den Versuch unternahm, das Vorherbestimmte zu manipulieren – und er wusste auch, dass es falsch war –, aber all dies lenkte seine wachsenden Zweifel nicht ab. Er litt an einem verzeihlichen Dünkel, den er mit zahllosen anderen jungen und vielen älteren Menschen teilte, die längst nicht mehr lebten.

Am gleichen Tag, an dem Death-Wish sich in Marsch gesetzt hatte, ging Cadillac gegen Sonnenuntergang in einer kurzen Pause zu Motor-Head. Der muskulöse Krieger kniete in einem Bach und wusch sich das Gesicht, den Brustkorb und die Hände mit kaltem Wasser. Black-Top und Steel-Eye, seine ständigen Begleiter, hatten sich am Ufer ausgestreckt und aßen Gelbfäuste – so nannten die Mutanten die großen, wild wachsenden Äpfel.

Als Cadillac sich an den Rand des Baches kniete, formte Motor-Head mit seinen Händen eine Schale und spritzte ihn nass. »Du siehst traurig aus, Sandwurm. Bedrückt dich etwas?«

»Ja. Ich möchte mit meinem Bruder über die Dinge sprechen, die ich in dem Stein gesehen habe.«

Motor-Head stieg aus dem Wasser und winkte Black-Top und Steel-Eye zu, damit sie kamen und rechts und links von ihm Platz nahmen. Die drei Krieger hockten sich hin und sahen Cadillac an. Motor-Head schnippte mit den Fingern, dann deutete er auf ihn. Black-Top warf Cadillac einen Apfel zu. Steel-Eye legte einen anderen in die ausgestreckte Hand ihres Anführers. Motor-Head biss hinein. »Worüber möchtest du reden?«

»Über den Todesbringer.«

Motor-Head spuckte das abgebissene Stück aus, warf den Rest des Apfels weg, beugte sich mit den Händen auf den Knien vor und richtete den Blick seiner pechschwarzen Augen auf Cadillac. Seine gewaltigen Hände hingen lose herab, und er biss fest die Zähne zusammen. Seine Halsmuskeln spannten sich; das Thema hatte seinen Killerinstinkt geweckt.

»Er will verschwinden«, sagte Cadillac. »Er will in die finsteren Städte unter der Wüste zurückkehren. Und er will Clearwater mitnehmen.«

Motor-Head maß seine beiden Kameraden mit einem Blick, dann konzentrierte er sich wieder auf Cadillac. »Wann soll das sein?«

»Bald. Wahrscheinlich innerhalb der nächsten zwei oder drei Mondaufgänge.«

»Weiß der Alte auch davon?«

»Er hat mir nichts davon erzählt«, erwiderte Cadillac. »Und ich habe ihm auch nichts gesagt.«

Motor-Heads Augen funkelten, als er die Nachricht hörte. »Was sollen wir deiner Meinung nach tun? Ihm die Flügel stutzen?«

»Ja. Aber so, dass es dem Donnerkeil nicht schadet.«

Motor-Head wechselte einen erneuten Blick mit Black-Top und Steel-Eye. Sie stimmten ihm schweigend zu. Er wandte sich wieder an Cadillac. »Wenn die anderen unter Mo-Towns Umhang schlafen, laufen wir nach Hause. Es wird nicht einfach sein. Es ist weiter weg als ein Tageslauf. Vielleicht kommen wir nicht mehr rechtzeitig an.«

Cadillac hob die Gelbfaust hoch, die Motor-Head ihm gegeben hatte. »Wenn es überhaupt einer schaffen kann, dann du.«

Motor-Head nickte mit sichtlichem Stolz. »Richtig.« Er legte die Hände um seine Knie und spannte die Schulter- und Beinmuskeln. »Die verräterische Krähe beschmutzt also den Boden derjenigen, die sie ernähren. Sollen wir ihn umbringen?«

Cadillac dachte sehr intensiv über diese Frage nach. Das Verhindern der Flucht des Wolkenkriegers war eine Entscheidung, die man wieder zurücknehmen konnte, doch der Befehl, ihn zu töten, war eine unwiderrufliche Tat, die unter Umständen eine noch größere Katastrophe auslöste als die, die er vermeiden wollte. Eine solche Tat konnte ihn außerdem völlig unwürdig in Mr. Snows Augen machen. »Nein«, sagte er. »Tötet ihn nicht. Sorgt nur dafür, dass er … am Boden bleibt.«

Motor-Head verzog den Mund. »Du enttäuschst mich, Sandwurm. Du hast zwar Gift im Herzen, aber deiner Zunge fehlt es an Biss. Wer Mr. Snows Stelle einnehmen will, braucht eine eiserne Seele. Wenn man die schwierigen Dinge nicht beim Namen nennen oder erledigen kann, wird der Clan untergehen.«

Cadillac lauschte seinem Gewissen und stellte fest, dass sein Gefühl ihm die richtige Antwort gab. »Wer Ratschläge erteilt, muss auch wissen, wann man ein Leben nimmt und wann man es verschont. Krieger brauchen nicht in Blut zu waten. Die Stärke und der Mut, die man braucht, um einen Feind zu töten, sind nur der erste Schritt auf dem Weg zum Verständnis.«

Motor-Head schnaubte geringschätzig. »Ich will mich nicht mit dir streiten, Brüderchen. Dein Kopf enthält die Geheimnisse der Sterne, meine Hand hält spitzes Eisen – aber wir sind beide auf die Welt gekommen, um das Prärievolk in Talismans Namen zu schützen.« Er deutete mit einem Finger auf die Frucht in Cadillacs Hand. »Geh! Süße deine Zunge an der Gelbfaust und befrage dich über die Wege der Welt. Überlass den Wolkenkrieger uns.«

Als es dunkel wurde, hielt Mr. Snows Gruppe an. Nach dem kurzen Mahl an einem kleinen Lagerfeuer wurden Wachen aufgestellt, und der Rest der Gruppe hüllte sich in geflochtene Grasmatten. Cadillac fand keinen Schlaf. Er drehte und wendete sich ohne Pause, denn die Unentschlossenheit und sein schlechtes Gewissen machten ihm zu schaffen. Schließlich, als er es nicht mehr länger ertragen konnte, suchte er den alten Wortschmied auf.

Mr. Snow, der fest schlief, war nicht sonderlich guter Laune, als Cadillac ihn weckte. »Große Himmelsmutter, was ist denn?«, brummte er. Er setzte sich hin und fröstelte. »Talisman! Ist das kalt! Ahhh! Ich werde zu alt, um draußen zu schlafen.« Er zog die Decke fester um seine Schultern. »Ist noch etwas Holz da, das man aufs Feuer legen kann?«

Cadillac sah sich in der Dunkelheit um und fand ein paar Äste. Er fachte die ersterbenden Flammen an und blies ins Feuer, bis es wieder anging.

Mr. Snow wärmte sich die Hände. »So ist es besser«, murmelte er. Er musterte Cadillacs Gesicht im Flackern des roten Scheins. »Du siehst so aus, als wäre der Himmel eingestürzt.«

»Ich habe dich entehrt, Alter.«

Mr. Snow gähnte und reckte sich. »Lass es mich beurteilen. Fang einfach an; fasse dich kurz und rede schlicht.« Sein Blick wanderte von Cadillacs Gesicht zum Feuer.

Cadillac fiel seine Angst über die Dinge ein, die er in dem Stein gesehen hatte, dann holte er tief Luft und erzählte Mr. Snow, dass er Motor-Head, Black-Top und Steel-Eye in Marsch gesetzt hatte, um den Wolkenkrieger aufzuhalten. Er setzte sich nervös zurück und rechnete damit, dass sein Lehrer wütend explodierte.

Mr. Snow sagte eine ganze Weile nichts. Er starrte nur sehr lange ins Feuer. Als er den Kopf hob, wirkte er alt und müde. »Wann sind sie aufgebrochen?«

»Kurz nach dem Essen.«

Mr. Snow stieß einen langen, müden Seufzer aus, dann rieb er sich das Gesicht. »Dann sollten wir lieber aufbrechen …«

»Zur Ansiedlung?« Seine gelassene Reaktion verwirrte Cadillac.

»Wohin denn sonst?«

»Du bist nicht wütend, Alter?«

Mr. Snow gähnte erneut. »Wütend? Du Dummkopf! Du Schwachkopf! Was du getan hast, ändert nichts! Glaubst du denn, einer von uns könnte Talismans Willen beeinflussen? Du bist doch ein *Instrument* seines Willens!«

Cadillac streckte die Beine aus und kniete sich mit gesenktem Kopf hin. »Verzeih mir, Alter, weil ich deinen Worten gegenüber blind und taub war.«

»Es gibt nichts zu verzeihen«, grunzte Mr. Snow. »Als ich in deinem Alter war, habe ich auch geglaubt, ich könne der Herr der Welt sein. Aber so ist es nicht.« Er stand auf und machte Anstalten, seine Decke einzurollen.

Cadillac stand auf. »Bedeutet das, dass wir die Schmach hinnehmen müssen – dass wir gar nichts tun sollen?«

»Natürlich nicht!«, rief Mr. Snow aus. »Man tut das, was

man tun muss! Aber vor allem soll man versuchen zu verstehen! Komm, hilf mir, die anderen zu wecken.«

»Aber … Alter … Was soll es uns bringen, wenn wir gehen? Wenn wir doch nichts ändern können …«

Mr. Snow setzte einen schelmischen Blick auf. Dann kicherte er und hielt einen Finger unter Cadillacs Nase. »Wir werden dir eine Lehre erteilen. Ich hoffe, dass sie nicht nutzlos ist, denn es könnte sein, dass die Rennerei mich umbringt.«

Nachdem Death-Wish ihre Clan-Schwestern rund um den gelben Blätterschirm und in den kleinen Teich gescheucht hatte, fand Clearwater das kleine, viereckige Päckchen aus gefalteten roten Blättern vor ihrer Hütte auf der Matte. Sie nahm es mit hinein, öffnete es und stieß auf den Beutel. Sie zerschnitt den festen Knoten mit ihrem Jagdmesser auf und schaute hinein. Der würzige Duft sagte ihr, dass der Beutel eine Prise der Droge enthielt. Dann zog sie die Kette mit der Erkennungsmarke hervor, musterte die stummen Sprachzeichen der Sandgräber und erkannte, dass es sich bei dem Gegenstand um etwas handelte, das Steve gehörte.

Als sie die Marke an ihre Stirn drückte, wusste sie sofort, wer sie ihr geschickt hatte und was sie tun sollte. Bei der Vorstellung, was vielleicht an Schrecklichem passierte, wenn sie zu dem Wolkenkrieger ging und man sie zusammen fand, empfand Clearwaters Herz abwechselnd Freude und Furcht. Ihr war klar, dass Mr. Snow sie nie darum gebeten hätte, Tod und Ehrlosigkeit zu riskieren, wenn es nicht notwendig gewesen wäre. Außerdem wusste sie, dass der Wolkenkrieger von hier fortging und sie zurückließ, wenn sie tat, was getan werden musste. Erfuhr der Clan davon, musste sie sich vor Cadillac hinknien und sich der schandvollen Erkenntnis stellen, ihn betrogen zu haben. Auch das war fast wie ein Tod. Aber sie war ein Kind des M'Call-Clans aus der Linie She-Kargos. Und wie Mr. Snow Steve erklärt hatte, waren die M'Calls mutig genug, ihr Schicksal anzunehmen.

Als Clearwater für sich und ihre Clan-Schwestern das Abendessen zubereitete, kehrte Death-Wish in die Ansiedlung zurück. Ihre beiden Schwestern hatten keine Ahnung, dass ihre Portionen eine großzügige Dosis der Droge enthielten. Wenn man sie mit der Nahrung kochte, wirkte sie wie ein starkes Schlafmittel, und so dauerte es nur eine Stunde, bis die beiden sanft in einen tiefen Schlaf fielen.

Zuversichtlich, dass sie erst am nächsten Tag wieder erwachten, wenn die Sonne am höchsten stand, ging Clearwater zum Teich, in dem ihre Schwestern Death-Wish in einer ausgelassenen Mischung aus Liebe und Hygiene versorgt hatten, und wusch sorgfältig ihren frisch bemalten Leib. Dann ging sie zur Hütte zurück, kniete sich auf die geflochtenen Matten, sang vor sich hin, drehte frische Blumen in ihr Haar und rieb sich Arme, Brüste, Bauch und Schenkel mit einem wohlriechenden Öl ein. Das Lied, das sie sang, handelte von einer Wölfin, die in der Zeit der Neuen Erde mit ihrem jungen Geliebten – einem Krieger – schlief und ihn kurze Zeit später, im Frühsommer, durch die Messer eines marodierenden Clans verlor. Es war ein trauriger, klagender Singsang, der ihr Tränen in die Augen trieb.

Und so kam es, dass Steve sich in der Nacht vor Cadillacs und Mr. Snows Rückkehr schläfrig herumdrehte und feststellte, dass Clearwater sich unter den Wolfsfellen an ihn schmiegte. Als er die Augen öffnete, legte sie einen warnenden Finger auf seine Lippen und umarmte ihn. Als ihre Lippen die seinen berührten und ihr geschmeidiger Körper sich schlängelnd an ihm rieb, durchzuckte ihn ein elektrischer Schlag. Es war unglaublich. Das Gefühl war nicht von dieser Welt. Die Granate, die er der Lundkwist ins Rohr geschoben hatte, war gegen das hier nichts. Auch wenn Steve nicht wusste, was das *Wort* Liebe bedeutete – er wusste, wie sie sich anfühlte. Sein Herz tat einen Sprung und rief in ihm das Gefühl hervor, er müsse vor schierer Freude ersticken. Alles wurde Wirklichkeit. Es passierte. Sie war da: anschmiegsam, ungeduldig, vibrierend, sinnlich, verlangend. Doch gleichzeitig erschien es ihm absolut unwirklich.

Als sie sich in der Dunkelheit herumwälzten und sich zärtlich umklammerten, bewegten sie sich auf eine sanfte, traumhafte Weise, die kaum etwas mit dem verschwitzten Gerammel und dem Gefühl des Nichtzusammengehörens seiner vorherigen sexuellen Begegnungen zu tun hatte. Sie schwebten auf einer Welle von Gefühlen und wurden auf eine andere Ebene gehoben – in eine fremde, zeitlose Dimension, die hinter den Grenzen der bekannten Realität lag.

Ich erlebe es nicht wirklich, dachte Steve. *Meine Fantasie narrt mich.* Aber nein. As er im ersten grauen Licht des Morgens wieder erwachte, lag Clearwater schläfrig an seiner Seite und hatte ihre Beine um die seinen geschlungen. Steve brauchte ein paar Sekunden, um sich zu sammeln, dann traf ihn die Wirklichkeit des Augenblicks wie mit einem Vorschlaghammer zwischen die Augen.

»Christoph Kolumbus ...!«, flüsterte er. Das, was sie getan hatten, war der Gipfel der Torheit gewesen. Wenn die anderen es herausbekamen, waren alle Verbindungen zerstört, die er sich sorgfältig aufgebaut hatte. Jetzt hatten seine Gegner den Beweis, dass er die sozialen Werte des Clans absolut missachtete – man würde sie beide zum Tod verurteilen.

Auch Clearwater empfand Reue, doch nicht deswegen, weil sie ein Verbot übertreten hatte, sondern weil ihr Verlangen Steves Leben in Gefahr brachte. Sie nahm sein Gesicht in beide Hände und machte ihm klar, dass es nur eine Lösung für die Klemme gab, in die sie sich gebracht hatten: Er musste mit dem Donnerkeil entfliehen, den er gebaut hatte.

Steve nahm sie in die Arme. »Ich gehe nur, wenn du versprichst, dass du mitkommst.«

Clearwater legte beide Hände auf seinen Brustkorb. »Das ist doch Wahnsinn. Es ist kein Platz für mich in deinem Donnerkeil.«

Steve wusste, dass sie recht hatte. Es gab keine Möglichkeit, dass der Drachen sie beide trug. Die Tragflächen gaben nicht genug Auftrieb, weil er nur eine begrenzte Gewebemenge hatte bergen können. Es war reiner Selbstmord, aber Steve wischte den Gedanken, dass sie es nicht schaffen würden, beiseite und hielt sie an den Armen fest. »Okay. Dann gehen wir eben zu Fuß.«

Clearwater schüttelte traurig den Kopf. Ihr Blick war voller Tränen. »Oh, Goldener – du solltest mit dem Kopf denken statt mit dem Herzen! Du verlangst das Unmögliche! Wohin sollen wir denn fliehen? Schau mich doch an! Ich bin anders als du!«

Steves Hände streichelten die Farbe auf ihren Unterarmen. »Bist du nicht! Du bist anders als die anderen!«

»Ja, ich weiß. Ganz unten ist meine Haut so wie deine, aber dein Volk wird mich niemals akzeptieren. Und selbst wenn es so wäre – ich könnte in eurer dunklen Welt unter der Wüste nicht leben.«

»Sie ist nicht dunkel«, zischte Steve. »Es gibt dort keine Nacht! Sogar auf den untersten Etagen ist das Licht so hell, als stünde die Sonne im Zenit. Es gibt dort keinen Weißen Tod und keinen Regen. Tausende von uns verbringen das ganze Leben im Erdschild – glücklich«, fügte er hinzu, denn er war selbst nicht ganz davon überzeugt.

»Ich könnte keinen Tag in euren hellen Höhlen leben«, sagte Clearwater leise. »Möchtest du mich denn mitnehmen, damit ich dort unten sterbe?«

»Nein, nein«, murmelte Steve. Sein Verstand suchte verzweifelt nach einer praktischeren Lösung ihres Problems, nach einem überzeugenderen Argument.

Clearwater streichelte seine Wange. »Selbst wenn ich zustimme, mit dir zu gehen … Wir wären vom Anfang an zum Untergang verurteilt. Du kannst nicht schneller laufen als die Bären. Sie würden uns gnadenlos Tag und Nacht jagen, sogar im Schlaf.«

Steve wusste, dass sie damit auf ihre Fähigkeit anspielte, mit ihrem charakteristisch springenden Schritt ohne Pause laufen zu können. Sie konnten länger als vierundzwanzig Stunden auf den Beinen sein und schlafen beim Laufen wie Vögel im Flug. Er dachte angestrengt nach, dann kam ihm eine brillante Idee. »Was ist mit deinen Kräften? Du hast doch den Stein fliegen lassen, oder? Kannst du sie nicht einsetzen, um uns zu beschützen?«

Clearwater schüttelte erneut den Kopf. »Nein. Es wäre zu gefährlich. Ich bin Mr. Snow nicht ebenbürtig.«

Steve sah sie mit einem überraschten Stirnrunzeln an.

Clearwater wirkte nicht weniger überrascht. »Hat er, als ihr über die Talisman-Prophezeiung gesprochen habt, nicht erwähnt, dass er ein Rufer ist?«

»Nein«, sagte Steve. »Er hat es wohl vergessen.«

»Es gibt neun Große Kreise der Macht«, erläuterte Clearwater. »Ich beherrsche gerade die ersten zwei. Mr. Snow ist ein absoluter Meister der ersten sieben.«

»Und was ist mit den beiden letzten?«

»Nur Talisman ist stark genug, die Neun zu beherrschen«, erwiderte Clearwater. »Aber keiner aus dem Prärievolk ist so stark wie Mr. Snow. Der Siebente Kreis wird Sturmbringer genannt. Warst du nicht in der Eisenschlange, als er sie mit dem Nebel geblendet und dann das Gewitter und die Überschwemmung über sie gebracht hat?«

»Soll das etwa heißen, der alte Mann …« Steve sah Clearwater erschrocken und ungläubig an. »Er hat es getan? Mr. Snow … hat die Überschwemmung erzeugt? Er hat den Wagenzug fast zu einem Wrack gemacht?«

»Ja!«

Steve gab sich alle Mühe, diese Enthüllung zu verdauen. Obwohl sie unglaublich war, bezweifelte er kein Wort. Er dachte an den Stein, der vom Himmel gefallen war, und dann an die aufgespießten Schädel Naylors und Fazettis vor Clearwaters Hütte im Wald. »Hast du auch etwas getan?«

Clearwater schaute ihm tief in die Augen, doch bevor sie antwortete, las sie die Frage in seinem Geist. »Ich habe das getan, was ich tun musste. Ich habe dich auch vor

Motor-Heads Hammer bewahrt.« Als Steve antworten wollte, versiegelte sie seine Lippen, dann ergriff sie seine Hände, küsste sie liebevoll und drückte sie an ihr Gesicht. »Du musst gehen! Ich bitte dich – geh jetzt! Warte nicht, bis Cadillac und Mr. Snow zurückkehren!«

Es war zwar gegen Steves Instinkt, einfach wegzulaufen, wenn eine Sache heikel wurde, aber diesmal wusste er, dass er keine andere Wahl hatte. Es gab keine Möglichkeit, das Geschehene zu verheimlichen – besonders nicht vor Mr. Snow, der sich als Experte in der Kunst erwiesen hatte, alle Schichten der Hinterlist zu durchdringen, die Steves wahre Absichten in der Vergangenheit umhüllt hatten. Er musste weg. Nicht nur, um Clearwater und sich zu schützen; nein, auch um der Föderation willen.

Er musste irgendeinen Weg finden, um zu Hause von der Talisman-Prophezeiung zu berichten. Zwar wusste man von den Wortschmieden, aber nicht von den Rufern und Sehern. Man wusste auch nicht, dass die Mutanten-Magie kein zersetzendes Geschwätz war, sondern tödliche Realität, die man nicht mehr ignorieren konnte. Dennoch konnte es sich als risikoreich erweisen, der Überbringer von Nachrichten zu sein, die niemand hören wollte. Stellte er es jedoch richtig an, konnte er unter Umständen zehn Dienstgrade überspringen. Wenn er es falsch anstellte … fand er sich eventuell wegen Verbreitung von Panik und Defätismus vor einem Exekutionskommando im TV-Kanal des öffentlichen Dienstes wieder.

Außerdem bestand noch die Möglichkeit, mit Lundkwist, Gus White und allen anderen abzurechnen, die sich verbündet hatten, um ihn von der ersten Position der Geprüften zu verweisen. Yeah …

»Es wird hell«, flüsterte Clearwater. »Du musst gehen.«

»Du auch …« Sie umarmten sich verzweifelt zum letzten Mal, dann zog Steve sich mit raschen Bewegungen an. Offenbar hatte er während der drei Jahre auf der Akademie doch etwas gelernt.

»Der Donnerkeil – kannst du ihn allein versorgen?«

»Ja, keine Sorge«, murmelte er und genoss, als sie seinen Kopf zwischen ihre Wange und ihre Schulter nahm, einen letzten kurzen Moment lang ihre kauernde Gestalt, ihre eingeölte Haut, ihr weiches Haar und ihre Körperwärme. Dann machte er sich los, löste ihre Hände von seinem Hals, gab ihr einen letzten Kuss und schob sie von sich. »Also los, dann geh!«

Clearwater schüttelte den Kopf. »Nein. Es ist sicherer, wenn du zuerst gehst. Wenn du erst weg bist, sieht auch mich niemand mehr.«

Steve fragte sich, was sie damit meinte, aber jetzt war nicht die richtige Zeit für ungeschickte Fragen. Er lugte durch den Türlappen. Draußen bewegte sich nichts. Der Ort war so still wie der New Deal-Platz bei einer Gedenkminute für die Erste Familie. Er blickte auf Clearwater zurück und sah, dass sie die Taschen ihrer Kleider durchwühlte.

»Ich habe etwas bekommen, das dir gehört …« Sie hielt die Kette hoch, an der seine Erkennungsmarke hing. »Darf ich es behalten?«

»Natürlich. Komm, ich leg sie dir um.« Er nahm die Marke in die Hand und zeigte sie ihr. »Siehst du die Zeichen hier? Das da ist mein Name. Steven Roosevelt Brickman.«

»Das ist gut«, sagte Clearwater. »Es bedeutet, dass ein Teil von dir immer bei mir ist.« Sie ließ ihr langes Haar über die Schulter nach vorn gleiten und neigte in einer fast zeremoniellen Geste den Kopf.

Steve legte die Kette um ihren schlanken Hals und drehte sie so, dass das Namensschild zwischen ihren Brüsten lag, dann schob er ihr Haar wieder nach hinten und nahm ihr Gesicht in die Hände. »Ich komme zurück. Ich weiß zwar noch nicht, wann oder wie, aber ich finde einen Weg. Ich verspreche es.« Er meinte es ernst. »Vergiss mich nicht.«

»Nie«, flüsterte Clearwater. Eine Hälfte ihres Ichs konnte es nicht ertragen, ihn ziehen zu lassen; die andere, sensiblere, glaubte nicht, dass sie ihn je wiedersehen würde. Sie wusste, es war besser, alles auszulöschen, was passiert war. Sie musste ihn aus ihrer Erinnerung verdrängen. Unmöglich …

»Ciao«, sagte Steve und verwendete damit eins der Mutantenworte für »Lebewohl«. *Los geht's, Brickman,* sagte er sich. *Setz dich in Bewegung! Mach, dass du wegkommst!* Er duckte sich unter den Türlappen und drehte sich, um den Schlagstock mitzunehmen, der an der Hüttenwand stand. Aus den Augenwinkeln sah er etwas, das links von ihm am Schädelpfahl lehnte. Steve starrte es an, dann streckte er die Hand aus und berührte es vorsichtig, als fürchte er, es könne sich in Luft auflösen.

Es war das Luftgewehr! Das Luftgewehr, das Cadillac aus seinem Himmelsfalken geholt hatte! Steve nahm es an sich, betastete es beinahe sinnlich mit den Händen, genoss das harte, kalte Gefühl der Läufe, wischte den dünnen Feuchtigkeitsfilm mit dem Ärmel ab und prüfte schnell den Magazininhalt. Drei Dreifachsalven … Scheiße … Aber besser als nichts. Er warf einen Blick auf den Luftdruckspeicher. Mehr als genug. Ach, herrliche Kleine! Er spielte kurz mit dem Gedanken, Clearwater ein Dankeschön zu sagen, doch dann kam er zu dem Schluss, dass es unnötig war. Wenn sie ein großes Palaver hätte haben wollen, hätte sie die Waffe gleich mit in die Hütte gebracht. Steve wollte gerade aufstehen, dann hielt er in einem plötzlichen Impuls inne und kniete sich wieder hin. Er nahm ein paar Grasmatten und rollte das Gewehr ein. Äußerst zufrieden, weil die Waffe nun sicher versteckt war, stand er auf, klemmte die Matten unter den Arm, warf sich den Schlagstock über die Schulter und schlenderte, ohne einen Blick nach hinten zu werfen, auf den Steilfelsen zu.

Clearwater hockte im Innern der Hütte auf den Fersen und biss sich bei dem Bemühen, die bitteren Tränen zurückzuhalten, die ihren Blick verschleierten, auf die Unterlippe. Sie streichelte die Erkennungsmarke, dachte an die allzu kurzen Augenblicke, die sie in den Armen des Wolkenkriegers verbracht hatte, und zog sich mit einem Seufzer wieder an. Als sie vor die Hütte trat, stellte sie erleichtert fest, dass sich am Osttor noch nicht das kleinste Leuchten zeigte. Bald würde Steve ins Morgengrauen hineinfliegen.

Clearwater ging durch die schlafende Ansiedlung zu Mr. Snows Hütte, legte eine mitgebrachte Matte auf den Boden, hüllte sich in ihr warmes Nachtfell und hockte sich hin, um die Ankunft der Wortschmiede abzuwarten. Sie versuchte, an Cadillac zu denken, doch die Kraft in ihrem Innern, die sie zur Ruferin gemacht hatte, sandte den Blick ihres inneren Auges zum Steilfelsen hinüber. Und dort kreiste er dann, wie ein Totenvogel mit riesigen Schwingen. Unter sich sah sie den Donnerkeil auf seinen Pfosten ruhen und etwas weiter entfernt ihren geliebten Wolkenkrieger, der auf ihn zuging.

Aber Moment! Was war das?

Clearwater hob den Kopf mit geschlossenen Augen aus dem sie einhüllenden Fell. Ihre Nasenflügel bebten wie die eines Gefahr witternden Renners.

Als Steve die höchste Stelle des oberhalb der Ansiedlung liegenden Abhangs erreichte, nahm er erleichtert zur Kenntnis, dass der Drachen noch an seinem Platz stand – er war etwa fünfzehn Meter vom Rand des Steilfelsens entfernt an sein Stützgestell gebunden. Niemand bewachte ihn. Aus irgendeinem Grund, für den Steve nie eine Erklärung gesucht hatte, überfielen die Mutanten während der Nacht nie die Lager ihrer Rivalen oder suchten sonst irgendwelchen Ärger. Sobald die Sonne unterging, legten sie die Waffen weg. Zwar blieben die Wächter rund um das Clan-Territorium auf dem Posten, aber meist schliefen auch sie bis zum Morgengrauen. Nachts blieb nur einer wach, um nach vierbeinigen Räubern – etwa Wölfen und Berglöwen – Ausschau zu halten. Seit Mr. Snows Kommando das Lager verlassen hatte, hatte man zwar zwei Krieger zur Bewachung Blue-Birds abgestellt, doch sie taten nur am Tag Dienst. Offenbar war noch niemand auf den Gedanken gekommen, Steve könnte mitten in der Nacht einen Fluchtversuch unternehmen.

Als er an den Drachen herantrat, sah er, dass ihm jemand einen rot-weißen Fliegerhelm geschenkt hatte. Er schaukelte an einem Riemen des Geschirrs hin und her. *Wie eigenartig*, dachte Steve. Er äugte durch das ihn umgebende Grau, konnte jedoch nichts erkennen. Vielleicht bewegte er sich, weil ein starker Windstoß über den Steilfelsen hinaufgewirbelt war. Steve las den auf dem Helm stehenden Namen: Er gehörte Fazetti, einem seiner Kameraden aus dem Adler-Geschwader.

Pech gehabt, Lou. Schade, dass du es nicht geschafft hast …

Steve legte den Schlagstock und die eingerollte Grasmatte in den Drachen und setzte den Helm auf. Er schob das Visier hoch und zog den Kinnriemen fest, löste die Seile, die die aufgeklappten Schwingen an die mannshohen Gestelle banden, und schob den Bock unter dem Heckmotor weg. Steve zückte sein Kampfmesser, schnitt ein Seil in der Mitte durch und warf die beiden Hälften auf die Matte. Er wollte sie um die Enden der Rolle binden und das Gewehr später am unteren Teil des Steuerknüppels befestigen. Doch der gleiche Impuls, der ihm geraten hatte, die Waffe mit der Matte zu umhüllen, sagte ihm, dass er diese Arbeit erst im allerletzten Moment erledigen sollte. Wenn jemand Alarm schlug, musste er vielleicht schnell an das Gewehr herankommen …

Er brauchte jetzt nur noch einen Blick auf das Schwingengewebe zu werfen, um sich zu versichern, dass es nirgendwo Risse oder lose Nähte gab. Außerdem galt es, die Spannung und Verankerung der Haltedrähte und der Aufhängung sowie den Zustand der Netzriemen zu prüfen, an denen er hängen würde. Und dann noch die Leitungen, die den Strom über die Schwingen zum Motor führten. Wenn er die einzelnen Prüfungen hinter sich hatte, brauchte er sich nur noch ins Geschirr zu schnallen, loszulaufen, darauf zu achten, dass der Propeller dem Boden nicht zu nahe kam, und sich über den Klippenrand zu stürzen. Das war alles.

Obwohl Steve genau wusste, dass er keinen Augenblick zu verlieren hatte, befand er sich fast in einem Dilemma: Bis jetzt hatten all seine Flüge im hellen Tageslicht stattgefunden. Trotz der späten Jahreszeit war das Wetter stets warm und sonnig gewesen – genau richtig, um die Solarzellen aufzuladen, deren Energie den Motor mit Strom versorgte. Zwar floss der Strom nicht immer gleich, aber er verlieh dem Drachen nützliche Zusatzkraft.

Und nun stand er hier im Halbdunkel und war von feuchtkalter Luft umgeben. Selbst wenn es ihm gelungen wäre, ein Ladegerät zu bergen – das Gewicht hätte den Einbau sinnlos gemacht. Aber wenn die Sonne nicht da war, gab es auch keinen Strom – das bedeutete, dass er sich statt mit einem Motor fünf bis sechs Stunden lang mit einem nutzlosen Schrotthaufen belastete. Und die Belastung würde noch länger dauern, wenn das Wetter schlecht blieb. Sollte er das Risiko eingehen und einfach losfliegen? Oder sollte er den Motor einfach lösen? Er hatte die nötigen Werkzeuge. Es ging nur um ein halbes Dutzend Schraubenmuttern und ein paar Strippen. Es bedeutete freilich, dass die nervenaufreibende Plackerei des Drähteverbindens und Prüfens völlig umsonst gewesen war. Aber was, zum Teufel …

Steve stützte die Hände auf die Hüften und ging einige Male um den Drachen herum, wägte das Für und Wider ab, appellierte schweigend an den Himmel und beschloss, den Motor abzuschrauben. Jetzt, wo er eine Entscheidung getroffen hatte, ging er zügig an die Arbeit. Er löste die Stromleitungen und machte sich an die Schrauben. Eins …

zwei … drei … vier … Jetzt waren es nur noch zwei, eine auf jeder Seite des Motors. Wie ironisch. Wenn er auf den Motor verzichtete, nahm die potenzielle Tragkraft des Drachens zu. Wenn er von Anfang an daran gedacht hätte, hätte Clearwater – vorausgesetzt, sie wäre bereit gewesen, ebenfalls von hier zu verschwinden – nach ein paar letzten Geschirreinstellungen mitkommen können.

Bevor er die letzten beiden Schrauben löste, schob Steve das Heckgestell wieder an seinen früheren Platz, damit es das Gewicht des Motors trug. Als er den Arm hob, um die vorletzte Mutter mit dem primitiven Schraubenschlüssel zu packen, spürte er, dass es ihm kalt den Rücken hinunterlief. Er warf einen Blick über die Schulter und erlitt fast einen Herzschlag. Motor-Head stand genau hinter ihm. Er stützte sich ganz beiläufig auf seinen Schlagstock.

»Mann!«, schrie Steve. »Für einen Burschen deiner Größe bist du aber verdammt leise!«

Motor-Head fletschte grinsend die Zähne.

Steve wurde den Eindruck nicht los, dass er sich in Schwierigkeiten befand. »Wo sind Mr. Snow und Cadillac – unten im Lager?«

»Nein, sie sind noch nicht zurück«, sagte Motor-Head. »Wir sind ihnen vorausgegangen.«

»Ach …« Steve schaute sich um und sah zwei finstere Gestalten, die zwischen dem Drachen und dem Steilfelsen standen. Es sah nicht gut aus. *Immer die Ruhe bewahren, Brickman.*

Motor-Head musterte den Drachen. »Fliegst du wohin?«

»Ich? Ach, nein. Ich wollte nur … ein paar Dinge richten. Ich konnte nicht schlafen … deswegen … bin ich auch raufgekommen, um ein bisschen am Motor zu arbeiten.«

»Im Dunkeln?«

Steve zuckte mit den Achseln. »Bin gerade erst gekommen. Wird doch gleich hell.«

»Ja … Und was soll der Helm?«

»Er hält meine Ohren warm«, sagte Steve.

»Verstehe …« Der große Krieger deutete mit einer Hand über Steves Schulter. »Ist das da der Motor?«

Steve sah ihn wachsam an. »Yeah …«

Motor-Head fädelte den Arm durch die Halteschlaufe seines Schlagstocks, dann schob er Steve beiseite und baute sich breitbeinig vor dem handgeschnitzten Propeller auf. Er legte die Hand auf den Mittelpunkt und ließ sie über die Blätter gleiten. »Wieso heißt das Ding so wie ich?«

Was für ein Blödian!, dachte Steve. Aber es ist wohl besser, ich spiele mit. »Ach«, sagte er, »der Motor heißt so, weil er so stark und kräftig ist wie du. Weil er den Donnerkeil wie einen Adler fliegen lässt.«

Motor-Head nickte nachdenklich. »Aha, interessant …« Er packte die Spitzen des Propellers, brach die Blätter mit einer schnellen Bewegung seiner riesigen Hände an der Nabe ab, musterte kurz die beiden Stücke und ließ sie vor Steve zu Boden fallen. »Jetzt fliegt er ebenso wie ein Haufen Krähenscheiße.«

Steve warf einen Blick auf die zerbrochenen Propellerblätter und erkannte, dass er nicht mit heiler Haut aus dieser Situation herauskommen würde. Aber er hatte noch eine gute Chance. Wenn Motor-Head nicht wusste, was in die Grasmatte eingeschlagen war, konnte er an das Gewehr herankommen und sie alle drei niederschießen.

Steve hob den Kopf und schaute dem Krieger, der ihn herausfordernd ansah, in die Augen. »Tja, ich sollte es dir vielleicht doch sagen: Du bestehst im Grunde nur aus Krähenscheiße.«

Motor-Head fletschte die Zähne in einem schmalen Grinsen. Wie bedauerte er sein Versprechen, die Krähe nicht aufgeschlitzt zu haben! Er spuckte auf den Boden. »Du hast deinen Knüppel dabei. Probier ihn doch mal an mir aus.«

Es läuft doch ganz gut, dachte Steve. »Ja, das mach ich jetzt mal«, sagte er kühl. Er ging ein paar Schritte zurück und eilte seitlich unter der Schwinge her auf die Stelle zu, wo sein Schlagstock neben dem in die Grasmatte eingerollten Gewehr lag.

Motor-Head nahm seinen Knüppel aus der Trageschlinge und wirbelte ihn mit einer kurzen, flinken Bewegung herum.

Sehr schön. Komm nur näher, Beulenkopf ...

Steve machte noch ein paar Schritte auf das versteckte Gewehr zu. Er blickte zum Rand des Steilfelsens und erkannte in den beiden finsteren Gestalten Black-Top und Steel-Eye. Black-Top hielt eine geladene Armbrust in der Hand. Steve berechnete seine Chancen, das Gewehr zu packen und die beiden wegzublasen, bevor Black-Top ihn mit einem Bolzen erwischte. Sie standen nicht gut. Überhaupt nicht gut.

Und sie wurden noch schlechter. Als hätte er seine Gedanken gelesen, warf Motor-Head Steve seinen Knüppel zu. »Nimm meinen! Deine Ärmchen brauchen sicher einen großen Stock.«

Steve fing ihn vor der Brust ab. Jetzt wusste er, dass

seine Chancen, lebend von hier fortzukommen, mit jeder Sekunde sanken. Motor-Head musterte ihn mit seinen runden Augen, dann bückte er sich und hob Steves Schlagstock auf. Bis jetzt war alles schon so schiefgegangen, dass Steve fast damit rechnete, Motor-Head würde die Matte auspacken. Doch der hochgewachsene Krieger schenkte ihr keinen Blick.

Steve wusste, dass er gewinnen konnte, solange sich der Kampf auf die Schlagstöcke begrenzte. Er hatte Motor-Head siebenmal hintereinander geschlagen, was seine Bandflechten im Haar bewiesen. Motor-Head hätte ihn zwar leicht mit einem Messer besiegen können, aber nun stand sein Ruf als Krieger auf dem Spiel. Er musste mit Steves gewählter Waffe gewinnen, um seine herausragende Position als Bär Nummer Eins zu behalten. Steve erkannte, dass der Schlagstocktausch für seinen Gegner eine symbolische Handlung war, durch die er einen Teil seiner »Kraft« auf sich übertrug.

Wenn es ihm gelang, sich den Burschen lange genug vom Leib zu halten, machte ihn das psychologische Bedürfnis, ihn zu besiegen, vielleicht wütend. Steve hatte Motor-Heads Aggressionen schon früher zu seinen Gunsten genutzt: Wenn der Krieger die Beherrschung verlor, war alles gelaufen. Das Schlimme war, dass er nicht den ganzen Tag Zeit hatte, mit ihm herumzuspielen. Er musste diesen riesigen Scheißkerl in der nächsten Viertelstunde von den Beinen hauen. Gütiger Christoph, wie sollte er das nur machen?

Nach den üblichen Regeln wäre es für Steve zwar kein Problem gewesen, den Wettkampf durchzustehen, aber wenn er sich jetzt voll auf Motor-Head stürzte, musste er damit rechnen, dass er ungespitzt in den Boden gerammt wurde. Früher oder später würde Motor-Head ihn umbringen. Der Gedanke, dass die schnelle Lösung seines Problems in greifbarer Nähe lag, wurmte Steve, aber die zwei Meter, die ihn von dem versteckten Gewehr trennten, hätten ebenso zwei Kilometer sein können. *Hör auf damit, Brickman,* redete er sich ein. *Du musst das Problem auf die harte Tour lösen. Christoph, ist das ein elender Scheiß!*

Steve nahm den Schlagstock fest in beide Hände und löste sich von dem Drachen, um mehr Spielraum zu haben. In seinem Geist nahm ein Schlachtplan allmählich vage Formen an. Es reichte nicht, wenn er nur gewann. Der Kampf musste damit enden, dass er immer noch auf beiden Beinen stand und fit genug war, um sich auf das Gewehr zu stürzen. Vielleicht konnte er den riesigen Beulenkopf an den Rand des Steilfelsens drängen und ihn irgendwie in die Tiefe stürzen …

Motor-Head warf die Trageschlinge des ausgeborgten Knüppels beiseite, bog ihn, um seine Beschaffenheit zu prüfen, und nahm die breitbeinige Eröffnungsstellung ein. Steve schaute zu ihm auf, die Spitze seines Stocks berührte die vom Stock seines Gegners. Black-Top und Steel-Eye trennten sich, traten ein paar Meter zurück und hockten sich auf halbem Weg zwischen dem Drachen und dem Rand des Steilfelsens nebeneinander hin.

Die Verwendung der bis zu zwei Meter langen Schlagstöcke ging bis ins dritte Föderationsjahrhundert zurück. Damals hatte ihn Bruce Lee Jefferson, ein Angehöriger der Ersten Familie, erstmals als Übungswaffe eingeführt. So wie die Wagner ihn einsetzten, war der Schlagstock eine Kreuzung zwischen der japanischen Kampfsportart *Kendo,* bei der man Bambusstäbe verwendete, und den anderthalb bis zweieinhalb Meter langen Eichenschlagstöcken, mit denen bekannte mittelalterliche Helden wie Robin Hood aufeinander eingedroschen hatten. Im Osten hatte man den Schlagstock benutzt, um junge Samurai in der Kunst des Fechtens mit dem Säbel auszubilden; im Westen hatte er angehenden Rittern gezeigt, wie das zweihändige Schlachtschwert eingesetzt wurde.

Wer in der Föderation am Schlagstock ausgebildet wurde, trug einen kendoähnlichen Helm, Panzerhandschuhe und dicke Polster, um die Zielgebiete zu bedecken; dazu einen Schutz für den Rücken, die Schultern, das Becken und die Schenkel. Man konnte beide Enden des Stockes benutzen. Von geistiger Disziplin, blitzschnellen Reflexen und schierer Körperkraft abgesehen, war es erforderlich, dass man den Stock behände handhabte und jedes Parieren des Gegners als Sprungbrett für einen Treffer nutzte. Dies unterschied den wahren Experten von einem talentierten Laien.

Laut den für offizielle Wettkämpfe geltenden Regeln zählten nur die Hiebe, die den Kopf frontal oder seitlich trafen, dazu Treffer an beiden Seiten des Körpers, am rechten und linken Unterarm und direkte Schläge auf die Kehle. Aber das hier war kein offizieller Wettkampf. Es war ein Kampf ohne Regeln.

Als sie einander gegenüberstanden, ging Steve davon aus, dass dies seine Chancen erhöhte. Der riesig gebaute Krieger war zwar flink, aber nicht so flink wie er. Er musste niedrig und schnell ansetzen, nicht nur wegen des Zeitfaktors. Abgesehen von seinem Visierhelm und dem Fliegerdrillich war sein Körper ungeschützt, und Motor-Head trug nur die übliche steinverzierte Ledermaske und seine Körperplatten. Steve konnte sich zwar ein paar Treffer auf den Kopf leisten, aber wenn Motor-Head ihn mit voller Kraft anderswo traf, bedeutete dies unter Umständen eine gebrochene Hand oder eine angeknackste Rippe. Selbst wenn er gewann und es ihm anschließend gelang, Black-Top und Steel-Eye auszuschalten, würde sich eine solche Verletzung als schwierig und schmerzhaft erweisen, wenn er den Drachen flog. Er musste jeden Angriff Motor-Heads abblocken – oder die Wucht seiner Hiebe zumindest abschwächen, bevor sie auf seinen schutzlosen Leib niederkrachten. Steve kreuzte seinen Stock mit dem Motor-Heads und kreiste langsam nach links. Motor-Head tat es ihm mit breitbeinigen Spiegelschritten nach rechts gleich.

Unten in der Ansiedlung, auf der Matte vor Mr. Snows Hütte, sah Clearwater die Gefahr, die dem Wolkenkrieger drohte, und sie spürte, wie die Macht, die aus der geheimen Quelle in der Erde kam, allmählich ihren Körper durchströmte. Sie bahnte sich einen Weg durch ihre Adern, durchdrang ihr Fleisch wie mit tausend rot glühenden Nadeln und sandte das Feuer ins Innere ihrer Knochen.

Sämtliche Muskeln ihres Körpers spannten sich und fingen unkontrolliert an zu zucken. Clearwater fiel – mit immer noch fest geschlossenen Augen – nach hinten. Ihr Rücken bäumte sich hoch, und sie winkelte die Beine an. Die Kraft baute sich mit einer beängstigenden Intensität in ihrem Innern auf und erfüllte sie mit einem explosiven Druck – wie flüssige Lava in einem kurz vor dem Ausbruch stehenden Vulkan.

Der rapide schrumpfende Teil ihres Bewusstseins, über den sie in diesem Augenblick der Besessenheit noch verfügte, machte ihr klar, dass sie dazu bestimmt war, zum Scharfrichter ihrer Clan-Brüder zu werden. Die Vorstellung stieß sie zwar ab, aber sie wusste, dass Talisman vor nichts zurückschreckte, um die Seinen zu schützen. Die Stärke der Kraft verdoppelte und verdreifachte sich und bot sich ihrem Willen an. Clearwater wollte ihr widerstehen; sie bemühte sich, dem übermächtigen Verlangen, den Wolkenkrieger zu retten, nicht nachzugeben. Eine Hand flog an ihren Hals, die zweite legte sich über ihren Mund. Ihre Finger gruben sich tief in ihre Haut, um in einer verzweifelten Anstrengung zu verhindern, dass sie den todbringenden Schrei ausstieß, der sich in ihrer Kehle formte.

Als Steve und Motor-Head plötzlich zur Tat schritten, krachten auf dem Steilfelsen die Schlagstöcke pausenlos gegeneinander. Schlag, Abwehr, Schlag, Abwehr, Schlag, Abwehr, Schlag, Abwehr. Auf den Kopf, auf die Seite, auf den Arm, auf das Bein. Immer in Bewegung bleiben, Brickman! Der Beulenkopf hat trainiert. Und er ist *schnell!* Du kannst nur eins tun … dich einmal von ihm treffen lassen und hoffen, dass es ihn verlangsamt …

Die Gelegenheit bot sich an. Motor-Head riss seinen Stock mit einem furchterregenden Schrei hoch und ließ ihn mit voller Wucht auf Steves Schulter heruntersausen. Wäre es ein Samurai-Schwert gewesen, hätte er Steve vom Hals bis zum Nabel in zwei Hälften gespalten. Steve wich zur Seite aus und nahm dem Hieb, bevor er auf seinen Helm krachte, mit dem Stock einen Teil der Wucht. Statt ihn voll mit der Schädeldecke abzufangen, was sein Rückgrat gestaucht und ihm wahrscheinlich den Hals gebrochen hätte, gelang es ihm, den Schlag an der linken Helmseite abrutschen zu lassen und die Schulter aus dem Weg zu drehen, als Motor-Heads Knüppel abprallte und nach unten rutschte. Aber die Falle war nur halb zugeschnappt. Steves Knie knickten unter dem Schlag ein; er taumelte. Für den Bruchteil einer Sekunde gestattete Motor-Head seinem Killerinstinkt, sich zu entspannen, und sein Gesicht strahlte in einem siegesgewissen Leuchten. Das war die Unterbrechung, auf die Steve gewartet hatte. In der Sekunde des Triumphs vor seinem nächsten Schlag unterlief Steve die Deckung seines Gegners, brachte mehrere knochenbrechende Schläge auf Knie und Schenkel an und rammte das Knüppelende Motor-Head zwischen die Beine.

Motor-Head klappte unter der Wucht der Prügel zusammen und versuchte, den entsetzlichen Schmerz zu ignorieren. Steve war klar, dass es jetzt alles oder nichts hieß. Sein Stock krachte zweimal quer über Motor-Heads breites Kreuz ... dann erzielte er einen dritten Treffer auf seinen Nacken. Die Schläge ließen den hochgewachsenen Krieger auf die Knie sinken, doch die ledernen Platten seines Körperpanzers und der dicke Ring seiner Schädelmaske fingen das Schlimmste ab.

Aus den Augenwinkeln sah Steve, dass Black-Top und Steel-Eye sich ihm von den Seiten her näherten. Jetzt galt es, Motor-Head kampfunfähig zu machen, bevor die anderen ihn erreichten. Steve ließ den Stock schnell noch einmal auf den Kopf seines Gegners krachen. Jeder andere hätte einen Schädelbruch davongetragen, doch Motor-

Head schien den Hieb einfach abprallen zu lassen. Der große Krieger ließ seinen Stock nicht fallen; er hockte mit steifen Armen auf den Handknöcheln und schüttelte den Schmerz ab wie ein Hund das Wasser aus den Ohren. Dann erhob er sich auf das linke Knie und nahm einen Fuß vom Boden.

Christoph!, dachte Steve. *Der Hundesohn steht auf!* Sein Triumphgefühl verwandelte sich schnell in Panik. Black-Top und Steel-Eye waren ihnen jetzt sehr nahe. Steve schwang seinen Knüppel seitwärts und ließ ihn unter der ledernen Schulterplatte von Motor-Heads rechtem Arm landen. Er traf die eisenharten Armmuskeln des Kriegers mit einem stumpfen Klatschen, und ihm wurde beinahe übel. *Fall um, du verdammter Scheißkerl!*, schrie es in ihm. *Fall um!* Und noch ein Hieb! Diesmal zielte er mit aller Kraft und mit beiden Händen auf Motor-Heads linken Arm. Zu seiner Überraschung riss Motor-Head die Linke hoch, fing den Schlag mit der Handfläche ab und schloss die Finger um den dicken Knüppel. Steve wollte ihm die Waffe fluchend entreißen, aber er musste feststellen, dass Motor-Heads ausgestreckte Pranke ihn nicht losließ.

»Hab ich dich!« Das Gesicht seines Gegners verzog sich zu einem mörderischen Grinsen. »Macht Platz, Brüder. Das Bübchen gehört mir …«

Motor-Head hob den rechten Arm und scheuchte Black-Top und Steel-Eye beiseite. Die beiden Krieger zogen sich hinter ihm an den Rand des Steilfelsens zurück. Black-Top hielt die geladene Armbrust noch immer in der Hand, und Steel-Eyes Finger lagen auf dem Griff seines Messers. Steve zerrte heftig an seinem Schlagstock, aber Motor-Head ließ ihn nicht los. Das Aufstehen schien ihm große Schmerzen zu bereiten, aber er stemmte sich auf die Beine und packte Steves Knüppel auch noch mit der rechten Hand. Mo-Town! Es tat wirklich sehr weh!

Steve wurde klar, dass er etwas unternehmen musste. Aber was? Wenn er überhaupt eine Chance hatte, den Schlagstock wieder freizukriegen, musste er ihn mit beiden Händen festhalten. Doch das bedeutete, dass er in die Reichweite des gegnerischen Knüppels kam, sodass Motor-Head ihn treffen konnte. Zwar hätte er Motor-Heads Stock ebenfalls packen können, aber selbst wenn es ihm gelungen wäre, war er den Kräften seines Gegners nicht gewachsen. Es konnte nur noch Sekunden dauern, bis der andere im Besitz beider Schlagstöcke war.

Motor-Heads Griff legte sich noch fester um den Schlagstock, dann drückte er das Holz provozierend gegen Steves Rippen und drosch auf seinen Kopf ein. Bei dem Versuch, den nächsten Hieb abzuwehren, löste Steve eine Hand von seinem Knüppel. Motor-Heads Hand glitt blitzschnell an seiner Waffe entlang, dann zog er Steve noch einen Schritt näher an sich heran. Steve erkannte, was auf ihn zukam. Er wollte den Schlagstock wieder mit beiden Händen packen, aber dazu war es zu spät. Motor-Head lachte kehlig und versetzte ihm einen festen, klatschenden Schlag gegen die Außenseite des Oberschenkels. Hätte er mit beiden Händen zugeschlagen, hätte er Steves Knochen gebrochen. Aber Steve hatte in diesem Moment auch so das Gefühl, er werde nie wieder laufen können.

Verfluchter Scheißdreck!, dachte er. *Noch einen davon kann ich nicht ertragen!* Ihm war klar, dass Motor-Head ihn nur verhöhnte. Er musste etwas unternehmen. Motor-Head zog ihn noch näher; er machte es ihm allmählich unmöglich, außerhalb der Reichweite des Knüppels zu bleiben, der in seiner Rechten wirbelte. *Zeig, was du kannst, Brickman! Wenn du hier rauskommst, kommst du überall raus!* Und als ihm eine Idee kam, riss Motor-Head seinen Knüppel hoch. *Okay, jetzt oder nie! Geh ran, Brickman! Zeig es ihm!*

Als der Krieger höhnisch zu einem neuen Hieb ansetzte, riss Steve seinen linken Arm hoch und packte das Ende des auf ihn niederzuckenden Knüppels. Die Wucht des Aufschlags schickte eine Schockwelle bis in seinen linken Fuß hinunter, und er hatte das Gefühl, als platze seine Handfläche auf. Steve knirschte mit den Zähnen, um den Schmerz zu betäuben, dann riss er die beiden Stöcke fest nach unten, während Motor-Head sie in die Gegenrichtung zog. Für einen Sekundenbruchteil lagen sie einander parallel gegenüber. Im gleichen Augenblick, in dem Motor-Head das Zerrspiel gewann und die Schlagstöcke an sich riss, machte Steve einen Luftsprung. Er legte die Arme wie ein Leichtathlet dicht an seine Seiten und trat seinem Gegner mit den Absätzen seiner Kampfstiefel ins Gesicht.

»HE-JAHH!«

Motor-Head krachte wie ein gefällter Baum zu Boden. Steve flog durch die Luft, drehte sich um die eigene Achse und landete genau vor den Beinen des erschrockenen Black-Top. Bevor die beiden Krieger reagieren konnten, riss Steve die Armbrust aus Black-Tops Händen und schlug ihm die Schulterstütze seitlich gegen den Kopf. Black-Top ging zu Boden. Steve fuhr herum und sah, dass Steel-Eye ihn mit einem Messer angriff. Da Steve nicht in der Lage war, den Abzug rechtzeitig genug zu finden, drosch er mit dem unteren Teil des gespannten Metallbogens auf Steel-Eyes Messerarm ein. Dann fuhr er zurück, drehte sich auf dem linken Fuß, riss das rechte Bein hoch und versetzte Steel-Eye einen Tritt gegen die Wirbelsäule. Der Krieger ging zu Boden und stieß dabei wie ein zerrissener Druckschlauch die Luft aus.

Ein paar Sekunden lang stand Steve wie hypnotisiert da und zitterte wie Espenlaub. Sein Kopf schmerzte von dem Schlag, den Motor-Head ihm versetzt hatte, und sein Körper spürte plötzlich überall einen stechenden Schmerz. Das Gewehr! Nimm das Gewehr und mach diese Hunde fertig, bevor sie wieder aufstehen! Steve drehte sich zu dem Drachen um. Er stolperte über Motor-Heads ausgestreckten Arm, fiel zu Boden und verlor die Armbrust. Er spürte, wie sich eine starke Hand um seinen Knöchel legte, trat sich frei, warf sich auf die Armbrust, riss sie an sich und stemmte sich auf die Knie. Er legte den Finger fest auf den Abzug, drehte sich zu seinen drei gefallenen Gegnern um und stellte erschrocken fest, dass sie alle im Begriff waren, sich wieder aufzurichten.

Eine Gesichtshälfte Black-Tops war geschwollen. Steel-Eye krümmte sich; er war kaum fähig zu atmen. Blut lief aus Motor-Heads gebrochener Nase und aus seinem Mund. Seine Hände waren jedoch leer. Die beiden anderen Krieger hatten ihre Kampfmesser gezückt. Die Klingen funkelten bösartig.

Steve stand auf. Als sie näher kamen, wich er ihnen aus und näherte sich dem Gewehr. Dann hob er die Armbrust und zielte auf Motor-Heads Brustkorb. »Bleibt stehen, wo ihr seid!«

Motor-Head blieb stehen. Er maß Steve mit einem

schiefen, blutbefleckten Grinsen. »Du hast etwas verloren.« Und dann zeigte er ihm einen Armbrustbolzen.

Steve stierte ihn ungläubig an, dann warf er einen schnellen Blick auf die erbeutete Waffe. Die eiserne Bogensehne war zwar noch gespannt, aber in der Abschussrinne lag kein Bolzen! Christoph! Er musste herausgefallen sein, als er Black-Top und Steel-Eye mit der Waffe niedergeschlagen hatte oder als sie ihm aus der Hand gefallen war! Verdammt!

Motor-Head, von seinen Clan-Brüdern flankiert, zerbrach die beiden Schlagstöcke über dem Knie und warf sie beiseite.

»Jetzt ist es aus mit den Spielchen, Aaskrähe!« Er machte noch einen Schritt auf Steve zu und hob seine riesigen, sechsfingrigen Pranken. »Schau dir meine Hände gut an! Ich werde dir die Augen und deine gespaltene Zunge herausreißen, und dann werde ich dein glattes Gesichtchen wie einen faulen Apfel zerquetschen!«

Steve hechtete zu dem versteckten Gewehr zurück. *Ich schaffe es nicht,* dachte er ermüdet. *Nach all diesem … Ich schaffe es nicht. Ach, gütiger Christoph!*

In dem Moment, als Motor-Head einen Schritt auf Steve zu machte, entwickelten Clearwaters Hände ein Eigenleben. Sie rissen sich von ihrem Hals und ihrem Mund los und legten sich auf den Boden. Clearwater schlug die Augen auf, dann drang der schrille Schrei des Rufers aus ihrer Kehle. Die Erde antwortete und schickte ihre geheimen Kräfte an die Oberwelt. Und die volle Kraft des Dritten Kreises der Macht strömte in ihren Körper, um sich von ihrem Willen formen zu lassen …

Unterhalb des Steilfelsens, etwa zwei Kilometer östlich vor der Ansiedlung, liefen Mr. Snow und Cadillac den Heimkehrern über die wellige Prärie voran. Zwar konnte Mr. Snow Clearwaters Schrei nicht hören, doch seine sensiblen Sinne vernahmen die Antwort der Erde. Er gab den Kriegern das Zeichen zum Anhalten. Sie hockten sich hin und lauschten instinktiv nach Geräuschen, die eine Gefahr ankündigten.

Dann hörten sie es alle: Ein dumpfes, fernes, kehliges Grollen. Aber es kam nicht vom Himmel, sondern aus der Erde! Der Boden bebte, als unter ihnen eine unsichtbare Kraft wie ein begrabener Zickzackblitz durch die Erde auf die Ansiedlung zuraste. Die M'Call-Bären stöhnten auf und warfen sich zu Boden. Sie wurden von einer lähmenden Urangst gepackt, die keinem Mutanten unbekannt war – es war eine uralte rassische Erinnerung an die Zeit, in der die Erde sich aufgetan hatte und der Himmel in dem blendend weißen Feuerregen explodiert war, der den Menschen das Fleisch von den Knochen riss und die Welt zu giftigem Staub werden ließ.

Wortschmiede sollten angeblich aus härterem Material bestehen. Mr. Snow zog Cadillac hoch, der gerade ein brabbelndes Gebet an Mo-Town richtete und sie bat, sie vor dem Zorn Pent-Agons zu retten. »Dafür haben wir keine Zeit! Beeil dich, schwing die Beine! Wir müssen weiter.« Mr. Snow lief los und schob Cadillac vor sich her. »Los, lauf! Lauf!«

Hoch über ihnen, in der Ansiedlung, wurde in diesem Moment der grollende Donner aus der Erde immer lauter. Unter Clearwater fing der Boden gewaltig an zu beben, dann richtete er sich auf, formte einen Hügel, warf Mr.

Snows Hütte um, verflachte abrupt wieder und riss dann links und rechts von ihr mit ohrenbetäubendem Brüllen auf. Auf der gesamten Lichtung stürzten entsetzte M'Calls aus ihren Hütten und warfen sich zu Boden. Männer, Frauen und Kinder klammerten sich aneinander, pressten sich an die Erde und flehten Mo-Town an, sie zu retten.

Ein großer Riss, der sich mit furchterregender Schnelligkeit bewegte, raste im Zickzack von Clearwaters ausgestrecktem Körper über das Plateau dorthin, wo die meisten Hütten standen, doch dann wandte er sich, bevor er irgendwelchen Schaden anrichten konnte, scharf nach links und fegte den Abhang zum Steilfelsen hinauf.

Genau in diesem Augenblick beschloss Steve, in einem letzten verzweifelten Schritt alles auf eine Karte zu setzen. Er betätigte den Abzug, um den gespannten Bogendraht zu lösen, warf die Armbrust gegen Motor-Heads Brust und hechtete sich auf das Gewehr. Als die Armbrust durch die Luft segelte und Steve die Kehrtwendung machte, um auf Blue-Bird zuzulaufen, ließ der grollende Donner des Erdbebens den Hügelkamm erzittern, und die drei Krieger blieben wie angewurzelt stehen.

Mit einem trockenen Knacken, das es ihnen kalt den Rücken hinablaufen ließ, erreichte der Riss den Steilfelsen in dem Moment, als Steve die Hand auf den Gewehrgriff legte. Es war, als würde die Erde von einem riesigen, unsichtbaren Messer zerteilt. Bevor er auch nur Luft holen konnte, öffnete sich plötzlich mitten auf dem Plateau ein schmaler, gezackter Riss und trennte ihn von seinen entsetzten Gegnern. Wieder ertönte das explosive Brüllen des Erdbebens. Der Boden fing mächtig an zu zittern und warf Steve auf den Rücken. Als er sich auf den Bauch drehte, sah er, dass der Klippenrand vom Rest des Plateaus fortgerissen wurde. Der gesamte Bodenstreifen, auf dem Motor-Head und seine Gefährten sich aufhielten, stürzte einfach in die Tiefe, rutschte den steilen Abhang hinunter und riss die Krieger inmitten einer staubigen Flut aus Steinen, Felsen und Erde mit sich fort.

Steve rappelte sich zitternd auf und packte seine Waffe. *Das hätte ins Auge gehen können!*, dachte er. Wäre das Beben noch ein paar Meter weiter gekommen, hätten er und der Drachen den gleichen Weg genommen. Er schob sein Helmvisier hoch und inspizierte schnell den Drachen. Die Gerüste unter den Schwingen und dem jetzt nutzlosen Motor waren umgekippt, aber der Drachen war nicht beschädigt worden. Steve schob die Gerüste wieder an Ort und Stelle und löste eilig die letzten beiden Muttern, die den Motor festhielten.

Als ihm auffiel, dass seine Hände zitterten, legte er eine Pause ein, um sich zu beruhigen. Dann entwirrte er die Riemen des Geschirrs und registrierte zufrieden, dass der Drachen startbereit war. Nun war er viel leichter. Am westlichen Horizont zeigten sich violette, rote, orangefarbene und gelbe Streifen. Aus der Richtung der Ansiedlung drangen leise, verwirrte Schreie zu ihm herauf.

Wenige Sekunden nach ihrer Ankunft waren Mr. Snow und Cadillac von einer entsetzten und noch immer panischen Menge umgeben, die nach einer Erklärung des Geschehens suchten. Nachdem Mr. Snow wieder zu Atem gekommen war, sprach er ernst mit den Leuten und machte ihnen klar, dass es sich nicht – wie manche der Umstehenden offenbar glaubten – um das Ende der Welt handelte, denn das hätte er vorhergesagt. Wenn sie wirklich Wert auf seinen Rat legten, sollten sie nun aufhören, kopflos wie Hühner herumzulaufen, und zur täglichen Routine übergehen. Nachdem er dies gesagt hatte, winkte er alle weiteren Fragen ab, bahnte sich eine Gasse durch die Menge und verscheuchte jeden, der ihm folgen wollte.

Clearwater saß aufrecht auf ihrer Matte. Das Gesicht unter ihrer schwarzbraun bemalten Haut war totenbleich. Sie hatte die Augen aufgerissen und biss sich auf die Lippe, um ihr Zittern unter Kontrolle zu bringen.

Mr. Snow begutachtete die Trümmer seiner Hütte, seine verstreuten Habseligkeiten und den tiefen Riss, der auf den Steilfelsen zulief. »Hast du das getan?«

Clearwater nickte schweigend. Dann fand sie die Kraft, um leise zu sagen: »Ich habe es nicht gewollt. Talisman hat gerufen.« Sie streckte Cadillac die Hände entgegen. Er legte einen Arm um sie und half ihr auf. Clearwater wankte leicht, dann bekam sie die Kontrolle über ihre Beine zurück und blieb ohne seine Hilfe stehen.

Mr. Snows Gesicht zeigte Verständnis für sie. Er legte beide Hände auf ihre Schultern. »Du hast die wahre Kraft. Aus dir wird noch ein würdiger Gegenspieler der Sandgräber.« Er nahm ihren Ellbogen und deutete auf den Abhang. »Komm … geh mit uns!«

Steve näherte sich mit schussbereitem Gewehr der frischen Kante des Steilfelsens. Er wollte sichergehen, dass er nicht noch in letzter Sekunde eine Überraschung erlebte, wenn er den Sprung in die Freiheit machte. Er empfand Erleichterung, als er sah, dass nun eine gleichmäßige Brise aus der Prärie heraufwehte. Er spuckte Staub aus, dann sah er, dass in einer Tiefe von zwanzig bis dreißig Metern zwei Körper am Hang lagen. Sie waren unter den Steinen und der Erde halb begraben. Steve hielt Ausschau nach dem dritten, konnte ihn aber nicht ausmachen. Obwohl er genau wusste, dass es Unsinn war, zwang ihn – in der Hoffnung, einer der Toten sei Motor-Head – irgendein perverser Trieb dazu, sich den Leichen zu nähern.

Er schob das Geröll mit der Stiefelspitze beiseite und enthüllte so viel wie nötig war, um Black-Top und Steel-Eye zu erkennen. Er sah sie sich an, aber er konnte nicht deutlich erkennen, ob sie tot waren. Egal. Ob sie tot waren oder nicht, sie konnten ihm nicht mehr gefährlich werden. Steve stieg auf eine Geröllmasse zu und musterte den unteren Teil des Abhangs. Da die Möglichkeit eines Nachbebens bestand, war sein Tun riskant. Nicht weniger verrückt war es, hier auch nur eine Sekunde herumzuhängen, aber Steve hatte das Bedürfnis, genau zu wissen, ob er gewonnen hatte. Wenn er je wieder zu Clearwater zurückkehren wollte, war es besser, jetzt ein für alle Mal mit Motor-Head abzurechnen.

Steve sah nichts, und er hatte auch keine Zeit mehr, sich genauer umzuschauen. Er drehte sich um und ging den Abhang hinauf. Nach ein paar Schritten schlug sein sechster Sinn Alarm. Er legte den Mittelfinger an den Abzug, drehte sich noch einmal um und sah, wie sich am Ende des Abhangs jemand aus der Erde grub. Die Entfernung, die zwischen ihnen war, betrug etwa hundertfünfzig Meter. Sie war zwar zu groß, um das Gesicht des Kriegers zu erkennen, aber es konnte kein anderer sein als Motor-Head. Er maß den Hang mit einem Blick und kam dann auf Steve zu.

Steve riss das Gewehr an die Schulter und bemerkte, dass er zitterte. Er holte tief Luft, zielte auf die Mitte der gegnerischen Tonnenbrust und feuerte drei Schüsse ab. *Tscha-witt, tscha-witt, tscha-witt!*

Motor-Head ging weiter.

Christoph!, dachte Steve. Er suchte sich auf dem rutschigen Geröll, das den steilen Abhang nun bedeckte, einen festen Halt, zielte erneut – diesmal auf Motor-Heads Bauch –, und feuerte die nächste Salve ab.

Motor-Head blieb stehen, fiel vornüber, rappelte sich wieder auf und setzte seinen stolpernden Lauf fort. Seine kräftigen Schenkel trieben ihn den steilen, steinüberladenen Hang hinauf.

Verdammt!, dachte Steve. *Er ist einfach nicht aufzuhalten!* Er eilte über den Rand des Steilfelsens zurück, drehte sich um, hockte sich auf ein Knie, damit er eine bessere Zielposition hatte, und zielte auf Motor-Heads Kehle. Das Gewehr schwankte in seinen zitternden Händen. Steve packte es fester und feuerte die drei letzten Schüsse ab.

Die Wucht der Einschläge warf Motor-Head zwar zur Seite, verlangsamte aber nicht seinen Schritt. Er lief einfach weiter; er dampfte den Abhang hinauf wie eine Amtrak-Lokomotive.

Jetzt gibt's Ärger, Brickman ... Beweg dich! Beweg dich! Beweg dich! Steve ließ das nutzlose Gewehr fallen, rannte zu Blue-Bird zurück, trat das Heckgestell beiseite und schnallte sich in das Geschirr. Wenn der Krieger nicht langsamer wurde ... *Du Arschloch, Brickman! Du hast dein Pulver verschossen!* Als Steve mit bebenden Fingern die Gurte anlegte, verfluchte er sich, weil er so unglaublich dumm gewesen war. Ihm blieben nur noch ein paar Sekunden, um mit

Blue-Bird abzuheben; gleich musste Motor-Head den Klippenrand erreichen.

Steve packte das Gestänge, hob den Drachen aus dem Gestell und rannte los. Die steifer werdende Brise, die über den Klippenrand kam, fegte mit einem trockenen Knattern über die Schwingen und spannte das dichte Gewebe. Fünf Schritte vor dem Rand hielt Steve an, stemmte sich in die Brise und duckte sich für den Weiterlauf und den Sprung in die Leere. Er hatte mehrere Dutzend erfolgreiche Sprünge von der Klippe gemacht, aber Zufälle konnte man natürlich nie ausschließen. Diesmal aber *musste* es klappen …

Riemen prüfen … tief Luft holen … *Okay, Brickman. Setz alles auf eine Karte!* Steve packte das Gestänge fester und jagte dem Abgrund entgegen. Als er sich über den Rand warf, sprang Motor-Head wie ein Killerwal, der in einem steilen Winkel aus dem Wasser schießt, vor ihm hoch, griff nach ihm und wurde mit in die Leere gerissen.

Steve kämpfte um die Kontrolle des Fluggeräts, aber bei dem Gewicht des großen Kriegers, der zwischen seinen ausgestreckten Armen am Gestänge hing, war es eine fast unmögliche Aufgabe. Blue-Bird wippte heftig, dann kippte er nach rechts und schwebte gefährlich nahe am Steilfelsen entlang in die Tiefe, bevor er durch einen kräftigen Windstoß wieder an Höhe gewann. Nun stiegen sie zwar wieder, aber Steve erkannte, dass es nur eine Frage der Zeit war, bis sie abstürzten. Er schaute nach unten und sah den irren, mörderischen Blick in Motor-Heads blutverschmiertem Gesicht. Der Erdrutsch hatte seine Arme und Beine zerschrammt und aufgerissen, und er blutete aus mehreren Schusswunden. Steve hatte also nicht vorbeigeschossen. Die schiere Willenskraft hatte Motor-Head auf den Beinen gehalten und zu diesem letzten Versuch getrieben, seine Flucht zu verhindern. Der Krieger würde sterben, aber er hatte fest vor, Steve mit nach unten zu nehmen.

Steve machte einen Versuch, Motor-Heads Finger mit der Hand zu lösen, aber es war sinnlos. Seine Pranken schienen mit dem Gestänge verschweißt zu sein. Blue-Bird kippte langsam nach links. Steve zog ihn auf einen geraden Kurs zurück, dann verlor er erneut die Gewalt über ihn und ging im Steilflug nach unten. Er befand sich jetzt etwa zweihundertfünfzig Meter hoch über der Prärie. Er musste den Krieger abwerfen, bevor er noch mehr Höhe verlor. Er musste ihn wohl abschneiden … Steve griff mit der rechten Hand nach hinten und versuchte, das Kampfmesser zu ziehen, das in der Beinscheide steckte. Er konnte es nicht erreichen.

Es spielte auch keine Rolle mehr, denn Motor-Head kämpfte nun wild darum, sich am Gestänge festzuhalten.

Seine Augen weiteten sich, als er begriff, dass ihn allmählich seine Kräfte verließen. Die letzte Kraftaufwallung, die über ihn gekommen war, weil er den Wolkenkrieger töten wollte, ebbte ab. Dies war der schreckliche Augenblick, von dem er so oft geträumt hatte. Es war das unaussprechliche Grauen, das ihm den Schlaf geraubt hatte, dass er schwitzend und zitternd im Monddunkel hockte: der Sturz. Der Sturz aus den Klauen eines Riesenvogels mit spitzen Flügeln, der von einem Krieger mit goldenem Haar und einem polierten Steingesicht gesteuert wurde. Motor-Heads Finger rutschten langsam vom Gestänge ab. Als er sich nur noch mit einer Hand festhielt, unternahm er einen letzten Versuch, Steves Kehle zu packen, doch dann stürzte er mit einem verzweifelten Schrei und mit ausgestreckten Armen ab.

Mo-Town! Trink, liebe Mutter …

Steve schoss wie ein aus seinem Käfig befreiter Vogel in die Höhe.

Cadillac, Clearwater und Mr. Snow erreichten den Rand des Steilfelsens gerade noch rechtzeitig, um die Gestalt aus dem Donnerkeil fallen zu sehen. Als der Körper auf dem Boden aufschlug, vernahmen die Zuschauer einen kurzen Angstschrei, den Cadillac sofort als Echo wiedergab.

»Mo-Town, vergib mir! Ich habe meinen Clan-Bruder getötet!«

»Aber nein«, erwiderte Mr. Snow leise. »Weißt du nicht mehr, was du auf die Frage des Wolkenkriegers, warum Motor-Head ihn Todesbringer nennt, geantwortet hast?«

»Ja. Ich habe gesagt, dass der Tod, den er gefürchtet hat, vielleicht sein eigener war.«

»Gut. Verstehst du jetzt, dass nichts verändert wurde, indem du Motor-Head hierhergeschickt hast? Dein Versuch, dein Schicksal zu verändern, hat nur dazu beigetragen, das seine zu erfüllen.«

»Ich werde um ihn trauern, Meister«, sagte Cadillac.

»Das werden wir alle«, sagte Mr. Snow. »Sein Name wird zu den größten der M'Calls gehören.« Der alte Wortschmied trat an den Rand des Steilfelsens und baute sich breitbeinig und mit verschränkten Armen zwischen seinen beiden jungen Schützlingen auf.

Als die Sonne das Osttor aufschob, zeigte der Himmel

am fernen Horizont gelbe und hellrote Streifen. Niemand sagte etwas, als der Wolkenkrieger vom Morgenwind in die Höhe getragen wurde. Sie schauten zu, wie er zum Himmel aufstieg und dann sanft auf die trockenen Länder des Südens zu schwenkte.

Cadillac wusste, dass er Clearwater nichts von dem erzählen würde, was er in dem Stein über ihr Verlangen nach dem Sandgräber gesehen hatte. Es würde weder Vorwürfe noch Gegenvorwürfe geben. Der Weg war vorgezeichnet; das kosmische Rad drehte sich. Ein wahrer Krieger stellte sich mutig seinem Schicksal und ließ nicht zu, dass seiner unwürdige Emotionen ihn vom Weg abbrachten. Die aufgehende Sonne verzerrte ihre Schatten ins Riesenhafte, dass ihre Köpfe sich hinter ihnen in den Bergen verloren.

Clearwater wartete, bis der Donnerkeil am Himmel zu einem winzigen Punkt zusammengeschrumpft war, dann brach sie das Schweigen. »Ob er wohl zurückkommt?«, fragte sie, unsicher, ob sie die Antwort auf diese Frage wirklich wissen wollte.

»Ja, in der Zeit der Neuen Erde«, erwiderte Cadillac. »Ich habe es in den Steinen gesehen. Er wird in der Maske eines Freundes kommen, mit dem heimlichen Tod in seinem Schatten, und er wird dich auf einem Fluss aus Blut davontragen.«

Clearwater blickte über die Prärie, die sich wie ein wogendes Meer hinter dem Steilfelsen ausbreitete. Dann schaute sie zu den Wolken hinauf, die den Himmel des südlichen Horizonts verhüllten. Der gelber werdende Himmel über ihnen war nun leer. Steve war nicht mehr zu sehen. »Werde ich in der Finsternis ihrer Welt sterben, oder werde ich die Sonne noch einmal sehen?«

»Du wirst leben«, sagte Mr. Snow leise. Er legte die Hände auf Cadillacs und Clearwaters Schultern und zog beide näher an sich heran. »Ihr werdet beide leben. Ihr seid Talismans Schwert und Schild.«

Patrick A. Tilleys *Die Amtrak-Kriege* gehen weiter in: